葛飾北齋畫

大望

대망 8 도쿠가와 이에야스

야마오카 소하치/박재희 옮김

도쿠가와 이에야스
대망8/차례

벚꽃이 피면

명나라 사신은 허망하게 쫓겨가버렸다.

그리고 모든 측근들이 싸움에 싫증 내고 있는 분위기 속에서, 히데요시 혼자 완강하게 재출병을 결정하여 대군 편성에 들어갔다. 세상에서는 자세한 사정을 알 까닭이 없으므로 참소당하여 소환된 주전론자 기요마사가 후시미 대지진을 계기로 다시 히데요시에게 부름받아, 마침내 측근들을 누르고 자신의 주장을 관철한 것이라고 보는 경향이 많았다. 물론 히데요시는 진두에 설 만한 건강상태가 아니어서 단지 큰소리일 뿐이었으나 재출병을 중지하려는 기색은 전혀 없었다.

고니시 유키나가 등은 어쨌든 조선하고만이라도 강화 맺고 싶은 희망을 버리지 않고, 전에 기요마사가 구원해 준 두 왕자에게 도와달라고 교섭해 보았으나 이 일도 성공하지 못했다.

재출병할 총병력은 14만 1490명으로, 8개 군과 각 성의 수비대로 편성되었다. 모리 히데모토, 우키타 히데이에의 군사를 본대로 하여 이번에도 선봉은 가토 기요마사와, 화의에서의 실책을 만회하려는 고니시 유키나가 두 사람이었다.

원정군의 출발은 이듬해 2월로 정하고, 구로다 나가마사와 가토 기요마사는 명나라 사신이 돌아가자 바로 바다를 건널 선박준비에 착수했다.

이렇듯 재출병이 결정되어 저마다 출발하게 되면서부터, 히데요시는 가끔 멍하니 방심한 듯 생각에 잠기는 날이 많아졌다. 육체의 노쇠를 깨달았을 뿐 아니라, 자기 생애에 일본인으로서의 자부심과 기백을 관철시키려던 전쟁이 커다란 부담이 되었던 것이다.

가까운 몇 사람에게라도 자기 생각을 터놓고 상의할 수 있는 전쟁이었으면 훨씬 마음이 편했을 것이다. 이에야스와 도시이에는 말없이 히데요시의 마음속을 들여다보고 있었으나, 그 두 사람에게도 분명히 털어놓고 이야기하지 못하는 것이 히데요시의 성격이었다. 어쩌면 이것은 성격이 아니라 과거의 업적이 무거운 짐이 되고 있기 때문인지도 몰랐다.

불세출의 영웅.

태양의 아들.

불가능이 없었던 생애…….

그러한 과거의 자신이 지금까지도 히데요시를 꼼짝 못하게 얽어매고 있었다.

노쇠해 가는 육체.

어린 히데요리.

외고집으로 밀고 나가는 조선출병…….

그 모든 것이 지난날의 자신감에 이를 갈며 대들고, 발톱을 세우며 반항해 오는 무거운 짐이 되고 있는 게 분명했다.

때때로 방심한 듯 생각에 잠기는 것은, 그가 그 후자와 마주하고 있을 때일 것이다. 그러나 누군가 나타나면 히데요시는 재빨리 그것을 부자연스러울 만큼 억지로 숨겼다.

어수선한 출병의 나날이 지나고 게이초 2년(1597)도 마침내 벚꽃 계절로 접어든 3월 8일. 히데요시는 이에야스의 얼굴을 보자 무슨 생각에서인지 다이고 말터에 있는 벚꽃을 구경하러 가자고 말을 꺼냈다. 갑작스러운 일이라 마에다 겐이는 몹시 당황해 곤고린사(金剛輪寺 ; 훗날의 산보사(三法寺))로 사자를 보내는 한편, 술과 음식도 준비하도록 서둘러 지시내렸다.

히데요시는 그것을 제지했다.

"술은 호리병박 하나면 된다. 야외에서 끓일 차도구나 준비하도록."

드물게 보는 담담한 표정으로 말하고는 가마를 타고 나란히 성을 나섰다. 이에야스는 히데요시의 뒷모습에서 왠지 인간의 최후를 연상하고 쓸쓸한 기분이 들었다. 그만큼 히데요시는 조용했다…….

'어쩌면 히데요시도 문득 최후를 생각한 것이 아닐까……?'

아직 62살에 지나지 않았으나 요즘 히데요시에게서는 그 나이보다 훨씬 더한 노쇠가 느껴졌다. 혹시 이번이 마지막 봄이 되는 게 아닐까……하는 생각에 이에 야스를 꽃놀이에 동반한 것이라면, 혹시 호리병박의 술을 나누는 동안 허세와 오기의 겉치레를 벗어버린 히데요시의 진정한 모습을 보여줄지도 몰랐다.

이에야스는 젊었을 때 히데요시를 언제나 알몸으로 거리낌 없이 활개 치며 살아가는 진정한 자유인이라고 생각했던 적이 있었다. 그러나 세월이 흐르면서 그렇지 않다는 것을 이에야스도 알게 되었다. 대담무쌍한 생활태도며 남의 가슴속까지 뛰어들어 제멋대로 하던 행동도 말하자면 성격에서 오는 자기 과시요, 허세며, 업이었다. 그렇기 때문에 그 모든 것이 지금에 와서 히데요시를 괴롭히는 원인이 되고 있는 것이다.

'오늘은 대체 나에게 무슨 말을 하려는 것일까……?'

후시미성에서 다이고까지는 그리 멀지 않았다. 가마가 말터에 닿을 때까지 히데요시는 거의 아무 말도 하지 않았다. 여느 때는 서서 바라보는 사람이 있으면 손을 흔들거나 말을 걸던 히데요시치고는 드문 일이었다. 어쩌면 오늘도 가마 속에서 방심한 듯 무언가 생각에 잠겨 있는지도 모른다.

말터에서 가마를 내리니 곤고린사 남쪽 마당까지 겨우 몇 그루의 나무에 드문드문 벚꽃이 피어 있었다.

히데요시는 어깨를 나란히 걷고 있는 이에야스에게 말을 걸었다.

"쓸쓸하구먼, 내대신. 요시노의 벚꽃처럼 화려하지는 못하군그래."

"그러나 이것은 나름대로 운치가 있다고 봅니다. 어디서 차를 들고 싶군요."

"내대신."

"예."

"나는 방금 이런 생각을 하고 있었어. 나는 차를 그리 좋아하지 않아."

"무슨 말씀을! 다도의 대가이신 전하께서."

"그것은 말이야 내대신, 눌러도 눌러도 넘쳐나는 힘이 있을 때나 좋은 거지. 반성도 되고 준비도 되거든. 힘을 기르는 데 알맞은 거야."

"저는 인생을 어느 정도 마무리한 다음에 조용히 마시는 차 한잔이야말로 진수가 아닌가 합니다."

"무슨 소리. 인간이란 그렇듯 업보가 얕은 존재가 아니야. 인생은 죽을 때까지 무거운 짐이고 방황이지. 기나긴 무명(無明)의 나그넷길."

이에야스는 흠칫하여 히데요시를 바라보았다. 여태껏 히데요시의 입에서 이런 말을 들어본 적이 한 번도 없었다. 언제나 힘차게 덮쳐누르는 듯한 말투로 이야기하면서, 그 이면에 오히려 외로움을 물씬 느끼게 하는 히데요시였다.

"어떤가, 이 날씨…… 이렇게 구름 낀 하늘을 벚꽃놀이하기에 알맞다고 풍류깨나 안다는 듯이……."

"그러나 이러한 풍치도 버리기 어려운 것 아닙니까?"

"내대신은 아직 엉터리 풍류객이야. 난 말이야, 오늘 내대신에게 의논할 일이 있네."

"말씀하십시오. 무슨 일입니까?"

"교만한 자는 반드시 망한다는 속담을 그대는 옳다고 생각하는가?"

"글쎄요, 그건……?"

"그건 거짓말이야. 교만하건 않건 인간의 목숨은 결코 오래가지 않거든."

이에야스는 굳이 히데요시에게 반대하지 않았다. 인간은 누구나 모두 죽는다…… 히데요시는 지금 그 죽음의 반면(半面)을 바라보고 있는 모양이었다. 그러나 인간은 누구나 다 죽으며, 동시에 어느 시대에나 누군가가 계속 살아가고 있다. 그 삶의 반면을 잊는다면 그 사람의 생활방식과 견해와 사고방식은 모두 균형을 잃게 된다.

"여보게, 내대신, 사실은 내가 오늘 그대를 여기에 데려온 것은 은은한 꽃 밑에서 정취를 즐기기 위해서가 아닐세."

"그렇다면 무슨 생각에서?"

"나는 내가 타고난 업에 충실하고 싶네. 지금 세상에서는, 다이코가 명나라 정벌에 실패하고 억지로 다시 출병했지만 속으로는 커다란 곤경에 빠져 기가 죽어 있다……고 보는 모양이야. 아니, 그렇게 보고 있다는 걸 잘 알 수 있어."

이에야스는 입을 다문 채 어깨를 나란히 하고 걸었다. 사실 그 말대로이지만 그렇다고 노골적으로 입에 올려서는 안 되는 말이었다.

"그래서 말이지, 나는 고야산 모쿠지키의 선동에 응해볼까 하네. 그래서 조사차 나온 거야."

"모쿠지키 대사의 선동에 응해 본다는 말씀입니까?"

"그렇네. 모쿠지키는 고야산을 중흥시켰다고 추앙받는 것에 만족하지 않고 이 다이고사에도 내가 많은 기부를 하기 바라는 모양이더군. 그자도 지은 업이 많은 중이지. 저기 좀 보게, 저기 나오고 있군. 점잖은 얼굴로 기엔과 함께."

히데요시는 갑자기 느긋한 표정으로 바뀌어 영접 나온 두 사람에게 걸어갔다.

"정말 생각했던 것 이상으로 황폐해져 있군."

다이고사의 승려 기엔 준코(義演准后)와, 일부러 고야산에서 나온 모쿠지키 오고는 정중하게 머리 숙였다.

"유서 깊은 명찰이 이렇듯 황폐해졌으니 큰일이지요."

"무라카미(村上) 천황의 분부로 건립한 5층탑마저 차마 볼 수 없을 정도로 기울어졌습니다."

히데요시는 이에야스를 흘끗 돌아보고 안내하는 대로 남쪽 마당으로 들어갔다.

그 마당에 두세 그루 서 있는 벚나무 밑에서 꽃을 보며 차를 마신 다음, 문제의 5층탑과 시주절의 벚꽃을 구경할 때까지 이에야스는 히데요시가 무슨 생각을 하고 있는지 도무지 알 수 없었다.

"타고난 업에 충실하고 싶다."

무슨 의미일까?

벚꽃 아래 자리를 깔고 앉아 비로소 갖고 온 호리병박 마개를 열었다.

히데요시는 누구에게라 할 것 없이 혼잣말을 했다.

"이대로 둔다면 다이고사도 끝장이겠군. 내가 1500석쯤 기부하겠으니 그것으로 저 황폐한 5층탑을 수리하시오."

"그……그래 주신다면 천만다행……."

두 고승은 깜짝 놀라 서로 얼굴을 마주보았다. 그제야 이에야스는 히데요시의 마음속을 짐작했다. 교만한 자는 오래가지 못하지만 교만하지 않다고 해서 인간이 오래 사는 것도 아니다…… 그러한 히데요시의 공허한 마음의 고동이 이에야스의 가슴을 구슬프게 울렸다.

아니나 다를까 히데요시는 1500석을 기부하겠다고 말한 다음 바로 이어 터무니없는 꿈을 늘어놓기 시작했다.

"나도 이제 앞날이 얼마 남지 않았다. 어디 한번 이 다이고사에 천황의 행차라도 주선해 볼까?"

그 말투는 평생 광대 기질을 버리지 못하는 인간의, 태연한 체 꾸민 병적인 목소리였다.

"이보시오, 내대신……"

히데요시는 이에야스에게만은 자신의 연극 뒤에 숨어 있는 진심을 이야기해주고 싶은 모양이었다.

"내 힘으로는 올해 안에 이 황폐한 산을 꽃으로 뒤덮이게 할 수 없는 노릇이거든."

"옳은 말씀입니다."

"우선 5층탑 수리부터 시작해놓고, 내년에 여기를 제2의 요시노로 만들어볼까?"

"여기를 제2의 요시노로?"

"그렇네. 야마시로(山城), 가와치, 오미, 야마토, 셋쓰 등지에서 6000 내지 7000그루쯤 명물 벚나무를 옮겨심으면 되겠지."

힘없는 목소리로 말하더니 이에야스를 보고 눈을 꿈벅거렸다.

"조선이나 명나라 군사를 상대하는 데 나까지 출진할 필요는 없다고 모두들 말하더군. 아니, 보내주지를 않아. 그래서 나도 심심해 난처하던 참이었는데 좋은 소일거리가 될지도 모르겠어."

"예."

"후시미성에서 다이고사에 이르는 길에도 벚나무 가로수를 심어 이 언저리에서 야리산까지 꽃으로 뒤덮는 거네. 그까짓 겨우 사방 20여 리쯤 심으면 되는걸. 그러면 이 언저리도 얼마든지 요시노산이 될 테지."

"20리 사방을 꽃으로 뒤덮으신다는 말씀입니까?"

"좁지만 다이코의 소박한 손장난이지. 전쟁을 치르고 있는 중이니 너무 대대적인 짓을 하면 세상의 이목도 좋지 않을 테니까."

모쿠지키 대사와 기엔 대사는 눈을 커다랗게 뜨고 서로 고개를 끄덕였다.

"그렇군, 하는 김에 부속 암자도 다시 세워볼까? 그렇게 되면 절의 산문은 모쿠지키 대사가 감독을 맡도록 하게."

"예."

"모처럼 꽃놀이를 할 바에는 역시 말터 앞에서 야리산까지도 손을 좀 써야겠어."

이에야스는 어이없으면서도 웃음이 터져나올 것 같아 견딜 수 없었다.

"타고난 업에 충실하겠다."

그 뜻을 이제야 똑똑히 이해할 수 있었다. 다른 사람은 할 수 없는 사치를 잔뜩 연극조로 해내겠다는 뜻이었다. 그 이면에는 명나라와의 화평 결렬과 재출병 개시 같은 것은 걱정도 하지 않는다는 히데요시다운 허세가 있었다. 아니, 그것은 허세가 아니라 히데요시의 정확한 정체인지도 모른다.

"이봐, 내대신, 처음엔 후시미 여자들과 아이들을 함께 놀도록 해주면 되겠지. 그리고 성과에 따라 그다음 해쯤 천황의 행차를 청하면 어떨까?"

"그게 좋겠군요."

"야리산 꼭대기까지 중간에 찻집도 여덟이나 열 개쯤 만들게 할까?"

"예."

"가마쿠라 식으로 전각은 조그맣게 지으면 되겠지. 130여 평쯤 되도록. 그리고 100평 남짓한 부엌, 복도……이왕이면 호마당(護摩堂)도 지을까?"

기엔이 대답했다.

"……예! 이 절은 유서 깊은 수련도장이오니 그렇게 해주신다면 더없는 복이겠습니다만……."

"그래, 그러면 세우도록 하시오. 큰돈도 아니야. 그리고 연못 같은 것도 파고. 주라쿠의 좋은 돌을 좀 날라다 폭포도 두어 개 만들면 좋겠군. 뭐, 여자며 아이들 놀이터이니 큰 것은 필요 없어. 연못도 배를 띄워 놀 수 있는 정도면 되고. 그렇잖소, 내대신?"

이에야스는 자신의 표정이 점점 굳어지는 것을 느꼈다.

'대체 제정신인가?'

이 언저리에 벚나무를 옮겨 심어, 다이코는 후시미의 지진이며 명나라와의 전쟁과 강화 실패 따위는 아무렇지도 않게 여긴다……는 것을 세상 사람들에게 알리고 싶은 거겠지……하고 대수롭지 않게 생각했는데 그 규모를 듣고 보니 커다란 불안으로 바뀌었다. 차례로 펼쳐지는 히데요시의 꿈을 그대로 실행에 옮긴다면 이 또한 막대한 국고의 소비가 되기 때문이다.

그렇지 않아도 주라쿠 저택 건축에서부터 조선출병 뒤로 영주들과 백성들의 부담이 엄청났다. 한편으로 큰 전쟁을 치르면서 호코사 건조에서 대불전 건립, 거기에 또 길이가 16길이나 되는 큰 노사나불(盧舍那佛)을 세운 일, 요시노의 꽃놀이 행차, 고야산에 기부한 건물과 탑, 후시미 축성 등 잠시도 숨 돌릴 사이 없는 대공사의 연속이었다. 그리고 그다음에 온 것이 끝없는 그 행위에 대한 천벌이기라도 한 듯 지난해 여름 후시미를 기습한 대지진이었다.

대지진은 지난해 윤7월 22일에 시작해 약 나흘 반마다 주기적으로 다섯 차례의 강진을 몰고 와, 겨우 완성된 후시미성의 가장 높은 망루를 무너뜨렸을 뿐 아니라 히데요시의 천하를 상징하는 것으로 건립한 16길의 큰 불상을 맨 먼저 쓰러뜨려 박살내고, 히가시사(東寺)는 5층탑만 남기고 축대에 이르기까지 모조리 허물어졌으며 덴류(天龍), 사가(嵯峨)의 니손사(二尊寺)에서 다이카쿠사(大覺寺)까지 모두 파괴되었다. 진원지는 후시미와 요도 사이였던 모양으로 교토 일대 상가의 피해는 이루 말할 수 없이 혹독하여 아직도 사람들은 그 복구에 온 힘을 기울이고 있었다.

거기에 화의는 깨지고 조선 재출병이라는 부득이한 사정에까지 이르렀으니 히데요시의 고민이 얼마나 깊은지 잘 알 수 있다.

그러한 비상시인 만큼 다이고 같은 곳에 당치도 않은 대규모 기분전환거리를 생각해서 될 때가 아니었다. 아니, 그런 것쯤은 누구보다도 히데요시 자신이 잘 알고 있을 것이다. 꽃놀이는커녕 나라의 평안을 위하고 백성을 위해 해야 할 일이 아직 산더미처럼 쌓여 있다.

그런 만큼 이에야스는 문득 생각하지 않을 수 없었다.

'히데요시는 어쩌면 실성하기 시작한 게 아닐까?'

히데요시는 몹시 피곤한 표정으로 다시 잔을 들었다.

"여보게, 내대신……대수로운 일은 아니네. 후시미성을 축성할 때에 비하면 말이야."

"그……그러나 이번에는 목적이 꽃놀이를 위한 일인 만큼."

"뭘, 요 얼마 동안은 다이코와 지진의 끈기 겨루기였지. 내가 만들면 지진이 무너뜨리고. 그러나 나는 또 만든다, 몇 번이라도 만들고 말겠어."

"그렇군요. 지진에 져서야 안 되겠지요."

"노사나불은 엄청난 겁쟁이였어. 내가 국가 안태를 위해 세워주었는데도 바보같이 내 명령을 잊고 당황해 덤비다가 맨 먼저 쓰러져버렸으니, 항간의 멍청한 놈들은 다이코가 너무 우쭐해 터무니없는 짓을 하므로 부처님의 벌이 내렸다는 둥 뒷구멍에서 험담들을 한단 말이야. 이쯤 되면 나도 지진 따위에 겁먹고 뒤로 물러설 수 없는 거지."

이에야스는 다시 한번 다이코의 얼굴빛을 살폈다. 두 고승도 멍하니 앉아서 대답할 말을 찾지 못하고 있다.

히데요시는 다시 붉게 칠한 작은 잔에 술을 따라 마셨다. 불그레한 뺨에 핏기가 올라 가랑잎 같은 용모에 차츰 생기가 살아났다.

"지진 때부터 내가 너무 고함질러 고함쟁이 다이코라고 성안 여자들이 숙덕거린다더군. 하하……그러나 다이코라고 그렇게 화만 내고 있을 수야 없지. 이미 노사나불도 용서해 주었어. 지진 토벌할 계획도 섰고. 그만큼 해놨으니 얼마쯤 노는 일도 생각해 봐야 해."

히데요시는 이에야스가 불안한 눈빛으로 자신을 지켜보는 것을 의식하고 있는 듯하기도 하고 그렇지 않은 듯하기도 했다.

"꽃놀이 터로는 야리산 위의 넓은 벌판이 가장 좋을 거야. 그곳의 전망은 요시노 못지않거든. 야마시나에서 고하타산(木幡山)이 한눈에 보이고 겹겹이 에워싼 산과 여울의 흐름……무엇 하나 요시노에 뒤지지 않는 경치야. 거기에 몇십 년 몇백 년 뒤 교토 사람들이 호리병박을 차고 돗자리를 들고 꽃놀이하러 모여든다…… 그들의 이야기에 지금 한 번 귀를 기울여볼까?"

다이코는 이미 자기 주변에 있는 사람들을 잊어버린 듯했다. 다시 잔을 기울이며 황홀한 듯 실눈을 뜬다. 엷은 햇살이 그를 부드럽게 감싸고 있다.

다이코는 즐거운 듯 혼잣말을 한다.

"이곳이 그 옛날 다이코가 꽃놀이했던 다이고란다."

"정말 훌륭한 경치군, 참으로 요시노보다 더 좋아."

"말하나 마나. 요시노의 벚꽃은 수도자 오즈누가 심은 게 시초이고, 이곳은 다이코가 심은 게 시작이거든. 수도자와 다이코는 그릇의 크기가 다르지 않나."

"무슨 말씀을. 그 수도자는 수험도(修驗道)의 창시자로 많은 중생을 구했지. 다이코보다 그릇이 작다는 건 말이 안 돼."

"하하하……그 수험도도 좋다며 이곳에 제2의 요시노를 만드신 분이 다이코. 역시 다이코는 수도자를 구해 주셨으니 한 단계 위야"

연극조로 거기까지 말하고 히데요시는 문득 입을 다물었다. 입을 다물었다기 보다 자신의 머릿속에 펼쳐지고 있는 꿈속으로 녹아들어버린 느낌이었다. 너무나 황홀해 그대로 엷은 봄햇살에 동화되었는지도 모른다. 그 머리 위로 팔랑팔랑 벚꽃잎이 떨어졌다. 그들은 히데요시의 너무도 고요한 모습에 오히려 불안을 느 꼈다.

'위대한 발자취를 남긴 한 인간이 여기서 이대로 극락왕생하는 것이 아닐 까……?'

잠깐이었으나 그런 생각이 들 만큼 그것은 인생의 심연을 비쳐주는 무한한 암 시를 지니고 있었다.

이에야스는 숨죽이고 히데요시를 줄곧 지켜보았다.

'히데요시는 아직 나로서는 알 수 없는 다른 면을 갖고 있는 것일까……?'

그 의문은 야리산 위까지 올라갔다가 두 사람만 귀로에 접어들었을 때 느닷없 이 양상이 바뀌고 말았다.

히데요시는 일부러 이에야스의 귀에 입을 갖다대고 속삭였다.

"내대신, 걱정스러운 모양이지? 걱정할 것 없어. 그렇게 해놓지 않으면 모쿠지키 나 기엔 같은 진언종(眞言宗) 중들은 감동하지 않는 법이야. 다이코냐, 아니면 수 도자냐? 핫핫하……누가 그런 공사를 지금 기공할 수 있겠소? 올해는 힘이 미치 는 한 전쟁과 거리 복구에 전념해야지. 한다 해도 내년의 일이니 걱정 마시오."

이에야스는 완전히 한 방 얻어맞은 꼴이 되어 어리둥절했다. 생각하기에 따라 서는 히데요시가 이에야스를 놀릴 생각으로 산보사 꽃놀이에 데려왔다고 할 수 있었다. 아니, 놀릴 생각이라기보다 역시 무엇인가 이에야스를 압도하지 않고는 견딜 수 없는 히데요시다운 성품이 나타난 것이라고 보는 게 옳을지도 모른다.

아무튼 그토록 크게 허풍을 떨어놓고 히데요시는 그해에 두 번 다시 그 일을 언급하지 않았다. 1500석의 쌀만 기부하여 5층탑을 수리하게 했으며, 그 밖의 일 은 깨끗이 잊은 듯했다.

사실 게이초 2년의 히데요시는 그러한 일은 생각도 하지 못할 정도로 매우 분 주했다.

두 번째 출병은 식량을 대부분 현지에서 조달할 예정이었으나 연이은 전란으로 그것이 불가능해졌고, 백성들은 대다수가 땅을 버리고 농사일을 하지 않았다. 그리하여 현지 부대의 고전은 계속되어 사기를 북돋워 줄 궁리를 하지 않으면 안 되었을 뿐 아니라, 주라쿠 저택을 헐어버린 지금 도요토미 가문의 후계자로 확실히 결정된 히데요리를 위해 교토에 저택도 지어주지 않으면 안 되었다.

그렇게 분주한데도 불구하고 싸움은 당분간 진흙탕 속에 빠진 듯한 지구전을 계속하는 수밖에 없다는 것을 알게 되어, 히데요리의 저택이 완성되자 히데요시의 마음은 또다시 움직이기 시작하는 눈치였다.

조용한 생활을 즐긴다든가, 자신을 지그시 억제하는 일은 히데요시에게 바랄 수 없는 것처럼 보였다. 그런 성품을 기타노만도코로는 죽을 때까지 달리기를 멈추지 않는 사람……이라고 평했으나, 이번에는 그 걸음을 내디딜 방향을 찾지 못해 초조해 하는 모습이 보였다.

해가 바뀌었다.

게이초 3년(1598)이 되었다.

조선에서는 정월 첫 무렵부터 울산성에서 농성하던 가토 기요마사가 고전의 구렁텅이에 빠져 아사노 유키나가, 고바야카와 히데아키, 모리 히데모토, 구로다 나가마사, 가토 요시아키, 하치스카 이에마사, 나베시마 나오시게, 이코마 가즈마사, 시마즈 요시히로 등이 이를 구원하기 위해 저마다 심혈을 기울이고 있었고, 히데요시는 어쩐 일인지 그해 정월 신년 하례에도 입궐하지 않았다.

그 무렵부터 눈에 띄게 다시 식욕이 줄어들고 지난해의 병세와 같은 방심 상태를 보였다.

'걷게 하면 강하지만 멈추게 하면 안 될 사람……'

이에야스는 가끔 히데요시의 방심이 몹시 마음에 걸렸다. 전쟁이 단시일에 끝나지 않는다는 것을 알게 된다면 또 무슨 생각을 하게 될까 하는 의구심이었다.

2월 8일에 히데요시가 말을 꺼냈다.

"내대신, 다이고에 다시 한번 가보세."

이에야스는 순순히 머리 숙여보였다.

'드디어 왔구나……'

그리고 말했다.

"다이고에 간다 해도 아직 꽃구경은……."

"하는 거야, 내대신!"

"무얼 말씀입니까?"

"그 왜 지난해에 이야기했던 교토의 요시노 말이다. 수도자냐, 히데요시냐…… 그것을 하는 거야."

"그렇다면 오늘이 2월 8일, 꽃구경을 3월 중순으로 잡는다면 앞으로 한 달 남짓밖에."

이에야스가 말했지만 히데요시는 벌써 이에야스를 쳐다보지도 않고 있었다.

"그 한 달 남짓한 동안 교토에 제2의 요시노를 만들어보이는 거야. 그것이 다이코다. 걱정 마라, 다이코에게 안 되는 일이 어디 있나? 이쯤에서 정신이 번쩍 나게 민심을 분발시키자. 민심을 싫증 나지 않게 하는 것이 정치의 비결이야. 지진 이래의 울적한 기분을 확 날려보내는 거야."

이에야스는 동의할 수밖에 없었다.

작년 봄부터 줄곧 그 일을 생각하고 있었던 것 같지는 않았다. 1년 전 다이고의 벚꽃 아래에서 한 공상이 다시 히데요시의 가슴에 되살아난 게 틀림없었다. 전황은 당분간 어쩔 도리 없고 지진 뒤처리는 대강 끝났다. 무엇이든 하지 않고는 못 견디는 성격이 문득 고개를 쳐들어 작년 봄에 했던 벚꽃 밑에서의 공상이 떠오른 모양……이라고 이에야스는 생각했다.

"아무튼 둘이서 보고 오세. 그러고 나서 단숨에 해치워 풀 죽어 있는 세상 사람들을 깜짝 놀라게 해주는 거야."

세상 사람들이 풀 죽어 있는 게 아니라 풀 죽지 않으려 안간힘 쓰는 것은 히데요시 자신이었다. 그래서 자신의 그림자를 향해 용감하게 덤비려는 것이다.

두 사람은 나란히 성을 나섰다. 가는 도중 히데요시는 무척 기분이 좋아서 기엔 준코의 놀라는 모습을 재미있는 듯 상상했다.

"나는 말이야, 작년에 잠시 기쁘게 해주고 나서 일부러 내버려뒀어. 이것도 하나의 놀이거든. 기쁘게 해주고 난 다음 모르는 척하여……다이코 전하는 그렇게 말씀하셨지만 교토 가까이에 요시노산을 만드는 것은 아무리 전하라도 될 일이 아니다……는 생각을 하게 버려두었다가 눈 깜짝할 사이에 해치워버리면 놀라겠지…… 생각만 해도 즐겁군!"

말하며 유쾌하게 웃기도 했다.

"나는 이렇듯 남을 놀라게 하는 일을 좋아하는 성격인 모양이야. 사람이 좀 고약한 건가, 내대신?"

산보사에 도착하자 그 일을 알리기도 전에 다시 '부엌을 보자' '서원은?' '연못은?' '인왕문은?' 하며 정신없이 안내시켜 상대를 실컷 당황하게 해놓고 나서야 비로소 말을 꺼냈다.

"이번 공사에 그대는 너무 참견하지 않는 게 좋을 거야."

기엔은 어리둥절해서 물었다.

"공사라니요?"

"잊어버렸나, 그대는…… 여기를 요시노 이상 가는 교토의 명소로 만들어주겠다고 말한 지난번의 약속을."

"그러면 저……벚꽃을 많이……."

"아무렴, 3월 15일을 후시미성 꽃놀이날로 정했다. 대지진 뒤로 모두들 울적한 심정이니까. 히로이, 기타노만도코로, 히로이의 생모는 물론이고 여자들을 모두 데리고 와서 세상의 음울한 공기를 말끔히 씻어버릴 꽃놀이를 하겠어. 그때까지, 말한 대로 연못도 파고 폭포도 만든다. 전각도 세우고 호마당도 건립하고 대웅전 수리에서 인왕문 건립까지 다 해내야겠다. 그러나 이것은 어디까지나 다이코의 지시로 다이코가 좋아하는 정원……즉 다이코 식으로 해내는 거야. 그러는 것이 후세까지 이야깃거리도 되고 명물도 될 거다."

기엔은 여기저기 안내하는 동안 이미 눈치채고 있었으나 이제야 비로소 알아차린 것처럼 어쩔 줄 모르겠는 듯이 감사를 나타냈다.

"하하……감사는 아직 이르다. 완성된 것을 본 다음에 하는 게 좋아. 다이코 일생일대의 놀이 솜씨를. 차라면 소에키, 정원이라면 고보리 엔슈(小堀遠州)만으로는 재미없지. 하나쯤은 다이코 풍류의 흔적도 후세에 남기면 좋지 않겠나. 자, 종이와 벼루를 가져오게. 감독으로부터 건물 수까지 생각나는 대로 적어두었다가 돌아가서 오늘부터 일에 착수해야겠어. 앞으로 한 달 남짓밖에 시간이 없으니까. 어때, 놀랐나?"

"진심으로 놀랐습니다!"

"그럴 테지. 내대신도 놀라고 있다, 왓핫핫하."

그것은 천의무봉한 영웅의 일면이라기보다 장난기 많은 처치곤란한 개구쟁이 어린아이를 연상시키는 매우 즉흥적인 일이었다.

히데요시는 성에 돌아오자 정말로 그날 안에 마에다 겐이, 마시타 나가모리, 나쓰카 마사이에 세 사람을 불러들여 엄명을 내렸다.

"알겠느냐, 저마다의 명예를 걸고 해야 한다."

아직 5층탑 수리도 완전히 끝나지 않은 상태였다. 그런데 대웅전과 인왕문을 수리한 뒤 말터의 벚나무를 모조리 남쪽 큰 마당으로 옮기고, 산보사를 1만 4400평으로 넓혀 동서로 15칸, 남북으로 9칸의 침전과 길이 10칸 전면 9칸의 부엌을 신축하고, 그 사이를 8칸의 복도로 연결하여 따로 호마당을……더구나 히데요시가 세웠다고 후세 사람들이 놀랄 정도로 건립하라는 것이니 온전한 정신이라고 할 수 없었다.

건물뿐이라면 또 모른다. 야마시로 지방은 물론이고 야마토, 오미, 가와치, 셋쓰 지방에서까지 되도록 훌륭한 벚나무를 많이 모으고, 연못을 파고 폭포를 만들어 20리 사방을 꽃으로 덮이도록 하라는 것이니 듣는 사람에 따라서는 기절할 만한 이야기였다.

"알겠느냐, 3월 15일이면 앞으로 35일 남았다. 도성 안의 모든 이름 있는 목수와 그 밖의 일꾼들에게 오늘부터 당장 모든 일을 중지하고, 수리해야 할 것은 세공할 시간이 없으니 사방으로 사람을 보내 있는 것을 그대로 뜯어와 조립하라고 해. 히데요시의 명령이야. 알았나! 완성된 것이 너무 새것처럼 보이면 안 된다. 오래전부터 이곳에 있었던 것처럼 보여야 된단 말이야. 그러므로 벚나무도 어린 나무는 못쓴다. 모두 오랜 풍상을 겪어 마음속이 조용히 가라앉는 듯한 기품……그래, 다도의 정신을 살린다는 마음가짐으로 해라."

이에야스는 옆에서 들으며 또 의문을 가질 수밖에 없었다.

'혹시 실성했다면……'

이처럼 우스꽝스러운 비극도 없을 것이다. 미친 권력자의 명령을 제정신인 줄 알고 수많은 사람들이 일하게 된다면……

그러나 명령받은 세 행정관은 그런 의심 같은 건 조금도 품지 않는 눈치였다. 모두들 이것이 바로 히데요시라는 듯한 표정으로 그날 안으로 눈이 핑핑 돌아갈 정도로 움직이기 시작했다.

드디어 공사가 시작된 다음에도 히데요시의 생각은 여러 번 바뀌었다. 꿈을 추가한 것이다. 그곳은 이렇게 하고 저기에는 무엇을 꾸미는지 등등⋯⋯.

자신도 네 차례나 산보사에 행차했다. 2월 8일에 이에야스를 데리고 간 것이 첫 번째였고, 2월 16일, 2월 20일, 23일⋯⋯.

그리고 정원을 만들기 위해 직접 주라쿠 저택 터로 가서 후지토(藤戸)의 명석(名石)을 비롯한 수많은 바윗돌을 산보사로 옮겨놓게 했다.

물론 그동안 정사는 아예 돌보지도 않았다. 송두리째 미쓰나리와 이에야스에게 맡겨버리고, 어떻게 보면 조선전쟁마저 깨끗이 잊어버리고 있는 듯싶었다.

"그 안에 완성하지 못하면 모가지다. 목이 날아간다!"

마에다 겐이에게 농담인지 진담인지 알 수 없는 말을 할 때는 눈빛이 마치 무언가에 홀린 사람처럼 보였다.

공사는 착착 진행되었다. 불면불휴(不眠不休)란 바로 이런 일을 두고 말하는 것이리라. 독재자가 아니면 결코 해낼 수 없는 일이었으나 아무튼 3월 10일에는 벌써 완벽하게, 히데요시의 꿈이 그대로 지상에 그 모습을 갖추고 있었다.

정원의 연못은 이전의 10배쯤 넓혀지고, 가운데 섬에는 노송나무 껍질로 지붕을 씌운 호마당이 세워졌다. 그 섬까지 다리를 놓고 폭포도 두 군데 만들어졌다.

이 폭포의 설계를 처음에 고보리 엔슈에게 명했으나, 도중에 마음에 안 든다면서 히데요시는 자신의 생각대로 고쳐 만들게 했다.

침전을 짓는 목수는 마고에몬(孫右衛門), 연못 책임자는 다케다 우메마쓰(武田梅松), 그리고 조수로 신조 에치젠(新庄越前)과 히라쓰카 이나바(平塚因幡)가 현장에서 일했다.

꽃놀이 전날인 14일에 모든 게 완성된 것은 말할 나위도 없고, 5층 탑은 열흘 전인 3일에 완성되어 있었다.

아무튼 새로 지은 건물을 새집같이 보이지 않게 하라든가, 고목을 옮겨 심고 방금 심은 것처럼 보이지 않게 하라고 했으니 그 수고가 이루 말할 수 없었다. 하찮은 이끼 한 포기, 조약돌 한 개에 이르기까지 마음 놓을 수 없는 시급한 대공사⋯⋯ 그런 만큼 도중에 책임을 추궁당하거나 처형된 사람 수도 적지 않았다.

절 산문 감독관으로 임명된 모쿠지키 대사는 그 일 때문에 야마토에서 가와치로 두루 돌아다니며 고후쿠사(興福寺)와 그 밖의 사원 건물을 고스란히 징발해 이곳에 옮겼다. 다이코의 명령이 아니면 어림도 없는 일이었다.

완성된 모습을 보고 당사자인 기엔 준코도 눈이 휘둥그레졌다. 본디 기엔은 니조 간파쿠 아키자네(二條關白昭實)의 아우로, 교토 안팎의 명승지와 유명한 건축물을 모두 보아왔다. 그런데 그 어느 것에도 뒤떨어지지 않는 건물이 그럴듯하게 자연스러운 정취를 풍기며 단지 한 달 사이에 사람 힘으로 홀연히 이곳에 나타났으니 놀랄 수밖에 없었다.

3월 13일—

이날 후시미성 안에서는 꽃놀이 잔치를 이틀 앞두고 영주들의 헌상물과 잔칫날에 쓰일 음식준비로 법석거렸다. 가가의 국화주를 비롯하여 아마노, 히라노, 나라 등의 승방에서 비전되는 술이 산더미처럼 쌓이고, 조선의 희귀한 술안주와 국내 방방곡곡의 이름난 진귀한 과자들이 다이고의 큰 부엌으로 옮겨지기를 기다리고 있었다.

그날 대낮 무렵부터 갑자기 날씨가 확 바뀌었다. 강한 서남풍과 함께 가을 태풍을 연상시키는 폭풍우가 휘몰아쳐 온 것이었다. 성안 사람들은 당황했다. 날짜는 3월 15일로 처음부터 정해 놓은 터였다. 만일 이 날씨가 계속된다면 어떻게 될 것인가? 그보다도 가지마다 터질 듯 봉오리가 맺혀 있는 갓 옮겨 심은 벚나무 고목들이 과연 이 폭풍우를 견디어낼 수 있을 것인가……? 이곳에서 자라고 이곳에서 연륜을 쌓은 것처럼 보이게 하라는 분부였으므로 버팀목이며 누름돌도 쓰지 않았다.

이에야스도 그날만은 성안에서 히데요시를 만나는 것을 피했다. 그리고 마시타 나가모리를 손짓해 불러 지시했다.

"빈틈없이 대비하고 있겠지만 벚나무를 잘 보호하도록."

몇천 명의 인부가 동원되어 빗속을 헤치며 벚나무를 돌보러 달려갔다. 그냥 도롱이나 삿갓으로 씌워놓기만 해서 될 일이 아니었다. 나무 밑에 깐 이끼를 밟아 뭉개서도 안 된다. 이끼 위에 살며시 짚을 깔아 딛고 설 만한 자리를 가까스로 마련하여 비바람으로부터 나무를 보호해야 했다.

아니나 다를까, 여기저기서 겁에 질린 소리가 나오기 시작했다.

"어쩌면 지나친 영화에 하늘이 노하신 게 아닐까……."

그런 가운데 히데요시의 사자가 산보사로 달려갔다. 수험도의 비법을 써서 당장 폭풍우를 맞게 하라는 것이었다. 이에야스는 폭풍우보다 그 뒤에 올 히데요시의 분노가 더 걱정되었다. 만일 이것이 15일의 꽃놀이를 연기하게 만드는 원인이 된다면 히데요시의 노여움은 당연히 산보사의 기도가 부족했다는 데로 돌려질 게 분명했다.

"내가 그렇게까지 마련해 주었는데도 그대들의 정진이 부족하여 이 지경이 되었다."

그리하여 화난 나머지 처벌이라도 시작한다면 그야말로 참혹한 상황이 벌어질 것이다.

이미 히데요시는 히데요리의 장래를 축하하는 뜻으로 다이고산 이름을 미유키(深雪)라고 부르도록 하라며 특별히 노래 한 수까지 읊어 보냈을 정도였다.

한 뿌리에서 돋아난 쌍소나무에 꽃이 피면
미유키의 벚꽃도 천 대를 이어가리.

생각해 보면 날씨는 계산에 넣지도 않고 광기 하나로 공사를 진행시킨 이번 처사에도 어딘지 경솔하게 조선출병을 결정했던 히데요시다운 점이 없지 않았다.

폭풍우가 사흘이나 계속되는 예는 없지만 피해가 심하면 내일 하루로는 도저히 손쓸 수 없을 테고 그사이에 벚꽃은 져버릴 것이다.

밤이 되어도 비바람은 멎지 않았다. 아마 산보사에서도 명예를 걸고 기도를 계속하고 있을 것이었다.

겨우 바람이 멎고 비가 그친 것은 14일 새벽녘이었다. 연못과 폭포의 뜰은 분명 흐려졌을 것이다.

이에야스는 출사하기 전에 혼다 마사노부를 현장으로 보냈다.

"산보사에 가서 은밀히 피해상황을 보고 오게. 만일 필요하다면 이쪽에서도 사람을 동원하겠다고 해."

피해상황도 모르고 성으로 갔다가는 히데요시의 얼굴을 볼 수 없을 것 같았다……

마사노부는 곧 돌아왔다.

"대단치는 않습니다. 벚나무 한 그루에 세 사람씩 붙어 꽃을 보호하고 있습니다."

"그래? 그럼, 연기하지 않아도 될 것 같구나."

"예, 오늘부터 날씨만 좋아진다면 지장 없을 것 같습니다만……."

그 말을 듣고 이에야스는 황급히 마루로 나가 하늘을 올려다보았다.

구름이 낮게 드리워져 비만 멎었을 뿐 몹시 음울한 날씨였다. 바람은 아직도 후덥지근하게 불어오고 있었다.

성에 출사한 얼마 뒤 오사카에서 기타노만도코로가 탄 배가 도착했다. 요도강도 엄청나게 물이 불었으나 기타노만도코로는 한사코 배를 내게 해서 왔다고 한다.

이에야스는 그 만도코로를 먼저 찾아갔다.

"뜻밖에도 비가 왔군요."

이에야스가 말을 꺼내자 기타노만도코로는 지나치게 강한 목소리로 대답했다.

"아니요, 꼭 갭니다."

"예, 다행히 피해도 없었고, 이 정도라면 지장 없이……."

"내대신님, 염려 마세요. 어제의 비와 남풍으로 단번에 꽃봉오리가 부풀었어요. 내일 꽃놀이에는 활짝 만발할 거예요."

"그러시다면 혹시 만도코로님께서는 벌써……."

"고조스를 보냈지요. 우리의 기도가 통하지 않을 리 없습니다."

기타노만도코로의 눈시울이 빨개지면서 눈물이 핑 도는 것을 보고 이에야스는 가슴이 뜨거워졌다.

'이분이야말로 참된 부덕의…….'

14일은 하루 종일 푸른 하늘이 보이지 않았다. 그러나 기온은 점점 올라가 분명 꽃봉오리는 더욱 부푼 것 같았다.

히데요시는 그날 사람들을 그리 만나지 않았다. 아마 누구보다도 그 자신 날씨를 몹시 염려하고 있었을 것이다.

15일 새벽을 맞아 서쪽 하늘에서 머리 위까지 맑게 펼쳐진 푸른 하늘을 보았을 때 후시미성에서는 약속이나 한 듯 환성이 올랐다.

"봐라, 맑게 개었다! 구름이 동쪽으로 점점 사라져가고 있어."

"암, 그래야지. 다이코님 꽃놀이인데."

"맞아…… 저 폭풍우와 비는 먼지를 없애고 꽃을 빨리 피우기 위한 것이었어."

"이것이 진짜 다이코의 날씨야. 이렇게 될 수밖에 없지."

이에야스도 9시 출발 예정보다 앞서 7시부터 등성하여 히데요시 앞에 나아갔다.

아마 히데요시는 잔뜩 들떠서 떠들어대며 이렇게 될 줄 미리 알고 있었다는 둥 허풍떨고 있으리라고 생각했다. 그런데 그 반대였다. 이에야스의 얼굴을 보자, 히데요시는 오히려 기운 없는 얼굴로 목소리를 낮춰 속삭였다.

"내대신, 큰일 날 뻔했어."

그 말을 듣고 보니 이에야스 쪽에서 위로해 줄 수밖에 없었다.

"뭘요, 사람들은 오늘 날씨가 꼭 갤 것으로 믿고 있었습니다. 지금도 여기저기서 다이코의 날씨다, 다이코의 날씨다 하며 야단들입니다."

"바로 그거야. 날씨가 개지 않았으면 체면이 어떻게 될 뻔했나?"

"걱정 마십시오. 하늘은 벌써 구름 한 점 없습니다. 정말 더없는 날씨입니다."

"그런가? 그럼, 예정대로 여자들과 아이들을 즐겁게 해줄까?"

이날의 모든 책임자는 마시타 나가모리였고 마에다 겐이가 보좌역이었다. 히데요시가 여느 때의 그다운 자만심을 드러내며 누구에게나 할 것 없이 말을 걸기 시작한 것은 행렬이 후시미를 출발한 뒤부터였다.

하늘은 봄으로 생각하기 어려울 만큼 말갛게 닦아놓은 듯 푸르렀고, 후시미에서 다이고까지 화창한 햇살 속에 반 이상 핀 벚꽃이 빛나고 있었다.

행렬 맨 앞줄에는 히데요시와 히데요리의 가마, 그리고 기타노만도코로, 다음이 요도 부인, 교고쿠 부인, 가가 부인, 산조 부인, 산노마루 부인, 아와지 부인 순으로 이어지고 도쿠가와, 마에다 등의 노신, 다음에는 중신격인 이코마 지카마사, 나카무라 가즈우지, 호리오 요시하루 등 교토에 있는 영주들이 뒤따랐다.

"흠, 꽤 그럴싸하군!"

우선 산조사에 들어가 준비를 다시 한 뒤, 거기서부터는 걸어서 하(下) 다이고에서 상(上) 다이고로 올라갈 예정이었다. 그 사이는 기타노만도코로가 말한 대로 그야말로 화려한 벚꽃 구름다리를 이루고 있었다.

물론 이 언저리에는 구경꾼들을 일절 접근시키지 않았다. 20리 사방의 산마다 1, 2정 간격으로 23개조의 보초막을 설치해 놓았다. 그런 만큼 모여든 구경꾼들에게는 그 안의 호화스러움이 더욱 궁금증을 자아내게 했다.

"그런대로 잘된 편이구나. 내 의도가 충분히 살아 있어."

히데요시는 기분이 좋아 산보사에서 부인들이 옷을 갈아입기를 기다렸다. 부인들은 오늘을 일생일대에 한 번 있는 잔치로 생각하여 서로 아름다움을 다투며 자태를 겨룰 작정이었다……

부인들의 준비가 끝나자 히데요시는 히데요리의 손을 잡고 선두에 섰다. 하다이고에서 상 다이고에 올라가 여인당(女人堂)을 뒤로하면서 오늘의 놀이장소인 야리산 넓은 광장으로 천천히 걸어갔다.

"어떠냐, 도련님은 벚꽃이 좋으냐?"

6살 된 히데요리는 히데요시만큼 기뻐하지는 않았다. 머리 위의 꽃과 푸른 하늘도 그에게는 예사 풍경에 지나지 않는 모양이었다. 그는 줄곧 남쪽 정원의 연못과 폭포에만 정신 팔려 있다.

그러한 그에게 가끔 기타노만도코로가 말을 걸었다.

"자, 넘어지지 않게 올라가요. 저 위의 경치는 아주 훌륭하거든."

다이고의 말터에서 야리산까지 정확하게 한 칸 간격으로 벚나무 노목이 양쪽에 심어져 있었다. 그 모두가 어디의 무슨 벚나무라는 이름 있는 훌륭한 나무로 엊그제의 폭풍우로 오히려 자연의 풍치가 더해진 느낌이었다.

자연의 풍치라면 그 꽃 속에 서 있는 5층탑 또한 벌써 몇십 년을 두고 이 화려한 봄을 지켜본 것처럼 차분하게 우뚝 솟아 있었다. 벚꽃과 태양과 탑. 그리고 장막과 그 주위를 오가는 호위병의 똑같은 옷차림까지 한결같이 봄 속으로 녹아들고 있었다.

야리산에 이르자 사람들은 우선 신축한 전각 안으로 들어갔다. 여기서 점심을 먹고 나서 노래짓기 대회를 가진 다음, 다시 안에 마련된 찻집에서 찻집으로 산책하도록 되어 있었다.

찻집은 1번에서 8번까지 저마다 히데요시를 깜짝 놀라게 해주려고 온갖 멋을 다해 꾸며져 있었다.

1번 찻집은 마스다 소장(益田少將).

2번 찻집은 아라이리 삿사이(新入雜齋).

3번 찻집은 오가와 도사노카미(小川土佐守).

4번 찻집은 마시타 나가모리.

5번 찻집은 마에다 겐이.

6번 찻집은 나쓰카 마사이에.

7번 찻집은 미마키 간베에.

8번 찻집은 신조 도교쿠(新庄東玉).

찻집의 멋은 오후의 즐거움으로 돌리고 우선 전각에서 노래짓기 대회가 시작되었다.

히데요시도 기분이 좋아서 직접 붓을 들었다.

　　이름이 바뀐 미유키산
　　묻혀 있던 꽃들도 다시금 피는구나.

그렇게 언문으로 쓰고 나서 웃으면서 다음 노래는 유코에게 쓰게 했다.

"내가 쓰면 뒷날 사람들이 읽기 힘들지. 언문뿐이니 말이야. 자, 그럼."

그리고 자못 즉흥시답게 아무렇게나 읊어내려갔다.

　　돌아가기 아쉬워라, 미유키산의 해 질 녘
　　꽃의 모습 언제인들 잊힐까.

　　사랑스레 오늘 한껏 만발하여
　　하염없이 바라보는 수많은 봄날이여.

아마도 오늘 여기서 받아쓰게 하려고 지어둔 노래임에 틀림없었다. 그러나 아무도 그것을 비웃는 사람도 없고, 조언하는 자도 없었다. 거기에 다이코의 고독이 깊은 그림자를 던지고 있었다.

모두가 불그레 취기를 띠며 그곳을 나온 것은 오후 2시가 조금 지나서였다.

그런데 첫 번째 찻집으로 가는 도중 한 가지 사건이 일어났다. 요도 마님보다 교고쿠 부인이 앞서 걸었다는 순서다툼이었다.

다이코는 이미 마스다 소장이 마련한 1번 찻집으로 가는 돌다리를 건너고 있었다.

기타노만도코로는 그보다 조금 떨어져 뒤따라 찻집에 들어서고 있었다. 그때 조금 뒤처져 오던 요도 마님이 자기 앞에서 걸어가던 교고쿠 부인을 날카로운 표정으로 불러세웠다.

"교고쿠 부인, 삼가시오."

교고쿠 부인은 천천히 돌아보더니 못 들은 척하고 꽃을 쳐다보면서 다시 두세 걸음 더 걸었다.

"순서가 틀린 것 아닌가요, 교고쿠 부인? 총애받고 있는 줄은 알지만 만도코로 님 앞에서 나에게 치욕을 주려는 거요?"

"아니, 서성 마님, 나를 꾸짖는 건가요?"

교고쿠 부인은 말하면서 피식 웃었다.

서성 마님으로 불리는 요도 마님이 무슨 일로 화내는지 잘 알기 때문이었다. 센조다이(千疊台) 전각에서 히데요시가 내린 술잔이 돌아왔을 때, 요도 마님은 아직도 열심히 노래 짓느라 붓을 놀리고 있었기 때문에 시중들던 시동이 교고쿠 부인에게 먼저 술을 따랐다. 그때부터 요도 마님의 이마에 뚜렷하게 파란 힘줄이 곤두섰던 것이다.

본디부터 교고쿠 부인은 요도 마님을 혈연으로는 지지하지만 그리 존경하지는 않았다. 교고쿠 부인의 친정인 교고쿠 가문은 오미의 수호직 사사키 씨 일족으로 고호쿠(江北)의 수호직 대리를 맡고 있었다. 요도 마님의 친정인 아사이 가문도 같은 고호쿠 호족이긴 했으나 전에는 교고쿠 씨의 부하였던 것이다. 따라서 교고쿠 부인은 자신의 신분이 위라고 생각하고 있었다. 게다가 측실 중에서 뛰어나게 미인이라 히데요시의 총애도 각별했다. 만일 교고쿠 부인이 히데요시의 아이를 낳았더라면 요도 마님은 훨씬 미미한 존재밖에 되지 않았을 것이다. 그뿐 아니라 교양에 있어서도 교고쿠 부인이 얼마쯤 위였다.

술잔의 순서가 틀려서 요도 마님의 얼굴빛이 달라졌을 때 교고쿠 부인은 사과할까 생각도 했다. 겉으로는 혈연으로서 매우 사이좋게 지내고 있었다. 그런 요도 마님이 때때로 얼굴빛이 확 바뀌며 교고쿠 부인을 걸고넘어지는 것은 교고쿠 부인의 미모에 눌리지 않으려는 열등감 때문임을 벌써부터 알고 있었기 때문이다.

그런데 화내면서 지은 요도 마님의 노래를 듣고 사과하려던 마음이 싹 가시고 말았다.

　　상생(相生)하는 소나무도 벚나무도 천만년 산다는데
　　그대 미유키 오늘을 시작으로
　　꽃들도 님을 반겨 피어나듯
　　세상에 다시없는 봄을 만났네.

　한때는 히데요시를 무섭도록 싫어했던 요도 마님이었다. 부모의 복수를 위해 몸을 허락했다는 아주 대담한 말까지 교고쿠 부인에게 털어놓은 적이 있었다. 그런데 어쩌면 이토록 노골적으로 아부하는 노래를 읊을 수 있는가……생각하자 그때도 사과인사 대신 저도 모르게 비웃음이 떠올랐던 모양이다.

　그러자 요도 마님의 얼굴빛이 더욱 변했다. 그것을 피하려고 교고쿠 부인은 저도 모르게 앞서 걸어갔던 것이다.

　"교고쿠 부인, 당신은 나를 뭘로 알고 있는 거요?"

　교고쿠 부인도 지지 않았다.

　"글쎄……다이코 전하의 측실 아사이 님으로 생각합니다만. 새삼스럽게 그런 일을 물으시는 것은 도련님의 생모라 하여 나에게 시중들게 하고 싶은 생각에서 인가요?"

　"도련님의 생모임을 알고 있다면 어째서 내 앞에서 걷는 거요?"

　요도 마님도 한번 말을 내놓은 이상 물러서지 않겠다는 듯 따지고 들었다.

　"호호……."

　교고쿠 부인은 요염하게 소매로 입을 가리며 웃었다.

　"서성 마님은 전하의 말씀을 듣고도 잊으셨군요. 이 산에 오르실 때 전하께서 뭐라고 하시던가요? 오늘은 딱딱한 격식은 따지지 않아도 된다고 말씀하셨을 텐데."

　"전하께서 아무리 그런 말씀을 하셨더라도 전하의 술잔을 먼저 받았을 뿐 아니라 내 앞에서 보란 듯 걸어가다니 신분을 분별하시오."

　"별말씀을 다 듣겠군요. 서성 마님은 아사이 씨, 나는 오미 미나모토 씨의 교고쿠 씨인데 내 신분이 당신 앞을 걸었다고 무례하다는 책망을 들을 만큼 미천하다고는 생각지 않는데요."

"닥치시오!"

"네, 네, 저는 처음부터 입을 다물고 걷고 있었어요."

"나는 괜찮소. 나는 참을 수도 있지만 그 말의 이면에는 도련님에 대한 용서할 수 없는 멸시가 숨겨져 있소."

"서성 마님! 그대야말로 삼가시오. 입에 담아 될 말과 안 될 말이 있소."

"안 되겠어, 이대로 넘어갈 수 없는 일. 이 일은 전하께 가려주십사고 해야겠소. 어찌하여 교고쿠 부인은 하필 오늘처럼 좋은 날에 일부러 나를 욕보이는가 말이오. 뭔지 원한을 품고 있는 게 분명하오."

저마다 냉정하게 있으면 모두 상당한 재녀들이다. 그러나 일단 감정에 얽혀 다투기 시작하니 완전히 무너져내리고 만다.

여자들은 깜짝 놀라 두 사람을 에워쌌다. 양쪽 시녀들 가운데는 벌써 얼굴빛이 달라져 비수에 손대는 자마저 있다.

"아이구, 두 분 다 참으세요."

맨 먼저 두 사람 사이를 헤치고 들어온 것은 마에다 도시이에의 부인 오마쓰였다. 오마쓰 부인은 두 사람 사이에 서더니 바로 뒤에 있던 도쿠가와 가문의 여관 사카이 부인에게 눈짓했다.

사카이 부인 고노미는 얼른 눈치채고 기타노만도코로에게 뛰어갔다.

이미 맨 앞에 있던 히데요시도 이 싸움을 눈치채고 씁쓸한 얼굴로 1번 찻집에 앉아 있었다.

기타노만도코로는 히데요시와 히데요리에게 목례한 뒤 찻집을 나와 사람들 사이를 헤치고 들어왔다.

"무슨 일인지 모르겠으나 이 일은 내가 처리하겠소."

요도 부인이 재빨리 반발했다.

"아닙니다, 만도코로님에게 맡길 수 없습니다. 만도코로님은 모르십니다. 도련님을 천한 무엇처럼 말하는 것을 그대로 두는 건 전하의 명예에도 관계되는 일입니다."

기타노만도코로의 목소리가 머리 위의 꽃이 흔들릴 만큼 크게 울렸다.

"말을 삼가시오. 상생하는 소나무와 벗나무도 천만년 이어가리라고 오늘같이 좋은 날을 축복한 것은 무엇 때문이었소? 이런 장소에서 전하나 도련님 이름을 함부로 들먹이는 일은 이 네네가 용서하지 않겠소."

틈을 주지 않고 오마쓰 부인이 두 사람을 달랬다.

"만도코로님 말씀이 옳습니다…… 오늘은 특별한 날이니 두 분 다 우선 참으시고."

두 사람은 아직도 눈썹을 곤두세운 채 서로 노려보고 있다.

두 사람을 무섭게 꾸짖으면서 기타노만도코로는 점점 눈시울이 뜨거워졌다. 요도 부인도 교고쿠 부인도 모두 서로 다이코의 위력을 등에 업고 있지만 요즈음 다이코가 외롭게 노쇠해 가는 것에는 생각이 미치지 못하고 있었다. 네네는 그것이 슬펐다. 다이코가 아무리 호방한 듯 꾸미고 있어도 이미 옛날의 다이코가 아니었다.

기타노 대다회 때의 다이코였다면 두 사람을 이렇듯 다투게 하지 않았을 것이다. 자기가 얼른 헤치고 들어가 익살맞은 말로 그 자리를 수습할 사람이었다. 그런데 오늘은 일부러 못 들은 척하며 어린 히데요리를 벗 삼아 1번 찻집 마루에서 일어나려고도 하지 않는다. 그 까닭을 두 사람은 왜 생각해 보지 않는 것인지…….

기타노만도코로는 부드럽게 말했다.

"두 분 모두 들으시오. 두 분의 일은 이미 전하의 귀에 들어갔을 거요. 그런데도 아무 말 없이 나에게 맡기고 계신 것은 어쩐 일일까……?"

"……."

"기력이 없으시다고 생각해도 좋소. 그러나 그보다도 만일 전하께서 이 노목 밑에서 꽃의 생명이 짧은 것을 떠올리고 계시다면 어떻게 하겠소? 꽃도 사람도 짧은 생명, 내년에 피는 꽃은 이미 올해의 꽃이 아니오. 해마다 피었다가 미련 없이 저버리는 꽃의 생명과 사람의 생명……그것을 생각하고 계신다면 사소한 싸움이라도 싫증을 느끼실 것이오. 그렇기에 내게 맡기고 일어나시지 않는 거요. 안 그런가, 마에다 부인……?"

오마쓰 부인이 고개를 끄덕였다.

"만도코로님 말씀대로 이제 두 분 모두 웃는 얼굴로 전하 뒤를 따르십시오…… 그 즐거움을 위한 오늘의 꽃놀이가 아닙니까……."

말하면서 오마쓰 부인은 먼저 요도 마님의 옷깃을 고쳐주고 나서 교고쿠 부인의 검은 머리를 단정하게 매만져주었다.

교고쿠 부인이 먼저 부끄러워하면서 가볍게 고개 숙였다.

"정말로 제가 어떻게 되었는지 격의를 벗어버린 잔치라 술을 좀 지나치게 마셨나 봅니다. 용서하십시오."

"이 네네에게 맡기겠다는 말이군요."

"네, 부끄럽습니다."

"서성 마님도 그렇소?"

그러나 요도 마님은 아직 순순히 머리 숙이려 하지 않았다.

네네는 입을 다문 채 가만히 그녀의 손을 잡고 걷기 시작했다.

"만약 이 꽃놀이가 이승에서 전하의 마지막이 되기라도 한다면 그야말로 후회가 남을 테니 전하와 도련님 곁을 꼭 지키도록 해요……."

"……"

"전하는 짓궂은 분이에요. 자신이 죽은 뒤에도 서로 사이좋게 살아가 줄까…… 그런 생각을 하시며 일부러 일어나지 않으시는지도 모르지. 서성 마님이 먼저 웃으며 사과드려요."

기타노만도코로는 요도 마님을, 오마쓰 부인은 교고쿠 부인을 저마다 달래면서 아마 두 사람의 가슴은 괴로웠을 것이다.

'아직 고생을 덜했다…….'

이 점이 바로 늙은 히데요시의 고통의 원인임을 깨닫지 못하는가……?

요도 마님은 기타노만도코로와 함께 히데요시에게 다가가서야 겨우 웃는 얼굴이 되었다.

"도련님, 엄마가 지금부터 손을 잡아드리지요."

히데요시는 기타노만도코로를 흘끗 바라보며 '용서하시오'라고 하는 듯이 눈을 깜박거렸다.

히데요시 일행은 모두 함께 2번 찻집으로 향했다.

햇살은 더욱 화사하게 꽃을 감싸며 화려하게 차려입은 땅 위의 사람들과 아름다움을 겨루고 있었다…… 다른 사람 눈에는 아마 이 광경이야말로 지상 최고의 낙원으로 비쳤을 것이다.

그러나 겉모습처럼 다이코도 마음속으로 만족하고 있을까? 그는 가끔 커다란 소리로 웃었다. 그리고 히데요리의 머리를 줄곧 쓰다듬으며 기타노만도코로에게 나약한 시선을 보냈다. 그때마다 기타노만도코로는 일부러 웃는 얼굴을 지어 보였다.

하늘 아래 온통 꽃들이 만발할 때면
이 산 저 산 마루에 꽃바람 가득하리.

아라이리 삿사이가 소나무, 삼나무, 상수리나무 세 그루를 자연스럽게 오두막 기둥으로 삼고 그 밑에 조그만 연못을 파서 잉어와 붕어를 풀어넣은 아취 있는 찻집에서 나올 때, 누군가가 이런 노래를 읊었으나 히데요시는 듣지 못한 모양이었다.

3번 찻집은 오가와 도사노카미가 가로 3칸에 세로 20칸쯤의 갈대발을 치고, 그 안에 소박한 불당을 지어 차를 팔고 있었다. 히데요시는 거기서 히데요리와 함께 불당 마루에 앉아 차를 샀다. 그 사례라고 하며 도사노카미는 인형극의 명인 하세가와 소이(長谷川宗位)를 불당에서 불러내어 히데요리에게 인형놀이를 보여주었다. 그것이 마음에 드는지 히데요리는 한동안 자리를 뜨려 하지 않았다. 그때 기타노만도코로는 인형이 아닌 제 자식을 지그시 바라보며 눈물 흘리는 히데요시를 보고 흠칫 놀랐다.

'뭔가 좋지 않은 예감에 두려워하고 있는 게 아닐까……?'

그 느낌은 그날 종일 기타노만도코로의 뇌리에서 사라지지 않았다.

4번, 5번, 6번 찻집은 이번 일의 감독관이며 중신인 마시타 나가모리, 마에다 겐이, 나쓰카 마사이에 세 사람이 저마다 주인이 되어 대접해 히데요시 부자는 거기서 목욕하고 가볍게 술 마시며 장구도 치고 흥겨워했으나 그때도 그지없이 밝은 히데요시의 표정은 볼 수가 없었다. 아니, 다른 사람들에게는 마냥 즐거운 듯 보였을 것이다. 그러나 네네에게는 어딘지 한 군데가 빠진 듯한 고독의 그림자에 사로잡혀 이따금 불현듯 허탈해 하고 있는 것 같은 생각이 자꾸만 들었다.

히데요리가 좋아하는 오노의 오쓰도 따라와 있었다. 그리고 히데요리의 청으로 옛날이야기를 했으나 그때도 히데요시는 오쓰의 이야기보다 그것을 열심히 듣고 있는 어린 히데요리의 옆얼굴만 넋을 잃고 쳐다보았다.

7번 찻집은 상점식으로 되어 미마키 간베에가 호리병박과 작은 종이인형을 팔고 있었고, 8번 찻집에서는 신조 도교쿠가 방울을 매단, 새 쫓는 오두막을 지어놓고 큰 수조에 장난감 뗏목을 만들어 띄워놓아 결국 밤이 될 때까지 놀며 즐겼으나, 해가 진 뒤 산보사로 돌아와 히데요리 이름으로 기엔 준코에게 은 100냥을 기증할 무렵에는 히데요시뿐 아니라 기타노만도코로며 다른 부인들까지 왠지 형용할 수 없는 애수에 잠겨 말수가 적어졌다. 극도의 환락을 맛본 다음의 애수가 이런 것인지도 모른다.

"훌륭했다. 이제 천하에 활기가 가득하리라. 즐거웠다! 정말 즐거웠어!"

몇 번이고 말하면서도 히데요시의 눈은 깊은 피로로 곤혹스러워하는 눈치였다.

결투

히데요시의 노쇠가 심상치 않음을 이에야스가 알아차린 것은 4월 중순이었다.

꽃놀이가 끝나고 히데요시는 한동안 건강했다.

"내년 봄에는 어떤 일이 있어도 천황께서 행차하시도록 청원해야겠어. 그때를 위한 준비를 지금부터 생각해 주지 않겠소?"

농담인지 진담인지 분간할 수 없는 말투로 줄곧 공상을 펼치고 있는 듯하더니, 4월 12일이 되자 별안간 다이고에 다시 가보겠다고 하는 게 아닌가.

기엔 준코와 모쿠지키 대사로부터 5월 중순까지는 히데요시의 지시대로 모든 것이 완성된다, 그렇게 되면 다이고는 글자 그대로 요시노를 능가하는 명승지가 될 터이니 그때 꼭 다시 한번……이라는 말을 들은 것이다. 그 완성까지는 아직 한 달이나 남아 있었다.

이에야스는 상대의 입장을 고려하여 이를 말렸다.

"가신다면 완성 기념행사를 겸해 성대히 하시는 게 좋을 것 같습니다만."

그러자 히데요시는 눈썹을 곤두세우며 반박했다.

"내대신은 내 즐거움을 미루라는 말인가?"

"아닙니다, 앞으로 얼마 안 있으면 완성됩니다. 완성된 모습을 보여드리고 칭찬 받고 싶어하리라 헤아려 아뢰는 말씀입니다."

히데요시는 또 정상을 벗어난 격한 어조로 반박했다.

"기다릴 수 없어! 시간은 사람을 기다려주지 않아. 마음먹은 날이 길일이다. 완성될 때는 또 가면 된다. 히데요리를 데리고 가겠다. 탈춤놀이 광대들도 데리고 가겠으니 내대신은 싫으면 올 필요 없어."

"황송합니다. 꼭 가시겠다면 곧 산보사에 알리겠습니다."

그리고 그날도 밤이 이슥하도록 산보사에서 즐겁게 보내고 기분 좋게 돌아오자 곧 이에야스를 불렀다.

"내대신, 난 산보사와 두 가지 약속을 하고 왔네. 기억해 두게. 하나는 가을에 다시 한번 가서 성대히 단풍놀이를 할 것. 두 번째는 내년 봄에 천황의 행차를 청원하여 이 나라 최고의 꽃놀이 잔치를 베풀 것……."

"그러면 내달 중순의 완성 축하는 하시지 않으십니까?"

"그렇네. 그건 하지 않기로 했어. 내대신, 어쩐지 나는 그때쯤 병이 나서 자리에 누워 있을 것 같은 느낌이 들거든."

"무슨 말씀을! 요즘은 혈색도 훨씬 좋아지시고……."

이때도 히데요시는 뭔가 매우 화난 듯 반박했다.

"아니, 그렇지 않아! 혈색은 정신력으로 좌우될 수 있는 거야. 내 몸은 내가 가장 잘 알고 있어. 그래서 말인데, 내대신에게 의논할 것이 있어."

"말씀하십시오. 무슨 의논이신지……."

"내가 병상에 눕거든, 알겠는가……고니시 유키나가, 가토 기요마사, 시마즈 요시히로 세 사람만 남기고 우키타, 고바야카와, 깃카와, 하치스카, 도도, 와키사카 등은 조선에서 서둘러 철수하라고 명령내려 주게."

"무슨 말씀이신지?"

"싫증 났어. 다이코는 전쟁에 질렸어…… 알겠지? 병 때문이 아니야. 다이고의 꽃놀이가 더 재미있어졌거든…… 알아듣겠지, 내대신?"

그 말을 들으면서, 이에야스는 히데요시의 표정이 단번에 힘없이 그늘지는 것을 보았다.

히데요시가 울산, 순천, 양산 등에서의 철수는 결코 허락하지 않는다고 우키타 히데이에 등에게 엄명 내린 것은 3월 상순이었다. 그런데 겨우 한 달만에 손바닥을 뒤집듯 유키나가, 기요마사, 요시히로 등만 남기고 나머지는 철수시키라니 이에야스도 어리둥절했다.

철수 자체를 결코 찬성하지 않는 것은 아니다. 본디 화친에 얽힌 체면상의 출병이었고, 흉년이 계속된 현지에서 예상했던 것보다 훨씬 악조건 속에서 고전을 계속하고 있었다. 할 수만 있다면 이쯤에서 철수를 진언하고 싶을 정도인데, 오히려 히데요시 쪽에서 말을 꺼내니 섣불리 대답할 수가 없었다. 히데요시에게는 이따금 자신의 의사와 정반대되는 말을 하여 상대의 뱃속을 떠보는 버릇이 없지 않아 있었다.

이에야스는 슬쩍 화제를 돌렸다.

"그럼, 전하께서는 병나실 것을 미리 예측하신다는 말씀입니까……?"

히데요시는 다시 목소리를 높였다.

"내대신! 싸움에 싫증 났다고 하지 않았는가. 싫증을 느끼면서 하는 싸움만큼 무의미한 것은 없어."

"그것은 옳은 말씀입니다만……."

"그렇다면 그대도 이해될 텐데…… 다이고에 산을 만들고 모두 불러 꽃놀이를 하는 편이 더 재미있어. 그래서 적절한 시기에 철군하는 거야……."

"……"

"알고 있겠지만 유키나가는 이번 싸움을 그르치게 한 장본인이야. 기요마사 또한 고집스럽게 주전론을 주장한 업보를 받은 것이고, 시마즈는 후방이나 맡아볼 자지. 내가 병석에 눕게 되면 그대는 내가 앓아눕기 전에 명령받았다고 하며…… 알겠지, 내대신?"

이 말을 듣고서야 이에야스는 고개를 크게 끄덕였다.

'다이고의 꽃놀이에 또 하나의 깊은 의미가 있었구나…….'

지진 뒤의 복구공사, 명나라와의 화친 실패 따위는 조금도 개의치 않노라는 히데요시 특유의 자존심……그 정도로 해석하고 있었는데 그것만은 아니었던 모양이다.

"싸움에 싫증 났다……."

이 말에서, 조선에서 철수하기 위한 은밀한 책략이기도 했음을 엿볼 수 있었다. 세상의 이목을 화려한 꽃놀이 행사로 돌려놓고 필사적으로 싸움을 끝낼 기회를 노리고 있었던 것이다…… 그러고 보니 이에야스를 지그시 쏘아보는 히데요시의 육체에서는 정력도 끈기도 다 타버린 것 같은 허전함이 감돌았다.

이에야스는 생각했다.

'이번에야말로 쓰러질지도 모르겠는걸……'

"이보시오, 내대신."

이에야스가 고개를 끄덕이자 히데요시의 목소리는 갑자기 가늘어졌다.

"나는 말일세, 앓아눕기 전에 히데요리와 한 번 더 놀고 싶었어. 히데요리는 이제 겨우 6살, 성장하면 다 잊어버릴지도 모르지. 그것을 기억시켜 놓으려는 아비의 마음이란 묘한 것이더군."

이에야스는 순간 등골이 오싹 떨렸다. 히데요시 마음의 싸움……가장 커다란 죽음과의 싸움이……이미 조선에서의 싸움이며 자존심이나 체면을 허용하지 않을 정도까지 깊어졌음을 느낀 것이다…….

내 몸은 내가 가장 잘 안다……고 히데요시는 말했다.

그 히데요시가 5월 5일에 마침내 병상에 드러누웠다.

5월 5일은 단오절이다. 히데요시는 이날 하루만이라도 어린 히데요리와 나란히 축하상을 받고 싶었을 것이다. 히데요리도 여자들에게서 그 이야기를 들었는지 아침부터 바퀴를 단 장난감배를 끌고 다니며 좋아하고 있었다. 장난감배는 이날을 축하하기 위해 큰 칼과 작은 칼에 곁들여 히데요시가 선물한 것이었다…….

그런데 히데요시는 아침에 일어나 거실로 나온 얼마 뒤 오른쪽 어깨에서 등에 걸쳐 짓누르는 듯한 통증을 느끼고 시의를 부르게 했다.

히데요시에게서 가장 신임받았던 마나세 도산(曲直瀬道三)은 분로쿠 3년(1594)에 이미 죽고 없었다. 그래서 그 도산의 양자 마나세 겐사쿠가 나카라이 아키히데(半井明英)와 함께 와서 맥을 짚었다.

흔히 말하는 고황(膏肓)이 든 것으로 간장과 신장의 피로에서 왔다고 진단하여 겐사쿠는 곧 하타 소하(秦宗巴)와 의논해 침과 뜸을 놓았다. 담이 결리던 것은 얼마쯤 가라앉는 듯했으나 이번에는 심한 구토증이 덮쳐왔다. 비쩍 여윈 몸을 새우등같이 구부리고 왝왝거리면서 히데요시는 일단 나와 있던 서원에서 다시 침실로 옮겼다.

"내대신을 불러 다오. 그에게 이야기해 둘 것이 있다."

이에야스가 침실에 불려 들어갔을 때 히데요시는 이마에 진땀이 축축하게 밴 모습으로 잠들어 있었다.

"병환은 어떠하신가?"

이에야스가 작은 소리로 묻자 병상에서 6자쯤 물러나와 실을 잡고 진맥하던 겐사쿠는 희미하게 고개 저으며 대답했다.

"워낙 식욕이 없으십니다. 지금까지도 기력만으로……."

이에야스는 조용히 히데요시에게로 시선을 돌리고 눈을 감았다. 간장과 신장의 피로도 문제지만 구토증이 생기면 이미 회복이 어려울 것이라고 중얼대던 겐사쿠의 말이 떠올랐기 때문이었다. 젊었을 때의 변변치 못했던 식사에 싸움터를 전전한 불규칙한 식생활, 그러다 갑작스럽게 진수성찬으로 바뀐 왕의 생활……어느 것 하나도 위장에 이로운 게 못되었다. 그러므로 구역질을 호소할 무렵에는 위장 내부에 이미 커다란 혹이 생긴 뒤리라. 그것이 생기면 음식을 먹을 수 없게 되어 나날이 쇠약해져 심장도 간이며 신장처럼 약해져 무슨 병인지 진단도 하지 못한 채 죽음의 손으로 넘어가게 된다……고 한 말이었다.

이에야스는 눈을 감은 채 속으로 중얼거렸다.

"5월 5일……."

'그러니 산보사가 준공되는 이달 중순까지 기다릴 수 없었겠지…….'

산보사에서 오는 14일에 히데요시를 맞이하여 준공을 축하하자고 마에다 겐이를 통해 막 통지를 보내온 참이었는데…….

어린 자식에게 아버지를 기억시켜 두려고 4월 12일에 억지로 다이고에 갔던 것도 무슨 예감이 있어서였던 모양이다.

"오, 내대신, 와 있었나…… 그렇지, 미쓰나리도 불러주게."

이에야스는 흠칫하여 눈을 떴다. 그리고 시동에게 미쓰나리를 부르도록 명한 다음 정중하게 물었다.

"기분이 좀 어떠신지요?"

히데요시는 화난 목소리로 말했다.

"뭐, 뻔한 일 아니겠소? 누구나 다 경험하는 것이지. 피로야, 피로. 계절로 치면 가을처럼."

"피로라면 다행입니다만, 아무튼 무리하지 마시기를."

"내대신, 조선에서의 철수는 명령해 두었나?"

"예, 서류에 서명해 주시기를 부탁드렸을 텐데요."

"참, 그랬지, 그랬어. 하하……정신이 없어서…… 참, 그런데 그대에게 무슨 이야기를 하려고 했더라?"

히데요시는 일부러 익살스럽게 웃는 얼굴을 보이려고 이불 속에서 고개를 갸우뚱했다.

"미쓰나리를 부르라고 분부하셨습니다. 이제 곧 오겠지요."

"그래, 생각났다. 미쓰나리를 증인으로 세워 그대와 약속할 일이 있어."

그때 미쓰나리가 작은 몸집을 필요 이상으로 뒤로 젖힌 자세를 하고 들어왔다.

"미쓰나리, 부르심을 받고……."

"오, 미쓰나리, 이리 오게."

"예!"

"잘 들어라. 너는 오늘 나와 내대신 사이에 하는 약속의 증인이 되는 거다. 잘 새겨듣도록."

"알겠습니다."

"그런데 내대신, 나는 연상의 다쓰 부인을 히데타다에게 출가시켰을 때 좀 무리가 아닐까 하고 걱정했었소."

"아닙니다, 둘이 사이좋게 지내는 모양입니다."

"바로 그거야. 히데타다는 누이동생 아사히히메가 간곡히 부탁한 친조카나 다름없는 귀여운 아이요."

"예."

"그래서 어떻게든 훌륭한 아내를 얻어주려고 마음속으로 무척 애썼네."

"……."

"그 진심이 통했나 봐. 어쨌든 출가하더니 곧바로 임신하여 자식을 낳았어. 처음에는 그 아이가 아들이 아니어서 섭섭했지. 계집아이를 낳다니 하고……참, 그 아이 이름이 뭐라고 했더라."

"예, 오센입니다."

"옳지, 센히메(千姬)였어…… 그런데 나중에 나는 이것이야말로 하늘의 깊은 뜻이었다는 걸 깨달았어. 사내아이라면 도쿠가와 가문의 후계자는 되어도 우리 가문에는 쓸모없거든."

히데요시는 거기까지 말하고 다시 고통을 참으며 웃어보였다.

"내대신, 나는 그 센히메를 히데요리의 배필로 정해두고 싶소. 뭐, 내가 보증할 수 있어. 센히메는 반드시 히데요리의 마음에 들 만한 미녀가 될 거야. 다쓰 부인도 히데타다도 모두 출중한 인물이니까. 그 부모가 서로 사랑해서 낳은 딸……이니 뛰어나게 아름다운 미녀가 될 게 틀림없어…… 어때, 센히메를 우리 가문에 주겠나? 내대신은 내 동서, 히데요리의 어머니와 센히메의 어머니는 자매, 그리고 히데요리의 아들은 다이코의 손자이자 내대신의 증손…… 이로써 도요토미 가문과 도쿠가와 가문은 끊으려야 끊을 수 없는 혈육이 되는 걸세."

말하는 히데요시의 얼굴은 구슬 같은 땀으로 가득했다. 이에야스는 저도 모르게 숨을 삼키며 히데요시의 땀을 응시했다. 이 얼마나 무서운 인간의 집념이란 말인가.

지금 히데요시의 육체는 병이 주는 고통 앞에서 몸부림치고 있을 게 틀림없었다. 입술도 뺨도 흙빛으로 바뀌어 말할 때마다 보기 흉하게 경련을 일으켰다. 그러면서도 히데요시는 웃어보이려고 애쓰면서 필사적으로 자신의 꿈을 이야기하고 있었다.

일찍이 아사히히메와 이에야스의 혼담을 꺼냈을 때, 그리고 히데타다와 다쓰 부인의 경우에도 예감은 하고 있었다. 그러나 히데요리와 센히메……에 이르러서는 이에야스로서도 아직 한 번도 생각해 본 적이 없다.

히데요리는 겨우 6살, 센히메는 그야말로 젖먹이가 아닌가…….

"내대신, 반대하지 않겠지?"

히데요시는 이에야스도 당연히 기뻐할 것으로 믿고 또다시 입술을 씰룩거리며 웃었다.

"다이고의 꽃놀이는 끝났어. 이것이 다이코의 마지막 꿈이 될지도 몰라. 나에게 만약의 일이 있을 때는 그대가 잠시 정치를 대행해 주어야 해. 그렇지, 미쓰나리……?"

미쓰나리는 이미 이 상담을 받았던 모양인지 몹시 굳은 표정이지만 그리 놀라는 기색은 보이지 않았다.

"예, 말씀하신 대로입니다."

"내대신은 나보다 젊어. 내대신과 히데타다가 여러모로 보살펴주는 동안 히데요리도 성장하겠지. 그리고 히데요리의 자식 세대가 되면 내 혈통이자 내대신의 혈통이지. 어떤가, 근래에 다시없는 명안이 아닌가?……."

이에야스는 머릿속이 뜨거워졌다. 히데요시로서는 생각에 생각을 거듭한 몽상일 테지만, 이에야스에게는 차마 들을 수 없는 망집으로 여겨졌다.

'히데요시의 최후가 다가왔다. 그뿐인가, 히데요시 자신도 느끼고 있다.'

생각하면 생각할수록 이 제안은 히데요시답지 않은 망령으로 들렸다. 아사히히메를 자기에게 떠맡길 때는 그래야만 하는 커다란 목적과 사정이 있었다. 이에야스를 상경시키지 않으면 노부나가 이래의 숙원이던 일본의 통일이 이루어질 수없었다. 그래서 어쩔 수 없이 억지인 줄 알면서 승낙한 것이라고 세상 사람들도납득했고, 히데타다와 다쓰 부인의 혼인 역시 마찬가지였다. 인정 많은 다이코가젊은 히데타다의 근엄한 사생활을 보고 불행한 요도 마님의 동생을 중매했다는말로 끝날 수 있는 일이었다.

그러나 히데요리와 센히메의 결혼이라면 사정이 전혀 달라진다. 짓궂은 해석을내린다면 이전의 아사히히메나 다쓰히메의 일까지 모두 본디의 뜻이 바뀌게 될수도 있다.

'히데요시는 처음부터 이에야스를 두려워하고 있었다…….'

그래서 억지로 누이동생을 출가시켜 인척을 맺고, 다시 히데타다에게 히데요리의 이모를 떠맡겼으며, 히데요리에게 또 히데타다의 딸을 맺어주려고 하는구나……이렇게 해석한다면 히데요시는 처음부터 이에야스가 두려워 그의 비위를맞춰온 것이 된다.

그것을 알고서 하는 말일까?……생각하니 이에야스는 역시 히데요시가 노쇠하여 사려분별을 잃었다고밖에 여길 수 없어 섣불리 대답할 수 없었다.

"물론 내대신도 이의 없을 거야. 이로써 두 가문은 겹치고 또 겹치는 혈연이 되지. 그렇군, 이 자리에 히데요리와 그 아이의 생모도 부르는 게 어떻겠나?"

그제야 이에야스는 분명하게 가로막았다.

"이 분부는 잠시 저희들에게도 생각할 여유를……."

"뭣이! 안 된다……는 건가?"

"전하, 이는 전하를 위해서도 중요한 일입니다."

"뭐, 나……나를 위해서……?"

"예, 전하의 부탁은 이 이에야스에게 고마운 일입니다만, 그 때문에 영주들의 원망을 산다면 저로서는 참으로 본의가 아니므로……"

"무슨 소리? 누가 영주들의 원망을 산다는 말인가?"

"이 이에야스입니다."

"뭐……뭐……뭣 때문에?!"

"이에야스는 다이코에게 청해서 손녀를 도련님에게 바쳤다더라, 무슨 꿍꿍이속이 있어서 그랬을 거라고 억측하게 되면 밝은 정사의 방해가 됩니다. 그리고……"

히데요시 쪽에서 간청한 것이라고 하면 히데요시가 이에야스에게 아부했다는 평을 들으리라……그래도 좋겠느냐고 말할 셈이었으나 히데요시 쪽에서 먼저 메마른 웃음소리를 터뜨리며 가로막고 말았다.

"하하……내대신은 사양하는 거로군. 알았네, 알았어. 미쓰나리, 알았으니 곧 이 자리에 히데요리와 요도 마님을 불러오너라. 나 혼자만이 아니고 그 모자도 센히메를 달라고 간청하는 것이다…… 그런데 어찌 영주들이 내대신의 마음을 억측하겠는가. 이것은 히데요시가 억지로 졸라서 하는 일이야. 알았다, 어서 불러와."

이에야스는 망연하여 입을 다물 수밖에 없었다. 히데요시는 미쓰나리가 일어나 나가자 금방 다시 기운 없는 표정으로 돌아가 베개에 얼굴을 묻은 채 이에야스에게 합장했다.

"부탁하오, 내대신. 아무쪼록 뒷일을……"

이에야스는 조용히 다가가 이마의 땀을 닦아주었다. 노망이라기보다 훨씬 가련한 인생의 심연을 들여다보는 느낌이었다.

'이미 예전의 히데요시가 아니다.'

"나보다 뛰어난 자가 있다면 누구든 천하를 뺏어봐라!"

큰소리치던 히데요시는 이미 이 세상에 없고, 지금 눈앞에 병들어 누운 히데요시는 이에야스의 힘에 의지하며 히데요리의 장래를 걱정하는 평범한 한 늙은이가 되어 있었다.

"히데요시가 억지로 졸라서 하는 일이야."

이 얼마나 슬픈 인간의 고백이란 말인가. 어린 히데요리의 장래를 염려하고 번뇌하는 히데요시의 뇌리에, 다음 실력자는 이에야스라는 사실이 뚜렷이 각인되어 있었다. 그 이에야스와 굳게 맺어짐으로써 히데요리를……아니, 도요토미 가문의 안전을 도모하려는 것이 그의 마지막 집념이었다.

'히데요시의 목표는 언제부터인가 천하가 아닌 자기 가문과 히데요리에게 있었다……'

그때 마에다 도시이에와 손잡은 히데요리를 선두로 요도 마님과 미쓰나리가 우라쿠와 함께 들어왔다.

히데요시는 고통을 참으며 웃는 얼굴로 그들을 맞이하려 했다. 그 안타까운 노력은 다시금 잿빛 이마에서 서글픈 땀방울로 바뀌어갔다.

이에야스는 차마 볼 수 없는 심정이었으나 시선을 돌릴 수 없었다.

'이것도 다이코만 한 사람이므로 가능한 최후의 결투가 아닐까……?'

이런 생각도 들었지만 이에야스의 가슴에 끓어오르듯 새로운 의문이 솟아났다.

'인간이란 대체 무엇일까……?'

아니, 인간의 이상은 이처럼 늙음 앞에서 힘없이 변해 버리는 것이란 말인가……?

한때는 '천하를 위해' 평화를 지향하며 노부나가 이래의 숙원인 일본통일에서 한눈을 팔지 않던 히데요시였다. 그러기 위해 소중한 어머니도 볼모로 보냈고 자신의 목숨마저 몇 번인가 내걸고도 태연했던 히데요시였다. 그가 지금은 자신이 걸어온 생애와 완전히 상반되는 망령과도 같은 욕망의 포로가 되어 있었다.

어린 히데요리에게 도요토미 가문의 대를 잇게 하고 싶다……는 마음은 평범한 만백성의 소원일 수는 있지만, 세상을 구원할 영걸의 비원일 수는 없었다. 그것은 히데요시가 스스로 입버릇처럼 늘 말해왔던 일이었다. 그런데 그것이 예수교도들의 순교에도 훨씬 미치지 못하는 공염불에 지나지 않았단 말인가……?

'아니다, 모든 것은 다 늙음 탓이다……'

그렇게 생각하니 또 새로운 의문이 그를 사로잡았다.

'그렇다면……늙음이란 무엇일까?'

아니, 육체의 노쇠에 뒤따르는 넋두리의 정체는 무엇일까? 그것을 밝히지 못하면 답은 나오지 않으리라.

'히데요시를 이처럼 범속한 인간으로 환원시킨 원인은……?'

그 원인을 똑똑히 확인하지 않으면 영원한 평화는 없을 것 같은 공포가 느껴졌다.

"오, 잘 왔다, 우리 도련님."

히데요시는 일어나 히데요리를 안으려고 했다. 그러나 지금은 그 일마저도 뜻대로 되지 않을 만큼 육체가 쇠약해져 있다.

"아참, 일어나선 안 되지. 일어나면 안 된다고 의사들이 금지했거든. 그래, 도련님도 엄마도 어서 거기에 앉거라."

히데요리가 사부(師傅)인 도시이에의 주의를 받고 인사 올렸다.

"아버님, 좀 어떠셔요?"

그러자 이번에는 다이코의 눈에서 쏟아지듯 눈물이 흘렀다.

"단오절인 오늘 모두들 떠들썩하게 축하할 예정이었는데 못하게 되었구나. 하지만 경사스러운 선물이 있어. 요도도 잘 듣도록."

히데요시는 모두에게 또 애처로운 웃음을 보였다.

"미쓰나리도 우라쿠도 듣거라…… 오늘, 이 경사스러운 날에 나는 도련님의 신붓감을 결정했다. 어때, 누구일 것 같나?"

"어머나, 히로이 님의 신붓감을!"

"그래, 그대도 기쁘지? 왜 있지……다쓰히메가 낳은 센히메다. 이로써 우리 가문과 도쿠가와 가문은 겹치고 겹친 친척이다."

이에야스는 저도 모르게 재빨리 날카로운 눈으로 요도 마님을 바라보았다. 이 경우 이에야스는 요도 마님의 표정 변화가 가장 마음에 걸렸다.

요도 부인은 어머! 하고 고운 눈길로 흘끗 미쓰나리를 바라본 뒤 말했다.

"다쓰히메가 낳은 딸을 히로이 님에게?"

놀라움보다 기쁨이 가득한 얼굴로 고개를 끄덕였다.

"그것은 저에게도 더없는 기쁨이에요. 히로이 님, 자, 아버님께 감사인사를 드리세요."

이에야스는 요도 마님도 미리 알고 있었다는 걸 느꼈다. 지금의 이야기가 갑작스러운 일이라면 이렇게 곧바로 반응을 보일 그녀가 아니었다.

'미쓰나리는 알고 있었다. 그리고 요도 마님도…….'

그러고 보니 우라쿠와 도시이에도 이 일에 대해 미리 의논받은 것 같은 표정이었다.

"아버님, 고맙습니다."

아무것도 모르는 히데요리가 순진한 표정으로 히데요시에게 말하는 것과 동시에 요도 마님이 밝은 목소리로 웃기 시작했다.

"호호호……다쓰히메가 낳은 딸과 히로이 님을 나란히 키울 수 있다면 얼마나 마음이 흐뭇할까요…… 전하, 하루라도 빨리 두 사람이 나란히 앉은 모습을 보고 싶군요."

"오, 나도 그렇다. 어쨌든 그 일을 서두르기로 하고 오늘은 그 약속의 축하다. 우라쿠, 술을 준비해 주게."

이에야스는 더 이상 아무 말도 하지 않았다. 모두들 웃으면 같이 웃고, 말을 걸면 대답했으나 속으로는 완전히 다른 생각을 하고 있었다.

아무래도 이 혼담은 미쓰나리와 요도 마님이 먼저 찬성한 일인 것 같다. 그렇다면 히데요시의 속셈은 어떻든 미쓰나리와 요도 마님의 생각은 따져볼 것도 없이 뻔한 일이었다. 다이코는 병들고 조선에서 군사를 철수시키면 그다음에 큰 혼란이 일어날지도 모른다. 유카나가며 미쓰나리가 자기들끼리 짜고 화친을 추진시킨 잔재주가, 무용만 알고 아무것도 모르면서 싸우기만 한 무장들을 납득시킬수 있을 리 없다. 당연히 그들은 불만을 가득 안고 귀국할 것이며, 그 바람은 맹렬하게 측근을 뒤흔들어놓으리라. 바로 그때 이 혼담이 크게 효력을 발휘할 것으로 그들은 계산하고 있는 게 틀림없다. 이에야스를 불만에 가득 찬 무장들 쪽으로 보내지 않기 위해서도, 그리고 하루빨리 센히메를 볼모로 히데요리 옆에 잡아두기 위해서도…….

그러나 이에야스가 지금 생각하는 일은 그런 게 아니었다. 많은 파란의 싹을 키우고 있는 조선철병 뒤에 과연 국내평화가 유지될 수 있을까 하는 걱정이었다.

히데요시는 이미 그 대책을 생각할 능력을 잃었다. 아니, 잃었다기보다 포기하고 있다는 편이 좋을지도 모른다. 전에는 하나에도 둘에도 '천하'만 생각하던 히데요시가, 지금은 '히데요리'와 그 히데요리가 계승할 '도요토미 가문의 장래'만 생각하고 있다.

'이렇듯 변하게 한 집념의 근원은 무엇일까?'

그 의문은 풀릴 것 같으면서도 풀리지 않는다. 그것을 풀지 못하면 이 늙음과 집념은 언젠가 이에야스도 사로잡게 되리라. 그리하여 천하를 위하기보다 도쿠가와 가문을……더 소중히 생각하게 되면, 영원한 평화는커녕 사리사욕과 야심으로 가득한 노부나가 이전의 '전국'으로 되돌아갈 것이다.

무엇이 히데요시를 이토록 변하게 만들었을까?

해외 이주

히데요시의 병세는 5월 16일에 이르러 중태에 빠졌다. 음식을 먹지 못하는 데다 가슴의 응어리가 나날이 커지고 있었다. 오사카에서 기타노만도코로가 달려와 머리맡을 지키게 되자, 후시미성 안에서는 이미 히데요시의 회복은 가망 없는 모양이라고 여자들마저 수군거렸다.

몹시 괴로워하는가 하면 때때로 정신없이 잠을 잤다. 그리고 열이 나면 헛소리처럼 히데요리의 이름을 불렀다. 병세가 좀 호전되면 다섯 행정관과 다섯 대로와 중신들을 불러모아 히데요리에 대한 충성을 맹세하는 서약서를 써서 제출하게 했다. 행정관은 원로들에게서 서약서를 받고, 원로들은 행정관들로부터 서약서를 받게 했다…… 이렇게 되면 이미 인간 자체를 믿지 못하게 된 가엾은 노인의 광태 외에 아무것도 아니었다.

"히데요리를 부탁한다…… 도련님을 부탁한다……."

손을 붙잡고 누구에게나 같은 말을 되풀이하며 눈물 콧물을 줄줄 흘렸다. 그뿐만 아니라 한 사람 한 사람 대면할 때마다 하는 말이 달라지기 시작했다. 늙은 히데요시는 그로써 충분히 모두를 눌러놓았다고 생각했을 것이나, 서로 다른 지시를 받은 쪽에서는 저마다 '이것이 바로 다이코의 진심……'이라고 믿으며 행동하니 걷잡을 수 없는 혼란이 일었다. 바로 이 일을 염려하여 기타노만도코로는 거의 머리맡을 떠나지 않았는데…….

6월 27일에는 황실에서 히데요시의 쾌유를 빌기 위해 임시 신악(神樂)을 집행했고, 7월 7일에는 기타노만도코로의 특사로 고조스가 산보사를 찾아가 황금 10냥을 기부하며 기도에 더욱 정성을 들이도록 명했다.

그런 여름 어느 날—

사카이의 다이안사(大安寺) 해자 가까이에 호화스럽게 새로 지은 루손 스케자에몬의 별장에 뜻하지 않은 여인용 가마가 하나 도착했다.

그날 스케자에몬은 별장의 공사를 맡았던 목수, 미장이, 기와장이, 칠장이를 비롯한 화공, 조각사, 배우, 광대들을 사카이로 초대했다가 그들을 선창까지 배웅하러 나가고 없었다.

모두 당대 일류……라기보다 주라쿠 저택이며 후시미성 공사에 종사한 사람들을 돈을 물 쓰듯 하여 그대로 고용한 대공사로, 완성된 별장은 후시미 본성 전각을 그대로 옮겨놓았나 싶을 만큼 호화스러웠다. 모든 기둥에 조각을 새기고 옻칠도 주홍색, 흑색, 금색 등 다양했으며 금장식 은장식을 아낌없이 사용하여 여기저기 번쩍거렸다. 장지문 그림에서부터 문고리에 달린 붉은 술까지도 후시미성과 똑같아 어지간히 통이 큰 사카이의 대상인들까지도 깜짝 놀라게 했다.

"스케자에몬 놈이 아마 이곳에 다이코를 초대하여 또 무언가 꾸밀 작정이로군"

루손의 항아리로 다이코의 돈을 엄청나게 울궈낸 스케자에몬이니 무슨 궁리를 하고 있을지 모른다는 소문이었으나, 그 저택에 가마를 들이댄 여인은 그리 놀라는 기색도 없이 스케자에몬의 귀가를 기다리겠다며 안으로 들어갔다.

그 손님은 이 언저리의 아버지를 방문하고 돌아가던 고노미였다. 고노미는 옻칠과 나무향내로 가득한 새로운 전각 안을 천천히 둘러보면서 그리 칭찬하지도 놀라지도 않았다.

스케자에몬은 초대했던 사람들을 야마토 다리 선창까지 전송하고 곧 돌아올 것이라고 했다. 그 배에는 큰 술통을 싣고, 여기서 후시미까지 천천히 강물에 흔들리며 시원한 술자리를 벌일 수 있도록 작부까지 준비해 주었다고 사동이 들려주었다.

"다이코의 병환이 위중하신 때라 삼가시는 게 어떠냐고 말씀드렸습니다만, 워낙 성미가 그러신지라 이것도 완쾌를 비는 기도의 하나……라고 하시며 북과 소북까지 배에 실었지요"

고노미는 그 말에도 별다른 반응을 보이지 않았다. 일부러 이곳에 들렀으면서 이상하게 새침하고 냉랭한 표정으로 실내를 대충 둘러보더니 그리 흥미 없는 듯 뜰을 바라보았다.

뜰에는 역시 스케자에몬의 취향인 듯 소철, 빈랑나무, 야자, 파초가 심어지고 바로 오른쪽 종려나무 그늘에는 공작새 두 마리가 한가로이 날개를 접은 채 꼼짝 않고 있었다. 처음 보는 사람들에게는 그것만으로도 충분히 눈을 둥그렇게 뜰 만한 진풍경이었으나, 고노미는 흰모래에 섞여 반짝이는 규석에만 눈길을 주고 있을 뿐이었다.

스케자에몬은 반 시각 남짓 뒤에 돌아왔다.

"허, 귀한 손님을 기다리게 해서 미안하군. 고노미가 와 있을 줄 몰랐어."

스케자에몬은 지난번보다 더 볕에 그을려 한결 늠름했고, 새하얀 윗옷을 입은 탓인지 살빛마저 사람이 달라진 듯 보였다.

"무슨 일로 사카이에 왔지? 물건 사러 왔나?"

고노미는 동정하는 듯한 눈초리로 스케자에몬을 쏘아보았다.

"묘한 취미군요, 이 집."

"그렇고말고. 다이코 풍 건물에 장사치가 살아서 안 된다는 법은 없겠지. 이래도 쓸모는 다 있으니 염려 마."

"스케자 님, 당신은 엄청난 오산을 하고 있어요."

"흥, 만나자마자 또 미운 소리만 하는군."

"실수했어요, 스케자 님은."

"내버려둬. 나는 나대로 주판을 굴리고 있어. 이 주판은 어느 쪽으로 굴려도 손해가 없는 주판이지. 그보다도 여자란 말이야, 고노미, 좋으면 좋다고 분명히 말해야 하는 거야. 아니, 꼭 입으로 말하지 않아도 돼. 눈으로도 좋고 몸으로도 좋아."

스케자에몬이 말하면서 무릎걸음으로 다가오려 하므로 고노미는 눈살을 찌푸리며 손을 들어 막았다.

"당신은 내가 사랑 때문에 찾아온 줄 아는가 보군. 정말 정신 나간 사람이야."

"뭐, 그러면 다른 볼일이 있어서 왔단 말이야?"

"아무것도 모르시는군…… 다이코님은 이제 앞으로 20일이나 한 달쯤밖에 남지 않았어요."

스케자에몬은 자신만만하게 말을 계속했다.

"그런 것쯤 모를 줄 알고. 실은 처음에는 다이코를 이곳으로 초대해 전쟁 뒤의 지혜를 빌려줄 셈이었지. 그런데 솔직히 말해서······그것이 불가능해졌어······ 그렇다고 해서 두 손 놓고 있을 내가 아니지. 내 사업은 더 큰 것이야."

"그 큰 사업을 하지 못하게 되었다는 걸 모르는군요."

고노미는 튕겨버리듯 말하더니 흥 하고 시선을 돌렸다.

"허, 고노미가 이상한 말을 하는데?"

상대가 만만찮은 재녀임을 알고 있는 스케자에몬은 비로소 섬칫한 모양이었다.

"내 사업을 할 수 없다고? 그게 대체 무슨 소리야."

고노미는 잠시 상대를 애태우듯 잠자코 있었다.

"또 그런 농간으로 이 스케자에몬을 놀릴 셈인가······ 그 수에는 넘어가지 않아. 스케자에몬의 지혜는 끝없는 큰 바다이지. 한번 한다면 반드시 하고 만다."

"그럴 테지요, 다이코가 앞으로 반년만 더 살아준다면."

"죽어도 끄떡없다······고 아까부터 말했잖아?"

"스케자에몬 님."

"왜 그래, 독뱀 같은 눈초리로?"

"아무리 다이코님이라도 죽음을 앞두고 분별을 잃을 수 있다······는 생각을 해본 적 없나요?"

"무슨 말을 하는 거야, 고노미······ 다이코의 분별심은 병들기 전부터 정상이 아니었어. 그러므로 조선이며 명나라와 싸웠지. 게다가 측근에는 멍청이들뿐이야. 그렇기 때문에 나는 이렇듯 허풍선이 건물까지 마련하여 좁은 소갈머리를 넓혀주려는 거야. 알겠나? 나라 안이 평정되면 사람 죽이는 재주밖에 모르는 무사들에게는 일거리가 없게 돼. 그들을······."

고노미는 날카롭게 가로막았다.

"알고 있어요! 실직한 무사들의 눈을 남방으로 돌리게 하여 싸움보다 나은 일거리를 주겠다는 것 말이지요? 그 때문에 후시미성을 흉내 내어 이런 궁전을 짓고 무사들의 넋을 빼려는 당신 속셈은 처음부터 나도 훤히 알고 있었어요. 그것이 나쁘다는 게 아니라 그 전에 중요한 것을 빠뜨렸어요, 당신은······."

"흥, 똑똑한 척하기는. 무엇을 빠뜨렸다는 거지?"

"다이코의 마음이 흔들리면 당신이 말하는 멍청이 같은 측근들이 어떻게 움직일 것인지 예측했나요?"

"멍청이 같은 측근들?"

"그래요. 그 멍청이들에게는 조선이며 명나라와의 교섭 이면을 속속들이 알고 있는 당신이 큰 방해물이거든."

스케자에몬은 숨을 들이마셨다.

"오……! 그럼, 그 멍청이들이 또 무언가 일을 꾸몄군."

"봐요, 거기에 큰 구멍이 뚫려 있었지…… 소꿉친구의 정을 생각해서 그걸 살며시 알려주러 온 거예요."

"음."

"소에키도 소로리도 없는 지금, 다이코는 당신을 총애하여 지혜주머니로 삼을 작정이었어요. 그런데 그가 병들어 바보가 되었다면 다이코의 명령이라면서 측근들이 마음대로 행동할 수 있지요."

"그럼……그럼, 벌써 떨어졌겠군, 그 음모의 명령이?"

고노미는 희미하게 고개를 끄덕였다.

"그래요. 서툴게 허세 부린 당신의 이 별장이 전하를 넘본 외람된 행동의 증거가 되겠지요. 그리고 당신은 처음부터 간파쿠 히데쓰구와 내통한 모반인의 한패로 몰릴 거예요. 이시카와 고에몬(石川五右衛門)처럼…… 넓은 바다에서 헤엄치려다 기름솥에 들어가게 되면 어떻게 할 건가요?"

스케자에몬은 다시금 낮게 신음하며 혀를 찼다.

확실히 스케자에몬은 오산하고 있었다. 오로지 전쟁이 끝난 뒤의 일본에 도움되려는 마음으로 다이코에게 이야기하면 틀림없이 이해해줄 상대라고 지나치게 믿은 나머지 주위 사람들이 못마땅하게 여기고 있다는 점은 미처 생각지 못한 것이다. 다이코가 그를 가까이하는 한 측근들도 노골적으로 그에게 반감을 보일리 없었다. 그러나 다이코가 다시 일어나지 못하게 된다면 문제는 달라진다.

루손에서 가져온 항아리로 스케자에몬은 꽤 노골적으로 측근들을 야유했었다.

"어떻습니까? 넓은 세상에는 돈벌이 수단이 얼마든지 있습니다."

게다가 다이코 자신이 스케자에몬 대신 판매까지 맡아주었으니 그들이 불쾌하게 여기지 않을 리 없었다……

"그럼, 역시 그 앞장을 선 것은 미쓰나리겠군."

스케자에몬이 중얼거렸으나 고노미는 대답하지 않았다.

측근들은 가능하면 고노미의 아버지 쇼안까지 옭아넣으려 하는 모양이었다. 그러나 쇼안은 표면에 나선 적이 한 번도 없었다. 그런데 스케자에몬은 상인인 주제에 다이코에 맞서는 구실을 주고 만 셈이다. 이것은 물론 스케자에몬도 충분히 수긍되는 말이었다.

"그래……그놈들은 내 포부를 모를 테니까. 나는 평화를 위해 가장 중요한 도움을 주고 있는데……"

"어떻게 할 생각이에요?"

"서두르라는 말이로군."

"잡히면 변명할 길도 없을걸요."

스케자에몬은 다시금 혀를 차며 혼잣말했다.

"벌써 오늘내일하는 기색이던가? 틀림없어. 그렇지 않다면 이토록 새파랗게 질린 얼굴로 고노미가 달려올 리 없지."

"그렇게 알았으면, 각오는?"

"그야 물론 되어 있지. 뭐, 배는 항구에 마련되었고 이 집 주인도 정해져 있으니까."

"어머나, 이 별장의……?"

"그렇지. 난 바다가 넓다는 것도 알지만 다도의 풍류도 조금은 알고 있는 인간이거든. 이런 우스꽝스러운 불당 같은 방에서 그리 오래 살 수 있을 것 같나. 뱃놈이 살기에는 지나치게 장엄해서 말이야. 벌써부터 이웃 절에……그런 속셈으로 세운 거야."

빠르게 말한 다음 스케자에몬은 눈을 똑바로 뜨고 윗몸을 내밀었다.

"빠를수록 좋겠지, 고노미?"

"각오만 되어 있다면……"

"바로 그거야. 어때, 각오는 섰는가?"

"나에게……각오……?"

"그렇지. 내 쪽에는 언제든지 천변만화에 응할 준비가 되어 있어. 항구 밖을 보고 왔겠지. 루손호도 돈킨호도 배허리가 그처럼 묵직하게 물에 잠겨 있어. 이제부터 슬슬 위험해지는 계절이지만, 서두르면 아마 태풍을 만나지 않게 될 거야. 갈 곳도 정해져 있어. 안남(베트남)보다 더 앞쪽의 샴(태국)이라는 곳이지. 자, 그대 쪽의 각오는 어떤가? 배에는 화장품에 경대까지 실어놓았어."

너무나 어이없어 이번에는 고노미가 멍해지고 말았다. 스케자에몬의 성품은 고노미도 잘 알고 있었다. 목이 날아간다 해도 우는소리를 할 사나이는 아니었다. 그런 의미에서 아버지 쇼안의 맹수의 피를 쏟아부은 듯한 뱃사람 기질을 갖고 있다. 그렇지만 그 스케자에몬이 일본에서 망명할 때 자기를 데리고 갈 작정을 하고 있을 줄은 꿈에도 생각한 적 없었다.

"어때, 각오가 아직 안 되었나? 선원도 키잡이도 다 준비해 두었어."

"스케자 님, 그게 진심인가요?"

"진심이고 뭐고 없잖아? 저쪽에서 잡으러 온다면 이쪽에서 선수를 칠 수밖에……."

"하지만 그것은 당신 일이지 나와 상관없을 텐데."

"박정한 말을 하는군. 그러나 그것은 잘못된 생각이야."

"어째서 그렇지요?"

"어쩌고저쩌고도 없어. 스케자에몬이 별장의 완성을 축하하기 위해 장인(匠人)들을 초대한 그날 밤 보란 듯이 절에 시주하고 바람같이 일본에서 사라져버리게 되면 미쓰나리가 그대로 가만히 있을 줄 아나?"

"가만히 있지 않으면……?"

"누설한 자가 누구인지 찾게 되겠지. 그러면 그대 이름이 나오게 돼. 그대를 잡아가든가 대신 아버지를 잡아가든가, 아니면 도쿠가와 가문에 엉뚱한 시비를 걸 테지…… 그 정도도 짐작 못할 고노미가 아닐 텐데?"

"그럼, 만일 내가 함께 간다면……?"

"장지문에 간단하게 글을 써놓고 가겠어. 고노미라는 깜찍한 계집년이 스케자에몬의 밀무역을 눈치챘다, 밀고할 위험이 있으므로 붙잡아서 함께 데리고 간다……그러면 그대는 저쪽이 되는 거야. 설마 한편인 아버지와 주인에게 시비를 걸 수야 없겠지."

그리고 다시 와락 한무릎 다가앉으며 이글거리는 눈빛으로 고노미를 응시했다.

"날 좋아하면서!"

고노미는 온몸을 떨기 시작했다. 모르는 척하여 잡혀가게 하고 싶지 않다……는 생각에서 찾아온 것인데, 스케자에몬이 이런 식으로 나올 줄 생각지 못했다. 다만 알려준 것이 자기라는 걸 알게 되면 그다음은 어떻게 될까 하는 숨길 수 없는 불안이 마음 한구석에 있기는 했었지만…….

"흠, 역시 각오가 서지 않는 모양이군."

"그렇다면 어떻게 할 생각이에요?"

"뻔하지 뭐. 진짜로 납치해 가면 그만이야."

"그런 비열한 짓을 할 작정인가요?"

"그대는 나보다 약하거든."

스케자에몬의 나지막한 목소리에 차츰 위협이 깃들었다. 그는 정말로 고노미를 납치하는 일 말고는 달리 쇼안이나 이에야스에 대한 후환을 끊어버릴 길이 없다고 믿는 모양이었다…….

고노미는 처음으로 자신이 벼랑 끝에 세워져 있는 것을 느꼈다.

'나는 대체 이 사람을 좋아하고 있는 것일까……?'

"말이 나온 이상 출항은 오늘 밤이다. 걱정할 것 없어. 머지않아 우리는 일본의 대은인이 될 테니까. 그럼, 사양 않고 납치하겠어."

말하더니 우람한 팔의 무게가 묵직하게 어깨에 실려왔다. 고노미는 그만 눈을 감았다.

"기다려요!"

이윽고 고노미는 스케자에몬의 팔을 뿌리치면서 마음속으로 생각했다.

'내가 지고 말았다…….'

그렇다 해도 참으로 과단성 있는 스케자에몬의 결심이었다. 겨우 완성된 이 별장을 미련 없이 절에 시주하여 미쓰나리의 뒤통수를 친 다음, 오늘 밤 안으로 일본을 떠나겠다니 대담하기 짝이 없었다.

"기다리면 어쩌자는 거야? 나보고 미쓰나리와 한판 벌이라는 건가?"

"그건 아니지만……."

"그게 아니라면 길은 오직 하나……이것은 그대가 나에게 빌려준 지혜야. 싸움은 아니지만 촌각의 지체가 패배를 부른다. 흥, 다이코고 미쓰나리고 내가 알 게 뭐야. 내일은 바다 위에서 웃고 있을 텐데."

"그렇지만 나는 여자의 몸, 태어난 조국을 버리는 건 아버님에게……."

"그건 안 돼, 고노미답지 않은 미련이다. 첫째 아버지의 비웃음을 살 거야."

"하지만 이대로 사라지면 너무……."

"사라지는 게 아니야!"

스케자에몬은 또다시 대담한 얼굴로 웃어보였다.

"다이코나 미쓰나리 같은 사고방식으로는 평화의 햇빛이 비치지 않는다는 걸 실제로 보여줄 뿐이야. 그러는 동안 일본에서도 그것을 깨닫는 인간이 생기게 되겠지."

"그렇지 않으면 영영 조국에 못 돌아오겠네?"

"고노미!"

스케자에몬은 고노미의 오른쪽 손목을 단단히 잡은 채 목소리를 낮췄다.

"그대는 남자 못지않은 여자라고 생각해 왔어. 그래서 털어놓는데, 나는 이미 안남에도 샴에도 사람을 데려다놓았어. 벌써 일본인 거리가 형성되어 가고 있지. 그곳에 들어가 그 나라 왕을 움직이는 거야. 저쪽에서 일본에 교역을 청하게 하여 길만 트이면 빠를 경우 4, 5년, 늦어도 10년 안에 새롭게 훌륭한 발전의 길이 열린다…… 이 정도 전망도 없이 어찌 그대를 납치하겠나? 이것은 일본에서 도망친 듯 꾸미고 실은 밖에서 일본을 건설하는 스케자에몬식 대병법이지. 다이코가 병든 일쯤으로 좌절하는 따위의 나약한 꿈이 아니야."

"그럼, 아무도 만나지 않고 그냥 이대로……?"

"그렇지. 그러는 편이 후련하고 재미있지 않을까? 고노미의 멋, 스케자에몬의 멋……그리고 도쿠가와 님이며 그대 아버님도 그런 멋을 모르실 분이 아니야."

고노미는 체념했다. 말을 내놓으면 이 사나이는 결코 뒷걸음질 치지 않을 것이다. 그리고 무엇보다 스케자에몬의 꿈도 납득되었다. 1000석짜리와 700석짜리 두 척의 배로 목적지에 닿으면 충분히 해나갈 수 있을 것이다. 이미 목적지는 정해져 있는 눈치니까. 단지 고노미가 애석한 일은, 이 계획에 다이코와 아버지 쇼안도 참여시켜 스케자에몬이 크게 한번 활약하게 해주지 못하는 것이었다.

'다이코의 병이 이런 곳에서 걸림돌이 될 줄이야…….'

"흥, 이제 겨우 납득된 모양이군. 이제 가게 뒤처리만 남았군. 한 시간만 혼자서 기다려줘."

스케자에몬은 비로소 쥐고 있던 손목을 놓고 밖으로 나갔다.

고노미의 생각으로는 2, 3일 안에 스케자에몬의 신변에 위험이 닥칠 듯했다. 물론 이 사실을 넌지시 암시해 준 것은 이에야스였다…… 이에야스나 기타노만도 코로가 잠시라도 머리맡을 떠나면 다이코의 유언이라는 것이 잇따라 나왔다.

"차라리 의식불명이면 그런 일도 없을 텐데……."

탄식한 다음 이에야스는 혼잣말처럼 중얼거렸다.

"스케자에몬이 또 묘한 집을 지었다던데? 눈총받고 있으니 조심하는 게 좋겠어."

고노미는 그것을 넌지시 알려주라는 충고로 해석했다. 사카이뿐 아니라 교토와 후시미에도, 스케자에몬은 무슨 일이든 쇼안을 군사(軍師)로 삼아 행동한다……는 평판이 돌고 있었다.

고노미는 이에야스의 중얼거림에는 직접 언급하지 않고 슬쩍 떠보았다.

"내일쯤 잠시 아버님께 문안드리고 오고 싶은데요."

이에야스는 잠자코 허락해 주었다.

후시미를 떠날 때는 자야 시로지로를 방문하여 사정을 좀더 자세히 알아본 다음 사카이에 가려고 생각했었다. 그러나 배의 출발이 임박해 있어 들르지 않고 왔다. 지금 생각해 보니 잘한 것 같기도 하고 아쉬운 마음도 들었다.

히데요시는 이미 회복될 가망이 없어 아마도 다이고의 꽃놀이가 이 세상에서의 마지막 추억이 될 터이고, 고노미 또한 오늘이 일본을 마지막으로 보는 날이 될 듯한 생각이 자꾸만 들었다.

별안간 고노미는 얼굴을 가리고 울기 시작했다. 슬픈 것이 아니라, 느닷없이 미지의 세계를 향해 떠나야 하는 변화에 대한 감상인 것 같았다.

"아버지……."

나직이 부르는 소리와 함께 더욱 눈물이 솟구쳐 뺨을 적셨다.

고노미는 쇼안의 의견만이라도 한 번 더 듣고 싶었다. 먼 이국땅에 일본인 거리를 만들어 산다……아버지에게 그 일을 알려둔다면, 다이코가 세상 떠난 뒤에라도 반드시 위정자를 움직여 나라에서 공인하는 교역선을 자꾸 보내 연락을 취해줄 게 틀림없었다……

그러나 스케자에몬의 말대로 그것은 커다란 위험이 따르는 일이었다. 고노미가 어떻게 사라졌는지 안다면 나중에 문초가 있을 때 쇼안은 당당하게 그 일을 입 밖에 낼지도 모른다. 그렇게 되면 관리 쪽에서도 감정이 생겨 포박하고 말 것이 틀림없었다.

'역시 이대로 만나지 않고 가는 게 무사하겠지……'

자세한 사정을 모른다면 스케자에몬의 말대로 고노미가 스케자에몬을 고발할 것 같아 끌고 간 줄 믿고 이런 소문으로 끝나버리리라.

"스케자에몬이 그런 사람일 줄이야."

스케자에몬은 꼭 한 시각 뒤 이마에 땀을 뻘뻘 흘리며 돌아왔다.

"오, 기다려주었군. 역시 내가 잘 봤어. 모두 깨끗이 정리되었다. 데리고 갈 자와 남는 자로…… 남는 자에게는 금고문을 열어 평생 장사할 수 있도록 해주고 왔지. 봐! 벌써 조각배들이 쉴 새 없이 본선과 오가고 있잖아."

스케자에몬이 무장이었다면 히데요시만 한 큰 인물이 되었을지도 모른다.

그는 고노미가 울었던 일은 눈치채지 못했다. 느닷없이 손을 잡고 밖으로 끌어내더니 해변이 굽어보이는 뜰 서쪽 구석의 망루로 올라갔다. 거기서 내려다보니 유곽거리 지붕 너머로 해변과 섬, 그리고 오른쪽으로 선착장도 한눈에 보였다. 멀리 새파란 바다가 오늘은 얼마쯤 흰 물결을 일렁이며 펼쳐져 있었다.

"봐, 저 노 젓는 모습을! 모두 다이코와 미쓰나리의 코를 납작하게 해주려고 신이 나 있어. 첫 배에는 금은과 구리가 실려 있지. 저것 봐, 한 척은 벌써 루손호에 닿았어."

고노미도 스케자에몬과 같은 흥분과 꿈속에 젖어보려고 노력했다. 그러나 그럴수록 후시미의 이에야스와 히데타다, 자야 등의 얼굴이 눈앞에 선명하게 떠올랐다.

'이제 그분들과도 만날 일이 없을지 모른다……'

다이고에서 본 기타노만도코로며 요도 마님, 교고쿠 부인의 모습……아니, 그보다도 어떤 운명이 기다리는지 모르는 채 많은 여자들 속에서 실상은 장난감이 되어버린 어린 히데요리.

소에키의 딸 오긴은 지금 어디서 어떻게 지내는지…… 호소카와 다다오키의 부인 가라시아는 지금도 행복하게 살고 있는지?

"봐, 그다음 배에는 총과 일본도가 실려 있어."

스케자에몬은 고노미의 감회는 전혀 눈치채지 못한 듯 얼굴까지 벌써 바다 사나이가 되어 있었다.

"인원은 제대로 뽑은 정예 150명, 이들만 있으면 상륙하고 나서 곧 저쪽의 왕족과 연결이 돼. 어디든 마찬가지야, 강력한 호위가 필요한 것. 그 호위를 맡아주면서 자꾸 교역의 손길을 넓혀가는 거야. 좁은 일본에서 손바닥만 한 땅을 다투는 시대는 지나간 거지. 무슨 말인지 알지?"

"그건 잘 알지만……."

"그리고 스케자에몬은 머지않아 남쪽 바다의 왕자가 되는 거야. 다이코가 명나라 왕으로부터 일본 국왕으로 책봉받고 화내는 일과는 완전히 차원이 다르지……."

그리고 무슨 생각을 했는지 스케자에몬은 빙그레 웃으며 목소리를 낮췄다.

"코끼리가 있어, 고노미……."

"상아를 가진 코끼리 말인가요?"

"그래, 그리고 악어도 있지."

"새끼악어는 나도 보았어요."

"커다란 도마뱀도, 거대한 구렁이도."

"그런 위험한 것만 있다면 사람이 안심하고 살 수 없을 텐데."

"코뿔소도 있어. 오서각(烏犀角)이라는 귀한 약재를 만들 수 있는 그 코뿔소 말이야. 그리고 호랑이와 표범도 있지."

"동물 이야기는 이제 그만해요."

"그게 아니야…… 거대한 코끼리 등에 호랑이가죽, 표범가죽을 깔고 남만에서 건너온 나사(羅紗)로 장식한 안장 위에 그대를 태워주겠다는 거야. 물론 나도 타야지. 인간의 왕만으로는 시시해. 맹수들의 왕도 되어야지, 왓핫핫하……."

고노미는 다시 슬픔이 밀려왔다. 어째서일까? 스케자에몬이 이런 사람이라는 걸 알고 있었으면서도…….

땅으로 돌아가는 자

히데요시의 병세는 더욱 악화되어 6월 2일부터 자리에서 일어나지 못하게 되었다. 그 말이 성 밖으로 새어나가자 6월 중순에 벌써 후시미성 아랫거리에 심상치 않은 공기가 감돌기 시작했다. 아직 난세의 여운이 가시지 않고 있는 때 그들이 심복해 마지않던 다이코가 쓰러져 그 명령의 진위를 믿을 수 없게 되었으니 당연한 일이었다.

이에야스가 교토에 있는 여러 장수들을 후시미성 안의 큰 접견실로 초청하여 다이코 이름으로 주연을 베푼 것은 6월 16일이었다.

이 주연은 물론 다이코가 시킨 일이 아니다. 그러나 이에야스는 마에다 겐이, 아사노 나가마사, 마시타 나가모리, 이시다 미쓰나리, 나쓰카 마사이에 다섯 행정관을 불러 굳이 이것을 개최하게 했다.

"여러 장수들 가운데 명령을 가벼이 여기는 자가 있소. 이대로 내버려두면 사사로운 싸움으로 도성 안에 소란을 일으킬 우려가 있으니 모두에게 등성을 명하여 주연을 베푼 다음 다섯 행정관이 잘 타이르도록 하시오."

이에야스가 말하자 미쓰나리가 맨 먼저 물었다.

"물론 전하의 명령이겠지요?"

이에야스는 웃으면서 고개를 끄덕였다.

"이시다 님은 그렇지 않다고 생각하오?"

"아닙니다, 요즘 전하께서는 의식불명일 때가 많아 감히 여쭈어본 것뿐입니다."

"그렇다면 분부대로 하시오. 부처님은 특별히 인간의 언어로 말씀하시지 않지만 고승걸승(高僧傑僧)들은 그 부처님 마음을 헤아려 불도를 행하오. 이대로 버려두면 바로 가까운 곳에서 소란이 일어나게 되오. 아시겠소?"

미쓰나리는 이에야스를 쏘아보았으나 더 이상 반박하지 않았다. 반박할 틈이 없었다……기보다 그 명령이 병석에 누운 히데요시가 직접 내린 게 아니고 이에야스에게서 나온 것임을 확신했기 때문인지도 모른다.

아무튼 16일에 장수들은 한자리에 모여 술잔을 기울였다. 그리고 그 자리에서 다섯 행정관이 번갈아 일어나 중요한 시기인 만큼 사사로운 감정은 접어두고 명령을 중히 여겨달라고 역설했다.

이에야스는 히데요리를 안은 도시이에와 나란히 상좌에 앉아, 처음에는 잠자코 다섯 행정관에게 모든 것을 맡기고 있었다. 장수들 중에는 조용히 다이코의 병세를 묻고 근신하겠다는 뜻을 다지는 자도 있었지만, 공공연히 딴청 피우는 자도 있었다.

"전하께서 편찮으시니 모든 일본사람들은 원한을 풀고 다섯 행정관의 명령에 복종하라는 말처럼 들리는데, 그렇게 해석해도 좋소?"

"그렇소, 병환 중이시니……."

"그렇다면 거절하겠소. 원한이란 그리 쉽게 풀리는 게 아니오."

"뭐, 그러면 명령을 어기고 다투기라도 하겠다는 말이오?"

"그렇소. 우리들 하나하나가 전하의 머리맡에 나아가 명령을 확인할 수 있는 것도 아니오. 그러니 원한은 풀리지 않는다는 거요."

한 사람이 말하자 곧 이에 응하는 자가 늘어갔다.

"그렇소. 무엇이 공식명령이고 무엇이 행정관의 사사로운 명령인지 도무지 알 수 없는데, 그것으로 원한이 풀릴 게 뭐요."

술을 마시던 중이라 좌중이 와 하고 들끓었다. 한번 들끓기 시작하면 다섯 행정관의 힘만으로 가라앉을 사람들이 아니다. 술자리의 어지러움과 반감이 차츰 자기에게 집중되어 오는 것을 알아차리고 미쓰나리의 얼굴빛이 달라졌다.

미쓰나리는 생각했다.

'당했구나!'

이에야스 쪽을 보니 히데요리 옆에 앉아 여전히 말없이 술잔을 기울이고 있었다.

'이것은 이에야스가 나를 비난하고 탓하기 위한 술책이었어……'

그렇게 생각하지 않을 수 없을 정도로, 술기운이 돌기 시작한 장수들은 다섯 행정관의 공식명령이라는 것에 불신을 품고 있었다.

그 불신을 미쓰나리에게 들이대며 말하고 있는 듯한 기분 나쁜 압박감을 이에야스에게서 느꼈다.

"어때, 이제 좀 알겠나?"

그쯤 되면 미쓰나리 또한 무력하게 모든 사람의 집중공격을 받고 있을 순발력 없는 사람은 아니었다.

미쓰나리는 성큼성큼 이에야스 앞으로 걸어갔다.

"보시다시피 이렇습니다. 공식명령은 모두 전하의 명령이라고 내대신께서 모두에게 말씀해 주십시오."

이에야스는 그래도 잠시 입을 다문 채 말이 없었다. 병중에 벌써 이 모양이니 죽은 뒤에는 뻔하다……이에야스는 그러한 분위기를 헤아리고 있을 게 틀림없었다.

"내대신, 이대로 내버려두면 전하의 체면에 먹칠하는 일이 될 겁니다."

"그렇소, 그대들 힘으로 수습할 방법이 없을까?"

"우리는 내대신 분부로 오늘의 이 모임을……"

"그래, 그러면 할 수 없지. 좀더 상황을 지켜보도록 하세."

"이 이상 취한다면……"

"걱정할 것 없소. 불평의 원인을 알 수 있을 테니 오히려 방법이 나타나리다."

미쓰나리는 입술을 깨물며 제자리로 돌아갔다. 미쓰나리의 생각으로는 이렇게 하여 다섯 행정관의 무력함을 모두에게 일깨워주는 것이 이에야스의 목적이었다고 판단할 수밖에 없었다.

'제기랄! 늙은 너구리 놈……'

미쓰나리가 제자리로 돌아가자 이에야스는 곧 아사노 나가마사를 손짓해 불러 무언가 귓속말을 소곤거렸다. 나가마사의 표정이 싹 굳어지는 것을 미쓰나리도 물론 보았다.

나가마사는 잔뜩 긴장된 걸음으로 접견실에서 나갔다가 얼마 뒤 돌아와 무엇인가 보고했다.

이에야스는 천천히 고개를 끄덕이더니 자세를 바로했다.

"자, 여러분에게 일러둘 말이 있소."

그러나 그 소리를 듣지 못했는지 좌중은 한동안 그대로 소란이 계속되었다.

소란이 가라앉기를 기다려 이에야스는 다시 무게 있는 목소리로 말했다.

"방금 후시미 성문을 모두 닫아버렸소."

이에야스의 표정은 차분했다.

"천하의 중대한 시기인 만큼 사사로운 원한 따위는 모두 풀어버리자고 일부러 모든 장수들을 불러 주연을 베푼 것이오. 그런데도 여러분들 중에는 화해는커녕 이 자리에서 오히려 서로 다투는 기색마저 보이고 있소. 따라서 오늘 밤은 한 사람도 성에서 내보내지 않으리다. 그리 알도록."

그 말이 갖는 의미는 명령을 받들지 않는 자는 이 성에서 내보내지 않고 베어버리겠다는, 얼굴도 감히 똑바로 쳐다볼 수 없는 매서운 결의를 품고 있다.

순간 물을 끼얹은 듯 모두들 조용해졌다. 내대신이라는 이에야스의 지위도 알고, 고마키와 나가쿠테 전투 이래 무장으로서의 실력도 충분히 알고 있다. 그러나 후시미성에서의 이에야스는 필요 이상으로 은인자중하는 모습이어서 때로는 잠들어 있는 것 같기도 했다. 그 이에야스가 느닷없이 큰 칼을 끌어당기며 노골적으로 노여움을 드러냈다. 더욱이 어느덧 모든 성문을 닫게 하고 한 사람도 이 자리를 뜨지 못하게 하겠다는 것이다…….

술 취한 얼굴들이 단번에 긴장되더니 살기와도 같은 침묵이 한동안 이어졌다.

누군가가 말했다.

"하하하……아무래도 우리들 농담이 지나쳤던 것 같습니다. 저는 결코 명령에 불복하겠다는 게 아닙니다."

"맞습니다. 흥이 너무 지나쳤던 모양이군. 술김에 그만, 전하의 명령이라 해놓고 그 뒤에 숨어 사사로운 뜻을 내세운다고 농담 삼아 비꼬아 보았을 뿐이오."

"우리 모두 내대신께 사과드려야겠소. 내대신은 언제나 빈틈없으신 분이니."

"그렇소, 맞습니다. 말씀대로 사사로운 원한을 품거나 사사로운 싸움은 안 하겠다고 맹세합시다."

미쓰나리를 비롯하여 공격대상이 되었던 다섯 행정관들이 비로소 안도의 한숨을 내쉬는 것과 동시에 새삼 불만스러운 표정을 지었다. 다른 일이 아니었다. 오늘의 주연은 그 행정관들의 존재를 보잘것없게 만들고 이에야스의 존재를 여러 장수들 앞에 크게 내세워 확인시키기 위한 책략이었다……는 의문이 당연히 그들을 사로잡았다.

'교활한 늙은 너구리 놈!'

그러나 이에야스는 그들과 전혀 다른 생각을 하고 있었다. 히데요시라는 위대한 독재자의 위력이 사라지면 일본은 다시 전국시대로 돌아갈 우려가 충분히 있었다. 이대로 내버려둔다면 히데요시가 죽는 바로 그날 분열이 시작될지도 모른다.

지금도 측근에 대한 반감이 이토록 심하다. 거기에 가토, 구로다, 시마즈 등의 맹장들이 돌아와 저마다 파벌을 이루어 다투기 시작하면 노부나가, 히데요시, 이에야스 3대에 걸쳐 마음을 이어주던 비원(悲願)인 일본의 통일과 평화는 그야말로 자취도 없이 사라져버리리라.

"알아주신다면 다행한 일. 아무쪼록 히데요리 님을 중심으로 명령을 잘 받들어 더욱 단결을 굳힙시다. 그럼, 모두들 즐겁게 술잔을 나눈 뒤 돌아가시기 바라오."

이에야스는 말하고 자기부터 먼저 자리에서 일어섰다.

'이대로는 안되겠다. 아직 여러 장수들이 마음을 기댈 곳을 얻지 못하고 있어.'

이에야스는 이튿날 아침 히데요시의 머리맡에 나아가 지난밤의 일을 그대로 털어놓았다. 다섯 행정관 중 누군가의 입에 의해 왜곡되어 진상이 잘못 전해질 것을 우려해서였다.

다행히도 그날 히데요시는 의식이 맑았다. 히데요시는 조용히 듣더니 의원들까지 물리친 뒤 조용히 이에야스의 손을 찾았다. 얼어붙은 고목 같은 차디찬 손이었다.

"내대신, 잘 해주었소. 내가 이렇게 감사드리오."

말하는 히데요시의 뺨이 어느덧 축축하게 젖어 있었다.

"히데요리는 아직 어리니……그대의 보호에 의지할 수밖에 도리 없겠지. 정치에 관한 일은 앞으로 모두 그대에게 맡기리다. 히데요리가 성장한 뒤 천하에 쓸 수 있는 그릇인지 아닌지도 그대 마음에 달렸으니, 부디 잘 부탁하오."

이것이 이성을 느끼게 한 히데요시의 마지막 말이었다.

히데요시가 정치에 관한 모든 일을 이에야스에게 맡길 것이며 히데요리의 사부는 마에다 도시이에임을 새삼 재확인한 것은 그날, 곧 6월 15일이었다.

그리고 그 뒤 히데요시의 명령에는 더 이상 냉정한 이성을 가진 사람이라고 도저히 생각할 수 없는 혼란과 착각이 뒤섞였다.

다섯 대로는 도쿠가와 이에야스, 마에다 도시이에, 우키타 히데이에, 모리 데루모토, 우에스기 가게카쓰.

다섯 행정관은 이시다 미쓰나리, 아사노 나가마사, 마시타 나가모리, 마에다 겐이, 나쓰카 마사이에.

그들 사이의 의견이 어긋나고 충돌이 생길 때는 나카무라 가즈우지, 이코마 지카마사, 호리오 요시하루가 조정관으로서 조정과 화해를 맡는 인사(人事)는 변동이 없었다.

물론 이 인선도 다이코 본인의 의사에 미쓰나리 등의 의견이 충분히 참작된 것으로, 다섯 대로와 세 조정관이 서로 견제하게 함으로써 균형을 유지하려는 속셈이 있어서였으며 참다운 융화며 신의와는 거리가 멀었다. 그 뒤의 서약서 교환이며 무장끼리의 반목이 표면적으로 가라앉은 일 등은 물론 한때의 하찮은 현상에 지나지 않았다.

마침내 히데요시의 죽음이 시간문제로 여겨진 8월 첫 무렵 어느 날, 자야 시로지로가 후시미 저택으로 이에야스를 찾아와 루손 스케자에몬의 도주를 알렸다.

"대담하기 이를 데 없는 사람입니다. 사카이의 포도청에서 관원이 잡으러 갔을 때는 일본에 없었을 뿐 아니라 조각배 한 척, 지푸라기 하나 남기지 않았다더군요."

"음, 다이코의 노여움이 두려워 도망친 거로군."

"아닙니다. 다이코님보다 그 측근들의 코를 납작하게 해줄 작정이었던 것 같습니다."

"측근들의 코를 납작하게……?"

"예, 이것은 다이코님 뜻이 아니라 다이코님의 위력을 믿고 측근들이 꾸며낸 사사로운 감정임에 틀림없다, 그렇다면 이쪽에도 대책이 있다며 관원들이 재산몰수 문서를 갖고 잡으러 갔을 때 문제의 별장은 고스란히 시주절에 기증되고 점포와 창고도 모두 정식으로 팔아넘긴 뒤여서 무엇 하나 몰수할 수 없었다고 합니다. 사카이 사람들은 과연 스케자에몬답다, 오랜만에 가슴이 후련하다며 뒤에서 모두들 통쾌하게 여기고 있는 형편입니다⋯⋯."

이에야스는 한동안 잠자코 자야의 얼굴을 쏘아보고 있었다.

"그럼, 스케자에몬이 떠난 게 언제인가?"

"예, 6월 그믐날입니다."

"허허, 이제 알겠군."

"무슨 일이 있었습니까?"

"그대는 아직 모르겠나. 이 후시미 저택에서 벌써 사카이 사람이 보이지 않을 텐데?"

"아, 고노미 님!"

"그래. 쇼안한테 다니러 간 뒤 돌아오지 않았어. 쇼안에게서 아무 연락이 없어 이상하게 여기긴 했으나 잠자코 있었지."

"그럼, 고노미 님은⋯⋯?"

자야가 목소리를 낮추며 주위를 돌아보았다.

"고노미는 역시 내 자식을 낳기보다 스케자에몬의 자식을 낳을 여자였던 모양이야."

이에야스는 말하며 소리 내어 웃었다.

자야는 아직도 그 웃음의 뜻을 잘 몰라 진지하게 되물었다.

"무슨 증거라도 있습니까?"

물론 자야는 이에야스의 자식을 낳는 대신 스케자에몬의 자식을⋯⋯이라고 한 농담에 대해 물은 것은 아니었다. 고노미가 정말 스케자에몬과 함께 사라졌다는 확실한 증거가 있는지 되묻지 않을 수 없었던 것이다⋯⋯.

그러나 이에야스는 시치미 떼는 표정으로 다시 웃었다.

"하하⋯⋯정말이야. 고노미는 굉장히 다루기 힘든 여자였어."

"자꾸 농담말씀만⋯⋯."

"농담이 아니야. 품에 들어올 것 같다가는 멀리 달아나고, 달아나는 척하다가는 단번에 마음속까지 파고들었지. 그랬구먼, 스케자에몬과 함께라면 고노미도 마음을 정하고 지금쯤 한시름 놓고 있겠지."

"그러면 주군은, 고노미 님이 자진해서 스케자에몬과 사랑의 도피를 했다……고 생각하십니까?"

"실은 말이다, 자야. 나는 고노미가 나에 대한 질투로 얼마 동안 친정에서 심통 나 드러누웠다가 올 줄 알았지."

"또 그런 농담을……."

"오카메가 온 뒤부터, 고노미는 왠지 안절부절못하며 침착성을 잃고 있었어."

"오카메 님이 오신 뒤부터……?"

이에야스는 선뜻 고개를 끄덕였다.

"그렇네. 그러니 자네에게 또 한 가지 일이 늘어난 셈이야."

오카메란 뒷날 오와리 영주 요시나오(義直)를 낳은 이와시미즈 하치만(石淸水八幡)의 신관 시미즈 무네키요(志水宗淸)의 딸로, 이에야스의 젊은 측실이었다. 그 측실 때문에 고노미가 이에야스에게 몸을 허락하지 않았다는 농담인 듯했다.

그 농담은 어떻든 자야에게 또 해야 할 일이 생겼다니 무엇일까?

"자야, 자네는 내게 부탁이 있어서 왔겠지? 얼굴에 그렇게 쓰여 있어."

"그……그……그건 또 무슨 말씀이신지……."

"자네가 탐지하면 스케자에몬이 어디를 향해 떠났는지 알 수 있을 터."

"예, 그건 알 수 있습니다만……."

"자네는 그곳에 배를 보내주고 싶으리라. 그 허가를 원하고 있는 것 같은데 어떤가?"

"황송합니다. 스케자에몬은 반드시 일본의 부를 늘려줄 사람이라고 믿습니다."

"그래, 좋아. 지금 이세의 항구에서도 같은 생각으로 출항을 노리는 자가 있지. 다이코의 병환에도 흔들리지 않고, 살아 있는 자는 뒤이어 뜻을 펴야만 할 테니까. 고노미의 일도 있고 하니 특별히 허가해 주겠다."

자야는 겸연쩍은 듯 눈을 깜박였다. 스케자에몬이 이대로 조국과 인연 끊게 하고 싶지 않으므로 자신이 나서서 일본과의 연락을 주선해 주고 싶었던 것이다…… 그 생각을 이에야스는 벌써 알아차리고 있었다. 더욱이 스케자에몬이 고노미와 함께 갔다면 더 말할 나위 없었다. 잘 연결해 주지 않으면 쇼안에게도 체면이 서지 않는다.

"자야."

"……예."

"스케자에몬이라는 자에게 연락이 닿거든 고노미를 소홀히 대하지 말라고 일러주어라. 고노미는 이에야스가 반했던 여자라고."

거기까지 말하고 이에야스는 손뼉 쳐 시동을 불렀다.

시동이 두 사람 앞에 차를 내오자 이에야스는 불쑥 한 마디 했다.

"생명있는 자는 누구나 흙으로 돌아간다……."

자야는 일부러 아무 대답도 하지 않았다. 이에야스의 말투로 미루어 상대에게 이야기한다기보다 혼잣말인 느낌이 짙었기 때문이다.

"노부나가 공의 생애는 마지막에 이르러 불운을 만났다고 생각했었는데 그게 아니었어."

손바닥으로 찻잔을 감싸며 여전히 자신의 마음속 깊은 곳에 자리 잡고 있는 또 한 사람에게 들려주는 듯한 태도였다.

"노부나가 님의 일생은 언제나 소리 내며 불타고 있었다. 대단했지. 혼노사에서 돌아가실 때도 모반을 일으킨 게 아케치라는 걸 알자, 상대가 그라면……이라고 말하면서 미련 없이 불 속에 뛰어들어 자결하셨다더군. 아케치 미쓰히데의 신중하고 집요함을 꿰뚫어보시고 눈곱만치의 망설임도 보이지 않으셨다."

자야는 지금 이에야스의 가슴속을 오가고 있는 게 무엇인지 어렴풋이 알 것 같았다.

"다이코에게 곧 아케치 정벌을 결심하게 한 것이 무엇이었는가……? 나는 처음에 어디까지나 뛰어난 다이코의 재주 때문이라고 생각했었는데 그것뿐만이 아니었다. 노부나가 공의 처절할 정도로 외곬이었던 삶이 다이코로 하여금 순간의 망설임도 허락지 않았다. 그것이 또 하나의 커다란 원인이었다는 걸 비로소 알았어."

거기까지 듣자 자야는 입을 열지 않을 수 없었다. '그래, 바로 그것이다……'라고 새로이 자야의 눈을 뜨게 하는 무엇인가가 그 혼잣말 속에 숨겨져 있었기 때문이었다.

"주군!"

"뭔가?"

"그럼, 주군은 다이코로 하여금 아케치 정벌을 결심하게 한 것은 다이코 자신의 재능도 있어서였지만 그 이상으로 노부나가 공이 살아가신 일관된 삶에 원인이 있었다는 것입니까?"

이에야스는 고개를 끄덕였다.

"아무튼 노부나가 님 일생은 조금도 망설임 없이 일본의 통일이라는 큰 목적을 위해 불타올랐고, 모든 사람의 눈을 그 한곳에 쏠리도록 했으니 말이야."

"그럼, 다이코의 일생은 노부나가 님의 그것과 다르다는 말씀입니까?"

"자야, 다이코의 관뚜껑은 아직 덮이지 않았다."

"그러나 요즘 정신마저 온전하지 않으시다는 소문이 떠돌고 있습니다만."

"내 말은 다이코의 의지 또한 노부나가 공처럼 명백하게 하나였다면 뒤에 미련이 남지 않을 거라는 이야기야."

자야는 다시 입을 다물었다. 이제 더 물을 것도 없었다. 아마도 다이코의 의지가 때로는 천하를 위하는 것이 되었다가 때로는 자기 아들을 위하는 것이 되어 갈팡질팡하기 때문에 이에야스는 고심하고 있는 게 틀림없었다. 모두가 보기에 히데요시의 위업을 계승할 사람은 이에야스……라는 건 기정사실이었다. 그런 만큼 히데요시가 노부나가의 복수를 내세워 곧장 천하를 향해 줄달음질쳤을 때보다 훨씬 많은 어려움이 남아 있다는 뜻인 것 같았다.

이에야스는 달그락하고 소리 내어 찻잔을 내려놓더니 조용히 눈을 감고 입을 다물었다. 곁에 자야가 있는 것도 잊어버린 듯, 어딘가 깊이 빠져드는 듯한 엄숙한 모습이었다.

자야는 숨이 막혔다. 그도 또한 흙으로 돌아가는 자의 마음가짐을 조용히 음미해야 할 나이가 되어 있었다. 다이코는 첫째도 천하, 둘째도 천하를 위해 살아온 사람이었다. 그 사람의 마지막 생각이 공과 사 두 가지로 분열된 것만으로도 뒤에 남은 사람들이 두 갈래로 나뉘어져 싸울 우려가 남는다……는 건 얼마나 무섭고 불가사의한 현실이란 말인가.

노부나가, 히데요시, 이에야스 세 사람은 처음부터 하나의 목적으로 힘을 합쳐온 드물게 보는 동지였다. 일본의 통일과, 거기서 태어나는 평화가 이 세 사람의 생애를 일관하는 '목적'이며 '비원'이었다. 그러므로 그토록 성미가 까다로운 노부나가도 이에야스에게만은 평생을 두고 친척으로서 배신하는 일 없는 신의를 보여주었다. 이에야스와 히데요시의 사이도 마찬가지였다. 마쓰나가 단조며 아케치며 다케다처럼 그저 단순히 천하병에 걸린 자들이었다면 히데요시도 그처럼 이에야스를 중용하지 않았을 테고, 이에야스 또한 고마키와 나가구테 전투 이후의 타협과 성의는 보여주지 않았을 게 틀림없다. 그런 의미에서 볼 때 세 사람의 목적은 어디까지나 하나였고, 바꾸어 말하면 그 세 사람이 한 사람이라고 할 수도 있었다.

그것이 히데요시의 중태로 문득 희미한 분열의 빛을 띠기 시작했다. 아직 정치 권력을 세습할 만큼 도요토미 가문의 기초가 잡히기도 전에, 히데요시의 마음이 천하와 도요토미 가문의 두 가지로 갈라지기 시작한 것이다. 그것이 지금 이에야스를 격심하게 뒤흔들고 있었다.

자야는 이 자리에서 그만 물러가야 되겠다고 생각했다. 이에야스는 아직 호젓이 눈을 감은 채 침묵에 잠겨 있고, 시동 도리이 신타로는 자야 따위 안중에도 없는 듯 얼른 다기를 치운 뒤 옆방으로 물러가버렸다.

"주군, 이만 물러가겠습니다."

"오……."

"늦더위가 아직 심하니 부디 몸조심하십시오."

"자네도 이런저런 거리 동향을 잘 살피도록 하게나."

"알겠습니다, 그럼……."

자야가 도쿠가와 저택에서 나오니 해는 벌써 서쪽으로 기울고 후시미성 정문 앞 광장에 20명쯤 되는 수도승들이 긴 그림자를 드리우고 열심히 염주알을 굴리고 있었다. 다이코의 쾌유를 축원하고 있는 것이리라. 그 건너쪽은 이시다 저택, 메마른 땅 위에 창을 세운 문지기가 장승처럼 서 있었다.

"자야 님……아니십니까?"

그 목소리에 황급히 돌아보니 뒤에 젊은이 하나를 거느린 혼아미 고에쓰가 서 있었다.

"아, 고에쓰 님. 어디 가시는 길입니까?"

"예, 기타노만도코로님께 잘 벼른 단검을 갖다드리고 오는 길입니다."

요즘 들어 갑자기 중후함이 몸에 밴 고에쓰였으나 오늘은 몹시 눈을 번뜩이며 흥분하고 있었다.

"자야 님, 드디어 천하가 또 어지러워지겠군요. 자칫하면 올해 안에 한바탕 큰 바람이 불지도 모르겠습니다."

고에쓰는 기타노만도코로에게서 무언가 눈치챈 일이 있는지. 성큼 자야 곁으로 다가오더니 귀에 입을 바짝 대고 빠른 말로 속삭였다.

"기타노만도코로님에게서 뜻밖의 부탁을 받았습니다. 참으로 뜻밖의 부탁을."

자야는 높은 하늘에서 황급히 눈길을 돌려 주위를 살폈다. 자야와 고에쓰는 이미 세상에서 도쿠가와의 간첩이니 기타노만도코로의 첩자니 하는 뒷손가락질을 받고 있었다. 만약 그런 소문의 근원지가 있다고 한다면 틀림없이 요도 마님이나 미쓰나리 등이 하는 말일 터이고, 더구나 이곳은 그 이시다 성곽 옆인 것이다.

"고에쓰 님, 걸으면서……."

자야는 재촉하며 앞장서 걷기 시작했다.

"무슨 부탁을 받았습니까?"

그러자 고에쓰는 전혀 다른 말을 꺼냈다.

"입정안국은 어려운 모양이더군요."

"법화경에 관한 이야기였습니까? 기타노만도코로님 부탁이란?"

"아닙니다. 이다음 바람은 아마 내란이 될 것 같습니다. 다시 말하면 교의(敎義)의 충돌이라 할 수 있겠지요."

"교의의 충돌이라니요?"

"법화경과 예수교의……."

"흠, 그러면 가토 기요마사와 고니시 유키나가의 싸움이 된다는……?"

"그렇게 생각하셔도 좋겠지요. 아무튼 기타노만도코로님은……."

이번에는 고에쓰 쪽이 조심스럽게 주위를 살폈다.

"물론 이건 극비 중의 극비입니다만 저에게 은밀히 교토 안에 은거하실 집을 구해달라고 부탁하셨습니다."

"어느 분이 은거하실 집을……?"

"그야 물론 기타노만도코로님이지요."

"아니……기……기……기타노만도코로님이?"

자야는 자신의 귀를 의심했다. 고에쓰는 쓸데없는 농담을 할 사람이 아니다. 소에키가 죽은 뒤 자야와 친형제 이상으로 어떠한 비밀이라도 서로 말하는 사이였다. 그건 그렇고, 오사카성의 안주인 기타노만도코로가 교토 안에 은거할 집을 마련하다니 너무나 엉뚱한 일이라 어떻게 받아들여야 할지 알 수 없었다……

"자야 님, 우리가 생각하는 이상으로 내란의 기운이 강한 모양입니다. 참, 그러고 보니 벌써 다이코께서 마지막 유언시를 읊으셨다더군요."

"흠, 기타노만도코로님이 은거를 하신다!"

"이런 시라더군요."

고에쓰는 가락을 붙여 다이코의 유언시라는 것을 읊었다.

이슬로 태어나 이슬로 사라질 운명이던가.
나니와(오사카)의 영화는 꿈속의 또 꿈……

"서글프군요. 확고한 신앙이 없는 사람의 인생이란 모두 이슬 속의 또 이슬, 꿈속의 또 꿈……"

그러나 자야는 대답하지 않았다.

기타노만도코로가 그 같은 결심을 할 정도라면, 사태는 이만저만 심각한 것이 아니리라. 그렇게 생각하자 섣불리 맞장구칠 수 없었다.

마침내 게이초 3년(1598) 8월 18일, 한 시대를 방약무인하게 살아온 영웅 히데요시는 크나큰 폭풍우의 씨앗을 뒤에 남긴 채 63살에 흙으로 돌아갔다.

상중(喪中)의 잉어

이에야스가 히데요시의 죽음을 안 것은 숨진 지 한 시각 남짓된 8월 18일 묘시(卯時 ; 오전 6시)가 지나서였다. 이미 시간문제라고 각오하고 있었으나, 그 죽음을 알려온 것이 뜻밖에도 평소부터 심상치 않은 적의를 노골적으로 보여온 이시다 미쓰나리인 데에는 놀라지 않을 수 없었다.

아침 일찍 일어나는 이에야스가 오카메 부인의 시중을 받으며 세수하고 있는데 혼다 마사노부가 얼떨떨한 표정으로 달려왔다.

"주군, 이른 아침부터 뜻밖의 손님이 와계십니다."

이 말을 들었을 때도 이에야스는 그것이 미쓰나리일 줄 상상도 못했다.

"뜻밖의 손님이라니 에도에서인가?"

"아닙니다, 이 앞에 있는 이시다 성곽 주인입니다."

"뭐, 미쓰나리가 왔다고!"

"예, 더구나 혼자서 직접 뵙고 은밀히 드릴 말씀이 있다며……."

이에야스는 그제야 비로소 가슴이 섬칫했다.

'다이코가 숨을 거두셨구나…….'

그러나 어째서 미쓰나리가 그것을 알리러 왔을까? 이에야스의 예상으로는, 미쓰나리는 그것을 최대한 감춘 다음 조선에서의 병력철수를 획책할 터였다. 아마도 다이코가 아직 살아 있는 듯 꾸미고 위압하는 말투로 중신들에게까지 자신의 의지를 강요할 것이었다.

"전하의 명령이오."

미쓰나리는 그런 사나이니, 그 책략에 두드러진 실수나 억지만 없다면 그대로 용납해도 좋다……고 이에야스는 생각하고 있었다.

"그래, 미쓰나리가 혼자서 왔단 말이지? 알았다, 객실로 안내해라."

요즈음 더욱 살이 찐 이에야스는 마사노부에게 명해놓고 옷을 갈아입기 시작했다. 띠를 손수 맬 수 없게 되어 오카메의 손을 빌려야 했다.

이제 겨우 창문이 훤해졌을 뿐 새소리조차 들려오지 않았다.

"오카메, 다이코께서 돌아가신 것 같다."

그 말소리가 그대로 쓸쓸한 무상감이 되어 자신의 가슴에 메아리쳤다.

"이제부터야. 이제부터 한동안 온갖 망령들이 날뛰기 시작할 테지."

오카메로서는 물론 대답할 수 없는 이에야스의 독백이었다.

옷차림이 끝나자 곧 옆방에서 큰 칼을 받쳐들고 도리이 신타로가 모습을 드러냈다.

이에야스는 가볍게 손을 저어 그를 물리쳤다.

"은밀한 이야기일 테니 들어오지 말고 복도에 대기하여라."

이렇게 한마디 하고 침실을 나왔다.

'그 거만한 미쓰나리가 직접 찾아왔다……?'

차가운 복도를 밟으면서 이에야스는 다시 한번 고개를 갸웃거렸다. 이에야스 앞에서는 결코 두건을 벗으려 하지 않던 미쓰나리. 여러 영주들 앞에서 유난히 이에야스에게 적의를 보이며 아사노 나가마사 등을 늘 조마조마하게 해온 미쓰나리……그 미쓰나리가 다이코의 죽음으로 이에야스와 타협할 생각을 가지게 되었단 말인가?

'만약 그렇다면 이 일을 어떻게 받아들여야 할까……?'

이에야스가 들어오자 미쓰나리는 신기하게도 빙긋 웃으며 머리 숙였다.

혼다 마사노부도 다이코 서거를 알리러 온 줄 눈치챘는지 이에야스가 들어가자 의미심장한 말을 남기고 나갔다.

"밀담이시라면, 저는"

밖으로 나갔다고 해서 경계를 푸는 일은 없으리라. 마사노부는 이에야스 이상으로 미쓰나리를 방심할 수 없는 자로 여기며 마음 놓지 않고 있었다.

애초에 이 후시미성 안의 도쿠가와 저택 할당이 그들에게 뿌리 깊은 반감을 안겨주었다. 할당책임자는 미쓰나리였는데, 그는 내대신 이에야스에게 성 동쪽의 가장 저지대를 주었다. 그리고 서쪽은 길 건너 자신의 이시다 저택, 북쪽과 남쪽은 미쓰나리의 심복 미야베 스케마사(宮部祐全)와 후쿠하라 나가타카(福原長高)에게 주었다. 그 어디에서나 도쿠가와 저택은 구석구석 내려다보였다. 만약 이 세 저택의 담 옆에 망루를 세우고 일제사격이라도 한다면, 도쿠가와 저택은 순식간에 쑥밭이 되고 말 것이다. 이 일은 도쿠가와 가문 사람들을 격분시켰고, 다섯 행정관 가운데 나가마사, 나가모리, 요시쓰구 등도 이맛살을 찌푸렸을 정도였다.

"미쓰나리가 지나치게 노골적으로 적의를 드러내는구나……."

그러나 이도 저도 배후에 다이코라는 호랑이가 있을 때의 이야기다. 그 다이코가 죽은 이상 이 부자연스러움도 당연히 그대로 유지될 수 없을 것이다.

이에야스가 만일 소심하고 성급한 인물이었다면 여기에 기거하는 한 편히 잠들지 못하고, 그 울분이 겹쳐 뜻하지 않은 분쟁을 일으킬 법도 했다. 어쩌면 미쓰나리는 만약 이에야스가 일어나면 단번에 때려눕히겠다……는 속셈이 있어 더욱 거만하고 불손하게 이에야스를 도발했는지도 모른다.

그러한 미쓰나리의 방문이므로 마사노부도 신타로도 마음 놓을 수 없었다.

"이런 꼭두새벽부터 무슨 변이라도 났소?"

이에야스가 앉으면서 말을 건네자 미쓰나리는 순간 엄숙한 표정으로 돌아가 뜻밖의 말을 했다.

"이제 두 시간쯤 있으면 아사노 나가마사가 요도강에서 잡은 큰 잉어 한 마리를 이 댁으로 가져올 것입니다."

"허, 요도강에서 고기잡이라도 하셨소?"

"예, 그 가운데 한 마리를 내대신께 갖다드리도록 했으니 함께 드시기 바랍니다. 물론 성안에서도 우리 모두 즐겁게 먹을 것입니다."

이에야스는 고개를 한 번 끄덕여 보인 뒤 말했다.

"그 나가마사가 잉어를 가져오기 전에 귀하가 찾아오신 걸 보면 우리에게 먹으라는 것은 다른 의미가 있는 말, 근신하라는 충고이겠지요."

미쓰나리의 눈이 반짝 빛났다. 그러나 이에야스는 일부러 그쪽을 쳐다보지 않았다.

"사람이란 누구나 나름대로의 마음가짐이 있는 법. 충고하실 것도 없이 이 이에야스는, 다이코께서 운명하셨으니 상중에는 잉어를 먹을 수 없소. 고맙게 받기는 하되 정성껏 음식을 가려먹을 것이오."

미쓰나리는 갑자기 말문이 막혀 다시 애매하게 미소 지었다. 아직도 허심탄회하게 협력을 구할 심정이 아닌 모양이다.

"그건 그렇고 언제 서거하셨소?"

"내대신님! 서거라는 말은 아직 삼가주시기 바랍니다."

"그렇겠군. 조선에서의 철수가 결정될 때까지 상(喪)을 비밀에 부쳐야겠지. 아무튼 여러 가지로 심로가 많겠소. 잘 알고 있소."

이에야스의 태도가 너무나 온화하여 미쓰나리는 좀 주춤하는 것 같았다. 다이코가 죽으면 지금까지 '충직한 내대신'으로 보여온 가면을 벗어던지고 노골적으로 실력을 드러내어 미쓰나리를 압박해 올 것이 틀림없었다.

'뭐, 그까짓 교활한 수작에 넘어갈 내가 아니다……'

이러한 자부심으로 오늘 아침에도 필요 이상으로 태세를 갖추고 나타난 미쓰나리였다.

미쓰나리가 말했다.

"임종은 인시(寅時 ; ^{오전}_{4시})였습니다. 임종에 입회한 사람은 마나세 겐사쿠 이하 시의들과 도련님, 생모님, 그리고 저와 나가마사, 겐이……참으로 고요하게 왕생극락하셨습니다."

이에야스는 그 말을 반도 듣고 있지 않았다. 그보다도 미쓰나리가 직접 다이코의 죽음을 알려주러 온 진의가 의심스러웠다. 당연히 숨겨야 할 일을 이에야스에게만은 숨기지 않음을 보여주는 데는 뭔가 저의가 있다는 것이, 가토 기요마사로 하여금 눈꼴사나운 잔재주꾼……이라고 평하게 한 조그마한 몸집에서 생생하게 느껴졌다.

따라서 이에야스는 히데요시가 숨을 거두는 머리맡에 기타노만도코로는 계시지 않았느냐고 그 일부터 먼저 묻고 싶은 심정이었다. 이에야스의 눈에 글자 그대로 침식을 잊고 간호에 몰두한 사람은 오사카성에서 달려온 기타노만도코로, 즉 네네 부인뿐인 것 같았다.

무리도 아니었다. 히데요리는 겨우 6살 철부지로 아버지의 죽음을 느낄 나이가 못 되었고, 생모 요도 마님 또한 히데요시가 죽은 뒤의 일들이 어떻게 되어갈 것인지에 대한 걱정으로 어쩔 줄 몰랐던 것이다……

그런데 미쓰나리의 입에서 그 병간호에 가장 큰 슬픔과 정성을 다 바친 기타노 만도코로의 이름은 나오지 않았다. 혹시 그녀가 피로에 지쳐 자기 방으로 잠시 돌아가 쉬고 있는 동안 숨을 거둔 것일까……?

아니, 그보다 더 마음에 걸리는 것은 과장된 말의 꾸밈새였다.

"참으로 고요하게 극락왕생……"

사흘 전인 15일에 히데요시는 이에야스와 마에다 겐이를 머리맡에 불러들여 말했었다.

"천하의 일은 이에야스, 히데요리의 양육은 도시이에게……"

이때가 히데요시의 제정신이 있는 마지막 순간이었고, 그날 해 질 무렵에는 이미 말도 못하고 다른 사람 말도 알아듣지 못하는 산송장이 되어 있었다. 그러나 이에야스는 그 수상한 말의 꾸밈을 나무라고 싶지 않았다.

"극락왕생하셨다니 그나마 마음이 가볍구려. 그런데 세상 떠나신 뒤의 일에 대해서는 이것저것 지시가 있었을 테지?"

물론 지시가 있었으리라고는 생각하지 않았고, 있다고 한다면 그것은 미쓰나리의 의사라는 걸 알면서도 물었다. 미쓰나리는 역시 휴 하고 한숨을 쉬었다.

"예, 있었습니다."

"그걸 들어볼까?"

"말씀드리지요. 조선에서 본국으로 전군이 철수를 완료할 때까지 숨진 사실을 비밀로 할 것."

"지당하오."

"유해는 고야산의 모쿠지키 대사가 주관하여 교토 동쪽 아미타봉(阿彌陀峰)에 비밀히 매장할 것."

미쓰나리는 거기까지 말하고 문득 목소리를 낮추었다.

"단 이 일을 다섯 행정관 외에는 말하지 말라는 유언이셨습니다."

이에야스의 눈이 비로소 번쩍 빛났다.

"그럼, 이시다 님은 유언을 어기고 이 이에야스에게 곧바로 알리러 왔단 말이오?"

이에야스의 되물음에 미쓰나리의 입술에 다시 희미한 웃음이 떠올랐다.

"예, 그래서 행정관들이 의논한 끝에 아미타봉의 비밀 매장식에는 모쿠지키 오고 대사와 마에다 겐이 두 사람만 참석하기로 했습니다."

"허, 세상에서 뭐라고 의심하지 않을까?"

"물론 거기에 대한 대비도 하겠습니다…… 표면상으로는 대불을 수리한다고 퍼뜨린 다음 조촐한 전각과 분묘를 만들 겁니다."

"흠, 그래서 요도강의 잉어가 나타난 거로군."

"맞습니다. 그 합의에 따라 나가마사가 내대신님에게 큰 잉어를 가져올 터이니 매장이 끝날 때까지 전혀 모르시는 것처럼 맛보시기 바랍니다."

이에야스의 눈이 다시 번쩍 빛났다.

'참으로 얕은 잔재주……'

그러나 막상 비난을 입에 올린다면 몇 마디 문답으로는 수습되지 않을 것 같았다. 상대는 그것을, 의식도 없이 빈사상태에 있었던 사람의 유언……이라고 말하고 있으니까…….

"그럼, 그대들도 성안에서 모두 그 잉어를 상에 올릴 생각이오?"

"큰일을 앞두고 있으니까요."

"이시다 님, 그건 그렇고, 아무튼 유언을 어기고 나에게 다이코의 서거를 알렸으며, 나가마사와 겐이를 배신하고 나에게 앞질러 잉어의 비밀을 털어놓은 셈이 되는군."

부드럽게 말했으나 이보다 더 통렬한 야유는 없었다. 아니나 다를까, 미쓰나리의 이마가 단번에 새파래졌다.

"거기에는 사정이 있습니다."

"허, 어떤 사정인지 들어두고 싶구려."

"말씀드리지요. 이건 기타노만도코로님 지시입니다."

"뭐, 기타노만도코로님이 다이코의 유언을 어기라고 하셨나?"

"기타노만도코로님은 임종 때 계시지 않았으므로 제가 보고드릴 겸 청을 드리러 갔습니다."

"기타노만도코로님에게 드린 청……이란?"

"성안에서 일부러 잉어를 먹으며 상을 숨기는데, 만도코로님께서 머리라도 푸신다면 모든 고심이 수포로 돌아가므로……청을 드리러 갔더니, 이 일은 행정관들의 책략만으로는 안심되지 않으니 곧 내대신에게 알려 협조를 얻도록……그렇지 않으면 이 자리에서 당장 머리를 푸시겠다고 하셨습니다."

이에야스는 저도 모르게 마른침을 꼴깍 삼켰다.

'이제 알았다!'

미쓰나리는 역시 자신의 의지로 이에야스에게 접근하려고 온 것이 아니었다. 그건 그렇고 기타노만도코로의 말은 또 어찌 그리 과격하단 말인가? 아마 마지막 숨을 거두는 자리에 불려가지 못한 데 대한 노여움도 있었겠지만, 그 이상으로 남편의 비밀 장례식날 성안에서 잉어를 끓여먹게 한다는 얕은 수작이 참을 수 없이 역겨웠던 것이리라.

"그렇소? 그렇다면 이에야스도 허심탄회한 마음으로 힘이 되어드려야지. 그런데……그 밖에 다른 유언은……?"

이렇게 말했을 때 이에야스는 왠지 온몸의 힘이 쑥 빠지는 듯한 느낌이 들었다.

'다이코는, 자기가 죽은 뒤 이자에게 이토록 농락당하리라고 생각이나 했을까……?'

죽은 자는 말이 없다는 속담이 이렇듯 노골적으로 이용된다면, 기타노만도코로가 아니더라도 분노할 것이다. 숨을 거둘 때 다이코가 말할 수 있었을 리 없고, 만약 미쓰나리에게 고인의 의사를 존중할 마음이 있다면 요도강의 잉어가 아니라 우선 허심탄회하게 다섯 대로와 조정관과 다섯 행정관에게 그 죽음을 알리고 선후책을 협의하는 게 순서이며 예의이리라. 이 경우의 결정은 물론 모든 정치적 책임과 권한을 위임받은 이에야스 자신이 내릴 것이며, 이를 지키지 않은 미쓰나리가 기타노만도코로에게 꾸지람 들은 일은 만도코로 혼자 깊은 슬픔 속에서도 엄연하게 바른말을 했다고 할 수 있었다.

'나는 꾸짖을 수 없다…….'

이 일이 묘하게도 이에야스는 고인에게 부끄러웠다.

물론 미쓰나리의 재능을 히데요시만큼 평가하고 있지 않다. 그 때문일까, 왠지 모르게 맥이 빠져 엄한 태도를 취할 수 없었다. 오히려 어린아이를 어르듯, 이 위에 또 무엇을 '유언'이라고 말할지 알아두어야겠다는 관심이 먼저 앞섰다.

이에야스의 질문을 받고 미쓰나리는 한무릎 앞으로 다가앉았다. 약삭빠르고 영리한 이 사내는 어쩌면 이에야스의 질문을 자신에 대한 타협의 표시로 받아들였는지도 모른다.

"내대신님, 기타노만도코로님 의견은 하나하나 이치에 맞으므로 대꾸할 말이 없었습니다."

"나는 그 밖에 또 유언이 없었느냐고 물었는데……."

미쓰나리는 분명한 목소리로 말을 이었다.

"바로 그 말씀을 드리려는 겁니다. 유언은 상을 숨긴 채 서둘러 전군을 본국으로 소환하라는 것이었습니다. 그러나 명령은 저희들 행정관이나 군사감독들의 서명만으로는 안 된다는 게 기타노만도코로님 의견이십니다."

"허, 그러면 기타노만도코로님이 유언에 이의를 제기하셨다는 거요?"

"뭐, 이의라고까지는 할 수 없으나, 만일 그 명령과 더불어 다이코의 서거가 현지에 누설되면 소동을 피할 길 없으리라는 의견이셨습니다."

"하기야 현지에서는 기요마사와 유키나가의 반목도 있으나……."

"그러므로 여기에는 반드시 다섯 대로의 서명이 필요하니 이를 지체 없이 시행하기 위해 우선 내대신에게 그 뜻을 말씀드리고 상의하여 지혜를 빌리는 것이 상책이라고 말씀하셨습니다."

이에야스는 가볍게 고개를 끄덕이며 뒷말을 기다렸다.

미쓰나리의 방문 목적이 조금씩 밝혀지고 있었다. 자신의 의지로 온 것은 아니나 기타노만도코로의 주장도 그럴듯하여 지금까지의 감정을 버리고 찾아왔다……그러니 이에야스도 두마음이 없다는 증거를 자신에게 보여야 한다고 말하는 것 같았다.

"내대신님, 기타노만도코로님 말씀 가운데 저로서는 좀 이해하기 어려운 점이 있습니다만."

미쓰나리는 목소리를 죽이며 다시 조금 다가앉았다.

"기타노만도코로님은 내대신님을 진정한 한편으로 믿으시고 지혜를 빌리도록 분부하신 것인지, 아니면 내대신에게 모든 것을 털어놓고 후회 없도록 충분히 대비한 끝에 철병에 착수하라는 뜻인지, 그 진의를 저희로서는 판단할 수 없습니다."

이에야스는 비로소 미쓰나리를 정면으로 바라보았다.

'역시 보통이 넘는 책략가다…….'

이에야스의 가슴에서 분노의 불길이 타오르기 시작했다. 가토 기요마사 편을 들어 유키나가와 기요마사에게 두 번이나 조선출병의 선봉을 다투게 한 기타노만도코로는 미쓰나리에게 결코 달가운 존재가 아닐 것이다. 다시 말해 기타노만도코로는 어릴 때부터 길러낸 가토, 후쿠시마, 구로다, 아사노, 호소카와 같은 무장파를 옹호하며 이시다와 고니시 앞에 버티어서려는 방해자로 여겨지고 있을 터였다. 그 기타노만도코로가 이에야스에게 상의하라고 한……그 말의 이면에 어떤 뜻이 숨어 있는지 미쓰나리는 집요하게 캐내려 하고 있다. 만약 이에야스가 무장파에 접근하여 기타노만도코로와 손잡고 미쓰나리 등과 대립할 생각이라면 이쪽에도 생각이 있다……고 말하고 싶어하는 태도를 은연중 풍기면서 엉뚱한 소리를 하는 것이다.

"기타노만도코로님은 내대신을 진정한 한편으로 믿는 것일까……."

그가 자신의 가신이었다면 이에야스는 대뜸 호통쳤을 것이다.

"그대의 생각은 대장부답지 못하다. 그따위 어리석은 감정에 자신을 내맡겨 큰일을 그르치게 된다면 어떻게 하겠는가? 작은 감정대립은 마침내 큰 파벌의 근원이 되고, 그 파벌이 또한 증오를 키워 옴짝달싹할 수 없는 파멸의 원인을 만든다는 것을 깨닫지 못하는가?"

그러나 미쓰나리는 이에야스의 가신이 아니다. 그뿐인가, 히데요시의 가신 가운데 수재 중의 수재이며 도요토미 가문의 장래를 한 몸에 짊어졌다고 스스로 생각하고 있는 자이다.

'히데요시가 살아 있는 동안은 그래도 쓸모있는 사내였는데…….'

강직하고 남에게 지지 않으려 하며, 또한 스스로 수재라 자부하는 만큼 무슨 일이든 뜻대로 하지 않으면 성이 차지 않는다.

'난처한 자야…….'

미쓰나리 쪽에서도 그러한 이에야스의 마음 움직임을 느끼는 듯, 아니면 여기서 이에야스를 한번 노하게 해본다면……하고 생각하고 있는지도 모른다. 나이차이도 있고, 다이코가 살았을 때부터 '충직한 다이나곤' '충직한 내대신'으로 통하며 나날이 인망을 모아온 이에야스가 미쓰나리에게는 견딜 수 없이 불결하고 교활한 능구렁이로 보이는 모양이다.

'두고 봐라. 그 능글맞은 가면을 벗겨놓을 테니!'

지금도 이에야스의 얼굴빛이 달라지는 기색을 보더니 미쓰나리의 입가에 오히려 냉랭한 미소가 감돌기 시작했다.

"어떻습니까, 기타노만도코로님은 내대신을 믿고 계실까요, 아니면 경계하고 계실까요?"

이에야스는 왼쪽 엄지손가락 손톱을 말없이 깨물었다. 먼저 입술을 깨물고 다음에 손톱을 깨무는 것이 이에야스가 요즈음 나타내는 가장 큰 분노의 표현이었다.

"이시다 님, 거기에는 두 가지 뜻이 다 있다고 생각해야 하지 않을까?"

미쓰나리는 빙그레 웃으려다가 다시 엄숙하게 눈에 힘을 주었다.

"그러면 기타노만도코로님께서 내대신을 반은 믿고 반은 의심한다는 말씀입니까?"

"그렇소. 인간은 말이오, 이시다 님, 모든 걸 믿으며 살고 싶어하는 생물이오. 또한 모든 걸 의심하여 애증도 흑백도 분명히 가리며 살고 싶어하는 생물이오. 그건 그렇고 인간세상이란 그렇게 믿을 수 있는 사람, 미워해야 하는 사람……으로 명백하게 나뉘어져 있는 게 아니오."

"그럼, 반신반의가 인간세상의 모습……미쓰나리에 대한 내대신의 마음도 그러하다는 말씀이십니까?"

"그건 자신의 마음에 물어보는 게 좋겠소."

엄하게 말하고 나서 이에야스는 얼마쯤 씁쓸한 후회를 느꼈다. 과연 거기까지 알 수 있는 상대일지 어떨지……?

'입에 독을 품은 자……'

그런 자가 재능만 믿고 불손하게도 마음을 시험하려 한다. 그렇다고 여기서 노한들 어쩔 것인가. 그러면 자기 또한 미쓰나리와 다름없는 자가 되고 만다…… 이에야스는 가까스로 분노를 누르고 설득하기 시작했다.

"이시다 님. 세상에는 새하얀 사람도 새까만 사람도 없소. 하지만 아녀자는 억지로 그렇게 정하며 상대하고 싶어하지. 기타노만도코로님이 만일 명백하게 이에야스는 적이라든가 자기 편이라고 말씀하시지 않았다면, 여성으로서 뛰어난 분별이 있으신 분……반신반의라도 좋소. 반신반의라면 뒷일의 대비에 소홀함이 없을 것이고, 만약 실수가 있더라도 잘못이 반으로 끝나오. 그렇지 않소?"

미쓰나리는 다시 한번 빙글거리며 고개를 끄덕였다.

"연륜을 쌓으신 분의 말씀으로 마음에 새겨두지요."

"그래 주시면 좋겠소. 이미 비밀장례의 준비가 결정되었다면, 이제 철병에 대한 준비를 해야 할 거요."

"예……그 일에 대해 내대신의 지혜를 빌리라는 게 기타노만도코로님 말씀이십니다."

"그럼, 오늘 비밀장례가 끝나는 대로 우리는 곧 마에다 공(도시이에)과 상의하여 소환장에 대로들의 서명을 청하리다. 그런 뒤 그 소환장을 가지고 귀하는 아사노 님, 모리 히데모토 님과 셋이서 곧 하카타로 달려가시오."

말하는 동안 이에야스의 노여움도 차츰 사라졌다. 노여움이 사라지자 생각해두었던 철병순서가 스스로도 이상할 만큼 입에서 술술 나왔다.

그렇게 할 수밖에 없는 일이었다.

'그대를 일본 국왕에 봉하노라.'

이렇게 쓴 명나라 책봉서 한 구절 때문에 모든 명예를 걸고 재출병을 감행했고, 다이코는 그 일 때문에 번민하다가 마침내 죽었다 해도 과언이 아니다. 이 일은 일본의 사활이 걸린 중대한 문제였다.

"알아듣겠소? 하카타에 닿거든 거기서 곧 적당한 인물을 뽑아 현지에 소환장을 전하시오. 만에 하나라도 명나라 군에 다이코의 죽음이 알려진다면 철수가 어려워질 터이니, 그 점 충분히 유의해야 할 것이오."

"그렇다면 역시 제가 가야 하는 겁니까, 하카타까지!"

"귀하가 가지 않고 어쩌겠소?"

말에 힘을 주다가 이에야스는 다시 흠칫했다. 어쩌면 미쓰나리는 자기가 없는 동안 무슨 일이 일어나지 않을까 의심하고 있는지도 모른다.

"알겠소? 하카타에 머무는 동안 철병수속으로 영주들과 여러 가지 절충을 할 필요가 있을 것이오. 말할 나위도 없지만, 그중에서도 특히 잘 잡아두어야 하는 건 모리와 시마즈요. 모리를 잡아놓으면 주고쿠 지방은 시끄럽지 않으리다. 또한 시마즈를 쥐고 있으면 규슈도 다스려질 것이오. 알겠소, 이것이 가장 중요한 급소요. 나도 물론 히데타다를 에도로 돌려보내 동쪽을 엄중히 경계하게 하겠소. 그러면 나라 안은 일단 안심…… 알겠소? 임종을 맞은 다이코께서 얼마쯤 마음의 동요는 보이셨지만, 그 생애를 일관해 온 뜻은 명백한 것이었소. 일본을 하나로 통일하여 태평성대를 연다……이것만은 우리가 다 함께 엄숙히 지켜야 할 유업 가운데 으뜸가는 일이오."

말해 버리고 나자 이에야스는 마음이 가벼워졌다. 내 자식 히데타다에게도 이보다 더 차근차근하게 설명하기 어려울 것 같다. 사사로운 감정이며 분노를 초월한 이 말은 다이코의 혼백에 바치는, 충직한 내대신의 진심이었다. 이번에는 미쓰나리가 입술을 꽉 깨물고 들을 차례였던 것이다.

사방이 차츰 밝아왔다. 완전히 날이 새어 아침햇살이 눈부시게 창으로 비쳐들었다.

미쓰나리는 잠시 동안 깊이 생각한 뒤 느닷없이 다다미에 손을 짚었다.

'이제 깨달은 모양이군……'

이에야스가 생각하며 저도 모르게 미소 지으려는 순간, 미쓰나리가 다다미 올을 잡아뜯으며 가슴을 와락 젖혔다.

"알겠습니다."

그렇게 인사하려는 순간 다른 무언가가 세차게 가슴을 때리는 걸 느낀 모양이다.

"그럼, 내대신님, 그럭저럭 잉어가 도착할 시간이 된 것 같으니 이만 물러가겠습니다."

이에야스는 하마터면 소리 내어 웃을 뻔했다. 어제까지만 해도 이에야스 따위가 뭐냐고 영주들 앞에서 설쳐대던 미쓰나리가, 자기 그림자에 스스로 놀라 겸연쩍어하는 게 틀림없었다.

"아, 시간이 너무 오래 지체된 것 같소. 그럼, 장례식에 대해서는 잘 부탁하오."

이에야스는 위로하듯 말하고 먼저 뚱뚱한 몸을 일으켰다.

"내대신님!"

"또 무언가 빠뜨린 말이라도?"

"아닙니다. 실은 기타노만도코로님 말씀과 내대신 말씀이 서로 아귀를 맞춘 듯 똑같았습니다."

"뭐, 내 의견과 기타노만도코로님 말씀이……?"

"예, 임종자리에 계시던 다이코 전하께서 얼마쯤 마음의 동요는 보였으나 그 생애를 일관해 온 뜻은 명백하다, 일본을 하나로 통일하여 태평성대를 연다……이것만은 결코 잊지 말라고 하신 말씀까지 똑같습니다."

말하면서 일어서는 동시에 등을 보이며 휭하니 걸어나갔다.

"실례하겠습니다!"

이에야스가 머리에서부터 오물을 뒤집어쓴 듯한 불쾌감을 느끼고 멈춰선 것은 이미 미쓰나리가 복도로 나간 뒤였다.

'아……!'

처음에 두 사람의 말이 똑같다고 들었을 때 이에야스는 미쓰나리가 자신의 말을 순수하게 받아들인 것으로 알았다. 그러나 전혀 반대였음을, 꼴사납게 보일 정도로 거드름피우는 뒷모습으로 잘 알 수 있었다. 빈정댄 것이었다. 아니, 기타노만도코로와 이에야스 사이에 미리 어떤 연락이며 타협이 있었던 게 아닌가 하는 강력한 의혹과 적의에서 나온 반발이었던 것이다…….

'정말 무서운 사나이다……'

마음속으로 이미 이에야스와 기타노만도코로는 틀림없이 서로 내통하고 있는 도요토미 가문의 적……으로 단정 짓고 있는 게 틀림없었다. 어떤 계기를 통해 이에야스의 설득에 감화되려다가 그러면 안 된다 싶어 자신을 다잡은 것이 잠시 전의, 두 손을 짚으려다가 당황해 다다미 올을 잡아뜯으며 자세를 고친 어색한 행동의 진상이었던 모양이다.

"주군, 미쓰나리에게 무슨 말씀을 하셨습니까? 미쓰나리 놈이 뒤로 자빠질 듯 배를 내민 채 인사하고 나갔습니다만."

혼다 마사노부가 돌아와 재미있다는 듯 물었을 때, 이에야스는 아직 대답할 마음이 내키지 않았다.

'머리만 믿고 사는 괴상한 사나이도 다 있군……'

사실 그것도 다이코를 잃은 당혹감과 젊음 탓으로 보면 이해 못할 바도 아니었다.

"마사노부, 할 말이 있으니 거실로 오라."

이에야스는 뚱뚱한 몸으로 천천히 돌아섰다.

이에야스와 마사노부는 함께 거실로 돌아갔다. 거실 정면은 성의 안뜰을 향하고 있었다. 그러나 조금만 머리를 왼쪽으로 돌리면, 옆집인 미야베 스케마사의 저택이 보인다.

이에야스는 굳이 그쪽을 보지 않도록 하면서 마사노부에게 말했다.

"마사노부, 이웃집에서 또 정원수 손질이 시작된 모양이다."

그 말을 듣자 마사노부는 혀를 차면서 마루로 나가 그쪽을 노려보았다.

"보지 마라. 다이코가 돌아가셨으니 내 집을 감시하라는 미쓰나리의 명령이 내려진 거겠지."

마사노부는 그 말에는 대답하지 않았다.

"칠 가지도 없어 쓸데없이 소나무 줄기만 쓰다듬고 있습니다. 그리고 아직 일꾼들이 일할 시간도 아닌데, 참으로 어처구니없는 녀석들입니다."

"이제 됐다. 모르는 척해 두어라."

"예, 이미 보지 않고 있습니다. 수명이 다했다고는 하나 저 성 내전에 다이코의 말라빠진 유해가 누워 있다고 생각하니 만감이 교차하는군요."

마사노부는 아침 새들이 지저귀는 소리와 나무 사이로 비쳐드는 해맑은 햇살을 즐기는 척하면서 말했다.

"이제야 마사노부, 주군의 선견지명에 새삼스럽게 놀라고 있습니다."

"'이제야'라니……무슨 말이냐?"

"간토 8주의 영지교체 때 일 말입니다."

마사노부는 마루에 선 이에야스 옆에 한쪽 무릎을 꿇고 말을 이었다.

"그때는 주군도 마침내 다이코에게 힘으로 지셨구나 하고 생각했었습니다. 아무튼 꾸준히 경영을 게을리하지 않았던 스루가, 도토우미, 미카와의 옛 영지를 빼앗기고 황무지나 다름없는 간토로 쫓겨가다시피 했으니."

이에야스는 말없이 새소리에 귀 기울이고 있다.

"그런데 오늘날 그 영지 교체가 크게 효과를 나타내게 되었습니다. 조금만 냉정하게 생각하면 누구라도 알 수 있는 일입니다. 주군의 실제 수익은 이미 250만 석……그 주군을 누르려고 배치한 우에스기는 132만 석이라지만 실제로는 그 반에도 미치지 못합니다. 우에스기 다음의 모리는 고작 110만 석……다음의 마에다는 77만 석, 시마즈는 63만 석, 다테는 61만 석……주군과 어깨를 겨룰 사람은 아무도 없습니다. 참으로 대단한 일이지요."

"마사노부."

"예."

"그대는 무슨 말을 하려는 거냐?"

"예, 누가 뭐라 해도 실력으로는 주군께 미치는 자가 없는데, 그 이치를 이시다 미쓰나리는 모르는가 싶어 안타까운 생각이 들었습니다."

"마사노부."

"예."

"그대의 감회는 요점에서 벗어나 있어. 그보다도 아사노 나가마사가 잉어를 가져오면 이 거실에서 만나기로 하자."

"이 방에서……말입니까?"

"이웃집 나무 위에서 애써 망을 봐주고 있으니 여기로 들어오게 하여 잉어를 보내준 데 대한 인사를 해서 돌려보내야지. 그러면 나가마사가 내 편으로 넘어오지 않을까 신경 쓰는 미쓰나리의 망집도 줄어들 테니까."

"주군! 그러면 주군께서는 앞으로도 계속 미쓰나리의 눈치를……."

마사노부가 힘주어 말하며 이에야스를 올려다보자, 이에야스는 잠자코 방으로 들어가 도리이 신타로가 고쳐놓은 보료 위에 앉으며 말했다.

"마사노부, 그대 눈에는 내가 미쓰나리 비위를 맞추는 것으로 보이느냐?"

이에야스는 앉자마자 신타로가 내미는 차를 받아 소리 내어 마셨다.

마사노부는 머리를 갸우뚱했다.

"비록 주군께서 눈치 보시더라도 미쓰나리는 그걸 알아줄 상대가 아니라고 말씀드린 겁니다."

"나는 그렇게 생각하지 않아."

"그럼, 미쓰나리에게도 손쓰실 대책이 있다는 말씀이십니까?"

"없다면 내가 지는 게 아니냐? 미쓰나리는 뛰어난 사나이야."

"송구합니다만 그 대책에 대해서는 한 마디도 못 들었습니다. 그러나 저는 그 자를 믿지 않습니다. 그자는 주군이 천하를 잡을 때 틀림없이 주군 앞을 가로막고 망동 부릴 어리석은 놈이라고 생각합니다."

마사노부가 잘라 말하며 이에야스를 똑바로 쳐다보자, 이에야스는 천천히 고개를 가로저었다.

"마사노부, 그대는 잘못 생각하고 있어."

"잘못된 생각……이라면, 미쓰나리는 결코 그런 사람이 아니라는……."

"그렇지는 않다. 그대는 이에야스가 천하를 잡을 때……라고 했겠다."

"예, 그렇습니다. 실력으로나 인망으로나 다음 천하인은 주군이라고……."

"그게 잘못임을 모르겠느냐……?"

"예? 그러면 주군께서는 천하에 대한 뜻이 없다시는……!"

"참으로 난처한 사람이군."

이에야스는 오히려 슬픈 표정으로 찻잔을 내려놓았다.

"다음 천하인이 아니라, 나는 벌써 뚜렷이 천하를 맡은 천하인이다."

마사노부는 깜짝 놀라 눈을 크게 떴다. 아마 그의 예상과 너무 거리가 먼 말에 어떻게 대답해야 좋을지 몰랐던 것이리라.

"알겠나, 마사노부? 관위로 봐도 나는 내대신이고 실력이며 인망에 대해서는 그대가 말할 게 못된다. 이것은 돌아가신 다이코가 명확하게 인정하여 일부러 나를 머리맡에 부르시어 천하의 정치를 이에야스에게 맡긴다고 결정하셨다. 내게는 유탁(遺託)이 되는 셈으로, 그때부터 다이코가 돌아가시면 이에야스가 천하를 맡기로 결정되었던 거야."

마사노부는 온몸을 굳히며 고개를 끄덕였다.

"이제 알았을 테지? 이 전제를 확실하게 뱃속에 넣어두지 않으면 앞으로의 행동에 망설임이 생긴다. 그대의 망집도 거기서 온 거야."

"황송합니다."

"알겠나! 다이코는 돌아가셨다. 유언에 의해 그 순간부터 나는 천하를 맡았다……이건 이미 결정된 움직일 수 없는 사실이지. 그렇다면 오늘부터는 나의 정치, 나의 책임……비록 미쓰나리가 아무리 천치라도 그를 활용하여 잘 이끌지 못한다면 나의 치욕이요, 또한 내 정성의 부족……거창하게 말하면 내 치세의 흠이된다. 단단히 명심하여 적을 만들지 않는 마음가짐이 중요해."

마사노부는 줄곧 머리를 조아렸다.

'과연 주군……'

이만한 각오가 있다면 마사노부에게 무슨 할 말이 있으랴……하는 기쁨이 언어를 초월하여 온몸에 스며들었다.

그때 신타로가 아사노 나가마사가 찾아왔음을 알렸다. 나가마사는 미쓰나리의 말대로 큰 잉어를 한 마리 갈대잎을 깐 바구니에 넣어 시동에게 들려가지고 왔다.

그는 조금만 짓궂게 말을 붙여도 당장 표정이 달라질 듯한 얼굴이었다. 행정관들의 합의대로 다이코의 서거를 어떻게 감출지 고지식하게 고심하고 있는 것이리라.

"저희들도 이제부터 성안에서 이보다 좀 작은 잉어를 곧 조리시킬 것입니다…… 아니, 벌써 끓고 있을지도 모르겠습니다."

이웃집 정원수 여기저기에서 넌지시 넘겨다보는 감시의 눈이 번뜩였다.

이에야스는 이따금 자기 쪽을 바라보는 마사노부의 시선을 피하면서 말했다.

"좋은 잉어로군. 성안에서도 모두들 맛본다니 나도 곧 먹기로 하지. 오, 살아 있군. 방금 눈을 크게 움직였어."

아무것도 모르는 듯 맞장구쳐 단 2분도 이야기하지 않고 상대가 돌아갈 기회를 만들어주었다.

"신타로, 아사노 님이 돌아가신다고 현관에 일러라."

나가마사는 눈에 띄게 안심한 태도로 공손히 인사하고 일어섰다.

"그럼, 이만 실례하겠습니다."

아마 정직한 나가마사는 겨드랑이 밑으로 식은땀을 흘리고 있으리라.

"마사노부, 그 잉어를 가지고 뜰로 내려가세."

"뜰로……?"

"모처럼 감시해 주는 자가 있다…… 그들에게만이라도 이에야스의 본심을 보여줘야지. 알겠나, 그 잉어를 그냥 연못에 놓아주는 거야."

"하지만 살아날까요, 이 잉어가?"

"그러면 자네가 큰소리로 잉어에게 말해주게."

"이 잉어에게……?"

"물론이다. 여느 때 같으면 당장 요리해서 배 속에 넣겠지만 다이코께서 병중이시니 살려주마. 마음이 있다면 너도 다이코의 회복을 빌어다오……라고 이르며 연못에 놓아주는 거야."

이 말을 듣고 마사노부는 옛! 하고 필요 이상 큰 소리를 지르며 머리 숙였다. 이미 그는 이웃집의 감시하는 눈초리를 충분히 의식하고 있었다.

연못은 집 경계에서 물을 끌어들여 호리병박 모양으로 뻗어간 뒤 거실 위쪽 마루 밑에서 끝나고 있었다. 이 연못 또한 만약 자객이 숨어들면 물소리의 변화로 알아차리기 위한 대비였다.

마사노부는 잉어를 들고 이에야스를 따라 댓돌 아래로 내려갔다. 햇살은 벌써 연못 속까지 퍼져 무심하게도 가을이 다가옴을 알려주고 있었다.

마사노부는 싸리가 흩어진 왼쪽 징검돌 위에 서서 소리 높이 잉어에게 말했다. 이에야스는 그동안 말없이 수면을 지켜보고 있었다.

일단 풀려난 3자 가까운 큰 잉어는 아가미를 벌리고 몸을 벌떡 일으킨 다음 천천히 헤엄치기 시작했다.

이에야스는 웃었다.

"흐흐흐…… 모든 것을 살린다……는 게 오늘부터 나에게 주어진 중대한 사명이야. 알겠나, 마사노부……."

미쓰나리의 획책

히데요시의 유해는 후시미성 안 거실에 그대로 놓여 있었다. 물론 병석에 누워 있을 때와 마찬가지로 네 시의 가운데 둘은 머리맡을 지키고, 나머지 둘은 다음 방에 대기하고 있었다.

그 유해를 둘러싼 거실 입구는 거의 미쓰나리의 친척들이 감시하고 있었다. 미쓰나리의 형 마사즈미(正澄)의 아들 몬도노쇼(主水正)와 우콘(右近), 그리고 미쓰나리의 장남 시게이에(重家) 세 사람은 유해를 등지고 세 곳의 출입구를 지켰고 마시타 나가모리, 나쓰카 마사이에, 마에다 겐이의 아들 셋도 취지를 이해하여 숙직하고 있었다.

그러므로 18일 한낮이 되도록 아직 히데요시의 죽음을 아는 자는 측근 가운데 한 사람도 없었다. 시녀에서 차 끓이는 시동에 이르기까지 다이코는 여전히 위독한 채 아직 살아 있는 것으로 믿었다.

10시가 지나서 시의 마나세 겐사쿠에 의해 여느 때처럼 병세에 대한 발표가 있었다.

"오늘 전하께서는 얼마쯤 편안하신 듯 괴롭다는 말씀도 없이 지금 편히 주무시고 계십니다."

만약 눈치 빠른 자들이 이때 겐사쿠의 모습을 보았다면 어딘가 의심스러웠으리라. 다이코가 편히 잠들어 있다고 여기기에는 겐사쿠의 눈이 너무 붉고, 목소리도 지나치게 떨리고 있었다.

그러나 성안의 사람들에게 요도강의 잉어를 요리해 내려준다고 하여 그들의 관심은 곧 그쪽으로 기울어졌다.

"전하의 병세가 호전된 축하란다."

"15일부터 줄곧 위독하셨으니 이쯤에서 숨을 돌리셔야지."

"아무튼 지금쯤 돌아가셨는가 했는데, 반가운 일일세."

후시미성 안에서 날마다 대기하고 있는 사람은 시녀까지 합쳐 2000명이 넘었다. 그러므로 아랫사람들은 잉엇국 냄새나 맡는 정도에 지나지 않았으나 그래도 히데요시의 죽음을 숨기는 데는 충분한 효과가 있었다.

사람들은 다이고의 산보사에 있던 모쿠지키 대사가 불려와 마에다 겐이의 사무실로 들어간 일도, 깨끗이 칠한 긴 궤가 대불전에 시주할 보물을 담기 위해 반입된 일도 그리 의심하지 않았다.

오히려 잉엇국 대접과 관련시켜 이렇게 주고받는 이들도 있었다.

"상당히 쾌차하신 모양이지. 대불전 시주는 그 감사표시인 모양이야."

이시다 미쓰나리는 행정관 사무실에 문제의 잉엇국이 들어오자 보시기를 두 손으로 받쳐들고 맛있는 듯 마셨다.

다섯 행정관 가운데 부재중인 자는 오사카성 수비장수 나쓰카 마사이에 한 사람뿐, 역시 오사카에 머물던 마시타 나가모리는 기타노만도코로에게 볼일이 있다면서 자연스럽게 와 있었다.

"자, 여러분들도 함께 드십시다. 맛이 제법이오."

그러나 겐이, 나가마사, 나가모리 세 사람은 슬며시 얼굴만 마주볼 뿐 곧 젓가락을 집으려 하지 않았다.

"나가마사 님, 어서 젓가락을 드시구려."

"예……."

"나가모리 님, 국이 식습니다."

미쓰나리가 담담하게 권하자 나가모리는 홱 고개를 돌렸다.

"먹은 거나 다름없소. 목구멍에 넘어가지 않소."

그 눈언저리가 붉고 눈물이 고여 있다.

미쓰나리는 나직하게 웃으며 나가마사 쪽으로 시선을 옮겼다.

"여러분은 이렇게까지 할 필요가 있느냐고 이 미쓰나리의 처사를 못마땅하게 생각하는구려."

"미쓰나리 님, 이 방에까지 이런 비린내 나는 것을 날라왔으면 되지, 그걸 먹고 안 먹고는 각자의 뜻에 맡기는 게 어떻소?"

나가마사는 동의를 구하는 듯 나가모리를 돌아보았다.

나가모리는 미쓰나리를 흘끗 쳐다본 뒤 다시 말했다.

"부탁하오. 전하의 유해를 생각하면 난 가슴이 메어서……."

미쓰나리는 몹시 씁쓸하듯 미간을 찌푸렸다.

"내가 어째서 이런 일까지 하는지……그 이유는 나중에 자세히 말씀드리겠지만……그러나 이 방에서만 젓가락도 대지 않고 상을 물린다면 주방에 있는 자들에게 진상이 새나갈 거요. 여러분들은 생각이 깊은 것 같으면서도 때로 모자라오."

그 말을 듣자 나가모리는 얼굴을 번쩍 들고 무릎을 돌렸다. 분명 흥분하고 있었다. 어쩌면 오사카에 있느라 임종을 지키지 못한 것이 더욱 큰 타격이었는지도 모른다.

"미쓰나리 님, 생각이 모자란다는 말까지 하신다면 우리에게도 할 말이 있소. 이 잉엇국을 전하께도 드렸는지 그것부터 알고 싶소."

미쓰나리는 잠시 시선을 피했다.

"과연! 적을 제대로 속이려면 유해에도 공양을 하라……는 말씀이군."

"그 정도까지 하셨다면 우리도 눈물을 머금고 먹을 마음이 들 것이라……고 말하고 싶은 거요."

"나가모리 님."

"뭐요?"

"귀하는 참으로 딱한 말씀을 하시는군. 전하께서 세상을 버리시면, 우리 마음에서 잠시도 떠날 수 없는 것은 히데요리 님 일……그 도련님과, 생모님, 그리고 기타노만도코로님도 병세를 다 알고 계시오. 그분들이 알고 계신 유해 앞에 귀하는 시치미 떼고 비린내 나는 상을 차려드릴 수 있겠소?"

"……."

"이 미쓰나리는 그 일만은 할 수 없소. 물론 생각하지 않았던 것은 아니오. 거듭 궁리하다가……오직 한 가지, 도련님 이하 여러분들의 심정을 생각하여 삼갔던 거요."

좌중은 물을 끼얹은 듯 조용해졌다. 나가모리는 말재주로는 도저히 미쓰나리를 못 당한다는 걸 깨달았는지 여전히 눈시울을 붉힌 채 안뜰을 노려보고 있었다.

"그리 쉽게 납득되지는 않을 것이니 여기서 미쓰나리의 심정을 자세히 여러분께 말씀드리겠소. 나의 이 잉엇국 대접을 여러분들은 아마 잔꾀라고 생각할 거요."

"그렇게는 생각하지 않소. 그렇지만 실제로 도쿠가와 님께서는 목숨을 살려줄 테니 전하의 회복을 빌어달라고 하면서 갖다준 잉어를 연못에 놓아 주었다지 않소?"

나가마사가 말하자 미쓰나리는 크게 혀를 차며 그 말을 눌렀다.

"이거, 야단났군. 그러므로 이 미쓰나리는 굳이 잉엇국을 여러분에게 권하는 거요. 이 잉어야말로 도요토미 가문의 흥망을 판가름할 만큼 크나큰 뜻을 가진 잉어란 말이오."

미쓰나리의 목소리에는 다른 세 행정관을 위압하는 힘이 있었다.

"도요토미 가문의 흥망을 판가름할 만한 크나큰 뜻이……?"

나가마사는 머리를 갸웃거리며 나가모리와 얼굴을 마주보았다.

"그것참, 대단한 잉어로군. 어디 들어봅시다."

미쓰나리는 재빠르게 응해왔다.

"말씀드리지. 내가 새삼 말씀드릴 것도 없이 다이코 전하의 서거는, 받아들이는 데 따라 두 가지 뜻이 있소."

"받아들이는 데 따라……?"

"그렇소. 하나는 천하인으로서의 서거이고, 또 하나는 도요토미 가문 주인으로서의 죽음이오."

미쓰나리는 말하고 나서 과연 세 사람에게 그 마음이 통했는지 살피려는 듯 잠시 사이를 두었다.

"천하인의 죽음으로 받아들인다면 당연히 다음 천하는 누가 잡느냐가 문제가 되겠고, 도요토미 가문 주인의 죽음이라고 한다면 이 도요토미 가문을 이어나갈 자가 누구냐 하는 문제가 되는 거요."

"말씀 도중이지만 그렇게 구별하는 건 좀……."

겐이가 입을 열자 미쓰나리는 강하게 머리를 흔들며 가로막았다.

"아직 더 들어보시오. 순서를 좇아 말하고 있으니까. 여러분은 도요토미 가문의 주인이 천하인이고 그 천하인이 돌아가셨으니 도요토미 가문의 후계자가 곧 천하인……이 사실은 둘이면서도 하나, 거기에 한 점의 의심도 끼어들 여지가 없다……고 생각하시겠지만, 그것은 어디까지나 도요토미 가문 쪽……곧 우리들 생각일 뿐이오."

나가모리가 고개를 끄덕이며 중얼거렸다.

"하기야……도요토미 가문의 은혜를 생각하지 않는 자들은 둘로 나누어 여기겠지."

미쓰나리도 미소 지으며 고개를 끄덕였다.

"아시겠소? 에도의 내대신은 고마키 전투 때부터 가까워진 사이라 결코 다이코 전하의 은혜를 입었다고 생각하지 않는 쪽이오."

나가마사가 미간을 찌푸리며 끼어들었다.

"하지만……그렇게 이름까지 들추어낼 것까지는……."

"아니, 오늘 같은 날이니 꾸밈없이 말하는 것이오."

"그러나……그렇게 말한다면, 도요토미 가문의 은혜를 생각지 않는 사람들은 결코 그분만이 아니겠지요. 오슈의 다테, 주고쿠의 모리, 규슈의 시마즈 같은 이들도 모두 천하인으로서의 전하의 명령에 따랐을 뿐 각별히 은혜를 입었다고는……."

"이 미쓰나리의 말을 조금만 더 들어주시오."

미쓰나리는 다시 한번 엄하게 가로막고 무릎의 흰 부채를 고쳐세웠다.

"내 말도 아사노 님 말씀과 마찬가지. 도요토미 가문의 은혜를 생각하지 않는 자는 결코 내대신 한 사람만이 아니오. 문제는 거기에 있소. 만약 이 사람들이, 천하를 잡는 사람과 도요토미 가문의 후계자는 별개라고 생각한다면 어떻게 될 것인가? 분명히 말한다면 히데요리 님은 도요토미 가문은 계승하지만 천하와는 상관없는 분이라는 답이 나오게 되오. 그런 답이 나왔을 때 그것이 옳다며 그냥 물러서버린다면 우리가 과연 전하를 뵐 면목이 있을까……?"

미쓰나리는 말을 끊더니 침통한 표정으로 차례차례 세 사람을 둘러보았다.

"아시겠소? 지금은 천하와 도요토미 가문을 둘로 생각하는……그 생각의 뿌리를 끊어놓아야만 하는 중요한 시기라는 것을."

세 사람은 다시 한번 얼굴을 마주보며 자세를 고쳐앉았다. 확실히 미쓰나리가 말한 대로였다. 천하의 정권과 도요토미 가문은 생각하기에 따라서는 하나였으나, 달리 보면 둘이었다. 그리고 당연히 이것을 따로따로 생각하려는 사람들과 하나로 여기고 싶은 사람들이 있을 터였다.

미쓰나리는 가늘게 뜬 눈으로 세 사람의 긴장된 표정을 둘러보며 말했다.

"이해하신 것 같으니 말을 계속하리다. 우리 다섯 행정관들이, 다이코 전하의 위업으로 세워놓은 천하와 도요토미 가문을 하나로 이어가고 싶은 것은 새삼 말할 필요도 없겠지요?"

나가마사가 맨 먼저 고개를 끄덕였다.

"물론. 그렇게 되기를 원하고, 그렇게 하는 게 돌아가신 전하에 대한 보답일 것이오."

"잠깐, 돌아가셨다……는 말씀은 삼가주시기를."

미쓰나리는 신중하게 일침을 놓고 말을 이었다.

"그런데 전하의 측근에는 마음속으로 우리와 같은 생각이면서도 적의 말에 넘어가 저도 모르는 사이 우리 쪽에 불이익을 초래하고 있는 분이 계시오."

"그, 그게 대체 누구요?"

겐이는 이해가 안 된다는 듯 머리를 갸웃거리며 모두를 둘러보았다.

"분명히 말씀드리지만 기타노만도코로님이오."

"옛! 기타노만도코로님께서……."

나가마사는 아내 쪽으로 인척이 되었다.

"그럴 리 없소. 기타노만도코로님이 그런 무분별한 분일 리가……."

말 이상으로 세차게 고개까지 흔들었다.

"잠깐, 나가마사 님, 미쓰나리는 증거 없는 말은 하지 않소. 실은 내가 발상을 숨기고 있는 동안 머리를 깎으실까 염려되어 기타노만도코로님에게 청을 드리려고 갔소. 그러자 기타노만도코로님께서 이런저런 이야기 끝에 이런 말씀을 하셨소……다이코의 평생을 일관해 온 뜻은 명백하다, 일본을 하나로 통일시키고 태평성대를 열어가는 것……이것만은 우리 모두 엄숙히 지켜나가야 할 유업의 첫째라고."

"그건 옳으신 말씀이 아니오? 우리도 그렇다⋯⋯고 생각하는데."

"나가마사 님, 그리 간단하게 결정하실 게 아니라, 이 말이 갖는 무서운 함정을 깨닫지 못하시겠소? 태평성대를 여는 것이 평생의 뜻⋯⋯이라고 한다면, 평화를 유지하기 위해서는 히데요리 님의 존재 따위 문제가 아니다, 실력이 으뜸가는 자가 모두를 제압하고 천하를 잡아라, 그리고 모두들 전하가 남기신 뜻을 잘 받들어 그 실력자를 도와나가라⋯⋯는 말이 되지 않을까요?"

"참으로 극단적인 말씀을⋯⋯ 비록 히데요리 님의 생모가 아니라 하더라도 기타노만도코로님께서 어찌 그런 생각을⋯⋯."

나가마사가 또 흥분하여 말하려 들자 미쓰나리는 웃으면서 잉엇국 사발을 들었다.

"식습니다. 우선 우리와 뜻을 함께하는 분들은 한 모금씩 드십시오. 기타노만도코로님 일은 나중에 충분히 의견을 나누면 될 일. 문제는 두 가지 생각 가운데 그 한 가지를 관철하려면, 이 슬픈 상을 감추기 위해 먹는 잉엇국보다 더한 어려움이 계속될 것이오. 그 어려움을 딛고 넘어가려는 맹세의 잉엇국이라 생각하시고 맛보시오."

그 말을 들은 사람들은 살며시 잉엇국 그릇을 들었다. 세 사람 다 납득한 얼굴은 아니었다. 다만 미쓰나리의 기백에 눌려 그렇게 하지 않을 수 없는 분위기에 압도된 느낌이었다.

미쓰나리는 모두들 상중의 잉어를 먹는 모습을 엄한 표정으로 지켜보았다. 세 사람은 아마 저마다 생각이 다르겠지만 미쓰나리는 그것으로 좋다고 여겼다. 다섯 행정관 사이에서는 이의 없이 그의 지위가 첫째로 인정되고 있었다.

다만 이들은 미쓰나리가 아침 일찍 혼자서 이에야스를 만나고 온 일은 모른다. 그 방문은 실은 미쓰나리가 심사숙고한 계획에 착수하는 첫 포석이었다. 지금까지 그가 영주들 앞에서 유별나게 이에야스에게 반발하는 자세를 보인 것도 물론 그 심사숙고와 관계있었다.

히데요시가 세상 떠난 뒤에는 세상 사람들 생각이 둘로 나누어질 것이다. 그 두 가지 가운데 도요토미 가문과 정권을 하나로 존속시키려면, 미쓰나리는 우선 이에야스의 실력을 영주들이 과대평가하지 않도록 조심해야 한다고 보았다. 그렇기 때문에 이에야스쯤이야 하는 기개를 보이며 영주들 앞에서는 필요 이상으로 오만불손하게 굴었다. 그러나 미쓰나리 자신이 이에야스의 실력을 과소평가하고 있는 건 결코 아니었다. 그 점에서 이에야스의 무서움을 가장 잘 아는 것도 자기라고 자부하고 있었다.

따라서 히데요시의 죽음을 계기로 미쓰나리도 조금씩 이에야스에게 접근하기 시작했다……고 이에야스가 믿도록 하기 위해 그날 아침 은밀하게 찾아갔던 것이다…… 물론 거기서 지금까지의 태도를 버리고 겸손하게 말하며 상대의 비위를 맞추는 비굴한 태도를 보일 수는 없었다.

'나는 다이코조차 마음대로 움직여 온 사나이다…….'

그 미쓰나리가 어쨌든 다른 행정관들 모르게 이에야스를 찾아갔다……고 하면, 이에야스에게 드디어 미쓰나리도 내 편이라는 한 가닥 희망을 갖게 한다. 그 한 가닥 실을 걸어두는 것이 미쓰나리의 앞날에 크나큰 광명의 길을 열어주는 계기가 될 것이었다.

실제로 이에야스는 다섯 대로들이 서명한 소환장을 가지고 곧바로 하카타로 달려가라고 말했다. 그건 적어도 찌를 던져 입질을 시험하는 낚시꾼의 낚싯대에 기분 좋게 전해오는 반응의 하나였다. 미쓰나리가 겁내고 있었던 것은 이에야스가 자신이 다이코의 대리인으로 하카타에 가겠다고 나서지 않을까 하는 것이었다. 지금 대륙에 나가 있는 장수들 중에는, 미쓰나리에게 은혜를 느끼기보다는 강한 반감을 품고 철수해 올 자들이 훨씬 많다. 반감을 가진 그 많은 장수들과 이에야스를 만나게 하는 일은 노련한 사냥꾼에게 맹수들을 넘겨주는 것과 같은 위험이 있었다…….

미쓰나리는 모두들 진지한 표정으로 국그릇을 놓을 때까지 다시 한번 자기가 세운 면밀한 계획의 실을 풀어보았다.

"이에야스 따위가."

그런 기개를 영주들에게 보이면서 미쓰나리는 이에야스의 마음속으로 파고든다. 그리하여 히데요리가 장성할 때까지 표면상으로는 이에야스와 대항하는 형태로 정치를 펴가가다가 마침내 그것을 빼앗는다. 아마 그 시기는 이에야스의 나이로 미루어 결코 10년을 넘지 않으리라…….

'정권이 히데요리 손에 돌아오면…….'

거기까지 생각했을 때 나가모리가 생각이 끝났다는 표정으로 젓가락을 놓았다.

"미쓰나리 님 의견을 따르면, 도요토미 가문의 앞날은 전부냐 전무(全無)냐가 되겠군요."

"뭐, 전부냐 전무냐……?"

미쓰나리는 얼른 그 말뜻을 알아차리지 못했다.

"그렇소, 전부냐 전무냐."

나가모리는 다시 한번 똑같은 말을 되풀이한 뒤 동의를 구하듯 나가마사와 겐이를 보았다.

"우리는 결코 겁쟁이라서 이런 말을 하는 것이 아니오. 하지만 천하와 도요토미 가문은 하나……이렇게 정해버리는 사고방식에는 겐페이(源平; 미나모토(源) 씨와 다이라(平) 씨가 둘로 나뉘어 싸운 일) 때와 똑같은 위험이 따를 것으로 생각되는데."

겐이가 맨 먼저 나가모리의 말뜻을 눈치챈 듯 대꾸했다.

"과연……확실히 그렇소. 천하를 잃었을 때는 다이라 씨 가문도 사라지고 없었다……는 말씀이겠지요."

"그렇소."

나가모리는 무겁게 고개를 끄덕이더니 시선을 다시 미쓰나리에게 고정했다.

"천하와 도요토미 가문은 별개……라고 생각한다면 정권의 이동이 있더라도 도요토미 가문은 계속될 길이 있지만, 천하와 도요토미 가문은 하나라고 정하고 들어간다면 정권을 잃는 시기가 곧 도요토미 가문이 멸망하는 때가 되리라. 여기에 깊이 생각해 봐야 할 요점이 있다……고 보는데 어떻소?"

미쓰나리는 흠칫 숨을 삼키며 다시 신경질적으로 흰 부채를 고쳐세웠다.

"나가모리 님, 그대는 자신의 그런 생각이 부끄럽게 생각되지 않소?"

"무슨 뜻밖의 말씀을……도련님은 아직 철부지 어린이, 만일의 경우를 여러 가지로 생각해 어떤 일에도 대처할 수 있도록 대비하는 것이 우리의 의무로 여기므로 말한 거요."

"그게 바로 적이 노리는 것이오."

"어허, 말씀이 좀 지나치잖소, 미쓰나리 님."

미쓰나리는 다시 한번 내뱉듯 말했다.

"답답한 노릇이군! 이보시오, 나가모리 님, 말씀대로 천하와 도요토미 가문은 다른 것……이라고 생각하면 그 순간부터 다음의 천하인이 결정되어 버린다는 걸 모르오?"

"그러면 천하가 그대로 도쿠가와 님 손에 넘어갈 거라는 말이오?"

"말할 것도 없는 일! 실력이 으뜸이라고 자부할 뿐 아니라 전하께서 당분간 정사를 맡긴다고 하신 말씀을 핑계 삼아 이에야스가 영주들을 구슬리는 데 성공한다면 어떻게 되겠소?"

"그렇다면 정권을 도쿠가와 님에게 넘기지 않고 견딜 수 있는 방법이 따로 있다는 말씀이오?"

"말을 돌리지 마시오. 우선은 내대신 이에야스가 정사를 집행하지만 어디까지나 도련님께서 어리시기 때문에 쓰는 편법일 뿐, 앞으로 성인이 되신 다음에는 고스란히 돌려드리는 것으로 하지 않고 대체 뭘 어떻게 하겠단 말이오?"

미쓰나리는 이미 동료들을 대하는 게 아니라 못마땅한 부하를 꾸짖는 말투였다.

"만일 여러분들이 처음부터 도요토미 가문과 천하는 별개의 것……이라 생각하고 출발한다면, 이에야스는 힘으로 천하를 잡았다는 착각에 빠져 그다음 순간부터 도요토미 가문을 없애려 할 거요. 그렇게 되면 천하고 뭐고 없는 거요."

"그러나 그건……"

또다시 나가모리가 입을 열려 하자 미쓰나리는 무서운 기백으로 눌러버렸다.

"귀하의 생각은 심사숙고한 듯하면서도 몽상에 지나지 않소. 어느 쪽으로 넘어져도 도요토미 가문은 존속되도록……그런 기회주의가 용납될 때가 아니오. 지금은 어디까지나 천하와 도요토미 가문은 하나! 정권은 도련님께서 성인이 되시는 날 삼가 도요토미 가문에 돌려드려야 하는 것……그런 결정을 확고히 세워놓지 않고 어떻게 영주들을 누를 수 있겠소? 적의 덫에 걸리지 마시오."

나가모리는 울컥하는 표정으로 입을 다물었다. 아무래도 그와 미쓰나리는 근본적으로 '이에야스에 대한 인식'이 다른 모양이었다. 나가모리가 볼 때 이에야스는 적대하는 자에게는 어디까지나 강하고 무서운 존재이지만, 일단 납득했을 때는 기묘한 순응성을 보이는 사람이다. 고마키, 나가쿠테 전투 때의 이에야스…… 그리고 그 뒤 오사카성으로 올 때까지의 이에야스……어지간한 다이코를 무척 고심하게 만든 고집덩어리 이에야스였는데, 그러한 감정을 풀고 난 뒤 이에야스는 양처럼 순종하며 의리를 지켰다.

이에야스가 처음 오사카성에 온 것은 덴쇼 14년(1586), 그로부터 12년 동안 다이코의 신변은 참으로 다사다난했다. 지금껏 계속되고 있는 조선과의 싸움은 제쳐놓고라도 소에키 사건, 간파쿠 히데쓰구 사건, 제1차 화친교섭, 그 화친이 깨어지고 난 뒤 미쓰나리와 고니시 유키나가의 처리 등…… 그러나 이에야스는 언제나 그것을 보좌하는 데 있어 실수가 없었다. 사건이 있을 때마다 그가 구명운동을 해서 목숨을 건진 자가 측근에서만 열 손가락이 넘었다. 화친이 깨어졌을 때, 미쓰나리도 그 은혜를 입지 않았던가!

그러한 이에야스이므로 적의를 버리고 끝까지 우호적으로 가까이해야 한다고 나가모리는 생각하고 있었다.

'전에는 사나운 맹호였을지 모르지만……'

지금은 히데요시의 유언에 따라 정무를 집행하는 사람이고, 히데요리 도련님에게 손녀 센히메를 출가시키기로 약속되어 있으니 집안의 어른이기도 했다. 따라서 이쪽에서 담을 걷어치우고 가까이하면 히데요리는 어쨌든 도련님과 센히메 사이에 태어나는 아들 시대에는 이에야스의 핏줄이 그대로 도요토미 가문의 주인이 될 것 아닌가……

'경계하기보다 가까이하여 하나가 되어야 한다.'

이렇게 생각했던 것인데, 미쓰나리는 전혀 받아들일 기색이 없었다.

"나가모리 님은 이에야스를 필요 이상으로 높이 평가하시는군."

미쓰나리는 마치 나가모리의 마음속을 꿰뚫어본 듯 날카롭게 실눈을 지으며 빙긋 웃었다.

"귀하도 이에야스를 고지식한 내대신으로 보고 있는 모양인데 천만의 말씀, 그렇듯 만만한 사람이 아니오."

"……"

"이건 귀하에게만 하는 말은 아니지만 처음부터 전하의 연세, 건강, 일가친척이 적다는……모든 일을 냉정하게 계산한 뒤, 다음 천하를 손에 넣는 길이라 생각하고 가면을 써온 것이오. 문제는 그 능구렁이에게 어떻게 하면 그 본성을 드러낼 기회를 주지 않느냐, 이 한 가지에 달려 있소. 잘 생각해 보면 모를 리 없을 거요!"

미쓰나리는 위압하는 사이사이에 이따금 냉랭한 비웃음을 곁들이며 말을 계속했다.

"상대는 오랜 세월을 거쳐 신통력을 터득한 큰 너구리라고 할 수도 있소. 거기에 홀려선 안 되오, 여러분. 아니, 거기에 홀리지 않는 유일한 부적은 도요토미 가문과 천하는 하나라고 하는 이 주문이오. 이 부적을 놓치면 곧 영주들의 단결이 무너지고 도요토미 가문은 멸망할 거요. 즉 도요토미 가문의 존속을 도모하는 길은 오로지 여러분 모두 그 부적을 이마에 붙이고, 이에야스를 결코 도련님의 대리인 정도로밖에 인정하지 않는 데 있소."

이쯤 되자 나가모리도 더 이상 입을 열 수 없었다. 섣불리 입을 열었다가는 이에야스와 내통이라도 한 듯 의심받게 된다. 물론 그것을 잘 알고 위협하는 미쓰나리였지만……

나가모리가 입을 다물자 이번에는 나가마사가 미쓰나리를 보며 자세를 가다듬었다.

"나 역시 나가모리 님 말씀에 일리가 있다고 생각하오. 지금 구태여 내대신을 적대시하는 건 긁어 부스럼을 만드는 일. 다이코 생전의 유언으로 뒷일은 이미 결정되었으니 되도록 평온하게 넘어가고 싶소."

미쓰나리는 냉랭한 비웃음으로 상대했다.

"옳은 말씀이오. 다이코의 유언으로 이미 뒷일은 정해졌다……고 우리 쪽에서 말한다면 말이오. 천하와 도요토미 가문은 하나, 하지만 히데요리 님이 아직 어리시므로 성인이 될 때까지 정권을 이에야스에게 맡긴다고……그러나 그렇게 받아들이지 않는 자들은 결코 그렇게 생각지 않는단 말이오."

"생각지 않다니 어떤 점에 대해 의심을 품고 계시오?"

"이를테면 다이코의 유언은 병으로 정신이 오락가락하는 노인의 실없는 소리였다……고 생각하는 자가 있다면 어떻게 하시겠소. 아니, 실제로 그러한 냄새를 풍기는 말이 다름 아닌 기타노만도코로님 입에서조차 새어나오고 있소. 나가마사 님은 기타노만도코로님과 인척간이니 이 점을 각별히 조심하시도록 진언해 주기 바라오."

이로써 나가마사도 입을 다물었다. 이 이상 주장하면 기타노만도코로에게 그런 생각을 하도록 한 것은 나가마사 자신이 아니냐고 힐문당하게 될 것 같았다.

"꽤 시간도 흘렀고, 모쿠지키 대사도 별실에서 기다리고 계시니 슬슬 다음 준비를……."

어색한 분위기를 풀어보려는 듯 겐이가 미쓰나리에게 속삭인 뒤 젓가락을 들었다.

잉엇국은 이미 식은 지 오래였다. 재촉받고 네 사람은 저마다 다른 감회를 안고 식사를 시작했다.

"문제는 우리 측근들의 단결에 달려 있소. 우리의 단결만 깨어지지 않는다면 이에야스 따위가 뭐 두렵겠소?"

미쓰나리는 말하고 저도 모르게 쓴웃음을 지었다.

'이에야스를 겁내라고 잔뜩 부채질한 것은 내가 아니었던가…….'

그리고 그 이야기를 꺼낸 자기가 오히려 위로해야 하는 분위기의 변화는 야유 이상으로 무서웠다.

'이에야스는 역시 여러 사람의 가슴속에 크게 자리 잡고 있어…….'

"이로써 우리의 마음가짐은 분명해졌소. 그러므로 오늘 안으로 비밀장례를 끝내고 내일은 다섯 대로들을 청하여 조선에서의 철병에 대해 의논합시다."

"그게 정말 중요하겠군요."

"말할 것도 없지만 중신들에게 서거를 알리지 않고 비밀장례를 치르는 것은 모두 임종하실 때의 전하 유언을 따른 것……이 일은 결코 말이 어긋나지 않도록 주의해 주시기 바라오."

이제부터는 억지로라도 자신이 모두를 이끌어가지 않으면 안 된다고 미쓰나리는 생각했다. 자신이 생각했던 것 이상으로 모두들 이에야스를 어려워하고 있다.

"이제 맹세의 국은 다 먹었소. 이제부터는 우리가 돌아가신 주군께 보답하는 충성심이 얼마나 깨끗하고 순수한 것인가를 천하에 보여줄 따름이오."

미쓰나리는 소리 내어 잉엇국을 마시고 나서 장난기 어린 표정으로 오른팔을 굽혀 보였다.

"어쩐지 이 말라빠진 미쓰나리의 팔에 도요토미 가문을 지켜내는 물러서지 않는 힘이 들어 있는 것 같군, 핫하하하……."

세 사람은 잠자코 무릎 앞에서 상을 밀어놓았다.

조선철병

이에야스로서는 히데요시의 죽음도 조선철병 방법도 이미 다 생각해 둔 일이었다.

'이제 다이코의 목숨은 길지 않다……'

이렇게 보았을 때부터 당연히 생각해 두지 않으면 안 되었던 일이었다. 만일 이 방법을 그르친다면 히데요시의 죽음과 동시에 내란이 일어나 그렇지 않아도 부족한 선박 조달에 차질을 일으켜 바다 건너에 있는 몇십만 군사들을 저버리지 않을 수 없게 된다.

만일 그렇게 된다면 히데요시의 이름은 불세출의 영웅은커녕 나라를 욕되게 한 폭장(暴將)이라는 오명으로 역사에 길이 남게 된다. 그것은 히데요시 자신이 누구보다 잘 알고 있었다. 그러므로 죽기 사흘 전 8월 15일에 일부러 이에야스를 머리맡에 불러 눈물을 흘리며 뒷일을 부탁한 것이었다. 이 부탁만은 무슨 일이 있어도 들어주어야 한다. 그러나 이 일은 결코 쉽지 않았다. 온 일본의 운명이 담긴 이 자루에 어딘가 바늘구멍 하나라도 틈이 있으면, 순식간에 손대지 못할 큰 구멍으로 찢어져버릴 것이다.

따라서 아미타봉의 비밀장례며 상중의 잉어 따위는 미쓰나리가 하는 대로 내버려두어도 무방했다. 그러나 장수들의 소환 절차며 실제로 현지 싸움터에서의 휴전과 철수 계략에 이르러서는 어디까지나 실행 가능한 전술을 보장할 수 있는 자가 나서지 않으면 안 되었다.

미쓰나리는 명령 전달은 할 수 있어도 전쟁에 대한 일은 모른다. 그러므로 되도록 그들의 마음을 달래면서 철군시기와 방법에 관해 일절 입을 놀리지 못하게 할 작정이었다. 그렇게 하지 않으면 다이코의 죽음으로 사기를 잃은 아군이 철수하는 바닷가에서 전멸당하지 않으리라는 법도 없다.

이러한 생각으로 조용히 저택에 들어박혀 있는 이에야스에게 다섯 행정관이 등성을 청해온 것은 히데요시가 죽은 지 이레째인 24일 아침이었다. 그때까지 미쓰나리는 자기 생각대로 줄곧 측근의 단결을 굳히고 있었으리라.

등성해 보니 마에다 도시이에가 먼저 와 있었다. 다섯 대로 가운데 우에스기 가게카쓰는 영지 아이즈(會津)에 있었고, 우키타 히데이에와 모리 데루모토는 아직 교토에 도착하지 않았다. 어쩌면 미쓰나리는 히데이에나 데루모토 따위는 문제되지 않는다고 생각하고 있는지도 모른다.

먼저 와 있던 도시이에 역시 건강이 좋지 않은지 눈 밑이 좀 부은 어두운 얼굴빛이었다.

"내대신, 기어코 다이코께서 먼저 떠나셨구려."

도시이에는 말하며 손가락 끝으로 가만히 눈시울을 눌렀다. 그리고 떨리는 목소리로 희미하게 웃으며 덧붙였다.

"나라도 대신 갈 수 있는 일이라면."

"천명이라고는 하나 참으로 비통하기 그지없는 일이오."

"방금 행정관들로부터 들었는데, 조선싸움의 뒤처리가 가장 마음에 걸리셨던지 당신의 죽음도 감추고 조속히 철수하라는 유언을 하셨다더군요."

이에야스는 깊숙이 고개를 끄덕였다.

"유언이라면 어길 수 없지요. 곧 계획을 세워야겠습니다."

함께 자리한 미쓰나리는 생전의 다이코가 에이토쿠를 시켜 그렇게 한 천장의 모란꽃을 무심하게 올려다보고 있었다······.

"미쓰나리 님은 다이코의 명을 받들어 우리 대로들이 연서한 소환장을 작성하여 현지에 사자를 파견하고 싶다고 하오만······."

모든 일에 신중한 도시이에는 말씨 하나하나에까지 그 인품이 드러났다.

"유언도 있었으니 이 일은 내대신에게 먼저 의논드리는 게 순서일 듯싶어······."

이에야스는 다시 고개를 끄덕이며 미쓰나리 쪽으로 돌아앉았다.

"다섯 대로 가운데 우에스기 님은 안 계시오. 그러면 네 사람의 연서가 되는 셈인데 괜찮겠소?"

"그렇습니다. 내대신과 마에다 님께서 결정 내리신다면 저희들이 모리 님과, 우키타 님에게 그 뜻을 전해 나중에 승인을 얻도록 하겠습니다."

"그게 좋겠소."

여느 때는 좀처럼 자신의 의견을 말하지 않는 이에야스가 오늘은 뜻밖일 정도로 활달한 느낌이었다. 미쓰나리는 그러한 태도 역시 방심할 수 없는 일로 생각했다. 전에 은밀히 방문했을 때는 미쓰나리의 심중과 거의 같은 말을 한 이에야스였는데, 과연 오늘도 그 말을 그대로 할 것인지 어떤지.

그때 이날 오사카에서 올라온 나쓰카 마사이에를 선두로 나가모리, 겐이, 나가마사가 함께 나타났다.

다섯 행정관과 두 대로의 참석. 미쓰나리는 이들만으로 철수문제를 결정할 속셈임이 틀림없었다. 물론 이에야스에게 비밀히 연락한 걸 보면 우키타며 모리에게도 연락한 것이 분명했고, 어쩌면 아이즈의 우에스기에게도 사자를 보냈는지 모른다.

모두들 모이자 이에야스는 곧 말문을 열었다.

"다이나곤의 말씀도 계셨으니 일을 결정하기에 앞서 미쓰나리 님에게 미리 말해 둘 것이 있는데……미쓰나리 님은 다이코 생전부터 신임이 두터웠던 분, 이번 철병에서도 긴요한 점을 빈틈없이 파악하고 임해 주셔야겠소."

"그 점이라면 저도 잘 알고 있습니다."

"문제는 조선에 나가 있는 장수들 사이의 반목이라고 생각하는데……."

이에야스는 말하며 다섯 행정관들을 한 바퀴 둘러보았다.

"현지에 사신으로 갈 자가 중요하오. 내 생각으로는 양쪽에 두루 인망을 얻고 있는 도쿠나가 도시마사(德永壽昌)와 미야모토 도요모리(宮本豊盛)를 보낼까 하는데, 다이나곤께서 이의가 없으신지요?"

도시이에는 이야기가 얼마쯤 비약하는 느낌이 들었다. 아직 대로들이 서명할 소환장을 누구를 시켜 보급기지인 하카타로 보낼 것인지도 결정하지 않고 있었다.

도시이에는 머리를 갸웃거리며 말했다.

"그 두 사람은 현지로 건너가는 거지요?"

"그렇습니다."

"그렇다면 하카타로 보낼 사람을 먼저……"

"그건 말할 것도 없지요. 다이코를 대신하여 대로들이 서명한 소환장이라면 마땅히 미쓰나리 님이 가져가야 할 거요."

"그렇군, 역시 그래야지."

도시이에는 순순히 고개를 끄덕였으나, 미쓰나리는 흠칫 놀라는 듯했다. 이에야스는 미쓰나리의 예상보다 훨씬 더 자기 위신을 세워준 것이다. 어쩌면 이에야스 쪽에서 미쓰나리를 자기 편으로 끌어들이기 위해 비위를 맞추기 시작한 건지도 모른다……고 생각했을 때 이에야스가 다시 말을 이었다.

"미쓰나리 님이 가는 것은 당연하나 한 사람만으로는 무게가 부족하오. 그러므로 아사노 나가마사, 모리 히데모토 두 사람이 동행할 것. 그리고 가는 도중 어떻게 하면 현지에서 분쟁을 일으키지 않을까 하는 문제를 잘 의논할 것."

그야말로 엄하게 명령하는 말투였다.

미쓰나리는 시큰둥한 표정으로 도시이에를 바라보았다. 이에야스가 말하는 내용이 미쓰나리에게 결코 불리한 것은 아니었다. 그러나 그 태도가 아니꼬웠다. 도시이에며 미쓰나리 앞에서 자신의 결정을 그대로 밀어붙이는 꼴이 그의 감정에 철썩 채찍질을 해왔다.

'벌써 다이코나 된 듯 기분 내는군……'

이렇게 생각하자 그 일에 대해 도시이에가 어떤 반응을 보일지 미쓰나리로서는 놓칠 수 없는 관심사였다.

도시이에는 여전히 온화한 눈매로 크게 고개를 끄덕이고 나가마사에게로 시선을 옮겼다. 이에야스의 말에 반감을 느끼기는커녕 매우 당연하다는 듯 조언했다.

"아사노 님은 울산 농성 때의 일도 있어 기요마사 님과 각별히 친숙한 처지이니 꼭 함께 가서 잘 수습해 주기 바라오."

이것 또한 미쓰나리에게 불리한 조언은 아니었다. 미쓰나리의 마음에 가장 걸리는 개선무장은 말할 것도 없이 가토 기요마사였다. 미쓰나리에 대한 기요마사의 증오심은, 이에야스에 대한 미쓰나리의 증오심에 견줄 만큼 철저하고 감정적이었다. 만약 하카타에서 누군가 미쓰나리에게 시비를 걸 자가 있다면 기요마사 외에 아무도 없으리라. 그런데 그 기요마사는 기타노만도코로의 동생을 아내로 둔 아사노 나가마사와 어릴 때부터 혈육이나 다름없는 교분을 갖고 있었다.

나가마사는 두 번째 조선출병 때 아들 요시나가(幸長)를 기요마사에게 신신당 부했다. 기요마사 또한 이를 명심하여 울산성에서 아사노 요시나가가 명나라 대 군에 포위되었을 때, 서생포(西生浦)에서 결사적으로 배를 내어 달려가 요시나가 와 함께 이루 말할 수 없는 굶주림을 견디며 농성을 계속하여 마침내 구해냈던 것이다……

이러한 사실을 알므로 미쓰나리도 나가마사의 동행을 원하고 있었고, 도시이 에가 이에 찬성하는 것도 노련한 중신으로서 당연한 일이었다.

그러나 감정과 이성은 그리 쉽사리 악수하지 않는 법이다. 미쓰나리는 거의 이 야기를 자르듯 말했다.

"알겠습니다. 이로써 대강 결정된 것 같군요."

그리고 다른 행정관들을 바라보았다.

"철수하려면 우선 군선 300척의 준비가 앞서야 하므로 제가 서둘러 하카타로 내려가 그 준비에 착수하겠습니다."

"아무쪼록 현지의 군사들이 상하지 않도록 조치하시오."

"그 점은, 모두 백전연마의 장병들인 만큼 염려하실 필요 없을 겁니다."

미쓰나리는 가볍게 도시이에에게 웃어보인 뒤 갑자기 말투를 바꾸었다.

"이렇게 결정되었으니, 저는 이곳을 당분간 비우게 되겠군요. 그래서 드리는 말 씀입니다만, 부디 노하지 마시기를……."

"없는 동안 뭐 마음에 걸리는 일이라도 있소?"

이에야스가 모두를 대신해서 묻자, 미쓰나리는 갑자기 농담 비슷하게 목소리 를 낮추었다.

"여러분께서는 도련님의 생모이신 요도 마님을 어떻게 생각하시는지요?"

"요도 마님……?"

"예, 올 들어 겨우 32살, 그 아름다운 자태도 여인으로서 한창때……그분을 그 냥 두어도 좋을는지요?"

화제가 터무니없이 바뀌었으므로 모두들 순간 아연해졌다.

"어떻습니까? 차라리 요도 마님을 다이나곤님 내실로 삼으시면?"

말하고 나서 미쓰나리는 다시 진지한 표정으로 돌아가 지그시 이에야스의 얼굴빛을 살폈다.

모두들 미쓰나리가 무슨 말을 하려는 것인지 납득되지 않는 얼굴이었다. 다이나곤……이라니 누구인가? 아마 공경(公卿)들 중에 그러한 인물이……하는 어리둥절함 속에 헤매고 있는 듯한 망연한 표정들이었다.

"다이나곤이란 물론 여기 계시는 가가 다이나곤이십니다."

"예! 무, 무슨 소리를 하는 거요?"

도시이에가 깜짝 놀라 묻는 것을 미쓰나리는 정색하며 제지했다.

"다이나곤은 도련님의 사부, 그러니 차라리 그 생모님을 부인으로 맞이하시어 세상에서 흔히 말하는 의붓아버지로서 양육해 주신다면……물론 이건 도요토미 가문을 생각한 미쓰나리의 궁리입니다만……."

도시이에는 울컥하는 표정이었다.

"이시다 님! 오늘이 겨우 이레째요. 이 자리는 그런 말을 꺼낼 자리가 아니잖소."

그리고는 더욱 씁쓸한 얼굴이 되었다. 여기서 도시이에가 무슨 말을 하면 할수록 그런 말이 이미 일부 사람들 사이에 오갔던 것처럼 오해받을 듯한 분위기였다.

'아무리 그렇더라도 대체 왜 이런 엉뚱한 말을 꺼내는 것일까?'

도시이에에게는 도시나가와 도시쓰네(利常) 두 아들을 낳은 아내가 엄연히 영지에 있지 않은가.

"아, 물론 여기서 당장 동의를 얻으려는 게 아닙니다. 그러나 혼담은 일의 대소를 불문하고 은밀히 시행하는 것은 법도에 어긋나므로 일단 여러분에게 말씀드리는 것뿐입니다. 아무튼 생모께서 너무 젊으셔서 무리한 독수공방을 강요하였다가 터무니없는 소문이라도 생긴다면 오히려 가문을 위해 좋지 않을 것이므로……."

미쓰나리는 농담인지 진담인지 분간할 수 없는 투로 말하더니 이번에는 이에야스를 향해 웃음을 던졌다.

"내대신께서는 내전 여인들의 소문을 들으신 적 있습니까?"

"내전 여인들의 소문……?"

"물론 농담일 테지만, 내대신께서 요도 마님을 마음에 두고 계시다는 소문입니다.”

“뭐, 내가……?”

“예. 내대신님은 생모와 천하를 한꺼번에 물려받으려 한다고…….”

별안간 나가마사가 끼어들었다.

“그건 거짓말이오! 그럴 리 없소. 내전의 여인들은 아직 전하께서 서거하신 일조차 전혀 모르고 있소. 돌아가신 줄도 모르는데 어찌 그런…….”

“핫하하……잠깐 제 말씀을 들어보십시오, 나가마사 님. 물론 서거하신 것은 모르지요. 아직 살아서 누워계신 줄 모두들 믿고 있소. 하지만 이미 그런 소문이 난다는 건 생모께서 너무 젊고 아름다우신 탓이오. 그렇기 때문에 전혀 어울리지 않는 이 자리에서 감히 그 이야기를 꺼낸 거요. 내대신께서 매우 난처하실 일……그러므로 한 번은 생각해 두어야 할 문제가 아니겠소?”

말하면서 미쓰나리는 다시 웃는 얼굴로 도시이에와 이에야스를 쏘아보듯 응시했다. 물론 오늘 이 자리에서 이런 말을 하려고 했던 것은 아니었다. 그러나 온후한 도시이에가 무조건 이에야스를 믿는 것 같은 모습을 보자, 그가 없는 동안 두 사람의 접근을 막기 위한 쐐기를 박아두지 않을 수 없었다. 그의 계산으로는, 도시이에가 이에야스의 말을 가로막는 큰 적이 되어 주어야만 했다…….

미쓰나리의 말은 이에야스보다 주위 사람들의 미간을 더욱 찌푸리게 했다. 충분히 농담처럼 들리게 한 말이었으나 요도 마님과 천하를 한꺼번에 물려받으려 한다는 말은 얼마나 노골적인 반감의 표시란 말인가.

그러나 이에야스는 얼굴빛을 바꾸지 않았다. 그 또한 남의 일처럼 쓴웃음 지었을 뿐 화제를 돌렸다.

“여담은 그쯤 해두고, 현지 무장들에게 서거를 알리는 시기에 대해서인데……이런 일은 누설되기 쉬우니 상대가 어디선가 소문을 듣고 있을 때는 사자에게 귀띔해 굳이 감추려 하지 않도록 하시오. 물론 여럿이 참석한 자리에서 공공연히 발표할 수는 없지만 사람을 물리친 뒤 대장에게는 털어놓는 게 좋을 거요. 그렇게 하지 않으면 철수작전과 적과의 화평교섭, 군병들 단속 등 모든 작전에 영향을 주고 나아가 고전과 혼란이 있을 경우……그것이 원인이었다고 나중에 시비와 반감의 원인이 될지도 모르오”

그 말이 차분하고도 정연하게 다시 좌중을 압도했으므로, 어떻게 될 것인지

조마조마해 하던 마에다 겐이와 마시타 나가모리도 마음 놓았다.

나쓰카 마사이에는 다시 미쓰나리를 흘끔흘끔 노려보고 있었다. 미쓰나리가 또 무슨 말을 꺼낼지 몰라 염려하는 건지도 모른다.

"그래서 어쨌든 11월 중으로 철수를 끝내고 싶소. 12월에 접어들면 바다가 험해지리다. 될 수 있다면 잡병에 이르기까지 모두 제집에서 설을 맞게 해주고 싶으니 말이오. 그런 줄 알고 이시다 님에게는 선박 할당을 부탁하오. 그리고 모두 본국 땅을 밟아 한시름 안정을 되찾을 때 정식으로 이시다 님이 다이코의 서거를 알리는 거요."

말한 뒤 이에야스는, 쓸쓸한 표정으로 눈을 감고 묘하게 겸연쩍어하는 마에다 도시이에에게 말을 걸었다.

"어떻습니까, 다이나곤? 모든 무장들에게 일단 상경하라고 할 필요가 있을까요, 아니면 저마다 귀향하도록 한 뒤 정식으로 장례식을 거행할 때 상경하게 하는 게 좋을까요?"

도시이에는 그 말에 구원받은 듯 눈을 떴다.

"그 점은 저마다의 형편을 충분히 참작해 주는 것이 어떻겠소? 듣자니 시마즈 백성들은 매우 곤궁한 나머지 농지를 버리는 자가 꼬리를 물고 있다 하오…… 말하자면 각자의 사정에 따르는 게 어떨지?"

"그것도 그렇군요, 그럼, 그렇게 하십시다. 이시다 님, 그런 줄 알고……따라서 장례는 2월에 들어서야……되겠군요."

이에야스가 모두를 둘러보자 겐이가 말했다.

"2월도 하순쯤이 좋을 것 같습니다. 모두들 한 번은 상경해야 할 터이고, 아무튼 오랜 싸움이었으니 귀국하면 여러 가지 일이 산처럼 쌓여 피로를 풀 겨를도 없을 테니까요."

"옳은 말이오. 그게 좋겠소."

이에야스는 역시 담담하게 결정하고 나쓰카 마사이에에게 시선을 보냈다.

"그리고 다음은 기타노만도코로님이 오사카로 귀성하실 시기 문제인데, 어떻소, 마사이에 님? 만도코로님은 남자 못지않게 강한 분이시니 뜻대로 하시도록 맡겨도 좋을 거라고 생각하는데, 귀하가 한번 그 뜻을 알아봐 주지 않겠소?"

아사노 나가마사가 또 흘끗 미쓰나리를 쳐다보았다. 기타노만도코로 이야기가 나오면 언제나 묘하게 흥분하는 미쓰나리의 버릇을 잘 알기 때문이었다.

마사이에 역시 흘끗 미쓰나리 쪽을 보며 정중히 대답했다.

"알겠습니다. 만도코로님이 안 계신 오사카 일로 보고드릴 것도 있으니 제가 그 의사를 알아오겠습니다."

그러나 미쓰나리는 오늘 뜻밖일 만큼 유쾌한 표정으로 이 일에 대해 아무 이의도 없는 것 같았다. 이의는커녕 미쓰나리는 오늘 승부에서 자기가 충분히 이겼다고 생각했다. 철수할 차례도 그가 예상한 대로였다. 농담 삼아 꺼낸 요도 마님에 대한 이야기도 예상한 이상으로 반응이 있었다고 여겼다. 인간만큼 암시에 약한 동물은 없다. 그 농담을 들은 뒤 이에야스의 말투에서 한결 무게가 느껴진 것은 그만큼 그 한 마디가 그의 마음을 휘저어놓은 증거라고 봐도 좋으리라.

솔직히 말해 미쓰나리는 결코 요도 마님을 탐탁하게 여기지 않았다. 똑똑한 척하지만 똑똑하지 못하고, 고집 센 것 같지만 센 것도 아니다. 고작 명문 출신이라는 자부심만 높을 뿐, 약빠른 고양이 밤눈 어둡다고 오히려 손해만 볼 우려가 있는 재녀에 지나지 않는다고 평가했다.

그러므로 그녀가 만일 이에야스에게 접근하는 일이 있다면 그야말로 큰일이었다. 이에야스는 아직 독수공방하는 여자 한둘쯤 다룰 정력이 충분하다. 도요토미 가문의 장래와 유아(遺兒)에 대한 보장……을 핑계 삼아 만일 요도 마님을 품안에 넣는다면, 미쓰나리로서 어쩔 도리 없는 파탄이었다. 세상에는 책사도 많지만 아직 거기까지 눈치채고 있는 자는 없었다. 그러나 만일 그걸 눈치채고 책략 부리는 자가 있다면, 요도 마님은 자식 사랑에 이끌려 힘없이 넘어갈 염려가 있다…….

오늘 생각난 김에 말을 꺼내 멋지게 말뚝 하나를 박아놓았다고, 미쓰나리는 마음속으로 매우 만족했다.

'이만하면 안심하고 교토를 비울 수 있다…….'

히데요리와 요도 마님과 마에다 도시이에……이들을 단단히 자기 진영에 묶어두지 않으면, 미쓰나리의 도요토미 가문에 대한 충성심의 목표는 흔적도 없이 사라진다.

이 셋을 묶어두기 위해서는, 요도 마님의 투기심의 적인 기타노만도코로가 이에야스에게 얼마쯤 접근한다 해도 부득이한 일이었다. 아니, 오히려 그 일을 구실 삼아 요도 마님을 더욱 강력히 견제할 수 있다.

화제는 그 뒤 철수작전에 소요될 말먹이로, 다시 식량조달로 넘어갔다.

장례식은 2월 끝 무렵, 그때까지 미쓰나리는 자신에게 반감 품은 무장들을 구슬리는 데 전념하면 된다. 뭐니 뭐니 해도 히데요시가 어릴 때부터 키워낸 사람들이다. 외로운 유아 히데요리를 내세워 이에야스의 야심을 폭로해 나간다면 도요토미 가문을 배신할 무리들이 못 된다.

회의가 끝날 무렵 미쓰나리는 사람이 달라진 것처럼 모난 데가 사라지고 없었다.

"이로써 모든 게 정리된 것 같군요. 이제 초칠일도 끝났으니 유해를 화장한 뒤 도련님을 뵙고 곧 하카타로 떠나겠습니다."

'이에야스는 보기 좋게 내 재능의 덫에 걸려들었다. 철수해 오는 무장들을 하카타에서 내가 먼저 만날 수 있다는 것은 얼마나 다행한 일인가? 그곳에서 한발 앞서 그들의 가슴에 암시의 말뚝을 박아둔다면, 그 말뚝은 두고두고 효과 있으리라.'

회의가 끝나자 미쓰나리는 생기 넘치는 표정으로 내전의 요도 마님을 찾아갔다.

요도 마님은 무엇엔가 홀린 듯 들떠 있었다. 스스로 생각해도 이상한 일이었다.

'오늘은 다이코의 초칠일이 아닌가……'

그러나 상중의 슬픔을 보여서는 안 된다고 한다. 그래서 일부러 더 떠들어대고 있는 것일까? 그렇게 자신에게 물어보니, 당황해 얼굴을 돌리면서 혓바닥을 날름 내미는 또 하나의 여인이 자기 속에 살고 있었다. 그 여인은 오늘 아미타봉에서 다이코의 유해가 한 줌의 재로 바뀌는 것을 알고 있다.

'그 말라빠지고 이상한 냄새를 풍기던 초라한 노인이 이제 완전히 이 세상에서 사라진다.'

그렇게 생각만 해도 여인은 환성 지르고 날뛰며 기뻐하는 것 같았다.

인생이란 얼마나 추악한 죄업의 누적이며 또한 덧없는 희극이란 말인가. 오와리 나카무라에서 태어난 농부의 자식이 누구보다 용감하게, 누구보다 뻔뻔스럽게 수많은 거짓과 살육을 쌓아올린 일 하나만으로 불세출의 영웅으로 추앙받고,

금전옥루에 살면서 온갖 영화를 누려왔다. 그런데 그것 역시 한 조각 꿈에 지나지 않아 지금은 메마른 장작 밑 벌거숭이 시체로 누워 불태워지기를 기다리고 있다…….

이것은 대체 누구의 형벌, 누구의 행위일까……?

요도 마님, 곧 자차히메의 조부와 아버지는 살아서 배에 칼을 찔러넣었다. 양아버지 시바타 가쓰이에와 생모 오이치 부인도 결국 마찬가지로 단정하게 옷을 갈아입고 불타오르는 성과 함께 타죽었다.

그러한 죽음에 비해 다이코의 죽음이 얼마나 낫다는 것인가……? 한쪽에는 적어도 적에게 굴하지 않겠다는 의기라도 있었지만, 다이코는 그것조차 없이 눈물을 줄줄 흘리면서 이 사람 저 사람에게 머리 숙이며 죽어갔다.

요도 마님은 그 추악한 마지막 모습을 상상만 해도 왈칵 구역질이 났다.

'그런 추한 죽음을 할 바엔 차라리 아버지 같은 최후를 택하고 싶다…….'

새삼 과거를 돌아볼 것도 없이 요도 마님 또한 히데요시에게 순수한 마음으로 애정을 바친 시기가 있었다. 그러나 그것은 어디까지나 히데요시가 보통 인간 이상의 기백으로 영주들을 꿇어엎드리게 했을 때뿐이었다. 그때는 배후의 죄업까지 금빛 광채를 뿜었고, 두 손에 받쳐들던 살육의 흉검마저 장엄하게 아름다웠다.

그런데 지금은 자기가 왜 그런 노인의 오랏줄에 꼼짝 못하고 묶여 있었는지 이상한 느낌마저 들었다…… 그 결박이 이제 풀렸다. 아니, 풀린 게 아니라 저절로 썩어서 토막토막 끊어진 것이다…….

'이제 그대를 속박하는 건 아무것도 없다.'

마음속에 사는 또 다른 여인은 줄곧 그렇게 속삭이며 날뛴다…….

시녀가 촛대를 받쳐들고 나타났다. 히데요시의 취향인 부채를 그린 장지문 그림과 여러 가지 꽃들을 그려놓은 천장이 밤이 이르렀음을 알렸다. 할 수만 있다면, 여기서 마음 맞는 이들을 모아 밤새워 연회를 열어도 괜찮겠지……그런 부정한 생각에 문득 얼굴을 붉혔을 때 이시다 미쓰나리가 찾아왔다.

"어머, 미쓰나리 님. 그렇지 않아도……."

당황하여 앉음새를 고치면서 요도 마님은 자신의 태도가 저도 모르게 교태를 부리고 있는 데 놀랐다. 벌써 1년 가까이 생과부나 다름없는 생활이었다. 32살의 한창나이인 육체는 이따금 이성(理性)의 담 밖으로 자랑스럽게 얼굴을 내밀었다.

미쓰나리는 눈부신 듯 눈길을 돌리며 말했다.

"전하의 병실로 찾아갔더니 여기 계시다기에."

옆에 있는 아에바 부인의 표정으로 이미 서거한 사실이 누설되었음을 느끼면서 유난히 밝은 목소리로 말을 이었다.

"실은 전하의 명령으로 제가 곧 하카타에 가게 되었습니다."

"오, 드디어 조선철병의 명령이 내렸나요?"

"예, 이 임무는 매우 중대한 것입니다. 아무튼 가토, 후쿠시마, 구로다, 아사노의 아들 등 생각이 모자라는 무장들이 이 미쓰나리에게 터무니없는 원한을 품고 있으니까요."

미쓰나리는 쓴웃음을 씹으며 말하다가 요도 마님의 눈빛이 자신의 말을 그리 진지하게 듣고 있지 않은 것을 알고 일부러 목소리를 낮추었다.

"참으로 뜻밖입니다만, 그들의 반감이 도련님의 앞날을 가리는 구름이 될 것 같아……."

"그대에 대한 무장들의 반감이……?"

"예, 아무튼 무장들 뒤에는 기타노만도코로님이 계시니까요."

미쓰나리는 중얼거리듯 말한 뒤 흘끗 아에바 부인을 보고 딴전을 피웠다.

"도련님은 유모한테 가 있습니까?"

이 한 마디에 요도 마님은 완전히 미쓰나리의 화술에 걸려들었다.

"미쓰나리 님, 마음에 걸리는 말씀을 하시는군요. 그대에 대한 무장들의 반감이 곧 도련님에 대한 반감이 될지도 모른다는 건가요?"

미쓰나리는 일부러 모호하게 시선을 피했다.

"아니, 그건……그렇게 되면 큰일이므로 모두들 도련님에 대한 충성을 잊지 않도록, 미쓰나리가 머리 숙여 부탁할 작정입니다만……."

"그것으로는 안심이 안 된다……는 말이군요."

"마님, 이것은 세상의 소문입니다……전하께서 돌아가시면 마님은 어떻게 하실까 하고."

"내가 어떻게 하느냐고……? 그게 무슨 뜻인지 궁금하군요."

"이대로 도련님의 후견인으로 계실 것인지, 아니면 다른 곳으로 재혼하실 것인지 모두들 궁금해 하고 있는 것 같습니다."

"그것참, 재미있군요!"

요도 부인은 '재혼'이라는 말에 가슴이 철렁했다.

'그렇다, 동생은 네 번이나 출가하여 지금 도쿠가와 가문의 사람이 되어 있다……'

"남의 입은 막지 못한다고 들었지만, 내가 대체 누구에게 재가할 거라고 하던가요?"

"예, 첫째로 내대신입니다. 내대신에게는 지금 정실부인이 없습니다."

"뭐, 내가 내대신에게!"

"예, 그렇게 되면 내대신은 도련님의 양아버지. 그러면 천하와 일본 으뜸가는 미녀를 한꺼번에 손에 넣게 된다, 생각 깊고 꾀 많은 내대신이니 반드시 그런 수법을 쓸 거라고……."

"어머, 내가 내대신의……."

미쓰나리는 못 들은 척하고 남의 말 하듯 덧붙였다.

"그렇게 된다면 기타노만도코로님은 기뻐하실지도 모르겠군요."

요도 마님은 잠시 숨을 삼키고 허공을 노려보았다. 미쓰나리의 마지막 빈정거림은 분명하게 마음에 들어오지 않았으나, 히데타다에게 시집간 막냇동생 다쓰히메의 얼굴이 맨 먼저 눈앞에 떠올랐다. 다쓰히메와 히데타다 사이에 벌써 센히메라는 딸이 태어나 있었다. 그리고 그 딸은 히데요시의 간절한 소원으로 내 아들 히데요리와 정혼한 사이다.

'그런데 만일 내가 그 아버지 이에야스의 정실로 들어간다면 어떻게 되는 것인가……?'

그 상상은 젊음을 주체하지 못하고 있는 요도 마님에게 그다지 화나거나 불쾌한 것은 아니었다. 그로써 아사이 가문까지 한집안이 된다…… 생각하기에 따라서는 일찍이 히데요시에게 멸망당한 아사이의 두 고아가 도요토미 가문과 도쿠가와 가문을 다 삼켜버리는 게 된다…….

'다쓰와 둘이서 마음 합치면 모든 것을 뜻대로……?'

그 공상에 미쓰나리는 곧 찬물을 끼얹었다.

"마님, 소문은 그것뿐이 아닙니다. 또 있습니다."

"뭐, 나에 관해서 말인가요?"

"예, 또 한 가지는 마님께서 아무리 순진하다 해도 그런 음모에 넘어가지 않을 거라는 이야기입니다."

"뭐라고요, 음모……?"

"예, 내대신이 도련님의 양부가 되어 도련님을 가까이 데려다놓게 되면 도련님을 독살하는 것도 뜻대로……."

거기서 미쓰나리는 날카롭게 요도 마님을 한 번 쏘아보았다.

"내대신이 바라는 것은 마님도 아니고 도련님도 아닙니다. 오로지 천하만이 그의 소원…… 그러니 마님께서, 자기 자식과 도요토미 가문을 함께 팔아넘기는 혼담을 승낙하실 리 없다는 거지요……."

"어머……!"

"그리고 또 이렇게 말합니다. 도요토미 가문을 위한다면 내대신이 이런저런 말을 꺼내기 전에, 마에다 다이나곤과의 재혼을 권해드리는 게 어떠냐고……."

"뭐, 다이나곤에게……!"

"예, 다이나곤은 지금으로서 이에야스의 야망을 누를 수 있는 유일한 분…… 게다가 전하의 유언에 의한 도련님의 사부이니, 그 정도면 양부로서 괜찮지 않겠는가 하고……."

요도 마님은 미간을 찌푸리며 입을 다물어버렸다. 다시 눈앞에 짙은 안개가 덮쳐왔다. 과연 인물로서는 도시이에가 성실한 게 사실이었다. 하지만 그뿐, 다쓰히메의 환영도 소용없게 되고 아사이의 고아들이 천하를 삼키는 꿈과도 거리가 멀어진다…….

"저는 그저 웃으며 듣고 있었습니다만, 혹시 제가 없는 동안 누군가가 말할지도 모릅니다."

"……."

"그때는 부디 배후에서 움직이는 자들의 손을 조심하시기를…… 그렇다 해도, 다른 사람은 움직이지 않을 것입니다. 만약 움직인다면 기타노만도코로님…… 기타노만도코로님은 도련님의 생모이신 마님이 여러모로 마음에 걸리시는 자……."

요도 마님은 이미 미쓰나리의 말을 듣고 있지 않았다.

'나는 아직 히데요시와의 인연이 끊어진 게 아니었다…… 히데요리를 통해 더욱 비참하게 꽁꽁 묶이는 신세가 될지도 모른다…….'

그런 감상이 가슴 가득 잿빛 장막을 펼쳐갔다.

"마님께서는 만인을 뛰어넘는 재능을 가지신 분, 비록 전하께서 돌아가시더라도 도련님을 훌륭히 모시고 영주들의 우러름을 받으실 것이니, 그 점은 조금도 걱정할 것 없다……저희 다섯 행정관들은 이렇게 단언하고 인사드리러 온 것입니다."

"……"

"비록 귀환해 오는 무장 가운데 몇몇 사람이 기타노만도코로에게 접근하여 무언가 책동을 꾸민다 해도, 도련님을 모반할 의사는 없을 것입니다. 미쓰나리는 하카타에서 무장들을 맞아 전하의 은혜를 간곡히 설득할 작정이고……"

미쓰나리는 이제 상대의 반응에는 신경 쓰지 않았다. 여기서는 다만 철부지 몽상가의 망동을 누르기 위해 따끔하게 가슴을 찌르는 암시의 말뚝을 박아놓으면 되는 것이다. 그리고 그 말뚝은 이미 충분히 요도 마님의 가슴에 박혔다.

'경계해야 할 것은 이에야스와 기타노만도코로…… 그에 대항할 수 있는 자는 마에다 도시이에……'

다이코에 대한 여성다운 추모의 감정은 없더라도 그동안 히데요리에 대한 사랑은 튼튼하게 뿌리내리게 될 것이다.

'이만하면 됐다……'

장황하게 설명하면 오히려 반감을 불러일으킨다. 요도 마님은 그러한 오기를 지닌 여인이었다.

"그보다도 차츰 추워지는 계절이니 아무쪼록 도련님 건강에 각별히 주의 기울여 주시기 바랍니다."

정중하게 절하고 자리에서 일어나면서 미쓰나리는 자못 만족스러운 기분이었다. 생전의 히데요시가 그 자신의 지혜를 당할 자는 미쓰나리 한 사람뿐……이라고 곧잘 말한 것을 알고 있었다. 그 미쓰나리가 지금이야말로 도요토미 가문의 대들보로서 백방으로 일할 때인 것이다.

'전하의 영령이시여, 굽어보시기를. 이 미쓰나리는 역시 전하의……'

그러나 요도 마님은 그 미쓰나리의 인사에 답례조차 하지 않았다.

아에바 부인이 긴 복도 끝까지 전송하고 돌아왔을 때도 계속 허공을 응시한 채 몸을 굳히고 있었다.

"마님……."

"……."

"무슨 생각을 하고 계십니까?"

나무라듯 말하려다가 아에바는 화들짝 놀라며 자세를 바로했다.

"아, 벌써 저녁 7시……유해에 불을 당길 시각이군요. 죄송합니다."

허둥지둥 일어나 선반 위에 놓인 염주를 내려 요도 마님의 손목에 걸어주고 자기도 두 손을 모으며 눈을 감았다.

이미 바깥은 어두워져 있었다. 사방은 으스스 추울 정도로 고요했고, 어디선가 유해를 태우는 불꽃 튀는 소리라도 들려올 것 같은 짧은 순간이었다.

"마님……인간의 일생이란 참으로 덧없군요."

"……."

"전하 같은 분도 돌아가시면 한 줄기 연기로 사라지다니!"

"아에바!"

"……네."

"도련님을 이리 불러와요. 오쿠라 부인도 함께 오도록 일러요."

"……예, 곧 부르겠습니다."

고독을 못 이겨 그러는 줄 알고 아에바 부인은 얼른 일어나 나갔다.

"멍청한 미쓰나리 놈……!"

요도 마님은 내뱉듯 말하며 지그시 입술을 깨물었다.

잠시 뒤 오쿠라 부인이 히데요리의 손을 잡고 들어왔다. 아에바 부인은 얼굴을 외면하며 그 뒤를 따라 들어왔다. 히데요리를 본 순간 미친 듯이 끌어안고 통곡할 게 틀림없다……고 생각하여 요도 마님을 똑바로 쳐다보기 안쓰러웠던 것이다.

그런데 요도 마님은……히데요리를 끌어안지도 울지도 않았다. 만들고 있던 나무배를 손에 들고 온 히데요리가 흘끗 신경질적인 미소를 보이며 앉는 모습을 냉엄한 표정으로 쏘듯이 지켜볼 뿐…….

아에바 부인은 꿀꺽 마른침을 삼켰다.

'역시 아사이 가문의 핏줄…….'

아사이 나가마사며 그 아버지 히사마사도 슬플 때 울고 기쁠 때 웃는 사람이 아니었다. 마님에게도 그 피가 흐르고 있다……고 생각했을 때, 요도 마님의 입술에서 매섭게 혀 차는 소리가 새나왔다.

"미쓰나리는 제 분수를 모르는 바보 놈이야!"

그 말이 너무 거칠어 오쿠라 부인과 아에바 부인은 깜짝 놀라 물었다.

"네? 뭐……뭐라고 말씀하셨습니까?"

"아에바, 그대는 미쓰나리를 어떻게 생각하나?"

"……네, 미쓰나리 님이야말로 전하의 은혜를 잊지 않고……도련님의 소중한 충신이 될 분으로……"

"오쿠라는?"

갑작스러운 질문에 오쿠라는 신중하게 머리를 갸웃거렸다.

"미쓰나리 님이 무슨 실례되는 일이라도?"

"그대도 미쓰나리를 도련님의 좋은 신하라고 생각하는가?"

"그야, 뭐……"

오쿠라 부인은 아직 확실히 사태를 이해할 수 없다는 표정이었다.

"간파쿠 히데쓰구 님 사건 이래 오로지 도련님만 위해 헌신하시는 분……"

"알았어, 그만해! 그대들은 아직도 미쓰나리의 본색을 모르고 있어. 미쓰나리는 제 분수도 모르는 바보 놈이야!"

"송구하오나 무슨 증거라도……"

"아에바는 듣고 있었지? 나와 도련님에게까지 건방지게 명령조로 말했어. 여자라고 깔보고……"

거기까지 말한 뒤 비로소 요도 마님은 무심하게 놀고 있는 히데요리의 머리에 손을 얹었다. 손을 얹은 순간 지금까지의 냉엄한 표정이 일시에 무너지며 두 눈에서 눈물이 뚝뚝 떨어졌다.

"나를 여자라고 업신여기고, 내대신과 기타노만도코로를 내 원수라고……믿게 하려는 속셈이야."

두 사람은 살며시 얼굴을 마주보았으나 어느 쪽도 고개를 끄덕일 수는 없었다. 그녀들 역시 이에야스와 기타노만도코로에게 적지 않은 반감을 품고 있었다. 그러니 두 사람은 적……이라고 하는 편이 훨씬 더 마음에 통하는 말이었다.

"만일 미쓰나리가 정말로 뛰어난 인물이라면 나에게 그런 말을 해줄 리 없어.

내대신과 기타노만도코로를 가까이하지 않으면 도련님에게는 불행이야."

그리고 다시 한번 답답하다는 듯 혀를 찼다.

"그대들은 고마키, 나가쿠테 싸움 뒤 전하의 고심을 기억하고 있겠지? 전하께서 내대신과 어떻게 화목해지셨는지…… 전하조차 두려워하신 내대신을 미쓰나리는 원수로 돌리라고 한다……그렇게 되면 도련님은 어떻게 되겠어? 미쓰나리는 정말 자기 분수를 모르는 멍청한 놈이야."

두 여인은 아직도 말없이 얼굴을 마주보았다. 이것이 미쓰나리의 계산에서 첫 번째로 큰 차질이었다.

여인회의

요도 마님은 두 여인에게 격심한 불만을 터뜨리는 동안 차츰 흥분되었다. 어쩌면 억압되었던 생리의 불만이 미쓰나리의 태도며 말에서 그 분출구를 찾아내어 엉뚱한 방향으로 넘치기 시작한 것인지도 모른다.

지금까지는 결코 미쓰나리를 미워하거나 소홀히 생각하지 않았다. 히데요리를 중심으로 도요토미 가문을 생각해 주는 귀중한 히데요시의 심복이며 믿음직한 기둥으로 생각해 왔었다. 그런데 지금은 오로지 그 반대의 말만 입에 오른다.

"미쓰나리는 전하 앞에서 충성스러운 듯 발톱을 감추고 있었던 모양이야."

말이 지나치다고 여기면서도 여기에서 속속들이 미쓰나리의 정체를 파헤쳐 자신에게 똑똑히 납득시켜 두지 않으면 불안해 견딜 수 없을 것 같은 기분이었다.

"그렇지 않다면 내게 재혼 말을 꺼낼 수 있겠느냐. 오늘이 어떤 날이라고…… 미쓰나리는 나를 제 마음대로 조종할 수 있는 꼭두각시로 아는 거야. 나를 그렇게 다루는 바보 녀석이 도련님에게 그렇게 하지 않으리라는 보장이 어디 있겠나."

듣고 있는 동안 아에바 부인도 오쿠라 부인도 요도 마님의 말뜻이 차츰 이해되었다.

"정말이에요. 그런 말까지 입에 올리다니."

"그것은 분명 분수를 모르는 말."

"그렇지. 이건 그대들도 용서할 수 없는 말이라고 성낼 일이야."

"네, 물론 성내지 않을 수 없지요."

"나는 그걸 꾹 참으며 듣고 있었어. 기질이 드세다느니 뛰어난 기량을 지녔다느니 아첨하면서 정말은 나에게 지시하고 있어…… 내가 아무것도 모르는 장님인 줄로만 알고 있나 봐."

그리고 그 뒤 이에야스와 기타노만도코로를 적으로 돌렸을 때의 무서움을 되풀이 이야기했다. 이 일은 아에바 부인보다 손위인 오쿠라 부인을 한층 더 곰곰이 생각하게 만들었다.

요도 마님의 말이 아니더라도, 그녀는 이에야스와 화목할 때 히데요시가 얼마나 자신을 억누르며 고심했는지 잘 알고 있었다. 40살 넘은 아사히히메를 남편과 이혼시켜 이에야스한테 출가시켰는가 하면, 소중한 어머니를 오카자키에 인질로 보내는 등……그 때문에 히데요시는 측근들에게조차 권위의 경중(輕重)에 대한 힐문을 꽤 받았었다. 그것이 모두 이에야스의 인물과 실력에 대한 두려움 때문이 아니고 무엇이란 말인가.

그 이에야스뿐인가, 기타노만도코로까지 적으로 돌린다……는 그런 모험을 미쓰나리가 꿈꾼다면 이건 참으로 중대한 일이었다.

"전하께서도 하지 않으셨던 일을 미쓰나리가 하려고 마음먹고 있다. 자기를 전하 이상의 인물이라고……자부하는 자만심을 지닌 증거인 거야."

그 말을 듣자 오쿠라 부인은 한무릎 다가앉아 물어보지 않을 수 없었다.

"그러면 마님께서는 미쓰나리에게 다른 야심이 있다……는 말씀이신가요."

"뭐, 미쓰나리에게 야심이……?"

"네, 마님과 도련님을 마음대로 조종하여 스스로 전하의 자리를 차지하려는……."

그 질문에 아에바 부인은 얼굴이 하얗게 질렸으나, 요도 마님은 뜻밖에 태연한 표정으로 머리를 갸웃했다.

"미쓰나리에게 전하의 자리를 차지하려는 야심이 있다고……."

사람은 때로 생각지도 않았던 일을 입에 담는 수가 있다. 미쓰나리에 대한 요도 마님의 비난도 그러한 것으로, 그리 깊은 생각에서 한 말은 아니었다. 그러나 듣는 편은 반드시 그렇지도 않다. 오노 도켄(大野道犬)의 아내로 세상 인정의 표리를 요도 마님보다 훨씬 많이 보아온 오쿠라 부인에게는 요도 마님의 분노가 미쓰나리의 야심을 꿰뚫어본 노여움으로 받아들여졌다.

"도련님은 아직 아무것도 모르십니다. 그것을 이용하여 자기 편을 부추겨 도쿠가와 님과 일전을 벌여서 자기 손에 천하를 넣는다……는 엉뚱한 음모라도 하고 있다는 말씀이신가요?"

요도 마님은 숨을 훅 들이마시며 황급히 아에바 부인을 보았다. 아에바 부인은 그보다 앞서 온몸을 굳힌 채 두 사람의 대화를 듣고 있었다.

"만일……."

요도 마님은 한 마디 하고 마른 입술을 축였다.

"만일 그런 야심이 있다고 한다면……그대들은 어떻게 할 건가."

아에바 부인이 끼어들었다.

"그것은 지나친 생각이라고 여겨집니다. 세상에는 의심암귀라는 말도 있습니다. 도련님을 소중히 생각한 나머지 주제넘은 지시를 하셨다……고 그 무례함은 나무라시더라도 의심은 무서운 일입니다."

요도 마님은 깊숙이 고개를 끄덕였다.

"나도 그렇게 생각하고 있다. 하지만 이건 그대들도 마음속에 충분히 새겨두어야 할 일이야."

오쿠라 부인은 연장자답게 신중히 고개를 갸우뚱하며 말했다.

"지당하신 말씀…… 어떨까요, 미쓰나리가 한 말은 그대로 내버려두고 마님께서 넌지시 내대신이며 기타노만도코로님에게 다른 마음이 전혀 없는 것처럼 하시는 게……."

"나더러 어떻게 하라는 거냐. 설마 내대신에게 시집가고 싶다는 말은 할 수 없을 테고……."

오쿠라 부인은 놀란 듯 요도 마님을 다시 보았다. 요도 마님의 마지막 한 마디가 너무나 가벼운 농담조로 바뀌어 있었기 때문이었다.

'어쩌면 요도 마님 자신도 그런…….'

그러나 그 상상을 캐어본다는 것은 요도 마님에 대한 지나친 불손이었다. 아무튼 오늘 밤은 다이코 전하의 초칠일이고, 유해를 화장하는 날이다…….

"제게 계책이 하나 있습니다."

오쿠라 부인은 요도 마님의 농담 어린 말은 모르는 척하며 일부러 엄숙하게 고쳐앉았다.

"만일의 일이라도 생기면 그야말로 천하를 뒤흔드는 큰 난리가 될지 모릅니다. 어떨까요, 지금 오사카에서 나쓰카 마사이에 님이 와 계시니 곧 부르시어 내대신과 기타노만도코로님의 속마음을 넌지시 한번 살펴보시는 것이……."

요도 마님은 몸을 앞으로 내밀었다.

"좋은 생각이구나. 역시 남에게 맡겨두기만 해서 될 일이 아니야. 도련님 장래에 크게 관련된 일…… 그게 좋겠군…… 그대가 내일 아침이라도 나쓰카 님에게 이 뜻을 전해다오."

미쓰나리에 대한 비난에서 화제가 벗어났으므로 요도 마님도 한시름 놓은 눈치였다.

그날 밤 요도 마님은 늦도록 잠을 이루지 못했다. 베개 향내가 너무 짙은 탓이리라고 일부러 베개를 바꾸고 불심지를 낮추기도 해보았지만 헛일이었다. 미쓰나리의 말에 의해 일기 시작한 감정의 파문이 끝없는 망상의 소용돌이로 바뀌어 노여움이 되었다가 분한 생각이 되고 의지할 데 없는 외로움이 되기도 했다.

'만일 이에야스가 정말로 내 몸을 원한다면 나는 대체 뭐라고 대답해야 할 것인가……?'

미쓰나리는 그것을 매우 경계하는 말투였다. 이에야스가 원하는 건 요도 마님이 아니라 천하이며, 따라서 히데요리를 독살하든가 암살할 것……이라고도 말했다.

이 얼마나 대담한 여인에 대한 모욕인가.

'여자에게도 남자 못지않은 지혜와 재치가 있는데…….'

처음에야 어떻게 생각하고 다가오든 나중에는 여인 마음대로 되는 것이 사나이…….

'이 자차가 어찌 이에야스 따위에게 그리 쉽게 지고 있을 여자란 말인가.'

그 거드름 부리는 뚱뚱한 몸을 발가벗겨 앞에 꿇어앉히고 실컷 놀려주었으면……하는 망상에 깜짝 놀라기도 하고, 그 망상의 씨를 뿌리고 간 미쓰나리에게 화를 내보기도 했다.

아니, 그보다도 더욱 생생하게 마음에 남아 두고두고 그녀를 괴롭힐 듯한 것은 오쿠라 부인이 남긴 한 마디였다.

"혹시 미쓰나리에게 야심이 있는 것이나……?"

요도 마님 자신도 인간들이 모두 은혜며 의리 앞에 자신을 희생시키고 충성한
다……고 단순히 믿을 만큼 한가로운 세상에서 자라온 것은 아니었다. 그러므로
그 한 마디는 인간 불신의 독을 품고 언제까지나 마음에 남는 바늘이 되리라는
생각이 미치자 이번에는 견딜 수 없는 외로움이 덮쳐왔다.

'우리 모자의 운명은 벌써 어딘가에서 결정되어 있는 게 아닐까…….'

잠들었을 때는 새벽녘이 가까웠으며, 꿈속에서 후두둑 떨어지는 불안스러운
빗소리를 듣고 있었다.

다음 날 아침—

오전 8시가 지나 나쓰카 마사이에가 오쿠라 부인의 안내를 받으며 들어왔다.
마사이에는 공들여 아침화장을 끝낸 요도 마님의 웃는 얼굴을 보자 뜻밖인 듯
눈을 내리깔고 문지방 가에서 인사했다.

"부르시지 않아도 찾아뵈려 했습니다."

히데요시의 죽음에 대해 말해야 할지 망설이는 것을 잘 알 수 있었다.

"잘 오셨어요. 가까이 와요. 실은 그대에게 상의할 일이 있어서."

말하고 나서 요도 마님은 오쿠라 부인에게 일렀다.

"그대는 여기 있어도 좋아. 모두들 물러가게 해요."

마사이에는 필요 이상으로 가슴을 젖히는 미쓰나리와 자세까지도 대조적이었
다. 후리후리한 윗몸을 앞으로 굽히고 언제나 무언가 황송해 하는 느낌이다.

"자, 다들 물러갔소. 더 가까이 와요."

"예."

"다름 아니라 그대에게 두 가지 부탁이 있소. 하나는 기타노만도코로님에 대한
주선, 또 하나는 내대신에게 다녀와 주었으면 하는 거요."

이것은 지난 밤 세 여인이 면밀하게 의논해 둔 말이었다. 마사이에는 의아스러
운 듯 요도 마님을 다시 우러러보았다. 요도 마님 입에서 기타노만도코로에게 '주
선을—' 하는 말이 나온 것은 뜻밖이었다. 겉으로는 정실……로 대하지만, 속마
음으로는 핏줄을 자랑하며 언제나 기타노만도코로를 내려다보는 느낌의 요도
마님이었다.

"기타노만도코로님에게의 주선……이라는 말씀은."

"기타노만도코로님은 머잖아 오사카로 돌아가시겠지요. 가신 뒤에라도 좋아요.

내가 기타노만도코로님의 지시를 바라고 있더라고 전해 주세요."

"지시를……?"

"어머, 그렇게 놀랄 것까지는 없잖아요. 전하께서 돌아가셨으니 더욱 사이좋게 무엇이든 의논하고 지시받아 일을 치르는 게 순서가 아니겠어요."

마사이에는 다시 한번 고개를 갸웃거리다가 급히 자세를 바로잡았다.

"물론……말씀하신 대로입니다만……그 의논이란."

"다름 아니오, 도련님에 대해."

"예."

"전하께서 돌아가셨으니 어리지만 도련님이 도요토미 가문의 주인……이잖아요."

"옳으신 말씀입니다."

"그런데 그대도 알다시피 이 후시미는 본성이 아니에요. 그러므로 머지않아 중신들 사이에서 본성인 오사카로 도련님을 돌아가시게 하자는 문제가 나올 테지요."

"예, 그러나 당분간……상중임을 감추고 있는 형편이라."

"알고 있어요. 그러므로 말이 나오기 전에 주선을 부탁해 두는 거지요. 기타노만도코로님 의견으로 도련님은 아직 어리시니 당분간 후시미에 있으라는 분부만 내리시면 돼요. 그러나 만일 오사카로 돌아가게 된다면 나도 함께 옮기고 싶어요. 아무튼 아직 어리시니까요."

마사이에는 그제야 고개를 크게 끄덕였다.

"그 말씀이십니까. 그 일이라면 만도코로님도 꼭 승낙하실 것입니다. 조금도 걱정하지 마십시오."

그러면서 마사이에는 저도 모르게 가슴이 뜨거워졌다.

'강한 것 같으면서도 역시 여인…….'

히데요시가 죽자 마음이 한결 약해지고 있다. 이 정도면 기타노만도코로와의 사이도 뜻밖에 화합되리라.

"그런데 또 하나, 내대신에게 심부름하라시는 것은."

"바로 그 문제예요. 마사이에 님은 내대신을 어떻게 생각하시나요."

"어떻게 생각하다니요……?"

"세상에서는 내대신이 방심할 수 없는 도련님의 적인 듯 소문을 퍼뜨리는 자가 있어요. 나는 그게 걱정이에요."

마사이에는 아직 고개 숙인 채 눈을 둥그렇게 떴다. 그가 아는 한 요도 마님 자신이 그렇게 믿으며 퍼뜨리고 있는 사람인 것이다.

"내가 새삼 말할 것도 없는 일이지만 전하마저 실력을 인정하시고 후사를 부탁하신 내대신이에요. 그 내대신을 적으로 돌려서는 안 되겠지요."

"옳은 말씀……이라고 생각합니다."

본디부터 이에야스에 대한 미쓰나리의 너무 노골적인 적대감에 적지 않은 불안을 품고 있던 마사이에였다.

"그대도 나와 같은 의견인가요."

"예, 지금은 모든 일에 화합이 으뜸, 누구 할 것 없이 적으로 돌리는 건 어리석은 노릇이라고 생각합니다."

"그 말을 들으니 마음 든든해요. 실은 내대신에게 무언가 선물을 보내고 싶어요. 내대신이 진심으로 기뻐할 만한 것을…… 대체 무엇이 좋을까요."

마사이에는 새삼 요도 마님을 다시 보았다.

'이 얼마나 뜻밖인, 사려 깊은 말인가……'

미쓰나리의 입을 통해 듣던 요도 마님은 기질이 드세고 방자하고 다루기 힘든 사나운 말이었다. 그런데 자기 쪽에서 기타노만도코로며 이에야스에게 예의 바르게 화합의 길을 트려고 도모하고 있다.

'전하가 돌아가신 외로움에서 나온 반성일까……'

"내대신은 전하처럼 차도구 등에는 그리 흥미 없는 분이라고 들었소. 무엇을 보내면 좋을까요. 모처럼 보내는 것이니 마음에 드실 만한 걸 드리고 싶어요."

요도 마님의 말에 오쿠라 부인도 옆에서 거들었다.

"마사이에 님은 내대신과 친밀한 사이, 무엇을 좋아하시는지 짐작되지 않나요."

마사이에는 차츰 마음이 움직여졌다. 결코 변덕 많은 여인의 지나가는 말은 아닌 것 같다. 어차피 내 자식의 장래를 염려해 하는 말일 터이며, 그 생각은 초점을 벗어난 게 아니다.

"마사이에, 실로 놀랐습니다."

"무슨 말씀이신가요. 놀랐다니……"

"올바로 말씀드려서 마사이에도 지금 내대신에게 적의를 품게 한다면, 가문을 위해 좋지 않다고 남몰래 마음 아파하고 있었습니다."

"그러니 기뻐하실 만한 것을 골라야지요."

"마님, 그렇다면 차라리 큰마음으로 큼직한 것을 보내시는 게 어떻겠습니까."

"큼직한 것……"

"예, 차도구니 도검(刀劍) 따위는 받는 쪽에서도 그리 고맙게 여기지 않을 것입니다. 그보다는 평생 두고 은혜로 생각할 만한……그러면서 보낸 이쪽에서도 결코 손해되지 않는……"

"그런 좋은 선물이 있을까요."

"있습니다!"

그렇게 말했을 때 마사이에의 볼에도 희미하게 핏기가 올라 있었다.

"내대신이 가장 기뻐하는 것……그건 내대신이 안심하고 잠잘 수 있는 저택입니다."

"저택을 선물한다고?!"

"예, 알고 계신지 어떤지. 지금의 도쿠가와 저택은 성곽 동쪽의 낮은 곳, 길을 건너 이시다 저택, 북쪽과 남쪽에는 미야베와 후쿠하라에 끼어 어느 쪽에서나 저택이 내려다보이고 있습니다. 그러므로 도쿠가와 문중에서는 저택 할당을 한 미쓰나리를 몹시 원망한답니다. 세 저택의 담에서 만약 총이라도 쏘아댄다면 몰살당한다면서……"

"어머나, 그게 정말인가요?"

"예, 그러므로 무코지마(向島)에 대지를 내리시어……전하의 유언으로 정무를 보시는 소중한 내대신, 만일 불측한 자들에게 생명의 노림을 받는 일이라도 있다면 안 되니 그곳에 저택을 지어 옮기시는 게 좋으리라……고 말씀하신다면 내대신은 얼마나 감사하게 은혜를 입을지 모르겠습니다."

"저택 대지를."

요도 마님은 오쿠라 부인을 돌아보고 살며시 한숨을 내쉬었다. 이 제안은 그녀들의 상의를 훨씬 초월한 모양이다.

오쿠라 부인이 잔뜩 찌푸린 표정으로 되물었다.

"그렇게 하면 도련님을 위해 손실이 없다고 말씀하셨는데……"

"예, 그렇게 되면 내대신이 이 성안으로 옮기실 염려가 없어집니다. 아니면 언젠 가 반드시 성안에 살게 되겠지요…… 성이냐, 무코지마냐, 입니다."

마사이에는 말에 힘주며 자세를 바로잡았다. 마사이에의 말뜻을 알게 되자 요 도 마님의 표정이 갑자기 긴장되었다.

"그러면 내대신은…… 안심하고 잠잘 수 있는 저택을 주지 않는다면 언젠가 이 본성에 살게 된다는 말씀인가요?"

"예, 전하를 대신해 정무를 보시는 내대신. 영주들 출입도 자연히 잦아질 테고 송사(訟事)도 있겠지요. 그렇게 되면 미야베나 후쿠나가에게 감시당하고 있는 것 같은 지금 위치에 그대로 살라고 하는 게 무리라고 생각됩니다. 그리고……."

여기서 마사이에는 목소리를 낮추었다.

"어차피 도련님께서는 사부이신 도시이에 님과 함께 오사카 본성으로 옮기시지 않으면 안 됩니다. 그렇게 되면 이 후시미성은 비게 되니…… 정무를 보는 내대신 이 이곳으로 옮기겠다면 누가 막을 수 있습니까……."

요도 마님은 한층 표정이 굳어진 채 고개를 끄덕였다.

"마사이에 님, 이 일을 미쓰나리 님께 말씀하셨나요?"

"아닙니다."

"왜 여태 그렇듯 중요한 일을 말하지 않았지요?"

마사이에는 쓴웃음 지었다.

"마님 앞이오나, 이에야스를 증오하는 미쓰나리의 마음은 정도가 지나친 점이 있습니다. 그러므로 우리들이 그런 말을 하게 되면 내대신을 위해 도모한다고 터 무니없는 오해를 받겠지요. 그러므로 기회를 보아 도시이에 님에게나, 아니면……."

기타노만도코로라고 하려다가 역시 마사이에는 말을 삼갔다.

"알겠어요. 기회 보아 자신의 의견이라며 도시이에 님이 말하게 할 생각이었 다…… 그렇지, 좋은 일이 있어요!"

"좋은 일이라시면……?"

오쿠라 부인이 불안한 듯 참견했으나 요도 마님은 그녀를 거들떠보지도 않 았다.

"마사이에 님, 그대는 곧 내대신을 찾아가주세요. 아니, 이건 내가 전하에게서 은밀히 들어두었던 일이에요. 그래요, 전하의 유언 가운데 하나였어요. 내대신에게 무코지마에 저택을 내리신다는 그 말을 내가 여태껏 잊고 있었다고……."

"그럼, 바로 청을 들어주시는 것입니까."

"그래요. 이 성에는 따로 수비장수를 두는 게 뒷날을 위하는 일, 이건 실로 중요한 일이었어요."

그렇게 말하고 나서 비로소 오쿠라 부인에게로 시선을 옮겼다.

"참으로 훌륭한 선물……그렇지, 오쿠라."

"네……네."

"그렇듯 불안스러운 얼굴은 하지 말도록. 전하로부터 나만이 들어두었던 유언, 만일 전하의 대리를 보시는 내대신에게 잘못된 일이라도 있게 된다면 안 되지요."

"그건 그렇습니다만……."

"호호호……이로써 내대신도 내 마음을 아시겠지요."

요도 마님은 명랑한 표정으로 황홀하게 허공에 꿈을 그리는 눈초리가 되었다.

"그래요, 장소나 구조는 마음대로 하시라고 해요. 기껏해야 무코지마 안에 있는 것이니. 그런데 마사이에 님."

"옛."

"공사는 미쓰나리 님이 하카타로 떠난 뒤가 좋겠지요. 처음부터 일을 엉클어지게 해서는 안 되니."

"알고 있습니다."

마사이에도 마음 놓이는 표정이었다.

마사이에가 물러간 뒤에도 요도 마님은 아직 흥분된 태도를 버리지 않았다.

"과연 좋은 생각이란 있는 법이야. 마사이에도 여간 아닌 꾀쟁이였어. 이로써 후시미성도 빼앗기지 않고 나와 내대신과의 거리가 좁혀진다. 그런데 오쿠라."

"네……."

"마음 쓸 일이 한 가지 있어."

"무슨 일인가요."

"미쓰나리에 대한 마사이에의 조심성 말이야. 저대로 그냥 내버려두는 건 좋은 일이 아닐 거야."

"그러시면……?"

"그처럼 중요한 계책을 오해가 두려워 입에 담지 못했지. 같은 행정관끼리 그렇듯 눈치 보는 일이 있다면 앞날이 걱정돼. 그것이 모두 미쓰나리의 주제넘은 참견 탓이라고 생각되지 않나."

오쿠라 부인은 선뜻 대답할 수 없었다. 미쓰나리의 잘난 체하는 버릇은 알고 있었으나, 그렇다 해서 그것을 섣불리 결점으로만 규정지을 수는 없다고 생각했다. 그래서 앞서도 미쓰나리에게 야심이 있는 게 아닐까, 하고 묻지 않아야 할 일까지 물어서 요도 마님을 갈팡질팡하게 만드는 결과가 되었던 것이지만……

"오쿠라, 어쩐 일이야. 그대는 무언가 석연치 않은 얼굴빛인데……"

"마님, 이건 나중에 가서 헛일이 되지 않을까요."

"뭐, 헛일이라니, 무코지마의 저택 말이냐."

"네."

"아니, 나중에 가서……헛일이 되다니 무엇 때문에? 분명히 말해 봐."

"도련님께서 옮겨가신 뒤 만일 내대신이 이 성에 들어올 계획이라면……"

"그럴 계획……?"

"무코지마에 저택을 하사하시더라도 그건 그것, 이건 이것……"

"역시 들어온단 말인가."

"만일 그렇다면 미쓰나리 님이 없는 동안 저택을 하사하시어 집안에 어색함만 남기게 될까 하여……"

오쿠라 부인이 생각을 거듭하며 거기까지 말하자 요도 마님의 눈썹이 곤두섰다.

"닥쳐요! 오쿠라, 그대는 역시 여자야."

"네……네."

"그토록 이것저것 마음 써서 대체 무엇이 결정되어 가리라고 생각하나. 그러면 아무것도 못해."

"그럴까요."

"그렇잖나. 미쓰나리는 전하 자리를 뺏을 야심가니 어쩌니 하고, 내대신은 처음부터 후시미성으로 들어올 작정이라고 하니……그렇다면 온 일본사람들이 모두나와 도련님의 적이란 말이냐."

추궁받자 오쿠라 부인은 대답할 수 없었다.

'온 일본사람들이 모두 적이라 생각하시고 조심하세요.'

말하고 싶은 불안이 가슴속에 꿈틀거렸으나 섣불리 입에 담아서는 안 되는 말이었다.

"그렇지, 아에바를 불러 다오. 아에바도 그대와 같은 의견이라면……."

그리고 요도 마님은 다시 소리 내어 웃으며 말했다.

"호호호……비록 아에바가 그대와 같은 의견이라 해도, 이것은 취소할 수 없어. 도련님 생모가 전하의 유언이라고 분명히 말했으니까."

오쿠라 부인은 문득 얼굴이 핼쑥해졌다. 과연 요도 마님의 말대로였다. 충고할 작정이었다면 마사이에가 물러가기 전이 아니면 무의미한 일이었던 것이다. 그 성미 괄괄한 요도 마님이 마사이에의 진언을 더할 데 없는 상책이라 믿고 '다이코의 유언—'으로 만들어버렸다. 그런 뒤에 하는 잔소리는 걱정 많은 여인의 넋두리에 지나지 않고, 생각에 따라서는 모처럼의 결심에 공연한 시비를 거는 일밖에 안 된다.

"마님, 오쿠라의 지나친 생각, 용서해 주세요."

"알았어."

요도 마님은 이미 한곳에 생각을 멈추고 있는 얼굴이 아니었다. 맑은 눈은 허공을 올려보며 좁혀지고 그곳에 무언가 다른 꿈을 그려내고 있는 눈치였다.

"오쿠라, 역시 아에바를 불러줘. 오늘은 왠지 모르게 마음이 홀가분해졌어. 전하는 이미 재가 되고 마신 거야."

"그렇군요. 이 세상일이란 모든 게 거짓말같이 여겨집니다."

"이제부터 놓아야 할 돌은 어김없이 두고 나머지는 깨끗이 버려야겠어."

"그것을 하실 수 있는 마님……오쿠라는 좀더 배워야겠습니다."

말하면서 오쿠라 부인은 일어났다.

"그럼, 아에바 부인을 불러오겠습니다."

"잠깐, 오쿠라."

"네……또 다른 말씀이……."

"그래, 오늘은 오랜 시름도 다 날아가버렸으니 나도 그대들도 모두 새 출발이야. 아에바에게 살며시 술을 좀 차려오라고 해요."

"저, 술을—"

"오, 새로 태어나 살아가는 부정을 맑히는 술……미쓰나리 일도, 내대신 일도,

만도코로의 일도 이제 다 결정되었어."

오쿠라는 또 무언가 말하려다가 생각을 고치고 나갔다. 요도 마님은 이미 이 성의 주인이나 마찬가지였다. 비록 그것이 옳지 못한 행동이라 해도 이젠 아무도 나무랄 수 없다…… 아니, 이제까지의 오랜 병간호와 마음 답답한 나날의 울적한 마음을 푸는 술이라면 만류하여 기분을 상하게 할 것까지 없다고 생각했다.

오쿠라 부인이 나가자 요도 마님은 다시 허공으로 눈길을 좁혔다. 침울한 기분으로 둘러보면 모든 게 불안의 씨앗이었으나, 너나 할 것 없이 이윽고 한 가닥 연기가 되어 사라진다……고 생각하자 왠지 이상하게도 우스꽝스러워졌다. 소심하게 눈치 보며 이것저것 마음 썩이며 살아도 일생, 누구 하나 거리낌 없이 마음대로 행동하며 뜬마음으로 살아도 일생…….

'재치나 배짱에 있어 내 어찌 만도코로나 내대신에게…….'

단지 한 사람 그녀의 고삐를 잡고 있었던 히데요시는 이미 없다. 그 히데요시의 후계자를 낳은 생모가 왜 우물쭈물해야만 한단 말인가. 만일 이에야스가 이 성을 원한다면 미련 없이 내주어도 좋지 않으냐…….

공상은 어제보다 더욱 밝게 날개를 펼쳤고……요도 마님은 다시금 볼을 발그레 물들이며 살며시 사방을 둘러보았다. 자신이, 히데요시가 자랑으로 여기던 유리 끼운 욕탕 속에서 뭉실뭉실하게 살찐 내대신을 발가벗겨 에도 냄새가 밴 몸을 연신 씻어주고 있는 환상에 깜짝 놀랐던 것이다.

'나는 내대신을 무엇으로 생각하고 있는 것일까……?'

구름 움직이다

8월 29일, 이시다 미쓰나리는 아사노 나가마사와 모리 히데모토 등과 함께 하카타로 떠났다.

미쓰나리가 떠나기를 기다린 듯 이에야스의 후시미 저택에 방문객이 많아졌다. 조선에 출병한 영주들의 수비장수들뿐 아니라 공경과 승려들에 이르기까지 저마다 진상품을 가지고 찾아왔다.

이에야스는 그들에게 되도록 웃는 얼굴을 보이지 않으려 했다. 찾아오는 사람들 마음속이 너무도 빤히 들여다보이기 때문이었다.

"천하인이 바뀌었다……."

그렇게 말하면 사람들은 이에야스가 기뻐할 줄 알고 있다. 이에야스에게 그보다 더 난처한 일은 없었다. 그러잖아도 미쓰나리며 요도 마님 등은 이것저것 터무니없는 상상을 하고 있으리라.

이에야스는 여기서 되도록 조용히 처세하여 사람들 마음을 휘젓지 않으려 마음먹고 있다. 만약 뜬소문이 나돌고, 그것이 싸움터까지 들리게 된다면 그야말로 철수작전에 어떤 악영향을 미칠지 헤아릴 수 없는 일이었다.

그날도 이에야스가 무뚝뚝하게 방문객들을 돌려보내고 거실로 돌아오니, 히데타다의 아내 다쓰 부인이 아장아장 걷기 시작한 센히메를 데리고 놀러와 있었다.

"오, 할아버지께서 돌아오셨다."

요도 마님의 막냇동생 다쓰 부인은 몇 번이나 남편을 바꾸며 아이를 낳은 탓인지 언니보다 오히려 나이 많아 보이는 듯하다.

"오, 놀러와 있었군. 이리 오너라, 안아주마."

이에야스는 다쓰 부인과 센히메를 상대해 주고 있던 젊은 측실 오카메에게 눈길을 보내 턱짓했다.

"안고 오너라."

"네, 자, 센히메 님……."

오카메는 센히메를 안아올려 이에야스에게 건네주었다. 순간 어린아이는 손발을 버둥거리며 불에 덴 듯 울기 시작했다.

"왜 그러지, 내가 싫은가?"

"네, 오늘 대감님은 너무 무서운 얼굴을 하고 계시거든요."

"그런가. 재미없는 말만 들었으니까. 허, 그럼, 엄마에게 돌려주어라."

이에야스는 좀 멋쩍은 기분이 들어 센히메를 놓아주었다. 자신의 측실 오카메보다 며느리 다쓰 부인이 훨씬 나이 많은 게 야릇한 당황을 느끼게 했다.

울기 시작한 센히메를 받아 안고 다쓰 부인은 눈을 흘기며 달랬다.

"어머나, 센히메, 왜 그러는 거지. 할아버지한테 가자고 그토록 조르더니. 자, 우는 아이는 내다버리겠어요. 울면 안 돼요. 울음을 그치고 웃으며 할아버지에게 안아달라고 해요……."

"응……."

센히메는 울음을 그쳤다. 아이들에게 상당히 엄한 어머니인 것 같다……고 생각했을 때, 다쓰 부인은 젖냄새를 풍기며 이에야스에게로 다가왔다.

"이제 울음을 그쳤습니다. 웃고 있어요. 한번 안아주세요."

과연 이번에는 손을 내밀어도 센히메는 울지 않았다. 울면 나쁘다고 가르침 받은 모양이다. 이에야스는 쓴웃음 지었다.

"오, 착하구나. 그런데 그대는 내게 무언가 할 말이 있느냐."

다쓰 부인은 스스럼없이 말했다.

"네, 아버님, 저도 센히메도 히데타다 님과 함께 에도로 가면 안 될까요."

이에야스는 흠! 콧소리를 냈을 뿐 대답하지 않았다. 다쓰 부인이 무슨 생각으로 히데타다와 함께 에도로 가고 싶어하는지 얼른 판단되지 않았던 것이다.

지금은 일단 북방에 대비하는 의미에서 히데타다를 에도로 돌려보내지 않으면 안 된다. 하지만 다쓰 부인에게는 교토에 피를 나눈 언니도 있고 센히메 외에 전남편 아이도 있다. 게다가 요도 마님으로부터 이따금 히데요리 이름으로 센히메에게 장난감이며 과자 등의 선물이 보내져오는 것 같았다. 그러므로 히데타다가 데리고 가려 해도 이곳에 머물고 싶어하는 것이 더 자연스럽다.

"그런가, 에도에 가고 싶으냐……."

"네, 제가 없으면 히데타다 님이 불편하시리라 생각됩니다."

"흠!"

이에야스는 또 코웃음 쳤다. 다쓰 부인이 손위 아내답게 히데타다의 뒷바라지를 알뜰하게 도맡아하는 것은 잘 알고 있다. 저택 안에서도 그 일로 쑥덕거리는 여자들이 있을 정도였다.

"—작은마님은 중장님에게 다른 여인이 얼씬도 못하게 하고 싶은가 봐."

"—그럴 테지. 달리 여자를 모르는 분일수록 사랑스럽잖아요."

"—과연 그렇겠네요. 한번 뺏기면 돌아오지 않는 구슬이 될지도 모르니까요."

이에야스는 그것을 기뻐하는 한편 안타깝게 여기고 있었다. 아내가 남편을 사랑해서 나쁠 리 없다. 하지만 여인의 애정과 독점욕은 때로 사나이를 꼼짝달싹할 수 없는 이상한 지경으로 몰아넣는 일이 많다. 남의 예를 들 것도 없이 젊었던 무렵 이에야스는 쓰키야마 마님 때문에 무척 괴로움을 받았었다.

불안스러운 표정으로 이에야스에게 안겨 있는 센히메의 얼굴을 들여다보듯 하며 다쓰 부인은 다시 말했다.

"어떨까요, 허락해 주시겠어요, 아버님. 히데타다 님은 아버님이 허락하신다면……이라고 말씀하십니다. 저도 에도를 보고 싶습니다."

"그러나……이번에 중장이 귀국하는 것은 여느 때와 좀 까닭이 다른데."

"그러면 무슨 소동이 일어날 염려라도 있나요."

"있어선 안 되지. 그리고……."

이에야스는 센히메를 다쓰 부인에게 돌려주면서 말을 이었다.

"중장이 너희들까지 데리고 본국으로 돌아가버린다면, 세상이 어떻게 볼는지……."

다쓰 부인은 기다렸다는 듯이 말했다.

"바로 그것이에요. 처자를 데리고 가는 한가로운 귀국……오히려 인심을 부드럽게 하지 않을까요."

이에야스는 비로소 훗훗훗 웃어보였다.

"그대는 그토록 중장 곁을 떠나고 싶지 않나."

"어머나, 아버님도……."

"그렇지 않다면 그만두는 게 어떨까. 어차피 다이코의 장례……."

말하려다가 눈짓으로 대신하며 말했다.

"……그렇지……그때는 중장도 돌아와야 하니까. 반년만 참으면 돼."

이에야스의 말에 다쓰 부인은 뚜렷이 불만을 드러내며 고개를 떨구었다.

'달리 무슨 사정이 있는 모양…….'

그렇게 깨닫자 이에야스는 다시 한번 웃으며 신기하게도 농담조로 되물었다.

"아니면 중장을 하루라도 홀로 두지 못할 이유가 있느냐."

"어머나……아버님은."

이에야스에게 놀림 받고 다쓰 부인은 귀밑까지 새빨갛게 물들였다. 부끄러워하면 비로소 나이에 알맞게 젊음이 넘친다.

"그렇다면 말씀드려야겠습니다. 실은 달리 이유가 있어요."

"그럴 테지. 슬기로운 그대의 청이라면……그러려니 했어. 그럼, 그 까닭을 들어볼까."

이에야스는 다쓰 부인 역시 요도 마님을 닮은 드센 기질을 가졌다고 보고 있었다. 다만 요도 마님은 히데요시의 애첩으로서 히데요리의 생모로서 마음껏 행동할 수 있었던 데 비해, 다쓰 부인은 사별과 생이별 등 세 번에 걸친 여인의 불행을 겪어 소극적이고 조심스러워져 있는 것이다.

"아버님, 이번의 히데타다 님 귀국은 아이즈의 우에스기 가문에 대한 대비책이 아닌지요."

이에야스는 당황해 손을 올리고 사방을 둘러보았다. 순간 등 뒤의 도리이 신타로가 일어나 분합문 쪽으로 가서 뜰 쪽을 감시하기 시작했으므로 방 안에는 센히메와 오카메만 남게 되었다.

"그대에게 그런 말을 한 것은 중장인가."

"아니요, 언니 곁에 있는 아에바 부인에게 들었습니다."

"아에바가……그대에게 뭐라고 하던가."

"네, 이시다 미쓰나리로부터 아이즈의 우에스기 님에게로 급히 상경하라는 밀사가 갔으니 조심하라고 하셨습니다."

"조심하라는 건, 무슨 일이 일어난다는 뜻인가?"

"아에바 부인 말에 의하면, 우에스기 님이 상경할 경우 이 저택이 누군가로부터 습격받을지도 모르니 조심하라고……."

"누군가로부터……?"

이에야스는 일부러 가볍게 대답했으나 그 눈빛은 감추지 못했다.

"네, 우에스기 님도 이시다 님도 아니다. 다른 누군가에게 습격받을 것이다……그리고 만일 어떤 불행한 일이 있더라도 그건 우에스기 님 탓도 미쓰나리 님 책임도 아니다……그런 음모가 있을지도 모르니 혈육인 제게만 은밀히 일러준다……이 일은 물론 요도 마님도 모르시는 일……이라고 센히메에게 과자를 전해 주며 말했습니다."

"그런가. 그래서 그대는 이 저택에 있으면 위험하니 에도로 가겠다는 건가?"

"어머나! 아버님도……."

다쓰 부인은 다시금 똑같은 소리를 하고 섭섭한 듯 말을 이었다.

"저는 부족한 사람이지만 중장님 아내입니다. 어찌 그런 몰인정한 생각을……다만 제가 센히메까지 데리고 가서 저택에 없다……는 것을 안다면 상대는 혹시 이쪽에서 눈치챈 게 아닐까 두려워 습격을 단념하리라……생각하고 말씀드린 것입니다."

"과연 그 말은 잘 알겠다."

이에야스는 감회어린 듯 고개를 끄덕였다. 소문의 참 거짓은 둘째로 치고 다쓰 부인의 생각만은 잘 알았다. 미쓰나리가 자신이 없는 동안 우에스기 가게카쓰를 교토로 불러내 만일의 때에 대비한 교토 방위를 그에게 부탁한 다음 누군가를 시켜 이에야스를 습격케 한다……이에야스를 없앨 시기는 바로 이 저택에 살고 있는 동안밖에 없다……그리하여 잘 성사되거나, 만약 실패하더라도 그 일은 가게카쓰나 미쓰나리는 모르는 일로 끝난다……는 음모가 있고, 그 음모를 단념시키기 위해 도쿠가와 편에서 이미 그것을 눈치채고 있다……고 보이게 해야 한다는 것이 다쓰 부인의 궁리인 듯하다.

"그런가, 그런 소문이 있단 말이지……."

이에야스가 알 수 없는 표정으로 생각에 잠기자 다쓰 부인은 이에야스를 응시하며 다시 재촉하는 말투가 되었다.

"어떨까요, 함께 가면 안 되나요."

어디까지나 자기 의지를 옳은 것으로 믿고 관철시키려 하는 굳센 여성의 열띤 표정이었다.

'닮았어! 요도 마님과 닮았어.'

이 성미에 밀려 히데타다는 거절하지 못했음이 분명하다. 그리하여 이에야스의 승낙만 내리면 데려가겠노라고 했을 것이다.

"알겠나, 내가 알았다고 한 것은 그대의 말이나 짐작이 옳다고 한 게 아니야."

"네?! 그럼, 함께 갈 수 없나요."

"안 되지."

이에야스는 매정하게 말하고 웃었다.

"나는 그대가 중장 곁에서 떨어지고 싶지 않다, 한시도 혼자 둘 수 없다는 까닭 뿐이라면 허락해도 좋을 거라고 생각했었다."

"어머나……."

"아내가 남편 곁을 떨어지기 싫다! 떨어져 있을 수 없다고 생각하는 마음은 자연스러운 인정이니까. 그런데 그 이상의 이유나 염려가 있어서 하는 동행이라면 안 될 말."

다쓰 부인은 깜짝 놀라며 숨결을 모았다. 아마 그녀 생각과 전혀 반대의 대답이었기 때문이리라. 여인이 다만 남편이 그리워……하는 따위 소리를 한다면 소견머리 없는 행위라고 꾸지람 듣겠지만 깊은 생각이 있어서의 일인 줄 안다면 허락해 주리라……고 여겼던 것이다.

이에야스는 그러한 다쓰 부인의 속셈을 꿰뚫어보는 듯 말했다.

"다쓰, 여자가 자기 의견을 남편에게 말하는 건 좋아. 그러나 채택 여부를 강요해서는 안 되는 법이지. 그것은 남편에게 맡기고 좋은 의견만 귀에 넣어주는 게 내조야."

"네……네."

"사사건건 판단을 강요하면 남편은 어느덧 그대 의견을 듣지 않고는 꼼짝도 못하는 쓸모없는 인간이 되어버린다. 그렇게 되면 내조가 내조 아니게 되는 법. 여인이 억세면 남자를 거세시켜 가는 근원이 된다는 것을 그대는 모르나."

"……"

"핫하하……그렇게 되면, 그대도 남편에게 구박받으며 평생 불만 속에서 살게 될지 모르지."

마침내 다쓰 부인은 한무릎 다가앉으며 두 손을 짚었다.

"그러나……아버님께서는 앞으로 후시미며 교토에서 아무 일도 일어나지 않을 것으로 내다보고 계십니까."

"일어나도 좋아. 일본 어느 곳에서든 소동이 일어나면 진압시켜 나갈 궁리, 그건 남자가 할 일이다."

"어머나……."

"여자는 남자가 빠뜨리는 어떤 점을 날카롭게 눈치채는 일은 있지만, 전체에는 좀처럼 눈이 미치기 어려운 일. 염려하지 마라. 지금은 소란 피우는 자가 세상에 있을수록 나와 중장의 빛이 한층 세상에 나타날 때다. 그러므로 생각 깊은 자라면 결코 움직이지 않는다…… 그렇지 않으냐. 조용히 있으면 나는 온순하고 고지식한 내대신이다…… 그러나 소란을 일으키면 나는 일본에서 가장 무서운 호랑이로 바뀌리라. 구태여 나를 맹호로 만들어 그 발톱에 찢기고 싶지 않겠지. 그렇기 때문에 생각 깊은 자는 결코 움직이지 않는다."

이에야스는 조용히 말하고 다시 한번 웃어보였다.

"그대는 남자 못지않은 슬기로운 여인. 알겠나, 중장이 아내를 데리고 에도로 귀국한다……면 세상에서는 내대신이 인질을 철수시키고 한바탕 일을 벌일 속셈……이라고 필요 이상으로 떠들어댈 테지……이건 남자로서 삼가야 할 필부의 책략이야."

다쓰 부인은 입술을 깨물고 머리를 푹 수그렸다. 그녀 마음속에는 자신의 재치를 시아버지 이에야스에게 인정시키고, 그것으로 조금이라도 여권(女權)을 펴나가려는 생각이 있었던 모양이었다. 그런데 매섭게 이에야스의 비판을 받았을 뿐 아니라 일소에 부쳐지고 말았다…….

이에야스의 말대로 소란 피우는 자가 있다면, 그것은 도쿠가와 부자를 오히려 세상에 밀어내는 결과가 되리라. 그 말은 다쓰 부인에게 곧 이해되었다. 그러나 그녀가 지혜를 짜서 내놓은 의견이 '얕은 책략—'으로 일소되어 버린 것은 눈앞이 캄캄해질 정도로 분한 일이었다.

"알아들었느냐, 다쓰. 중장은 지나치게 온순한 태생. 그렇지만 생각은 그리 얕지 않다. 그러한 점을 잘 알아서 내조하도록 부탁하겠다."

"네……네."

대답했으나 다쓰 부인은 아직 그냥 물러갈 수 없는 심정이었다.

"잘 알겠습니다. 이번에는 여기 머물겠습니다."

"그게 좋아. 핫하……나도 에도에서 여자를 가까이하지 말도록 중장에게 잘 이르겠다."

"아버님! 농담 말씀을."

"허, 말해선 안 될까."

"아버님 말씀을 들으니 비록 이 저택이 습격받게 되더라도 염려할 게 없다는 것을 알았습니다. 하지만 한 가지 가르침 받고 싶은 게 있습니다."

"그래, 말해 봐라."

"아버님, 인간은 과연 아버님 말씀처럼 모두 생각이 깊을까요."

이에야스는 짐짓 시치미 뗀 표정이 되었다.

"말하자면 이에야스가 고지식한 내대신이며 동시에 일본에서 가장 무서운 호랑이다……라고 주판 놓을 만큼 똑똑한지 묻는 거로군."

"네, 호랑이 입에 뛰어들 때까지 토끼는 자신의 약함을 모르는 게 아닐까요."

"오, 좋은 말을 하는군. 그대가 말한 대로지. 나는 인간이란 감정이 7푼, 이성이 3푼이라고 보고 있다."

"그 말씀을 들으니 마음 놓입니다. 그러면 이만 물러가겠습니다."

너무나 간단히 센히메를 안고 일어나려는 다쓰 부인을 보고 이번에는 이에야스가 정색을 했다.

"다쓰, 그대는 그 말만 하고 일어날 작정인가."

"네, 가르치심 받고 세상 보는 법, 처세방법을 깨우친 마음가짐으로……."

"여자가 너무 억세면 꼴사납다. 잠깐, 기다려라. 그대는 누가 그 토끼라고 말하고 싶은 건가."

그러자 다쓰 부인은 겉으로는 자못 황송해 하는 것처럼 다시 두 손을 짚고 얼굴을 들었다.

"황송합니다. 저도 아직 그 감정이 미숙했습니다…… 네, 제가 토끼로 비유한 것은 결코 이시다, 고니시 님 등을 가리킨 게 아니었습니다. 아니요, 신조며 시마즈며 호소카와며 아리마 등 그 어느 분도 가리킨 게 아니었어요. 제 자신의 감정을 아버님께서 용서해 주시고 계시는지 어떤지 알고 싶었을 따름이었지요……."

이에야스는 잠시 말없이 다쓰 부인을 쏘아보았다.

'요도 마님 이상으로 기질과 집념이 강하구나.'

그렇게 생각하니 섣불리 입을 열 수 없었다. 이런 성격을 지닌 여성은 특히 다루기 힘들다. 반감을 갖게 하면 더욱 저항해 오지만, 반대로 감탄해 보이면 얻기 어려운 현모양처로 뻗어간다.

일찍이 이에야스는 분주했던 나머지 쓰키야마 마님을 손댈 수 없는 난폭한 아내로 만들고 말았지만, 지금에 와서 생각해 보면 그 원인은 자신에게 있었다. 이에야스가 상대에게 신임받을 수 있는 설득력을 가지고 대했다면 쓰키야마 마님은 충분히 '의지할 만한 아내—'가 되었을지도 모른다…….

"다쓰, 그대는 희한한 안목을 갖고 태어났구나."

"네……?"

보기 좋게 돌려 대하자 다쓰 부인은 어찌할 바 모르는 것 같았다.

"그대는 센히메를 어르면서 거기에까지 눈길이 미쳐 있었구먼."

"아니요, 저는 어느 누구를 토끼라고……."

"알고 있다, 알고 있어. 그대가 말한 것은 뜻깊은 반어(反語)였어. 아마 다이코였다면 무릎 치며 칭찬했을 거야. 그대가 말한 대로 실제로 호랑이 입에 뛰어들어 깨물리지 않고는 자신의 약함을 알지 못하는 족속들이 7할이나 된다. 그러므로 인간은 감정이 7푼, 이성이 3푼이라는 건데……."

이에야스는 희미하게 웃었다.

"나는 다만 다이코처럼 칭찬을 잘하지 못하는 편이야. 감탄해도 무뚝뚝하게 잠자코 있는다. 하지만 지금의 그대 말로 크게 깨달은 바가 있었다."

"어머나, 아버님께서……그런……그건 지나치신 칭찬이에요."

"그렇지 않아. 다이코를 대신해 천하를 맡은 이상 나도 진지하게 생각하지 않으면 안 되지. 그대가 말하는 토끼들의 약함을 잡아먹기 전에 어떻게 깨닫도록 해주느냐―깨닫게 해주기 전에 뛰어들면 깨물어야만 한다. 깨물면 천하의 난리가 되고 그렇게 되면 내 기량은 떨어질 뿐이야. 잘 말해 주었다…… 그렇군, 이시다와 고니시는 어떻든 신조며 시마즈며 아리마 등……내 쪽에서 찾아가서라도 깨닫도록 노력했어야 되었구나……."

다쓰 부인은 어느덧 발그레 볼을 물들였다. 바로 얼마 전까지도 대들었던 사나운 말 같던 눈을 눈부신 듯 깜박이기 시작하고 있다.

"참으로 좋은 말을 들려주었다……그런데 다쓰."

"네……네."

"그대는 호랑이가 되어선 안 돼. 여자가 호랑이로 보이면 중장뿐 아니라 중장의 측근들마저 그대를 두려워하여 가까이 오지 않게 된다."

"어머, 아버님께서 또……."

"농담이 아냐. 진담이다."

이에야스는 다시 한번 밝게 웃었다.

"그렇게 되면 그대는 화내어 한층 무서운 호랑이가 되고 남자들은 더욱 겁내어 멀어져가지. 핫하하……그 점이 좀처럼 깨닫기 어려운 것이야. 좋다, 붙들어서 안 됐구나. 센히메를 데리고 물러가도록 해라."

이에야스는 센히메의 머리에 손을 얹고 눈길을 좁히며 웃어보였다.

다쓰 부인 모녀가 사라지자 그를 전송하고 돌아온 오카메가 소리 죽여 웃었다. 이 젊은 측실 또한 굳세고 민감하기 짝이 없는 여인이었다.

"뭐가 우습지, 오카메."

"아니요, 우습지 않습니다. 칭찬하시는 대감님 솜씨가 너무나 훌륭해 감탄했을 뿐입니다."

"천치 같으니!"

"네?"

"그 말을 다쓰에게만 들려주는 것으로 들었나."

"네, 아니요, 저에게도 하신 것으로……들었습니다."

"나는 남을 칭찬하는 게 가장 싫다."

"네……네."

"칭찬할 만한 인물은 세상에 그리 흔하지 않아. 그런데 칭찬하는 건 마음에도 없는 아부, 상대에 대한 모욕이다."

"어머나……."

오카메는 깜짝 놀라며 이에야스를 다시 올려다보았다. 젊은 그녀는 이에야스가 몹시 기분 좋은 줄 알고 얼마쯤 어리광 비슷이 웃었던 것인데 뜻밖의 매서운 반응이었다. 이에야스는 상대의 표정이 단번에 긴장하는 것을 찬찬히 살피고 부드럽게 말했다.

"그대에게도 언젠가 자식이 생길 거야. 그때 칭찬만 해주며 키우려는 생각은 아예 하지 마라."

"네."

"나는 다이코의 버릇 가운데 주책없이 사람을 칭찬하는 버릇이 늘 마음에 걸렸었지."

오카메는 이에야스 앞에 사뿐히 고쳐앉았다. 측실이라기보다 엄격한 스승 앞에 앉혀진 계집아이 같은 긴장되고 진지한 표정이 애처롭다.

이에야스는 좀 부끄러워졌다. 남자와 여자……라고는 하지만 나이 차이를 생각하니 왠지 야릇하게 낯간지러움이 느껴졌다. 그 낯간지러움은 상대를 '훌륭한 인간—'으로 키워내는 것으로 보상해야만 한다고 생각했다.

"사람은 결코 사람을 얕잡아 보아선 안 돼. 자신감을 잃게 하는 욕설이나 꾸지람도 삼가야 된다. 하지만 마찬가지로 지나치게 칭찬만 하는 것도 무책임한 짓. 칭찬하면 사람들은 대개 강아지처럼 꼬리 치겠지. 다이코는 그 호흡을 잘 알고 있어서 인심을 모으는 데 이를 곧잘 썼다. 그러나……나는 달라. 나는 칭찬하지 않는다. 뜻 없이 칭찬을 늘어놓는 것은 상대를 모욕하는 일로 보기 때문이야."

"네, 알 듯합니다."

"칭찬은 하지 않으나, 사람 위에 서는 자는 위로와 어린아이 어르는 법을 터득해야만 한다."

"저, 어르는 법……."

"그렇지, 나는 다쓰를 얼러준 거야. 알겠느냐. 결코 무책임하게 칭찬한 것이 아니다. 다쓰에게 마음의 문을 닫지 않도록 좋은 점과 결점을 부드러운 말로 이해시켜 주려고 했던 거야. 그런데 칭찬을 잘한다니……."

그리고 이에야스는 비로소 웃었다.

"이제 됐어. 차를 주겠느냐."

그렇듯 상대의 긴장을 풀어주는 자리에 신타로가 들어왔다.

"나쓰카 마사이에 님이 오셨습니다만."

이에야스는 고개를 조금 갸웃하며 생각했다.

"무슨 용건이신지 여쭈어봤느냐."

"예, 직접 말씀드리겠다고."

"좋아, 이곳으로 모셔라. 지금 차를 끓이려던 참이라고."

마사이에는 거실로 곧장 안내받아 어리둥절한 것 같았다. 여간 친숙한 상대가 아니면 이에야스가 좀처럼 거실로 사람을 들게 하지 않는다고 들었기 때문이었다. 그도 물론 이 저택에서 이 방까지 들어온 것은 처음이었다.

들어오자마자 마사이에는 저도 모르게 소리 내어 중얼거렸다.

"정말 너무하군요! 일상생활까지 감시당하고 있는 듯한 뜰 구조로군요."

이에야스는 그 말에는 대답하지 않고 옆방의 찻가마 앞에 앉아 있는 오카메에게 일렀다.

"마사이에 님에게도 그대의 서툰 솜씨로 끓인 차를……."

그리고 마사이에를 향해 돌아앉았다.

신타로는 이미 알아차리고 분합문 밖에 앉아 있다.

"요즘 찾아오는 손님이 많아서 말이오, 마사이에 님."

"실은 그 일로 왔습니다. 이 저택에서는 난처한 점이 많으시겠습니다."

"난처하다고 해서 남의 저택을 비워달랄 수야 없지 않소. 무슨 좋은 생각이라도 있습니까."

마사이에는 당황한 듯 눈을 내리깔고 서둘러 말했다.

"실은 전날 후시미에 갔을 때 생모님으로부터 말씀이 계셨습니다……."

이에야스가 앞질러 성으로 들어가고 싶다는 말을 꺼낼 것만 같은 느낌이 들었기 때문이었다.

"허, 생모님께서."

"예, 생모님께서는 무엇보다도 내대신님 신변에 만일의 일이 있어선 안 된다고 염려하고 계셨습니다."

"고마운 말씀이오."

"그래서 곧 무코지마에 저택을 지으시고 옮기시도록……하시라는 말씀입니다. 만일 내대신께 잘못된 일이라도 있다면, 그야말로 도련님에게도 어려운 일이 되므로……."

"아니, 누군가 이에야스의 목숨을 노리는 자라도 있단 말씀이오?"

"아닙니다. 그런 일은 없으나 여인의 몸이시니 염려되시어……."

"고마운 말씀이오."

이에야스는 또 같은 말을 되풀이하고 나서 거침없이 쉽게 대답했다.

"그럼, 고맙게 받아들여 미쓰나리 님이 하카타에서 돌아오면 곧 공사를 시작하기로 할까요."

어지간한 마사이에도 뒷말이 막혔다.

"아니, 실은 그 일에 대해……."

"자, 우선 차를 한잔."

"예."

마사이에는 마음 놓은 듯 오카메가 내주는 찻잔을 받았다.

"생모님 말씀으로는 이시다 님이 안 계시는 동안에 옮기셨으면……하고 말씀하십니다만……."

"허, 생모님께서 그런 말씀을."

이에야스는 맛있는 듯 자신도 차를 마시면서 실눈을 뜨고 버들가지처럼 받아넘겼다.

"아무것도 사정을 모르시니 무리도 아니지. 그러나 미쓰나리 님이 돌아오고 나서 하겠습니다……라고 말씀 여쭈어주시오. 집 따위 일로 미쓰나리 님에게 섭섭한 마음을 갖게 하는 것도 미안하니까."

감수성 강한 인간일수록 그 장소의 분위기에 지배되기 쉽다. 마사이에는 이에야스의 대답에 구애받지 않으려 하면서도 얽매였다.

"그럼, 내대신께서는 미쓰나리 님을 꺼리시어 저희들 제의는 일단 들어두시는 정도로 하시겠다는 말씀이십니까."

이에야스는 다시 아무렇게나 고개를 끄덕였다.

"그러는 편이 그대들에게 좋지 않을까."

"그대들이라……고 하심은 저희들도 미쓰나리 님과 한통속……이라고 보시는 것인지요."

마사이에는 각별히 미쓰나리와 다른 의견을 갖고 있는 건 아니었다. 하지만 이에야스가 필요 이상으로 사양하는 모습을 보자 그만 말이 헛나갔다. 이에야스가 미쓰나리만 중히 여기는 일은 감정상 자기들을 무시하는 것으로 통하기 때문이었다. 이에야스는 놀란 듯 마사이에를 다시 보았다.

"그러면 마사이에 님도 서둘러 이전하는 게 좋겠다는 생각이시오?"

"예, 세상에서는 미쓰나리 님과 내대신 사이를 염려하고 있습니다."

"흠, 그러므로 굳이 미쓰나리 님에게 뜻밖의 의심을 품게 하는 한이 있더라도 해보자는 생각이었던가요."

"황송하오나 생모님께서 이 일에 대해 말씀하신 것은, 만일 미쓰나리 님에게 마음 주는 자들이 두 사람의 불화를 믿고 미쓰나리 님이 안 계시는 동안 이 저택에 난입하는 따위의 일을 저지를까, 그 점을 염려하신 거라고 추측됩니다."

"허."

이에야스는 다시 한번 놀라움에 찬 소리를 냈다. 요도 마님이 그렇게 생각하는 건 이상할 것 없다. 지금 천하에 전란이 일어난다면 가장 큰 피해를 입는 것은 히데요리가 된다. 그러나 미쓰나리와 함께 다섯 행정관의 한 사람인 나쓰카 마사이에가 미쓰나리를 경계하라는 말투 비슷하게 말하는 것은 실로 뜻밖이었다.

"그럼, 서두르는 게 좋을까."

"예, 그렇게까지 미쓰나리 님에게 사양하실 일이 아닐 줄……."

"그대가 그렇게까지 말한다면 다시 생각해 봐야겠군."

이에야스는 아무렇지도 않은 듯 말하고 마사이에가 다시 어떻게 나오는지 기다렸다. 뜻밖의 일이므로 그것만은 알아두지 않으면 안 된다고 생각했다.

'무엇이 그로 하여금 이렇게 말하게 하는가?'

"저는 미쓰나리 님이 반드시 내대신님을 미워하거나 원망한다고는 생각지 않습니다."

"과연."

"그러나 내대신님께 왠지 모르게 달려드는 성미……이것은 내대신에서도 아시는 일이며 세상에서도 인정하고 있습니다."

"그야 그럴 테지."

"그렇게 되면 세상에는 분별없는 아첨꾼도 나타나는 것이라……."

"미쓰나리 님에게 충성……이라고 생각하며 내 목이라도 노린단 말이오?"

"아닙니다. 다만 그러한 자가 만일 나타난다면 미쓰나리 님으로서도 대단히 난처한 일, 조심하는 일보다 더 좋은 건 없다고 생각합니다."

거기까지 듣자 이에야스는 우스운 생각이 들었다. 마사이에는 이야기에 이끌려 말해 버렸고, 해놓고 나서는 당황하여 미쓰나리에 대해 변명하고 있다……그 정도 인물 같으면 그에 어울리는 응답이 필요하다.

"그대 말은 지당하오. 고마우신 배려라 아니할 수 없소. 그러나 이것은 역시 미쓰나리 님이 돌아온 뒤에 하기로 합시다. 그 편이 좋을 것 같소"

분별과 책략에 있어 마사이에와 이에야스는 아이와 어른만큼 차이 난다. 이에야스는 사람을 노하게 하는 법도 꾸짖는 법도 알고 있었다. 다만 그것이 상대를 야유하는 데 그칠 경우나 큰 뜻이 없을 때는 입을 다물고 있다. 그것이 남의 눈에는 아무것도 모르는 목석으로 비치고, 또는 무엇이든 다 알면서 시치미 떼는 교활한 너구리로 보이기도 하는 모양이다.

이시다 미쓰나리는 이에야스를 너구리로 보고 줄곧 반감을 불태웠으며, 마사이에는 아마도 목석으로 보는 모양이다.

마사이에는 조그맣게 혀를 차며 한무릎 나앉았다.

'이 사람은 미쓰나리의 무서운 반감을 모르는 게 아닐까?'

그렇게 생각하자 좀더 주의 주는 게 소란을 피하는 데 도움 될 일……이라고 여겨졌다.

"내대신께서는 만일 미쓰나리 님이 돌아와 이전을 반대한다면 어떻게 하시겠습니까."

"미쓰나리 님이 반대……할 때는 그만둬도 좋다고 생각되는데……."

마사이에는 좀 초조해졌다.

"저는 그렇게 생각하지 않습니다. 그렇게 되면 미쓰나리의 이의에 내대신이 양보하셨다……내대신은 시비를 좋아하지 않는 배포가 큰 분……이라고 보는 자도 있겠지만, 그 반대인 자들도 있겠지요."

"그렇겠구먼."

"내대신보다 역시 미쓰나리의 세력이 뛰어나다……고 생각하면 무분별한 무리들이 더욱 내대신을 얕잡아보고 좋지 않은 음모를 꾸미지 않으리라고도 볼 수 없겠지요."

"허, 그런 분위기가 세상에 있다는 말이오?"

"세상은 소경천지……참답게 눈뜬 자는 매우 적습니다."

"흠."

"이것은 곤란한 소문입니다만, 항간에서는 미쓰나리 님과 내대신이 충돌하지 않고는 안 될 거라고……아니, 그러면 어느 편에 서야 되느냐는 입빠른 말을 하는 자들도 있다고 합니다."

이에야스는 손을 들어 가로막았다.

"그럼, 이렇게 합시다, 마사이에 님……귀하의 염려는 고맙소. 이에야스, 마음에 새겨두리다. 하지만 그렇다 해서 세상의 뜬소문처럼 내 편에서 미쓰나리 님을 멀리하는 따위의 일은 삼가고 싶소. 그러니 그대가 마시타 나가모리 님께 상의해 보시오. 나가모리 님도 동의한다면 곧 공사를 시작하리다. 그렇듯 소경이 많은 세상이라면 안심할 수 없지 않겠소."

두 사람의 대담은 이것으로 끝났다.

마사이에는 보기 좋게 이에야스에게 따돌림받고 만 것이다. 나가모리와 의논하라니 이 얼마나 매서운 빈정거림이란 말인가. 그대 한 사람으로는 말이 되지 않는다. 요도 마님이 말을 꺼내고 그대와 나가모리 두 행정관이 동의한다면 고려해 보겠다……는 것이니 사실은 어린아이 취급을 받았다 해도 과언이 아니다.

그러나 마사이에는 그렇게 생각하지 않았다.

'내대신이 이토록 미쓰나리를 두려워하고 있을 줄은 몰랐다…….'

그러나 두 사람 사이에 만약 큰 싸움이 일어날 경우 그 무력은 도저히 비교되지 않는다……고 한다면 여기서 이에야스에게 귀하의 염려를 마음에 새겨두겠다……고 말하게 한 것만도 오늘의 훌륭한 수확이었다……고 회심의 미소를 지었다.

'나가모리를 설득시켜 꼭 건축을 시작하도록 해야겠다.'

사람과 사람 사이의 교섭에서 쌍방에게 수확이 있다고 믿게 한다면 그 대담은 훌륭하게 성공했다고 해도 좋으리라. 이에야스는 해야 할 말을 했을 뿐이고, 마사이에는 이것으로 이에야스를 지기(知己)로 만들었다고 기뻐하며 돌아갔다.

마사이에가 돌아가자 이에야스는 혼자 웃었다.

"내가 움직이지 않으려 해도 구름의 움직임이 빨라지는군."

차도구를 닦고 있던 오카메가 되물었다.

"네……? 뭐라고 말씀하셨어요?"

"나는 다이코처럼 해님은 아닐 테니까 말이야."

"그건 무슨 말씀이시지요?"

"지금의 나는 달이라고 했어. 여기저기에 구름이 낀 하늘의 달 말이야."

"하늘의 달……이란 말씀이신가요."

"그렇지. 구름에 따라 초승달로도 보이고, 저물어가는 그믐달로도, 열흘쯤 된 달로도 보일 거야. 하지만 보름달로는 보이지 않아, 구름이 많으니까."

이에야스는 진지한 얼굴로 말하고 나서 다시 문득 머리를 갸웃거리며 말했다.

"저봐, 또 왔다. 이번에는 어떤 구름일지."

그때 과연 발소리가 복도에서 멈추더니 안내도 청하지 않고 미닫이가 열리며 혼다 마사노부가 얼굴을 내밀었다.

"주군, 손님들은 겨우 돌아갔습니다만 특별한 사람이 둘 와 있습니다."

"특별한 구름인가……누구누구지?"

"예, 자야가 혼아미 고에쓰를 데리고 와서 뵙겠다고 합니다."

"자야와 고에쓰라……좋겠지, 들게 해라. 그 구름이라면 그다지 수상한 바람은 부르지 않을 테지."

"그럼, 이곳으로 데려오겠습니다."

마사노부가 나가자 오카메는 급히 시녀를 불러 과자를 가져오라고 명했다. 해는 이미 기울고 부엌의 웅성거림이 복도 너머로 느껴진다.

"늦어서 죄송합니다."

마사노부의 뒤를 따라 들어오자 자야는 이마에 난 두건 자국을 닦고 정중히 두 손 모아 절했다. 눈에 띄게 흰머리가 많아져 있다.

"실은 고에쓰가 대감님을 뵙고 꼭 말씀드릴 일이 있다……고 하므로 시간이 늦었으나."

고에쓰는 흘끔 노려보듯 이에야스를 올려다보고 역시 단정하게 절했다.

"허, 그러면 그대들 이야기 구름의 움직임도 심상치 않은 모양인걸."

"예, 실은 고에쓰가 어떤 분의 분부로 급히 하카타에 가게 되었습니다."

"뭐, 어떤 분의 분부로……?"

"예, 손보아달라고 명받았던 물건을 갖고 가는 거지요."

"고에쓰."

"옛."

"그 어떤 분이란……"

"이름은 말씀드리기 어렵습니다. 그분이 저를 오사카성 안으로 부르시어 하카타의 가미야 소탄 님에게 단검 하사품을 가져가라고 분부하셨습니다."

고에쓰가 차근차근 말을 꺼내자 이에야스는 슬그머니 끼어들었다.

"허, 기타노만도코로님께서 소탄에게 단검을 내리신다고. 그거참, 반가운 일이로군. 겸하여 무슨 분부를 받았나."

재빨리 물었으나, 고에쓰는 기타노만도코로의 이름이 나와도 그리 놀라는 기색이 없었다. 고에쓰는 어떤 분……이라고 말하면 기타노만도코로라고 눈치채 주기를 바라고 있었던 모양이다. 날카로운 눈길을 이에야스의 미간에 보낸 채 대답했다.

"그분께서는 하카타에서 심한 분쟁이 일어날 것으로 내다보시고 여간 염려하시는 게 아닙니다."

"하카타에서 분쟁이?"

"예, 이곳에서 마중 가신 이시다 미쓰나리 님과 조선에서 돌아오시는 무장들 사이에……특히 가토 기요마사 님과의 사이에……"

"음, 당연하신 염려지. 그래서……"

"그러므로 저에게 소탄 님 저택으로 찾아가 아사노 나가마사 님을 뵙고 친서를 전하라는."

"미쓰나리가 모르게 말인가."

"예, 만일의 경우에는 잘 처리해 분쟁이 밖으로 새나가지 않도록……만약 새나가면, 쌍방에서 나무를 던져넣어 불길이 더욱 세차게 타올라 끌 수 없는 중대사가 될 염려가 있으리라……고 하시면서."

"어떤 분이 그렇게 말씀하셨나."

"아닙니다, 이건 고에쓰의 추측입니다."

이에야스는 천천히 고개를 끄덕이고 자야를 돌아보았다.

"어떤 분한테 기요마사로부터 이따금 소식이 오고 있었던 모양이군."

"예, 충직한 가토 님은 편지뿐 아니라 때로 소탄 님을 통해 선물도 보내고 있는 모양입니다."

"음, 그래서 다툼이 일어날 것으로 보셨군."

이에야스는 몇 번이고 조그맣게 고개를 끄덕이고 나서 말했다.

"그러면 고에쓰는 그 물건을 소탄에게 전하고 곧 돌아오느냐?"

고에쓰는 다시 세차게 고개를 저었다.

"아닙니다. 모두들 돌아오실 때까지 그곳에 머무르며 돌아오신 여러 장수님들의 칼을 갈기도 하고, 맡기도 한 뒤에 돌아올 예정으로 있습니다."

"허……줄곧 하카타에 있으라는 어떤 분의 분부인가."

"예, 그리고 소탄 님과 여러 가지로 의논하여 쌍방의 격돌을 피하도록 도모하라는 분부였으니 내대신님께서도……."

거기까지 말하자 이에야스는 손을 들어 가로막았다.

"설마 어떤 분이 나를 만나고 떠나라고 명하신 것은 아닐 테지."

선수를 뺏기자 고에쓰는 당황해 자야를 돌아보았다. 아마 그것도 기타노만도코로의 명령이었던 모양이다.

자야가 말했다.

"아니, 그건 고에쓰의 혼자 생각입니다. 그렇듯 중요한 내명을 받고 하카타로 간다……고 저에게 털어놓기에 제가 그러면 내대신님을 뵙고 무언가 지혜를 얻어 가는 게 좋겠다……고 한 것입니다."

이에야스는 깊숙이 고개를 끄덕였다.

"그럴 테지. 어떤 분에 대해 듣는다는 건 이에야스로서도 매우 난처한 일, 그건 분명히 말해 둔다."

"예……예."

고에쓰는 그것이 몹시 불만스러운 듯했다.

"내대신과 어떤 분, 그 두 분이 함께 이 일을 염려하고 계시다……고, 소탄 님에게 말해선 안 됩니까."

이에야스는 엄한 목소리로 꾸짖었다.

"안 돼!"

자부심 강한 니치렌종 신자인 고에쓰는 아직 자야만큼 사람됨이 닦여져 있지 않았다. 그는 이에야스의 일갈을 받자 볼을 붉혔다.

"황송하오나 고에쓰는 다이코 전하에게는 끝내 심복하지 못했습니다만 내대신님에게 깊은 존경을 바치고 있습니다."

"흠, 그게 이번 일과 무슨 상관있단 말인가."

"그런 말씀을. 그 때문에 이렇듯 일부러 뵈러 온 것입니다. 그러면 내대신님은 미쓰나리와 기요마사의 싸움 따윈 내버려두라는 말씀입니까."

이에야스는 문득 조그맣게 쓴웃음 지었다.

"만약 그렇게 말한다면 어떻게 하겠는가."

"너무 뜻밖입니다. 항간에서는 내대신님이 미쓰나리와 기요마사를 싸우게 하여 어부지리를 얻으려 한다는 소문을 퍼뜨리는 자도 적지 않습니다."

"잠깐, 고에쓰……그 말도 역시 어떤 분께서 하셨나."

고에쓰는 더욱 성내듯 대답했다.

"예, 하셨습니다! 저는 대대로 내려오는 니치렌 신자입니다. 말을 꾸미거나 진실을 흐리게 하는 일은 꿈에도 생각할 수 없습니다. 이번 철수는 마음 쓰기에 따라 나라의 큰 난리가 될지도 모릅니다. 그러므로 하카타로 가기에 앞서 내대신님 마음도 충분히 알아두고 싶어서 왔습니다. 내대신님께서는 미쓰나리와 기요마사의 다툼 따위 대단치 않게 여긴다는 말씀이십니까."

고에쓰는 차츰 무장 같은 말투로 열을 올렸다.

"저는 그냥 내버려둬서는 안된다는 어떤 분의 심정에 대해 무한한 고마움을 느끼고 있는 자입니다."

"역시 그대는 니치렌 신자로군. 입정안국(入正安國)을 위해서는 이에야스도 용서하지 않겠다는 게로군."

"그게……아닙니다. 말이 지나치다면 용서하시기를……."

"알겠나, 고에쓰!"

"옛."

"이에야스도 실은 어떤 분이며 그대와 같은 의견이다. 그러나 어떤 분이 이에야스와도 의논한 다음 그대를 보낸 것을 미쓰나리가 알게 된다면 어떻게 생각하겠나."

"이건 이 자리에서만 드리는 말씀인데요."

"그게 안이한 생각이지. 그런 마음으로는 어쩌다 문득 누설시킬 염려가 있어. 하긴 그렇다고 내가 그대의 인품을 믿지 못하는 것은 아니야⋯⋯알겠나, 고에쓰. 그대를 하카타로 보내는 건 어디까지나 어떤 분이시다. 이에야스는 어떤 분의 의논 따위 귀찮기 짝이 없다⋯⋯ 상의가 있었음을 알면 미쓰나리의 성미로는 더욱 고자세로 나올 게 틀림없는 일, 오히려 분쟁의 불길에 기름을 붓는 결과가 되리라. 그렇게 되면 어떤 분의 뜻에도 어긋나고 이에야스의 생각에도 상반된다. 그러니 어떤 분의 이야기는 이제 그만하거라⋯⋯ 다만 그대가 그런 큰 소임을 띠고 하카타로 간다⋯⋯는 일에는 지혜를 빌려주지. 그대와 나 사이니까."

이 말을 듣고 고에쓰는 다시 한번 살며시 자야를 돌아보았다. 이번에는 이에야스의 뜻을 확실히 깨닫고 순진하게 부끄러움을 나타낸 얼굴이었다.

자야가 탈바가지 같은 표정으로 조용히 입을 열었다.

"그럼, 고에쓰 님, 대감께서 말씀하시니 지혜를 빌려가시지요."

고에쓰는 갑자기 그 자리에 두 손을 짚었다.

"옛, 잘 알겠습니다. 저 혼자 나라를 염려하는 듯 큰소리친 것을 용서해 주십시오⋯⋯ 이렇게 부탁드립니다."

전후(戰後)의 바람

　여기는 하카타의 니시마치(西町) 아랫거리 동쪽에 자리한 가미야 소탄의 저택
거실이었다. 가로 13칸, 세로 30칸인 소탄의 이 집은 일찍이 규슈 정벌 뒤 미쓰나
리 등에게 설계를 시켜 히데요시가 할당한 것이었다. 이미 재목들도 적당히 아취
를 풍기고 소탄의 기호로 놓게 한 풍로의 찻가마에서는 물 끓는 소리가 조용히
방 안을 채우고 있다.

　소탄은 덴쇼 14년(1586)에 상경했을 때 다이도쿠사의 고케이 스님 손에 머리를
깎았다. 그 중머리에 두건을 쓰고 등을 구부리고 앉아 있는 모습은 어딘지 구로
다 간베에를 보는 듯한 느낌이었다.

　그 소탄과 마주보며, 하카타 항구에서 거상의 쌍벽을 이룬다기보다는 히데요
시의 조선출병에 앞서 그쪽 사정을 샅샅이 탐지하고 와서 생명을 걸고 히데요시
에게 출병에 대하여 간언했던 시마이 소시쓰가 시무룩하게 앉아 있다.

　아니, 두 사람만 있는 자리라면 별일도 아니다. 두 사람은 하카타 항구에서 일
어선 부상(富商)이며 또한 가미야 소탄의 조카딸이 시마이 소시쓰에게 출가한 인
척간이기도 하니까. 그 소시쓰 뒤에 몸을 반쯤 감추듯 모로 앉은 젊은 여인의 모
습은 이 방과 도무지 어울리지 않는 존재였다.

　눈이 번쩍 뜨이는 듯한 여인의 눈매와 콧날은 후시미성에서 으뜸가는 미모로
손꼽히는 교고쿠 부인에 버금간다. 다만 교고쿠 부인에게는 어딘지 지나치게 단
정한 딱딱함이 있었으나 이 여인에게는 그것이 없다. 약해진 성품이 야릇한 교태

로 바뀌어 온몸을 따뜻하게 해주는 느낌이다.

소탄이 여인에게 말했다.

"이유는 말할 수 없지만 미쓰나리 님 접대는 싫다……는 것만으로는 곤란해, 고조로(小女郎). 애당초 미쓰나리 님은 내 집에 묵으실 예정이었다. 다이코님도 나고야를 오가실 때는 내 집에서 주무셨어. 시마야(島屋)는 장사꾼, 가미야는 다인(茶人)이라고 하시면서."

소탄이 거기까지 말하자 고조로라고 불린 여인은 새침하게 외면해 버렸다. 그런 말 따위 듣고 있지도 않고 들을 마음도 없다는 듯 반항하는 자세였다.

"그런데 그대도 알다시피 모리 가문의 히데모토 님은 저렇듯 안채에 묵고 계신데, 미쓰나리 님은 시마야 님 댁으로 냉큼 옮기셨다."

소탄은 두건 위로 머리를 쓰다듬으면서 소시쓰에게 쓴웃음을 지어 보였다. 하카타에서는 시마이 소시쓰를 '시마야―', 가미야 소탄을 '가미야―'라 부르고 있다.

"여보게, 시마야, 그 이유가 소탄은 멋없고 답답하다는 거야…… 교토에서 혼아미 고에쓰라는 시퍼런 칼날 같은 사나이가 나타나 우리 집에 묵고 있는지라 무리도 아니지만, 소탄이 시마야보다 답답한 사나이라는 말을 듣는다면 체면이 서지 않지. 안 그런가, 시마야."

소시쓰는 대답 대신 다시 한번 천천히 턱을 쓰다듬었다.

"시마야는 예전부터 융통성 없고 옹고집이라 사카이 사람들에게 샌님 같은 놈이라고 욕먹고 있지. 그에 비하면 난 좀 놀아본 사나이야. 그래서 하카타 포구의 명예를 걸고 야나기 거리 으뜸가는 그대에게 화대를 듬뿍 주어 곁에 모시도록 한 거야. 소탄 대신 써주십시오 하고 말이지…… 그런데 그대가 싫다며 되돌아온다면, 그건 소탄이 미쓰나리 님은 싫어요 하고 나온 게 된다. 그래, 사나이 하나쯤 그대 손으로 휘어잡지 못하나."

그러자 여인은 다시 한번 몸을 꼬며 내뱉듯 말했다.

"싫어요!"

"이봐, 싫다고만 해서는 일이 해결되지 않아. 사람이란 마음먹기에 따라 어떻게든 되는 거야. 싫은 까닭을 정직하게 말해 봐. 그러면 다른 궁리도 할 수 있을 게 아닌가."

소탄은 시치미 뗀 표정으로 달래듯 말을 이었다.

"왜 그런지 모르게 싫다는 말인가."

"네, 정말 싫어요."

고조로는 또다시 화내는 건지 어리광부리는 건지 알 수 없는 교태로 쏘아댔다.

"세상에 자기보다 잘난 사람은 없는 것처럼……아니, 말하지 않겠어요. 아무 말도 하지 않는 게 좋아……."

소탄은 소시쓰 쪽을 보았다.

"시마야……귀하가 아는 다른 적당한 여자가 달리 없을까. 아무튼 나는 미쓰나리 님에게 이 애가 하카타 으뜸가는 여자라고 해버렸으니 말야."

소시쓰는 진지하게 대답했다.

"이따금 나잇값도 못 하는 농담을 하시니 그 벌이지요. 뭐, 여자 따위 이쪽에서 일부러 바칠 건 없습니다. 필요하다고 분부하실 때 잠자코 들여보내면 될 것을."

"허, 그러면 귀하도 고조로 편인가. 그렇다면 고조로와 담판하지. 이봐, 고조로, 하카타 으뜸가는 여자……라는 그대가 뿌리치고 되돌아온다면 난 이번에 뭐라고 하며 그대 대신을 내놓아야 하느냐 말이다. 이건 둘째가는 여자입니다, 라고 해야 하나……."

"그것은 나리께서 하실 일, 저는 몰라요."

고조로는 말하며 생긋 웃었다.

"저는 나리 같은 남자가 좋아요. 네, 소원입니다. 이 댁에 있게 해주세요."

"날 놀리고 있어. 솔직히 말해 이시다 미쓰나리라는 분은 한번 기분 상하는 일이 생기면 두고두고 꽁하시는 분이다. 뭐, 소탄 한 사람만의 허물로 끝날 일이라면 문제가 아냐. 하지만 그 때문에 하카타의 번영에 서리라도 맞는 일이 생긴다면 안 될 일이지. 그대는 의협심 많기로 이름난 여자, 모두를 살려줄 생각은 없나."

"호호……나리는 말솜씨도 좋으셔…… 하지만 아무리 말씀하셔도 헛수고예요. 고작 여자 일로 그토록 구애받는 분이라면 더욱 싫어요."

"고조로!"

"어머나, 이번에는 화나셨네. 그 얼굴이 훨씬 사나이다워 보여요."

"더 이상 부탁하지 않겠다."

"단념해 주시겠어요. 고마우셔라……."

듣고 있던 소시쓰가 웃었다.

"시마야, 뭐가 우스운가."

"아니, 우스워서 웃는 게 아닙니다. 소탄 님이 딱해서 그만."

"내버려뒤! 난 농담이 아니야. 좋아. 그럼, 부탁하지 않겠어. 그 대신 어째서 그토록 미쓰나리 님이 싫은지, 그 까닭만은 들려다오. 이건 소탄이 뒷날을 위해 알아두고 싶다. 아니, 들어두지 않으면 대신 보낼 자를 고르는 실마리도 잡을 수 없지. 이것은 싫다고 하지 않겠지. 자, 고조로."

상대는 갑자기 표정을 굳혔다. 그러자 지금까지와 같은 흐트러진 자태의 여인이 아니었다. 어딘지 인생의 슬픔과 숱하게 싸워나온 굳센 의지가 깃든 얼굴이 되었다.

고조로는 말했다.

"말씀드리지요, 모두…… 나리, 저는 히고(肥後)에 가까운 사쓰마(薩摩)에서 태어났어요."

말투조차 사람이 달라진 듯 구슬픈 울림을 품고 있다.

"그건 알고 있어, 그대도 남모르는 불덩어리를 가슴에 담고 있는 여자라고."

고조로는 매섭게 소탄의 말을 눌렀다.

"아닙니다. 나리는 제 설움을 모르십니다. 이처럼 유복한 생활을 하시는 분이 어찌 사쓰마 농사꾼 딸의 심정을 아시겠어요. 제가 태어난 마을은 지금 5분의 1로 줄었다더군요. 군량미를 거두어들이라는 엄한 명령에 못 이겨 모두 유랑민이 되어버린 거지요……."

"그런가, 그렇기도 할 테지. 7년이나 전쟁이 계속되었으니까."

"저희 집만은 그 남은 몇 가구 속에 들어 있습니다…… 딸만 수두룩, 저를 맏이로 다섯이나 있었기 때문이지요. 차례차례 팔려간 것까지는 말씀 안 드리겠어요…… 자식을 다섯이나 키운 부모가 무너져가는 자신의 집에 품는 집념도 나리는 모르실 테지요."

"흥, 그러면 다섯 딸이 부모 곁에 하나도 없다는 말이냐."

"네……."

고개를 끄덕이고 고조로는 애매하게 웃었다.

"그렇다 해서 영주님이며 촌장님을 원망하지는 않습니다. 이것은 모두 다이코님의 노름 탓…… 다이코님인들 나쁜 마음이 있어서 한 일이 아니라 모두들 더 잘 살게 해주려다 보니 재수가 없었다……고, 그것도 알고 있습니다."

소탄은 깜짝 놀란 듯 소시쓰의 얼굴을 보았다. 소시쓰는 샌님으로 일컬어지는 만큼 여전히 동요하는 빛이 없다.

"실은 그 어려움을 호소하려고 시마즈 가문 중신들이 발이 닳도록 미쓰나리 님을 찾고 있습니다."

"허, 그런가, 시마야?!"

소시쓰는 천천히 고개를 끄덕였다.

"어제도 니노 료안(新納旅庵) 님, 마치다 데와(町田出羽) 님, 혼다 로쿠에몬(本田六右衛門) 님 등이 오셔서 미쓰나리 님과 여러 가지 의논을 하신 것 같더군요."

"흠, 올해는 전쟁도 아직 끝나지 않은 데다 폭풍우와 홍수로 좋지 않은 일만 겹쳤으니까."

"그래서 지금도 계속 유랑민이 생기고 있다더군요."

소탄은 고개를 끄덕이고 고조로를 바라보았다.

"그래서, 그대 이야기는?"

고조로는 차츰 눈에 흥분을 나타내며 말을 이었다.

"그 중신들에게 미쓰나리 님이 가르쳐주신 계책을 저는 곁에서 들었습니다…… 미쓰나리 님은 유랑민을 막기 위해 몸을 파는 농민, 천민들에게서 쌀을 한 말씩 거두어들이라고 명하셨습니다. 자식을 팔고 내 몸을 종살이로 전락시켜 팔려가는 농민들에게 어찌 쌀이 있겠습니까. 없는 쌀을 내라고 한다면 흙을 먹더라도 도망치지 못하겠지. 그래도 도망가는 자가 있다면 남은 동네 유지들로부터 대신 거두어들여라. 그러면 이들이 엄하게 감시해 농민들을 놓치지 않을 거라고…… 나리, 고조로는 기녀입니다…… 상대가 사람이라면 아무리 천한 업을 가진 뱃사람이며 인부라도 몸을 내맡길 각오로 창가(娼家)에 왔습니다. 하지만……아직……악귀에게 몸을 팔 각오는 되어 있지 않습니다."

소탄은 어느덧 눈시울을 붉히고 두건 위로 다시 머리를 쓰다듬었다.

"이거 야단났군. 다이코님은 큰 선물을 남기고 가셨어."

소시쓰는 마음속으로 무언가 비는 듯 눈을 감고 있다.

"그런가, 한 톨의 쌀도 없다……는 걸 잘 알면서 쌀을 내놓으라고 하시던가……."

소탄은 다시 크게 한숨지었다.

"그렇다면 그대에게 강요하지는 않겠다. 그런데 고조로, 이 일로 그대가 물러나려 한다고 말씀드리기는 어렵지. 무언가 다른 구실이 없을까."

고조로는 황망히 눈물을 닦고 다시 이전의 교태를 보이며 미소 지었다.

"용서해 주세요, 나리. 그러므로 아무 말도 하지 않으려 했었는데. 고조로는 미쓰나리 님에게서 소박 받았다고 말하세요."

"뭐, 소박 받았다고······!"

"네, 그분은 내 몸에 이상이 없느냐고 무서운 얼굴로 물으셨습니다."

"이상······이라니, 병 말인가."

"그렇지요, 남만창(南蠻瘡)이든 당창(唐瘡)이든 고조로는 기녀니까요."

"허, 그것도 일리가 있군. 그래, 그대는 뭐라고 대답했나."

고조로는 다시 장난기 어린 패기가 눈에 어렸다.

"그토록 겁나시면 그만두시라고 했지요."

"핫하하······놀랍군. 그렇게 말하면 미쓰나리 님인들 할 말이 없었겠지."

"아니요, 말씀이 계셨어요. 단정히 고쳐 앉으시더니 이 미쓰나리를 누구인 줄 아느냐고."

"허······."

"다이코님 대신 천하를 맡고 있는 소중한 몸, 그래서 물은 것인데 그 대답은 무례하구나······그리고 나서 반 시각은 꾸중 들었습니다."

소탄은 별안간 웃음이 치밀었다. 작달막한 미쓰나리가 어깨를 으쓱거리며 잠자리에서 여인을 꾸짖고 있는 모습이 눈앞에 선하게 떠오른다······그렇다면 여자들이 싫어할 수밖에······.

소탄은 고개를 끄덕였다.

"알았다, 알았어. 그럼, 그대는 잠시 아내 방으로 가 있거라. 나는 시마야와 의논을 좀 해야겠다."

고조로가 나가자 소탄은 소리 내어 웃으며 말했다.

"어떤가······난 불안해졌네."

소시쓰는 그 말에는 대답하지 않고 말했다.

"미쓰나리 님이 우리 집으로 옮겨오신 이유를 알았습니다."

소탄은 가볍게 손을 내저었다.

"나도 알고 있네. 모리 님과 아사노 님에게 속마음을 보이기 싫어서 그런 거야. 머지않아 자네 집도 불편하다면서 다다라 마을의 나지마성(名島城)으로 들어갈 걸세."

"가미야 님은 그것까지 알고 계십니까."

"그렇지. 조선에서의 교섭도 모두 불리하니."

"바로 그것입니다. 처음에는 왕자 한 사람을 인질로 삼고 그 밖에 해마다 쌀, 호랑이가죽, 표범가죽, 약초, 꿀 등 다섯 품목을 공물로 바치도록 교섭하라고 했는데 현지 사정은 그렇지 못한 모양으로……."

"다이코의 서거가 어렴풋하게나마 새어나간 게 아닐까."

"그래서 왕자 인질 문제는 좋다……공물만은 이쪽 체면도 있으니 반드시 성사되도록 하라고 지시했는데, 이것도 좌우 양군에게서 거절당한 모양입니다."

소시쓰가 말하자 소탄은 고개를 갸우뚱하며 생각에 잠겼다.

"그러니 천하가 이대로 조용해질까, 시마야."

규슈는 뭐니 뭐니 해도 미쓰나리의 세력권……그러나 그 세력권도 이번 전쟁을 계기로 크게 분열될 것 같았다. 무엇보다도 히고 한 나라만 해도 우즈치(宇土)와 구마모토(隈本)의 대립이 심상치 않다.

우즈치의 고니시 유키나가는 요도 마님파.

구마모토의 가토 기요마사는 기타노만도코로파.

이 두 사람이 두 차례 출병에서 저마다 좌우 양군의 선봉을 다투었으며 사사건건 충돌을 거듭하고 있다. 그 감정의 날카로움과 영내 백성들의 피폐는, 군비와 양식 조달에 있어 소시쓰며 소탄에게도 울려올 정도로 심했다. 백성들의 피폐는 물론 두 문중뿐만이 아니다. 모리도, 구로다도, 나베시마도, 아리마도, 시마즈도 이미 재정면에서 위기에 빠져 있다.

규슈의 여러 영주들이 파견한 병력 수는 주고쿠에 영토가 있는 모리 가문이 3만 2000으로 가장 많았으며, 그 밖에도 지나칠 정도로 부담이 무거웠던 것이다.

시마즈 요시히로 1만.

가토 기요마사 1만.

나베시마 나오시게와 가쓰시게 부자 1만 2000.

구로다 나가마사 5000.

고니시 유카나가 7000.

거기에 다치바나, 마쓰라, 오무라, 아리마, 소 등을 더하면 규슈에서만도 10만에 가까운 수가 된다.

"이곳저곳 군비로 우리들이 빈털터리가 되는 건 괜찮다. 뒤에 평화만 온다면 되찾을 수 있으니까. 그런데 여기저기서 다시 전쟁이 벌어진다면, 고조로는 아니지만 소박당하게 될걸."

쓴웃음 지으며 소탄은 말을 이었다.

"어떤가, 자네 짐작으로는 미쓰나리를 인정해도 염려 없다고 생각하나."

질문받고 소시쓰는 살며시 주위를 둘러보았다. 다다미 16장 크기의 방에는 여전히 찻물 끓는 소리만 잔잔하게 들리고 있다.

"가미야 님, 고에쓰는 뭐라고 하던가요."

"그 사람은 처음부터 도쿠가와 편일세. 사치를 좋아한다고 다이코 전하도 싫어했던 사나이야."

"그렇다면 교토의 자야는 물론 사카이의 나야, 오사카의 요도야 같은 사람들 의견도 듣고 오지 않았을까요."

"듣고 왔다네, 그런 사나이니까. 하지만 그 사나이 의견은 우리들 각오에 참고되지 않네."

"어째서입니까."

"그는 세상에 올바름을 세워야만 된다고 철석같이 믿고 있지. 이번에도 어떻게 하면 싸우지 않고 끝낼까 하는 기타노만도코로님 심부름을 왔으면서, 어차피 싸움은 피할 수 없으니 빨리 해치워 정리하는 게 좋다고 지껄여대는 사나이야."

"가토와 고니시 말입니까."

"아니, 한 단계 더 높아. 도쿠가와와 이시다를 붙이겠다는 거지."

소탄에게서 이 말을 듣고 소시쓰는 크게 신음했다.

"흠. 전번의 다이코냐 아케치냐 하던 때처럼 이번에도 간단히 어느 쪽을 사겠다고 정하기 어렵게 됐어. 지금 큰 싸움이 벌어진다면 영주들은 모두 살인강도로 바뀌겠지. 이제 가난이 극도에 이르렀으니까."

그 말에 대답하지 않고 소시쓰는 지그시 천장을 노려본 채 움직이지 않았다.

"고에쓰가 그렇게 말하던가요……."

"뭘 생각하는 건가, 시마야. 자네도 고에쓰에게 찬성하는 건 아닐 테지."

소탄은 얼마쯤 진지한 얼굴이 되었다.

"물건을 부수기는 쉽지만 만들어내는 건 어려운 일. 다이코가 모처럼 이만큼 쌓아올린 것을."

그러나 소시쓰는 아직 대답하려 하지 않았다.

무사들은 저마다의 고집이며 감정으로 파벌을 만들고 때로는 파멸도 모르는 채 서로 죽여가지만, 경제면에서 시국의 흐름과 생활을 보는 사람들의 사고방식은 달랐다. 이익과 욕심을 위해 사는 무리들이라고 무장은 그들을 비판하지만, 그들 눈으로 보면 무장이란 때로 인간의 배고픈 한도를 잊는 지능이 모자라는 폭한이나 다름없었다. 그 의미로 보아서는 소탄도 소시쓰도 결코 다른 눈을 갖고 있지 않다. 그러므로 두 사람은 다이코를 너무 지나치게 평가했었다고 두 번째 출병 무렵 은근히 투덜댔었다.

"왜 그러나, 시마야. 가장 좋은 방법은 역시 여기서 기타노만도코로님과 미쓰나리를 화해시켜 두 사람 손으로 가토와 고니시 사이를 부드럽게 하여 우선 발밑이 무너지는 일부터 고쳐나가야 되지 않을까."

"가미야 님, 미안하지만 한 번 더 고조로를 이리로 불러주시겠습니까."

"고조로를……자네가 설득하려나."

소시쓰는 골똘히 생각에 잠긴 표정으로 고개를 끄덕였다.

"고에쓰의 견해에도 일리가 있습니다, 가미야 님."

"사나운 치료법을 쓰라는 건가."

"아닙니다. 아직 그렇게 결정하기는 어렵습니다. 그러나……이것은 결국 미쓰나리의 인물됨에 따라 결정되는 게 아닐지……?"

"그럼, 미쓰나리 님이 에도의 내대신을 누를 수 있느냐 어떠냐 하는 말인가."

소시쓰는 슬며시 머리를 저었다.

"미쓰나리 님에게 내대신과 타협하여 평화롭게 해나갈 의사가 있느냐는 것입니다. 없다면 이건 미쓰나리 쪽에서 먼저 싸움을 걸어놓고 모르는 척하는 거나 다름없는 결과가 되지요."

"뭐, 다름없는 결과라고……?"

"고에쓰는 그 점을 날카롭게 꿰뚫어보고 있는 게 틀림없습니다. 만약 그렇다면 긴키에서 멀리 떨어진 이곳은 중앙의 문제가 결정된 다음 누군가에 의해 규슈 정벌이 이루어질 때까지 아마 안정되지 못할 겁니다."

"과연 그런 점도 있겠구먼."

"아무튼 여러 영주들이 너무 가난해져버렸습니다. 일이 일어나면 좋지 않은 화근의 근원이 되겠지요. 가토, 고니시만이 아니라 틈만 보이면 누가 누구를 물고 늘어질지 알 수 없습니다."

"좋아, 이야기를 되돌리지. 그럼, 시마야는 고조로를 불러 미쓰나리 님의 속셈을 염탐시키겠다는 건가."

"그런 뒤에 어느 쪽을 인정할 것인지 천천히 생각해도 좋지 않겠습니까."

"알았어, 불러오지. 기다려주게."

소탄은 몸소 일어나 부르러 갔다. 일어나면서 웃은 것은 그 역시 고조로를 유곽거리의 포주집으로 그냥 돌려보낼 생각이 없었던 게 틀림없다.

소탄이 나가자 소시쓰는 다시 지그시 천장을 노려보았다.

10월도 다 지나 이 땅에도 슬슬 추운 늦가을이 으스스 찾아오고 있다.

고조로는 소탄과 함께 돌아오더니 웃으면서 앉았다.

"이번에는 시마야 나리께서 볼일이 계시다구요. 고조로는 두 분께 번갈아 설득당하면 자결이라도 해야겠어요."

농담의 그늘에 뚜렷이 여인의 고집을 보이는 대담한 말이며 웃음이었다.

"자, 그러지 말고 말이나 들어봐."

소탄이 웃으며 말했으나 소시쓰는 웃지 않았다.

"고조로, 실은 아까까지 나는 가미야와 시비를 벌이더라도 그대를 돌려보낼 생각이었어."

"그런데 어째서 다시 바뀌었을까요…… 어차피 천한 창녀 하나쯤, 말에 따라서 어떻게든 되겠지……하고 생각을 고치셨나요."

소시쓰는 엄한 목소리로 나무랐다.

"비꼬지 마라. 그대를 예사 기녀로 생각했다면 어찌 붙잡겠느냐. 잠시 전의 그대 말을 듣고 이 소시쓰는 눈물을 머금었다. 실은 기뻤던 거야."

"어머나, 점점 말솜씨가 느시는군요."

"그대도 어렴풋이 알고 있겠지. 이번 전쟁이 일어나기 전 나는 다이코의 명을 받고 조선의 온 나라 안을 살피고 왔었다."

"그건 잘 알고 있습니다."

"그리고 이 전쟁은 결코 해서 안 된다고 간언했다가 교토에서 하마터면 목이 날아갈 뻔했었다…… 이건 모를 테지."

"알 리 있나요. 7년 전에는 아직 하카타 여자가 아니었으니까요."

"그랬구먼. 알겠나, 내 목숨을 건 간언도 허사였어. 그대가 화난 것처럼 돌을 집어들고도 던질 곳이 없었다…… 그러고 나서 이 긴 싸움이 이어졌지."

"저, 나리, 고조로는 그처럼 어려운 말은 모릅니다. 미쓰나리 님한테 돌아가라고 하시면 돌아가지 않겠다고 말씀드릴 뿐입니다."

"좀더 듣거라!"

소시쓰는 다시 꾸짖고 나서 말을 이었다.

"이 전쟁이 일어나면……온 규슈 백성들이 도탄에 빠져 괴로움 겪을 것은 정해진 일……인 줄 알면서도 막지 못했다…… 그 죄가 얼마나 큰지! 나는 가미야와 둘이서 이야기하는 동안 문득 깨달았다."

"무엇을 깨달으셨나요?"

"그렇게 시치미 떼지 마라, 고조로……알겠나, 이번에는 드디어 조선과의 싸움이 끝나는 것이다."

"끝났다 해서 이 몸이 다시 처녀로 돌아갈 것도 아니고."

"바로 그 말이다. 이것저것 이야기하다 보니 조선의 전쟁이 끝나 모두들 철수해 돌아오는데 나라 안에서 다시 싸움이 벌어질 듯한 분위기이다."

고조로의 눈썹이 곤두섰다.

"네? 그게……정말인가요."

"정말이지. 농부들뿐 아니라 영주들에 이르기까지 긴 싸움으로 너무도 가난해졌다. 속된 말로 한다면, 가난한 탓에 어쩔 수 없이 하는 도둑질과 강도질……알겠나, 고조로. 더 이상 싸움이 벌어진다면 다이코에게 빼앗겨 칼 한 자루 없는 농민들은 어떻게 되겠느냐! 무슨 일이 있어도 말려야만 한다……그래서 너를 다시 불러달라고 한 거야. 알아듣겠나, 고조로……"

이번에는 고조로가 입술을 깨물며 대답이 없었다.

"농부도 상인도 칼이며 창이며 총 앞에서는 똑같이 약한 존재……전혀 대항할 수 없으니 파도에 떠밀리는 버려진 조각배 신세지. 그렇지만 어딘가에 노가 떠내려가고 있다면 줍는 노력만은 해야 하잖겠나."

고조로가 입을 다물어버리자 소시쓰는 진지하게 한무릎 다가앉았다.

"바로 얼마 전까지는 나도 너와 마찬가지였지. 걱정되고 화도 났었다…… 그러나 어쩔 도리 없으니 초조해 하면서도 그 화를 어쩌지 못하고 있었을 뿐…… 그래서는 도무지 좋은 햇볕이 비치지 않는다. 역시 어떻게든 해봐야 된다고 깨달은 거야."

"……."

"그대는 아까 다이코도 원망하지 않는다, 영주 탓도 아니라고 했다…… 거기까지 아는 여자라면 우리를 도와줄 수 있다고 생각하여 새삼 다시 불러 달라고 한 거야."

"……."

"아까 그대가 화내며 거절했을 때 나는 진심으로 부끄러웠다. 그대들 마음의 상처도 짐작하지 못하고 미쓰나리 님의 수청을 들라는 둥……미쓰나리 님의 비위를 상하면 손해라는 둥……아니, 그 손해가 하카타 항구의 손해라고 말하며, 사실은 남의 뼈아픈 슬픔을 잊은 우리들의 이기적인 짓…… 하지만 이번에는 그렇지 않다. 그대가 만일 승낙한다면 앞으로의 싸움을 막을 수 있을지도 모른다……고 생각하여 의논하는 거야."

거기까지 말하자 고조로는 별안간 무너지듯 두 손을 짚었다. 고집 세고 의협심 있는 이 여인은 역시 가슴에 불붙기 쉬운 인정의 불길을 감추고 있었다.

"나리! 고조로는 아직 맡겠다고 하는 건 아닙니다. 하지만 대체 저에게 무엇을 시키실 작정인지 그것을 먼저 말씀해 주세요."

"잘 말했다. 실은 그대가 미쓰나리 님 곁에 있으면서……"

말하다가 소시쓰는 다시 한번 조심스럽게 주위를 둘러보고 목소리를 낮추었다.

"에도의 내대신과 싸울 뜻이 있는지 없는지 염탐해 다오."

"에도의 내대신이라니요……?"

"모르는 것도 무리가 아니지. 도쿠가와 이에야스 님이라는 분으로, 지금으로서는 다이코님 다음으로 높은 분이다."

"다이코님 다음으로……?"

"그렇지. 그분이 지금 다이코님 대신 교토에서 천하의 일을 지시하고 계시다. 다이코의 병환이 위중하기 때문이지. 그분과 미쓰나리 님이 사이좋게 해나갈 마음이 있다면 싸움은 벌어지지 않는다. 아니, 만약 벌어진다 해도 문제 될 만큼 그리 크지는 않을 거다. 그런데 미쓰나리 님에게 그럴 마음이 없고 자신이 내대신 자리를 차지하려는 생각이 있다면 일본 전체가 싸우게 될 거야…… 온 일본이 싸운다면, 누가 어떤 괴로움을 겪는지는 그대가 잘 알고 있지. 그러니 그 싸움을 어떻게 막느냐……싸움만 일어나지 않는다면 나도 가미야 님도 그리 무력하지 않아. 이 규슈의 영주들 8할 이상이 모두 우리 돈을 빌려간 사람이니까. 그러므로 그 연줄을 좇아 무언가 대책을 강구할 수 있지……어떠냐, 미쓰나리 곁으로 가서 우리들 편이 되어주지 않겠느냐."

설득하는 소시쓰의 간곡함도 여간 아니었지만 말끄러미 바라보며 앉아 귀에 담는 고조로도 열심이었다.

소탄이 조심스럽게 한 마디 거들었다.

"나도 부탁한다, 고조로."

선량한 인간일수록 남의 신뢰에 민감한 모양이다. 더구나 고조로는 슬픈 의협심을 지니고 있다.

"알겠습니다……."

대답하고 얼굴을 든 그녀의 눈은 번쩍번쩍 야릇하게 빛나는 투지와 눈물로 가득했다.

"나리들께서 그토록 말씀하시는데 거절한다면 고조로 또한 은혜를 모르는 사람이 됩니다. 맡겠습니다."

"맡아주겠나. 미안하다!"

"아니요. 처음에는 만약 강요당한다면 죽을 결심이었습니다. 두 분 눈 밖에 나면 이 하카타에서 살 수 없다고 생각했기 때문이지요."

"아니, 그건 내가 나빴어. 용서해라, 고조로. 나는 그대의 사정을 몰랐던 거야."

소탄은 익살스러운 태도로 두건을 벗어 꾸벅 머리 숙이고 머리를 긁적였다.

"그 대신 네 부모에게는 우리들이 꼭 좋은 소식을 전하겠다. 고장과 이름을 알려다오."

고조로는 대답하지 않았다. 승낙과 동시에 조건을 내놓는 여자……로 여겨지고 싶지 않은 굳센 마음에서리라.

"다시 한번 확실하게 여쭙고 마음에 새겨두겠습니다. 이 고조로는 미쓰나리 님이 내대신이라는 분과 사이좋게 지낼 속셈인지, 아니면 싸울 작정인지, 그것만 알아내면 되는 거지요."

"그렇지. 미쓰나리 님은 머지않아 나지마성으로 옮기실 거다. 그때 그대도 함께 옮겨갈 수 있도록 우리들이 주선하마."

"알겠습니다. 그 대신……."

고조로는 다시 볼에 웃음을 띠었다.

"나리께서 저의 포주 후시미야(伏見屋)에게 몸값을……."

"물론 깨끗이 셈해 주고말고!"

"아닙니다. 주지 마시도록 말씀드리는 것입니다."

"뭐, 후시미야에게 주지 말라고?!"

"네, 고조로는 몸을 파는 기녀. 가기로 결정한 이상 미쓰나리 님에게 치러 달라고 하겠어요……그렇지 않으면 여자의 고집이 서지 않습니다."

"허!"

소탄은 소시쓰를 보았다.

"놀라운데! 시마야, 그래도 괜찮을까."

"괜찮겠지요. 그만한 각오 없이는 이 소임을 감당하지 못할 것입니다."

"과연, 이건 더욱 놀라운걸."

고조로는 그렇게 말하는 두 사람을 내려보듯 비로소 소리 내어 웃었다.

"그리고 또 한 가지, 두 분께 청이 있습니다."

"뭐든지 말해라."

"이 고조로가 만약 미쓰나리 님을 따라 그대로 교토까지 가게 되더라도 용서해 주시기 바랍니다."

두 사람은 또 눈을 둥그렇게 뜨고 얼굴을 마주보았다.

"그대가 미쓰나리 님을 따라⋯⋯."

"네, 시마야 나리 말씀처럼 그만한 각오가 없으면 이 소임은 해내지 못할 것 같아서⋯⋯호호호⋯⋯."

과연 고조로는 하카타 으뜸가는 기녀였다.

소시쓰는 음 하고 신음하며 무릎을 쳤다.

"과연! 훌륭해!"

고조로는 소시쓰를 따라 소탄의 집을 나설 무렵부터 다시 시무룩해져서 입을 다물었다. 처마 밑에 놓인 가마에 올랐을 때 전송 나온 소탄이 진지한 얼굴로 머리를 숙였으나 그쪽도 보지 않았다. 두 번 다시 돌아가지 않겠다면서 나온 하마쿠치(濱口)에 있는 소시쓰의 집으로 돌아간다는⋯⋯것만으로도 무언가 숨 막히는 긴장감이 느껴지는 듯했다⋯⋯.

'나는 대체 무얼 하려는 것일까?'

혹시 고향을 버려야만 했던 많은 농민들의 원한을 풀러 가는 것은 아닐까. 그렇다면 이시다 미쓰나리는 그 많은 사람들의 원한을 받을 만큼 큰 죄악 한가운데 도사리고 있는 사나이인 것일까⋯⋯?

그녀는 잠시 전에 다이코도 영주도 미워하지 않는다고 소탄에게 말했다. 그렇다면 미쓰나리 따위는 더욱 미워할 수 없는 커다란 속임수 속의 작은 꼭두각시 같은 느낌이 든다.

'그러나 그 꼭두각시가 또 싸움을 시작할 염려가 있는 위험한 방화자(放火者)의 한 사람이라면⋯⋯.'

가마가 들어올려지자 고조로의 눈은 거리 풍경을 좇으면서도 전혀 그것을 보고 있지 않았다. 지금은 배그림자도 보이지 않는 선창가에서 자못 가을바람다운 감촉으로 불어오는 바람이 서글프다. 배가 조선을 향해 모두 출항하고 없으며 양편 거리에서부터 선창가로 즐비하게 늘어선 창고 안도 텅텅 비었음을 알고 있다. 쌀이며 보리는 물론 된장도, 소금도, 옷가지도, 무기도 깨끗이 배에 실려가버렸다.

더욱이 그 배가 그러한 물건들을 과연 조선의 일본군에게 무사히 날라다주고 있기나 한 것인지⋯⋯? 지난해 연말부터 올봄에 걸친 울산 농성 때는 사람들이 죽은 말이며 쥐까지 잡아먹고 나중에는 며칠 동안 진흙을 먹었다고 한다⋯⋯.

그렇다면 이 무사들도 역시 미워할 수 없다. 어째서 아무도 미워할 수 없는 사람들이 모여 모든 이들을 괴롭히는 전쟁 따위에 열중해야만 되는 것일까.

"―11월 첫 무렵까지는 군사들 철수를 끝내고 싶다!"

그리하여 배를 다 그러모은 가운데 70명 남짓한 여선원들이 섞여 있었다. 물론 남자 손이 모자라 사방에서 모아온 것일 거라고 여겨 물어보았더니, 도바(鳥羽)에서 온 구키 요시타카(九鬼嘉隆)의 수군 가운데 지원 선원이라고 했다.

"―우리 갯벌 남자들은 모두 조선으로 갔는데 한 사람도 안 돌아와. 그래서 영감이나 자식의 뼈라도 찾을까 하고 나섰지"

이렇게 말하며 여인들은 8명이 노 젓는 작은 배로 용감하게 현해탄을 건너갔다고 한다…… 이들 배가 조선 수군의 밥이 되지 않고 무사히 닿을 수 있을 것인지 어떤지……?

'세상에 너무 불행이 많아 아무도 미워할 수 없게 되었는지 모른다……'

고조로는 사쓰마 이즈미군의 상 이즈미(上出水) 태생이었다. 그녀가 태어났을 때는 마을에 50호 가까이 집이 있었는데 지금은 17호로 줄었다고 아버지 요헤에(與兵衛)는 편지에 썼다. 요헤에는 차례로 딸을 팔아 마을을 버리지 않은 덕분으로 지금은 마을 유지가 되었다던가…… 그 불쌍한 유지에게 마을을 떠나는 자가 있다면 또다시 한 사람에 쌀 한 말씩 내게 하라……는 미쓰나리의 말을 들었을 때 왈칵 화가 치밀어 시마야의 집을 뛰쳐나왔었는데, 소시쓰와 함께 다시 돌아가는 꼴이 되었다…….

'미워하고 싶다! 미쓰나리 님의 그 말은 아무래도 용서할 수 없다…….'

미워할 수만 있다면 어떤 속임수도 고통이 되지 않는다. 미움을 감추고 아양 떨 자신이 없다면 어찌 기녀라 하겠는가.

'그러나 전쟁이란 누구의 죄로 이 세상에 태어난 것일까……?'

다시금 그 의문이 거미줄처럼 생각을 어지럽히는 동안 가마는 벌써 시마야 저택 추녀 아래 멈추고 있었다. 여기도 가미야 소탄의 집과 같은 구조로 너비 13칸, 길이 30칸의 튼튼한 건물은 9자짜리 봉당을 지나 뒤꼍으로 통하고 있다. 그 뒤꼍 해변에 세워진 궁전식 별채가 미쓰나리의 숙소였다.

"아무 말 않고 나왔으니 아무 말 않고 들어가 있는 게 좋아."

소시쓰의 말을 듣고 고조로는 비로소 얼굴의 긴장을 풀었다. 미쓰나리에게는 오늘도 손님이 있는 듯했다. 별채 댓돌에 삼으로 바닥을 댄 짚신 두 켤레가 가지런히 놓여 있다.

고조로는 잠자코 옆방으로 들어가 측근무사를 짐짓 무시하며 찻가마 곁에 앉았다.

별채 주위는 늘 18명의 무사로 지켜지고 왼쪽 창고 옆에는 이들의 임시대기소가 세워져 있다. 이들만으로는 아직 마음 놓지 못하는 게 틀림없다. 그래서 나지마성으로 옮겨 여러 장수들의 귀국을 기다릴 작정인 모양이다.

미쓰나리가 어째서 소탄의 집이 싫다며 이곳으로 옮겼는지 고조로는 어렴풋이 알 수 있을 것 같았다. 소탄은 이미 장사를 아들에게 맡기고 다인 행세를 하고 있다. 다인의 예법으로는 칼을 못 차게 되어 있다. 그것이 미쓰나리에게 불안했던 게 아닐까…….

갑자기 미쓰나리의 커다란 목소리가 거실에서 새어나왔다.

"—실로 괘씸하기 짝이 없는 일, 그대들은 그것을 그대로 내버려둘 작정이오. 이쥬인 다다무네(伊集院忠棟)는 사쓰마의 대들보라고 다이코 전하도 칭찬하고 계셨었소. 그런 그대가 류하쿠(龍伯 ; 시마즈 요시하사) 님의 그러한 행위를 보아넘겨도 좋다고 생각하시오."

그 목소리로 고조로는 오늘의 손님도 시마즈 가문 중신들인 듯싶다고 짐작했다. 이쥬인 다다무네와 마치다 데와일 것이 틀림없다. 이쥬인이 무언가 중얼중얼 변명하고 있었으나 잘 알아들을 수 없었다.

"나는 이곳에 있어도 교토, 후시미의 일들을 상세하게 보고받고 있소. 류하쿠 님이 내대신한테 뻔질나게 드나드는 것도 말이오. 아니, 내대신을 찾아가는 것뿐이라면 세상에서도 그리 문제 삼지 않을 거요. 하지만 내대신 쪽에서도 류하쿠 님을 방문하고 있으며……시마즈 편에서 초청한 것이라면 그냥 넘어갈 일이 아니오."

내대신……이라는 말을 듣자 고조로는 온몸의 신경을 곤두세웠다.

"알겠소, 내대신은 도련님을 무시하고 천하를 노리는 악인이라고 여기저기서 쑥덕거림 받고 있는 인물이오. 이 미쓰나리가 없는 동안 류하쿠 님이 그 내대신과 비밀히 오가고 있다니……그런 말이 세상에 흘러나가도 좋다고 여기시오? 드디어 시마즈도 내대신에게 빌붙을 셈이구나 하고…… 그래도 다이코 전하께 얼굴을 들 수 있다고 생각하시오?"

아마도 지금 조선에서 싸우고 있는 시마즈 요시히로의 형 류하쿠가 이에야스와 교토에서 서로 오가는 것을 미쓰나리는 격렬하게 나무라는 모양이다.

고조로는 소리 나지 않게 차를 따르기 시작했다. 미쓰나리가 즐겨쓰는 요변(窯變) 찻잔에 차를 따라 눈높이로 받쳐들고 새침하게 거실로 들어갔다. 꾸지람은 각오한 바이며, 꾸지람 들으면 물러나오면 된다. 그것만으로도 미쓰나리와 시마즈 가문 중신들의 우열만은 보아둘 수가 있다. 미쓰나리 앞에서 이쥬인이 어느 정도 고개 숙이고 있을까…… 이쥬인은 사쓰마에서 영주와 마찬가지로 농민들을 벌벌 떨게 하는 일족이었다. 고조로가 들어가자 미쓰나리는 흘끔 한 번 쳐다보았을 뿐 그리 꾸짖지 않았다. 대화는 이미 고비를 넘기고 있었기 때문이리라.

"삼가 그 뜻을 교토에 전하겠습니다. 대체 무슨 생각을 하시고 내대신과……저도 영문을 알 수 없습니다."

이쥬인의 말에 이어 함께 온 마치다도 황송하기 이를 데 없는 듯한 얼굴로 머리 숙였다. 어쩐지 이 사람들은 미쓰나리 앞에 나오면 달 앞의 별인 것 같다.

"아무튼 세상의 오해를 받을 만한 일은 시마즈 가문을 위해 삼가주십사고 단단히 말씀드리는 게 좋겠소."

"알겠습니다. 그럼, 이만 실례를."

"농부들이 도망치는 일도 잘 처리되고 있겠지요."

이렇게 말하며 미쓰나리는 일어나 두 사람을 복도까지 전송했다. 큰소리로 꾸짖기는 했으나 기분은 그리 나쁘지 않은 것 같다.

곧 돌아와 미쓰나리는 몸을 젖힌 자세로 고조로가 가져온 찻잔을 집어들었다.

"그대는 어디 갔었나."

"네, 가미야에 다녀왔습니다."

"허락 없이 외출하지 마라…… 무엇 하러 갔었더냐."

"고조로……로서는 가까이 모시기 어렵습니다. 본명인 오소데(袖)로 불러주시도록, 그 담판을 하러 갔었습니다."

"뭐, 오소데……그대의 본명인가, 그것이."

"네, 부모님이 지어준 이름입니다."

"그대 고향은 사쓰마라고 했겠다."

"네, 이즈미(出水)입니다."

"이즈미라……그럼, 지난해까지 이 미쓰나리가 공령(公領)으로 관리하고 있던 요시히로의 영지로군."

그리고 고조로의 말이 생각난 듯 물었다.

"담판……이라고 했지."

"네."

"그대가 마음먹은 대로 소탄이 들어주던가."

"아니요."

"담판에 실패했나. 서투른 여자로군."

미쓰나리는 웃지도 않고 찻잔을 내려놓았다.

"그 담판 뒷바라지를 내게 시킬 셈이냐."

"어머나, 눈치도 빠르셔!"

고조로는 진심으로 놀라며 녹을 듯한 교태를 지었다. 미쓰나리의 두뇌회전은 정말 놀랄 만한 속도였다. 멍하니 있으면 이쪽의 속셈 같은 것은 눈 깜짝할 새 꿰뚫어보고 벌써 다음 일로 넘어간다. 그러면서도 한번 지체하여 구애받기 시작하면 진력날 만큼 끈질겼지만.

"저는 이제 오소데로 돌아가고 싶습니다."

"걱정 마라, 벌써 돌아가 있으니."

"예? 뭐, 뭐라고 하셨습니까?!"

"조금 전 야나기 거리로부터 후시미야와 에비스야(惠比須屋)를 불러 황금을 주었지. 여자 일로 가미야에게 신세 지면 다른 일을 시키기 어려우니까."

고조로는 미쓰나리의 말뜻을 이해하는 데 잠시 시간이 걸렸다. 그녀가 고집부려 소탄의 제안을 거절한 몸값이 이미 미쓰나리에 의해 포주집에 지불되었다고 한다……여자를 선물받으면 공무에 지장 있다는 생각으로…….

그것을 안 순간 고조로는 온몸이 떨려왔다. 다른 일이 무서워서가 아니었다.

'이 사나이는 어쩌면 나를 사랑하는 게 아닐까……'

그렇게 생각하자 미워해야 한다고 골똘히 마음먹고 돌아왔으니만큼 야릇한 전율이 온몸을 휩쓸었다.

"나는 그대에게 손댔다. 미쓰나리쯤 되는 자가 손댄 여자를 기녀로 그냥 버려

둘 성싶으냐.'

"어머나……."

"놀라지 마라. 나는 기녀와 정사를 즐길 만큼 한가한 놈팡이가 아니다."

"정말……대감님은 다이코님 대리이시지요."

"오소데라……묘한 이름이군."

"네, 그렇지만 고조로라고 불리는 건 싫습니다."

"오소데가 좋겠지. 오소데."

"네."

"좋아하지 마라. 나는 그대가 이제 돌아오지 않을 거라 생각하고 후시미야를 불렀던 거다. 그런데 돌아왔다. 그대는 역시 여자로군."

또다시 고조로는 머릿속이 마구 휘저어진 것 같은 기분이 들어 고개를 갸우뚱했다.

'따라갈 수 없다……이 빠른 머리회전에는.'

지금 한 말은 대체 비꼬는 건가, 놀리는 건가, 사랑의 정담인가 ─ 돌아오지 않을 것으로 알았는데 돌아와주어서 마음 놓았다……고 들리기도 하고 그 반대로도 들린다.

돌아오지 않을 줄 생각했으므로 몸값을 치러 깨끗이 했는데 돌아왔다. 번거롭기는 하지만 할 수 없다. 그대도 여자……관계가 있고 보면 잊지 못할 테지…… 그런 뜻이라면 얼마나 화나는 얄미운 말인가.

'좋아하지 마라……니 무슨 뜻일까.'

고조로는 분명 지난밤에 한 번 몸을 맡겼다. 병이 있는지 없는지 다짐받고, 그런 다음 진저리날 만큼 꼼꼼한 잔소리를 잔뜩 듣고서…….

물론 뒤에 각별히 정이 남는 교접은 아니었다. 거만하게 대하여, 마치 명령이라도 받고 있는 듯한 느낌이 드는 남남끼리의 인사와도 같았다. 그 상대가 오늘은 왜 이리도 시원시원하게 날카로운 박력을 보여오는 것일까…… 거기까지 생각하자 고조로의 몸이 순식간에 뜨거워졌다. 부르는 이름은 오소데로 바뀌더라도 근성을 바꾸어선 안 되었다.

'하카타 으뜸가는 고조로가 이런 곳에서 기녀의 솜씨를 잊어서야 될 말인가…….'

"대감님, 좋아하지 마라는 말씀은 무슨 뜻인지요. 제가 가미야에 간 일이 마음에 거슬리셨는지……."

상대가 만만치 않을 때 함께 달리는 것은 서투른 솜씨…… 멀리 뒤떨어져 상대를 되돌아오게 하여 저편에서 손잡게 하는 게 정상적인 수법이었다.

"오소데는 결코 좋아서 자만심을 갖는 여자는 아닙니다. 단지 대감님 곁에 있고 싶어서……."

말하면서 고조로는 이 상대라면 충분히 싸울 보람이 있을 것 같은 기분이 들었다.

분열의 싹

미쓰나리가 고조로였던 오소데를 데리고 하카타 거리에서 그리 멀지 않은 다타라 마을의 나지마성으로 옮긴 무렵, 조선에 있던 일본군은 명령에 따라 각지에서 고전을 거듭하며 집결지로 급히 모여들고 있었다.

"11월 15일까지는 반드시 부산으로 철수하도록……."

가능하면 10월 중이라고 했으나, 그것은 처음부터 무리였다. 철수를 서두르면 상대쪽에서는 당연히 무언가 있다고 생각한다. 우익의 가토, 아사노, 구로다, 모리 등 부대들은 그래도 가까스로 15일까지 철수지에 도착했으나 좌익의 고니시, 소, 시마즈 등 부대는 화친교섭으로 인질까지 받아놓고도 돌아오는 길이 막혀 몇 번이나 위기에 맞닥뜨리게 되었다.

고니시 유키나가가 명나라 장수 동일원(董一元), 유정(劉綎) 등과 교섭하는 동안 명나라 수군 제독 진린(陳璘)이 히데요시의 죽음을 어디선가 알아냈다. 그는 조선 수군통제사 이순신과 의논하여 순천을 출발하여 도선(渡船)을 서두르는 고니시 군에게 달려들었다. 이미 이 무렵 명나라와 조선도 일본군의 강약을 빤히 들여다보고 있었다. 가토, 시마즈 군은 병졸에 이르기까지 용맹스럽다고 무서워했으나 고니시 군은 얼마쯤 맞붙어 싸우기 쉽다고 보았을 게 틀림없다.

유키나가는 화친이 성립된 것을 알리고 물러가려 했으나 그들은 병선을 즐비하게 늘어놓고 철수하지 못하게 했으며, 마침내 이 곤경을 안 시마즈 요시히로의 원군이 달려와 11월 18일에 노량진(露梁津) 격전이 벌어졌다. 이때 요시히로가 구원해 주지 않았다면 고니시 군은 아마 전멸의 비운을 맛보았을 것이다.

시마즈 군이 가세했음에도 불구하고 조류의 흐름에 어두운 일본군은 이루 말할 수 없는 어려움을 겪으며 싸웠고, 명나라 및 조선 수군의 피해 또한 엄청났다. 이 싸움 도중 일본군이 첫 싸움부터 두려워했던 적의 장수 이순신이 탄환에 맞아 전사했다. 조선 수군에게 있어 이 일은 아마 태양을 잃은 것만큼 큰 타격이었으리라.

아무튼 시마즈 군의 용맹과감한 모험을 끝으로 좌익군도 위기를 벗어나 거제도(巨濟島)로 나가 가까스로 철수할 수 있었다. 미처 배를 못 탄 잡병들은 모두 명나라 군에 살해되거나 포로가 되어 가축이나 다름없는 노역에 시달리며 대륙으로 끌려가 사라져버렸지만⋯⋯.

이리하여 조선에서 철수군이 하카타 항구로 처음 들어온 것은 11월 26일이었다.

정오가 지나 배가 도착한다고 알려왔으므로 미쓰나리는 오전 9시 무렵 나지마성을 나와 말을 타고 선창에 나가기로 되어 있었다. 이미 오늘에 대비하여 소데(袖) 마을로부터 다다라 마을 일대 해변에 걸쳐 임시로 철수군을 수용할 가건물이 즐비하게 세워져 있었다.

고조로였던 오소데는 미쓰나리가 거실을 나설 때 기분이 어떤지 얼굴빛을 살피면서 고개를 갸우뚱하고 물어보았다.

"저도 마중 나가고 싶은데요⋯⋯."

미쓰나리는 매서운 표정으로 웃지도 않고 되물었다.

"감빛 발 드리웠던 곳의 단골이라도 돌아오나."

감빛 발이란 창가(娼家)와 문자(文字)를 아는 사람들이 기녀의 포주집을 가리켜 쓰는 은어였다.

오소데는 일부러 못 들은 척하며 아양 떠는 목소리로 말했다.

"고생하신 무사님들이 어떤 모습으로 돌아오시나 보고 싶어요."

기녀 오소데에게 있어 미쓰나리는 아직 미지의 부분을 넓게 남긴 종잡을 수 없는 상대였다. 그 뒤로 내내 잠자리 수청도 들고 신변 시중도 하고 있었다. 웬만한 사나이는 세 번쯤 정을 맺으면 대충 그 윤곽이 잡힌다고 여겼던 오소데였다. 그렇지 않다면 물론 하카타 항구 야나기 유곽거리에서 여러 기녀들 가운데 으뜸으로 여겨지는 '고조로—'의 이름을 유곽 포주들이 인정해 줄 리 없었겠지만……

오소데가 미쓰나리에게서 포착할 수 있었던 건 굉장히 예민한 두뇌의 날카로움뿐이었다. 차가운 듯싶으면서도 그렇지 않고 무른 듯싶으면서도 신랄하기 짝이 없었다. 급히 서두를 때는 더없이 성급한 인물로 보이고, 사람을 꾸짖을 때는 벼락 치는 듯한 격렬함을 곧잘 보인다. 그러면서도 뒤끝이 없어 손바닥을 뒤집듯 웃었다. 어쩌면 성내는 것도 웃는 것도, 냉랭한 것도 따뜻한 것도 그의 본심이 아닐지 모른다.

모든 게 일을 처리하는 행정솜씨이며 그 자신의 본질은 그 속에서 전혀 다른 얼굴로 도사리고 있을 것만 같은 느낌이 든다.

물론 오소데는 미쓰나리가 자기를 사랑하거나 반해 있다고는 생각하지 않았다. 또한 유달리 미워하거나 경계하는 눈치도 없다. 필요할 때 끌어당기고 필요 없을 때 밀어낸다…… 따라서 소탄과 소시쓰로부터 부탁받은 일은 아직 오소데로서 전혀 엄두도 나지 않았다.

어째서 교토에 있는 시마즈 요시히사(島津義久)와 도쿠가와 이에야스의 접근을 그토록 두려워할까? 그러나 그것도, 특히 어느 편을 미워하거나 어느 편을 편들고 있기 때문은 아닌 듯하다. 시마즈와 이에야스가 다가서면 가토, 구로다 등도 합류하여 우토에 있는 고니시 유키나가의 입장이 매우 불리해진다. 따라서 저마다 적당한 균형을 유지하게 하여 무사함을 도모하려는 것인지도 몰랐다……

어쨌든 지금까지의 미쓰나리는 힘찬 자부심의 화신으로 어떤 문제를 들이대도 물 흐르는 듯 처리해 나갔다.

그런데……그 미쓰나리가 드디어 오늘 정오에 철군하는 배가 도착하는 것을 알게 된 어제 오후부터 별안간 안절부절못하며 침착성을 잃었다. 간밤에도 거의 잠들지 못했다. 먼동이 훤히 틀 때까지 이불 속에서 뒤척였던 것을 오소데는 확실히 알고 있다.

'이 사람에게도 잠을 못 이룰 만한 걱정이 있는 걸까……?'

그 걱정의 씨앗은 오늘의 철수에 관계된 일이라고 생각할 수밖에 없었다. 그래서 오소데는 자기도 선창에 가보고 싶다고 아양 떨며 지그시 미쓰나리의 반응을 기다렸던 것이다……

신기하게도 미쓰나리는 곧 대답하지 않았다. 아마 무엇 때문에 오소데가 그런 말을 꺼냈는지 판단하지 못했기 때문이리라.

"단골이라도 돌아오는 게……아니라면 일부러 보러 갈 필요 없겠지."

"아니에요. 이로써 이제 전쟁도 없어질 것이니 뒷날의 이야깃거리……."

"그대는 아사노 요시나가를 알고 있나?"

"네……아니요."

오소데는 애매하게 머리를 저었다. 아사노 나가마사의 아들 요시나가는 같은 야나기 거리 에비스야의 손님이었다. 그러므로 두세 번 동석한 적 있었으나 다만 그뿐, 이때 오소데의 대답에는 아무 거짓도 꾸밈도 없었다……

미쓰나리는 씹어뱉듯 내뱉었다.

"아사노의 아들은 싸움에도 강하지만 여자에게도 강하다……혹시 오늘 밤에라도 야나기 거리로 몰래 놀러 나갈지 모른다. 얼굴을 보여서 난처할 게 없다면 좋아."

그리고 그 길로 뒤돌아보지도 않고 나가버렸다.

혼자 남게 되자 오소데는 별안간 웃음이 치밀어올랐다. 비로소 미쓰나리라는 사나이의 마음을 들여다본 듯한 느낌이 들었던 것이다. 아사노 요시나가는 아직 23살이었고 아버지를 대신하여 출전했다가 이번에 철수하여 돌아온다.

'질투하고 있는지도 모른다……'

그리고 보니 요시나가에게는 에비스야에 애인이 있어 전쟁이 끝나면 기슈의 와카야마성(和歌山城)으로 데려가느니 어쩌느니 하는 이야기가 있었다.

'그 상대가 내가 아닐지 의심했던 모양이야……'

그래서 오소데는 정말로 선창에 나가볼 마음이 생겼다. 지금은 야나기 거리의 고조로가 아니다. 하카타에서는 이미 고조로였던 오소데가 나지마성의 고용인 이라고 알려져 있다. 그래서 성주대리에게 가마를 내게 하여 비단 옷에 쓰개치마 차림으로 두 하인과 여종을 거느리고 성을 나섰다.

오전 11시 무렵이었다. 그날은 높은 비늘구름이 하늘에 널려 있고 이상하게도 따뜻한 서북풍이 불었다.

거리로 들어서자 과연 활기가 감돌았다. 벌써 가까운 마을에 이르기까지 줄줄 이 거리를 빠져 선창가로 나가는 사람들이 많다. 각 영주의 무사들뿐 아니라 마중 나간 철수선 300척에 동원된 선원이며 인부들의 가족 친지들이리라. 아직 배 그림자도 보이지 않는데 조마조마한 표정으로 선창가에 모여들고 있다.

오소데는 이따금 문득 눈물이 나올 것 같아 어쩔 줄 몰랐다.

'—이것으로 7년 동안 계속된 싸움이 끝난다…….'

몇만이나 되는 사람이 죽어간 무의미한 싸움……더욱이 그들 모두에게 저마다 처자와 부모가 있으리라. 아니, 전쟁에 끌려나가지 않았던 사람들까지 뒤에서 얼마나 큰 비극의 그물에 걸려 있었던 것일까…….

선창 좌우 해변은 벌써 사람들로 그득했다. 오소데는 시마야 앞에서 가마를 내리자 쓰개치마로 얼굴을 가리듯 하고 해변으로 나갔다.

그때 이미 연푸른 수평선에 점점이 배그림자가 보이기 시작했다. 배 위에서 뭍을 바라보는 숱한 눈들은 대체 무엇을 추억하고 있을까…….

선창에 마중 나온 사람들 가운데 소탄도 소시쓰의 얼굴도 있었다. 이윽고 아사노 나가마사가 위엄을 갖추고 시마야의 집에서 나왔으며, 모리 히데모토는 처음부터 오른쪽 솔밭에 장막을 치고 그 안에 있는 모양이었다. 미쓰나리의 모습만은 아직 보이지 않는다.

배와 더불어 나는 갈매기가 보이기 시작할 무렵부터 사람들 사이에 뜨거운 설렘이 일기 시작했다. 돛대의 배 표식이 보이기 시작했기 때문이었다.

오소데는 마침내 쓰개치마 아래에서 울기 시작했다. 울 이유는 아무것도 없다. 혈육이 돌아오는 것도 아는 이를 마중 나온 것도 아니다. 그 의미로 오소데는 아무 관계없는 구경꾼에 지나지 않는데……아니, 오소데가 정말로 소리 내어 울 듯한 마음이 든 것은, 배에서 이상한 모습의 인간들이 줄지어 땅을 밟고 올라오기 시작하고부터였다…….

맨 먼저 선창가에 닿은 것은 뱃전에 숱한 조개껍질과 해초를 붙인 도도 다카토라의 수군이었다. 이어서 오키자카 야스하루, 가토 요시아키, 구루시마 미치후사(來島通總), 스가 다쓰나가(菅達長)의 차례로 얼굴의 앞뒤도 분간할 수 없을 정도로 시꺼멓게 햇빛에 그을린 더부룩한 수염투성이 얼굴이 이어졌다. 이들은 모두 자기 배를 가진 수군으로 상처투성이 뱃전에 고전한 흔적이 생생히 새겨져 있었다.

이어서 고바야카와 히데아키, 우키다 히데이에 등의 모리 군과 가토 기요마사,

아사노 요시나가의 차례로 상륙하기 시작했다. 이들은 수군처럼 햇빛에 그을리지는 않았으나 아무튼 사람 얼굴이 아니었다. 출전할 무렵의 화려했던 무장도 활기도 없고 흙빛으로 바랜 얼굴에 눈과 입만 남아 있다. 이따금 흰 이빨이 드러나 보이면 그것이 결코 웃는 얼굴이 되지 않고 오싹 떨리게 하는 귀신상으로 바뀌었다.

'이 얼마나 비참한 일인가……'

개중에는 시푸르퉁퉁하게 부어오른 유령 같은 자들도 이따금 섞여 있다. 많은 군중의 눈알만이 부릅뜬 듯 번뜩이는 건 보는 이로 하여금 얼마나 처절한 살기를 느끼게 하는 것일까.

그러고 보면 조선도 지난해부터 올해에 걸쳐 거의 수확을 거두지 못한 흉년이었다고 한다…… 아무도 논밭을 돌보는 이 없다면 논밭도 인간들에게 보답하는 게 없으리라.

오소데는 이 사람들의 상륙으로 일본이 온통 살기의 소용돌이로 변하지나 않을까 생각했다. 이 같은 얼굴들 속에도 인간다운 희로애락이 과연 그대로 남겨져 있는 것일까? 보기가 역겨워 오소데는 그만 눈을 감았다. 눈을 감은 순간 그녀의 몸은 균형을 잃고 휘청거리며 오른편으로 크게 비틀거렸다.

그러자 그 몸을 가볍게 부축하며 소탄이 오른편 귓전에서 속삭였다.

"고조로, 그대도 우리 집에 와주지 않겠나."

오소데는 급히 눈을 뜨고 소탄의 얼굴을 쳐다보았다.

"어머나, 여기에 어떻게……전혀 모르고 있었습니다."

소탄 곁에 있던 30살 남짓한 사나이가 그 말에 대답했다.

"그대를 찾고 있었지. 일할 사람이 모자라서. 시마야 앞에서 곧 가마를 타고 소탄 님 댁으로 가시오. 미쓰나리 님도 승낙하셨으니까."

그는 오소데가 처음 보는 혼아미 고에쓰였다.

"일할 사람이라니요……."

"미쓰나리 님께서 상륙한 장수들을 청하여 소탄 님 댁에서 차대접을 하오. 여러 가지 말씀이 계실 터이므로, 알지 못하는 접대인은 쓰지 못하는 거요."

"나리는 누구신지……?"

"전부터 소탄 님 댁에 머물고 있던 교토의 고에쓰. 자, 나도 함께 가겠으니 서둘러 주겠소."

고에쓰의 말에 이어 소탄은 오소데의 어깨를 부축하며 인파를 헤치기 시작했다.

"이제는 그대에게 들려주어도 괜찮겠지. 정말은 다이코님이 돌아가셨어. 그래서 오늘은 차대접하면서 미쓰나리 님이 그 임종 때의 자세한 이야기를 무장들에게 할 거야……."

"어머나, 다이코님이……?"

"쉿."

소탄은 가볍게 누르고 말을 이었다.

"오늘 자리에는 가토, 도도, 구로다, 나베시마, 아사노, 조소카베, 이케다 일곱 분……그중에는 그대가 얼굴을 아는 분도 계실 거야. 정성 들여 접대해 드려야지……."

오소데는 비로소 마음에 조그만 창문을 느꼈다.

'다이코가 돌아가셨다…….'

그 일을 눈치채지 않게 하려고 미쓰나리는 지금까지 그토록 거드름 부렸던 것일까? 만일 그렇다면 지난밤에 그가 잠을 못 이룬 원인도 거기에 있었으리라. 그는 이미 다이코의 대리가 아니라 발돋움하여 그 후계자가 되려 하고 있는지도 모른다.

'그러니 잠이 올 리 없지…….'

다이코 아래 무단파(武斷派)와 문치파(文治派)의 대립은 뿌리 뽑기 어려운 것으로 벌써 이 하카타 거리까지 소문나 있다. 그 가장 큰 원인은 출전부대 군사감독이었던 후쿠하라 나가타카, 가키미 가즈나오(垣見一直), 구마가이 나오모리(熊谷直盛) 등 세 사람이 여러 장수들의 전공을 다이코에게 직접 보고하려 하는데 미쓰나리가 가로막는 데 있다고 알려지고 있다.

오소데는 물론 그러한 진상을 알 까닭이 없었지만, 전공 보고도 받지 않은 채 다이코가 죽었다면 여러 장수들의 심중이 평온치 않을 것으로 상상된다.

'미쓰나리는 대체 어떤 태도로 다이코의 죽음을 그 사람들에게 알려갈 것인가?'

오소데가 소탄을 따라 가미야의 집에 이르렀을 때 그곳에서는 이미 상 준비가 거의 끝나 있었다. 물론 예사 차모임이 아니다. 형식적으로 차를 곁들인 이즙사채(二汁四菜) 정진요리(精進料理)로, 이것을 나를 사람은 오소데와 소탄의 손녀이며 달리 출입이 허락된 사람은 소탄과 고에쓰 두 사람뿐이었다.

처음에 상을 날랐을 때는 객실에 아무도 없었다. 한때 미쓰나리도 히데모토도 묵었던 별채 서원은 목계(牧谿)의 한산습득(寒山拾得) 두 폭 그림이 걸려 있고 은은하게 흐르는 향내음이 마음에 스미는 검소한 분위기였다. 아마도 미쓰나리의 세세한 지시에 소탄의 지혜가 곁들여진 것이리라. 다다미 12장과 8장이 깔린 방 사이의 칸막이 미닫이가 거두어지고 물을 뿌려놓은 언저리 툇마루 밖에는 경호무사가 드문드문 서 있다.

손님은 도도 다카토라와 가토 기요마사가 맨 먼저 나타났다. 다카토라는 수군을 거느리고 오가며 미쓰나리와 자주 만나고 있었다. 그러나 기요마사는 두 번째 출병 이래 처음이리라. 뜰아래 담 안으로 들어서면서 그는 마중 나온 미쓰나리와 아사노 나가마사에게 침울하기 짝이 없는 표정으로 목례만 하고 마루로 올라 객실에 들어왔다. 모두 무장을 풀고 있었으나 온몸에 밴 싸움터 냄새는 그대로였다.

이어서 아사노 요시나가, 구로다 나가마사, 나베시마 가쓰시게가 들어오고 조소카베 모토치카와 이케다 히데우지는 조금 늦게 도착했다.

객실 서남쪽 마루 가까이 찻가마를 놓고 있던 소탄이 이들을 안내하여 자리에 앉게 하자, 미쓰나리는 여느 때와 다름없이 발돋움하는 걸음걸이로 여러 사람 앞으로 나아갔다. 아마도 미쓰나리는 지난밤의 잠자리 속에서 이곳에 앉는 자기 자리에 이르기까지 곰곰이 생각했던 게 아닐까.

다섯 행정관의 한 사람이며 다이코 대리자로서 그는 상석에 앉아도 무방한 터였다. 그러나 오늘 그는 그렇게 하지 않았다. 접대자 자리에 단정히 앉아 곧 또렷또렷한 목소리로 모든 사람의 노고를 치하하기 시작했다.

"이미 들으신 바와 같이 다이코 전하의 뜻하지 않은 서거로 부득이 군사를 되돌렸습니다. 여러분의 마음을 헤아리건대, 미쓰나리 또한 몸이 에이는 듯한 심정입니다."

좌중은 숙연한 채 아무 소리도 없는……분위기일 듯했으나 그렇지 않았다. 야릇한 표정의 인간들이 야릇한 시선을 미쓰나리에게 쏘아붙이며 지그시 감정을 누르고 있다. 보기에 따라서는 아직 싸움터에서 어디선가 나타날 적을 기다리는 것 같은 살기였다. 아사노 나가마사는 모두를 마중하러 우키타의 진으로 갔고 이곳에는 미쓰나리 한 사람만 남은 탓도 있다……

오소데와 소탄의 손녀와 고에쓰 세 사람은 옆방에 나란히 앉아 숨죽이고 있었다. 세 사람 눈에 비치는 모든 사람들의 나이까지도 거꾸로 착각되어 느껴졌다. 여기서 가장 연장자인 도도 다카토라가 43살, 그다음이 39살의 이시다 미쓰나리일 것이다.

그런데 미쓰나리보다 한 살 젊은 기요마사는 그보다 15, 6살이나 늙어 보였고, 23살인 아사노 요시나가며 아직 19살이나 20살밖에 안 되었을 나베시마 가쓰시게가 미쓰나리와 비슷한 장년으로 보였다. 싸움터에서 혹사된 육체가 이 같은 기괴한 모습을 만들어낸 것이리라.

더욱이 이곳에 초대된 일곱 장수는 당연히 가토파와 고니시파의 어느 쪽에도 치우치지 않도록 특별한 배려가 베풀어졌을 터인데, 나란히 앉은 모습을 보니 우선 얼굴부터 미쓰나리와는 전혀 다른 인간으로 보였다.

"병세가 악화된 것은 8월 10일이었습니다. 그로부터 돌아가신 뒤의 여러 가지 지시를 하시고 15일에는 회복되실 듯하더니, 마침내 17일 아침에 이르러 다시 악화되어……."

사람들은 미쓰나리의 술회를 듣고 있는 게 아니라 그 입의 움직임과 눈의 움직임과 자세 등을 다만 심술궂게 지켜보고 있다. 지금 미쓰나리가 입에 담고 있는 이야기는 사자의 입을 통해 벌써 싸움터에서 들었기 때문이리라. 모든 사람의 눈은 그 같은 일 속에 무엇이 있는지 열심히 알아내려 하고 있는 게 틀림없다.

설명이 끝나고 미쓰나리는 말했다.

"유해는 교토 동쪽 아미타봉에 매장……."

그때 비로소 모든 사람들 얼굴에 감정의 움직임이 보였다. 오늘 모인 사람들 가운데 조소카베 모토치카의 감정이 가장 격렬한 듯싶다……고 오소데는 생각했다. 다음으로 아사노 요시나가, 나베시마 가쓰시게……이들은 젊음이 가까스로 얼굴 표면에 되살아나온 것인지도 모른다.

다만 가토 기요마사만이 아직 이상한 침울함을 조금도 무너뜨리지 않고 있었다.

'이러므로 미쓰나리 님도 마음 쓰고 계셨으리라.'

오소데가 문득 생각했을 때 옆의 고에쓰가 살며시 오소데의 소매를 끌었다. 깨닫고 보니 소탄이 차를 나르라고 눈짓으로 알리고 있다.

오소데와 소탄의 손녀딸은 조용히 일어나 여러 사람 앞에 차를 날랐다.

아직 아무도 입을 떼지 않는다. 차를 마시고 나자 다카토라가 공손히 찻잔을 내려놓으며 비로소 말했다.

"여러 가지로 수고가 많은 줄 아오. 그런데 도련님은 별고없이 자라고 계시겠지요."

미쓰나리는 한숨 돌린 듯 대답했다.

"예, 아주 건강하시게……15살까지 정무는 내대신이 보라는 지시가 계셨소. 그때까지 힘껏 마음을 하나로 해서……."

거기까지 말했을 때 기요마사가 가로막듯 입을 열었다.

"기타노만도코로님은 변함없으시겠지요."

말허리를 꺾여 시무룩해진 듯 미쓰나리는 기요마사를 쏘아보았다. 하지만 곧 그 눈길을 아사노 요시나가에게로 옮기고 말을 이었다.

"자세한 것은 아버님께서 말씀이 계실 것이나, 마에다 도시이에 님이 도련님 사부가 되시고 그 밖의 여러 가지 일은 우리들 행정관 손으로 처리하라 분부하시고 서거하셨소."

기요마사는 분명 무시당한 것이다. 오소데는 금방이라도 기요마사가 무언가 고함지를 듯하여 섬칫했다. 가슴에 늘어뜨린 수염이 확실히 크게 움직였던 것이다. 그러나 그건 소리가 되지 않고 기요마사는 한층 침울한 침묵에 잠겼다.

그것을 보고 아사노 요시나가가 입을 열었다.

"우리들 동군(東軍 ; 갑편)은 좀더 빨리 돌아올 수 있었을 텐데. 그렇잖소, 나베시마 님……."

"그렇소, 서군(西軍 ; 사편)이 철수할 때 꾸물대는 바람에."

"그렇지. 하지만 고니시 님을 비롯하여 어떻게든 강화를 결말짓고 돌아오려고 시간이 걸린 것일 테지."

아사노 요시나가가 고니시 편을 변호하듯 뒤를 맡고 나서자 젊은 나베시마 가쓰시게가 혀를 차며 가로막았다.

"아니, 고니시 님과 소 님은 싸운 채 헤어지면 뒷날의 교역에 지장 있으리라고 계산했을 것이오. 덕분에 동군은 진지를 불태운 뒤 심한 고생을 했소. 그렇지요, 기요마사 님?"

그때 기요마사의 수염이 또 꿈틀거리려 했으나 이번에도 미쓰나리의 발언이 앞섰다.

"여러 가지로 수고가 많았겠지요. 이제부터 날마다 차례로 배가 와 닿게 되면……그때마다 우리들은 여러 장수들의 노고를 위로해야 하오. 그러나 그 수고도 내년 가을까지일 거요."

가쓰시게가 되물었다.

"내년 가을까지라니요?"

"아직 말씀을 안 드렸으나 장례를 2월 끝 무렵으로 예정하고 있소. 그 뒤 저마다 영지로 돌아가 천천히 쉬도록 하시오. 그리고 가을추수가 끝난 다음 상경하시면……."

거기까지 이야기하고 미쓰나리는 생각난 듯 말했다.

"오, 준비한 상을 이리로. 상중이라 매우 간소하게 차렸지만……."

오소데와 소탄의 손녀는 서로 고개를 끄덕여 보이고 상을 나르기 시작했다.

기요마사 앞에 첫 번째 상을 놓으면서 오소데는 기요마사가 무언가 말하려다가 선수를 뺏기는 것을 보고 혀놀림이 둔한 분……이라고 생각하며 아래에서 올려다보았다. 보고 나서 움찔했다. 기요마사의 눈에서 분명히 두 줄기 눈물이 수염 속으로 선을 그으며 반짝이고 있는 걸 발견했던 것이다.

'우느라고 빨리 말을 못했었구나……'

그러자 별안간 미쓰나리가 미워졌다. 어째서 자기 말을 미루고 상대의 말을 들어주려 하지 않는가……

'이러한 일이 큰 반감의 원인이 되는 것을 모르는 걸까.'

그때 미쓰나리가 다시 또렷하게 말을 시작했다.

"추수 뒤 상경한다면 여러분도 마음 편하리다. 그때는 이 미쓰나리, 성대한 자리를 마련하여 충심으로 여러분 노고를 위로하고 환대할 생각……."

거기까지 말했을 때 기요마사 앞의 상이 달그락 울렸다. 기요마사가 부들부들 떨리는 손으로 무릎 앞에서 상을 두 치쯤 밀어냈던 것이다…… 소리가 결코 크지 않았으나 모든 사람의 시선을 기요마사와 그 앞의 상으로 이끌기에 충분했다.

오소데는 기요마사가 격한 감정을 견디다 못해 상을 움직인 것으로 추측했다.

기요마사도 그 조그만 고음(高音)에 놀란 모양이었다. 단정히 무릎에 두 손을 놓고 낮은 목소리로 불렀다.

"미쓰나리 님."

목소리만은 과연 떨리고 있지 않다.

"왜 그러시오, 기요마사 님."

"마에다 도시이에 님이 도련님 사부라는 말을 듣고 안심했소만, 우리들이 내년 가을에 그대 초대를 받는다 해도 그 보답은 할 수 없을 거요."

"보답……이라니?"

"귀하는 잠시 전 교토에서 대다회를 열어 우리를 환대한다고 했소……."

오소데는 가쓰시게 앞에 놓을 상을 하마터면 떨어뜨릴 뻔했다. 미쓰나리보다 한 살 아래인 기요마사인데도, 그 목소리며 말에 아들을 꾸짖고 있는 아버지 같은 과격함이 차츰 엿보여온다.

미쓰나리도 지고 있지 않았다. 조그만 몸을 고쳐세우듯 하고 날카로운 목소리로 되물었다.

"과연 말했소만……그게 어떻단 말이오."

기요마사는 울고 있는 듯한 목소리로 웃었다.

"하하……그대는 나라 안에 있어서 아무것도 모를 거요."

"뭐라고?"

"아니, 아니. ……귀하는 영주들을 초대해 얼마든지 성대한 차모임을 마련할 수 있겠지. 하지만 우리들은 외국원정에 나선 지 7년째요."

"그러므로 위로하겠다고 말한 것이오."

"병사도, 백성도 모두 지쳤으며 차도 술도 없소……그러므로 나는 수수죽이라도 끓여 귀하들을 대접할 수밖에 없을 거요."

말하고 나서 기요마사는 곧 상 위의 그릇을 들어 천천히 그 뚜껑을 열었다.

오소데는 생각했다.

'아마 이것으로 이분의 감정도 가라앉은 모양이다.'

하지만 이번에는 미쓰나리의 표정이 가라앉지 않았다. 미쓰나리는 찌르는 듯한 눈초리로 뚫어질 듯 기요마사를 노려보았다. 일찍이 후시미 지진 때 '저 병신 같은 놈 말이냐!'라고 씹어뱉듯 미쓰나리를 욕한 기요마사의 증오는 히데요시가 죽은 뒤인 지금까지도 가슴속에서 활활 타오르고 있는 모양이다. 히데요시의 집 정인 척하고 있는 미쓰나리로서는 오늘 아사노 나가마사의 충고도 있어 놀랄 정도로 정중한 말씨와 태도를 보였는데……

오소데는 미쓰나리를 보고 있는 게 괴로워서 살며시 뒤로 물러나 고에쓰 쪽을 돌아보았다.

고에쓰 또한 어색해진 분위기에 당황하는 눈치였다. 그도 이러한 일에 맞닥뜨리면 결코 사양하거나 시선을 돌리는 사나이는 아니었다. 그는 어쩌면 처음부터 이렇게 될 것을 예측하고 은근히 무언가 기대하고 있었는지도 모른다.

그때 요시나가가 다시 눈치 없는 말을 꺼냈다.

"참 맛 좋군! 울산성에서 우리들은 흙물을 먹어온 덕분에 아무거나 먹어도 맛좋은 혓바닥이 되어버렸나봐, 핫하……"

만일 이 자리에 요시나가의 아버지 나가마사가 있었다면 어떻게 이 자리를 수습했을 것인가. 아버지 나가마사도 속으로는 결코 미쓰나리를 좋아하지 않았으나 하카타로 내려올 때 기타노만도코로로부터 부디 다투지 말라는 신신당부를 받고 왔다. 그런데 그 나가마사는 지금 우키타와 모리의 진막을 찾아가 자리에 없다.

미쓰나리의 신경질적인 목소리가 요시나가의 웃음을 눌렀다.

"요시나가, 뭣이 우습소. 소찬 상이 그대는 마음에 들지 않소?"

물론 미쓰나리는 기요마사에 대한 화풀이를 젊은 요시나가에게로 돌린 것이었다.

요시나가는 보시기를 달그락 소리 내어 내려놓고 고쳐앉았다.

"이것 참, 이상한 말씀을 하시는군. 인간이란 소찬 상이 마음에 안 들면 웃는 건가요."

"말을 삼가오. 전하의 서거를 알리는 날이라 일부러 술도 비린 것도 사양한 조촐한 상이오. 불만이라면 나중에 야나기 거리에나 갈 것이지."

듣고 있던 오소데는 얼굴이 빨개졌다. 이래서는 쌍방에서 시비를 주고받는 거나 다름없지 않은가.

요시나가는 대꾸했다.

"오, 가고말고. 하지만 그따위 지시를 이시다 님에게서 받을 이유는 없지. 귀하는 대체 언제부터 전하에게서 천하를 맡았소. 내년 가을에 우리를 모두 교토로 청해 노고를 위로해 주겠다고……핫하하……내가 웃은 것은 이 요리 맛에 비해 귀하의 말이 너무 우스꽝스러워 웃었던 거요. 알겠소."

"요시나가!"

"뭐요, 미쓰나리."

"그렇게 행동하면 그대 부친이 기뻐할 줄 생각하오?"

"몰라, 영감 따윈 알 게 뭐야. 그런데 우리들이 알기로 귀하는 다섯 행정관 중에서도 꽁무니에서 두 번째일 터. 마에다, 아사노, 마시타, 이시다, 나쓰카의 차례로 알고 있소. 그런데 언제부터 우리 모두를 교토로 청한다고 말할 수 있는 순서로 바뀌었나 이 말이오. 그걸 알려주지도 않고 큰소리치니 웃음이 나오는 것도 무리가 아니지."

"요시나가, 그대는 어디서 술이라도 마시고 왔나."

"흥, 흙물을 마시며 싸워왔다고 했잖나."

"오늘, 그대 앞에 미쓰나리는 행정관 서열로 앉아 있는 게 아니야."

"허, 그러면 돌아가신 전하께서 돌아가신 뒤 귀하가 모든 지휘를 하라고 유언이라도 하셨단 말인가."

"이대로 들어넘길 수 없군! 천하의 정사는 다섯 대로와 다섯 행정관이 한다는 걸 알고 있겠지. 그러므로 오늘의 미쓰나리는 그 다섯 대로, 다섯 행정관의 총대리로 앉아 있는 거요."

"핫하하하……모두들 들으셨나요. 이시다 님은 전하의 대리가 아니라 다섯 대로, 다섯 행정관의 총대리로서 말했답니다. 그럼, 내년 가을에 다섯 대로, 다섯 행정관을 모두 동석시킨 다음 우리들을 틀림없이 차모임에 초대하겠지요."

미쓰나리는 순간 대답이 막혔다. 이처럼 심한 반발을 받을 줄은 미처 예기치 못했음이 틀림없었다. 순간, 그 기분 나쁜 살기를 소탄의 명랑한 목소리가 구원해 주었다.

"자, 상을 올리도록……기요마사 님부터."

오소데는 얼른 일어나 그 지시에 따랐지만 소탄의 손녀는 겁먹고 일어나려 하지 않았다.

오소데가 직감한 대로 싸움터에서 사나워진 기풍과, 국내의 형식주의는 당분간 서로 용납될 것 같지 않는 이질성을 내포하고 있었다.

미쓰나리는 아마 여기서 도련님 히데요리를 중심으로 단단히 단결해 가도록 모두를 설득해 두고 싶었던 것이리라. 그렇게 설득하기 위해 필요 이상으로 상대의 신경을 자극하는 강압적인 태도를 짓고 말았다는 것을 깨달았는지, 어떤지……?

그의 계산으로는 여기서 함께 '히데요시의 죽음—'이라는 감회에 젖어들면서 가능하면 이에야스에 대한 대항책까지 털어놓고 싶었는지도 모른다.

그런데 기요마사도 요시나가도 처음부터 그따위 말을 받아들일 상태에 있지 않았다. 그들은 아직 싸움터에서의 분함과 자기 영내 사정을 염려하는 일로 가슴이 가득했던 것이다.

"왜 대답을 않으시오."

요시나가가 다시 한번 물고 늘어지자 연장자인 다카토라가 가로막았다.

"그만, 그만. 미쓰나리 님은 친절하게 우리들 노고를 생각해 하신 말씀, 뒤이어 배가 들어올 테니 우리들은 빨리 먹고 일어납시다."

요시나가는 기요마사 쪽을 흘끗 보고 밥공기를 집어들었다. 기요마사는 시무룩한 표정으로 묵묵히 입을 놀리면서 이따금 크게 코를 훌쩍거렸다. 아무래도 그는 히데요시의 모습을 떠올리고 있는 것 같았다.

소리 높게 밥을 씹으면서 요시나가는 말했다.

"아니, 나도 그만 실없이 소리를 질렀소. 그러나 전하의 위엄을 등에 업고 큰소리치는 걸 들으니 피가 끓소. 이시다 님만의 일이 아니오. 측근에서 전하의 마음에 들었던 것뿐이라면, 그 전하가 돌아가신 이상 자기 분수에 알맞은 말투로 돌아가야지. 그렇지 않고는 그대로 무사할 수 없을 거요."

오소데는 이 또한 싸움터에서 갓 돌아온 사람이 아니면 하지 못할 말이라고 생각했다. 싸움터에서는 모든 게 생명으로 이어지는 생활이므로 이렇듯 노골적인 말씨가 몸에 배는 것이리라.

가쓰시게가 맨 먼저 젓가락을 놓았다.

"아, 맛있었다! 저는 빨리 먹고 진막을 돌아봐야겠소. 조국에 돌아왔다고 마음 놓여 부하들이 다툼이라도 시작하면 안 되니까."

이 또한 좌중의 어색한 분위기를 충분히 의식한 마음을 담은 발언으로 여겨진다.

"그렇소. 우리도 마찬가지……."

"그럼, 이것으로……."

어지간한 요시나가도 더 이상 독설을 삼가고 가쓰시게의 뒤를 쫓아 기요마사를 재촉해 나가버렸다.

소탄도 고에쓰도 여인들도 여러 장수들을 뒷문까지 전송했으나, 미쓰나리는 끝내 자리에서 일어나지 않았다. 일어나지 않았다기보다 일어날 수 없었던 게 틀림없다.

오소데 등이 객실에 돌아와 상을 치우고 난 뒤에도 아직 뚫어질 듯 허공을 노려보며 접대자 자리에 앉아 있었다. 그 모습이 너무도 엄격했으므로 소탄은 고에쓰와 손녀를 재촉하여 안채로 가버렸다.

오소데는 살며시 미쓰나리 곁에 앉았다.

오소데와 단둘이 되고 나서도 미쓰나리는 여전히 자세를 무너뜨리지 않고 말도 걸지 않는다.

오소데는 견디다 못해 입을 열었다.

"대감님, 미닫이는 이대로 두어도 좋습니까."

"그냥 두어라."

"정말 용케 화를 참으셨어요."

"참은 게 아니다."

"그럼……?"

"화 같은 걸 낼 게 뭐야."

그러고 나서 미쓰나리는 느닷없이 오소데 쪽으로 몸을 돌렸다.

"그대는 내 곁에서 견딜 수 있겠나."

오소데는 허점을 찔려 물었다.

"그건……무슨 말씀이십니까?"

"나는 그대를 교토로 데리고 가겠다."

"네? 이 몸을 교토로……."

"어때, 견뎌낼 수 있겠나."

오소데는 눈을 둥그렇게 뜨고 살포시 웃었다.

"대감님도 무리하시는군요."

"무엇이 무리하는 것이냐. 그대가 갈 생각이 없다면 강요하지는 않겠다."

"호호……."

웃어버리고 나서 오소데는 흠칫하여 입술을 눌렀다. 그녀는 이때만큼 강렬하게 기질 센 사나이의 고독감을 절감한 적은 없었다.

'화나지 않았다고…….'

그 거짓말을 꿰뚫어보지 못할 오소데가 아니었다. 만일 이길 자신이 있었다면 요시나가를 뜰아래로 끌어내리는 한이 있더라도 스스로 도전해 갔으리라. 그 노여움을 꾹 누르게 한 것은 힘없는 미쓰나리의 외고집……아니, 좀더 깊은 사나이의 야심 때문이었으리라.

"어때, 싫으냐. 갈 생각이 없나."

"저 같은 여자, 나중에 후회하십니다."

"그렇다면 그대도 요시나가 편이냐."

"요시나가 님 편……?"

"그렇다. 그 녀석, 나를 다섯 행정관 서열로는 꽁무니에서 두 번째라고 지껄여댔다. 꽁무니에서 두 번째 사나이라면 하카타 고조로의 서방으로 부족한가."

"어머나……."

"하하……내가 마에다 겐나 그놈의 아비 아래 앉아도 좋은 사나이인 줄 알고 있어."

그 혼잣말을 들은 순간 오소데는 미쓰나리의 무릎에 살며시 두 손을 얹었다. 왜 그렇게 했는지 자신도 모른다. 알 수 있는 것은 다만 미쓰나리가 세상에서도 불행하고 외로운 사나이라는 것뿐이었다.

이러한 사나이는 박정한 법이다. 냉혹한 법이다. 아니, 이따금 고독에 지게 되면 여자에게 정사(情死)를 강요해 오는 게 이런 종류의 사나이다. 그것을 알면서도 무릎에 살며시 손을 얹어 위로해 주고 싶은 이상한 슬픔을 여인에게 느끼게 하는 것도 이런 종류의 사나이였다.

오소데는 말했다.

"대감님, 오소데는 나쁜 계집이랍니다. 만일 데리고 가신다면 죽을 때까지 곁을 떠날 수 없게 되는 거추장스러운……고집쟁이……."

미쓰나리는 잠자코 오소데의 손 위에 자기 손바닥을 포개었다. 시선은 여전히 허공을 노려보고 있다. 그러면서도 그 눈시울이 빨개진 것을 보면……아마 나오려는 눈물을 눈까풀 속에서 말리고 있는 게 분명하다.

오소데는 두 사람의 손바닥 위에 살며시 볼을 포개었다.

가가(加賀) 무늬

　마에다 도시이에는 본성 내전에서 오랜만에 한 시각 남짓 히데요리를 얼러주고 물러나왔다.

　마에다 저택은 서쪽 성으로 이어진 성문 안 오른편에 있었다. 따라서 히데요리가 있는 곳에서 걸어서 몇 분쯤 되는 거리였지만, 거실에 들어서자 한동안 말을 할 수 없었다.

　늦가을 무렵부터 별안간 기침이 잦아지고 담도 끊었다. 마나세 도산의 양자인 겐사쿠가 진단한 바로는 폐결핵에 간장까지 굳어져 있다고 했으나, 도시이에의 생각에는 그것뿐만이 아닌 듯했다.

　무엇보다도 큰 타격은 히데요시의 죽음이었다. 노부나가 밑에서 제멋대로 설치고 다니던 기요스성 시절부터 친구였던 히데요시……이윽고 그 히데요시를 도시이에는 신앙 비슷한 존경과 두려움을 품고 다시 쳐다보게끔 되어 있었다.

　'보통 사람이 아니다. 하늘이 내린 이상한 힘을 지닌 사람…….'

　그런데 죽음에 맞닥뜨리자 그 히데요시는 차마 볼 수 없는 가엾은 범부로 전락했고, 그 일은 그대로 도시이에의 인생관에 냉수를 끼얹는 타격이 되었다.

　'인간이란 역시 이처럼 덧없는 존재였던가…….'

　본디 외곬스러운 성격 탓으로 그 타격은 나날이 더욱 뽑아버리기 어려운 게 되었으며, 그것이 원인 되어 마음도 몸도 축 늘어져 병이 들어버린 느낌이 든다. 실제로 오늘도 본성에서 히데요리가 착 달라붙을 적마다 도시이에는 온몸이 얼어붙는 듯한 느낌이 들었다.

"가가 할아버지, 가가 할아버지……."

누가 가르쳤는지 히데요리는 요즈음 도시이에를 '가가 할아버지', 이에야스를 '에도 할아버지'라고 부르고 있다. 그 목소리는 사랑스럽고, 그 얼굴은 천진난만하다. 불릴 적마다 가슴이 찡하니 뜨거워지며 눈물이 눈시울을 적셔온다. 그런데도 오히려 온몸의 힘이 빠져나가는 건 어째서일까……? 때로는 그 소리가 땅속에서 자기를 부르는 히데요시의 목소리로 들리기도 했다.

"히데요리를 부탁한다, 히데요리를……."

되풀이 말하고 죽었는데, 말 아닌 동작으로는 반대로 기분 나쁜 협박을 던지며 죽어버렸다고도 할 수 있다.

"도시이에, 이게 인간의 정체야. 그대도 이윽고 이렇게 죽어갈 테지."

도시이에가 거실로 돌아와 거친 숨결을 가라앉히고 있는데, 가가로부터 병간호차 와 있던 부인 오마쓰 마님이 빠른 걸음으로 약사발을 날라왔다.

"오늘은 기침이 덜해서 다행이군요."

오마쓰 마님의 말에 도시이에는 성안에서는 결코 남에게 보이지 않는 흉하게 찡그린 얼굴을 지어보이며 꾸짖었다.

"덜한 게 아니야! 나오는 기침을 참고 있는 거지. 쓸데없는 소리 하지 마."

오마쓰 마님은 밝게 웃으면서 등을 쓰다듬어주기 시작했다. 오랜 부부생활을 하노라면 여인은 남편의 마음을 구석구석 알게 된다.

'이 사람이 자신을 숨김없이 드러내어 꾸짖을 수 있는 사람은 오직 나 하나뿐인 것 같다……'

오마쓰 마님은 도시이에가 약사발을 집어들 때까지 잠자코 있었다. 한 모금 마시기 전에 말을 걸면 상대에게 거역하는 것이 된다. 그러나 한 모금 마셨는데도 말을 걸지 않는다면 상대의 고독을 방관하는 쌀쌀한 아내가 된다. 오마쓰 마님은 그러한 요령을 이미 다 알고 있는 아내였다.

"도련님 기분은? 기뻐하셨겠지요."

"그렇소. 오늘도 가가 할아버지는 왜 닷새 동안이나 오지 않았느냐고 칭얼대셨지."

"애처롭기도 해라. 그토록 따르실 줄이야……."

"천치 같으니!"

"네……뭐라고 하셨지요."

"천치라고 했어. 도련님이 따르는 건 나뿐이 아니야. 이에야스에게도 마찬가지로 따르고 있어. 아이들이란 놀이동무가 되어주는 상대를 좋아하고 따르기 마련이야."

"어머나, 또 꾸중 들었네."

오마쓰 마님은 넌지시 물었다.

"그래, 오사카로 옮기실 날짜는 정해졌나요."

"정했지. 정월 초하루……이건 내가 정하고 왔어."

"설날에……축하드리겠어요."

"축하할 것 없어!"

"네……?"

"그렇지. 축하한다는 말은 그저 아녀자의 입버릇이야. 나잇살이나 먹은 사람이 할 소리인가."

"호……그럼, 저는 벌써 여자가 아니라는 말씀입니까."

"쓸데없는 소리 하지 마. 조선에서의 철군도 대체로 끝났으니 초하룻날 옮기자고 하자, 내대신이 그 결정은 미쓰나리가 돌아온 뒤 하자더군. 그래서 내가 화내며 결정하고 왔지. 미쓰나리가 대체 뭐냐면서……."

"어머나!"

"그렇잖나. 본디 미쓰나리를 좋아하지 않는 내대신……그 내대신이 입만 열면 미쓰나리를 꺼리는 듯한 말씀을 하거든. 미쓰나리도 미쓰나리지. 하카타로부터 내 귀에만 소식을 알려준다고 하며 거의 날마다 사자를 보내다니……."

거기까지 말하고 도시이에는 생각난 듯 혀를 찼다.

"미쓰나리 놈은 방심할 수 없는 바보 녀석이야."

"호, 어째서입니까."

"다이코 전하가 돌아가신 날 아침, 세상에는 비밀이지만 내게만 알려준다며 어두울 때 찾아왔었지……."

"그게 마음에 드시지 않습니까."

"바보! 내게만이라고 말하고는 그 길로 이에야스한테도 똑같은 소리를 하며 찾아갔어. 내대신과 이야기를 나누다 알게 되었지. 그따위 행위는 이 도시이에의 성질로 용서할 수 없는 일 아닌가."

"어머나, 미쓰나리 님이 그런 잔재주를……."

"오마쓰, 마음에 잘 새겨두오. 인간의 죽음은 늙고 젊음이 따로 정해져 있지 않아…… 아들놈들이 이따위 잔재주에 농락받아서야 되겠소. 미쓰나리가 돌아오면 나는 엄하게 꾸짖을 작정이야."

그러고 나서 도시이에는 살며시 눈을 감고 말했다.

"3000이냐, 5000이냐."

"그건 무슨 말씀이십니까."

"오사카에 간 뒤 도련님을 지킬 아들놈 도시나가에게 딸려줄 우리 가문 인원 수야. 나는 다이코의 부탁을 받았어……."

마님은 또 입을 다물었다. 남편의 생각을 방해하지 않으려 하는 몸에 밴 아내 모습이었다. 옛날부터 성급하지만 정이 두터운 남편이었다. 책략과 모략의 길을 극력 피하며 살아온 것은, 아내 자리에서 보기에 결코 인습 탓도 아니고 고지식해서도 아니었다. 오히려 반대로 격한 기질의 순진성이 바탕 되어, 이곳저곳 돌아보며 눈치 보거나 우유부단함을 용서치 않았다고 해도 좋다. 그리고 그 순수함이 해를 거듭함에 따라 의리 있고 중후한 장로로 세상에서 존경받게끔 원숙된 것이라고 수긍된다.

'옛날에는 노부나가 님의 사나운 시동 가운데에서도 소문난 거친 분이었는데…….'

그즈음 사람들은 지금 거의 죽고 없다. 천하를 잡았던 다이코조차도 없으며, 마님은 곰곰이 자기들의 행복을 다시 음미했다. 그런데 그 남편도 요즈음 문득 인간의 수명 한계를 들여다보게 되었다. 더욱이 아직 철부지인 히데요리와 도요토미 가문의 장래를 부탁받고 그 심연을 들여다보지 않으면 안 되게 되고 말았다. 아마도 아까 입 밖에 낸 '3000이냐, 5000이냐……'라는 한 마디는 어느 자식에게 얼마만 한 병력을 주어 만일의 경우 어디에 대비시키느냐 하는 궁리일 게 틀림없다. 맏아들 도시나가는 당연히 오사카에 둘 생각이리라. 그러면 도시마사(利政)와 도시쓰네(利常)는…….

그렇게 생각했을 때 도시이에가 다시 입을 열었다.

"오마쓰, 도시쓰네는 아직 너무 어리지."

그 목소리는 여느 때와 달리 걱정스러움에 대한 인간의 연약함을 노골적으로 드러낸 소리였다.

"이것저것 걱정돼. 도시나가는 이제 염려할 것 없지만……"

"정말이에요……"

고개를 크게 끄덕여 보이면서 마님은 전혀 다른 생각을 하고 있었다.

'남편 마음을 푹 놓게 할 길이 어딘가에 없는 것일까……'

인간의 힘이란 결국 뻔한 것이다. 체념은 아니지만, 이는 인간 생명에 대한 슬기로운 통찰이라고 마님은 생각한다. 그리고 그 한계를 깨달았을 때, 인간은 절로 자연의 운행과 자신의 생명을 조화시켜 영원으로 발걸음을 내딛는 길을 발견한다.

따라서 남편은 더 이상 아무것도 괴로워할 필요가 없다는 느낌이 들었다. 지금까지대로가 좋다. 지금까지 허물이 그리 없었으므로 오늘의 마에다 다이나곤이 있고 이 부부가 존재한 것이다……

도시이에가 아무리 고심하며 포석을 두어도 당사자인 히데요리는 똑똑할지 어리석을지 건강할지 아직 알 수 없는 6살 난 어린아이에 지나지 않는다.

"도시나가에게는 역시 5000을 줘야겠지. 만일의 일이 있을 때 도련님에게 충성스러운 자들이 달려갈 때까지는 지켜내야만 할 테니까."

"그렇겠지요."

마님은 다시 한번 맞장구치고 넌지시 화제를 돌렸다.

"생각해 보니 저희들은 행복했어요."

"무슨 멍청한 소리를 하는 거야. 지금 그런 일을 생각하다니 기막힌 바보로군."

그러나 마님은 태연히 한무릎 다가앉아 일부러 명랑하게 말했다.

"하지만 다이코님이며 도련님 일을 생각하면 맨 먼저 그 생각이 듭니다. 그렇지 않은가요. 다이코님은 늘그막에 아직 어떻게 될지 모르는 도련님에게 마음 쓰며 몹시 괴로워하셨지요…… 그에 비해 저희들은 그 유언에 보답하기 위해 자식들 배치를 생각할 수 있는……좋은 아들들을 갖고 있는 겁니다."

"뭐……뭣이!"

도시이에는 다시 눈을 부릅뜨려다가 마님이 무엇을 말하려는지 알자 혀를 차며 쓴웃음 지었다.

"또 설교로군."

"네, 고마운 일을 고맙게 생각하며 무리 없도록 대비해 주십시오……."

"그런 일쯤은 알고 있소."

"호호……하지만 아까는 그만큼 복 받은 자식에게 불만이 계신 것처럼 말씀하셨지요. 입장을 바꾸어 생각해 보세요. 만일 다이코 전하에게 도시나가만 한 아드님이 계셨다면 안심하고 세상 떠날 수 있었다고 생각되지 않으십니까."

"그야 그렇지. 도시나가만 한 아들이 있다면, 뭐 떠들 것도……."

말하다가 도시이에는 다시 혀를 찼다.

"오마쓰, 세상에서 뭐라고들 말하는지 알고 있소?"

"네……? 무엇을 말입니까."

"천하에 성가신 마누라가 셋 있다. 3대 설교 마누라에 대한 것 말이야."

"아니요, 도무지 모르겠어요."

"시치미 떼지 마오. 그 첫째는 노부나가 님의 노히메 마님, 둘째는 다이코 전하의 기타노만도코로님, 셋째가 그대라는 거야. 그대의 말은 언제든 정해놓고 내게 하는 설교투야. 마누라 천하라니까."

"원, 별말씀을! 그대로 흘려들을 수 없군요."

마님은 별안간 진지한 얼굴이 되어 고쳐앉았다.

"앞서의 두 분과 저를 같게 여기시다니 대감님 잘못입니다."

"그렇다면 그대가 천하 으뜸이란 말인가."

"아닙니다, 그 두 분들은 모두 자식이 없습니다. 그러므로 더한층 집안의 장래를 걱정하셨지요…… 그래서 이것저것 정치에까지 참견하신 게 틀림없습니다."

"그러면 그대는 가만히 있었단 말인가."

"모르시는 말씀…… 저는 자식을 여럿 낳고 그 아이들이 모두 사랑스럽습니다. 네, 다이코 전하가 도련님께 쏟으시는 마음……여자이기 때문에 그 몇 갑절 사랑스럽지요."

"뭐라고……?"

"그러니 슬기로워서 참견하는 게 아닙니다. 어머니 넋두리지요."

"점점 더 멍청한 소리를 하는군. 넋두리라면 그만둬."

"네, 앞으로는 꼭 삼가겠어요. 하지만 대감님도 삼가십시오."

"뭐, 또 말을 늘어놓는군."

"늘어놓지 않고 배깁니까. 저는 자식들에 대한 넋두리를 삼가겠으니 대감님도 도련님에 대한 넋두리를 삼가세요. 자식에 대한 어미의 넋두리, 그것을 삼가게 해 놓고 내 자식 누군가를 어디서 죽일까 하는 말씀을 하시다니 너무 무참합니다. 더욱이 고작 어미의 넋두리에 대해 천하의 3대 마누라라니 당치도 않은 말씀이지요."

두뇌회전 속도로는 어쩐지 도시이에가 마님에게 당하지 못하는 모양이다.

"과연 잘도 지껄여대는 마누라로군."

도시이에는 마님의 말에 쫓겨 때때로 상대가 말하려는 뜻을 잘 알아듣지 못하는 일도 있는 것 같았다.

"그러면 그대는 내가 자기 자식 생각은 않고 도련님 일만 걱정한다……는 말인가."

"네, 그렇습니다."

마님은 의표를 찔러 이번에는 순순히 고개를 끄덕였다.

"미쓰나리 님이나 호소카와 님 같은 젊은이들이면 또 몰라도 마에다 다이나곤 쯤 되는 분이 넋두리나 속단을 하신다면 꼴불견입니다."

"뭐, 넋두리나 속단? 대체 무슨 말이지. 사정에 따라서는 용서 않겠다."

"네, 네."

마님은 또 아슬아슬하게 피하고 말을 이었다.

"화나셨다면 몇 번이고 사과드리겠습니다. 대감님은 지금까지 장로 중의 장로, 사람 목숨의 속절없음도, 득의실의(得意失意)의 되풀이도 지나치리만큼 보아오신 분……그러니 어디까지나 무리 없는 신불의 뜻에 맞는 처리를 천하에 보여주시기 바랍니다."

"모르겠어, 그대가 하는 말은…… 대체 무엇 때문에 그렇듯 설쳐대며 말하는 것인지."

"호호……이를테면 도시나가나 도시마사를 모두 죽게 하는 무리한 일을 하신 뒤 대감님이 늙어서 돌아가시는……일이 없다고 할 수도 없겠지요. 그런 경우 도련님은 과연 어떻게 되실까요."

넌지시 말하고 마님은 또 웃었다.

"물론 생각하고 계시겠지요. 그건 알고 있습니다. 하지만 알면서도 어미의 넋두리……를 말씀드리는 것은 도요토미 가문보다 먼저 마에다 가문이 없어진다면 모든 게 헛일이니 자식들을 죽이는 무리한 계책은 세우시지 않도록……청하는 것입니다."

"흠, 겨우 알았다! 봐, 그건 역시 설교지."

"용서하세요. 성가신 마누라가 되어서……."

"오마쓰."

"네, 또 무슨……?"

"그대는 내가 하는 일에 위험성이 있다고 보는군. 내 가문을 멸망시킬 만한 위험성이……."

"아니요, 그런 일은 없을 텐데 성가시게 굴어 아까처럼 꾸지람 듣는 거지요."

"그게 아냐. 꾸짖은 게 아니오. 때로는 그대가 나보다 깊은 인생의 통찰력을 지녔어……."

도시이에는 이번에는 정색한 얼굴로 물었다.

"그대는 아까 무리해서 웃음을 사지 말라……고 말했겠다."

"네, 말씀드렸습니다."

"그대가 말하는 무리……란 뭐요. 내 궁리 속에 자식들을 죽이는 무리가 있다는 건가."

"아니요, 있어서는 안 되므로 언제나 앞질러 말씀드리는 거지요. 하지만 대감님, 여기서 대감님이 가장 깊이 생각하셔야만 될 게 무엇일까요."

"그걸 그대에게 묻고 있소. 어떻게 생각하오?"

두 사람은 역시 오랜 세월을 두고 서로가 서로를 속속들이 아는 부부였다. 도시이에가 솔직히 묻자 마님은 마음 놓으며 수심 어린 미간을 폈다.

"대감! 가장 중요한 것은 역시 일본의 평화지요. 아무튼 이것은 노부나가 님, 다이코님 두 대에 걸쳐 고심하신 큰 뜻의 줄기니까요."

목소리는 부드러웠으나 눈초리는 찌를 듯했다.

도시이에는 순순히 아내의 말을 되새기는 얼굴이 되었다.

"일본의 평화라……일본이 평안하면 내 가문도, 도련님도 평안하다는 말이지."

"네, 알 것 같으면서도 헷갈리는 게 바로 그 일인가 합니다. 저게 밉다, 그것은 괘씸하다는 둥 좁은 소견으로 핏대를 세워 만일 어디엔가 불을 붙이고 만다면 쌍방이 똑같이 불타는 운명……마에다 가문에 상처 날 정도라면 도요토미 가문도 무사할 수 없겠지요."

"음."

"그러니 대감은 잠자코 계십시오. 만약 미쓰나리 님과 도쿠가와 님 사이에 서먹서먹한 일이 생긴다면 그때 나가시어 화해시키면 좋을 것입니다. 그만한 힘을 가진 우리 가문……무리해서 그 힘을 줄이지 마십시오. 어느 자식 하나를 죽인다면 그만큼 우리 가문은 약해지고, 우리 가문이 약해지면 천하에 난리가 일어나 노부나가 님이며 다이코님의 참된 뜻에 어긋나게 됩니다."

마침내 마님은 하고 싶은 말을 남편에게 모두 호소했다. 도시이에는 눈을 감았다. 순순히 아내의 말을 다시 음미하고 있는 것이리라.

"오, 나 좀 봐, 입가심하실 차도 갖다드리지 않고……."

일어나려는 마님을 도시이에는 불러세웠다.

"잠깐, 오마쓰, 이건 우리 가문의 가훈으로 삼으리다."

"네……무엇이라고요?"

"어떤 경우에도 마에다 가문은 천하 화합의 쐐기가 되도록……그만한 실력을 꾸준히 유지하며 경거망동을 경계해 나가도록……."

"고맙습니다. 그것이 자자손손의 마음속에 살아 있다면 이 세상이 있는 한 우리 가문도 영화를 누릴 것입니다."

"그렇군. 이것이 천하 으뜸가는 무인의 마음가짐이오. 좋아, 차를 주오."

"네, 곧."

마님이 서둘러 일어나 거실을 나가자 엇갈리듯 장남 도시나가가 들어왔다.

"아버님, 병환은 어떠십니까?"

"음, 좋지도 나쁘지도 않다."

"실은 지금 아사노 요시나가가 돌아와 성안에서 만나고 왔습니다."

"요시나가는 원기왕성하더냐."

도시나가는 그 말에는 대답하지 않고 말했다.

"마침내 하카타에서 주고받았다더군요."

"누가 무엇을 주고받았다는 거냐."

"미쓰나리와 가토 기요마사입니다. 게다가 고니시 유키나가가 다섯 행정관에게 가토와 아사노의 부당성을 호소하고 나섰답니다."

"흠, 돌아오자마자 벌써 싸움질인가."

"이번에는 쉽게 가라앉기 힘들겠지요. 쌍방이 모두 매우 격분하고 있습니다."

"싸움의 원인은 뭔가."

"철병할 때 방해했느니 안 했느니─가토 쪽에서는 이번에야말로 흑백을 가리겠다고 다이코 생존 중의 군사감독들 잘못까지 들고나오는 모양이라, 좀 시끄러울 것 같습니다."

"도시나가, 알겠느냐, 그 같은 다툼에 너는 결코 휩쓸려들면 안된다."

"하하……저도 이젠 어린아이가 아닙니다. 그 일 같으면 어머님에게서 귀가 아프도록 듣고 있습니다."

그곳에 도시나가의 아우 도시마사가 숨을 씩씩거리며 나타났다. 도시마사는 이제 겨우 21살. 젊을 때 마에다 이누치요 시절의 난폭한 태도를 그대로 지닌 듯한 젊은이였다. 그는 형 도시나가에게 가볍게 절하더니 느닷없이 입을 크게 벌리고 웃기 시작했다.

"어째서 웃느냐, 도시마사. 아버님은 지금 편찮으셔."

"핫하하하……아버님, 지금 이리로 미쓰나리가 오고 있습니다."

도시이에는 일부러 엄한 얼굴로 나무랐다.

"미쓰나리가 오는 것이 뭐 그리 우스우냐. 형을 좀 본받거라. 네 행동은 너무 경솔해."

그러나 도시마사는 웃음을 거두지 않았다.

"아버님, 미쓰나리는 하카타의 야나기 거리에서 기녀를 사왔답니다."

"뭐, 기녀를……."

"저, 나무토막 같은 미쓰나리가, 하하하……그래서 성안에 소문이 자자하지요. 하카타의 야나기 거리에는 아사노 요시나가도 나베시마 가쓰시게도 단골여자가 있다, 그러므로 미쓰나리도 한 번 젊어져 젊은 패들과 겨룬 것이리라고……이 말은 글쎄, 요도 마님 말씀이랍니다. 왓핫하하……."

"도시마사!"

"뭐요, 형님, 웃어서 아버님 기분을 풀어드리려는 거요. 찡그린 얼굴은 하지 마시오."

"찡그린 얼굴을 하는 게 아니다. 그따위 시시한 소문으로 아버님 기분이 풀리리라고 생각하느냐."

"글쎄, 더 들어보오. 그 뒷이야기가 있소. 알겠습니까, 요도 마님은 그런 다음 재미있게 되었다고 하셨답니다."

"재미있는 일은 조금도 없지 않은가."

"지금부터지요, 형님!……미쓰나리가 젊은 기녀를 데리고 온 데는 술책이 있을 거랍니다. 어때요, 재미있는 이야기가 될 텐데."

"아."

도시나가는 아버지 쪽을 살피고 도시이에가 의외로 재미있어하는 모습을 보고는 입을 다물었다.

"즉 미쓰나리는 자기 자신 먼저 젊어진 본보기를 보여준 다음 아버님에게도 그것을 권하러 온다는 거예요. 아시겠습니까, 이건 생모님이신 요도 마님이 하신 말씀입니다."

"뭐, 아버님께 다시 젊어지시라고."

"그렇지요. 그러니 재미있다는 겁니다. 어때요, 형님, 미쓰나리가 아버님께 어떤 여자를 권할 것 같습니까."

"도시마사, 어지간히 해둬. 네 이야기는 지나치구나."

"그러니 형님은 평범하다는 거지요. 알겠습니까, 미쓰나리는 아버님께 나를 권할 속셈……이라고 요도 마님은 말씀하시며 웃었답니다. 어떻습니까, 진실이라면 천하에 이렇듯 우스운 일이 또 있겠습니까, 왓핫핫……."

도시이에는 다시 얼굴을 찌푸리며 꾸짖었다.

"삼가거라, 도시마사."

그리고 가볍게 잦은 기침을 했다. 동시에 아무것도 모르는 마님이 차를 받쳐들고 들어왔으므로 도시마사도 싱글벙글하던 웃음을 거두고 아버지의 등을 주물렀다.

이어서 측근 후와 다이가쿠(不破大學)가 옆방으로부터 미닫이 가에 모습을 보였다.

"아룁니다. 이시다 미쓰나리 님께서 병문안 오셨습니다."

"이크, 왔군! 새신랑이."

도시마사는 목을 움츠리고 다시 장난꾸러기처럼 웃었다.

"삼가거라, 도시마사······."

도시이에는 다시 한번 도시마사를 가볍게 꾸짖고 옷깃을 여몄다. 어떤 방문객이라도 옷매무새를 고치고 객실로 나가 만나는 도시이에였으나, 오늘은 괴로워 보였다.

"병중이니 여기서 실례하자. 드시도록 해라."

마음속으로 결코 좋게 여기지 않는 미쓰나리였으나 그것을 그대로 얼굴에 드러낼 만한 나이는 아니었다.

"도시나가도 도시마사도 자리를 비켜라. 도련님을 오사카에 모시는 문제로 무언가 의논이 있을지도 모른다."

도시이에는 두 사람을 물리치고 잠시 지그시 기침을 누르며 미쓰나리가 오기를 기다렸다.

미쓰나리는 들어오자 공손히 두 손을 짚고 인사했다.

"성안에서 엇갈렸기 때문에 허둥지둥 왔습니다. 몸은 어떠십니까."

"별안간 어떻게 되는 병은 아니지. 나이 탓일까."

"아니, 생각보다 안색이 좋아 마음 놓입니다. 도요토미 가문을 위해 천하를 위해 아무쪼록 몸조심하십시오."

미쓰나리는 다시 한번 정중히 인사하고 나서 말을 이었다.

"이미 들으셨을 줄 압니다만, 내대신이 마침내 드러냈습니다."

"내대신이 뭘 드러냈다는 거요."

"모르셨습니까. 드디어 감추고 있던 발톱을 드러낸 모양입니다."

미쓰나리는 필요 이상으로 침착하고 냉랭한 말투였다.

"제가 없는 동안 조소카베 모리치카, 신조 나오요리(新庄直賴), 시마즈 요시히사, 호소카와 후지다카 등을 뻔질나게 찾아다니고 있었다기에······댁과 호소카와 가문은 친척이므로 무언가 듣고 계실 줄 알았습니다."

"모르겠는걸. 무슨 잘못이라도 있다는 것인가."

"예, 용서할 수 없는 잘못······다이코 전하께서 유언으로 남기신 법칙을 보라는 듯 짓밟고 있기 때문입니다."

"뭐, 다이코의 법칙을?!"

"모르고 계십니까."

미쓰나리는 다시 한번 살피듯 말을 끊었다가 다시 이었다.

"이건 내버려두기 어려운 일인가 합니다. 그 법칙 제1조로 정해진, 여러 영주의 혼인은 다이코님 허락을 받을 것……이것을 짓밟고 다테 마사무네, 후쿠시마 마사노리, 하치스카 이에마사(蜂須家政) 등과 잇달아 혼인에 대한 일을 꾀하고 있습니다."

"흠."

"물론 단순한 소문은 아닙니다. 조사시켜 보니 모두 움직일 수 없는 사실이었습니다. 아직 정식으로 장례도 끝나지 않았는데 너무 안하무인격인 행동이 아닌가……내버려두면 영주들도 본받을 것이므로 안 될 일입니다."

도시이에는 잠시 허공을 응시한 채 나무랐다.

'과연 그만한 일은 있을 수 있는 일…….'

이렇게 생각되는 뒤를 이어 섣불리 나무랐다가는 어떻게 될지 하는 걱정도 해야만 되었다.

"여러 영주의 혼사는 히데요시의 허락을 받을 것"

그러나 그 히데요시는 이미 없고, 정치에 대한 모든 일을 이에야스가 일임받고 있다. 그렇다면 히데요시 서거 뒤에는 이런 해석이 성립될 수도 있다.

"이에야스의 허락을 받을 것"

이에야스는 아마 그렇게 반박할 게 틀림없다. 도시이에가 잠자코 있자 미쓰나리는 살며시 한무릎 다가앉았다.

"되도록 일을 크게 벌이고 싶지 않습니다. 그러나 이대로 내버려두면 다이코 전하의 법칙은 머지않아 모조리 버려져 아무 권위도 없게 되겠지요. 그렇게 되면 도련님은 있으나 마나 한 존재나 다름없고 우리들도 유언을 지킬 수 없게 되고 맙니다."

미쓰나리는 별안간 목소리를 높였다.

"다테 마사무네의 딸을 내대신의 여섯째 아들 다다테루(忠輝)에게 맞이하는 것—은 말할 필요도 없이 오우(奧羽 ; 무쓰(陸奧)와 데와(出羽))에 있어 우에스기 가문을 누르기 위한 일. 또 이복동생 히사마쓰 야스모토(久松康元)의 딸을 내대신의 양녀로 삼아 후쿠시마 마사노리의 장남 다다카쓰(忠勝)에게 출가시키고, 하치스카 이에마사의 맏아들 요시시게(至鎭)에게는 노부야스의 사위 오가사와라 히데마사(小笠原秀政)의 딸을 출가시킨답니다. 아니, 그 밖에 또 하나 가토 기요마사한테도 혼담말이 있는 듯하니……이것은 다이코 전하께서 어릴 때부터 키워온 무장들에 대한 파괴공작……후쿠시마든 하치스카든 가토든 내대신이 어떤 인물인지 모를 리 없는데 그들이 이처럼 맥없이 그 수단에 떨어질 줄이야……."

"미쓰나리 님, 이건 여간 신중히 생각하지 않으면 안 될 일이겠군."

"옳으신 말씀, 이대로 내버려두면……."

"우선 기다리시오. 섣불리 말을 꺼냈다가 다이코는 이미 없다, 그러므로 뒷일을 일임받은 내대신의 허락을 받는 게 당연하다……고 만약 말한다면 이편에서 일부러 그 법칙의 무가치를 이야기한 셈이 되오. 그리고 또 한 가지……."

도시이에는 미쓰나리의 이마에 곧바로 시선을 두고 말했다.

"다이코가 어릴 때부터 기른 무장들이 그처럼 이에야스와 혼사를 맺고 싶어한다……면 그 원인이 어디에 있는지 생각해 보아야만 할 거요."

"그러면 그들이 즐겨 내대신에게 접근하는 건 미쓰나리에 대한 반감……이라고 보시는 것입니까?"

"만약 그렇다면 어떻게 하겠소."

이즈음의 도시이에로서는 보기 드문 강하게 비꼬는 말이었다.

"이건 어디까지나 한 예에 지나지 않으나, 그들은 어쩌면 내대신에게 접근하여 도련님의 안전을 도모하려는 것인지도 모르며……."

"흠."

"내대신보다도 그대를 더 도요토미 가문을 위해 방심할 수 없는 존재라고 오해하게 될지도 모르지……."

미쓰나리는 얼굴을 번쩍 들어 숨을 삼키며 도시이에를 쏘아보았다. 아마 온후한 도시이에의 입에서 이처럼 매서운 빈정거림이 튀어나올 줄은 생각지도 못했을 게 틀림없다. 찌를 듯한 눈을 한 채 볼에서 금방 핏기가 가셨다.

"들리는 바에 의하면 고니시 유키나가 쪽에서도, 가토와 아사노 쪽에서도 서로 조선 진중에서의 허물을 호소하고 있다더군. 그러한 일로 반목하게 되면 차례로 뜻하지 않은 일이 생기리다. 이것은 여간 신중히 생각하여 처리하지 않으면 안 될 거요."

도시이에가 거기까지 말하자 미쓰나리는 별안간 어깨를 심하게 떨며 울기 시작했다.

"다이나곤님도……이 이시다를……이 미쓰나리를 그런 인물로 보십니까."

도시이에는 다시 입을 다물었다. 당장 위로할 말이 없어 상대의 감정이 가라앉기를 기다리는 수밖에 없다고 생각했다.

"억울합니다. 도요토미 가문을 첫째로 여겨 도련님만을 위하며 달리 아무 생각도 없는 미쓰나리를……."

미쓰나리로서는 분할 거라고 도시이에도 그 마음을 이해하지 못하는 바 아니다. 그러나 미쓰나리가 어째서 다이코가 길러낸 무장들에게 필요 이상의 반감을 받는가? 그 점에 대한 반성을 바라고 싶었다. 대체로 무장들은 전국(戰國) 무사들의 강직함을 사랑하고 단순함을 자랑하는 경향이 강하다. 그러므로 이편에서 단도직입적으로 가슴속을 털어놓고 다가가면 깨끗이 알아들을 터인데, 지금까지 미쓰나리의 방법에는 대체로 그러한 기풍이 강하게 저항 느끼게 하는 것이 있었다.

무장들은 한 마디로 미쓰나리를—호랑이 위엄을 빌리는 여우라든가, 한편이면서도 오히려 내부에 화를 남기는 자라고 평할 게 틀림없다. 미쓰나리는 그만큼 다이코의 은총을 코에 걸고 다이코와 그가 길러낸 무장들의 자연스러운 접근을 막아온 느낌이 없지 않았다.

'이것은 서로의 질투심이건만……'

도시이에로서는 그것을 알 수 있다. 그러나 그 아이들 같은 질투심에 간파쿠 히데쓰구의 문제가 얽히고, 다시 조선출병 때 고니시와 가토의 선봉다툼이 얽혔다.

본디 가토 기요마사와 고니시 유키나가의 영지는 히고에서 서로 이웃해 있다. 이웃한 영지끼리는 그렇잖아도 분쟁이 일기 쉽다. 거기에 유키나가는 요도 마님파, 기요마사는 기타노만도코로파라는 세상의 색안경과 억측까지 곁들여져 서로 감정을 자극해 오고 있다.

도시이에는 미쓰나리의 격정이 사라지기를 기다려 조용히 입을 열었다.

"미쓰나리 님, 아마 천하에 그대의 성의를 의심하는 자는 없을 것이오. 그대는 오로지 다이코의 은혜를 생각하여 도련님의 앞날을 염려하고 계시오. 하지만 그 것과 그대에 대한 무장들의 반감은 다른 거라고 생각지 않소?"

"그것은 말씀하시지 않아도 이 미쓰나리가 부덕한 탓입니다."

"바로 그 말씀하시지 않아도……가 잘못의 근원이 되기 쉽소. 일리가 있다면 누구 말이든 순순히 받아들일 필요가 있소. 그대도 도요토미 가문을 위해 근심하 겠지만 다른 무장들도 그 마음은 그대에게 지지 않는다고 믿고 있을 거요. 그것 을 그대가 지나치게 몰아세운 일은 없는 것일까."

미쓰나리는 다시 별안간 어깨를 들먹였다.

"억울합니다. 미쓰나리는 오늘 도요토미 가문을 위해 내버려두기 어려운 내대 신의 잘못을 호소하고 다이나곤님의 솔직하신 의견을 들으려 왔습니다. 그런데 이렇듯 꾸중 비슷한 말씀……모두 이 몸이 부덕한 탓입니다."

"미쓰나리 님."

"옛."

"그대는 내 말을 음미해 보려고도 하지 않는군."

"그건 다이나곤님께 미쓰나리가 드리고 싶은 말씀입니다."

"그런가. 그럼, 말에 살을 붙이지 않고 솔직히 의견을 말하지. 알겠나, 아까 말한 소문의 상대는 다테 가문 말고는 모두 그대와 어릴 적부터의 동료가 아닌가."

"그러므로 더 안타깝고 분합니다."

"기다리오! 안타깝게 여기기 전에 그대는 왜 그 옛 동료들에게 그 일을 조용히 물어보려 하지 않소. 처음부터 잘못을 찾아내어 나무라려고 하면 무엇보다도 우 정에 금이 가리다. 그런 곳에 이 도시이에가 그대를 좋아하지 않는 원인이 있다고 생각하시오."

말소리는 조용하나 도시이에의 말은 추상 같은 날카로움을 품고 있었다.

미쓰나리는 찢어질 듯 눈을 부릅뜨고 도시이에를 쏘아보았다. 도시이에가 이 처럼 분명하게 매서운 반격을 보여올 줄은 생각지도 못했다.

"내가 그대를 좋아하지 않는 원인도 거기에 있다."

당연히 이에야스의 잘못에 대해 자기와 함께 분격하리라 계산하고, 그 분격을 바탕으로 더욱 심해질 자기에 대한 기요마사 일파의 반감을 도시이에의 손으로 조정시킬 생각이었다. 도시이에는 본디 이에야스파도 미쓰나리파도 아니다. 동시에 요도 마님파라고 불리는 다섯 행정관들과 같은 문치파도 아니며 기타노만도 코로파라고 소문난 무장파도 아니다. 굳이 말한다면 중립파……이는 미쓰나리 자신도 잘 알며, 이에야스를 가상의 적으로 삼아 일어났을 때 도요토미 가문의 내부를 굳힐 위치와 실력을 가진 것은 마에다 도시이에—오직 한 사람이라 보고 있었다.

그러므로 지금 도시이에가 한 말은 미쓰나리로서 절망의 심연을 엿보게 하는 것 같은 한 마디였다…….

도시이에는 다시 다짐을 주었다.

"알아들으셨을 거요. 지금은 내가 내대신에게 불법을 따질 시기가 아니오. 그대 쪽에서 혼담 소문이 나돈 사람들에게 이러이러한 소문이 있는데 참인지 거짓인지 예의를 다해 우정을 기울여 물어볼 시기요. 그리고 모두의 의사를 확실히 확인한 다음 무슨 생각이 있으리다. 도요토미 가문의 장래를 염려한다면 이것은 당연히 밟아야 할 순서요."

미쓰나리는 입술을 부들부들 떨면서 선뜻 말하지 못했다. 그는 이미 그 순서를 그르치고 있었다. 그는 여지없이 도시이에를 움직일 셈으로 은밀하게 다테와 따지고, 후쿠시마를 나무라고, 하치스카를 힐문해 버렸다……이것을 고백한다면 아마 도시이에는 더욱 핏대를 세우고 격렬한 말투로 노여워하리라.

'그것이 그대의 결점!'

그렇다 해서 미쓰나리는 지금 그냥 물러갈 입장도 아니었다. 조선철수 때의 반목으로 고니시와 가토 양쪽에서 이번에야말로 흑백을 가려달라는 격렬한 호소가 있었고, 지금까지 한편이라 믿던 시마즈 가문의 거취조차 요즈음 묘하게 흔들리기 시작하고 있다.

'여기서 이대로 도시이에의 말을 따르는 척하며 돌아가는 게 좋은가……아니면 정면에서 한번 대담하게 강압적으로 설득할 것인가…….'

그냥 돌아가면 도시이에는 다테 마사무네는 어떻든 후쿠시마, 하치스카, 가토 등을 은밀히 자택으로 불러 사정을 물을 게 틀림없다.

'그렇게 되면 그들은 나름대로 미쓰나리에 대한 반감을 쏟아놓아 사태를 한층 악화시키지 않을까…….'

미쓰나리의 입장은 미묘해졌다. 조리 있는 도시이에의 말에 몰려 오히려 반대 공세를 취하지 않으면 안 될 사태에 이른 느낌이 짙다. 여기서는 역시 물러나선 안 된다……고 미쓰나리는 결단 내렸다. 결단 내리면 그는 다이코마저 혀를 내두르게 했던 변설과 재치의 소유자였다.

"하나하나 당연하신 말씀입니다. 하지만……저희들 보고가 시기를 잃은 때문인지 황송하오나 다이나곤님 판단은 좀 때늦은 감이 있습니다."

"뭐, 내 판단이 벌써 때늦었다고?"

미쓰나리는 심각한 표정으로 밀어붙였다.

"예……내대신의 유혹을 받은 사람들의 변명 따위는 이미 이쪽에 명백히 알려져 있습니다. 이 미쓰나리 역시 어릴 때부터 은혜를 입은 무장들의 충성심이 저보다 못하다고 생각지 않습니다. 다만 그 이상으로 내대신의 수법이 지극히 교활하다고 말씀드리는 것뿐입니다."

한번 입을 열자 미쓰나리는 주저하지 않았다. 여기서는 자신감과 설득력의 경쟁인 것이다. 미쓰나리의 자신감이냐, 도시이에의 원숙함이냐……?

"다테 마사무네는 딴청 부리며 말하고 있습니다. 글쎄, 사카이의 이마이 소쿤이 그런 일을 주선한다던 말이 있었는데, 그 뒤 어떻게 되었는지 전혀 모르겠다고 말입니다."

"그럼, 그대는 이미 상대를 힐문했단 말인가."

"물론 은밀히 했습니다. 상대의 태도도 확인하지 않고, 다이나곤님에게 말씀드리면 저희들 불찰이라고 생각되어."

"흠."

"후쿠시마 마사노리는, 내대신이 혼담을 청해온 게 아니고 자기 쪽에서 히데요리 님을 위해 좋을 듯해 주선했다……고."

"하치스카 님은 뭐라고 하던가?"

"하치스카 가문에서는 이에마사 님 아닌 당사자 요시시게 님이 대답하기를, 저는 아직 젊으므로 내대신의 분부를 받아 어쩔 수 없이 승낙했다……고 했습니다. 이처럼 추궁하면 변명은 갖가지, 도무지 요령부득입니다. 물론 이것은 내대신의 귀띔을 받은 대답……이대로 내버려둔다면 도요토미 가문의 법칙은 무의미한 게 되고 맙니다. 아니, 내대신이 교활하게 궁리하여 쳐놓은 그물이지요. 그 그물은 이미 고지식한 여러 장수들에게 덮어씌워져가고 있습니다. 그러므로 여기서 새삼 사정을 묻는 것은 때늦은 일이라고 말씀드리는 겁니다."

도시이에는 한숨지었다.

"그대는 거기까지 손대었나."

"그러면 이 일이 전례가 되어도 좋다는 것입니까. 다이나곤님! 소원입니다. 이 미쓰나리에게도 잘못은 있겠지요. 그러나 제멋대로 하는 이 버릇을 내대신에게 허용한다면, 나중에 법도가 서지 않습니다. 여기서는 아무쪼록 미쓰나리를 도와주시도록……."

"흠."

"걱정하고 계신 무장들과의 화해는 맹세하건대 뒷날 미쓰나리가……."

미쓰나리는 내뿜듯 말하고 다다미에 다시 두 손을 짚었다.

"아닙니다. 다이나곤님께서 곧 내대신을 직접 힐문하시라는 건 아닙니다. 그 때문에 행정관들도 있고 다른 대로들도 있습니다. 아무튼 내대신의 부당함을 그대로 용서치 않는다는, 법을 확실히 세워달라는 것입니다. 아니면 영주들은 모두 내대신 손에서 놀아나고, 그것이 그대로 수습할 수 없는 내분으로 확대될 염려가 있습니다. 다이나곤님! 다이나곤님만은 진정한 도련님 편으로 알고 미쓰나리……감히 뜻에 거슬리는 소원을 집요하게 되풀이하는 것입니다……."

도시이에는 마침내 찌푸린 표정으로 침묵에 잠겼다. 미쓰나리의 논법이 이에야스를 덮어놓고 적으로 대하며 덤비는 게 마음에 걸렸으나, 이처럼 열심히 설득받으면 거부할 수 없게 되는 것도 도시이에의 성품(갑갑무늬)이었다.

"오마쓰, 약사발을……."

지그시 눈을 감고 잠시 생각에 잠겼다가 도시이에는 마침내 구원을 청하듯 마님을 부르며 기침하기 시작했다.

'무리하게 물리치면, 무슨 짓을 할지 모르는 사나이…….'

도시이에도 젊었을 때 남 못지않은 고집을 갖고 있었다. 그러나 한번 이렇다 하고 믿어버린 미쓰나리에게는 도시이에의 상상을 초월한 집념이 느껴진다. 도시이에는 약사발을 두 손으로 감싸듯 들고 생각했다.

'아무튼 여기서 일을 일으켜선 안 된다.'

잘못하면 바람이 불 때마다 도요토미 가문의 토대가 흔들리는 일은 있더라도 굳어지는 일은 결코 없으리라. 중심의 히데요리는 아직 철부지이고 나머지는 꿋꿋하다 해도 여인들인 것이다.

도시이에는 약사발을 든 채 다시 한번 무겁게 한숨 쉬었다.

"그런가. 이미 거기까지 탐지했는가. 거기까지 탐지한 일이라면 내버려둘 수 없으리라."

"그럼, 들어주시렵니까."

"도요토미 가문을 위해, 또한 히데요리 님을 위해……"

도시이에는 마님 쪽을 흘끗 보았다.

"그러나 도련님이 오사카로 옮겨가실 때까지는 일을 시끄럽게 해서는 안 돼."

"그렇다면 그때까지……"

"생각해 보오. 만일 이 일로 후시미에서 소동이라도 일어난다면 도련님은 어떻게 되시겠나. 우선 예정대로 정월 초에 옮기시게 한 뒤여야 하오."

"과연……"

"물론 그때 내대신에게도 수행하도록 조용히 청해야지. 우리들 손으로 오사카를 튼튼히 굳혀놓고, 그리고 나서 담판해야 하오."

도시이에는 다시 가볍게 눈을 감았다.

미쓰나리는 뭔가 말하려다가 입을 다물었다. 곧바로 이에야스를 힐문하지 않는 것이 불만이었으리라. 그러나 더 이상 도시이에를 거스를 수도 없는 일이었다. 도시이에의 말은 충분히 조리가 서 있다. 우선 히데요리를 오사카성으로 옮기고, 도시이에는 아마도 도시나가에게 명하여 상당한 병력을 오사카에 불러 측근을 굳혀둘 뜻인 모양이다. 그리고 나서의 담판이 아니면 상대는 압력을 느끼지 않는다……고 판단해서 하는 말인 것이다.

도시이에는 다시 기침을 누르고 말을 이었다.

"그때까지는……결코 누설되지 않도록. 만일 내대신에게 의혹을 품게 하여 오사카로 수행하는 일을 주저하게 한다면 도련님 위신이 더욱 상처받게 되오. 한번 상처받은 위신의 회복은 좀처럼 쉽지 않지. 이 점을 잘 헤아려 준비에 잘못이 없도록……"

"그야 충분히……"

"그럼, 나는 그만 실례하리다. 머지않아 의사도 올 무렵이니."

사실 도시이에는 일어나 있는 게 괴로운 모양이었다. 저녁나절의 한기가 한결 매서워져 눈이라도 뿌릴 듯한 추위로 바뀌어 있다.

"병중에 너무 오래 앉아 있었습니다."

"도련님을 위해서라도 부디 인내를."

"알겠습니다. 몸조리하십시오."

　미쓰나리가 다시 한번 정중히 인사하고 일어나자 마님은 옆방에 대기해 있던 다이가쿠를 시켜 전송하게 하고 자기는 남편 등 뒤로 돌아갔다.

"괴로우세요?"

　그러나 도시이에는 대답하지 않았다.

'오사카에는 역시 상당한 병력을 올려보내야만 되겠는걸……'

　생각만 해도 도시이에의 마음속에는 갑자기 커다란 응어리가 생겼다. 그리고 그 응어리가 가슴의 병과 한 덩어리가 되어 자꾸만 숨결을 힘겹게 만들어갔다.

에도(江戶)의 각오

히데요리는 예정대로 게이초 4년(1599) 정월 첫 무렵 오사카성에 들어갔다. 지금까지 본성 내전에 살던 기타노만도코로가 섣달그믐 안에 서쪽 성으로 옮아가 7살 된 히데요리는 그 생모 요도 마님과 함께 본성 내전으로 들어가 명실공히 오사카성의 주인이 되었다.

사부 마에다 도시이에도 당연히 오사카로 옮겼고, 정무를 맡아보는 이에야스는 오사카로 히데요리를 따라갔다가 일단 후시미로 돌아왔다.

겉으로는 어디까지나 평온해 보였으나, 그 일이 끝나자 느닷없이 예사롭지 못한 소문이 세상에 퍼지기 시작했다. 이에야스에게 마음 두는 사람들과 미쓰나리를 비롯한 다섯 행정관들에게 마음 주는 사람들이 뚜렷이 두 파로 갈라져 빈번히 왕래하기 시작했기 때문이었다.

그리고 그 소문을 뒷받침하듯 다섯 대로, 다섯 행정관의 특사로 이코마 지카마사와 쇼코쿠사(相國寺) 경내의 작은 절 호코사(豊光寺)의 쇼타이 등이 이에야스를 힐문하기 위해 후시미로 향한 것은 정월 19일이었다.

그 전날 오후—이에야스는 이이 나오마사와 밝은 햇빛이 새하얗게 영창에 비치는 서원에서 담소하고 있었다.

"호리오 요시하루(堀尾吉晴)가 왔다더니 돌아갔느냐."

"예, 오늘은 주군을 뵙지 않겠다면서 저와 은밀히 이야기를 나누고 돌아갔습니다."

"그 혼인에 대해 힐문하기 위해 사자가 온단 말이지."

"예, 내일 온다고 합니다."

"누구누구를 보낼 작정일까."

"이코마 지카마사와 승려 쇼타이입니다."

"그런가. 마침내 가가의 다이나곤님도 미쓰나리에게 넘어갔군."

"주군! 이대로 내버려두어도 괜찮겠습니까."

"가만히 있으려 해도 저쪽에서 오는 데야 어쩔 수 없지 않느냐."

"아닙니다, 사자가 아닙니다. 가가의 군사도 오고, 히데요리 님 친위대인 일곱 부대 대장들도 저마다 오사카성에 병력을 집어넣고 있다는 소문입니다."

"그것이라면 염려 마라. 요도성에는 아리마 도요우지(有馬豊氏)가 들어가 있고, 사카키바라 고헤이타도 이미 군사를 이끌고 상경하는 중이리라. 균형만 심하게 잃지 않으면 나와 가가 님을 싸우게까지 할 천치는 설마 없을 거다."

"그러나 고헤이타가 도착하기 전에 일이 벌어진다면……."

"벌어지지 않게 하면 되겠지. 나는 벌이지 않는다."

"그렇게 말씀하시지만, 내일 오는 사자의 태도에 따라……."

"염려 마라. 지카마사나 쇼타이를 다루는 방법쯤은 알고 있으니."

이에야스는 밝게 웃었다.

"그리고 호리오 요시하루며 나카무라 가즈우지도 말을 못 알아듣는 자들은 아니다. 그들에게 처리시킬 길은 얼마든지 있어. 이편에서 즐겨 일만 일으키지 않는다면."

이 말을 듣자 나오마사도 웃으면서 혀를 찼다.

"주군의 담대하심에는 질려버렸습니다. 그러나 사자들이 뭐라고 말해올지."

"핫하하……재미있잖느냐. 올 때까지 쓸데없는 추측은 하지 않는 게 좋아. 이미 그들은 움직일수록 기량을 손상받을 뿐이니."

이에야스는 사자가 오는 일 따위는 전혀 문제 삼지 않았다.

"내가 염려하던 일은 조선으로부터의 철군이었다. 이것만은 어떤 무리를 해서라도 무사히 끝내지 않으면 일본의 치욕이 되거든. 그런데 그 철군도 무사히 끝났다. 그리고 히데요리 님 모자의 오사카 이전도 탈 없어……라고 한다면, 이미 일은 끝난 게지."

아직도 얼마쯤 걱정스러운 듯 고개를 갸웃거리는 나오마사에게 이에야스는 웃음을 던졌다.

"나오마사는 히데요리 님 모자를 버려두고 내게 싸움을 걸어올 만한 천치가 있다고 생각하나."

그렇게 되묻자 나오마사도 웃을 수밖에 없었다.

"그런 일은 없겠습니다만, 만일 분별없는 폭도가 나타난다면 이 저택에서는……"

"그대가 있다. 도리이 부자도 있다. 그리고 고헤이타도 오고 있다. 여차할 경우에는 히데야스도 설마 팔짱만 끼고 있지는 않겠지. 그리고……"

말하다가 이에야스는 목소리를 낮추었다.

"만일의 경우에는 틀림없이 호소카와 다다오키가 가가 님에게 간하여 만류할 테니 염려 마라."

나오마사는 비로소 고개를 크게 끄덕였다.

호소카와 다다오키의 맏아들 다다타카(忠隆)한테는 마에다 도시이에의 여섯째 딸 지요히메(千世姬)가 출가해 있다. 지요히메는 맏아들인 도시나가와 같은 어머니에게서 태어났으며, 도시나가와 다다오키 또한 나이가 비슷하여 각별한 사이였다.

"과연 호소카와 님이 계시군요."

"오, 내 쪽에서는 그리 은혜를 베풀 생각이 없었지만 그 쪽에서는 간파쿠 처형 때의 일을 깊은 은의로 느끼고, 요즈음의 왕래는 사람 눈에 띄므로 사양하지만 일이 있다면 반드시 도움 되겠다고 은밀히 말해 오고 있지."

간파쿠 처형 때의 일이란 히데쓰구가 호소카와 문중에 빌려준 황금 200닢(약 15판)의 빚을 별안간 독촉받고 곤란 겪은 때의 일이었다. 그때 호소카와 문중에서 중신 마쓰이 사도(松井佐渡)가 새파랗게 질린 얼굴로 혼다 마사노부를 찾아왔었다. 만일 간파쿠 히데쓰구와의 친교가 세상에 알려져 다다오키도 히데쓰구와 같은 무리라는 말을 듣게 된다면 그야말로 죽느냐 사느냐의 큰일이 된다.

마사노부는 마쓰이로부터 그 곤경을 고백받고 이에야스에게 알렸다. 그때 이에야스는 사람을 물리치고 나서 가볍게 말했다.

"돈으로 말미암은 고생은 어디에나 있는 법이다. 좋아, 마사노부. 내 갑옷궤 가운데 무거운 것을 하나 지워가지고 오너라."

그 갑옷궤의 뚜껑을 열어 마쓰이한테 보여주자, 그 속 갑옷 밑에 200닢의 황금이 들어 있었다.

"뚜껑 뒤의 날짜를 보시오, 마쓰이 님."

"예. 아, 이것은 21년 전 날짜!"

"하하……내가 재정관에게도 알리지 않고 몰래 쓸 일이 있을 때에 대비하여 감춰둔 돈이지. 아무도 모르오. 자, 가져가 쓰도록 하시오."

그때 마쓰이는 눈시울을 붉히며 돌아갔다고 나오마사는 마사노부에게 들어서 알고 있었다. 다다오키는 아마 그때의 은혜를 잊지 않고 은밀히 연락해 오고 있는 것이리라.

"과연 호소카와 님이라면……."

나오마사는 고개를 끄덕인 다음 그래도 조심하기 위해 고헤이타의 상경을 서두르도록 사자를 보내야겠다며 물러갔다.

이에야스는 말리지 않았지만, 그리 걱정하는 눈치는 없었다. 이에야스의 눈에 '적—'이라고 비치는 자는 이미 없다. 다만 미쓰나리의 반감만은 마음에 걸렸지만, 그것도 대국에 영향 주지 않도록 저마다 포석을 끝내고 있었다.

이에야스가 보기에는 조선으로 파병되었던 각 부대가 귀국할 때까지가 문제였다. 누구나 살기등등해 있다. 그것이 현지에서 만약 감정이 뒤얽혀 서로 체면을 내세워 다투기라도 한다면 그야말로 수습할 수 없는 사투가 되고, 그 결과 국내에까지 명나라 군사며 조선군을 불러들이는 일이 되지 않으리라는 법도 없다…….

그런데 그 철수가 무사히 끝났다. 그리고 일단 저마다 영지의 상황을 둘러보고 있다. 7년 동안이나 싸움이 계속된 뒤이므로 영지 안의 궁핍을 알게 되면 문득 전쟁이 싫어지게 될 터였다.

어떤 의미로 여러 장수들은 모두 히데요시에게 속았다 해도 좋다. 누구나 조선은 물론 명나라까지 쳐들어가 영지를 하사받을 수 있다는 꿈을 좇던 뒤였으니까.

그러므로 이에야스가 염려한 것은 다음의 싸움이 아니라, 여러 영주 문중에서의 분쟁이었다. 각 문중에서 싸움터로 나갔던 사람과 남아 있던 사람들이 눈으로 차마 볼 수 없는 곤궁함을 앞에 두고 다투기 시작할 염려가 충분히 있었다.

그래서 이에야스는 미쓰나리 등에게 철수에 대하여 명하고 나자 자신이 직접 시마즈와 아리마를 방문하고 조소카베와 호소카와 후지다카를 찾았다. 영내의 곤궁함과 철수 뒤의 분쟁에 의한 자포자기에 가까운 이웃나라와의 싸움을 막을 대책 또한 세워야 했으며, 전쟁으로 얻으려던 꿈은 물거품처럼 사라졌지만 그 뒤의 노력에 따라 부흥의 희망이 충분히 있다는 안도감을 주는 게 위정자로서 그의 의무이기도 했다. 이 일은 다이코가 살아 있더라도 아마 마찬가지였으리라.

이러한 은밀한 움직임이 미쓰나리의 눈에 전혀 반대로 비친 모양이었다. 의혹을 품고 보면 같은 사물이나 현상도 다른 빛깔로 보인다. 히데요시의 죽음을 절호의 기회로 삼아 영주들을 부추겨 도요토미 가문에 도전해 오는 간웅(奸雄)……이라고 미쓰나리가 보는 듯한 입맛 쓴 일은 이에야스도 잘 알고 있었다.

따라서 후쿠시마, 하치스카 두 가문에 혼담을 청해본 것도 사실은 미쓰나리에 대한 탐색 의도가 없지 않았다. 다테 마사무네의 딸을 다다테루의 아내로 맞아 에도의 안녕을 도모하려던 그 혼담에서 생각해낸 일이었다.

히데요시가 키운 여러 장수들에게 이에야스가 접근하는 일을 미쓰나리는 어떻게 볼 것인가? 여기서 만일 그가 이에야스에게 적대해 봤자 무의미하다는 것을 깨닫는다면, 그 자신을 위해서나 도요토미 가문을 위해서나 기뻐할 결과가 된다……고 이에야스는 생각했다.

미쓰나리가 그 불손한 태도를 거두지 않는다면 무장파와 문치파의 싸움은 결코 끝나지 않으리라. 그렇다면 미쓰나리는 그 성격이 지닌 교만과 좁은 소견머리로 말미암아 머지않아 누군가 무단파의 손에 의해 죽는 결과가 된다고 여겨졌다.

'이 혼담을 과연 묵과할 것인가……'

이 일로 이에야스는 미쓰나리가 현명한지 어리석은지 하는 점과 그 감각을 점쳐볼 생각이었다. 그런데 그 탐색의 그물에 미쓰나리는 마에다 도시이에를 끌고 들어와 걸렸다.

물론 이에야스에게는 어느 경우에도 대처할 각오가 되어 있었다.

호리오 요시하루가 전날 이미 알려온 대로 19일 낮때가 지나 이에야스를 제외한 네 대로의 사자로 이코마 지카마사와 승려 쇼타이가 찾아오자, 이에야스는 일부러 마루의 장지문을 열어젖혀 이웃집인 후키하라 저택에서 방 안까지 훤히 보이게 해놓고 싱글벙글 웃으며 맞아들였다.

"잘 오셨소. 어제오늘의 따뜻한 날씨에 매화가 저렇듯 피어 지금 멍하니 바라보고 있던 참이오."

오늘도 이 서원에는 도리이 신타로가 엄숙한 표정으로 긴 칼을 받쳐들고 있었다.

이에야스의 말에 쇼타이는 머뭇거리면서 입을 열었다.

"실은 오늘, 오사카에 계신 중신 여러분들의 사신으로 따져볼 일이 있어서 왔습니다."

"허, 중신 여러분들이라니?"

"마에다 다이나곤님을 비롯해 모리 님, 우키타 님, 우에스기 님 네 분과 거기에 다섯 행정관도 참석하여 여러 가지로 의논하신 결과입니다."

이에야스는 지카마사에게로 눈길을 옮겼다.

"허……따진다니, 좀 온당치 않게 들리는데 이 이에야스에게 무언가 잘못이라도 있다는 말씀인가."

지카마사는 입장이 난처한 듯 외면하며 가볍게 피했다.

"쇼타이 님부터 말씀하시지요."

쇼타이는 더한층 긴장하며 말했다.

"지난해 다이코님이 서거하신 뒤부터 도쿠가와 님 행동이 좀 도도해지신 것으로 여겨집니다……그중에서도."

"그중에서도……."

"그중에서도 다테, 후쿠시마, 하치스카 등 여러분들과의 혼담에 대해, 다이코께서 정해놓으신 법이 있는데 아무 신고도 없이 독단적으로 청을 드리신 것은 어떤 의도에서인지요? 대답에 따라서는 10인 중직(重職)에서 제외해야 하는……일이 될지도 모르겠습니다."

듣고 있는 동안 이에야스는 몇 번이나 웃음을 터뜨릴 뻔했다. 질책하는 말투가 되는가 싶으면 정중하기 이를 데 없는 경어가 붙는다. 표정 역시 부드러워졌다 딱딱해졌다 하여 듣는 쪽이 오히려 미안할 정도였다.

"이거 참, 뜻밖의 말씀이오. 다이코가 돌아가신 뒤 도도한 행동이 있었는지 없었는지에 대해서는 나중에 듣기로 하고, 요즘의 혼담에 대해 신고가 없었다니 이것은 과연 잘못이었소."

"그러시다면……."

"모르고 있었소. 실은 중매인이 신고해 여러분들이 벌써 알고 계시는 줄 여겼는데, 이건 정말 잘못된 일이었소."

순간 쇼타이는 멍해져 지카마사를 쳐다보고 크게 한 번 숨을 내쉬었다. 이 뜻밖의 대답에 그는 오히려 안심하는 것 같았다.

"이 이에야스는 다이코의 대리, 다이코가 없는데 대체 누구에게 신고한단 말이냐."

어쩌면 미쓰나리로부터 이런 말을 들었을 때 대꾸할 말까지 듣고 왔는지도 모른다.

"그렇다면 돌아가서 그 취지를 곧 보고하겠습니다. 어쩌면 중매인을 또 심문하게 될지도 모르겠습니다만……."

"심문하시는 게 좋을 거요. 중매인은 사카이의 소쿤 님, 아무튼 먼 길에 수고 많으셨소."

넌지시 말하고 나서 이에야스는 다시 볼에 웃음을 떠올리며 화제를 바꾸었다.

"그런데 다이나곤님 병환은 어떠시오, 차도가 좀 계신 것 같소?"

오사카에서 며칠 동안 의논을 거듭했을 힐문에 대한 일이 단 2분도 되기 전에 멋지게 화제에서 사라지고 말았다.

이번에는 지카마사가 마음 놓으며 몸을 내밀었다.

"좀처럼 차도가 없으신 것 같습니다."

"차도가 없으시다니……걱정되는군."

이에야스는 벌써 조금 전의 '혼담 힐문—' 따위는 염두에도 없는 표정으로 지카마사를 향해 고쳐앉았다.

"지카마사 님도 오다 가문과 끊으려야 끊을 수 없는 사이라 잘 알고 계시겠지만, 고 노부나가 공과 인연 있는 사람이 이제 몇 남지 않았소."

"그렇군요……."

"생각해 보면 어수선한 세월이었으나 오랜 교분을 맺어온 마에다 님과……마에다 님은 노부나가 공이 총애하시던 측근, 나는 동생이나 다름없는 친척……다이코의 세상이 되고 또 다이코가 돌아가셔도 마찬가지로 천하태평을 위한 짐을 나누어 짊어지게 되었으니……감개무량함이 있소."

지카마사는 차분한 이에야스의 술회에 끌려들어 말했다.

"세월이란 정말 화살 같군요."

"그렇소. 그런 만큼 마에다 님께서는 특히 몸조심하셔야 하오. 노부나가 공 평생의 뜻이 무엇이었나, 다이코의 뜻이 무엇이었나……그 참다운 뜻을 터득하고 계신 몇 안 되는 분 가운데 한 사람이오, 마에다 님은."

"옳으신 말씀입니다……."

이에야스는 이번에는 쇼타이에게로 넌지시 시선을 돌렸다.

"쇼타이 님도 그 점을 특히 마음에 새겨두시오. 내가 새삼 말씀드릴 것도 없이 노부나가 공의 뜻은 통일된 일본의 평화에 있었소. 다이코가 목숨을 걸고 그일을 계승하셨던 것은 말할 나위도 없지요. 그렇다면 노부나가 공 이래 살아남은 자로서 우리들이 해야만 될 일 또한 뚜렷해지오. 어떻게 하면 다이코가 쌓아올린 평화의 기초를 흔들리지 않는 것으로 굳혀놓을 것인가. 마에다 님은 그 이치를 몸에 새겨오신 분, 지금이야말로 그 기초가 굳어질 때이니 부디 몸을 소중히……하시도록 이에야스가 말하더라고 전해 주시오."

"알았습니다."

"아무튼 머지않아 장례식도 치러야 하고, 세상에 불온한 소문도 퍼져 있다 하니 이에야스도 후시미에 대한 일은 충분히 방심하지 않을 터이니 오사카의 일은 마에다 님께 부탁드린다고 전해주시오."

"네, 잘 알았습니다."

"참, 그렇지. 마에다 님은 본국에서 5000 남짓한 군사를 부르실 예정이라고 들었는데, 그 일은 무사히 진행되고 있소?"

지카마사는 흠칫하여 무릎 위의 손을 고쳐놓았다.

"무사히 진행되고……있으리라 생각됩니다만."

"그럴 테지요. 그런 일에 실수하실 마에다 님이 아닐 거요. 그렇다면 우리들도 안심……모처럼 먼 길 오신 사자이시니 여기서 식사를 대접하고 싶소. 여봐라, 누구 없느냐."

이에야스의 목소리에 옆방의 근위무사가 일어나 나가자 지카마사와 쇼타이는 다시 얼굴을 마주보았다. 두 사람은 여기서 십중팔구 미쓰나리의 이름이 나올 것으로 예상하고 있었다. 만일 그 이름이 나오면 이 힐문의 중심인물은 도시이에가 아니라 미쓰나리였음을 넌지시 암시해 주고 돌아갈 작정이었다. 그런데 이에야스는 그 일에 대해 한 마디도 하지 않는다.

두 시녀가 상을 받쳐들고 들어오자 두 사람은 다시 주저하며 얼굴을 마주보았다. 어쨌든 이 힐문 사자는 기분 나쁜 소임이었다. 상대의 태도에 따라 어떤 논쟁으로 발전할지 예측할 수 없었다.

실력으로 말하면 교토와 오사카에 있는 마에다와 도쿠가와의 현재 병력은 우열을 가리기 어려웠다. 물론 영주들도 여차하면 둘로 나누어질 게 틀림없다. 그런 만큼 조심스럽게 말을 꺼냈는데 이에야스는 힐문을 가볍게 받아넘겼을 뿐 아니라 그들까지 안아버리는 듯한 태도가 아닌가.

이렇게 되고 보니 오사카로 돌아간 뒤의 보고가 마음에 걸렸다. 이에야스의 말처럼 노부나가의 뜻, 다이코의 뜻이 지닌 그 참다운 의미를 알고 있는 사람은 확실히 마에다 도시이에 말고는 없으리라. 따라서 그 도시이에와 이에야스가 헤어지는 일이 없는 한 천하는 태평스럽다는 대답이 나온다. 그러나 힐문하러 온 사자로서 이 같은 대답을 가지고 돌아간다는 것은 아무래도 기묘한 입장이었다.

'질책하러 온 자가 꾸짖으러 가라고 명한 자에게 돌아가서 충고해야 하게 되다니······.'

솔직히 말해 여기서 식사대접 받는 일조차 낯간지럽고 몸이 오그라드는 느낌이었다.

"자, 변변찮지만 와카사(若狹)의 찐 가자미가 있소. 충분히 배를 채우고 돌아가시도록."

그리고 이에야스는 혀를 차며 웃었다.

"이것 참, 쇼타이 님 앞에서 그만 비린 음식 이름을 말했군. 아냐, 이건 나뭇잎이오, 나뭇잎, 와카사에서 잡히는 나뭇잎이오, 하하······."

두 사람은 다시 한번 얼굴을 마주보고 젓가락을 들었다. 이에야스는 언제나의 그 왕성한 식욕으로 담담하게 식사하고 있으나 두 사람은 아무래도 어색한 모양이었다. 돌아가서 해야 할 보고가 안타깝게 두 사람을 잔뜩 결박 지은 게 틀림없으리라.

거기에 이이 나오마사가 나타났다.

"식사 중이십니다만 급한 용건이라."

이에야스는 찐 가자미의 엷은 살점을 꼼꼼하게 뜯으면서 말했다.

"뭐냐, 여기서도 괜찮으니 말해 봐라."

"옛, 사카키바라 고헤이타가 이미 오미에 들어왔다는 기별입니다."

"허, 고헤이타가……빠르군그래. 그래서?"

"도중에 심상치 않은 소문을 들었다면서 모두들 지나치게 사기충천하여."

"부하 군사를 데리고 왔단 말이냐."

"예, 그것이 좀 많은 인원이어서."

"많은 인원……이라면, 얼마나 된단 말이냐."

"예, 4만쯤 되는 군사가 뒤어……."

"4만인가."

"예, 그들이 한꺼번에 교토로 들어온다면 무엇보다도 식량이 모자랍니다."

"알았다. 오미에 머물게 해라. 가가 군이 이미 오사카에 이르러 교토 언저리 치안은 염려할 것 없으니 서두르지 말라고. 그리고 곧 군량준비를 해라. 군사들을 배고프게 할 수는 없을 테니."

"알았습니다."

이에야스는 가볍게 나오마사를 물러가게 하고 나서 젓가락도 놓지 않은 채 중얼거리듯 두 사람에게 말했다.

"들으신 바와 같소. 교토와 후시미에 대한 일은 염려할 것 없다고 마에다 님에게……."

두 사람은 저도 모르게 젓가락을 떨어뜨릴 뻔하다가 당황해 앉음새를 고쳤다. 이에야스는 여전히 음식밖에 염두에 없는 듯 부지런히 입을 놀리고 있다. 4만이라는 병력 수에는 과장도 있으리라. 하지만 고헤이타가 상당수의 군사를 이끌고 급히 상경중인 것만은 사실임에 틀림없다.

"너무 오래 지체했습니다. 그럼, 곧 돌아가서."

쇼타이가 재촉하자 지카마사도 황급히 상을 앞으로 밀어놓았다. 후시미의 마에다 저택에서는 오사카에서 따라온 마에다의 가신 무라이 나가요리(村井長賴), 오쿠무라 나가토미(奧村永福), 도쿠야마 고헤에(德山五兵衛) 세 사람이 두 사람의 연락을 고대하고 있을 게 틀림없다.

두 사람이 서로 재촉하며 자리에서 일어서려고 하자 이에야스는 그제야 비로소 생각난 듯 불러앉혔다.

"참, 그랬지. 조금 전 두 분 말씀 가운데 그냥 들어넘길 수 없는 한 마디가 있었소. 물론 두 분의 의사이거나 마에다 님의 말씀은 아닐 테지만, 이 이에야스를 10인 중직에서 제외해야 하는 일이 될지도 모른다는 한 마디가 있었는데."

쇼타이는 당황했다.

"그것은……."

"아니, 구태여 말꼬리를 잡아 힐문하려는 건 아니오. 하지만 이것만은 분명히 말해두어야 하리다. 이 이에야스를 10인 중직에서 제외하겠다느니 하는 것은 히데요리 공을 보좌하라고 분부하신 다이코의 유언을 저버리는 짓. 앞으로는 반드시 삼가도록 하라고 전해 주시오."

아무렇지도 않은 듯한 표정으로 말한 다음 덧붙였다.

"수고들 하셨소."

이미 두 사람은 뭐라고 대꾸할 용기가 없었다. 마지막에 이르러 멋진 치명타를 한 대 얻어맞은 것이다.

두 사람이 나오마사의 전송을 받으며 나가자 이에야스는 쓸쓸한 표정을 지으며 신타로에게 명했다.

"마루의 장지문을 닫아라. 이제부터 아리마 노리요리(有馬則賴)의 집으로 가겠다. 노리요리가 어릿광대놀이에 초대해 준 걸 잊을 뻔했구나."

신타로는 그만 웃으려다가 엄숙하게 옛 하고 고쳐 대답했다. 이에야스가 시치미 떼는 모습이 저도 모르게 웃음을 자아내게 했던 것이다.

"신타로, 무엇이 우스우냐?"

"아닙니다, 우습지 않습니다."

"훗훗, 그런가. 너는 오늘 아리마 댁에 여러 장수들이 모이는 것을 알고 있었구나."

"예……옛."

"과연 네가 생각한 대로 어릿광대 구경을 하면서 인심을 정찰하러 가는 거다. 기억해 두어라. 이렇게 말하는 편이 모나지 않을 테지."

"예."

신타로는 장지문을 닫고 나서 물었다.

"고헤이타 님은 정말 오미까지 달려오신 건가요?"

"아니, 아직 오와리 언저리일 거다. 그건 나오마사의 꾀야."

이에야스는 대답하면서 손뼉 쳐 시녀를 불렀다.

"갈아입을 옷 준비를."

그런데 두 사자를 현관까지 전송하고 돌아온 나오마사가 말했다.

"가토 기요마사 님이 뵙기를 청하고 있습니다만."

"뭐, 기요마사가……."

"예, 조용히 드릴 말씀이 있다고."

나오마사가 고개를 갸웃거리면서 말하자, 이에야스는 순간 날카로운 눈초리로 허공을 노려보았다.

"흠, 세상은 과연 시끄럽구나. 좋아, 옷 갈아입는 일은 기다리게 해라…… 나오마사, 저 고마키 전투 때 갑옷을 넣어둔 갑옷궤를 가져오너라."

그리고 무슨 생각을 했는지 다시 아까 자리로 되돌아가 털썩 주저앉았다.

"그 갑옷을 꺼내고 나면 기요마사를 이리로 안내해라."

나오마사는 시키는 대로 창고 담당을 지휘해 갑옷궤를 운반시켰다.

"그 안의 갑옷을 여기 꺼내놓아라."

이에야스는 신타로에게 갑옷을 꺼내게 하더니 품 속의 휴지로 가볍게 먼지를 털었다. 무엇 때문에 이런 것을 꺼내오게 한 것인지, 부드러운 가죽을 검은 실로 촘촘히 누빈 그 갑옷은 어느덧 회색으로 바래 있다. 이에야스의 풍채도, 갑옷도, 서원도 거무칙칙해 보였다.

나오마사에게 안내되어 기요마사가 들어왔다. 갑옷을 보고 기요마사는 놀라는 것 같았다. 어쩌면 출진에 대비한 이에야스의 무기 점검인 줄 생각했는지도 모른다.

"오, 기요마사 님. 오사카에 계신 줄 알았는데 언제 후시미로 오셨소?"

"내대신께서도 안녕하십니까……실은 집에 잠깐 들렀다 바로 여기로……."

이에야스는 그 말을 반쯤 듣고 반쯤은 갑옷에 정신 빼앗긴 듯 말했다.

"기요마사 님은 이 갑옷이 낯익잖소?"

"이 갑옷……그리 낯익지 않습니다만."

"그렇소? 바로 다이코와 싸워 이긴, 고마키 싸움 때 입었던 갑옷이오."

태연한 말을 듣고 신타로와 나오마사 쪽이 오히려 흠칫했다. 전쟁 같은 건 할 마음이 없음을 두 사람은 잘 알고 있다. 그러므로 이 갑옷 손질 역시 두어야 할 돌을 빠뜨리지 않고 두려는 이에야스의 준비 가운데 하나……라고 보았기 때문이었다.

　기요마사는 가볍게 웃었다.

　"참으로 위험한 물건을 꺼내놓으셨군요."

　"아니, 갑옷이 위험하다니?"

　"하하하……그런 것을 다시 한번 내대신에게 입히고 피를 흘리게 할 만한 자가 지금의 천하에 있겠습니까. 그런 위험한 것은 일찌감치 집어넣으십시오."

　기요마사는 얼마쯤 딱딱한 말투로 말한 다음 한무릎 나앉았다.

　"소동이 일어날 염려는 물론 없을 것으로 생각합니다만, 오늘 밤부터 당분간 우리들이 이 저택을 경비하고 싶습니다. 실은 그 일의 허락을 얻으려고 찾아왔습니다."

　"허, 귀하께서 내 집을 경비해 주신다고."

　"저만으로는 행정관들의 반감을 살 염려가 있으므로 후쿠시마 마사노리, 구로다 부자, 도도 다카토라, 모리 다다마사 등이 만일의 경우를 위해 경비하고 싶습니다."

　이에야스는 나직이 신음했다. 도도 다카토라며 모리 다다마사에게서는 이미 은밀하게 그 일을 청해온 적이 있었다. 그러나 기요마사가 자청해 그런 말을 해온 것은 실로 뜻밖이었다.

　'미쓰나리에 대한 반감 때문일까……?'

　그것도 물론 있으리라. 하지만 그것만으로 기요마사가 구로다 부자며 후쿠시마 마사노리까지 부추겨 자기 쪽에서 이에야스에게 도움을 청해 오리라고는 생각되지 않는다.

　"기요마사 님, 그대는 오사카에서 기타노만도코로님을 뵙고 오셨소?"

　"그렇습니다. 어제 문안차 들렀었지요."

　"그러면 이 이에야스의 신변을 지키라고……기타노만도코로님에게서 내명이 내리신 게……."

　이에야스의 말에 기요마사는 다시 좀 긴장된 표정으로 나직이 대답했다.

"그렇게 생각하셔도 그리 이의 없습니다."

이에야스는 가슴이 뜨거워졌다. 앞을 내다보는 눈⋯⋯이라기보다 현상을 똑똑히 분석할 눈이 없어 감정 내키는 대로 노골적으로 은밀한 계획을 세워가는 미쓰나리 같은 자가 있는가 하면 기요마사며 기타노만도코로 같은 사람들도 있다⋯⋯ 아마도 기타노만도코로는 요도 마님과 다른 입장에서 히데요리를 사랑하고 도요토미 가문의 앞날을 염려하고 있는 게 틀림없다. 기요마사의 듬직한 표정 뒤에서 이에야스는 그 깊은 슬픔을 읽어냈다. 기타노만도코로나 기요마사의 생각으로는, 여기서 행정관들에게 속고 있는 마에다 도시이에를 이에야스와 싸우게 한다면, 그 소용돌이치는 싸움 속에서 히데요리라는 무력한 어린 주인을 안고 있는 도요토미 가문은 자취 없이 사라지리라는 것을 염려하고 있음이 틀림없다.

그러므로 일찍이 이에야스가 히데요시에게 두 번 다시 갑옷을 입히지 않을 각오⋯⋯라고 말했을 때와 같은 각오, 같은 말로서 이에야스를 경호하겠다고 제의해 온 것이리라.

그것을 알므로 이에야스는 조용히 고개를 끄덕이지 않을 수 없었다.

"그런가, 그렇다면 이 갑옷은 넣어두자. 신타로, 치우도록 해라."

그리고 기요마사에게로 웃는 얼굴을 돌렸다.

"세상은 시끄럽기 마련인가 보오, 기요마사 님. 다이코의 장례도 끝나기 전에 이 소동이라면 앞날이 걱정스럽소."

기요마사는 그것에는 대답하지 않고 말했다.

"앞서 말씀드린 사람들뿐만이 아닙니다. 만일 내대신 저택을 엿보는 자가 있다면 오타니도 언제든 달려와 지켜드리겠다고 가신들을 무장시켜 엄중히 대비하고 있다 합니다."

"뭐, 오타니 요시쓰구까지⋯⋯?"

"예, 그는 미쓰나리 같은 소인이 아닙니다. 도련님을 위해 도움 될 분과 그렇지 못한 자와의 구별을 알고 있습니다."

"도련님을 위해⋯⋯."

"예, 도련님을 위한다면 이런 때 내대신과 다이나곤을 싸우게 해선 안 됩니다. 아마도⋯⋯."

말하다가 기요마사는 자세를 바로했다.

"다이나곤에게도 만도코로님이 은밀히 말씀을 내리실 것입니다. 그리고 우리들은 마음을 합해 내대신의 신변을 지켜드리겠으니 아무쪼록 일을 벌이지 마시도록."

"알고 있소. 고개를 드시구려, 기요마사 님. 귀하와 기타노만도코로님에게 이에야스가 뭐 감출 게 있겠소. 이에야스는 이번 일이 마에다 님 본심에서 나온 게 아님을 꿰뚫어보고 있소."

"그럼, 이 이상 일은……."

"벌여서 뭐 좋을 리 있겠소. 그래서 오늘 사자들을 일부러 상대하지 않았던 거요. 애당초 싸울 의사도 없었소. 가신들 역시 만일을 위해 방비하고 있을 뿐이오."

이에야스가 소리 죽여 거기까지 말하자, 기요마사는 다시 한번 매섭게 이에야스를 쏘아보았다.

"그 말씀을 듣고 안심했습니다…… 그럼, 오늘 저녁부터 곧 후쿠시마, 구로다, 도도, 모리, 아리마, 그리고 오다 우라쿠, 신조 님 등이 저택을 지키도록 수배하겠습니다. 외출하실 참이었다고 들었으니 오늘은 이만."

이에야스는 깊숙이 고개를 끄덕이고 자리에서 일어나 복도까지 배웅했다.

기요마사가 돌아가자 이에야스는 외출준비를 했다.

아리마 노리요리의 저택에는 오늘 다테 마사무네, 모가미 요시아키(最上義光), 교고쿠 다카쓰구(京極高次)와 다카토모(高知) 부자, 그리고 도미타 노부타카(富田信高), 호리 히데마사(堀秀政), 가모 히데유키(蒲生秀行), 다나카 요시마사(田中吉政) 등이 초대받아 와 있을 터였다.

이에야스는 노리요리와 도도 다카토라의 주선으로 그들과 어릿광대놀이를 구경하며 환담을 나누어 그들의 생각과 속셈을 알아볼 작정이었다. 그러나 기요마사의 말로 이미 그들 대부분의 향배(向背)는 뚜렷해졌다.

'세상에는 똑똑한 자도 많다……'

그 일을 생각하면 마음이 활짝 갤 터였으나, 기요마사며 기타노만도코로의 심정을 헤아리면 야릇한 안타까움이 좀처럼 가슴을 떠나지 않았다.

대대로 내려오는 가신을 갖지 못한 도요토미 가문의 비극……더욱이 늘그막에 이르러 히데요시는 옛 동료였던 영주들을 끝까지 괴롭히며 죽고 말았다. 그 의미로는 한번 길들인 맹수 우리를 일부러 부수다시피 하고 죽은 것이나 다름없다. 그 때문에 어려서부터 길러낸 자들까지 두 파로 갈라져 많지 않은 먹이를 다투기 시작했다.

'다이코는 보기 드문 맹수 다루기 명수였는데……'

그렇게 되면 다테, 우에스기, 모리, 시마즈 같은 맹수들이 다시 천하를 노리며 날뛰기 시작할 것은 뻔한 일이었다. 다만 그들 가운데 몇 사람은 아직 몹시 지쳐 있다. 그 지쳐 있는 동안에 다시 우리를 수리하여 사납게 날뛸 여지가 없는 시대의 흐름을 명백하게 보여주지 않는다면 노부나가, 히데요시, 이에야스로 내려온 천하통일은 산산이 부서져가리라.

이에야스는 수행원을 몇 거느리고 교바시 어귀의 아리마 저택으로 가면서, 기타노만도코로도 기요마사도 그것을 눈치채고 있다고 생각하니 그들의 견식을 칭찬하고 싶은 심정과 동시에 서글픔이 밀려와 견딜 수 없었다.

'미쓰나리 일파에게 말하게 한다면 아마 기타노만도코로나 기요마사 등의 행동은 일종의 배신이라고 하리라……'

기타노만도코로는 전국의 변천을 몸으로 직접 살펴온 여성이다.

노부나가가 미쓰히데 때문에 혼노사에서 쓰러졌을 때 어찌했던가? 히데요시는 맹수들을 '주군의 원수를 갚는다'는 명분의 채찍 아래 뭉치게 하여, 그 실력으로 노부나가의 아들들을 권력에서 몰아냈다. 그것은 히데요시가 특별히 악당이어서가 아니라, 전국의 맹수들은 아직 노부나가의 유아(遺兒)들 손으로 길들이기 어렵다는 사실에서 빚어진 추이(推移)였다.

그 히데요시가 조선과의 싸움을 결말짓지 못한 채 숨졌으며, 일본에 노부나가 때와 같은 위기가 다시 찾아왔다. 게다가 히데요시의 유아는 노부나가의 유아보다 훨씬 어리다. 그렇다면 당연히 제2의 히데요시가 나타나 천하를 통합해 갈 수밖에 없다.

그 제2의 히데요시는 누구일까? 그렇게 생각하고 기타노만도코로는 이에야스의 신변을 지키라고 말했을 게 틀림없으며, 그 지시 뒤에는 이에야스를 도와 이에야스의 실력과 합침으로써 도요토미 가문의 안전을 도모하려는 매섭고도 슬픈 결의와 선견지명이 느껴진다.

'후세 사람들은 도요토미 가문의 충신을 미쓰나리라고 할까, 기요마사라고 할

까…….'

노리요리 저택에 이르자, 바람에 실려 안에서 소북소리가 새어나오고 있었다. 겉으로는 한가로운 어릿광대놀이로 보이나, 공기는 역시 이상한 냄새를 품고 있다. 큰 현관 앞에 모인 여러 영주의 수행인들은 한결같이 삼엄한 무장을 갖추고 저마다 잔뜩 긴장하여 대치하고 있는 느낌이었으며, 그 수행원 속으로 연락관이 허둥지둥 드나들었다. 모두 주인의 몸을 염려하여 오사카로부터의 정보를 전하든가 지시를 받고 나오는 것이리라.

이에야스의 모습을 보자 그 사람들은 물을 끼얹은 듯 모두 조용해지며 눈으로 맞았다.

현관 마루에는 주인 아리마 노리요리와 도도 다카토라가 나란히 마중 나와 있다. 이에야스는 가볍게 목례하고 안으로 들어갔다.

"벌써 시작된 모양이군."

"예……오시지 않아서 무슨 일이 생겼는가……하고 모두들 걱정했지요."

조그맣게 속삭이는 다카토라에게 이에야스는 미소도 보이지 않고 불쑥 대답했다.

"무슨 일이 일어날 리 없지. 또 일어나게 해서도 좋을 것 없소."

노리요리는 깜짝 놀란 듯 이에야스를 돌아보고 목례했다.

"별실에서 차라도 한잔."

"고맙소. 한잔 대접받고 나서 무대를 구경할까요."

"그럼, 도도 님께서 차솜씨를 한번."

그것만으로 세 사람의 의사는 충분히 통했다. 노리요리는 손님 접대를 하고, 다카토라는 별실에서 이에야스에게 알려야 할 일이 있는 것이리라.

이에야스는 소북과 피리소리를 오른편으로 들으며 깊숙한 안채의 작은 객실로 안내되었다. 그 객실에서는 찻가마가 줄곧 끓고 있다.

찻가마 앞에 늠름한 몸을 굽히며 다카토라는 넌지시 말했다.

"사자는 돌아갔다고 합니다. 그러나 이대로는 무사할 것 같지 않습니다."

이에야스는 대답 대신 흘끗 다카토라와 시선을 마주치며 앉았다.

"미쓰나리 쪽에서 비록 자신의 불리함을 깨닫는다 하더라도, 이번에는 가토 기요마사 님을 비롯한 무장들이 가만있지 않을 분위기입니다."

"……."

"그들은 이번 소동의 원인이 미쓰나리에게 있다고 이제야 똑똑히 깨달은 모양입니다…… 눈치채면 이대로 가라앉지 않습니다. 미쓰나리는 긁어 부스럼을 만들었지요."

이에야스는 또 한번 같은 말을 되풀이했다.

"소란 피우게 할 수는 없지. 지금은 떠들어서 좋을 때도 아닐 거요. 아직 장례도 끝나기 전이잖소."

"바로 그것입니다. 이대로 내버려두면 미쓰나리에게 속아넘어가 마에다 가문에도 상처가 생길 거라고 호소카와 가문 중신 마쓰이가 와서 걱정하고 있었습니다."

"그럴 테지."

"아무래도 호소카와 다다오키 님 역시 움직이기 시작한 것 같습니다. 은거하신 후지다카 님 말씀도 계셨던 모양이지요."

다카토라는 이에야스 앞에 차를 내놓았다.

"이제 마에다 다이나곤이 어떻게 나올 것인지. 그분도 단순하지 않은 점이 있긴 하지만……그러나 다이나곤 쪽이 해결되더라도 뒤에 미쓰나리와 무장들의 사사로운 감정은 남습니다……."

이에야스는 듣고 있는 것인지 아닌지 아무렇게나 찻잔을 들고 소리 내어 차를 마셨다.

이에야스가 차를 마시는 동안 다카토라는 다시 말을 이었다. 조용히 물 끓는 소리를 깨뜨리지 않으려는 듯 침착하게 띄엄띄엄 말했다.

"다이나곤과 내대신이 직접 회담하시면 이야기는 깨끗이 풀린다……고 호소카와의 마쓰이 등은 보고 있는 것 같습니다만. 이 다카토라도 처음에는 그렇게 생각했습니다."

"음."

"내대신과 마에다 님이 하나로 융합된다면 이 천하에 야심을 펼 틈은 없다, 어떤 자도 발톱을 감추고 물러갈 것이라고…… 그런데 세상에는 이따금 납득되지 않는 일도 일어날 수 있습니다……."

다카토라는 이에야스가 내려놓은 찻잔을 들고 물었다.

"한 잔 더 하시겠습니까?"

"이제 됐소."

그 말을 듣고 조용히 찻잔을 닦으면서 미소 지었다.

"아직 당분간은 천하쟁탈이 야심가들의 마음을 떠나지 않는 꿈인지라……마에다 님은 본디 미쓰나리를 좋아하지 않습니다. 그러므로 방법에 따라서는 충분히 설득할 수 있습니다…… 그런데 다이나곤과 내대신이 화합하면 미쓰나리가 갈 곳이 없게 됩니다. 그대로 물러날 사나이라면 괜찮습니다만, 그렇지 않다면 궁지에 몰린 쥐가 무슨 일을 저지를지. 여기에 이해를 벗어난 일이 벌어질 듯한 냄새가 풍깁니다."

"과연 그렇겠군."

"그리고 대로가 다섯 분이니 다이나곤과 내대신 두 분 외에 세 대로가 남습니다. 수적으로 본다면 그쪽이 우세하다고 착각할지도 모릅니다. 늘 일을 그르치는 자의 판단은 대개 그런 착각에 빠지기 쉬운 것 같습니다."

거기까지 듣자 이에야스는 비로소 희미하게 쓴웃음 지었다.

"다카토라 님, 염려 마시오."

"물론 염려는 하지 않습니다만."

"에도의 각오는 그보다 좀더 높은 데 있소."

"그렇습니까."

"분명히 말해 두지만 나는 미쓰나리 따위는 적으로 삼지 않겠소."

"흠."

"내 목적은 노부나가 공과 다이코가 태평성대를 이루려고 몸이 가루가 되도록 일하신 뜻을 어떻게 살리느냐에 있소. 이 일은 서둘러선 안 되오. 큰 소동이 되지 않도록 떨어진 곳을 조심스럽게 기워가며 납득하지 못하는 자들을 설득시켜 가야 하오."

"참으로 옳으신 말씀……."

"서두르지 않으리다. 서두르면 일이 거칠어지는 법. 그대도 그런 생각으로 여러 장수들에게 주선해 주기 바라오. 천하란 얼마쯤 야심을 가진 무리들에게 도둑맞거나, 또는 훔칠 수 있는 게 아니오. 신불의 마음으로 경건하게 진실을 다하는 자의 손에 맡겨진다……고 나는 미쓰나리의 그 격한 성미에 깨닫게 해주고 싶소."

이에야스는 가슴을 한 번 툭 치며 다시 웃었다.

"뭘, 여차하면 나도 고마키에서 다이코를 다루었던 사람이지. 그러나 목을 베는 것만으로 태평세상은 열리지 않소. 살리는 일……사람 저마다의 장점. 그 설득력을 무언중에 내 몸에 익히지……않고는 어찌 천하가 태평스럽게 다스려지겠소. 그것을 노부나가 공도 다이코도 나에게 잘 알려주시고 돌아가셨소……."

이에야스의 말을 지그시 귀 기울여 듣고 있던 다카토라는 비로소 심술궂게 눈을 치뜨며 되물었다.

"그러면 내대신은 미쓰나리도 활용할 수 있다……고 생각하십니까."

"그렇소."

이에야스는 다시 한번 고개를 크게 끄덕였다.

"사람은 모두 얼마쯤 사회의 도움이 되기 위해 이 세상에 태어났다……는 나의 신념은 상대에 따라 바뀌는 게 아니오."

"과연, 사람은 모두 얼마쯤 사회의……."

다카토라는 천천히 입속에서 이에야스의 말을 되뇌며 웃음 지었다.

"확실히 얼마쯤 도움은 되겠지요, 미쓰나리도."

이에야스는 그 말에는 이미 대답하지 않았다. 다카토라의 웃음은 그대로 그의 이해가 얕음을 풍기고 있다. 아마 다카토라는 미쓰나리를 아직 살려두는 편이 이에야스 편에 이익된다……고 판단해서일 거라고 받아들였을 게 틀림없다. 그 신념의 차이를 여기서 설명한다 해서 두 사람의 거리가 줄어드는 것도 아니다. 기회는 아직 거기까지 무르익지 않았다……고 생각하며 입을 다물자 다카토라는 살며시 한무릎 다가앉으며 목소리를 낮추었다.

"과연 제 생각이 얕았습니다. 여기서는 미쓰나리의 잘못을 못 본 척하는 게 현명할지 모르겠습니다."

"……."

"왜냐하면 그 재주꾼이 자기 재주만 믿고 움직일수록 여러 영주의 마음은 그로부터 떠날 테니까요. 하긴 살려두는 편이 훨씬 도움 될 만하군요."

이에야스는 쓴웃음 지으며 손을 저었다.

"그만 됐소. 그 이야기는…… 어떤 경우에도 먼저 대비, 그런 다음 가장 중요한 것은 내 몸가짐을 바로 해둘 것……이를테면 이것이 인사(人事)를 다하고 경건하게 천명을 기다리는 자세요. 그 마음가짐만 있으면 쓸데없는 성급함이나 뉘우침은 없게 되오. 인내는 여기서 생겨나 이윽고 그 사람을 지켜준다고 믿고 있소."

그곳에 이 집 주인 아리마 노리요리가 들어왔다.

"저쪽에서 모두들 기다리고 계십니다."

그리고 싱글벙글 볼을 허물어뜨리며 웃었다.

"내대신님, 이제 염려하실 것 없습니다. 여기서부터 저택까지 거리에는 모리 다다마사가 사람을 풀어 지키게 하고 있습니다. 그리고 해 질 무렵까지는 가토 기요마사 이하 모두가 저택으로 달려올 모양입니다."

이에야스는 순간 가볍게 눈을 감았다. 노리요리 또한 그러한 사람들 움직임을 이에야스의 실력 앞에 굽실대는 우왕좌왕하는 모습으로 보고 있는 모양이다. 이에야스는 그것이 슬프기도 하고 우습기도 했다.

'이런 자들만으로 어찌 큰일을 이룰 수 있겠는가……'

그 위에 신불의 은총을 받을 만한 엄숙한 지성(至誠)과 자신이 없으면 안 된다…… 이에야스가 상대하는 것은 그 신불이며, 신불의 보이지 않는 손에 의해 이루어지는 '운명─'이 아닌가.

'─나무아미타불……'

문득 마음속으로 염불했을 때 노리요리는 다시 활짝 웃는 얼굴로 이에야스를 재촉했다.

스쳐서 울리는 것

고조로였던 오소데는 미쓰나리를 따라 오사카에 오고부터 차츰 잠 못 이루는 밤이 많아졌다.

성 정문 바깥해자 왼쪽으로 요도강을 끼고 있는 미쓰나리의 저택에서는 언제나 거대한 천수각이 올려다보였으며 밤낮으로 노 젓는 소리가 그치지 않았다. 과연 일본에서 가장 인구 많은 다이코의 성 아랫거리이니만큼 그 번화함이란 하카타에 비할 바가 아니리라……고 알았지만, 오소데에게 있어서는 어떤 기쁨에도 슬픔에도 연관되지 않는 인연 없는 존재였다.

미쓰나리는 대체 무슨 생각으로 오소데를 여기에 데려온 것일까. 처음에 오소데는 미쓰나리가 고독을 견디지 못해 자기 가슴에 매달려오고 싶은 거라고 생각했다. 낮의 생활이 엄격한 사나이에게는 그러한 밤의 휴식이 필요하다. 어머니 가슴에 매달리는 젖먹이처럼 굳게 믿는 여인과 단둘이 있으면 마음의 응어리가 풀린다……는 심정으로, 오사카에 도착할 때까지는 자기가 미쓰나리의 생애에 없어선 안 될 여자인 듯한 생각이 차츰 들었었다.

'시마야와 가미야의 부탁은 전혀 다른 곳에 있었는데……'

그런데 오사카에 오자 미쓰나리의 태도가 확 바뀌었다.

"도련님을 위해—"

입만 열면 그렇게 말하면서도 미쓰나리는 성 쪽에는 등을 돌리고 배로 부지런히 강을 내려간다. 그 방향에 요도야가 있고 가가 저택이 있다는 걸 안 것은 최근의 일이었다. 더욱이 요즘은 나가면 가가 저택에 들어박혀 돌아오지 않는 날이 많았다.

그 궁금증을 하카타 때부터 보아온 청지기 우지이에 사쿠베에(氏家作兵衛)에게 물어보니 그는 작은 목소리로 대답했다.

"다이나곤께서 병환 중이시라, 그 병간호를 가시는 것이지요."

그렇다 해도 이상한 일이었다. 마에다 다이나곤은 히데요시의 유아 히데요리를 부탁받은 소중한 어른이라는 말을 들어 알고 있지만, 그보다도 더욱 소중한 것은 히데요리 님일 것이다. 미쓰나리가 성의 히데요리에게는 가지 않고 부지런히 가가 저택에 드나든다. 히데요리 옆에 따로 가타기리 가쓰모토(片桐且元)와 고이데 히데마사(小出秀政)가 보호 역으로 딸려 있다고는 하나 왠지 순서가 거꾸로 된 느낌이 든다.

이따금 저택에 돌아와도 오소데에게 거의 말하지 않고 얼굴에 웃음이 떠오르는 일도 없었다. 집 안은 휑뎅그렁하고 어쩌다 잠자리를 나란히 해도 오소데의 존재 따위는 잊어버린 듯 혼자서 무언가 생각하며 괴로워했다.

오소데 쪽에서도 자기만의 궁리와 상념 때문에 잠을 푹 잘 수 없었다. 게다가 요 며칠 동안 저택 안팎이 줄곧 떠들썩했다. 영지에서 불러왔는지 아니면 새로 고용했는지 기골이 장대한 무사들이 무언가에 대비하여 저택 주위를 경계하고 있는 느낌이었다.

그날 아침도 미쓰나리는 이부자리 속에서 세숫물을 가져오게 하더니 곧 외출 준비를 했다. 지난밤에도 잠을 이루지 못한 듯 눈두덩이에 희미한 부기를 남긴 채 시동이 내주는 수건을 받으려 하지도 않았다. 온몸으로 무언가 이상한 공기를 냄새 맡으려 하는 모습이었다.

오소데는 견디다 못해 말을 걸었다.

"나가시기 전에 아뢸 말씀이 있습니다."

미쓰나리는 험악한 표정으로 돌아보고 번뜩이는 오소데의 눈을 발견하자 가볍게 한숨 쉬며 돌아앉았다.

"무슨 할 말이 있느냐."

오소데는 칼로 베듯 날카롭게 말했다.

"걱정됩니다, 대감님. 기운이 전혀 없어 보입니다. 쓰러지시겠어요. 자신은 모르더라도 곁에서 보는 사람은 걱정됩니다."

미쓰나리는 놀란 듯 눈을 크게 뜨더니 이내 쓸쓸한 웃음을 짓고 다시 한번 한숨 쉬었다.

"그대는 무언가 잘못 생각하고 있는 것 같군."

"병환도 아니고 피로한 것도 아니다……라는 말씀이신가요."

"그게 아니다. 내가 그대를 오사카로 데려온 뜻을 말하는 거야. 그대는 야나기 거리에서 자란 기녀, 설마 내 말을 곧이곧대로 들은 것은 아닐 테지. 나는 그대를 소시쓰나 소탄 옆에 두는 것은 좋지 않다고 여겨 납치해 온 거야. 내가 너한테 반해서 데려온 것으로 잘못 알고 건방진 말은 하지 않는 게 좋을 거다."

오소데는 칼날이 볼을 거꾸로 쓰다듬는 것 같은 섬뜩한 느낌이 들었다. 그러나 곧 가볍게 웃었다.

"호호……허세 부리지 마세요. 허세 부려 마음에도 없는 그런 말을 퍼뜨리신다면, 정직한 사람들은 정말 대감님을 겉과 속이 다르신 믿을 수 없는 분이라고 생각하겠어요."

단숨에 말하면서 오소데는 생각했다.

'이것이 이 사람을 고독하게 만들어가는 원인인가보다.'

"대감님은 어젯밤 뭐라고 잠꼬대했는지 모르시겠지요."

"뭐, 내가 잠꼬대했다고?"

"네, 필사적으로 구원을 청하고 계셨어요……누군가에게 쫓기고 있었던 모양이지요."

오소데의 물음은 미쓰나리의 폐부를 깊이 도려낸 모양이다. 순간 미쓰나리의 입술이 백지장처럼 하얗게 질렸다.

"저로서는 대감님 마음은 엿볼 수 없습니다. 하지만 몸의 피로는 알 수 있어요. 지금대로라면 머지않아……."

오소데는 말하면서 미쓰나리의 무릎 가까이로 다가앉았다.

"대감님만 한 분이 저 같은 무력한 여자 하나 품 안에 넣지 못하십니까. 비록 큰일을 누설시킨다 해도 나중에 베어버리면 끝날 여자를……지금처럼 잔뜩 긴장된 마음으로는 병나시겠어요."

미쓰나리는 대답하지 않았다. 경계와 당황이 엇갈리는 감정을 어떻게 억누를

지 초조해 하는 것을 알 수 있었다. 오소데도 잠자코 있었다. 이러한 경우 더 이상 추궁하면 위험했다. 남을 용서하지 않는 성격인 남자의 약점은 곧잘 이치의 옳고 그름을 초월한 노여움이 되어 터져나오는 법이다.

어색한 침묵이 한동안 이어졌다. 미쓰나리는 아마 오소데의 생각이 어디에 있는지 생각하며, 그 처형이나 처벌까지 조심스럽게 계산하고 있을 게 틀림없다.

미쓰나리는 갑자기 웃기 시작했다. 자조와도 비슷한 나직한 웃음으로, 웃는 것과 동시에 오른손이 오소데의 어깨에 얹어졌다.

"과연 그대는 재미있는 여자로군."

"재미없어요. 이렇듯 이곳까지 따라와 있는 동안 대감님이 불쌍한 분으로 여겨져 견딜 수 없게 된 거예요."

이것은 오소데의 진심이었다…… 미쓰나리는 다시 한번 나직이 웃었다.

"그런가, 내가 불쌍한 사나이로 보이는가."

"네, 세상일이 마음대로 되지 않는다 해서 그건 누가 나쁜 게 아닙니다."

"모두 자기 탓이라는 거냐."

"아닙니다. 초조해 하지 말 것……초조해 하면 스스로에게만이 아니라 주위 사람들까지 엄하게 책망하게 되니 그것이 바로 지옥이지요."

오소데의 목소리에는 어느덧 응석이 조금 섞여 있다. 대부분의 손님은 이로써 마음이 훨씬 부드러워진다고 기녀 시절 몸으로 터득한 습관이었다.

미쓰나리는 가볍게 오소데를 떠밀었다.

"오소데, 그대는 남자 마음을 꿰뚫어보는 여자다."

"아니요, 그런……."

"속단하지 마라. 단 한 가지 크게 잘못 본 것을 제외한다면."

"크게 잘못 본 것이라니요……?"

"미쓰나리도 말하고 싶어한다, 누군가에게 이 괴로움을 털어놓고 싶어한다고! 하지만……알겠느냐, 오소데, 만일 털어놓으면 그 상대를 베어야만 된다. 그러니 그대도 이제 묻지 마라."

오소데는 시치미 떼고 쏘아붙였다.

"아무것도 묻지 않았어요. 하지만 아무것도 탐지하지 않는다 해도 오소데는 이미 살아서 이 저택을 나갈 수 없겠지요."

"뭐! 내가 그대를 살려서 내보내지 않는다는 거냐?"

"네, 제가 소탄 님으로부터 무슨 부탁을 받았는지 대감님은 잘 알고 계십니다."

"흠."

오소데는 마치 남의 일처럼 말했다.

"소탄 님과 소시쓰 님은 대감이 내대신 이에야스 님과 손잡을 셈인지, 아니면 일전을 벌이실 셈인지, 그것을 알아내라고 하셨습니다. 그리고 그건 벌써 탐지했지요……대감은 결코 내대신과 손잡을 분이 아니다, 도중에 어떤 곡절이 있더라도 틀림없이 싸우실 분이라고. 그러므로 제가 이 저택을 나갈 수 있는 날은 아마 결코 없을 거예요."

미쓰나리는 다시 찢어질 듯한 눈으로 오소데를 노려보기 시작했다.

'어찌하여 이 여자에게 이렇듯 명백히 내 마음을 꿰뚫어보게 하고 말았을까…….'

솔직히 말해 미쓰나리는 하카타에 있을 때부터 이에야스와 타협할 생각은 전혀 없었다. 아니, 그 마음은 하카타에 가기 전에도 히데요시의 생존 중에도 전혀 없었다.

그러므로 귀경하고 나서도 이미 두 번이나 이에야스를 죽이려다 두 번 다 비참하게 실패하고 말았다.

그 한 번은 히데요리가 오사카성으로 옮겨올 때였다. 수행해 온 이에야스가 돌아가는 길을 습격할 속셈이었는데, 이에야스는 그걸 눈치챘는지 성을 나서자 말을 타고 그 길로 히라카타(枚方)까지 어느 누구의 저택에도 들르지 않고 급히 가고 말았다…… 강변 길은 미쓰나리의 세력범위라고 자세히 알고 계산한 행동인 것 같았다.

두 번째는 네 대로와 다섯 행정관 이름으로 19일에 쇼타이와 이코마 지카마사를 사자로 보내 힐문한 일이었다. 미쓰나리는 그렇게 하면 이에야스가 변명하기 위해 반드시 오사카로 오리라 생각했다. 그때야말로! 라고 생각하며 별렀으나, 이에야스는 슬그머니 빠져나가 오사카에 오기는커녕 오히려 10인 중직에서 제외시킨다면 다이코의 유언에 어긋난다고 반격해 왔다. 미쓰나리가 밤에도 마음 놓고 잠잘 수 없게 된 것은 그 뒤부터였다…….

오소데의 말처럼 미쓰나리 혼자서 이에야스와 일전을 벌일 각오는 물론 없었다. 그러한 싸움을 할 힘이 자기에게 없다는 것을 잘 알고 있다. 그러므로 좋은 기회를 노려 이에야스를 암살할 생각이었다. 이에야스만 없앤다면 히데요리와 도시이에의 그늘에서 미쓰나리는 충분히 도요토미 가문을 지키고 천하를 호령할 수 있다고 생각했다.

그런데 고심해서 만들어낸 기회는 두 번이나 미쓰나리에게 등을 돌렸다. 그렇다면 이제 마지막 수단으로, 우선 도시이에를 일어나게 하여 그를 방패로 영주들을 규합시켜 갈 수밖에 없다……

그런데 쇼타이와 지카마사가 돌아오고 나서부터 도시이에의 생각이 차츰 바뀌고 있다. 혼담 중매인이며 상대를 새삼 힐문해 보아도 대답은 더욱 종잡을 수 없을 뿐이고, 그 위에 호소카와 다다오키가 뜻밖의 열성으로 마에다 가문을 움직여 차츰 도시이에의 투지를 무디게 만들어갔다.

'여기서 도시이에가 저버리면 내 입장은 어떻게 될 것인가……?'

도시이에를 떠메고 있어야만 그는 도요토미 가문의 대들보이고, 그 나무 그늘에서 나오면 가토나 후쿠시마 따위와 아무 다름없는 권력의 자리에서 먼 한낱 영주에 지나지 않게 된다. 고슈 사와산(佐和山) 25만 석으로 300만 석에 가까운 실력을 가진 이에야스에게 어찌 대항할 것인가. 그 고뇌가 지금 바작바작 미쓰나리를 죄어오고, 마침내 오소데까지 그 초조한 마음을 꿰뚫어보았다.

이마에 식은땀이 스며나오며 미쓰나리는 신음하듯 말했다.

"그런가, 그대는 이 집에서 이미 죽을 생각이었던가. 그런 생각이라면 나도 구태여 숨기지 않으리라. 너도 또한 더 이상 할 말이 없을 테니."

오소데는 문득 미소 지으며 고개 저었다.

"아니요, 여기서 죽을 마음이 들었으므로 일부러 말씀드리는 거예요. 대감님은 지금 불길한 별 아래 계십니다."

"그대가 그것을 어떻게 아나."

"호호……제가 대감님보다 훨씬 불행에 익숙해져 있는 탓이겠지요. 인간에게는 뜻하지 않은 행복이 찾아올 때와, 버둥거릴수록 꼼짝 못할 수렁 속에 빠질 때가 있지요."

오소데는 다시 아양 부리며 말했다.

"대감님은 지금까지 너무 행복하셨습니다. 마음먹은 일이 차례차례 너무 순조롭게 이루어졌던 거예요."

"무슨 바보 같은 소리!"

"아니에요, 그러므로 인간의 일생에 몇 번 찾아오는 불행의 별을 모르지요. 대감님! 오소데는 목숨이 아까워 말씀드리는 게 아닙니다. 여기서 한두 해 그냥 내버려두고 일을 일으키지 마세요."

미쓰나리는 혀를 차며 곧 다시 오소데를 끌어당겼다.

'아녀자가 무슨 소리야!'

그러한 심한 반발 속에서도 왠지 모르게 오소데의 말이 마음에 걸렸다. 오소데는 노래하듯 다시 말했다.

"별이 나쁠 때는 몸을 삼가고 가만히 있는 게 좋다. 아니면 목숨에 관계되는 파국이 오리라. 10년 일하고 2년 쉬어라……이 2년이 소중한 휴식이라고 당나라 사람 오성 도인(五星道人)이 야나기 거리에 있을 때 저에게 가르쳐주었습니다……."

"뭐, 오성 도인이라고……?"

미쓰나리가 되묻자 오소데는 팔 속에서 고개를 끄덕였다.

"산명학(算命學)이라나요. 열두 해 가운데 어떤 좋은 별 아래 태어난 사람이라도 2년은 반드시 나쁜 해가 돌아온다. 이 2년 동안에 움직이면 평생의 파탄이 온다고."

"흠."

"도인은 말씀하셨어요. 아케치 님은 그 별을 스스로 점쳐서 알고 계시면서도 움직였기 때문에 삼일천하……아니, 다이코님도 그 나쁜 별 아래 두 번째 싸움을 시작하셨으니 반드시 목숨을 뺏길 원인이 되리라고요."

미쓰나리는 후들후들 떨기 시작했다. 미쓰나리도 싸움터에서 별을 점치는 군사(軍師)의 존재는 들어서 알고 있다. 아니, 아케치 미쓰히데는 그 방면의 명인이었다고 듣고 있었다. 그러니만큼 오소데가 지금 한 말은 칼날이 되어 가슴을 푹 찔러왔다.

"하하하……그것이 나에 대한 그대의 충고란 말이냐……."

"네, 다이코님이 돌아가신 날이 대감에게 있어 생애 최악의 날……그로부터 2년을 꼽아나가면 내년 8월 하순까지 움직여선 안 된다는 대답이 나옵니다. 대감님! 어떤 참을 수 없는 일이 있더라도 그때까지는 꾹 참으시면서 내대신의 동정을 살피시는 게 좋을 거예요."

미쓰나리는 당황했다. 오소데의 말을 결코 그대로 믿는 건 아니다. 하지만 내년 8월 하순까지 가만히 동태를 살펴보라는 것은 미쓰나리도 전혀 생각하지 못했던 일이 아니었기 때문이었다…….

"대감님이 나쁜 별 아래 계실 때가 내대신에게는 행운의 해일지도 모릅니다…… 아케치 님에게 있어 최악의 날이 젊은 시절의 다이코님에게 가장 좋은 날이었던 것처럼……."

미쓰나리는 다시 격렬하게 오소데를 밀어젖혔다.

"닥쳐라! 이제 됐다! 그 충고는 이미 늦었다."

"뭐……뭐라고 말씀하셨나요."

"벌써 늦었다고 했어. 내대신은 이미 후시미로 군사를 불러들였다. 내대신의 가신 사카키바라 고헤이타라는 사나이가 오미의 세다 큰 다리까지 달려와 동쪽에서 올라오는 우리 편의 통행을 완전히 금지시킨다는 기별이 있었다. 그뿐인가, 그 대군을 먹이기 위해 교토 언저리에서 식량을 모조리 사들이기 시작했다고……."

"그럼, 벌써 군마가……?"

"그렇다. 그러므로 이쪽에서는 마에다 다이나곤에게 싫건 좋건 후시미 공격을 하도록 시킬 수밖에 다른 도리가 없지. 하하하……걱정 마라. 막상 싸움이 벌어지면 다이코 은혜를 입은 사람들이 앞다투어 우리들을 도와줄 게 틀림없을 테니."

오소데는 순간 멍해졌다.

"벌써 거기까지……."

"그렇지. 화살은 이미 시위를 떠났다. 뭘, 운명이란 언제나 자기 손으로 열어가는 것이다!"

미쓰나리가 가슴을 두드리며 말하자, 오소데는 무슨 생각을 했는지 별안간 그 자리에 두 손을 짚었다.

"만류해 죄송합니다. 그럼, 곧 나가보세요. 그리고 언제라도 방해될 때는 이 오소데를……."

베어달라는 것이리라, 다시 한번 방싯 웃어보였다.

미쓰나리는 고개를 끄덕이고 일어났다.

"오늘 저녁에는 돌아오지 못할지도 모른다."

걷기 시작하자 미쓰나리는 차츰 분노가 끓어올랐다.

'오소데의 말 따위를 얌전하게 듣고 있었다니!'

아무리 자신만만한 인간이라도, 그 생애에 운과 불운의 순환이 있고 지금 흉한 운이 찾아온 시기……라고 듣는다면 동요되지 않을 수 없다.

그러고 보면 히데요시가 죽은 지난해 8월부터 미쓰나리에게 좋은 일이 하나도 없었다. 아니, 하카타로 떠날 때까지는 그래도 큰 자신감이 있었는데, 기요마사와 유키나가가 조선에서 다투었다는 소식을 들은 무렵부터 급격한 내리막을 달리기 시작했다.

기요마사뿐 아니라 아사노 요시나가며 구로다 나가마사까지 그가 상상했던 것보다 훨씬 노골적인 반감을 보이며 철수해 왔고 후쿠시마, 호소카와, 이케다, 가토 요시아키 같은 자들 또한 종래의 우정 때문인지 미쓰나리에게 더욱 등을 돌리기 시작했다.

그런 분위기 속에서 마에다 도시이에만은 놓치지 않으려고 필사적이 된 나머지 도시이에와 단둘이 대담할 때는 제삼자에게 차마 보일 수 없을 만큼 비참한 저자세를 취했다.

그 괴로운 때 오소데는 미쓰나리의 별이 지금 그에게 불길한 운명의 빛을 던지고 있다며 냉엄하게 지적해 온 게 아닌가…… 더욱이 오소데는 이상하리만큼 대담하게 미쓰나리 앞에 목숨을 내던지고 말했다. 그러므로 더 기분 나쁜 진실감이 느껴진다…….

인간의 생애에는 분명 행운과 불운의 순환이 있으리라. 마치 1년에 네 계절이 있는 것처럼…… 지금 미쓰나리는 매섭게 서릿발이 서는 운명의 겨울 속에 있지 않다고 어찌 단언할 수 있으랴.

'만일 그 엄동의 대지에 새봄의 싹틈을 기대하며 헛되이 씨앗을 뿌리고 있는 것이라면 어떻게 될까…….'

솔직히 말해 미쓰나리가 지금 이렇듯 나카노지마의 수많은 요도야 창고와 이웃한 마에다 저택을 거의 날마다 찾아오는 데는 두 가지 커다란 의미가 있었다. 하나는 말할 필요도 없이 도시이에와 무장파의 접근을 가로막기 위해서였다. 여기서 도시이에가 등돌린다면 미쓰나리가 설 땅은 거의 없다. 하지만 문제는 그뿐만이 아니고 또 하나, 이미 자기 저택에 있으면 신변의 위험이 생생하게 느껴지기 때문이었다.

무장파는 미쓰나리와 도시이에를 떼어놓으려 하고 있다. 그들 생각으로 본다면, 미쓰나리는 도시이에를 등에 업고 도요토미 가문의 실력자가 되려는 음모를 꾸미고 있는 게 되리라.

'내년 8월까지 잠자코 있으라고, 그 계집년이……'

그럴 수는 없다! 그러는 동안 이에야스는 여러 영주들 사이에 무너뜨릴 수 없는 기반을 쌓아올리고 말 것이다.

배를 타고 마에다 저택 뒤편 수문으로 들어가 하역용 돌축대에 내려서자 미쓰나리는 다시 한번 옷깃을 가다듬고 심호흡했다. 겉으로는 오늘도 도시이에의 병문안……그리고 병간호를 위해서라는 구실로 묵어갈 셈이었다.

역시 배로 어디론지 갈 모양인 마에다 문중의 후와 다이가쿠가 바쁜 듯이 말을 던졌다.

"오, 미쓰나리 님이십니까. 자주 병문안 와 주셔서 감사합니다. 지금 다이나곤님은 호소카와 님과 대담하시는 중이십니다. 들어가셔서 잠시 기다리시도록……"

호소카와 다다오키가 와 있다고 듣기만 해도 미쓰나리는 등골에 오싹 소름이 끼쳤다. 다다오키가 장남 도시나가를 통해 도시이에를 줄곧 설득하는 것을 잘 알고 있다. 도시나가는 어머니의 마음을 헤아려 여기서 이에야스와 싸워서는 안 된다는 의견이었다. 그러한 도시나가의 의견을 가로막으려고 미쓰나리는 되도록 도시이에의 병실을 떠나지 않으려 애써왔는데……

미쓰나리는 허둥지둥 현관으로 들어가 낯익은 젊은 무사의 안내도 기다리지 않고 현관마루에 올라섰다.

"대기실에서 기다리겠소. 손님이 돌아가시면 병문안 왔다고 전해 주오."

저택 안팎은 어제보다 한결 허둥거림이 느껴지는 긴박한 공기였다. 어쩌면 손님은 호소카와 다다오키만이 아닐지도 모른다. 그렇게 생각하자 미쓰나리는 도시이에의 병실에서 안뜰의 녹음을 사이에 두고 기역자로 꺾인 대기실에 들어가서도 그대로 앉아 있을 수 없는 초조함을 느꼈다. 집에 돌아가 있던 얼마 안 되는 사이에 분위기가 다시 확 바뀐 게 아닐까 하고 평소의 그답지 않게 가슴이 울렁거렸다.

복도의 발소리를 듣고 저도 모르게 자세를 바로했을 때 둘째 아들 도시마사가 장지문 밖에서 말을 걸었다.

"미쓰나리 님, 실례해도 괜찮겠는지요."

"어서 들어오십시오."

"그럼, 실례."

도시마사는 들어오자 거리낌 없이 웃었다.

"드디어 고비가 보이오, 미쓰나리 님."

"고비가 보이다니?"

"싸움은 되지 않습니다. 조정관들이 호소카와 님과 힘을 합하여 드디어 아버님을 설복시켰지요."

"조정관들이……?"

"그렇소. 오늘 이른 아침부터 이코마, 나카무라, 호리오 세 조정관이 오셨는데 거기에 가토, 아사노 두 분이 참가해 말씀하시고 형님과 호소카와 님도 충고했소. 모두들 하는 말이 같으므로 마침내 아버님도 꺾이셨소."

미쓰나리는 순간 조용히 눈을 감았다. 별안간 천지가 뒤집히는 듯한 마음이 들었던 것이다.

"그럼, 조정관들은 벌써 돌아가셨소?"

"조정관들은 돌아가셨습니다. 가토, 아사노 두 분은 아직 별실에서 형님과 대담 중이지만."

그리고 도시마사는 또 태평스럽게 웃으며 말했다.

"어차피 아버님으로부터 말씀이 계시겠지만 순서는 이렇소. 우선 내대신과 다른 아홉 사람이 서약서를 교환할 것. 이 사자로는 조정관이 나설 것. 그러나 그것만으로는 나중에 불쾌감이 남을 테니 내대신은 후시미에서 오사카로 문안드리러 오고, 아버님은 그 답례로 후시미에 가서 서로 화해한다……는 내용으로, 결국은 조정관들이 서약서 교환을 청한다는……것이었소. 무익한 싸움을 피할 생각이라면……."

도시마사는 근심 걱정을 날려보낸 듯한 밝은 목소리였으나, 미쓰나리로서는 듣기 어려운 사태의 움직임이었다.

'그렇다면 이……이……미쓰나리는…….'

"도시마사 님, 그건 위태로운 일이오! 무엇보다도 다이나곤이 후시미에 가시다

나……일부러 죽으러 가는 것이나 마찬가지 아닐까."

"하하……거기 대해서는 우리도 말했지요. 그렇다면 가토, 아사노, 호소카와 세 분이 수행하여 단연코 손대지 못하게 하겠다고 하셨소."

도시마사는 다시 소리 내어 웃었다.

미쓰나리는 다시 뭐라고 말하려 했지만 혓바닥이 굳어 소리가 되어 나오지 않았다. 도시마사의 말뜻이 쿡쿡 가슴을 찔러온다. 세 조정관이 나타나 수습책으로 이에야스에게서 다시 한번 서약서를 받아 끝내려 하는 일도 뜻밖이고 뒤이어 가토, 아사노, 호소카와 세 사람과 만난다는 것도 기괴한 일이었다. 어쩌면 조정관들은 가토, 아사노, 호소카와 등에게 움직여져 모두들 의논하고 왔는지도 모른다. 그렇다면 미쓰나리는 완전히 의표를 찔리고 따돌림 받은 게 된다…… 그런 다음 양쪽이 서로 방문한다는 데 이르러서는 더욱 언어도단이었다.

"그럼……가토, 아사노, 호소카와 세 분이 다이나곤의 신변을 호위하면 다이나곤도 안심하고 후시미에 가겠다……고 말씀하신단 말이오?"

도시마사는 가볍게 고개를 끄덕였다.

"그렇소. 도련님 장래에 도움 되는 일이라면 비록 그 자리에서 목숨을 잃더라도 아깝지 않다는 게 아버님의 결심이신 것 같습니다."

"그것을 모리 님, 우키타 님, 우에스기 님도 알고 계시오?"

"지금쯤 들으셨을 것이오. 조정관들이 나누어 방문해 승낙을 얻는다는 이야기였으니까."

미쓰나리는 이미 아무 할 말이 없었다. 조정관들이 먼저 돌아간……것은 다른 세 대로를 방문하기 위해서였던 모양이다.

'드디어 각오를 정해야 할 때가 왔구나……'

미쓰나리는 지그시 아랫배에 힘주며 호흡을 가다듬었다. 최악의 시기……라고 단정할 수는 없지만, 기타노만도코로를 둘러싼 무장파의 책동이 지금까지의 그의 노력을 완전히 뒤엎은 것만은 확실히 인정해야 되었다.

'이에야스의 야심도 모르고 소인들이……'

뱃속에서 끓어오르는 냉랭한 노여움을 씹고 있는데, 이번에는 도시이에의 측근 도쿠야마 고베에가 부르러 왔다.

"손님들이 돌아가셨습니다. 미쓰나리 님께 오시라는 전갈을."

두 손을 짚고 정중히 말하더니, 고베에는 도시마사에게도 미쓰나리에게도 아닌 듯이 덧붙였다.

"가토 님, 아사노 님 등과 복도에서 마주치지 않도록 안내해 드리겠습니다."

그들이 이 저택 안에서 미쓰나리의 모습을 보면 그냥 두지 않을 거라는 살벌한 의미를 품은 중얼거림이었다.

도시마사가 가로막았다.

"알고 있다. 그 두 분은 아직 얼마 동안 형님 객실에 계실 거다. 좋아, 내가 모시고 가마."

"그럼……."

고베에는 그대로 가버리고 미쓰나리는 도시마사의 뒤를 따라 복도로 나갔다. 온몸이 이상한 투지로 타오르기 시작하여 정신이 멍해지며 손발 끝까지 화끈거렸다.

"미쓰나리 님, 조심하십시오. 당신의 뜻은 세상에서 매우 오해받고 있는 것 같으니."

그 말을 들은 순간 미쓰나리는 무어라 형용하기 어려운 반발을 마음에 느끼고 별안간 발소리를 거칠게 냈다.

도시이에는 팔걸이에 힘없이 기댄 채 미쓰나리를 맞았다. 단정히 옷깃을 여미고 있다. 하지만 그 뒤에 이불이 펼쳐지고 온몸에 불길한 병마의 그늘이 짙게 드리워져 있었다.

미쓰나리는 화로를 사이에 두고 가까이 앉았다.

"오늘 병세는 어떠신지요? 이 추위도 잠시뿐일 터이니 몸을 소중히 하십시오."

도시이에는 그 말에는 대답하지 않고 입을 열었다.

"지금은 다이코 전하의 장례를 먼저 조용히 끝내야만 하오."

미쓰나리는 볼에서 귀밑까지 화끈하게 야릇한 열기를 느꼈다.

"가토, 아사노 등이 그렇게 말씀드렸겠지요."

"그렇소. 잘 생각해 보니 그 전에 일을 일으킨다면 당분간 장례식도 할 수 없게 되리다. 그래서는 남기신 부탁을 받들기는커녕 뒷날까지 웃음거리가 될 거요."

"다이나곤님! 그 결심은 움직일 수 없는 것입니까."

"도리에 따라야 되겠지. 가토, 아사노 두 사람뿐 아니라 기타노만도코로님을 비롯한 여러분들의 간절한 소원이오."

"황송하오나 이 미쓰나리는 그 결정에 진심으로 분노를 느낍니다."

"알고 있소. 그것이 바로 내대신이 노리는 바라고 말하고 싶겠지."

"그렇습니다. 이를테면 이번 내대신의 사사로운 혼인은 도요토미 가문을 둘러싼 사람들에 대한 도전이며 그 반응을 살피는 탐색이기도 합니다. 이것은 한 걸음 양보하면 백 걸음 양보해야 하는 원인이 되겠지요."

도시이에는 미간을 찌푸리고 얼굴을 홱 돌렸다.

"세상에는 한 걸음 양보하지 않으려다 오히려 뿌리째 파멸을 초래하는 경우도 있소."

"황송하오나 미쓰나리는 그렇게 생각되지 않습니다! 장례도 아직 끝나기 전부터 그 같은 무엄한 일을 감히 하는 자라면 미쓰나리는 단연코 용서할 수 없습니다."

말하고 나서 어지간한 미쓰나리도 섬칫했다. 온몸은 여전히 학질에 걸린 것처럼 화끈화끈 열이 나고 있다. 그리고 그 야릇한 열기가 이성을 벗어난 힘으로 그를 조종하고 있는 것 같았다.

"뭐, 단연코 용서할 수 없다고……?"

"옛. 그렇게 되면 미쓰나리의 무사도도 면목도 서지 않습니다. 비록 일본의 모든 사람이 도련님에게 등 돌리더라도 이 미쓰나리만은 단연코……혼자만이라도 야심을 품은 무리에게 굴복하지 않겠습니다."

함께 와 있던 도시마사와 도쿠야마 고베에는 아연해 서로 얼굴을 마주보았다.

'제정신이 아니다. 도시이에는 이런 비정상적인 미쓰나리를 대체 어떻게 다룰까……?'

마른침을 삼키며 마주보던 시선을 아버지에게로 옮기니 도시이에는 찌르는 듯한 눈초리로 지그시 미쓰나리를 노려보고 있었다.

"미쓰나리 님, 그 의기는 장하오."

"그렇다면 다이나곤님 본심도……."

"하지만 그대는 당분간 내 집을 나가지 않는 게 좋겠소. 그러면 굳이 칼날 앞에 몸을 내던지는 것이나 다름없으니까."

그리고 도시이에는 타이르듯 천천히 무게 있게 말했다.

"알겠소, 이번 일은 서약서 제출만으로 끝내기로 한다……는 게 이 도시이에의 결단이오."

미쓰나리의 이성은 열에 들뜬 또 다른 자신의 발언에 몹시 당황하고 있었다. 도시이에의 말은, 이제 미쓰나리 혼자서 하는 반대는 용서하지 않겠다는 것이다. 그것을 잘 알면서도 또 한 사람의 미쓰나리는 점점 더 날뛰어갔다. 손쓸 수 없는 자기 분열인지도 모른다.

"말대꾸 같습니다만, 다이나곤님께서는 이번 혼인에 대한 일을 서약서로 끝내신 뒤 반드시 내대신의 야심을 봉쇄할 방책과 자신감이 틀림없이 계시겠지요."

도시이에는 기막힌 듯 미쓰나리를 쏘아보았다.

"그런 자신감이 확실히 있었다면 다이코가 그토록 괴로워하시지 않았을 거라고 생각되지 않는가."

"그럼, 자신 없으므로 내대신에게 굴복……아니, 내대신의 방자한 행동에 눈을 감으신다는 것입니까."

"미쓰나리 님! 말이 좀 지나치지 않는가."

"아닙니다. 납득할 수 없는 일에는 결코 동의할 수 없습니다. 이것은 그대로 도요토미 가문 생사의 갈림길, 도련님 앞날에 직결되니까요."

"그런가, 그대는 거기까지 주장하는가……."

"주장하지 않으면 미쓰나리의 고집이 서지 않습니다. 다이코 전하의 유촉(遺囑)을 받은 몸이 구렁텅이로 떨어져가는 주인의 가문을 팔짱 끼고 보고만 있다면 미쓰나리의 면목이 서지 않습니다. 비록 온 일본의 영주들이 빠짐없이 내대신에게 무릎 꿇고 절하는 일이 있더라도 미쓰나리만은 외로운 충성을 지킬 각오입니다."

너무도 방자한 큰소리에 도시마사는 저도 모르게 큰 칼을 끌어당기며 미쓰나리에게로 성큼 다가갔다. 만일 도시이에가 성내며 호통친다면, 미쓰나리가 소도를 빼들고 덤벼들 것 같은 느낌이 들었기 때문이었다.

그러나 그것은 도시마사의 기우였으며 도시이에는 성내지 않았다.

"그런가. 요즘 들어보지 못한 통쾌한 말을 듣는군. 다이코를 위해, 도련님을 위해 도시이에는 깊이 감사드리오."

"뭐……뭐……뭐라고 하셨습니까."

"그것으로 그대 심정은 잘 알았소. 수단과 방법은 달라도 도요토미 가문을 염려하는 마음은 우리들과 거의 똑같소."

"알아주시겠습니까."

"잘 알았소. 그렇다면 이번 서약서에 그대의 연판은 없어도 좋소. 우리들 8명이 어떻게든 일을 수습한 뒤 오사카에서 도련님 수호 책임을 단단히 맡을 테니 그대는 혼자 힘으로 후시미를 공격하오. 도시이에는 여러 장수들이 그대를 방해하지 않도록 주선하리다."

도시마사보다 먼저 고베에가 히죽 웃었다. 불그레 불타고 있던 미쓰나리의 볼이 도시이에의 이 한 마디로 단번에 핼쑥해졌기 때문이었다.

"도시마사, 가토 님과 아사노 님은 아직 돌아가지 않았나."

"예, 아직……."

"그럼, 마주치지 않도록 강기슭까지 미쓰나리 님을 안내해 드려라. 난 피로해 좀 쉬어야겠다."

"기……기다려 주십시오!"

미쓰나리는 당황해 일어나려는 도시마사를 손으로 제지했다.

"미쓰나리는 지금 곧 후시미를 공격한다고 말씀드린 게 아닙니다."

"허, 그렇소."

도시이에는 고개를 한 번 끄덕였다.

"지금 공격한다면 고집은 세울 수 있지만……결코 승산은 없을 거요. 그렇다면 옥쇄냐 인내냐, 둘 중의 하나지. 어느 것이 도련님을 위한 일이냐고……나도 설득되었소."

도시이에의 눈에서 눈물이 주름살을 타고 줄줄 흐르기 시작했다.

도시이에의 눈물을 본 순간 미쓰나리는 온몸의 솜털이 곤두섰다. 도시이에게 꾸지람 들었다면 아마 이 오한은 느껴지지 않았으리라. 오히려 요사스러운 열기가 더욱 엉뚱한 말을 지껄이게 했을지도 모른다. 그만큼 미쓰나리는 자신의 획책이 무너져버리는 통에 정신이 돌아버렸다고도 할 수 있다.

'마침내 다이나곤에게 뱃속을 드러내보였다.'

미쓰나리의 말은 일시적 흥분에 앞뒤를 잊고 지껄여댄 관념론이며 감정론에 지나지 않지만, 도시이에는 눈물이 날 만큼 성실하게 주위의 사정을 고려한 다음의 현실론이었다. 만일 어느 것이 도요토미 가문을 정말로 염려하는 자의 말과 행동이냐고 따지고 든다면, 미쓰나리는 그곳에 있기 어려운 부끄러움을 맛보지 않으면 안 되리라.

'이건 어른과 아이의 차이……'

그것을 깨닫자 미쓰나리는 당황해 그 자리에 두 손을 짚었다.

"미쓰나리는 본심을 감추지 않고 말씀드렸습니다. 그 나머지는 확실히 지나친 말……미쓰나리도……다이나곤님 결정에 따르겠습니다. 용서해 주십시오."

도시이에는 소매로 살며시 눈물을 닦고 이번에는 미쓰나리에게서 시선을 돌리며 중얼거렸다.

"재주꾼이라고 일컬어지는 인간에는 두 가지가 있는 모양이야. 하나는 내 몸의 재치를 어쩌지 못하는, 세상 틀에 맞지 않는 재주꾼……그리고 또 하나는 그 재능을 겸손하게 안으로 키우며 세상의 틀에 맞게 갈고 닦는 재주꾼이지…… 도시마사도 잘 들어두도록 해라. 앞경우는 반드시 비극의 영웅이 되지만, 뒷경우는 위대한 일을 완성하는 자가 된다. 우리도 젊었을 때는 이 세상의 틀에서 삐져나갈 듯하여 매우 난처했었지. 재주꾼도 아니었는데."

미쓰나리는 고개를 푹 숙인 채 온몸을 긴장하고 있었다. 이상하게도 이번에는 무슨 비꼬는 말이냐……는 반발도 생기지 않았다.

"미쓰나리 님은 부러울 만큼 천부적 재능을 지니고 태어나신 재주꾼이오. 역시 잠시 동안 우리 집에 계셔야 되겠군, 도시마사."

"예, 알겠습니다."

"장수들 가운데 지나치게 흥분한 자들도 있다. 만일의 일이 생긴다면 돌이킬 수 없게 되리라. 도요토미 가문을 위해 침착하게 일해 주어야 할 분이다."

도쿠야마 고베에는 짓궂은 눈길로 미쓰나리를 바라보았다.

'어때, 우리 주인의 큰 도량을 알았느냐……'

그렇게 말하고 싶은 시선인 것을 미쓰나리도 잘 알 수 있었다. 하지만 미쓰나리는 반발을 느끼지 않았다. 도시이에의 말을 되씹으며 멍하니 자신을 응시하고 있었다.

'내 마음속에는 전혀 다른 두 인간이 살고 있다……'

하나는 매우 겸손하고 순진하지만, 또 하나는 도시이에가 지적한 대로 세상의 틀에 들어맞을 것 같지 않은 교만한 감정을 지닌 자기였다.

'이 둘 가운데 어느 것이 참다운 나 자신인 것일까……?'

집에서 나올 때 자기를 만류하던 오소데의 심각한 표정에 미쓰나리가 다시 문득 부딪쳤을 때 도시마사가 말했다.

"그럼, 별실로 안내를."

유지(遺志) 논의

오사카성 안의 서쪽 성이었다.

다이코가 심게 한 백매화가 드문드문 꽃을 피워 봄이 왔음을 알리고 있다. 날씨는 화창하게 개어 이대로 간다면 머잖아 꾀꼬리 소리도 들릴 듯 햇살이 따사로웠다.

그 뜰에 지그시 시선을 던진 채 기타노만도코로 네네는 조금 전부터 그 뒤의 일을 더듬더듬 이야기해 들려주는 기요마사의 말에 귀 기울이고 있었다. 매서운 추위가 지나가면 무엇보다도 먼저 다이코의 장례식을 무사히 치러야 한다고 바라고 있는 네네로서는 이 봄의 걸음걸이가 결코 빠르게 느껴지지 않았다.

'무슨 불길한 일이라도 생기지 않았으면 좋으련만……!'

그렇게 생각하고 있는데 이에야스의 혼인문제에 대한 힐책 사건이 일어났다. 네네가 알았을 무렵에는 벌써 쇼타이와 이코마 지카마사가 사자로 결정된 뒤였다.

"……아뿔싸!"

네네는 당황했다. 그녀는 다이코가 숨지기 전부터 이미 죽은 뒤 일어날 일들을 이것저것 헤아려보며 앞으로 도요토미 가문이 놓일 위치가 얼마나 인종을 필요로 하게 될지 계속 생각하고 있었다.

실력으로 보아 앞으로 실권은 이에야스 손에 들어가리라. 그것은 정권이 노부나가 손에서 히데요시 손으로 옮겨졌을 때보다 훨씬 더 자연스러운 일이었다. 그 무렵의 히데요시는 아내도 어머니도 사지(死地)에 버려둔 채 운명을 건 모험을 할 필요가 있었지만 이에야스는 전혀 그럴 필요가 없다.

이에야스를 도카이도 지방에 두어서는 마음 놓을 수 없다고 간토로 쫓아버린 것이 히데요시의 큰 오산이었다고 네네는 생각한다. 이에야스는 가신들의 불평을 못 들은 척하며 무조건 복종해 간토로 옮겨갔다. 그리고 새로운 영지 개척을 구실로 조선으로의 출병을 교묘하게 피하여 혼자 힘으로 마침내 간토 8주에 뽑아버릴 수 없는 실력을 키워놓았다.

네네는 그 영지가 얼마나 광대한지 알 수 없었으나, 여러 장수들로부터 그 방대한 실제 수확고를 들을 때마다 군사를 얼마나 마련해낼 수 있는가 하는 계산만은 난세를 살아온 히데요시의 아내로서 언제나 가슴속을 떠나지 않았다. 300만 석에서는, 1만 석에 250명씩 치더라도 7만 5000이라는 숫자가 나온다. 더구나 그들은 히데요시와 달리 이에야스와 일심동체인 선조 대대로 내려오는 가신들이 아닌가…… 그러므로 때에 따라서는 1만 석에 대해 300명의 동원도 가능하며 무리하면 350명도 될 수 있을 것이다.

'직속무장만 8만 명을 거느리고 있다……'

그 숫자의 두려움을, 14살 때부터 히데요시와 부부로 살아온 네네는 너무나 잘 알고 있었다. 네네가 아는 이 숫자를 영주들이 모를 리 없다. 따라서 '이에야스 일어나다!'라는 말을 들으면 영주들은 대부분 이에야스 쪽으로 붙을 것이다.

반대로 도요토미 문중의 직속무장들은 어떤가. 주력이 모두 조선으로 동원되어 지치고 쇠약해져 도저히 맞설 상대가 못 된다. 그러므로 네네가 가장 두려워하는 것은 이에야스가 만약 노부나가 서거 때의 히데요시와 같은 패기를 갖는다면, 하는 일이었다. 그렇게 되면 순식간에 도요토미 가문은 어디론가 사라져버리리라…… 그것을 염려하여 일부러 기요마사에게, 후시미로 가서 이에야스의 신변을 수호하라고 네네는 은밀히 부탁했다.

기요마사는 말했다.

"처음에는 다이나곤께서 좀처럼 승낙하실 기색이 없어 호소카와 님도 일단 자신의 주장을 거두셨습니다."

네네의 시선은 여전히 뜰을 향하고 있다. 그러나 정면에서 똑바로 자기를 쳐다보는 이상으로 귀 기울이고 있는 것을 기요마사는 잘 알았다.

"호소카와 님은 일단 다이나곤 앞을 물러나 이번에는 도시나가 님을 시켜 설득하신 모양입니다. 여기서 마에다, 도쿠가와 두 가문이 싸움을 벌이면 천하는 둘로 갈라진다, 불쾌하시겠지만 도쿠가와 님과 화해하시기 바란다, 그러지 않으면 마에다 문중뿐 아니라 도요토미 문중에도 큰 화가 미칠 거라고……."

네네는 이따금 조그맣게 고개를 끄덕이며 다시 귀 기울인다. 일일이 참견하면 고지식한 기요마사의 입을 봉해버릴 우려가 있다. 여기서 네네는 아무 가식 없는 진정한 소리와 분위기를 똑똑히 들어두고 싶었다.

"그리고 가장 중요한 것은 다이코님께서 임종 직전에 어째서 부랴부랴 도쿠가와 님 손녀와 도련님의 약혼을 정하시고 돌아가셨는지 이 점을 잘 생각해 주셔야 한다고 말씀드린 듯합니다. 이 일을 깊이 새기면 다이코님 심정을 가장 잘 알 수 있다……다이코님께서는 도쿠가와를 적으로 삼지 마라, 적으로 삼으면 우리 집안 장래가 위태로워진다……말로는 표현할 수 없으므로 억지로 어린 도련님의 약혼을 정하고 돌아가셨다. 이 뜻은……."

거기까지 말하고 기요마사는 오른손 엄지손가락으로 가만히 눈두덩을 눌렀다. 네네의 눈이 젖어드는 것을 알고 기요마사도 안타까움이 가슴에 치밀어 저도 모르게 눈물이 뿜어나오기 시작했던 것이다.

"이 말이 가장 강하게 다이나곤을 움직인 모양입니다. 즉 다이코님은 도련님과 히데타다 님의 따님을 짝지워 도쿠가와 가문도 도요토미 가문도 같은 내대신의 혈통으로 만드시려는 심정……그렇게 되면, 내대신도 이런저런 구별을 할 수 없게 될 것이니, 기량 나름으로 혈통 가운데서 천하인을 골라낼 수 있다는 이치. 돌아가신 뒤의 일본을 편안케 하기 위해서는 이 길밖에 달리 도리 없다고 보시고서 하신 약혼……그것을 여기서 적과 편으로 갈라놓는다면 유언에 따르기는커녕 거스르는 결과가 될 거라고 간언한 모양입니다."

기요마사가 여기까지 말하자 네네는 비로소 기요마사를 향해 바로앉았다.

"그것은 나도 오마쓰 님에게 간곡히 부탁해 놓았던 일이오."

"마님께서도……!"

네네는 고개를 끄덕였다.

"오마쓰 님과 도시나가 님은 부러울 만큼 마음이 잘 통하는 모자 사이거든."

"이제 알았습니다. 아무튼 그 도시나가 님 충고로 다이나곤은 눈물을 흘리며 뜻을 바꾸셨습니다. 예, 마음을 돌리시고 나니 과연 다이나곤이시더군요. 서약서 교환에 앞서 몸소 내대신을 방문하여 모든 나쁜 감정을 풀고 오겠다고 하셨습니다."

"네? 뭐라구요? 다이나곤이 직접……."

"옛, 그 병환 중이신 몸으로……그래서 이번에는 도시나가 님이 깜짝 놀라 만류하셨지요. 그도 그럴 것이 내대신은 고사하고라도 도쿠가와 문중 직속무장들은 이미 칼을 뽑아들 기세로 흥분해 있는 판이니까요……."

네네는 정신없이 몸을 앞으로 내밀었다.

"그래, 도시이에 님은 뭐라고 대답하시던가요?"

네네가 다급하게 묻자 기요마사는 다시 한번 투박한 손가락으로 눈두덩을 눌렀다.

"예……도시나가 님을 꾸짖으셨습니다……."

"네? 뭐라고 꾸짖으셨나요."

"내게는 너도 있고, 도시마사와 도시쓰네라는 아들도 있다. 그러나 다이코에게는 그 철부지 도련님 한 분뿐……이 세상에 어느 누가 진심으로 목숨을 걸고 그 유아를 염려해 줄 것이냐. 네 말은 잘 알았다……그러므로 이 도시이에는 비록 후시미에서 찔려 죽는 한이 있더라도 후회 없다. 그것이 도련님을 위하는 길이라면 어떤 위험 속에라도 뛰어들겠다고……."

"그런 말씀을, 도시이에 님께서!"

"예, 그것을 새삼스레 말리다니 아비 심중을 모르는 소치. 만일 아비가 후시미에서 찔려죽은 것을 알게 되거든 그때는 일전을 벌이든가 고향으로 돌아가든가 너희들이 알아서 할 일이며 아비는 모른다고 꾸짖으셨습니다."

네네는 한동안 대답할 수 없었다. 이누치요였던 옛날부터 도시이에의 성품을 잘 알고 있었다. 그러므로 좀 부끄러운 생각이 든다. 다이코 쪽에서는 과연 그만큼 이 옛 친구를 믿고 있었던 것일까. 죽음의 자리에 누워 달리 부탁할 사람이 없음을 알고 하는 수 없이 부탁한 게 아니었을까…… 그런데도 도시이에는 신의를 다하여 죽으려 하고 있다…….

'그렇다. 이미 죽을 때가 왔음을 짐작하고 마지막 진심을 기울이는 게 틀림없다…….'

"다이코는 좋은 친구를 두셨어……."

"예……옛."

"그런 마음의 절반만이라도 미쓰나리에게 있다면, 내대신과의 사이가 순탄하게 넘어갈 것을……."

미쓰나리의 이름이 나오자 기요마사는 당황하며 말머리를 돌렸다.

"그리하여 드디어 다이나곤의 후시미 방문이 결정되고, 호리오 님을 통해 내대신에게 그 뜻이 전해졌습니다."

"그래, 언제 가시나요?"

"가기로 결정되었으니 이달 안으로 불온한 분위기를 없애버리고 싶다, 그러지 않으면 언제 어디서 뜻밖의 분쟁이 일어나게 될지 모른다며……이달 29일에 출발하신답니다."

"29일!"

"예, 그리하여 서로 웃으며 헤어진 뒤 호리오 님, 나카무라 님, 이코마 님 세 조정관이 네 대로 및 다섯 행정관과 함께 내대신과의 사이를 조정하고 서로 서약서를 교환해 일을 끝낸다……그렇게 하지 않으면 2월 중에 장례식을 치를 수 없을 거라고 다이나곤은 말씀하셨습니다."

"그래, 병환은 괜찮으신가요."

"쓰러져도 좋다, 가야 할 곳에는 가겠다고 말씀하셨습니다."

기요마사는 엄숙한 목소리로 대답한 다음 다시 말을 이었다.

"그 일로 부탁이 있습니다."

"내가 할 수 있는 일이라면……."

"저와 아사노 요시나가, 호소카와 다다오키 세 사람에게 다이나곤을 수행하도록 만도코로님께서 명령내려 주시기 바랍니다."

"뭐, 그대까지……?"

"예, 마에다 문중 가신이 수행하게 해서는 저희들 마음이 개운치 않습니다. 게다가 저희 세 사람이 가면 아무리 흥분한 도쿠가와 문중 가신들이라도 설마 대들지 못하겠지요. 그 밖에 또 한 가지 큰 이유가 있습니다."

기요마사는 가만히 주위를 둘러보았다. 시녀들은 물론 이 방에서 물리쳐져 있었다. 가까이 있는 것은 반쯤 잠든 듯한 표정으로 우두커니 문 앞에 앉아 있는 여승 고조스 한 사람뿐이었다.

네네는 고개를 갸우뚱하면서 물었다.

"또 한 가지 큰 이유란? 나로서는 알 듯하면서도 잘 모르겠는데."

"첫째 목적은 물론 다이나곤의 신변수호와 이번 방문에 권위를 주기 위한 것……그러나 실은 그 밖에 우리 편을 견제하는 의미도 있습니다."

"우리 편을 견제……?"

"예, 이름은 굳이 말씀드리지 않겠습니다. 도련님 측근 가운데 여기서 무턱대고 다이나곤에게 일을 일으키게 하여 좋든 싫든 다이코님의 은혜를 내세워온 영주들을 선동해 싸움을 일으키려는 무리들이 있습니다."

"그것은 어렴풋이 알고 있지만……"

"그들이 다이나곤의 수행원이 마에다 문중 가신들뿐임을 알게 되면 또 무엇을 획책할지 모릅니다. 그러나 만도코로님 지시로 저희들 세 사람이 수행하게 되었다……고 하면 그들도 싸움을 걸지 못할 것입니다. 그러므로 이것은 우리 세 사람의 생각으로 수행하는 게 아니라, 도요토미 문중을 위한 큰일이므로 만도코로님께서 일부러 분부해 주시기 바라는 겁니다."

이 말을 듣자 네네는 무릎을 쳤다.

"알았어요. 그렇게 하지 않으면 세 사람의 뜻마저 오해받게 되겠지요. 납득되었어요. 내가 새로이 세 분에게 부탁드리지요. 도시이에 님의 두터운 신의에 어긋나지 않게 단단히 수행하고 오시도록."

"옛……"

"그리고 기요마사 님."

"예."

"그대가 특별히 내대신님에게 부탁드려 주세요."

"내대신에게 무엇을 부탁드리라는 겁니까."

"내대신과 도시이에 님은 말하자면 후시미와 오사카의 양 거두(巨頭)."

"옳으신 말씀입니다."

"그 한쪽이 방문한다면, 다른 한쪽에서도 답례로 찾아와주어야 마땅한 일. 아니, 감정이 서로 날카로워져 있는 지금 당장 그렇게 해야 한다는 건 아니오. 언젠가는 내대신도 답례차 오사카로 찾아오면……도시이에 님에 대한 내 마음이 편해질 것 같은데."

"글쎄요, 그렇게 될 수 있을는지요."

"도쿠가와 문중 가신들이 듣지 않을 거라는 말이겠지요."

"예, 아무튼 세상이 소란스러우니……."

"그러니 부탁하는 거예요. 다이코의 뜻은 어디까지나 천하의 평안에 있었을 터. 그러니 두 분이 진심으로 화합했다는 증거를 세상에 보여주고 싶어요……내가 그렇게 간청하더라고 부탁해 주지 않겠소."

기요마사는 대답하지 않았다. 네네의 심정은 잘 알 수 있다. 그러나 그 일은 오히려 소동을 유발시킬 듯한 기분이 드는 것이다. 미쓰나리 일파가 후시미를 떠난 이에야스에게 만일 자객을 보낸다면, 그것이 발단이 되고 구실이 되어 오히려 싸움이 일어날지도 모른다.

기요마사가 잠자코 있자 네네는 다시 말을 이었다.

"알겠소, 도시이에 님이 병든 몸으로 방문하셨는데 내대신은 답례하지 않는다……면, 도시이에 님이 내대신에게 굴복했다고 세상에서 보겠지요. 이것은 도요토미 가문을 위해서도 두고두고 꺼림칙한 일이에요."

기요마사는 자세를 바로하고 눈을 감았다. 도요토미 가문을 위해서도 꺼림칙한 일……이라는 말을 듣자 저절로 몸이 긴장된 것이다.

"과연……다이나곤이 일부러 후시미를 방문했는데 내대신이 그냥 인사를 받기만 한다면 다이나곤이 내대신에게 굴복한 게 되겠군요……."

네네는 다시 한무릎 다가앉았다.

"바로 그것이오. 성실하고 고지식한 도시이에 님은 세상의 평판 따위는 어떻든 다만 진심을 다할 뿐이라고 말씀하실 거요. 그러나 세상에서는 그렇게 보지 않아요. 도시이에 님이 끝내 내대신에게 굴복했다고 보겠지요. 그렇게 되면 인심이 내대신 쪽으로 한꺼번에 기울고, 도요토미 문중의 그림자는 삽시간에 희미해지게 되오."

"흠."

"미쓰나리 님은 그것 보라고 할 테고, 도련님 측근들 중에서도 내대신에 대한 반감이 높아질 것이며……그리고 그 반감에서 만일 큰일이라도 터진다면 그야말로 다이코의 뜻을 거스르는 결과가 될 것이오."

"……."

"기요마사 님, 다이코가 돌아가신 뒤의 도요토미 문중이 내대신과 싸워 이길 만한 실력을 지녔다면 나도 이런 구구한 말을 하지 않아요. 10인 중직의 손을 왜 빌리겠어요. 사사로운 혼인에 대한 일을 내 쪽에서 따끔하게 책망했을 것이오…… 그러나 잘 생각해 보오."

"예."

"그 호기스러운 다이코가 욱일승천의 기세를 누릴 때도 끝내 치지 못했던 내대신이란 말이오."

"아, 그 일은 이제……."

"아니, 이 한 점에 눈을 감아버려서는 안 되오. 이것이 가장 중요한 점이오. 다이코도 어쩌지 못했던 내대신……더욱이 그 내대신은 간토로 영지가 바뀌어 이전의 몇 갑절이나 실력이 늘어났소. 이같이 상대를 키워놓고서, 다이코도 없고 가신들은 조선전쟁에서 지칠 대로 지쳐 있는 지금 대체 무엇을 할 수 있겠소. 꽃이 만발한 벗나무에는 망아지를 매지 않는 법이오. 이 움직일 수 없는 사실에 눈감아서는 모든 일을 그르치게 되오……아시겠지요."

"예……옛."

"아니, 다이나곤 역시 그것을 잘 아시므로 직접 후시미로 가주시는 거요. 그 다이나곤에게 도요토미 가문에서 직접 드릴 선물은 오직 하나……내대신으로 하여금 답례하게 하는 것뿐이오."

참을 수 없는 듯 네네는 여기서 입술을 깨물며 말을 멈추었다.

기요마사의 눈에서 다시 눈물이 뚝뚝 떨어지고 있다.

"그러니 그대가 내대신에게 전해 주세요. 도요토미 문중과 도쿠가와 문중은 다이코의 유지에 따라 언제까지나 친척……아니, 천하태평을 기원하려고 굳게 맺어진 일심동체……그러므로 네네가 오로지 한마음으로 부탁하더라고. 내대신이 다이나곤에게 답례해 주신다면 두 가문의 화합이 천하에 알려져 쓸데없는 소란이 없어지게 될 터이니 염치 불고하고 부탁드린다고 전해 주세요."

기요마사는 별안간 그 자리에 두 손을 짚었다.

"잘 알았습니다. 분명히 알았습니다……그것이, 그것이 다이코님의 진정한 유지(遺志)였다고……기요마사, 비로소 깨달았습니다."

네네는 갑자기 두 손으로 얼굴을 가렸다. 온몸을 심하게 떨면서…….

울 만큼 울고 나자 네네는 다시 얼굴에 미소를 떠올렸다.

"기요마사 님, 나는 다이코가 오만도코로님을 오카자키에 볼모로 보낸다고 하셨을 때, 어쩌면 이렇듯 고집도 긍지도 없는 겁쟁이일까 하고 그 벗어진 이마를 갈겨주고 싶은 생각마저 들었었지요."

"이거 참, 너무 심한 농담 말씀을……."

"거짓말이 아니오. 목적을 위해서라면 수단방법을 가리지 않는 믿지 못할 사람. 이 몰인정한 사람 때문에 한평생 조마조마해 하며 정성을 바쳐왔던가 싶으니 내 쪽에서 이혼을 선언하고 싶을 만큼 화가 났었소……."

"……."

"그러나 이제야 그것이 다이코의 가장 훌륭한 점이었다고 마음속으로 사과하고 있어요. 부모를 생각지 않는 자식이란 있을 수 없으며, 자식과 동생들이 사랑스럽지 않은 사람도 없겠지요……."

"옳은 말씀……이라고 생각합니다."

"그렇건만 이를 악물고 어머니를 볼모로 보냈을 뿐 아니라, 아사히 님까지 출가시켰으니……여느 사람으로는 할 수 없는 일이었지요."

"옛."

"그것을 굳이 해치운 것도 다 태평성대를 이룩하기 위한 인내였소. 칠 수 없다면 치지 못하는 대로 참자고……몸이 마르도록 잠을 못 이루며 생각한 끝의 일로, 그 무렵부터 다이코님은 내대신을 적으로 삼지 않았었지요. 혈육으로 여기며 더없이 뛰어난 협력자로 포섭하셨소……아시겠지요……기요마사 님……."

"예……옛."

"그 무렵 다이코의 괴로운 인내를 생각해 보오. 지금 참아야 하는 일 같은 것은 인내 속에 들지도 않소. 이까짓 사소한 체면 따위……생모를 볼모로 보내는 슬픔에 비한다면 아무것도 아니지 않겠어요……."

"그만……이제 그만해 두십시오! 기요마사는 내대신께 그 유지를 꼭 알리겠습니다."

"그렇게 해줘요. 천하태평을 위해서는 다이코도 그처럼 참고 견디어왔소. 이번에는 내대신 차례라고 말해도 좋아요. 내가 그렇게 말하더라고, 분명히 말해도 상관없소…… 그 대신 다이코의 진정한 뜻을 알고 있는 가신들은 천하가 어지러워질 어리석은 행동을 결코 하지 않을 거라고."

기요마사는 새삼스럽게 네네의 얼굴을 다시 한번 올려다보지 않을 수 없었다. 눈가에 아직 눈물자국이 남아 있다. 그러나 그 미소에는 자신감에 찬 말과 더불어 다이코의 목소리를 듣는 것 같은 그리움과 미더움이 느껴졌다.

'이러니 다이코님도 한발 양보하셨던 거지……'

야릇한 날카로움으로 사물의 본질을 꿰뚫어보고 해야 할 말을 단호히 해치운다.

"만도코로님, 기요마사도 마음이 정해졌습니다. 이제 자신 있게 내대신께 이야기할 수 있겠습니다."

"그렇게 되어야만 하지요. 그러나 앞으로는 나도 이런저런 일에 참견하는 것은 삼가겠어요."

"황송합니다. 모두 저희들 힘이 약하기 때문에……."

"그리고 어서 장례식을 치르게 해주세요. 빨리 장례 지내고 머리를 깎은 다음 보지도 듣지도 말도 하지 않고……오직 일편단심, 다이코의 명복을 빌며 살아가고 싶소."

네네는 다시 얼굴을 돌려 뜰로 시선을 던졌다. 웃으면서도 아직 슬픔과 종이한 장 차이의 자리에 있는 네네였다.

네네의 말을 듣고 기요마사는 눈앞의 안개가 걷힌 듯한 기분이 들었다. 생각해 보면 부끄럽다. 여자인 만도코로가 미망의 밑바닥에서 고민하는 것을 위로하고 격려할 수 있어야 사나이라 할 수 있다.

'그런데 거꾸로 깨우침을 받고 있다……'

과연 네네의 말대로 히데요시의 유지를 더듬어 나간다면 당연히 히데요시와 이에야스가 손잡은 때인 저 고마키 전투 뒤의 신고(辛苦)가 생각날 것이며, 그 두 사람을 손잡게 만든 심중에야말로 가장 큰 히데요시의 '뜻'과 '소망'이 숨겨져 있었다는 사실을 깨닫게 될 터였다.

'회의와 망설임이 없는 얼마나 명쾌한 사고방식이란 말인가……'

그런 생각에서 출발한다면, 도요토미 가문과 도쿠가와 가문의 관계는 벌써 분명히 정해진 길을 걸어가고 있는 데 지나지 않는다. 다이코가 숨진 뒤에는 그

매부 이에야스가 다스린다. 그리고 이에야스는 다이코의 뜻을 살려 실제로 천하를 다스릴 만한 기량을 지닌 자에게 뒤를 물려준다······ 그것이 이에야스의 아들 히데타다가 될지, 아니면 다이코의 유아 히데요리가 될지는 그 기량에 따른다고 할 수밖에 없다. 더욱이 그 둘은 전혀 남이 아니다. 히데타다는 아사히히메의 양자이고 히데타다의 맏딸은 히데요리와 짝지워져, 그 자식들 대가 되면 다이코의 혈통이며 이에야스의 혈통이 된다······.

'다이코님은 그 앞날의 일까지 깊이 생각하여 히데요리와 센히메의 혼인을 정해 놓고 돌아가신 것이다······.'

그 경위가 정연하게 납득되면 과연 그 계획으로 보더라도 이에야스와 일을 벌여서는 안 된다는 것을 잘 알 수 있다······.

기요마사는 말했다.

"제가 해야 할 일을 똑똑히 알게 되어 눈이 번쩍 뜨인 것같이 상쾌한 기분입니다. 앞으로 제가 할 일은 어떻게 하면 도련님을 일본 으뜸가는 큰 인물로 키워내느냐······."

"바로 그것이오. 그 때문에 지금 히데요리 님의 사부인 도시이에 님에게 이에야스 님이 꼭 답례해 주었으면 하는 거지요."

"잘 알았습니다. 만일 내대신이 신변의 위험을 생각해 주저하신다면 그때는 다이나곤을 수행해 간 저희들 세 사람이 내대신의 수호를 맡겠습니다."

"오, 그게 좋겠구려. 그렇게 하면 이에야스 님도 안심하시고 반드시 우리 청을 들어주실 거요. 그게 좋겠소."

"그럼, 이만 물러가 아사노, 호소카와 두 분께 곧 이 뜻을 알리겠습니다."

"사리를 잘 따져 이야기해 주오, 오해하는 일이 없도록."

"잘 알았습니다. 그러면 스님, 이만."

기요마사가 인사하고 일어서자 문 앞에서 졸고 있는 듯 보이던 고조스가 소리 없이 뒤따라나와 배웅했다.

혼자가 되자 네네는 다시 한번 크게 한숨을 내쉬고 눈을 감았다.

"정말이지 다이나곤께서 거기까지 잘도 결심해 주셨구나!······이제 됐다."

네네는 이에야스의 도량이 큰 것을 잘 알고 있다. 도시이에가 병을 무릅쓰고 찾아간다면 이에야스 역시 답례하지 않고 있을 사람이 아니었다. 아니, 그렇게 하게 해야만 여러 영주들 눈에 히데요리가 도쿠가와, 마에다 두 사람에게 존경받는 도요토미 문중의 주인으로 비쳐질 것이다…….

네네는 고조스가 다시 소리 없이 되돌아올 때까지 조용히 염주를 만지작거리며 움직이지 않았다. 기요마사가 물러간 방 안 분위기의 쓸쓸함으로 갑자기 추위가 살갗에 스며드는 느낌이었다.

히데요리가 오사카성 주인으로 후시미에서 온다는 말을 듣자, 네네는 곧 요도 마님에게 본성 내전을 깨끗이 내주고 서쪽 성으로 옮겼다. 히데요리의 생모로서 요도 마님에게 양보한 것은 결코 아니다. 같이 지내는 히데요리에게 조금이라도 위엄을 곁들여주고 싶었기 때문이었다. 겨우 7살 된 히데요리는 아직 어떤 인물이 될지 짐작할 수 없다. 가끔 찾아오는 가타기리 가쓰모토의 말로는 그리 어리석은 태생은 아닌 듯하나 천성적으로 놀라울 정도의 뛰어난 성품을 타고난 것 같지도 않았다. 그렇다면 도쿠가와 문중과 더욱 깊은 화목을 유지해 두지 않으면 안 된다. 만일 이에야스의 눈에 들 만한 인물이 못되더라도 도요토미 문중의 주인이며 도쿠가와 가문의 가장 가까운 친척이고 보면 히데요시가 노부나가의 손자에게 준 기후 성주 정도의 지위는 보장되리라.

'시대는 바꿔어간다…….'

더 이상 무리한 일을 바라며 망동 부리다가는 천하의 난을 초래할 뿐 아니라, 실력 없는 자의 비참한 말로가 도요토미 가문을 찾아올 게 틀림없다.

'미쓰나리와 요도 마님이 냉정하게 그것을 깨달아주었으면…….'

네네는 고조스가 돌아와 조용히 앉을 때까지 가만히 그 일을 생각했다.

'서쪽 성으로 옮기면 다시는 아무 말도 하지 않을 결심이었는데…….'

고조스는 네네 옆으로 자개 화로를 조심스럽게 밀어놓았다.

"마님, 본성 내전에서 마에다 님 댁으로 사자를 보낸 모양입니다."

대답하는 대신 네네는 눈을 뜨면서 고개를 갸우뚱했다.

"아니, 다이나곤님의 후시미 방문을 말리려는 사자가 아닙니다."

"호……그럼, 무엇 때문에 보내는 사자일까."

"도련님을 위해 병환을 무릅쓰고 가시는 데 대한 위로의 사자랍니다."

네네는 저도 모르게 소리 내어 말했다.

"오, 참 잘했구나! 과연 요도 마님이시다! 아무렴, 그래야지. 그대는 누구한테서 그 말을 들었나."

"네, 마님께 가만히 알려드리라는 가타기리 님의 전갈이었습니다."

네네는 몇 번이고 깊숙이 고개를 끄덕였다.

'도요토미 문중에도 아직 사람이 있다…….'

지금의 네네로서는 진정 흐뭇하게 마음이 풀어지는 소식이었다.

"그래? 요도 마님이 위로의 사자를 보내셨단 말이지. 그것참……."

네네는 살며시 손에 들었던 염주를 이마에 갖다대고 미소 지었다.

"봐요, 스님, 이렇게 되고 보니 나는 하루바삐 이 성을 나가고 싶군. 이제 아무 탈 없이 장례식도 치르게 될 테니까."

그것만이 지금 네네의 진정한 소원이었다. 네네가 이 성을 미련 없이 나가 보임으로써 모두에게 시대의 변천을 똑똑히 알려준다……그것이 남편의 유지를 그르치지 않게 하는 아내의 마지막 의무라고 생각되었다.

도(道)의 비교

후시미에서 교토에 걸친 인심의 동요는 아직 가라앉지 않았다. 사카키바라 고헤이타에 뒤이어, 히데타다와 함께 일단 에도로 내려갔던 혼다 마사노부가 역시 군사를 이끌고 달려왔기 때문이었다.

그리고 이이 나오마사의 연락으로 고헤이타가 세타에서 사흘 동안 동서 교통을 차단한 것과 교토 언저리에서 식량 조달을 한 것이 한층 동요를 크게 했다. 시민들 중에는 오사카에서 후시미 공격군이 정말 오리라 믿고 은밀히 피난한 자조차 있었다.

그런 긴박한 공기 속에 27일 오후부터 이런 소문이 퍼지기 시작했다.

"마에다 다이나곤이 몸소 후시미에 오신다."

소문이란 늘 반은 진실을 전하고 반은 희망적으로 흐르게 된다. 어떤 사람은 도시이에가 이에야스에게 사과하러 오는 것이라 했고, 어떤 사람은 도시이에가 히데요리의 대리로서 새삼 이에야스를 힐문하러 오는 거라고 퍼뜨렸다.

어떻든 두 거물이 회담하면 싸움이 연기될 거라는 자와, 오히려 빨라질 거라고 보는 자의 둘로 나뉘어졌다. 뒷경우는 도시이에가 굳이 온다면 이에야스가 어찌 무사히 돌려보낼 것인가, 반드시 베어버려 그것이 실마리가 되어 싸움이 빨라질 거라는 추측이었는데, 이 추측은 시민들보다 도쿠가와 편 군사들 사이에 더 퍼지는 게 야릇했다.

"다이나곤이 마침내 대감님 계책에 걸려든 모양이야."

"암, 이건 어쩌면 마사노부 님 꾀일지도 몰라."

"어쨌든 온다면 우리 마음대로지. 그냥 돌려보낼 게 뭐야."

사카키바라 고헤이타가 도착하여 그때까지 머물던 영주들 병력은 철수했지만 저택 경비는 여전히 엄중하게 계속되었다. 예년 같으면 슬슬 기타노 언저리로 사람들이 매화 꽃놀이를 올 무렵이었으나, 이러한 분위기 때문에 교토의 봄은 아직 멀었다.

정월 29일 아침이었다. 이에야스는 일어나자 곧 혼다 마사노부, 이이 나오마사, 사카키바라 고헤이타, 도리이 모토타다 부자와 유키 히데야스를 거실로 불러 살피듯 말했다.

"나는 오늘 나루터까지 다이나곤을 마중 나가려는데."

도시이에는 이날 오후 2시가 지나 배로 후시미에 닿는다는 기별이었다.

"주군께서 굳이 마중 나가시지 않아도."

나오마사는 말하며 복잡한 표정으로 여러 사람을 둘러보았지만, 아무도 그의 말을 받는 사람이 없었다. 마중 나간다는 이에야스의 말 속에 숨은 무언가 특별한 의미를 찾아내려고 조심스럽게 서로의 마음을 살펴보고 있는 듯한 표정들이었다.

"병환 중이신데 일부러 오시는 거다. 마중 나가지 않으면 예의가 아니지."

마사노부가 목소리를 낮추어 말했다.

"주군, 그것도 한 가지 계책이긴 하겠습니다만, 그 효과가 있을까요."

아무래도 마중 나간다는 말을, 상대를 방심시키기 위한 수단으로 알아들은 말투였다. 이에야스는 이맛살을 찌푸리고 혀를 찼다.

"역시 나가지 않으면 안 되겠는걸. 답답한 자들이군…… 나는 이미 남김없이 내 마음이 통해 있는 줄 알았더니……."

이에야스는 한숨지으며 유키 히데야스를 돌아보고 엄격하게 말했다.

"그대 가신 중에 지레짐작하는 성급한 자는 없을 테지."

그것은 물론 자식인 히데야스에게만 하는 말이 아니었다. 히데야스를 상대로 다른 사람들에게 다짐을 주려는 속셈이었으리라.

"지레짐작하는 성급한 자란 무엇을 가리키는 말입니까."

"다이나곤에게 칼을 빼드는 따위의 성급한 자를 말하는 거다."

한 마디로 잘라 말하자 나오마사와 마사노부는 허둥대며 눈짓했다.

"암살이나 속임수로는 한두 명의 적은 거꾸러뜨릴 수 있겠지만 천하 통치는 안 되는 법. 마사노부도 고헤이타도 잘 들어두는 게 좋아. 만약 그대들 가신 가운데 다이나곤께 무례한 짓을 저지르는 자가 있다면 내 손으로 처단할 테다. 그대들도 명심하고 마음에 새겨두어라."

도리이 모토타다가 빙그레 웃었다. 모토타다는 그들이 어디에서 도시이에를 죽일까 은밀히 모의한 것을 알고 있는 눈치이다. 그들은 아마 이에야스에게 알리지 않고 그들 생각대로 처치해 버린 뒤……나중에 이에야스에게 사과할 작정인 듯싶었다. 그 증거로 나오마사의 얼굴이 뻘게졌다.

"고헤이타."

"옛."

"다이나곤은 일단 마에다 가문 저택으로 들어가 쉰 다음 내일 나를 찾아오게 될 것이다. 그러니 내가 마중한 다음 그대는 나루터에서 마에다 저택에 이르는 길목을 엄중히 경계하여 만에 하나라도 실수 없도록 하여라."

"알았습니다."

"나오마사는 내일 이곳에 오셨을 때 저택 안에서 무례한 짓을 하는 자가 없도록 모두에게 잘 일러두어라. 알겠느냐. 다이나곤 말고도 호소카와, 가토, 아사노 등의 눈이 있단 말이다. 우리 가문의 치욕이 될 만한 언동은 단연코 용서 않겠다."

엄숙한 어조로 말하고 나서 이에야스는 가장 젊은 히데야스에게로 시선을 옮겼다.

"히데야스, 그대는 다이코의 양자. 다이나곤이 후시미에 계실 동안 성 아랫거리에 어떤 조그마한 소동도 일어나지 않도록 영주들 저택을 돌아다니며 저마다 수배를 의뢰해 놓도록……알겠느냐, 그 정연한 질서 유지야말로 싸우지 않고 이기는 무인의 첫째가는 마음가짐이다."

히데야스는 꾸벅 머리를 숙이고 다시 한번 그들을 둘러보았다. 이로써 모두들 도시이에를 해치려는 마음을 가까스로 버린 것 같다. 무례한 자가 하나라도 나오게 되면 그 주인을 이에야스가 직접 처단하겠다고 말한 게 무엇보다도 크게 효과 있었던 모양이다.

"그럼, 오늘 나루터까지의 수행원은?"

겸연쩍은 듯이 마사노부가 묻자 약속한 것처럼 모두들 말했다.

"저희들 모두……."

이에야스는 이 말에 특별히 대답하지 않았다. 이쪽에서 해치려는 마음을 버리게 하더라도 반대로 마에다 가문 가신들 중에 이에야스를 노리는 자가 있을지도 모른다.

이에야스는 오후 2시 조금 전에 저택을 나서서 나루터로 향했다. 명령해 놓은 대로 고헤이타의 휘하 군사들이 길을 지키고 있었다. 여기저기 갑옷을 걸친 군사가 있는 광경은 자못 살풍경한 느낌이었으나, 강물도 차츰 따뜻해지고 엷은 햇볕 아래 갯버들 새싹이 은빛으로 빛나고 있었다.

마에다 도시이에는 강바람을 맞으며 얼굴이 흙빛이 되어 건널판자를 걸어왔다. 맨 앞에 가토 기요마사가 서고 뒤에는 아사노 요시나가와 호소카와 다다오키가 따르고 있다.

세 사람은 예복차림이었으나 뒤따르는 수행인은 모두 갑옷을 입고 있다. 어느 얼굴이나 잔뜩 긴장된 살기를 품고 누군가 한 사람이라도 불붙이는 자가 있으면 순식간에 난투의 폭풍으로 바뀔 것 같은 분위기였다.

이에야스는 도시이에의 얼굴빛을 본 순간 가슴이 아팠다. 병이 결코 가볍지 않아 보인다.

'그런데도 일부러 찾아왔는가…….'

그렇게 생각하자 자기 쪽에서 건널판자 끝까지 다가가지 않을 수 없었다.

"참으로 잘 오셨습니다."

이에야스가 손을 내밀며 가까이 다가가자 두 사람 사이에 누군가 후닥닥 뛰어들었다. 마에다 문중의 무라이, 오쿠무라, 도쿠야마 세 가신이었다.

다다오키가 쓴웃음 지으며 그들을 가로막았다.

"우리들이 수행하고 있으니 염려 마시오."

"무……물러가 있어라."

도시이에는 괴롭게 숨을 몰아쉬며 신하를 꾸짖고 말을 이었다.

"병중이므로 저곳에 걸상을……."

용서하시오……라고 한 모양이었으나 그것은 말이 되어 나오지 않았다.

이에야스는 고개를 끄덕이고 석축을 쌓은 둑 밑 강기슭에 걸상을 놓게 했다.

"병환을 무릅쓰고 오신다는 소식을 듣고 마중 나왔습니다. 봄이라고는 하나 아직 강바람이 차가우니 일단 귀공의 저택에 들어가시어 천천히 쉬신 다음 와주십시오."

"고맙소."

걸상에 앉자 도시이에의 볼에 겨우 핏기가 돌기 시작했다.

"고맙긴 하나 내 집에는 아무 볼일도 없으니 지금 이 길로 귀공의 저택을 방문하고 싶소."

"하지만 피로하신 듯한데……."

"하하하……."

도시이에는 지지 않으려는 듯 웃었다.

"염려 마시오. 나도 근본은 무인, 여차하면 아직은 무리를 견디어낼 만한 몸이오. 아니, 지금도 배 안에서 이야기를 나누었지만 다이코가 돌아가시던 전전날의 일이 생각나서 말이오."

"허, 전전날의 일이라면……."

"그렇소. 그때 다이코는 행정관들이 엎드려 있는 앞에서 내 손을 이렇게 잡으시며……히데요리를 세우는 것도 못 세우는 것도 다이나곤에게 달린 일……이라고 말씀하셨소. 부탁하오, 다이나곤. 다이나곤, 부탁하오……라고. 그 손의 차가운 촉감이며 목소리가 지금도 생생히 이 손, 이 귀에 남아 있소. 그러므로 먼저 도련님 일을 귀공께 부탁드리지 않고는 마음 놓이지 않소. 이대로 가고 싶소이다."

이에야스는 가슴속이 뜨거워졌다.

'도시이에는 죽음을 결심하고 온 것이다…….'

아마 그 죽음도, 두 갈래로 생각하여 각오하고 온 게 틀림없다. 하나는 이에야스의 가신에게 찔리는 죽음, 그리고 또 하나는 병중의 무리로 말미암은 죽음.

'그렇다. 이제 길지 않으리라…….'

"좋습니다. 그럼, 우리들은 한 걸음 먼저 돌아가 변변치 않으나마 접대준비를."

이에야스는 역시 울먹여지려는 목소리를 가까스로 참으며 가토, 호소카와, 아사노 세 사람에게 인사했다.

"수고들 하시오. 아무쪼록 조심하셔서 모시기 바라오……."

이에야스가 정중하게 인사하고 돌아가자, 나루터로 앞서거니 뒤서거니 두 채의 가마가 왔다. 하나는 말할 것도 없이 호이초(虎耳草) 무늬를 그린 마에다 가문 가마였고, 또 하나는 접시꽃 무늬가 그려진 이에야스 전용 가마였다.

도쿠야마 고베에는 황급히 도쿠가와 가문의 가마를 가로막았다.

"내대신은 이미 돌아가셨소. 빈 가마로 그냥 돌아가시도록."

그러자 접시꽃 무늬 가마 옆의 무사가 그 자리에 공손히 한 무릎을 꿇고 말했다.

"내대신 명령으로 다이나곤님을 모시러 온 것……저는 이 언저리를 경비하고 있는 사카키바라 고헤이타의 가신 이토 추베에(伊藤忠兵衛)이오니 염려 마시고 타십시오."

고베에의 얼굴에 당황하는 빛이 어렸다. 도시이에를 어느 가마에 태워야 할지 판단이 망설여진 것이다. 이곳을 적지라고 생각한다면 마중 나온 가마에 타는 편이 유리할지 모르며, 좀더 깊게 의심하면 가마째 그대로 뺏기지나 않을까 염려된다.

가토 기요마사가 웃으며 옆에서 한 마디 거들었다.

"모처럼의 호의이시니 보내온 가마를 타시도록."

그리고 기요마사는 사카키바라 문중 가신들에게로 돌아섰다.

"수고 많으시오. 기타노만도코로님 분부로 나와 호소카와 님과 아사노 님이 가마를 경호하며 따를 것이니 경비하는 여러분에게 그 취지를 알려주시기 바라오."

"알겠습니다."

고베에는 또 무언가 말하고 싶은 눈치였으나, 그대로 물러나 도시이에에게 가마가 도착했음을 알렸다.

도시이에는 양옆에서 부축해 일으키려는 무라이와 오쿠무라의 손을 뿌리치고 근엄한 걸음걸이로 가마에 다가가 접시꽃 무늬를 보더니 고개를 크게 끄덕이고 올라탔다.

분위기는 아직 조금도 부드러워지지 않았다. 엷은 햇빛이 비쳤으나 북쪽에서 불어오는 바람은 차갑고 잿빛 수면과 그 건너편에 보이는 무코지마 풍경까지 이상하리만큼 앙상한 황량함을 깃들이고 있다.

가마에 오르자 도시이에는 비로소 눈을 깜박이며 바깥 경치를 바라보기 시작했다.

'내 평생에 이 땅을 다시 밟는 일은 없으리라……'

이런 감회가 문득 가슴을 스치자 자기 집에도 들르지 않겠다고 말한 자신의 완고한 성미가 뉘우쳐졌다. 달리 큰 아쉬움은 없었다. 다만 노후를 위해 세운 다실에서 조용히 한 모금 차를 맛보고 싶은 느낌이 들었던 것이다.

'도련님을 위해 모든 것을 바쳐야 한다……'

이번 여행은 이에야스가 일부러 마중 나와준 것만으로도 충분히 만족해야 할 일이라고 고쳐 생각했다.

가마는 도쿠가와 저택의 큰 현관까지 그대로 들어갔다. 현관 마루에는 이이 나오마사와 혼다 마사노부가 기묘하게 긴장된 표정으로 엎드려 있었다. 도시이에는 그들이 이해되었다. 그들 역시 마에다 가문 가신들과 마찬가지로 자기 주인의 행위가 못마땅하여 속을 끓이고 있는 것이리라.

도시이에는 가볍게 목례했다.

"내대신은 좋은 가신들을 두셔서 좋으시겠소."

말을 건네고 나오마사의 뒤를 따랐다…… 기요마사와 다다오키와 요시나가 세 사람은 도시이에에게 몸을 붙이고 떨어지지 않았다.

도시이에는 깊숙한 안쪽의 대서원으로 인도되면서 저도 모르게 빙그레 미소 지었다. 오사카 저택을 떠나올 때는 만일 이에야스에게 불손하거나 괘씸한 점이 있다면 한칼로 베어버려 서로 찔러 죽이는 공상이 가슴을 떠나지 않았었다. 그런데 지금은 완전히 바뀌었다. 이에야스에게 만일 인간으로서, 무장으로서 용서할 수 없는 분노를 느낄 경우 웃어주면 그뿐인 것이다…….

"그대는 겨우 그런 보잘것없는 사나이였던가……."

도시이에에게 그런 경멸감을 품게 할 만한 상대라면 문제 삼을 가치조차 없다, 어차피 세월의 심판을 받아 비참한 노쇠의 손아귀에 잡히고 말 것이다……라고. 어째서 그렇게 바뀌었는지는 모르나 도시이에는 심신이 한결 가벼워졌다. 사람이 사람을 심판하는 것……보다 더 큰 심판이 사람의 일생을 기다리고 있다.

'그렇다. 마음먹은 대로 주저할 것 없이 말해 버리자. 그리고 우스꽝스러우면 웃어줄 뿐……'

대서원 앞에 이르니 여기서도 이에야스가 마중 나와 있었다. 아니, 그보다도 도시이에를 놀라게 한 것은 장지문을 떼어버린 옆방과 세 번째 방의 광경이었다.

세 번째 방에는 한눈에 의원으로 보이는 차림의 세 사람이 약상자를 옆에 놓고 부복해 있었으며, 옆방에는 오사카에서 수행해 온 가토, 아사노, 호사카와 세 사람을 위한 준비로 여겨지는 음식상이 이미 나란히 놓여 있다. 그리고 장지문을 떼어내어 옆방에서 똑똑히 바라보이는 위치에 다이나곤의 보료와 이에야스의 자리가 팔걸이와 화로를 곁들여 마련되어 있었다.

"흠."

이번에는 도시이에도 웃을 수 없었다. 세 의원은 만일의 경우 도시이에의 병에 대한 대비임을 알 수 있고, 경호원 세 사람을 옆방에서 접대하는 것은 적의가 전혀 없다는 증거였다.

호사로움을 좋아하던 히데요시의 신변에 낯익어온 도시이에의 눈에 비친 검소한 가구는 내대신이라는 자리에 어울리지 않을 정도였으나 그만큼 오히려 엄격한 깨끗함이 감도는 것 같았다.

"내일 아침에 오실 줄 생각하고 있었으므로 모든 게 뜻대로 되지 않았습니다만, 많이 드시기 바랍니다."

"잘 먹겠습니다."

두 사람의 시선이 허공에서 만나 부딪치자 어느 쪽에서 먼저인지 모르게 미소로 바뀌었다. 바로 얼마 전 나루터에서의 첫 대면은 결코 이렇지 않았었는데…….

'내대신은 과연 예사로운 사나이가 아니다.'

도시이에는 앉자 곧 목례하고 팔걸이를 끌어당겼다.

"내대신님, 앞서의 언쟁은 천하를 위해, 도련님을 위해 깨끗이 잊어주시기 바라오."

이에야스는 밝게 웃었다.

"아니, 제가 먼저……혼담에 대해서는 제 생각이 부족했습니다. 그러나 오늘 이렇게 다이나곤님을 저희 집에 맞게 되니 와주신 그 심정만으로도 충분합니다."

"그러시다면 안심될 일……."

도시이에도 웃는 얼굴로 대답하고 나서 살며시 자세를 바로했다.

"이로써 이미 마음이 풀리신 것이라 믿고 말씀드립니다만, 내대신은 다이코의 유언을 어떻게 받아들이고 계십니까? 오늘은 한번 거리낌 없이 말씀해 주셨으면 합니다."

이에야스의 눈이 살피듯 도시이에에게 부어졌다. 도시이에가 어떤 생각으로 다이코의 유언 같은 지극히 까다로운 문제를 꺼내는지 먼저 그것을 생각해 보지 않으면 대답할 수 없는 물음이었다. 이에야스는 진지한 표정으로 조그맣게 말했다.

"나무아미타불⋯⋯."

말해버리고 나서 이 응답은 너무 엉뚱하다⋯⋯고 문득 생각했다. 상대의 감정 여하에 따라서는 이처럼 상대를 어리둥절하게 하는 시치미 뗀 대답은 없다.

"뭐, 나무아미타불이라고⋯⋯."

아나나 다를까 도시이에는 눈을 번뜩이며 고개를 갸우뚱했다.

"네, 저희들 일상생활의 마음가짐입니다. 이 염불에는 저희들 생각에 만약 잘못된 점이 있다면 용서해 주십사 하는 소원과, 용서받게 될 것이라는 안심이 표리(表裏)를 이루고 있습니다. 불타의 눈으로 보신다면 인간은 모두 가련한 번뇌의 자손일 것이므로."

도시이에는 나직이 신음했다.

"흠. 물론 다이코도 그 예외는 아니다⋯⋯라는 말씀이시겠군."

이에야스는 대답하는 대신 날라온 술상에서 술잔을 집어들었다.

"먼저 시식하겠습니다."

"흠, 나무아미타불이라!"

"마음에 드시지 않으신다면 용서해 주십시오. 저희들은 오직 한결같이 다이코의 참뜻을 밝아나가려 합니다만, 자칫 잘못되는 일이라도 있을까 하여 빌고 있는 심정입니다."

말하면서 시녀의 손에서 술병을 받아들었다.

"자, 화합의 표시를."

도시이에는 아직 무언가 생각하면서도 순순히 잔을 받았다.

그곳에 아리마 노리요리와 도시이에의 총신 가미야가 도리이 신타로에게 안내되어 들어왔다.

도시이에는 깜짝 놀랐다.

"그대가 어떻게 이곳에?"

"예, 내대신으로부터 주군님 곁을 떠나지 말라는 분부를 받았습니다."

가미야는 자기 역시 무언가 꿈꾸고 있는 듯한 표정이었다.

"그리고 우리 가문의 요리사 고이즈카(鯉塚)도 불려와 이미 주방에서 일하고 있습니다……."

"뭐, 고이즈카까지 불려와서……."

도시이에는 순간 온몸의 힘이 안개처럼 빠져나가는 것을 의식했다. 이것은 단지 다이나곤인 도시이에를 정식으로 공경(公卿)으로서 맞는 준비만이 아니다. 가미야를 불러준 것도, 도시이에의 기호며 입맛을 체득하고 있는 요리사를 일부러 불러온 것도 병중의 도시이에를 염려하는 얄미울 정도로 친절한 마음이라고 받아들일 수밖에 없었다.

'무서운 사나이다, 이에야스는…….'

도시이에는 이미 이에야스를 향해 무엇을 묻거나 따질 기력이 없었다. 이에야스는 나무아미타불이라는 기묘한 대답 속에서 그 마음가짐과 결심을 도시이에에게 엄숙히 알리고 있다. 아마 도시이에가 거듭 힐문했다면 오히려 도시이에의 소견머리 없음을 비웃으며 단호하게 말해 버리리라.

"천하의 평정이야말로 다이나곤의 참뜻이라고 믿습니다."

이에야스는 그러한 도시이에 앞에서 가미야에게 조용한 표정으로 손수 술잔을 내리고 있다…….

죽음을 맞아 히데요시의 소망도 병들고 헤매는 자의 번뇌를 드러냈었지만, 지금 히데요리에 대한 도시이에의 연민도 같은 성질의 것인지 모른다. 도시이에는 될 수 있다면 이에야스에게서 히데요리에게 정권을 내줄 시기에 관한 언질을 똑똑히 받은 뒤 돌아가고 싶었다.

"15살로 성년에 이르렀을 때는 도련님에게."

그러나 만일 그 히데요리의 그 인물됨이 모자랄 경우에는……하고 되물어온다면 대꾸할 말이 없으리라. 도시이에쯤 되는 인물이 이 얼마나 가엾은 넋두리를 늘어놓는 것일까 하고 비웃음을 받을 게 고작일 듯싶다.

그렇게 생각하니 이에야스가 말한 '나무아미타불……'의 한 마디는 천근의 무게를 지니고 도시이에의 마음을 눌러온다.

'인생이란 결국 모든 게 나무아미타불인가.'

살아 있을 때 그토록 큰일을 이루었던 다이코였지만 죽은 뒤에는 완전히 무력하다……

잠시 뒤 차례로 날라져오는 요리를 보며 도시이에는 차츰 주위가 어둑어둑해져 오는 것을 느꼈다.

　'히데요리 일은 시대의 동향과 정세에 맡길 수밖에 도리가 없다…….'

　만일 도시이에로서 할 수 있는 일이 있다면 히데요시가 자기 손을 잡고 부탁한다고 애걸했던 것처럼 도시이에 또한 이에야스의 손을 잡고 울어볼 수밖에 달리 도리 없으리라. 그러나 도시이에에게는 그렇게 할 수 없는 한 조각의 이성이 아직 남아 있다.

　"아니, 그것 역시 버려도 좋지만 그렇다면 도리어 히데요리의 입장을 무너뜨리는 게 되리라."

　아리마 노리요리가 참석하여 번거롭게 다섯 번째 잔이 돌았을 때 도시이에는 가벼운 현기증을 느끼며 젓가락을 놓았다.

　"주군, 어디 편찮으신지……."

　당황해 들여다보는 가마야를 꾸짖고 도시이에는 이에야스를 똑바로 보았다. 이에야스가 이때만큼 크고 완강하게 눈앞에 가로막혀 보인 적은 일찍이 없었다.

　"오늘의 접대, 도시이에는 평생을 두고 잊지 않겠습니다."

　"별말씀을. 먼 길을 오셨는데……이에야스 역시 평생 잊을 일이 아닙니다."

　"겸해서……."

　말하려다가 도시이에는 문득 다음 방에 있는 가토, 호소카와, 아사노 세 사람을 꺼리듯 목소리를 낮추었다.

　"도시이에가 일부러 오사카에서 찾아와 이렇듯 정중한 접대를 받고 물러가기에 앞서 청할 일이 있습니다."

　"새삼스레 무슨 일이십니까."

　"다름이 아니오. 이전에 요도 마님께서 말씀이 계셨던 저 무코지마로 옮기시는 일을 도련님을 위해 실행해 주시지 않겠습니까."

　이에야스는 영문을 모르겠다는 듯 되물었다.

　"무슨 말씀이신지, 무코지마로의 이전이 도련님을 위한 일이라니……?"

　이 저택이 좁고 위치가 나쁜 데 대해서는 전부터 문중 사람들이 신경 쓰고 있다. 그러나 다섯 행정관과 다섯 대로들 가운데 반대하는 자가 많으므로 이에야스 쪽에서 보류하고 있었던 것이다.

"무슨 일이든 도련님을 위해서……라는 건, 내대신 몸에 만일의 일이라도 생기면 그날부터 도련님은 망망대해의 외로운 조각배가 될 것이기 때문이오. 그러니 그곳으로 옮기시어 각별히 조심해 주기 바라오."

지금의 도시이에로서는 아무 거짓 없는 진정한 소원이었다. 이에야스는 숨죽이고 도시이에를 쏘아보았다. 도시이에의 눈 속에 글썽하게 스미는 눈물을 이에야스는 잘 알 것만 같다.

'무엇 때문에 여기서 이러한 말을 꺼내는 것일까……?'

그 의심은 곧 풀렸다. 도시이에는 병석의 히데요시가 자기 자식을 부탁한다고 말한 것과 똑같은 마음으로 지금 이에야스에게 애원하고 있는 게 틀림없다.

"히데요리를 부탁하오!—내대신 몸에 만일의 일이라도 생기면 그날부터 도련님은 망망대해의 외로운 조각배……."

얼마나 서글픈, 그러나 아름다운 다이코에 대한 우정일까.

"행정관과 대로들은 이 도시이에가 잘 납득시키지요. 만일 귀공께 잘못된 일이라도 생기면 안 되니까요. 무코지마로 이전하는 일을 꼭 승낙해 주시오."

이에야스는 뜨거운 것이 목구멍에 왈칵 치밀었다. 보는 눈이 없다면 그 또한 아마 눈물을 떨어뜨리며 도시이에의 손을 잡았을 게 틀림없다. 이에야스는 자세를 바로하고 똑똑하게 대답했다.

"다이나곤님 말씀, 가슴에 단단히 새기겠습니다. 분부대로 이에야스, 무코지마에 옮기도록 하겠습니다."

"승낙해 주시겠습니까."

"나무아미타불……."

"고맙소! 일부러 후시미까지 온 보람이 있었소."

마음 놓으며 다시 잔을 드는 도시이에에게 이번에는 이에야스 쪽에서 정중하게 고개 숙였다.

"이로써 우리도 마음이 든든합니다. 나머지 일은 모두 귀공께 맡기고 장례준비에 들어갈 수 있을 테니까요. 그런데 제 쪽에서도 한 가지 양해를 얻어둘 일이 있습니다."

이에야스는 역시 다음 방의 가토, 호소카와, 아사노 세 사람을 흘끗 본 다음 말을 이었다.

"이렇듯 방문해 주셨으니 이에야스 또한 오사카까지 답례차 가는 게 당연하나, 장례가 끝날 때까지 말미를 주셨으면 합니다. 납득해 주시겠습니까."

"별말씀을. 도시이에는 답례를 바라고……."

"아니, 그렇지 않습니다. 답례하지 않으면 이에야스의 마음이 편안치 않지요…… 다만 장례 전에 오사카로 간다면 다이나곤의 체면이 서지 않으십니다. 무사히 장례를 끝내기 위해 다이나곤과 내대신이 사사로운 원한을 누르고 왕래했다…… 고 세상 사람들이 해석한다면 다이나곤을 위해 참으로 분통한 일……그러므로 장례를 무사히 끝낸 다음 병문안 드리고 싶습니다…… 그 점 양해하시기를……."

이에야스의 말은 도시이에의 귀에 도달하는 이상으로 다음 방의 기요마사며 다다오키의 귀에도 잘 들렸다. 기요마사는 다다오키와 살며시 시선을 마주치며 고개를 끄덕였다. 만일 이에야스에게서 이 제안이 없었다면 그들 두 사람이 이에야스에게 권해야만 했던 것이다.

"과연."

다다오키가 중얼거리자 도무지 술을 먹을 줄 모르는 기요마사의 근엄한 눈이 살며시 내리깔렸다. 도시이에의 좌석에도 그 옆방에도 아직 요리가 연거푸 날라져오고 있다.

기요마사 등의 접대는 이이 나오마사가 하고 있었다. 나오마사는 일부러 이에야스의 말은 못 들은 척하며 연방 술을 권했다.

"마에다 가문의 요리사는 과연 솜씨가 뛰어나군요! 자, 잔을 비우십시오."

하나의 결의

이시다 미쓰나리는 드물게 과음했다. 오소데 혼자 술 시중을 들었으며 바로 조금 전까지 함께 자리했던 이시다 문중 중신 시마 사콘(島左近), 마이 효고(舞兵庫), 요코야마 겐모쓰(橫山監物), 기타가와 헤이에몬(喜多川平右衛門) 등은 모두 물리쳐져 있었다.

마시타 나가모리와 나쓰카 마사이에가 알려준 정보를 하나하나 자세히 검토해 보았지만 하나같이 못마땅했다. 솔직히 오늘 밤의 그는 자신이 지나치게 술을 마시고 있다고 생각했다.

"주군에게서 받은 녹봉을 남겨 치부하는 건 일종의 도둑질이야."

공공연히 말하며 거느린 무사들에게 녹봉을 아끼지 않았던 미쓰나리였다. 그런데 오늘 밤에는 스스로에게 욕설을 퍼붓게 될 것만 같아 견딜 수 없었다. 그것은 호리오 요시하루가 떠벌인 말을 기타가와가 멍청하게도 그에게 알려준 게 동기였다. 요시하루는 녹봉을 아끼지 않는 청빈한 미쓰나리를 어린아이 같은 마음가짐이라고 비웃었다.

"도쿠가와 님은 이름난 노랭이지. 그러므로 가신의 녹봉이 다른 문중 사람들보다 훨씬 박하다. 그런데 그들이 모두 심복하며 목숨을 아끼지 않고 충성을 다하는 것은 무슨 까닭일까. 미쓰나리가 가신에게 후한 것은 녹봉이 아니고는 참다운 충성을 얻지 못하는 증거지. 돈이나 쌀로 가신을 사들인다나……이건 뜻있는 가신에 대한 모욕인 줄 모르고 있어. 어린아이야, 어린아이의 생각이지 뭔가."

그 말을 들은 순간 미쓰나리는 참지 못하고 기타가와에게 고함쳤다.

"왜 쓸데없는 소리를 이 자리에서 하느냐. 물러가라."

그러나 그 고함은 상대보다도 오히려 자기 자신을 아프게 했다.

'나의 어딘가에 그러한 이해관계로 사람을 낚아보려는 야비함이 있는 게 아닐까……?'

문득 이렇게 생각하자 견딜 수 없었다.

"이제 되었다. 모두 물러가 쉬도록 하라."

그 이상의 감정 폭발이 두려워 모두 물리치고 말았던 것이다…….

"오소데, 그대는 왜 웃지 않느냐."

혼자만이 되어 한동안 침묵이 이어지자 미쓰나리는 숨이 답답해져 왔다.

'가토며 호소카와에게 보기 좋게 당하고 말았어.'

도시이에를 후시미로 가게 했으며, 무코지마에 있는 다이코의 별장까지도 건네주고 말았다. 더욱이 그것을 처음으로 제안한 것은 요도 마님, 이어서 마사이에와 나가모리까지 거들었다. 그것을 미쓰나리는 엄격히 눌러왔는데, 이번에 도시이에가 결정해 버리고 돌아올 줄이야…… 도시이에라면 미쓰나리의 손이 미치지 않는다. 그러므로 미쓰나리의 분노는 격심했다.

"그대 얼굴은 어쩐지 귀신 낯짝을 닮았어. 여자란 때로 웃어야 해."

오소데는 웃었다.

"호호……네, 대감님이 웃지 않으시므로 웃지 않았던 거예요. 하지만 웃으라고 하신다면 웃겠어요."

"너도 날 원망하고 있구나."

"아니요, 벌써 옛날에."

"원망을 버렸다는 거냐."

"네, 원망도 웃음도 잊어버렸지요."

미쓰나리는 술잔을 거칠게 상에 내려놓고 나직이 신음소리를 냈다. 오소데는 시치미 뗀 얼굴로 술병을 쓰다듬고 있다. 미쓰나리는 오소데의 표정에서까지 이상한 압박감을 느끼고, 그 뜻밖의 일에 또 견딜 수 없어졌다.

'이시다 미쓰나리는 이렇듯 소심한 사나이였던가……'

견딜 수 없는 자기 혐오가 노여움에 섞여 가슴을 태웠다.

"오소데⋯⋯."

"왜 그러셔요."

"아니, 아무것도 아니다."

상대가 도전하는 듯한 태도를 바꾸지 않으므로 미쓰나리는 잔을 내려놓고 무릎의 서류를 집어들어 펼쳤다. 도시이에의 이에야스 방문에 이어 이코마, 호리오, 나카무라 등 세 조정관의 주선으로 서로 주고받은 서약서 사본이었다. 이로써 이에야스의 혼인문제는 미쓰나리의 의사와 반대로 깨끗이 물에 씻겨버리게 정해진 것이다.

1. 이번의 혼담 건에 관해 사과하시도록 말씀드렸던 바, 곧 동의해 주시어 황송하게 생각하는 바임. 그리고 앞으로도 유감된 일이 없도록 하시겠다는 취지, 모두들 고맙게 여기며 전과 변함없이 지내도록 할 것임.

1. 다이코님께서 정하신 법, 10인이 연판한 서약의 참뜻을 더욱 어김없도록 해야 할 것임. 만일 잊고 누구든 이를 어기는 일이 있으면, 10인 가운데 한 사람이든 두 사람이든 서로 충고할 것. 그래도 동의하지 않을 때는 나머지 사람이 모두 나서서 이를 충고할 것임.

1. 이번에 쌍방이 화친하는 데 있어 이의를 말하는 사람이 있더라도 그에게 원한을 품는 일 따위 없을 것. 단 법칙이나 서약에 어김이 있다면 10인이 죄목을 추궁하고 처벌할 것.

이 같은 조목을 만일 지키지 않는다면 호쿠레이(北靈) 신사의 '기쇼몬(起請文 ; 신불에게 서약하고 어기면 벌을 받겠다는 서약문)' 상권(上卷)에 기록된 벌을 받을 것임. 이상과 같이 서약함.

게이초 4년(1599) 2월 5일

이렇게 기록된 뒤에 마에다(겐이), 아사노, 마시타, 이시다, 나쓰카 다섯 행정관 외에 마에다 도시이에, 우키타 히데이에, 우에스기 가게카쓰, 모리 데루모토의 순서로 네 대로의 서명이 되어 있다. 물론 이것은 9명이 이에야스에게 보낸 서약서였는데, 그 첫 조문부터 미쓰나리는 화가 치밀었다.

—혼담 건에 관해 사과하시도록 말씀드렸던 바, 곧 동의해 주시어 황송하게 생각하는 바임이라니 이 무슨 우스꽝스러운 서두란 말인가. 이래서는 아홉 사람

이 연서(連署)하여 이에야스에게 사과장을 내고 있는 것처럼 보이는 비굴함이 아닌가…….

그렇다고는 하나 이것이 도시이에의 동의를 얻은 미쓰나리를 제외한 여덟 사람의 의견이라면 미쓰나리로서 어쩔 도리가 없다. 미쓰나리는 오소데를 흘끔 쳐다보고 다시 한 통의 다른 서류를 집어들었다. 이에야스가 아홉 사람 앞으로 보낸 것이다.

"그대는 이 첫 조항의 글을 읽을 수 있나."

오소데는 대답했다.

"읽지 못해요."

"어차피 목이 베일 여자. 읽어주마. 알겠느냐……이번 혼담에 대해서는 말씀하신 대로 알았습니다……라고 씌어 있다. 알겠나, 알았습니다란 들어주겠소, 하는 뜻과 어디가 다르냐 말이다. 항의한 아홉 사람 쪽이 모두 황송해 하고 항의를 받은 편은 들어주겠다니…… 이래도 그대는 이 미쓰나리가 화내는 까닭을 모르겠느냐."

오소데는 미쓰나리의 이마에 솟은 힘줄이 금세 살기를 품어오는 것을 느꼈다.

"세상이란 이 같은 것이란 말이냐…… 다이코 전하가 돌아가신 지 겨우 반년이 지날까 말까 한데……."

미쓰나리가 주먹을 떨며 말하자 오소데는 말없이 미쓰나리에게 술병을 내밀었다.

"대감님은 그것에 왜 서명하셨어요."

"뭐……뭐라고?"

"대감님 이름도 씌어 있어요. 서명하셨으면 그다음은 깨끗이 잊으세요."

"뭐, 깨끗이 잊으라고…….

"계집인 저도, 이 집을 살아서 못 나간다고 생각한 때부터 푸념은 하지 않습니다. 미련이겠지요, 남자분으로서."

매섭게 역습받자 어지간한 미쓰나리도 멍해졌다.

"자, 술을 따르겠어요."

"오소데……그대는 무서운 여자로구나."

"아니에요, 대감께서 너무 미련이 많으신 거예요."

"이 미쓰나리에게 뻔뻔스럽게도……그따위 말을 하는 자는 아직 없었다."

"목숨이 아까우니까……살 수 없다고 체념하고 나면 꾸며낸 거짓말 따위를 누가 지껄이겠어요."

"음, 그대는 이 미쓰나리가 아직 목숨을 버리지 않고 있다는 게로구나."

"목숨은커녕 야심도 버리지 않으셨어요."

"뭐, 뭐라고……?"

미쓰나리는 저도 모르게 칼걸이를 돌아보고 그런 다음 으드득 이를 갈며 잔을 들었다.

"그런가, 그대 눈에 그렇게 보이는가."

"그러니 다른 분 눈에도……."

미쓰나리는 나직이 신음하고 한동안 말이 없었다.

'이 여자는 확실히 죽을 마음으로 있다…….'

"대감님……."

"뭐냐!"

"대감님은 내대신을 쓰러뜨리고 그 자리를 뺏으려는 자신의 야심을 깨닫지 못하시나요."

"닥쳐랏, 야심이 아니다! 이건 다이코 전하의 은혜에 대한 보답이다."

때려붙이듯 쏘아붙이자 이번에는 오소데가 선선히 고개를 끄덕였다.

"그러시다면 그래도 좋습니다."

"뭐, 그래도 좋다니 무슨 뜻이냐?"

"은혜에 대한 보답으로 내대신을 쓰러뜨려야 한다……면 그렇게 마음을 정하세요."

"내 마음은 정해져 있어! 너 따위의 지시는 안 받는다."

"그런데 미련도 많으시지. 마음이 정해지셨다면 어떤 서류에 무엇이 씌어 있든 그것은 기녀의 거짓서약……뭐, 속 썩을 것도 없겠지요."

"기녀의 거짓서약……."

"네, 오소데도 4, 50통은 썼습니다. 쓰지 않으면 상대가 납득하지 않거든요. 거짓말도 방편이라는 말은 이런 걸 가리키는 것이겠지요. 쓴 것이 그대로 통용되는……그런 어수룩한 세상이 어디 있겠어요."

미쓰나리는 가슴에 또 시퍼런 칼날이 푹 꽂힌 느낌이 들었다. 참으로 오소데가 말한 대로였다. 다이코가 죽음을 맞으며 함부로 쓰게 한 서약서 따위는 지금 한 조각의 힘도 없다…… 있는 것은 다만 그 서약서며 유언장이며 규칙이며 법을 방패 삼아 내 몸의 안전을 도모하려는 살아 있는 사람들의 탐욕뿐이 아닐까……?

미쓰나리는 다시 한번 살며시 칼걸이를 돌아보았다. 만일 그 칼에 손댄다면 눈앞의 오소데를 두 동강 낼 게 틀림없다. 그만큼 격렬한 충동이 미쓰나리를 사로잡고 있다.

밉다! 찢어 죽이고 싶도록……그러나 차마 칼은 잡을 수 없었다. 밉지만 이 여인의 말이며 관찰이 그른 것은 아니다…… 오히려 세상의 여느 사나이들이 점잔빼며 걸치고 있는 상식의 갑옷을 벗어던지고 알몸으로 도전해 오는 진실의 귀중함을 잘 알 수 있다.

"오소데!"

참다못해 미쓰나리는 별안간 손을 뻗어 오소데의 검은 머리채를 휘어잡았다. 휘어잡자 동시에 무릎을 세우고 거칠게 여인의 목을 휘둘렀다.

"너는 매우 건방진……무어라 할 수 없는……너는……내가 어째서 이러는지 알 테지……."

말하면서 또 한번 크게 여인을 휘둘렀다. 오소데는 비명 지르지 않았다. 이를 악문 채 미쓰나리가 하는 대로 내맡기고 있다.

"나는 이렇게라도 하지 않으면 너를 베지 않고 있을 수 없단 말이다. 알겠나, 칼을 잡는 대신 이 머리채를 휘어잡은 거야…… 내 손이 내 의지를 배신할 것 같아 무섭단 말이다."

두 번 휘두르고 미쓰나리는 손을 놓아버렸다. 오소데는 나동그라져 다다미에 볼을 댄 채 움직이지 않는다. 그녀에게도 감정이 있고 애증이 있을 것이다. 공포도 분노도 있으리라. 그러나 그런 것은 모두 이미 미쓰나리의 손아귀 속에 쥐어져버리고 있다…….

미쓰나리는 말했다.

"술을 따르라! 이제 베지 않아도 괜찮게 되었다, 술을 따르라."

오소데는 천천히 몸을 일으켰다. 그 눈은 미쓰나리를 보려 하지 않는다. 시키는 대로 술병을 들어 잔에 술을 채우고 낮은 목소리로 훗훗 웃었다.

"뭐가 우스워! 나한테 또 도전할 셈이냣!"

"아니요, 저는 제 자신을 웃었을 뿐입니다."

"뭐, 스스로 자기를 웃은 거라고……?"

"네, 저는 대감님을 좋아하지 않아요. 그러면서도 마치 진심을 바친 아내라도 되듯 목숨을 걸고 대감님에게 간하고 있거든요……"

"건방지다."

미쓰나리는 다시 한번 매섭게 상대를 가로막고 그런 다음 단숨에 술을 마셨다.

"술을 따르라……"

오소데는 또 아무 저항도 느껴지지 않는 무표정함으로 술을 따라준다.

"오소데, 그대 진정은 알았어. 하고 싶은 말이 또 있을 거다. 그걸 말하고 이곳을 썩 나가버려."

"이곳을 나가버리라고요……방에서……?"

"그렇지 않아! 이 집에서 말이다. 자, 여기 돈이 있다."

미쓰나리는 손을 뻗어 문갑을 끌어당겨 오소데 앞에 동댕이쳤다. 문갑 안에서 돈 보퉁이 세 개가 굴러나왔다.

오소데의 눈은 비로소 뚫어질 듯 미쓰나리의 얼굴로 돌아갔다. 믿어도 좋을지 어떨지 망설이는 눈이 아니라 지금까지 보인 것보다 더 강한 적의를 떠올린 귀녀(鬼女) 같은 시선이었다.

"대감님은……"

말하려다가 오소데는 매서운 눈길로 와락 미쓰나리 쪽으로 다가앉았다.

"제 말을 듣고 싶단 말씀이지요."

"하고 싶은 말이 있을 거라고 했다."

"그리고 그 말을 들려준 값으로 제 목숨을 살려주겠다는 말이겠지요. 싫어요! 이렇게 되면 아무 말도 하지 않겠어."

"뭐……뭐, 뭐라구? 아무 말도 하지 않겠다고……살고 싶지 않다는 말인가."

오소데는 흥 하고 코웃음 쳤다.

"대감님은 기녀 출신 계집의 마음 하나도 읽을 줄 모르시는군요. 그러면서 천하를 노리다니……?"

미쓰나리는 다시 머리채로 손을 뻗으려다가 당황하여 그 손을 거두었다.

"너는……입을 잘도 놀리는 계집이로구나! 그럼, 어떻게 하면 좋겠다는 거냐"

"살려주느니 어쩌니보다 함께 죽을 작정을 못 하시는 분이에요, 대감님이라는 사람은."

"뭐, 함께 죽을……."

오소데는 입언저리를 일그러뜨리며 다시 한번 고개를 끄덕였다.

"이미 살 수 없다, 십중팔구 베어져 죽는다……고 생각했기 때문에 마음먹은 대로 말할 생각이 들었던 거예요……그런데 살려줄 테니 이야기하라구요. 호호……살려준다고 하는데 어찌 미움 받을 참된 소리를 하겠어요. 그런 계산도 못 하는 분이야, 대감님은……."

미쓰나리는 주먹을 무릎에 세우고 부들부들 떨기 시작했다.

"그럼, 꼭 죽인다고 해야만 말할 테냐!"

"말만으로는 안 되지요. 정말로 그렇게 해야 해요."

"좋아, 알겠어! 진심으로 살려두지 않을 작정을 했다."

"그렇다면 말씀드리지요. 오소데라는 계집의 평생 고집을 걸고 말씀드리지요…… 대감의 운명은 벌써 끝장났어요……."

"어……어……어째서냐"

"호호……대감은 이제 말없이 도련님 곁을 떠나 영지로 돌아가 세상 버린 사람처럼 여생을 보내든가……아니면 억지인 줄 알면서도 무턱대고 싸우다 죽든가, 둘 중의 하나……거기까지 대감을 몰아넣은 것은 다른 사람이 아니에요. 대감님 자신이지요."

오소데는 내뿜듯 말하고 흩어진 귀밑머리를 살며시 쓸어올렸다.

"스스로 자신을 몰아세워 자기가 서 있는 장소도 모르는……그게 지금의 대감이에요. 마음을 진정시키고 잘 들어보세요……영지로 은퇴하신다……이건 성품에 따라 다릅니다. 할 수 있는 자와 할 수 없는 자가 있지요. 이를테면 이 오소데가 이런 큰돈을 받았으면서도 기꺼이 고향으로 돌아가지 못하는 성미로 태어난 것처럼……대감에서도 그것을 할 수 없으리라고 보았습니다……."

"……."

"그렇다면 대감이 가실 길은 단 하나, 질 싸움을 굳이 벌여 패배해 고집을 남기는 거예요……이시다 미쓰나리는 바보 같은 사나이였다, 그러나 그 고집만은 무섭게도 한결같았다……고 후세의 이야깃거리로는 남겠지요. 대감은 이미 거기까지 자신을 몰아넣으셨어요…… 곁에서 보고 있는 이 오소데도 똑똑히 알겠는데, 대감은 아직 자신의 위치를 모르고 이것저것 망설이고 계셔요."

어느덧 미쓰나리는 의연하게 어깨를 세우고 눈을 감은 채 오소데의 말에 귀기울이고 있었다.

'잘도 지껄여대는구나!'

미쓰나리쯤 되는 사나이 앞에서……처음에는 그러한 놀라움과 분노로 눈이 뒤집힐 지경이었으나, 마침내 그것은 이상한 쾌감을 동반한 자기학대로 바뀌었다.

미쓰나리는 확실히 기녀 출신 여인의 마음 하나 읽지 못했다.

"이 여자에게 이만한 용기와 결단이 있을 줄이야……."

죽게 될 것이므로 마음껏 말할 수 있다니 병법의 비결과도 통하는 이 얼마나 상쾌한 말인가…… 아니, 그 이상으로 명쾌한 판단은 지금 미쓰나리가 괴로워하는 원인을 멋지게 파헤치는 그 훌륭한 객관(客觀)이었다.

확실히 미쓰나리는 자신의 성품으로 어쩔 도리 없이 사태를 꼼짝 못할 곳까지 몰아넣고 말았다. 당연히 한편으로 삼을 수 있는 자까지 성급하게 억지로 자기 의사에 맞추려다가 오히려 적 편으로 쫓아버리고 말았다. 무장들은 제쳐놓고라도 서로 흉금을 터놓고 지내오던 다섯 행정관들까지 미쓰나리의 격렬한 성품에 따라오지 못하고 차츰 그를 경원하기 시작하고 있다. 마에다 도시이에는 미쓰나리와는 다른 도시이에 자신의 의지를 뚜렷하게 갖고 움직이기 시작했으며, 요도 마님도 그 앞에서 밝게 웃음 지은 얼굴을 보이지 않게 되었다. 그리고 그러한 변화는 모두 반대로 이에야스 편을 늘려주고 이에야스의 지위를 굳히는 주춧돌 역할을 하고 있다…….

"그 교활한 이에야스를 돕다니……."

그 초조감이 미로 속에서 더욱 그를 괴롭히고 있을 때, 미쓰나리 곁에서 오소데는 냉랭하게 정세의 변화를 정확히 꿰뚫어보고 있었던 모양이다.

'확실히 영지에서 은퇴생활을 할 수 있는 내가 아니다…….'

그러면 오소데 말대로 이쯤이 승패를 도외시한 무모한 싸움으로 들어갈 때일까?

오소데는 다시 한무릎 다가앉았다.

"대감님……아직 망설이고 계십니까."

어린애를 놀리는 심술궂은 하녀 같은 말투였지만, 미쓰나리는 그것에조차 반발을 느끼지 않았다.

"과연 망설여지는 것 같다. 그대가 마음먹은 대로 말했으니 나도 숨김없이 대답하마."

"대감님, 이 오소데는 이 세상에서 싸움을 가장 저주하고 미워하며 살아온 여자예요."

"그건 알고 있어. 그대의 불행은 싸움 때문이었다고 믿고 있지."

"그 오소데가 대감을 위해서라면 싸움이 벌어져도 어쩔 수 없는 일이라고 생각하는 심정……모르시겠어요?"

미쓰나리는 사람이 달라진 것처럼 순순히 대답했다.

"모르겠다. 생각한 대로 말해 봐."

"싸움은 싫어요. 싸움은 가증스럽습니다! 될 수만 있다면 고향에서 조용히 풍월(風月)이나 벗 삼으시라고……말씀드리고 싶지만 말한다고 들을 분이 아니지요! 하지만 이대로 오사카에 머물러 계시는 동안 대감님께 어떠한 말로가 다가오고 있는지 아십니까."

"그대에게는 그것도 보인단 말이지."

오소데는 마치 남의 일처럼 담담하게 말했다.

"네……대감님은 몰려드는 사람들에게 손가락이 잘리고 다리를 잘리고 무릎까지 끊긴 다음, 다이코의 은혜를 저버리고 히데요리 님이 어린 것을 기화로 천하를 손아귀에 넣으려는 잔악하기 이를 데 없는 모반자……로 낙인찍혀 누군가의 손에 살해될 거예요."

미쓰나리는 온몸에 오한이 스쳤다. 다시금 오소데는 눈부신 대검을 휘둘러 미쓰나리가 살고 있는 세계를 베었다! 아니, 이것은 숨통을 끊는 마지막 한칼인지도 모른다.

"그러면……그대는 나에게 역적 누명만은 쓰게 하고 싶지 않다는 거냐."

오소데는 노래하는 듯한 목소리로 대답했다.

"조금은 아셨어요?"

"알 것 같구나……그대 눈에 비친 한 성급한 인간의 운명이……."

"그런 게 아닙니다. 대감님은 아직 망집에서 벗어나지 못하셨어요."

"그 까닭은? 나는 지금 갓 태어난 젖먹이 그대로의 마음으로 그대를 대하고 있다."

"아니요, 아직 멀었어요. 오소데가 대감님에게 누명을 쓰게 하고 싶지 않은 까닭은……."

"그 까닭은? 그것을 듣고 싶다!"

"대감님 진심에 그 같은 마음은 전혀 없다……고 보았기 때문입니다. 대감님 마음에도 없는 일로 받는 오해의 오점으로 뒷날까지 더럽히고 싶지 않아요!"

"오소데! 그럼, 그대는 이 미쓰나리를 진심으로 사랑하고 있다……아니, 가엾게 여기고 있다고 해도 좋다……어쨌든 원망하거나 미워하지 않는다고 받아들여도 좋으냐."

미쓰나리가 저도 모르게 들뜬 목소리로 오소데의 어깨에 손을 얹자 오소데는 그 손을 거칠게 뿌리쳤다.

"틀립니다! 그러므로 대감님은 아직 인간세상을 꿰뚫어보는 눈이 모자란다는 거예요."

"뭐……뭐라고 했나?"

"대감의 진심과는 다른 오해의 오점을 남기고 싶지 않다!……는 것은 대감을 사랑하는 까닭도 가엾게 여기는 탓도 아니에요……이것은 모두 오소데라는 여자의 가엾은 고집……임을 깨닫지 못하시겠어요?"

"그대의 고집이라고……?"

"그렇지요. 오소데의 고집이기도 하고 모든 슬픈 여자들의 고집인지도 몰라요. 마음먹은 일을 무엇 하나 관철시키지 못했던 여자들의……살기 위한 안타까운 진실이 모두 일그러뜨려지고 더럽혀져 악명(惡名)의 피안(彼岸)으로 매장당한 아녀자들의……."

거기까지 말하자 오소데는 별안간 말끝을 삼키며 흐느꼈다.

미쓰나리는 다시 오소데가 알 수 없게 되었다. 오소데의 고집과 미쓰나리의 악명 사이에 어떤 연관이 있다는 것인지……?

잠시 흐느낀 다음 오소데는 눈물을 닦고 미쓰나리를 보았다.

"용서해 주세요. 진실이 진실 그대로 통하는 세상이 왔으면 좋겠어요! 그 일념에서, 대감님 마음도 있는 그대로 후세에 전해 주고 싶어요……."

"하긴 그래."

"더구나 대감님 경우 그 마음을 전하는 길은 오직 하나……여기서 싸우다 죽는 일이지요. 어디까지나 도요토미 가문의 번영을 기원하는 마음에 거짓이 없었다고 진심을 보이는 길은 이렇게 된 이상 이미 달리 없다……고 보았으므로 미운 싸움을 권하는 거예요."

미쓰나리는 다시 격렬하게 숨을 몰아쉬며 오소데의 어깨를 움켜잡았다. 번갯불처럼 가슴을 때리며 사방을 일곱 가지 광채의 무지개로 감싸주는 것이 있다…….

"오……오……오소데."

이번에는 오소데도 미쓰나리의 손을 뿌리치지 않았다. 오소데 또한 미쓰나리의 눈 속에서 오소데의 마음을 이해한 것으로 알 수 있는 커다란 광채를 보았기 때문이었다.

'이제 겨우 이해해 주었다…….'

오소데는 갑자기 온몸에 맥이 풀리는 듯한 피로를 느꼈다.

솔직히 말해 오소데는 결코 미쓰나리에게 싸움을 강요할 작정은 아니었다. 오히려 그 반대였다. 될 수 있다면 격심한 세력다툼의 소용돌이 속에서 은퇴시키고 싶다. 그것만이 미쓰나리의 후반생에 평화를 가져다주는 길이다…… 하지만 그렇게 말한다면 오늘의 미쓰나리는 더욱 옹고집이 되어 스스로 자신을 궁지에 몰아넣으리라. 그래서 반대로 지는 싸움을 질 작정으로 할 용기가 있느냐고 따졌던 것이다…….

물어가는 것까지가 오소데로서 할 수 있는 한계였다. 나머지는 미쓰나리가 결정한다. 아니, 그것은 미쓰나리가 갖고 태어난 성품과 그 자신의 의지로도 굽힐 수 없는 '숙명'이 결정한다.

미쓰나리는 오소데의 어깨를 꽉 움켜잡은 채 잠시 눈도 깜박이지 않았다. 아마도 그는 오소데가 하는 말의 그 앞까지 생각하고 있는 것이리라.

"오소데……."

얼마쯤 있다가 나직한 목소리로 불렀을 때, 미쓰나리의 눈은 더욱더 광채를 띠고 있었다.

오소데는 살며시 눈을 감았다. 미쓰나리가 무슨 말을 하려는지 오소데는 이미 잘 알고 있었다. 미쓰나리는 오소데의 말로 자신이 놓인 위치를 다시 고쳐보고 거기서 하나의 결심에 이른 게 틀림없다…….

"오소데……용서해라! 나는 그대를 건방진 기녀로밖에 생각하고 있지 않았었다……."

"아니에요, 그 이상의 아무것도 아닙니다."

"그렇지 않아……그대는 미쓰나리를 위해 신불이 일부러 보내주신 여자였다……."

"어머나……그런 말씀을……."

"아니, 그렇다! 그대가 만일 내 앞에 나타나지 않았다면 미쓰나리는 그대 말대로 생각지도 못한 악명의 구렁텅이 속에서 궁사(窮死)하고 말았으리라."

"그러시면 깨끗이 일전을 벌이실……각오가 되셨다는 말씀이십니까."

미쓰나리는 대답 대신 웃었다.

"일전을 벌이는 데도 여러 가지 방법이 있겠지. 마음이 정해지면 미쓰나리는 망설이지 않는다. 그보다도 그대를 이대로 둘 수는 없다."

"곧 목을 베어주시겠습니까."

"못난 소리……용서해라. 그리고 내가 살아 있는 한 그대는 내 옆에서 살아다오. 그렇지……용서한다는 한 마디, 이 귀에 살며시 속삭여다오."

"어머나……."

이번에는 오소데가 눈을 둥그렇게 뜨고 숨을 삼켰다. 비록 마음이 통하더라도, 이 교만한 사나이의 입에서 이처럼 순순한 말이 새어나올 줄은 상상도 하지 못했다.

'이 사람에게 이처럼 순진한 면이 있었던 것일까…….'

오소데는 이제 아무 주저 없이 사나이의 가슴에 몸을 던질 수 있었다.

"용서해 드리겠어요……용서해 드리고말고요……."

오소데는 자식에게 타이르듯 미쓰나리의 귀에 입을 대고 빠른 말로 속삭인 다음 그대로 그 가슴에 얼굴을 파묻었다.

허공은 끝없다

이에야스와 도시이에가 손잡아 히데요시의 장례식은 예정대로 그가 죽은 그 달의 기일인 2월 18일부터 29일에 걸쳐 무사히 거행되었다. 서약서를 서로 주고받은 게 13일이었으니, 그 일이 끝남과 동시에 이 장례 진행에 노력을 집중시켰다 해도 과언이 아니다.

장례 행렬은 18일 오후 6시 해 질 녘에 후시미성을 나와 야마토 큰길로부터 시치조 거리를 동쪽으로 간 다음 인연 깊은 대불전으로 들어갔으며, 그 지나가는 길거리 양쪽은 다이코를 추모하는 사람들로 가득 찼다.

서쪽 추녀마다 긴 장대에 매단 등이 죽 늘어서고 네거리마다 화톳불이 피워져 있었다. 그 사이를 숙연히 지나가는 행렬은 감춰진 추악한 갈등 따위는 상상조차 할 수 없을 만큼 아름답고 장엄했다. 맨 앞에 추녀보다 높은 장대등롱이 12개 들어올려지고, 그보다 좀 작은 장대등롱이 그 양옆에 50개씩 따랐다. 그 뒤에 다시 50개의 횃불이 밤하늘을 불태우며 사람들 눈길을 빼앗았고, 그 뒤에 비로소 전위경호원이 나타났다.

이슬떨이(귀인의
길안내자)라 일컫는 전위경호는 오른쪽에 아사노 요시나가, 왼쪽에 구로다 나가마사 두 사람이 저마다 500명씩 가신들을 거느리고 섰다. 다음에 데라자와 (寺澤)와 모리가 나란히 따르고, 이어 조소카베와 시마즈의 순서였다. 아무튼 관 앞에 영주 75명, 관 뒤에 78명이 저마다 300명에서 500명의 가신을 거느리고 따르니 그 인원만도 장관이 아닐 수 없었다. 그 총인원은 아마 6만이 넘었을 게 틀림없다.

중앙에서 걸어가는 다섯 대로들은 모리 데루모토가 앞장서고 다음이 오다 가문 후계자인 기후의 히데노부(秀信)였다. 도쿠가와 이에야스는 히데노부의 뒤, 인도사(引導師)인 모쿠지키 대사 바로 앞에 500명의 근위장수와 네 영주를 거느리고 뒤따랐으며, 모쿠지키 대사와 60명의 승려 다음에는 호리오 요시하루가 다이코의 칼잡이 시동으로 관 바로 앞에 섰다.

오른편에 백호기(白虎旗), 왼편에 청룡기(靑龍旗)를 세운 여덟 모형으로 짠 호화스러운 관은 구경하는 사람들에게 히데요시 생전의 생활을 상상하게 만들었다.

관을 안치한 8모꼴 상여를 멘 인원은 216명.

이것을 비추는 양쪽의 장대등롱 200개.

관 뒤의 주작기(朱雀旗)에는 히고노카미(肥後守)가 된 가토 기요마사가 따랐고, 일월기(日月旗)에는 고바야카와 히데아키가 따랐다.

이어서 중앙에는 나이 어린 세자 히데요리가 나아가고, 히데요리 곁에는 가타기리 가쓰모토, 마에다 도시이에, 아시카가 요시요(足利義代), 우키타 히데이에, 에도의 중장 히데타다의 순서로 이어졌다.

우에스기 가게카쓰는 대리인으로 나오에 가네쓰구(直江兼續)를 참례시켰고, 그 가네쓰구 다음에 기타노만도코로가 시녀 150명을 거느리고 나아가 보는 이들로 하여금 슬픔을 자아내게 했다. 만도코로 다음이 요도 마님……그녀는 시녀를 100명으로 제한했다.

행렬이 대불전에 닿으니 칙사가 기다리고 있었다. 칙사는 우대신 기쿠테이, 부사(副使)는 다이나곤 히로바시(廣橋)였다.

이리하여 금은주옥을 아로새긴 호화로운 8모꼴 관에 히데요시의 한 줌 유골이 담겨 대불전 동쪽에 세운 영결식장에 안치된 것은 사방이 훤해지기 시작한 새벽녘이었다.

이 거창한 장례식 집행관은 맨 먼저 이곳에 도착한 구로다 나가마사와 가타기리 가쓰모토, 이오 분고노카미(飯尾豊後守) 세 사람으로 그들이 걱정했던 날씨는 그리 염려할 필요가 없을 듯싶었다.

행렬이 모두 와닿아 모쿠지키 대사의 염불이 시작될 무렵부터 마에다 도시이에는 가슴이 답답해지며 눈물이 쏟아져 견딜 수 없었다. 일찍이 히데요시는 이에 못지않은 성대한 규모로 무라사키 들판의 다이도쿠사에서 노부나가의 장례를 거행했었다. 지금은 그 히데요시가 헤매지 말고 성불(成佛)하라는 꾸지람을 받으며 히데요시 자신 그리 믿지 않았던 저승이라는 곳으로 쫓겨가고 있는 듯한 기분이 들었다.

"난 싫다. 가기 싫다!"

찬란하게 번쩍이는 황금빛 관 속에서 히데요시는 철부지 개구쟁이처럼 발을 구르고 있는 게 아닐까.

지난번 후시미 대지진 때 이곳에 안치한 대불이 목을 떨어뜨렸다 해서 꾸짖기 위해 일부러 후시미성에서 팻대를 세우며 달려왔던 히데요시였었다.

"이놈! 만백성을 지키라고 일러둔 이 히데요시의 명령을 잊어버리고 맨 먼저 목을 떨어뜨리다니 이 무슨 꼬락서니냐."

히데요시는 노발대발하며 가지고 온 활에 화살을 메워 괘씸한 대불의 배를 쏘았다고 했었는데……그 히데요시가 지금은 모쿠지키 대사를 통해 부처님에게 끈덕지게 사과드리는 느낌이 든다. 그것이 다 함께 떨어져가야 할 길이라면 인간이란 얼마나 덧없이 우스꽝스러운 짐승이란 말인가…….

도시이에도 그 예외일 수는 없었다. 병마가 이미 그를 히데요시 곁으로 손짓해 부르고 있다.

날이 밝았다. 독경은 끝없이 이어졌다. 오늘부터 사흘 동안 정중한 공양이 이어진 뒤, 사흘 동안 일반 시민의 참배 공양을 허락할 예정이었다.

그것이 끝나면 이레째의 법회.

아마 사흘 동안은 공양이라기보다 지금까지 구경하지 못한 사람들을 위해 하루 이틀 기일을 연장해 주고, 그로써 히데요시라는 인간은 차츰 살아 있는 사람들 머릿속에서 사라져가리라……이러한 상념이 더욱 목이 메게 하여 도시이에는 자칫 눈앞이 캄캄해질 것만 같았다.

'여기서 쓰러지면 안 된다!'

도시이에는 히데요리의 사부로 와 있다. 아무튼 히데요리를 오사카성으로 전송할 때까지 버티어야 한다……그러면서도 도시이에는 바로 오른쪽 곁에 있는 히데요리를 보기가 무서웠다. 보면 더욱 목이 멜 것을 뚜렷이 알고 있기 때문이었다.

"다이나곤님, 괜찮으십니까."

왼편의 이에야스가 말을 걸어온 것은 이미 날이 활짝 밝고 나서였다.

"머지않아 분향이 시작되겠습니다만, 괴로우시다면……."

도시이에는 세차게 고개를 저었다.

이에야스는 그뿐 입을 다물고 천천히 눈을 감았다. 이에야스로서는 독경의 지루함이 그리 고통스럽지 않았다. 건강한 탓이기도 하지만 이 승려들의 독경이 엄격한 천지의 계율을 조용히 타이르는 어머니며 할머니의 목소리처럼 들리기 때문이었다.

'나는 아직 이렇듯 이 세상에 살아 있다…….'

그것을 부처님의 자비……로 순순히 받아들일 수 있는 이에야스였다. 살아 있는 한, 그 하늘과 땅이 가리키는 '올바름'을 위해 일한다. 아니, 일하기 위해 살아 있는 것이다…….

독경이 끊어졌다. 모쿠지키 대사가 히데요리를 재촉했다.

"분향을."

이에야스는 여전히 눈을 감은 채 뜨려고 하지 않았다.

히데요리의 분향은 가타기리 가쓰모토가 거들었다. 그 애처로운 모습이 모든 사람들 마음에 무상감을 불러일으키게 한 것은 부정할 수 없다.

만도코로 네네며 생모 요도 마님이며, 그 두 사람을 따르는 여인들은 약속한 듯 고개를 수그린 채 눈물짓고 있다. 그러나 그것도 지난해 8월에 다이코가 세상 떠난 때의 슬픔과는 비교되지 않았다. 겨우 반년에 지나지 않지만 시간의 흐름은 이상한 힘으로 인간 감정의 방향을 바꿔놓고 있다.

그때는 아직 누구도 히데요시의 죽음과 천하의 앞일을 오늘날처럼 직접적으로 관련시켜 생각하지 않았었다. 히데요시가 남기고 간 다섯 대로, 세 조정관, 다섯 행정관이라는 조직이 어떻든 정권의 자리를 버티어갈 실력 있는 것으로 생각되었다.

그런데 오늘 이렇듯 히데요시의 관 앞에 모이니 히데요시가 남기고 간 조직은 이미 껍데기뿐이 되었다고 새삼 여겨진다. 히데요시가 남긴 조직은 결국 히데요시가 있을 때의 조직이었다. 히데요시라는 강력한 독재자 밑에 있으면 다섯 대로도 세 조정관도 다섯 행정관도 모두 원활하게 돌아가면서 전체를 버티어 나가는 조직의 일부였는데, 히데요시라는 주축이 빠져버린 순간부터 저마다 제멋대로 움직일 수밖에 없는 숙명을 지녔다.

'이 가운데 대체 누가 가장 크게 맨 먼저 그 조직 해체의 주동력이 되어갔을까……'

이시다 미쓰나리는 이날 다섯 행정관의 넷째 자리에 경건하게 참석하여 거기까지 생각하자, 눈을 감고 침통한 표정으로 상좌에 앉아 있는 이에야스를 보지 않을 수 없었다.

'그건 역시 저 살찐 큰 너구리이다'

저 큰 너구리 놈이 맨 먼저 유언을 어기고 제멋대로 혼담을 꾀하여 그 시초를 마련한 것이다……라고 생각했을 때 미쓰나리는 오싹 소름이 끼쳤다. 모두의 시선이 이상한 증오를 품고 자기 등에 쏠리고 있다. 혼사를 맺은 것은 물론 이에야스였다. 하지만 그 이에야스에게 히데요시 사망 전부터 온갖 반감과 반역의 화살을 쏘아온 것은 미쓰나리 쪽이 아니었던가……혼사에 대한 일을 묵살해 버리자는 의견도 많았으나 한사코 문제 삼아 힐문 사자를 억지로 보내게 한 것도 미쓰나리였다.

세상에서는 어쩌면 미쓰나리가 일부러 이에야스를 도발했다고 생각할지 모른다. 그토록 매서운 반감을 받는다면 이에야스는 온갖 수단으로 스스로를 지킬 방책을 강구하는 게 당연……하다고 볼지도 모른다. 아니, 그 이상으로 미쓰나리야말로 히데요시가 모처럼 고심해 만들어놓은 조직의 파괴자라고 믿고 미워하기 시작했는지도 모른다…….

미쓰나리는 살며시 뒤돌아보았다. 그리고 둘째 줄에 앉은 기요마사의 커다란 눈과 시선이 딱 마주치자 당황해 자세를 고쳤다. 이제 두 번 다시 돌아볼 필요는 없었다. 거기에는 기요마사뿐 아니라 구로다 나가마사, 호소카와 다다오키, 아사노 요시나가, 후쿠시마 마사노리, 도도 다카토라, 가토 요시아키 등 자기를 나무라는 눈만이 냉랭하게 늘어앉아 있다. 그리고 그 증오의 눈들은 미쓰나리의 결심을 움직일 수 없는 것으로 더욱 굳게 만들어갔다.

미쓰나리는 깊숙이 숨을 들이마셨다.

'그렇다. 나의 갈 길은 하나뿐이다…….'

미쓰나리는 자기 결심을 스스로 새삼 확인하자, 이번에는 불당 안에 그득한 독경소리 속에서 '시간'이라는 존재에 대해 생각하지 않을 수 없었다.

'시간—' 얼마나 기묘하고도 불가사의한 것일까. 대체 누가 어느 때쯤 이 '시간'을 흘려보내기 시작한 것일까……? 어쨌든 시간은 끝을 헤아릴 수 없는 영원한 과거로부터 영원한 미래를 향해 시시각각 한순간도 게으름 부리지 않고 흘러간다. 눈에 보이지 않아 때로 그 속에 있는 자가 느끼지 못하게 하는 일은 있으나, 그동안에도 시간은 끊임없이 흘러가고 있다. 인간이 '지금'이라고 여긴 순간 '지금'은 이미 흘러가고, 내일은 내일이 되고 보면 벌써 '지금'으로 바뀌어 있다. '이제 두고 보자!'라는 '미래—' 역시 인간 저마다의 소망은 나타낼 수 있더라도 그것이 과거가 되고 나서 돌이켜보면 얼마나 초라하고 우스꽝스럽게 보이는가.

다이코는 그의 눈앞에 있을 때 위대한 큰 산봉우리였으며 범할 수 없는 거인으로 보였었다. 그러나 영원히 흘러 마지않는 '시간'의 눈으로 다시 본다면 어떤 대답이 나올까? 다이코는 태어났다. 그리고 소년이 되고 장년이 되고 노인이 되어 죽어버렸다……단지 그뿐이 아닌가……?

이렇게 생각해 보면 인간의 원한이며 인간 그 자체가 시간에 의해 키워지고, 시간에 의해 죽음으로 인도되며, 시간에 의해 잊히고 마는 철칙 앞에서 완전히 무력한 존재에 지나지 않는다…… 어제는 이미 어제가 아니며, 내일은 오늘이 되고, 다시 어제로 바뀐다…….

미쓰나리는 다시 한번 마음속으로 중얼거렸다.

'아무것도 없다! 시간 속에서 이 미쓰나리 따위는 한 조각의 나뭇잎과 다름없는 무(無)가 아닌가…….'

인간이 존재한다고 믿는 것은 늘 흘러 마지않는 '오늘 지금 현재—'뿐이리라. 그 잠시도 머물지 않는 '오늘 지금 현재—'를 영원이라고 착각하여 덧없이 웃고 울고 저주하고 욕심내다가 죽음을 맞이한다. 생각해 보면 히데요시의 유지에 의한 조직을 무너뜨릴 장본인은 이에야스도 미쓰나리도 아니며, 모두 이 기괴한 시간의 소행일지도 모른다.

'그러나 그 시간 앞에 인간은 속수무책으로 있어야 하는가……?'

거기까지 생각했을 때 옆의 나쓰카 마사이에가 미쓰나리의 소매를 끌었다.

"미쓰나리 님, 분향을……."

미쓰나리는 천천히 일어나 이미 자기 윗자리에 도시이에의 모습도 히데요리의 모습도 없는 것을 깨달았다. 도시이에는 분향이 끝난 히데요리를 데리고 장례식장을 떠나간 게 틀림없다. 가장 윗자리에 남아 있는 것은 그의 원수 이에야스 한 사람뿐이었다.

미쓰나리는 공손히 향을 피우면서, 히데요시의 명복을 비는 게 아니라 '시간'에게 바치는 것 같은 느낌이 들었다.

그리고 곧장 뒤돌아 이에야스를 쳐다보고 섬뜩했다. 어째서일까? 지금 미쓰나리가 이에야스의 비대한 몸에서 받은 감정은, 바로 얼마 전 이 장례식장에 들어설 때와 완전히 달라져 있는 게 아닌가…… 밉지 않다. 화나지 않는다. 압박감도 없다.

'좋아! 이제는 죽일 수 있다. 과연 이것이로구나……'

독경은 다섯 시간쯤 계속되다가 잠시 쉬게 되었다.

미쓰나리는 어째서 자기 마음이 이렇듯 가벼워졌는지 마음에 의문을 남긴 채 이에야스의 뒤를 따라 호코사(方廣寺) 객전으로 들어갔다. 지금까지는 불구대천의 원수……라는 감정이 앞서서 함께 자리하면 언제나 숨 막히는 압박감을 느꼈는데, 오늘은 태연하게 이에야스의 뒤를 따를 수 있다. 물론 이곳에서 해칠 작정은 아니었다. 해칠 작정이라면 이렇듯 태연해질 수 없을 게 틀림없다.

그러면서도 마음속으로는 더한층 움직일 수 없는 차분한 살의로 바뀌어가는 게 이상했다. 어쩌면 그 살의가 결정되었기 때문에 오히려 마음은 태연함을 되찾았는지 모른다. 그러고 보면 지금까지의 미쓰나리는 아직 각오가 부족했었다. 자기 몸도 죽는다는 생각을 하지 않고 상대의 야심에만 손톱 세워 미워하는 철저하지 못한 망집에 빠져 있었다.

객전에는 기타노만도코로와 요도 마님이 먼저 와 있었다. 히데요리는 별실에 있는 것 같다.

이에야스는 뚱뚱한 몸을 갑갑하게 구부리고 두 여인 앞에 앉아 새삼스레 무코지마의 땅을 하사한 데 대한 감사를 말했다.

"과연 다이코께서 보신 곳이니만큼 굽어보이는 경치의 아름다움이……"

그곳이 누구로부터도 결코 습격당할 염려 없는 요새지라고는 말하지 않았으나, 미쓰나리는 그것도 미소 지으며 들어넘길 수 있었다. 이전의 그였다면 아마 눈을 치뜨고 무언가 한 마디 빈정거리지 않고는 못 배겼으리라.

인사가 끝나자 이에야스는 미쓰나리를 돌아보며 말을 건넸다.

"오, 이시다 님, 여러 가지로 수고가 많으실 줄 아오."

미쓰나리는 정중하게 머리 숙여 보였다.

"아니, 모두 여러 유신님들의 추모 덕분이지요. 이제 미쓰나리도 마음 놓게 되었습니다."

말하면서 조금도 고통스럽지 않은 것이 스스로 생각해도 우스웠다.

기타노만도코로는 장례도 장례려니와 미쓰나리와 이에야스의 다정한 응대에 안심되는 듯 말했다.

"저도 이제 정말 어깨가 가벼워졌어요. 머지않아 내대신님이 오사카에 오신다고 들었습니다만 그때 제게도 좀 들러주세요."

그것은 도시이에에 대한 답례를 은연중 독촉하는 말임에 틀림없었다.

"예, 장례식 뒤치다꺼리가 끝나는 대로 갈 작정입니다. 그때는 물론 도련님께도 문안드릴 것이므로……."

"그렇군요. 오실 무렵에는 벚꽃이 예쁘게 활짝 피겠지요. 내대신님 접대 준비를 생각해야겠군요."

요도 마님도 고개를 갸우뚱하면서 한마디 했다.

"그렇군요. 벌써 꽃 필 시절이 되었어요. 지난해 봄의 다이고 꽃놀이가 생각나는군요……."

"그렇습니다, 그것이 전하께서 하신 마지막 꽃구경……사람 목숨이란 참으로 덧없군요."

요도 마님도 기타노만도코로도 순간 말이 없어졌으나 좌중의 분위기는 여전히 화기애애했다.

그 부드러운 분위기 속에서 미쓰나리는 다시 한번 스스로에게 고개를 갸우뚱했다.

'이상한 일이다. 사람을 미워하지 않을 때가 미워하고 있을 때보다 죽이기 쉽다니……대체 무슨 까닭일까……?'

30분쯤 잡담이 이어진 다음 다시 독경이 시작되었다.

마시타 나가모리가 그것을 알려오자 맨 먼저 기타노만도코로 네네가 자리에서 일어섰고 다음에 이에야스가 일어났다.

네네는 오늘부터 자기를 기타노만도코로라 부르지 말고 고다이인(高台院)이라고 부르도록 하라, 내 여생은 이제부터 홀가분한 불제자이니까……라고 농담 비슷하게 말하고는 객전을 나갔다.

미쓰나리는 그 뒷모습을 전송한 다음 아직 일어나려 하지 않는 요도 마님 쪽으로 돌아앉았다.

"도련님 측근에 불안한 일은 없습니까."

말하면서도 자기가 이전과는 전혀 다른 심정으로 이야기를 건네고 있는 게 우스웠다. 전에는 자기야말로 히데요리를 위해 없어선 안 될 기둥이라는 자부심이 있었고, 그 자부심에 자칫하면 요도 마님마저 꾸짖고 싶은 안타까움이 뒤따랐었다.

'그런데 지금은 바뀌었다……'

자기가 할 수 있는 일은 오직 하나……그것은 어떤 일이 있어도 이에야스에게 굴하지 않고 이시다 미쓰나리라는 한 인간의 고집을 관철시킬 것……그 한 점에 목적이 응결된 탓이리라. 요도 마님조차도 그 목적을 위해 충분히 이용할 수 있을 것 같은 느낌이었다.

이전에는 조마조마해 하면서 무언가 충고 비슷한 참견을 하지 않으면 못 배겼던 요도 마님에게 그는 말했다.

"걱정하실 것 없습니다. 다이나곤도 계시고 가타기리 님, 히지카타 님, 그리고 하루나가 님도 옆에 계시니까."

요도 마님은 긴 독경에 싫증 난 표정으로 말했다.

"도련님은 오늘 안으로 어용선(御用船)을 타고 돌아가십니다. 다이나곤께서도 편치 못하시니까."

미쓰나리는 가볍게 고개를 끄덕이고 넌지시 화제를 바꾸었다.

"생모님께서는 알고 계십니까. 돌아가실 때 전하께서 도련님이며 생모님에 대해 어떻게 말씀하셨는지를."

"어떻게 말씀하셨는데요……?"

"끝까지 말하지 않으려 했습니다만, 요즘 여러 영주들의 움직임을 보니 역시 전하께서 하시던 염려가 맞는 것 같습니다."

"무슨 말씀을 하시는 거지요, 미쓰나리 님."

"도련님이 성년에 이르렀을 때 과연 천하가 도련님 손에 돌아올지, 어떨지 하는 것입니다."

미쓰나리는 짐짓 가볍게 말하고 도코노마로 시선을 옮겼다.

"허, 이건 목계 그림이군요. 한산습득(寒山拾得)의 쌍폭 그림, 참 뛰어난 솜씨로군."

"미쓰나리 님, 전하가 그것을 걱정하고 계셨던 일은 측근의 누구나 모르는 사람이 없을 텐데요."

"아닙니다. 그것이 아닙니다. 뒷일을 누구에게 부탁할까 하고 여러 가지로 노심초사하신 것 말입니다."

"어떤 말씀을 하셨다는 건가요?"

미쓰나리는 더욱 가벼운 투로 말을 이었다.

"생모님을 다이나곤에게 줄까, 내대신에게 줄까 하는 의논이 계셨습니다. 그 말을 들었을 때 저는 전하께서 정신이 좀 이상해지셨다……고 생각하며 웃었지요. 그런데 그렇지 않았던 겁니다. 지금에 와서 생각해 보니 참으로 눈물겨운 고통이 있었음을 알 수 있습니다."

말이 끝나자 요도 마님의 눈이 빛나더니 웃음소리가 이어졌다.

"호호……무엇인가 했더니 미쓰나리 님은 또 그런 말을……."

이전의 미쓰나리였다면 요도 마님의 이 웃음을 잠자코 들어넘길 수 없었을 게 틀림없다. 이 소리 높은 웃음 속에서는 도요토미 가문을 짊어지고 일어서야 할 자의 이성이 도무지 느껴지지 않는다. 살얼음을 딛는 듯한 위태롭고 덧없는 여인의 허식과 교태가 풍기고 있다. 그러나 오늘의 미쓰나리는 뜻밖에도 냉정하게 들어넘길 수 있었다. 자기 목적 이외의 것에는 냉담할 수 있는 경지로 바꿔 앉았기 때문이리라.

"웃으시는 것을 보니 역시 모르셨던 모양이군요."

요도 마님은 또 웃었다. 무언가 즐겁기조차 한 것 같았다.

"농담 말씀……이라면 또 몰라도, 진정으로 그런 일을 전하가 생각하실 리 없지요."

"그런데 그런 말씀이 있으셨단 말입니다."

미쓰나리는 살피는 듯한 미소를 지어보였다.

"다이나곤이나 내대신……이 두 사람 가운데 어느 쪽인가에, 유언으로 정해 두

시려고 한 일이 있었습니다. 그러면 도련님은 그분 양자가 되고……요도 마님께서는 반드시 남편을 움직여 약속을 이행시키게 할 분……이라고 생각하신 게 틀림없습니다."

"호호……그만두세요, 미쓰나리 님. 아무리 전하이시더라도 돌아가신 뒤의 일까지 저에게 지시하지는 않으실 거예요."

"그러므로 괴로워하셨다고 말씀드렸지요. 생모님을 그지없이 사랑하셨으니까요. 아니, 현재 그 염려가 맞아들어가고 있다……고 생각되지 않습니까."

"무슨 말씀을. 그럼, 누군가 도련님을……."

"그렇다고 확실히 말씀드릴 수는 없습니다만, 다이나곤은 보시다시피 병환 중이시므로 영주들은 모두 내대신 눈치만……아니, 장소를 가리지 않은 실례를 했습니다. 용서해 주십시오."

미쓰나리는 공손히 절했다.

"저도 아직 식장에 볼일이 있으므로."

상대의 마음이 충분히 흔들렸음을 살피고 나서 미쓰나리는 일어났다.

"기다리세요, 미쓰나리 님."

"아닙니다, 지금 이야기라면 용서하십시오."

미쓰나리는 그대로 예복자락을 사리고 객실을 나가면서 새삼스럽게 자신의 변화에 놀라는 느낌이었다. 이전에는 고지식하게 골똘히 생각에 잠겨 융통성 없이 무턱대고 아무나 꾸짖었다. 그리하여 뜻하지 않은 적을 만들고 교만한 사나이라고 상대에게 필요 이상으로 반감을 품게도 해왔는데, 목적을 하나로 응집시키니 모든 게 거짓말처럼 마음 편했다.

'아하! 이에야스 놈이 이런 식이었구나!'

본당으로 이어지는 복도를 빠르게 걸으면서 미쓰나리는 무릎 치며 고개를 끄덕였다. 이에야스의 목적은 이제 오로지 '천하 탈취'에 있다. 그러므로 악을 악으로 여기지 않고 책략을 책략으로 여기지 않는 냉정한 한 마리의 악귀가 되어 있다.

'그 이에야스와 싸울 자격이 이제 겨우 미쓰나리에게 생긴 것이다!'

미쓰나리는 거기서 다시 문득 오소데의 그 한결같은 눈빛을 떠올리고 쓴웃음 지었다.

"이젠 동요되지 않는다. 이 결심은 움직이지 않는다."

자신에게 들려주자 본당에서 대불전 동쪽까지 오전의 햇볕을 반사하며 깔려 있는 흰모래 길이 더없이 청결한 생명의 흐름같이 보였다.

'그렇다, 내가 갈 길은 이것이다……'

미쓰나리가 가고 넓은 객전에 혼자 남겨지자 요도 마님은 다시 한번 소리 내어 웃었다. 그러나 결코 미쓰나리에게 보인 것과 같은 웃음이 아니었다. 사람은 저마다 다른 '얼굴'을 가졌듯 생각하는 대상에도 차이가 있다. 요도 마님이 미쓰나리의 말에 놀란 것은 겨우 한순간에 지나지 않았다.

'이에야스는 정말로 내 아들 히데요리를 노리는 무서운 뱀일까……?'

이렇게 생각한 다음 순간 요도 마님은 전혀 다른 해방감으로 우스워졌다. 히데요시 자신이 요도 마님을 도시이에게 줄까 이에야스에게 줄까 망설였다고 한다……그것이 사실이라면 이 얼마나 어깨가 가벼워지는 이야기인가.

지금까지 요도 마님은 히데요시가 죽은 뒤에도 역시 히데요리라는 쇠사슬로 아내 자리, 어머니 자리에 단단히 묶여 꼼짝할 수 없는 포로 같은 심정으로 있었다. 그런데 히데요리의 장래를 위해서라면 누구에게 출가해도 좋다고 한다……

요도 마님은 별안간 주위가 밝아지며 뻐근했던 온몸이 풀리는 것 같은 느낌이 들었다. 그러고 보니 이 어마어마한 장례식은 뒤에 남은 사람들 마음의 응어리를 풀어주기 위한 것인지도 모른다.

옛날, 스스로 중도 속인(俗人)도 아닌 사미(沙彌)라고 칭했던 신란 대사는 말했다던가.

"내가 눈감거든 가모강에 시체를 던져 물고기에게 주어라."

그에 비하면 너무도 집착 많고 비참한 히데요시의 최후였지만, 히데요시가 히데요리의 장래를 위해서라면 그 어머니를 남의 품에 안겨줘도 좋다고 생각한 것을 알고 보니 밀실에 창문이 하나 뚫린 듯한 느낌이었다.

"호호호……그토록 사랑스러운 도련님을 용케도 남기고 눈감으셨지."

요도 마님은 침착하지 못한 태도로 일어나 마루 끝까지 나갔다가 돌아왔다. 이제 식장으로 돌아갈 생각은 없었다. 그보다도 자기 몸으로 만일 히데요리의 안녕을 도모할 수 있을 때가 온다면, 과연 자기는 신란 대사처럼 깨끗이 이 몸을 가모강의 물고기밥으로 만들 수 있을지 어떨지……목을 움츠리며 생각해 보았다. 그렇다 해서 그리 다급한 일로 여긴 것은 아니었다. 따라서 이 자리에서 대답을 내야만 되는 것도 아니었다.

"걱정하지 마세요. 마음 놓고 성불하세요. 도련님에게는 제가 있으니까요."

소리 내어 중얼거리자 다시 웃음이 치밀었다.

비장한 표정으로 병고를 억누르고 있는 도시이에……

시무룩하니 흙 속에서 파내온 돌을 연상시키는 이에야스……

걸핏하면 도요토미 가문을 위해서……라며 설쳐대는 미쓰나리……

그들도 마침내 히데요시처럼 갖은 집념을 남긴 채 죽어가리라는 것을 모르고 있다……고 생각하니 요도 마님은 모든 게 우스꽝스럽고 또 우스웠다. 인간이란 옛날에도, 그리고 먼 앞날에도 이러한 일을 싫증도 내지 않고 되풀이해 가는 것인지 모른다…….

그때 식장 쪽에서 꽹과리 소리가 빠른 속도로 울려왔다.

유정비정(有情非情)

히데요시의 장례는 예정대로 2월 안에 무사히 끝났다. 그리하여 전 간파쿠 다조 대신 히데요시는 도요쿠니 다이묘진(豊國大明神)이라는 신호(神號)와 고쿠타이유쇼인덴 운잔 도시타쓰(國泰祐松院殿雲山俊龍)라는 어마어마한 불명(佛名) 뒤로 사라지고, 세상은 바야흐로 벚꽃 피는 봄으로 접어들었다.

7년이라는 긴 세월에 걸친 싸움이 마무리되고 도시이에와 이에야스가 손잡아 무사히 장례를 끝낼 수 있었다. 마땅히 이 봄이야말로 상하구별 없이 꽃을 즐기며 평화를 축하해도 좋을 것이었다. 하지만 여섯 가지 인간 번뇌의 뒤얽힘이 그것을 용납할지 어떨지.

이곳은 이시다 미쓰나리의 저택과 마에다 도시이에의 저택 중간쯤 되는 요도 강 왼편 기슭에 자리한 넓고 높은 돌축대로 둘러싸인 고니시 유키나가의 저택이었다. 그 저택 뒤쪽 선착장에 오늘 요도야에서 꾸민 꽃놀이배가 두 척 와닿았다.

겉으로는 고니시 유키나가가 절친한 사카이의 큰 상인들을 초대한 꽃구경 잔치였지만, 배에서 내리는 사람들은 상인뿐만이 아니었다. 첫배에서는 모리 데루모토와 우키타 히데이에 두 대로, 다음 배에서는 나쓰카 마사이에, 마시타 나가모리, 마에다 겐이 세 행정관이 신분을 감춘 모습으로 내렸다. 다섯 사람은 고니시 문중 중신 난조 겐타쿠(南條玄宅)와 고니시 하야토(小西隼人) 두 사람에게 정중히 영접받으며 그대로 안뜰로 사라졌다.

3월 11일 오전 10시가 조금 지난 시각이었다. 안뜰에서는 이 저택 주인 고니시 유키나가 먼저 와 있던 이시다 미쓰나리가 예복차림으로 그들을 맞았다.

하늘은 글자 그대로 꽃샘이라도 하듯 잔뜩 흐려 있고 강기슭 경계를 따라 심어진 20그루 남짓한 겹벚나무에 핀 꽃이 그 때문에 오히려 선명한 색채를 돋보여준다.

"야마시로의 아가타 두메마을에서 옮겨온 것인데 좀 있으면 황매화가 피기 시작할 겁니다……"

고니시 유키나가는 혼잣말한 다음 앞장서 마루에서 서원으로 손님들을 맞아들였다. 실내에는 주객 일곱 사람의 주안상이 그들을 기다리고, 눈에 들어오는 벚꽃은 아름다움을 겨루듯 만발하기 직전이라 참으로 알맞은 꽃구경이라 할 수 있었으나, 손님들은 거의 꽃을 보지 않았다.

앉자마자 미쓰나리가 말했다.

"아사노 님은 역시 안 오셨군."

"병중이라는 대답이었으나 알아보니 마에다 님 댁에 간 모양입니다."

"흠, 내대신을 접대하러 갔단 말인가."

우키타 히데이에가 불쾌한 듯 말하며 상석의 모리 데루모토를 보았으나, 데루모토는 아무 말도 하지 않았다.

"내대신이 탄 배는 이미 후시미를 떠났을 테지."

히데이에는 데루모토의 대답을 들을 수 없었으므로 그대로 미쓰나리에게로 눈길을 돌렸다.

"그렇습니다. 호소카와 후지다카와 함께 배를 타고 지금 강을 내려오고 있겠지요."

"후지다카 님이면, 다다오키도 같은 배를 탔을까."

미쓰나리는 웃으며 고개 저었다.

"다다오키 님은 마에다 님 댁에 먼저 와 있습니다. 그러므로 의심받지 않으려고 부친을 인질 삼아 같은 배에 태웠을 겁니다."

"그렇다면 오늘 밤 내대신 숙소는?"

"도도 다카토라의 저택입니다."

미쓰나리의 대답에 뒤이어 유키나가는 웃으며 말했다.

"도도 저택에 묵다니 참으로 운이 다 되었다는 증거겠지요. 그리 많은 인원도 필요하지 않겠지. 둘러싸고 불 질러버린다면⋯⋯."

그러나 아무도 곧 맞장구치지 않았다.

미쓰나리는 사람들의 짧은 대화며 응답 속에서 냉정하게 상대의 심리를 파악하려 하고 있다.

이에야스는 마에다 저택으로 도시이에의 병문안을 한 다음 도도 다카토라의 저택에서 하룻밤 묵게 되어 있다. 그 저택을 에워싸고 불 질러버리자고 태연히 말하는 이 집 주인 고니시 유키나가의 심정은 명백하다. 속셈의 목적이야 어떻든 그가 이에야스를 미워하고 적의를 품은 건 의심할 여지가 없다.

그러나 그 유키나가의 말에 아무도 맞장구치는 이가 없는 것은 어찌 된 까닭일까⋯⋯? 이곳에 모인 사람들 가운데 어쩌면 은밀히 이에야스를 두려워하여 마음을 기울이는 자가 있는 증거일지도 모르며, 전술상 위구심에서 대답하지 않았던 것인지도 모른다.

"이에야스와 다카토라 편에도 대비가 있으리라. 그렇듯 쉽사리 불 지를 수 있을 게 뭔가."

처음부터 시무룩하게 침묵을 지키고 있는 모리 데루모토의 심중도 미쓰나리는 잘 알고 있었다. 데루모토는 지금 자기 영지를 정비하는 일에 전념하고 싶은 것이다. 하지만 미쓰나리를 적으로 돌려 그 반감을 사는 것도 두려워하고 있다. 따라서 찬성이건 반대건 마지막까지 입에 올리지 않을 듯 짐작된다.

미쓰나리는 생각한다.

'그것으로 좋다⋯⋯.'

미쓰나리의 계산으로 마에다 도시이에의 죽음은 이미 확정적이었다. 도시이에가 재기불능이라면 도시이에 대신이 될 만한 자가 중신 중에서 필요하며, 이쯤에서 살며시 도시이에로부터 데루모토로 바꿔 탈 필요가 있었다.

다만 이 자리에 또 한 사람, 당연히 와주었으면 싶었던 인물이 있다. 그것은 우에스기 가게카쓰였다. 아니, 가게카쓰 역시 에치고에서 아이즈의 광대한 새 영토인 가모 가문의 옛 땅으로 갓 옮긴 뒤인지라 이것저것 잡다한 일이 많아 마음은 이곳에 없으리라고 여겨진다. 따라서 다이코 생전 때부터 측근으로서 늘 파격적인 신임을 얻었던 중신 나오에 가네쓰구가 와주기를 바랐었는데, 그는 주인의 감기를 구실로 나타나지 않았다. 이 일이 미쓰나리는 크게 염려스러웠지만 이 자리에서 그 불안을 사람들에게 파급시킬 필요가 없으므로 입을 다물고 있다.

우키타 히데이에는 최초의 발언으로 미루어 우선은 한편이라 안심하고 마음 놓아도 좋았다.

'미쓰나리, 유키나가, 히데이에……'

다섯 행정관 중에서 이에야스 편으로 가리라 여겨지는 자는 아사노 나가마사 한 사람뿐……

미쓰나리는 마음속으로 냉정하게 손가락을 꼽았다.

이시다 미쓰나리 25만 석, 사와산
마시타 나가모리 20만 석, 야마토 고리야마(郡山)
나쓰카 마사이에 6만 석, 오미 미나구치(水口)
마에다 겐이 5만 석, 단바 가메야마
고니시 유키나가 18만 석, 히고 우토
우키타 히데이에 48만 석, 오카야마
합계 122만 석

여기에 고바야카와, 깃카와 등 모리 일족의 200만 석 남짓한 영토를 더하면 대략 이에야스와 비슷해지고, 우에스기 가게카쓰의 120만 석을 보탤 수 있다면 충분히 승산이 선다. 아마 이만큼 단결해서 이에야스와 단호히 대항할 결의가 알려진다면 지금까지 이에야스에게 기울어가던 사람들도 당황해 다이코의 은혜를 생각지 않을 수 없으리라. 이것이 오늘날 미쓰나리의 속셈이었다.

'몸을 내던져야 살아날 길이 있다……'

이전의 미쓰나리는 저것에 못마땅해 하고 이것에 노여워하여 정신의 균형을 잃고 있었다. 그러므로 초조해 할수록 파탄이 생겨 헛되이 정력의 소모를 거듭해 왔는데, 지금은 그것이 반대가 되었다.

'동지가 비록 한 사람도 없더라도 미쓰나리만은 이에야스를 적으로 삼아 죽어가겠다……'

결심하고 보니 이제껏 못마땅했던 사람들이 모두 고마웠으며 충분히 한편이 되어줄 수 있는 자질을 갖춘 소중한 사람들로 보여온다.

아무도 대답하지 않으므로 유키나가가 다시 입을 열었다.

"어떨까요, 저마다 인원을 풀어서 도도 저택에서 주연이 끝날 때쯤 습격한다면……."

미쓰나리는 더 이상 잠자코 있을 수 없었다. 여기서 가장 열성적인 동지의 발언을 어색하게 만들어선 안 된다고 생각했다.

"이 일은 여러분께서도 참을 수 없는 일로 믿고 계실 줄 압니다. 애당초 법을 어긴 처사에 대해 내대신이 다이나곤에게 두 손 짚고 빌지 않는 한 결코 용서하지 않겠다는 타합이 있었습니다."

히데이에가 고개를 끄덕였다.

"그렇소, 그렇소!"

"그런데 그 뒤의 상태는 어떠한가…… 다다오키며 기요마사 등이 다이나곤을 속여 후시미까지 꾀어내 이편에서 일부러 사과하러 가는 추태를 보이고 말았습니다."

미쓰나리는 자칫하면 격해지려는 어조를 억눌렀다.

"그뿐입니까. 우리들에게는 아무 의논 없이, 무코지마 별장을 내대신에게 내주었지요…… 이번에는 내대신이 답례차 온 것이니 이야말로 방심할 수 없습니다. 이를테면……."

미쓰나리는 천천히 좌중을 둘러보았다.

"병환으로 제정신이 아닌 다이나곤을 속여 내대신과 절친한 자들을 측근에 두어, 무언가 트집 잡아 우리들 영지를 몰수하는 따위 일이라도 결의한다면 어떻게 하시겠소."

유키나가가 끼어들었다.

"그따위 짓을 하게 내버려둘 수는 없소! 가토, 아사노 등……우리를 특히 미워하는 자들이 측근에 있다면……그런 짓을 할지도 모르겠군요."

미쓰나리는 유키나가를 제지하고 다시 말했다.

"바로 그것입니다. 그러므로 내대신이 도도 저택에서 하루 묵는다는 건 하늘이 주신 기회가 아니겠습니까."

그러나 아직 아무도 입을 열려고 하지 않았다. 유키나가가 조바심내며 신기하게도 격한 어조로 말하기 시작했다.

"전부터 여러분과 의논했습니다만 모두들 태도가 미적지근하오……일이란 9할 9푼의 성취 가능성이 있을 때만 단행하는 게 아니오. 7할3푼만 되면 우선 손대도 괜찮다고 보아야 하오. 그렇지 않다면 내대신의 불법을 노여워하는 자체가 단순한 군소리로 끝나고 맙니다. 지금 미쓰나리 님이 말씀하신 것처럼 도도 저택에 묵는 것은 더없는 기회, 만일 성안에 묵는다면 손도 댈 수 없지만……."

그때까지 묵묵히 말석에 있던 마에다 겐이가 마사타 나가모리를 돌아보며 말했다.

"저희들은 후시미성 수비를 명령받은 몸이면서도 이렇게 왔습니다만 지금 말씀에는 좀 무리가 있지 않을까요."

겐이에게 질문받은 꼴이 되어 나가모리는 난처한 듯 얼굴을 외면했다. 바로 최근까지 미쓰나리는 어떻게 하면 이에야스의 횡포에 따끔하게 일격을 가해 버릇을 가르쳐주느냐고 이야기해 왔었다. 그런데 어느 틈엔가 '이에야스는 살려둘 수 없다'는 살벌한 취지로 바뀌고 나아가 '오늘 이에야스를 죽이자'는 결정적인 수단의 의논으로 진전되고 있다.

생각해 보면 참으로 기묘한 비약이었다. 미쓰나리는 처음부터 자기들을 교묘하게 이 함정 속으로 꾀어들일 속셈이 아니었을까? 실제로 마에다 겐이는 몹시 어리둥절해 하고 있다. 그가 후시미성 수비장수라는 직책에 있으면서도 일부러 여기에 온 것은 아마 이에야스가 오사카에 온 것을 기회로 삼아 세 대로, 다섯 행정관이 모두 히데요리 앞에 문안드리고 새삼스레 충성을 맹세하는 일……이라는 정도로 생각하고 왔으리라. 그러므로 느닷없이 이에야스를 모살하자는 의논을 받고 고개를 갸우뚱하며 입을 연 것도 당연하다고 여겨졌다.

"지금 말씀에는 좀 무리가 있지 않을까요."

그렇지만 나가모리로서는 이 경우 겐이와 같은 의문을 제기하며 이 회담을 뒷걸음치게 할 수 없는 사정이 있었다. 미쓰나리에게 행정관으로서 자기의 진퇴와 의사를 완전히 일임한다는 언질을 주고 있었기 때문이다.

"귀하와 나는 일심동체, 모든 것을 이 사람이 하는 대로 맡겨주시겠지요."

바로 4, 5일 전에도 거듭 다짐받고 나가모리는 명쾌하게 대답해 주었다.

"여부가 있겠습니까!"

생각해 보면 다이코 생전부터 미쓰나리의 끈질긴 성품에 대한 나가모리의 습관이 되어버려 대답하고 만 느낌도 없지 않다.

나가모리에게 외면당하자 겐이는 비로소 미쓰나리를 향해 앉았다.

"내가 알고 있는 바를 말씀드립니다만, 내대신은 후지다카 님을 배 안에서의 말벗으로 함께 타고 계십니다…… 이것은 다다오키 님이 앞질러 마에다 저택으로 가서 도시나가 님과 함께 마에다 가문 귀빈으로 경호하실 대비라고 추측됩니다. 물론 도쿠가와 가문에서도 충분히 경계하고 있을 것이며, 하룻밤 묵기로 결정되었다면 도도 가문에서도 도중에 실수 없이 경호하여 맞아들이겠지요. 그러므로……."

그리 간단히 죽일 수 없다고 말하려는 것을 미쓰나리는 손을 들어 가로막았다.

"그럼, 겐이 님은 적 편에서도 방심하지 않을 것이므로 습격을 단념하라는 말씀이신가. 겐이 님, 다짐 삼아 말해 두는데, 내가 이처럼 꺼림칙한 말을 꺼낸 데 나의 사사로운 감정 따위는 조금도 없소."

히데이에가 구원의 말을 던졌다.

"그렇소, 이건 모두 도련님을 위한 일이니."

유키나가가 다시 한무릎 나앉으며 말했다.

"두 분 말씀이 옳습니다. 만일 이 기회를 놓쳐 다시 후시미로 돌아가게 한다면 성을 공격하는 이상의 준비가 들 거요."

그때 비로소 마시타 나가모리가 입을 열었다.

"어떻습니까, 나쓰카 님 의견은?"

나쓰카 마사이에는 역시 난처한 듯 황급히 시선을 돌리고 눈을 깜박였다. 그는 사실 나가모리 이상으로 미쓰나리의 강경함에 어쩔 줄 모르고 있었다. 마사이에는 교묘하게 피해 버렸다.

"여기서 겐이 님 의견을 좀더 듣고 싶소. 그런 뒤 내 각오도……."

미쓰나리는 모두의 태도를 그리 못마땅하게 여기지 않았다.

'가능하면 오늘 밤 이 일곱 가문 사람들로 이에야스를 습격하고 싶다…….'

아니, 우에스기 가문도 참가한 것처럼 꾸며서 습격할 방법이 없지 않다. 그러면 도쿠가와, 마에다 두 가문을 제외한 여덟 가문이 모두 이에야스 타도를 위해 일어선 게 된다. 혹시 이에야스를 놓치더라도 여덟 가문이 결의를 굳히고 일어난다면 마에다 가문에서도 내버려두지 않을 것이며 만도코로파 무장들도 히데요리에 대한 사양으로 도쿠가와 가문에 접근하지 않을 것이다.

이것이 오늘 미쓰나리가 짜낸 책략이었다. 이만큼 단호한 결의가 미쓰나리 편에 있는 것을 안다면 이에야스도 그리 간단히 일어나지 못하리라. 이 소동 뒤에 어떻게 나올 것인지는 일단 앞날의 일로 치더라도, 여기서 일으켜보는 바람이 길조냐 흉조냐의 첫출발이었다.

'어쨌든 내 몸을 내던진 깊은 탐색의 봉화이다……'

마사이에로부터 좀더 의견을 듣고 싶다는 말을 듣고 겐이는 얼마쯤 꼿꼿이 고쳐 앉았다.

"나도 도련님을 위하는 마음이 남에게 뒤지지 않습니다. 그러므로 감히 만류하고 싶소…… 호소카와 부자가 내대신 편에 있다는 것은, 다시 그 주위에 가토, 후쿠시마, 아사노, 구로다 등 여러 장수들이 있는 것으로 여겨야만 되오. 그리고 당사자인 도도 님은 물론이거니와 이 사람의 친척인 호리오 등도 내대신 편에 설게 틀림없는 일…… 그리고 소동이 일어난 것을 알면 후시미로부터 유키 히데야스 님이 곧 상당한 병력을 이끌고 달려오겠지요. 그렇게 되면 오사카를 대란의 소용돌이에 빠뜨릴 뿐 아니라 도련님을 큰 위험에 빠지게 할지도 모른다……고 생각하는데, 어떻습니까, 마시타 님."

다시금 말꼬리를 나가모리에게 들이대자, 이번에는 나가모리도 크게 고개를 끄덕였다.

"이 사람도 겐이 님에게 동의하오. 미쓰나리 님은 일을 좀 서두르십니다. 실은 얼마 전 오타니 요시쓰구 님을 만나 이런저런 이야기를 나눌 때 말씀하신 일이 있소. 내대신을 없애려는 사람들의 마음을 추측하건대 두 가지가 있다. 그 하나는 물론 오로지 히데요리 님을 위하는 자……그러나 개중에는 사사로운 감정으로 일을 저지르고 히데요리 님에게 뒤집어씌우려 하는 자도 없지 않다고. 이러한 일을 잘 생각한 다음, 내대신이 정말 천하를 차지하려 한다면 그때 다이코의 은혜를 입은 우리들이 모두 합심해 군사를 일으키는 데 무슨 어려움이 있으랴. 일을 서둘러 가벼이 행동하면 내 몸을 멸망시킬 뿐 아니라 히데요리 님 몸에 누를 끼친다……라는 말씀을 듣고 눈물을 흘렸소만, 나도 요시쓰구 님의 그 심정을 잘 알 수 있었소……."

미쓰나리는 냉정하게 나가모리를 쳐다보며 남의 일처럼 고개를 끄덕이고 있었다.

나가모리가 오타니의 말을 빌려 자기 주장을 이야기하는 것이 우스웠다.

'아무래도 습격까지는 할 수 없을 것 같구나.'

그러나 그 때문에 실망할 필요는 조금도 없다. 이 자리에 모인 사람들은 다만 참석한 사실만으로 모두 한결같이 '이에야스 배척'의 밀담에 참가한 자로서 미쓰나리의 소중한 한편이 되고 있다.

'오늘의 수확은 이것으로 충분하다.'

이렇게 생각했을 때 마사이에가 다시 말했다.

"여러 가지 토론이 있겠습니다만, 제가 도도 가문에 사람을 파견해 놓았으니 적 편의 동태를 좀더 살펴보고 난 뒤에 하는 게 어떨까요."

마사이에의 제안에 반대하는 쪽에서도 한결같이 고개를 끄덕였다. 가장 분해하는 사람은 유키나가와 히데이에였고 데루모토는 처음부터 끝까지 말이 없었다.

미쓰나리는 이것으로 좋다고 생각하고 있다. 본디 모리 일족은 고바야카와 히데아키를 제외하고는 도요토미 가문에 대해 그리 깊은 의리가 없다. 그들이 만일 미쓰나리 편에 붙어 대모험을 감행하게 된다면 그 목적은 이에야스와 마찬가지, 잘 되면 천하의 주인이 된다……는 속셈 외에 달리 없다. 미쓰나리는 그것을 훤히 알므로 그들을 자기 편의 위력으로서 앉혀두는 게 대단한 이익이 된다고 계산하고 있다.

"그럼, 그 보고를 기다려 정하기로 하고, 그전에 이 사람도 일단 마에다 저택을 방문하여 상황을 보아두겠습니다."

마침 그 무렵—

이에야스와 후지다카를 태운 배는 마에다 저택에서 500미터 떨어진 나루터에 닿고 있었다.

이에야스가 오사카에 오는 것을 알고 이미 후쿠시마 마사노리로부터 만류하는 통지가 있었을 정도이므로 그 경비가 엄중하기 이를 데 없었다.

"오사카에는 방심할 수 없는 자들이 무리 짓고 있으니 오시는 일을 중지하십시오."

마사노리의 이 통지에 이에야스는 어떻든 혼다 마사노부, 이이 나오마사, 사카키바라 고헤이타 등이 가만히 있을 리 없었다. 그들은 강변에 소총수를 매복시키고, 작은 배를 준비해 도중의 습격에 대비하고, 배에도 선발된 정예를 태워 요도강을 내려보냈는데 배가 닿으니 그곳에 여자용 가마가 한 채 놓여 있었다.

말벗으로 동행한 후지다카는 그 가마를 보고 눈을 가늘게 뜨며 웃었다.

"저건 누구의 가마일까요."

이에야스는 진지하게 고개를 갸웃했다.

"글쎄, 누구일까. 설마 내전에서 보낸 사신은 아닐 테고……."

이에야스는 그것을 두려워하고 있었다. 요도 마님이나, 이제 고다이인이 된 기타노만도코로에게서 성에 들르도록 사자를 보냈다면 거절할 수 없다. 이에야스는 이번만은 성에 들르지 않고 돌아가고 싶었다. 병으로 출사하지 못하는 도시이에에 대한 위로도 있었고, 신변의 위험도 충분히 계산에 넣어야만 되었다. 어차피 마에다 저택으로 아사노 나가마사와 요시나가 부자가 올 것이며, 가토 기요마사도 얼굴을 내밀 것이다. 그러므로 그런 사람들에게 정중한 말을 전해 주도록 부탁하고 그대로 돌아갈 속셈이었다.

배가 기슭에 닿자 신조 나오요리와 아리마 노리요리가 맞이했다. 두 사람 다 이에야스와 친교가 있으므로 도시이에가 마중 내보냈을 게 틀림없다.

두 사람의 인사가 끝나기도 전에 그 여자용 가마 속에서 또 한 사람 늠름한 털북숭이 무장이 나타나 이에야스에게로 다가왔다. 보니 도도 다카토라가 아닌가.

"무사히 도착하신 것을 축하드립니다. 남의 눈을 피하기 위해 고다이인 님 시녀로 꾸몄지요…… 오늘 아침부터 오사카의 이곳저곳 동태며 이 언저리를 샅샅이 살펴보았습니다만, 그리 수상쩍은 데는 없었습니다. 여기서부터 마에다 저택까지 경계를 위해 충분한 병력을 배치해 놓았으니 안심하십시오."

다카토라는 싱글벙글 웃으면서 재빠르게 말하고 앞장섰다.

이에야스는 가볍게 고개를 끄덕였을 뿐 배에서 내리자 가마 속으로 사라졌다.

다카토라와 이에야스의 교분은 히데요시의 명령으로 우치노(內野)의 주라쿠 안에 다카토라가 이에야스의 저택을 지어준 때부터 시작되고 있다. 그 무렵부터 다카토라는 히데요시의 뒤를 이을 자는 이에야스라고 여기며 신앙에 가까운 열성으로 이것저것 도와주고 있다. 생각해 보면 묘한 인연이었으며 앞을 내다볼 줄 아는 사나이라고도 할 수 있었다.

이에야스는 이미 '천하의 평화'를 위해 한 걸음도 물러나지 않을 각오를 굳히고 있다. 이것은 히데요시가 죽은 뒤 이것저것 궁리를 거듭한 끝에 도달한 결심이 아니다. 고마키 싸움 뒤에 움트고, 에도로 영토 바꿈을 함으로써 자라났으며, 히데요시의 원정실패를 보게 되자 다시 확고한 뿌리를 내린 사명관이라고 해도 좋았다. 그러한 심경이 아니었다면 위험이 뒤따르는 이번 답례방문 따위 단념했을 게 틀림없다.

이에야스가 마에다 저택에 이르니 도시나가와 도시마사 형제가 문 앞까지 나와 있었다. 이에야스는 거기서 가마를 내려 큰 현관으로 향했다. 어느덧 엷은 햇빛이 비치고 있다. 깨끗이 비질된 흰 자갈에 물이 뿌려져 청결한 반짝임이 야릇한 감회로 이에야스를 감싸주었다.

'오기를 잘했다……'

우정……그것마저 지킬 수 없는 인간이 되고 싶지는 않다. 아니, 그 같은 인간이었다면 거기서부터 그의 '사명'은 반드시 하나의 파탄에 맞닥뜨렸을 게 틀림없다…….

현관에 이르자 그 감회는 더욱 깊어졌다. 도시이에는 병든 몸으로 무리하게 현관방까지 나와 앉아 있었다. 찬 기운을 두려워하여 호랑이가죽을 내다깔고 그 위에 앉아 있는 말라가는 늙은 무장의 모습을 보자, 이에야스는 인생의 엄숙함을 생생히 보는 것 같아 가슴이 메었다.

"다이나곤님, 그처럼 무리하셔도 괜찮으십니까."

그것은 이에야스의 진심 어린 놀라움이었고 위로의 말이었으나, 도시이에는 대답 대신 급히 두 손을 짚고 일어나 반짝반짝 닦여진 현관마루까지 비틀거리며 내려와 고쳐앉았다.

"정말 잘 오셨습니다. 마중할 수 없는 몸이니 이것으로 용서해 주십시오."

이에야스는 도시이에가 이미 두 가지 일을 명백하게 깨닫고 있음을 알 수 있었다. 그 하나는 자신의 죽음이 다가왔다는 것이고, 또 하나는 천하의 대세가 벌써 결정되었다는 체념이었다. 그러니만큼 더한층 대쪽 같은 고지식함으로 버티어온 도시이에의 심정이 딱하게 여겨진다.

이에야스는 손을 내밀어 도시이에를 부축해 일으켜 나란히 안으로 들어갔다.

'아버지의 이 슬프고도 엄숙한 심정을 두 아들은 알고 있는 걸까······?'

도시나가는 줄곧 이에야스에게 기대듯 하며 준비한 서원까지 안내했지만 살기는 없다. 그러나 동생 도시마사에게서는 아직 얼마쯤 살기가 느껴진다. 어쩌면 도시나가는 동생이 무모한 짓을 저지르지 않을까 염려되어 필요 이상으로 이에야스에게 접근해 경호하고 있는지도 몰랐다.

서원에 들어서자 도시이에는 오늘 더할 나위 없이 솔직하고 순수한 자세가 되었다. 준비한 주안상을 이에야스 앞으로 곧 나르게 하고 가슴이 철렁하리만큼 분명하게 말했다.

"내대신님, 이것은 이승에서의 이별잔이오."

어지간한 이에야스도 당황했다. 도시이에가 이른바 무인의 고집을 보이려고 완강하게 딱딱한 인사를 해온다면 응답할 방법도 있었다.

'마지막까지 분기하며 버틴 사람이었다······.'

이렇게 생각하며 그렇게 사는 습관을 몸에 지니지 않으면 살아갈 수 없었던 '전국시대 무장'의 한 모습을 가벼운 마음으로 위로해줄 수 있었으리라.

그런데 도시이에는 처음부터 그런 껍데기를 벗어던져버리고 있다.

"이것은 이승에서의 이별잔이오······."

이 얼마나 소박한 인간의 목소리인 것일까.

"내대신님, 우리들 생애는 참으로 갑옷이 무거운 한평생이었소."

도시이에는 온몸의 허식을 벗어던진 발가숭이 인간만이 지을 수 있는 미소를 입언저리에 떠올리며 손수 술병을 집어들었다.

"그 갑옷은 머지않아 벗어 던질 수 있을 것 같소만 어깨의 짐만은 도무지 벗을 길 없구려."

"옳은 말씀이십니다. 이것이 우리들 시대의 업보일 테니까요."

"그 일로 오마쓰는 나에게 이제 모든 것을 부처님 가호에 맡기고 자비를 빌라고 합니다그려."

이에야스는 고개를 크게 끄덕이며 자기 또한 입속으로 문득 염불을 외었다.

"살아 있는 몸이니만큼 마님 말씀은 모든 게 옳으신 줄 압니다."

"그런데 나는 오마쓰를 꾸짖었지요."

"허, 꾸짖었습니까?"

"타력본원(他力本願; 아미타여래本願의 힘)으로는 무인이 살 수 없다고."

이에야스는 웃었다.

"타력에도 깊고 얕음이 있으니까요."

"알고 있지요, 오마쓰가 하는 염불도 그리 얕은 건 아니라는 것을. 그러나……."

말한 다음 도시이에는 바로 곁의 도시나가와 그 아랫자리에 어깨를 잔뜩 추켜 세우고 앉아 있는 도시마사를 돌아보았다.

"보시다시피 아직 수양이 모자라는 자들입니다. 이들이 얕게 깨닫고 인생을 타력 따위인 줄로만 여겨 그날그날 살아가는 데 용기를 잃어선 큰일입니다."

"지당하신 말씀……."

"그러므로 나는 이렇게 말했습니다. 무인은 여느 인간이 아니다. 처음부터 부처님 마음을 어기고 저마다의 마음에 정의를 내세워 피를 흘리고 사람을 죽여 온 자들이다. 그러므로 결코 쉽사리 극락에 갈 생각은 마라. 지옥도 만족……문 중 사람들로서 저승에 먼저 가 있는 자들이 헤아릴 수 없이 많으므로……나 역시 저세상에 가면 그들을 모두 불러모아 앞장서 지휘하며 지옥으로 곧장 쳐들어 갈 각오라고."

이에야스는 저도 모르게 살며시 도시나가와 도시마사를 보지 않을 수 없었다. 도시나가는 자세를 바로하여 미소 짓고 있다. 그러나 도시마사에게는 아버지의 이 적나라한 말이 속속들이 받아들여지지 않는 듯한 딱딱함이 있었다.

이에야스는 따라준 잔을 한 모금 마시고 중얼거리듯 대답했다.

"이 이에야스도 눈을 감을 때는 히데타다에게 같은 말을 할 게 틀림없습니다."

"내대신님!"

"예."

"이제 후련해졌습니다. 도련님이 가가 할아버지, 에도 할아버지라고……이 세상 에서 할아버지라고 다정하게 부를 수 있는 것은 그대와 나 두 사람뿐……미숙한 자식들을 남기고 가니 도련님과 자식들을 아무쪼록 부탁하오."

이에야스는 다시 목이 메었다. 허식을 내던진 인간의 적나라한 말이므로 웃을 수 없었다. 그것이 하찮은 허영이나 자부를 떠난 진실이니만큼 더한층 세게 가슴 을 죄어왔다.

이전의 도시이에는 도련님을 부탁하오! 라고 하긴 했으나 결코 미숙한 자식들을 부탁한다고는 말하지 않았었다. 그것은 도시이에가 이에야스의 존재를 히데요시의 후계자로서 승인하지 않고 있는 증거였다. 그런데 도시이에는 지금 인간 집념의 이면의 이면까지 보여주며 그것을 명확히 입에 담았다.

히데요시의 유촉은 저버릴 수 없다. 그리고 동시에 내 가문의 장래도 마음에 걸린다……아마 도시이에는 그 두 가지가 이에야스의 도움으로 계속 번영하도록……하는 게 마지막 소망이고 집념이라고 고백하고 싶었을 게 틀림없다…… 그리고 그것을 이에야스가 알아준 것으로 여기고 마음이 밝아졌으리라.

이에야스는 받들듯이 잔을 비우고 말했다.

"인간 밑바닥의 밑바닥까지 보아오신 다이나곤님에게 새삼스레 말씀드리는 것은 뭣합니다만, 이 이에야스가 살아 있는 한 다이나곤님 기대에 어긋나지 않을 생각입니다."

"고맙소! 그럼, 내 잔으로 이승에서의 이별잔을 들고 싶소."

술잔이 내밀어지자 이에야스는 순순히 받았다.

도시마사의 눈빛은 여전히 험악하다. 아마 아버지의 이러한 태도를 비굴하게 여겨 씁쓰름해 하고 있는 것이리라.

깨닫고 보니 미닫이문을 열어젖힌 다음 방에서도 중신들과 이에야스의 수행원 사이에 주연이 벌어지고 있었다. 호소카와 후지다카를 상석에 앉히고 아리마, 신조, 도도 등의 목소리가 떠들썩하게 젊은 무장들 이야깃소리에 섞이고 있다.

이에야스는 그 속에서 저도 모르게 미쓰나리의 목소리를 찾으며 귀를 곤두세우고 있었다.

'미쓰나리가 이 좌석에서 모두들과 함께 담소해 준다면…….'

그렇게만 되어도 천하의 일은 도시이에의 희망에 가까워질 듯한 생각이 드는데…….

그렇게 생각했을 때 아사노 요시나가의 탄력 있는 목소리와 발소리가 났다.

"여러분, 이상한 인물이 나타났소."

"이상한 인물……이라나?"

되물은 것은 요시나가의 아버지 나가마사였다.

"미쓰나리지요. 미쓰나리 놈, 우리들이 이곳에 모여 있는 것을 알면서 시치미 떼고 다이나곤의 병세를 물으러 왔군요."

이에야스는 마음 놓였다. 누군가 연장자가 다음 방으로 미쓰나리를 청해 들일 테지……그렇게 된다면 미쓰나리도 터무니없는 반감을 버릴 기회를 잡을 것이고, 어쩌면 그 기회를 찾으러 나타났는지도 모른다고 생각했기 때문이다.

그런데 사태는 그 반대가 되었다.

"쫓아보내!"

누군가가 외치고 이어서 낮게 응한 자가 있었다.

"베어버릴까."

순간 화기애애한 분위기는 깨어지고 미닫이문 밖에 팽팽하게 살기가 감돌았다.

그 순간 확 표정을 굳힌 도시나가가 이에야스에게 고개 숙여 보이고 급히 복도로 나갔다.

"잠시 자리를 비우겠습니다."

이에야스는 서늘함이 얼굴을 거꾸로 쓸어올린 것 같은 느낌이 들어 저도 모르게 코에서 윗입술로 쓰다듬어내렸다. 눈앞에 피로를 참고 있는 도시이에의 모습이 없었다면 손톱을 사납게 깨물었을지도 모른다.

도시나가가 나갔으므로 얼마쯤 안심되었으나, 지금 이 저택 안에서 미쓰나리와의 사이에 일이 생긴다면 그야말로 화약고에 불을 던지는 것과 같다. 이 집에 모인 자는 거의 이에야스에게 마음을 기울이고 있었지만, 아직 미쓰나리를 비롯한 다섯 행정관을 도요토미 가문 집권자로 우러러보는 자의 수가 많다.

"큰일이다!"

그 사람들이 떠들어대기 시작하면 그대로 시가전(市街戰)이 되지 않으라는 법도 없다.

이에야스는 일부러 큰 소리로 말했다.

"다이나곤님, 미쓰나리 님이 온 모양이군요. 도도 님에게 보고 오라고 할까요. 어쩌면 이에야스에게 볼일이 있어서 온 것인지도 모르니까요."

그것은 다음 방의 다카토라에게 보고 오라는 암시였다.

"아니, 그렇지 않을 것입니다. 미쓰나리 님은 날마다 내 병문안을 오는 것이 습관이신지라."

도시이에가 대답했을 때 도도 다카토라가 알아차리고 다음 방에서 일어서 나갔다.

"잠깐 실례를……."

이에야스는 마음 놓았다. 다카토라라면 말썽을 좋아하지 않는 이에야스의 속마음을 잘 알고 있다.

다음 방에서 아사노 요시나가의 높은 목소리가 찌렁찌렁 울려왔다.

"정말 수상쩍은 놈이야. 틀림없이 염탐하러 온 것일 거야. 누구누구가 모여 있나 하고."

"하하……오늘 이곳에 모인 사람들은 미쓰나리로서는 원한이 사무치는 이들뿐이겠군."

그렇게 말하고 웃은 것은 후쿠시마 마사노리인 것 같다.

"어쩌면 모인 사람에 따라 습격할 작정……으로 있는지도 모르지."

"그렇게 되면 재미있겠군! 아무튼 그 여우 놈이 다이코님이라는 큰 나무 그늘을 잃고 나서부터 도무지 이 굴에서 떠나지 않거든."

이에야스는 넌지시 도시이에의 얼굴을 쳐다보았다. '이 굴'이라고 말한 것은 물론 도시이에를 가리킨 것……도시이에가 그것을 어떻게 받아들이는지 궁금했기 때문이었다.

그러나 도시이에는 그 말을 별로 귀담아듣는 것 같지 않고, 아직도 마음을 풀려고 하지 않는 둘째 아들에게 말했다.

"도시마사, 다시없을 기회. 너도 내대신이 주시는 술잔을 받아도 좋아."

"예, 술잔을 받겠습니다."

이 말을 듣고 이에야스는 흠칫하면서 잔을 내밀고 묻지 않아도 될 말을 묻고 말았다.

"도시마사 님은 미쓰나리 님과 친하신지요?"

도시마사는 세게 고개를 저었다.

"왠지 비위에 거슬려 말도 제대로 하지 않습니다."

"허……그럼, 도시나가 님은."

"형님도 아버님도 마찬가지겠지요. 미쓰나리는 음흉스럽습니다!"

씹어뱉듯 말하고 잔을 받았다.

그런 말을 듣고 보니 이에야스는 더욱 귀를 곤두세우지 않을 수 없었다. 미움 받으면서도 열심히 병문안 오는 미쓰나리……더욱이 호의를 갖지 않은 도시나가가 불끈하여 일어나 나갔고, 그걸 보러 간 다카토라도 아직 돌아오지 않고 있다…….

다음 방의 떠들썩한 이야기는 아직 계속되었다.

"미쓰나리, 미야베, 후쿠하라 따위 간악한 무리들에게 언젠가 한번 본때를 보여주어야 해."

"아무렴. 다이코님 장례도 이미 끝났어. 기왕 한번 붙을 작정이라면 빠른 게 좋지."

"맞아. 그 여우 놈이 눈치채면 또 이것저것 음험한 수단을 꾸밀 테지. 이 댁에 들락거리는 것부터가 그 시작이란 말이야. 다이나곤님은 그따위 여우에게 넘어갈 분이 아니니 안심이지만, 자칫 잘못하다간 다이나곤님을 움직여 우리들 영지 몰수쯤은 할 놈이거든."

"그러니 기요마사 님은 특히 조심하십시오. 고시니 유키나가의 우토와 귀하의 구마모토는 같은 히고 땅이니 말이오."

듣고 있으려니 이에야스는 숨 막힐 듯 답답했다. 파벌이 파벌을 불러 분열의 상처가 당연히 커지고, 그것이 지나치면 잘잘못을 가리지 않고 상대를 쓰러뜨리지 않으면 안심할 수 없는 막다른 골목으로 쫓겨들어간다.

이미 그 징조가 나타나기 시작하고 있다. 그 의미로 도시이에는 미쓰나리파와 무장파의 쌍방에서 노리고 있는 일종의 '승패를 결정짓는 고지'였던 것이다.

다시 마사노리의 목소리가 들렸다.

"미쓰나리가 노리는 것은 이 댁 주인뿐만이 아니야. 모리 데루모토 역시 노리고 있지. 아니, 요즘은 우에스기 가문의 나오에 가네쓰구에게 열심히 접근하고 있다니……단단히 조심하지 않으면 앞정강이를 얻어맞을걸."

"뭐 그까짓, 그렇게 되면 이쪽에서도……."

누구의 목소리인지는 알 수 없으나 말꼬리가 스르르 사라진 것은 이에야스의 이름이 나왔기 때문임이 틀림없었다. 저쪽이 모리나 우에스기를 내세워 맞서올 생각이라면 이쪽은 이에야스를 떼메고 대항할 테다, 라고 그만 속셈을 터놓고 만 듯하다.

이에야스는 생각한다.

'기묘한 일이야……'

이쪽에서 무의미한 싸움을 피하려 아무리 애써도, 상대가 움직이는 한 조용한 해면도 소용돌이치지 않고 견딜 수 없는 형태가 된다…… 어쩌면 그것이 인간세계의, 영원히 피할 수 없는 업보인지도 모른다…….

그렇게 생각했을 때 발소리가 가까워지며 도도 다카토라의 헛기침소리가 났다. 다카토라는 일부러 이에야스에게 보고 형식을 취하지 않고 큰 목소리로 다음 방의 사람들에게 말했다.

"미쓰나리 님은 조용히 돌아가셨소. 다른 뜻은 별로 없는 것 같습니다. 수수한 검은 예복 차림으로 도시나가 님에게 다이나곤님의 병세를 물었을 뿐 돌아가셨소."

"허, 그 밖에 누구누구가 모였느냐고는 묻지 않던가요."

"물어보아도 도시나가 님이 일일이 대답하지는 않으실 거요. 다만 손님이 계신다고 했더니 방해되면 안 되므로 뵙지 못하고……라고 말하며 물러가셨소."

요시나가가 다시 웃었다.

"핫핫핫……어색했을 거야. 아니……그렇지도 않을까. 오늘 와두지 않으면 나중에 또 이 저택으로 도망쳐 오기가 어렵거든. 그래서 그 여우 놈, 굴로 들어갈 길을 닦아놓을 셈으로 왔는지도 모르지."

이에야스는 그만 도시이에에게서 눈길을 돌렸다. 사람들이 저마다의 입장에서 행동하는 유정비정에 둘러싸여 이미 재기할 가망 없는 도시이에의 모습이 애처로웠다.

죽음을 맞는 사람

　이에야스가 마에다 부자의 환대에 고마워하며 도도 다카토라의 저택으로 물러간 것은 오후 5시 무렵이었다. 도시이에는 다시 현관까지 전송 나와 도중의 경호를 아들 형제에게 명하면서 마음속으로 뜻하지 않은 망상을 그리고 있었다.

　앉아 있기도 어려울 만큼 병든 몸을 안기다시피 부축받아 거실로 들어가자 한 동안 숨을 가다듬지 않고는 목소리가 말이 되어 나오지 않았다.

　"오마쓰, 나는 피로해. 너무 지치면 사람의 분별이 어지러워진다……무서운 일이야!"

　부인은 그러한 도시이에를 이부자리 위에서 팔걸이로 얼른 기대게 하고는 부드럽게 등을 쓰다듬었다.

　"곧 주무시지요."

　"아니, 조금 이따가……."

　도시이에는 지그시 이마에 주먹을 대고 멀리서 들리는 무슨 소리를 듣고 있기라도 하는 것 같았다.

　"오마쓰, 나는 아까 현관에서 문득 이에야스가 죽어버렸으면 하는 생각이 들었어."

　"어머나, 그게……무슨 말씀이세요?"

　"그러므로 너무 괴로우면 분별이 어지러워진다고 말한 거야…… 입으로는 엄중히 경호하여 도도 저택까지 배웅하라고 명하면서도……미쓰나리가 이에야스를 습격해 죽여주었으면 하고 문득 생각했었지……."

오마쓰는 눈을 둥그렇게 뜬 채 잠자코 있었다. 면종복배(面從腹背)는 남편이 가장 싫어하는 것……그 남편이 어째서 이 같은 말을 입에 담는 것일까? 자기 쪽에서 분별이 어지러워졌다고 말하느니만치 섣불리 참견할 수도 없었다.

"나는 이에야스에게 우리 가문 일까지 부탁했어……."

"도시나가에게 대충 들었어요."

"아니, 듣지 못한 것을 그대에게 말해 주려는 거야…… 부탁하고서 마음 놓았지……마음 놓으면서 또 한편으로는 미쓰나리가 이에야스를 죽이면……안심하고 눈을 감을 수 있을 것 같았어."

오마쓰는 대답하는 대신 조용히 등을 쓸어내렸다. 죽이고 싶은 상대에게 내 가문의 장래를 부탁한다……곧이곧대로 살아온 남편임을 알므로 그 쓰라림은 그대로 오마쓰의 쓰라림이 되었다.

"나는 그대가 말하듯 염불이라도 하지 않으면 극락에 갈 수 없는 악인인지도 몰라."

띄엄띄엄 중얼거린 다음 도시이에는 입을 다물어버렸다.

그래도 이에야스가 무사히 도도 저택에 들어갔으며, 저택 주위가 엄중히 경비되어 결코 습격받을 염려가 없다는……두 가지 보고가 들어올 때까지 자려고 하지 않았다.

"아무 데도 들르지 않고 내대신은 내일 이른 아침 배를 타고 후시미에 돌아가십니다. 그 준비도 모두 되어 있습니다."

아들 형제로부터 보고받을 때 도시이에는 과연 마음이 놓였을까, 낙담했을까…….

아무튼 그 뒤 도시이에는 부인 오마쓰에게 뜻밖으로 여겨질 만큼 온순한 병자였다. 고통을 호소하기는 했으나 나무라는 일은 없었으며 탕약도 권하는 대로 순순히 받아 마셨다. 어쩌면 오마쓰의 귀에 들리지 않는 곳에서 남몰래 염불을 외고 있었는지도 모른다.

그렇게 생각하고 있을 때 도시이에는 느닷없이 오마쓰에게 유언을 받아쓰게 했다.

이에야스가 후시미로 돌아간 지 열흘째인 3월 21일의 일이었다…….

그날도 마에다 저택에는 병문안 온 온갖 사람들이 잇따라 찾아들고 있었다. 진심으로 병세를 염려하는 사람도 있고, 병세에 따라 어느 쪽에 몸을 둘 것인지 초조하게 탐색하는 사람도 있었다. 그리고 그 사람들이 우연히 무장파와 미쓰나리파로 갈라져 두 객실에 따로 앉는 것도 우스웠다.

물론 미쓰나리도 그 일이 있은 뒤부터는 거의 이 저택을 떠나지 않고 있었다…….

3월 21일 아침, 요즘에는 시의(侍醫) 말고는 부인밖에 머리맡에 가까이 오지 못하게 하는 도시이에가 별안간 부인에게 유언을 받아쓰라고 했다…….

도시이에는 말했다.

"나는 요 얼마 동안 병석에 누운 뒤 다이코의 심경을 곰곰이 생각해 보았다. 다이코의 심정은……알 수 있는 부분도 없는 부분도 있다. 하지만 어쨌든 이제 유언만은 이해되도록 해두지 않으면 안 돼."

오마쓰는 일부러 밝은 웃음을 지어보이며 종이와 붓을 가지고 와서 머리맡에 앉았다.

"그래서 마음이 편해지신다면 마음 내키시는 대로 하세요."

도시이에는 반듯이 누운 채 조용히 눈을 감고 말했다.

"마고시로(孫四郎)에 대한 일……."

그리고는 실눈을 뜨며 싱긋 웃었다.

마고시로란 도시마사였다. 하지만 도시마사의 이야기를 꺼낸 순간, 또 다른 생각이 난 모양이다.

"오마쓰……내가 다이코보다 나은 점 가운데 하나는 유언을 마누라인 그대에게 쓰게 할 수 있다는 거야."

"어머나, 그 뒤가 어떻게 되는지 무서워요."

"아니, 농담이 아니야. 진심으로 그대에게 감사를 말하는 거야."

"자, 받아쓸 것을 말씀하세요."

"그렇군……마고시로는 가네자와(金澤)로 내려보내둘 것. 인원은 1만 6000을 8000씩 나누어 오사카에 반을 두고 가네자와의 인원은 마고시로 지휘 아래 둔다."

도시이에는 자기 말이 그대로 문장이 되도록 고심하며 이야기하고 있는 모양이었지만 그리 잘될 것 같지 않았다.

오마쓰는 참뜻을 그르치지 않으려고 몇 번이나 되물으며 붓을 움직였다.

도시이에가 남겨놓고 싶은 것은 두 조목인 것 같았다. 8000명씩의 인원을 가네자와와 오사카로 나누어 오사카의 병력은 물론 도시나가가 지휘하고, 가네자와성에 남은 8000에는 중신 시노하라 데와(篠原出羽)와 도시나가의 눈에 뽑힌 또 한 사람을 딸려 도시마사의 지휘 아래 두도록 하라는 게 첫째 유언이었다.

둘째로 가네자와성에 있는 금은 및 여러 물건은 일기에 이르기까지 모두 도시나가에게 물려줄 것이니 앞으로 3년 동안 결코 가가에 돌아갈 생각을 하지 말도록……3년 동안에 반드시 한 번 소동이 일어나 그것으로 천하가 결정되리라는 것이, 도시이에가 병상에서 곰곰이 생각한 예상임에 틀림없다.

되읽어 들려준 다음 오마쓰가 다짐했다.

"이것으로 되었나요?"

"아무래도 또 하나."

말하며 확 부릅뜬 도시이에의 눈은 야릇한 정열로 번쩍번쩍 불타고 있다.

오마쓰는 오싹했다.

"또 한 조목이라시면……?"

앞서의 두 조목은 도시이에로부터 늘 들어온 것이었다. 그러나 다른 또 한 조목이라면 오마쓰로서도 짐작되지 않는다. 무엇보다도 흥분한 듯한 눈빛이 불안했다.

"그렇지, 한 조목 더 덧붙여 두어야만 되겠지. 준비되었나."

"네, 좋아요."

"첫째, 자식들에게 일러둘 것은 싸움이 벌어지면 만일 적의 침공이 없더라도 진격하는 것이 지당하다. 자기 나라를 침공당한다면 저승에 가서도 옳은 일이라고 생각하지 않겠다……."

거기까지 말하고 도시이에의 눈은 더욱 처참하게 허공을 응시했다.

"일찍이 노부나가 님은 병력이 적을 때부터도 끝내 자신의 영지 안에서 싸운 일이 없다. 반드시 적지로 밟고 들어가 자주 이익을 얻은 일을 잊지 않도록……이것으로 되었어."

오마쓰는 숨죽이며 받아쓰기를 마쳤다. 이미 아무것도 설명들을 필요가 없었다. 마지막 한 조목으로 마에다 도시이에는 노부나가의 자랑이었던 범 같은 시동 시절의 옛날로 돌아가 보인 것이다.

만일 싸움이 벌어졌을 때는 적이 쳐들어오기를 기다리지 마라, 곧바로 쳐나가 다른 지역에서 싸우라는 것이다. 다만 이 말 속에서 도시이에는 누구와의 싸움을 상상하고 있는 것일까? 그것이 오마쓰는 궁금했지만 굳이 묻지 않았다. 만일 물었더라도 도시이에는 아마 대답하려 하지 않았을 게 틀림없다. 그렇지 않다면 이에야스가 답례차 방문했을 때 자식들 일까지 부탁한다고 할 턱이 없었다.

받아쓰기를 끝내자 도시이에는 읽어보았다. 이미 불타오르던 투지는 자취를 감추고 반듯이 누운 채 그것을 읽는 표정은 차분했다.

"다이코는 미련 많은 분이라 생각하고 있었는데 특별히 그렇지도 않았던 것 같아."

오마쓰는 대답하는 대신 유언장을 받아 문갑 속에 간직했다.

"인간은 두드러지게 강한 자도 약한 자도 없는 것 같아. 모두 똑같다는 걸 알기 시작했어."

"그렇고말고요. 그러므로 한결같이 부처님 자비에 매달리는 거지요."

"또 그 부처님 자비……."

도시이에는 한 마디 문득 중얼거리며 눈을 감고 쓴웃음 짓더니 새삼스럽게 말했다.

"세상은 봄이라는데 귓속에서는 언제나 삭풍이 불고 있군. 그 삭풍 아래 서 있을 때는 으레 혼자야……아무도 옆에 모습을 보여주지 않아."

"호호……모두 사양하고 있는 거겠지요."

"극락왕생하는 데 방해하지 않으려고?"

"그만큼 깨우치셨다면 얼마 안 있어 마중을."

"하하……마침내 그대에게 위안받게 되었군. 좋아, 좋아. 내가 먼저 가서 그대가 올 때 마중 나가 주지."

그러더니 바로 뒤이어 잠든 숨소리가 났다. 유언을 받아쓰게 하고는 마음 놓였는지도 모른다.

어쨌든 그로부터 도시이에는 이전보다 더욱 조용해졌다. 다만 이따금 생각난 듯 유언을 추가시켜 마침내 11조목으로 늘어났지만, 모두 앞선 세 조목의 덧붙임에 지나지 않았다.

그리고 그날부터 12일째인 3월 3일까지 나날이 쇠약해져 이대로 조용히 잠들 것 같았다.

28일부터 혈육은 외출을 중지하고 친한 사람들은 별실에 대기하기 시작했다. 언제 임종소식이 있을지 몰랐다.

'이로써 다이나곤의 일생도 무인으로서는 드물게 조용한 최후를 맞을 수 있으리라……'

사람들은 모두 그 이야기를 하며 부러워했다. 13살 때부터 몇 번이나 싸움터를 달렸는지 알 수 없으며, 적과 직접 창을 겨누어 혈투를 거듭한 끝에 목숨을 건진 게 아홉 번, 스스로 벤 적장의 목이 스물여섯이었다.

불운했다면 어느 싸움터에 그 시체가 나뒹굴었으리라. 그런데 150만석 영지에 군림하며 다이나곤으로서 다다미 위에서 임종할 수 있으니 선망의 대상이 되는 것도 당연했다.

그 도시이에가 윤3월 3일이 되어 느닷없이 자리 위에 일어나 앉아 허공을 움켜잡으며 고함지르기 시작했다. 오마쓰는 깜짝 놀라서 어깨를 눌렀다.

"무슨 고약한 꿈이라도 꾸셨나요. 아직 날이 밝으려면 한참 있어야 할 텐데."

그리고 급히 손뼉 쳐 탕약을 날라오게 시켰다. 뭐라고 고함쳤는지 알아듣지 못했지만, 바로 그런 다음 새우처럼 등을 구부리고 잦은 기침을 하기 시작했다.

"자, 이 탕약으로 기침을 가라앉히세요."

새벽녘 냉기는 아직 병든 몸에 해롭다. 입고 있던 겉옷을 벗어 어깨에 덮어주며 탕약을 가까이 가져가자 도시이에는 별안간 그것을 뺏어 다다미 위에 동댕이쳤다.

"오마쓰, 칼을 가져와!"

"칼을……무엇을 하시려고요?!"

"그대 지시는 받지 않겠다. 신도고 구니미쓰(新藤五國光)를……"

기침 때문에 말을 끝낼 수 없게 되자, 미친 듯이 몸을 내밀어 머리맡의 칼걸이에서 그것을 떼어냈다.

오마쓰는 그때 아직도 도시이에가 악몽 속에 있는 거라고 판단했다. 어쩌면 부처님 설교에 나오는 지옥의 사자 악귀들이 잡으러 온 꿈을 꾼 게 아닌가 하고 안간힘을 다해 팔뚝에 매달렸다.

"진정하세요. 무리도 아닌 꿈이지만 그것은 망집입니다."

"노⋯⋯노⋯⋯놓아라. 나는 잘못을 저지르고 있었다. 내 깨달음을⋯⋯."

"아녜요, 잘못하지 않으셨어요. 젊을 때부터 싸움터를 오가신 죄업이 두려우시겠지요. 하지만 여기 이것이⋯⋯."

오마쓰는 남편을 위해 만들어놓은 수의를 꺼내 도시이에의 눈앞에 흔들어 보였다.

"보세요, 이 수의를 입고 관에 들어가시면 틀림없이 극락정토로 가게 될 거예요. 마음을 가라앉히고 염불해 주세요."

그 소리를 듣자 도시이에는 찢어질 듯한 눈초리로 오마쓰를 노려보았다.

기침은 멈춰 있었다. 그러나 양쪽 입꼬리에서 거무스름한 피가 가늘게 흐르고 드문드문 숨 쉬는 어깨의 움직임이 온몸을 오싹 얼어붙게 했다.

오마쓰가 깨달은 것은 그 순간의 응시를 받은 뒤였다.

'꿈을 꾸고 있는 게 아니라⋯⋯마지막으로 무언가 말하려는 것이다!'

"여보, 왜 그러세요. 무슨 말씀을 하시려는 거예요."

오마쓰는 당황해 입술 언저리의 피를 닦아주고 볼을 비비듯 귀에 입을 대며 불러보았다.

도시이에는 핏발 선 눈을 치뜬 채 한동안 오마쓰를 노려보았다. 무언가 말하려 해도 혓바닥이 말을 듣지 않는 듯 보이고, 말하고 싶은 것이 머릿속에서 간추려지지 않는 듯 보이기도 했다.

"자, 정신 차리시고 무슨 말씀이든 해보세요."

오마쓰는 다시 한번 귓전에 속삭이며 그 손에서 살며시 소도를 뺏으려 했다.

빈사상태의 중병인에게 칼 따위는 필요 없다. 만일 잘못하여 뽑기라도 한다면 오마쓰 자신도 다친다. 그런데 도시이에는 오마쓰의 손이 소도에 스치는 것과 동시에 벼락 맞은 듯 격심하게 그 손을 뿌리쳤다.

"만지지 마랏⋯⋯시⋯⋯시⋯⋯신도고 구니미쓰를."

"어머, 이제 와서 칼 따위로 뭘 하시렵니까?"

"시⋯⋯시⋯⋯신도고는⋯⋯이⋯⋯이 도시이에의 넋이었다⋯⋯."

"그러시면 어디까지든 가지고 가시게 해드릴 텐데, 우선 놓고 쉬시는 것이."

"부……부……분하다."

"네? 뭐, 뭐라고 하셨어요."

"분하다……부……부……분하다……."

오마쓰는 흠칫하여 저도 모르게 한무릎 뒤로 물러앉았다.

이번에는 각혈이 아니었다. 몇 개 남아 있는 앞니가 입술을 깨물어 입 언저리에 또 피가 주르르 흘러내리고 있다…….

날은 아직 활짝 밝지 않았다. 그러나 벌써 창문이 훤해지고 있다. 그 때문에 오히려 등잔불이 썰렁하게 가라앉아 주위에는 살기라기보다 소름 끼치는 요기가 감돌고 있었다.

'내가 꿈을 꾸고 있는 게 아닐까?'

그렇게 착각을 일으킬 만큼 요기가 풍기는 도시이에의 모습이었다.

"나무아미타불……나무……."

꿈이 아니라고 다짐한 다음 오마쓰가 다시 한번 염불을 외며 도시이에의 어깨에 손을 대자, 이번에도 도시이에는 미친 듯 그 손을 떨쳐버렸다. 찢어질 것 같은 응시는 이미 오마쓰에게 있지 않았으며 초점을 분간 못할 허공에 얼어붙고 있다.

"여보, 왜 그러세요. 그처럼 무서운 얼굴을 하시고……."

도시이에는 그 말이 들리는지 안 들리는지, 바싹 마른 오른쪽 어깨를 확 내려뜨리며 무언가에 달려드는 자세가 되었다.

"마……마에다, 도……도시이에쯤 되는 사내대장부가……주……죽음에 임해 자신의 자세를 무너뜨리다니……."

"뭐……뭣이, 무너졌단 말씀입니까?"

"무……무너뜨리지 않겠다고 말한 거다! 무너뜨릴 줄 아느냐……."

"어머나……."

"도……도……도시이에는, 죽을 때까지 무사다……아니, 죽은 뒤에도 무사닷."

오마쓰는 얼어붙은 듯 숨을 삼켰다. 도시이에가 무엇을 말하려는 것인지 40년 가까이 함께 살아온 오마쓰의 가슴에 비로소 울려왔다. 아마 신에게도 부처에게도 굴복할 수 있겠느냐는 것이리라. 사람에게도 부처에게도 의지할 게 뭐냐고 마지막 안간힘을 쥐어짜며 집념의 귀신이 되어 죽음과 대결하고 있는 것이리라.

"아!"

오마쓰는 다시 한무릎 뒤로 물러앉았다. 도시이에의 손이 마침내 신도고 구니미쓰의 칼자루에 대어져 있었던 것이다……

'뽑으려는 것이다, 칼을!'

어지간한 오마쓰도 금방 말이 나오지 않았다. 인간이란 결국 무엇인가에 의지해 보아도 완전히 의지할 수 없는 불신을 간직한 생물인 것일까.

오마쓰는 도시이에가 구원받을 만한 신앙을 몸에 지니고 있다고는 생각지 않았으나, 이 마당에 이르러 이 같은 집념을 보일 사람이라고도 생각하지 않았었다. 아니, 이것은 아마 가까이에서 '히데요시의 죽음……'을 보아왔기 때문일 게 틀림없다. 히데요시의 말로는 가엾게도 망집에 사로잡힌 망령된 죽음이었으며, 도시이에가 그것을 못마땅하게 여기고 있었던 것도 부정할 수 없는 사실이었다.

그런데 그 도시이에 또한 스스로 죽음을 맞이하는 자리에서 히데요시와 비슷한 비참해진 자기 자신을 본 게 아닐까……?

히데요시의 유아를 부탁받고도 그 장래를 끝까지 지켜보지 못하고, 머지않아 세상에 또 난리가 일어날 것을 짐작하면서도 좀더 살 수 없는……그 고민이 드디어 그의 성급한 본질에 불을 붙여 오늘의 광란을 일으킨 것인지도 모른다.

'그러면 대감님 신앙은 자력본원(自力本願)의 선(禪)에 있었던가……'

덴쇼 첫 무렵부터 승려 다이토(大透)에게 사사하여 도운조켄(桃雲淨見)이라 칭한 남편……어쩌면 그 남편이 마지막으로 스스로의 미망을 끊으려 이를 악물고 일어선 모습이 아닐까……?

오마쓰가 가까스로 거기에 생각이 미쳤을 때 도시이에의 입에서 신음하듯 목소리가 새어나왔다.

"무……무인이란……"

"네……무인이란……무인이란 무엇이란 말씀입니까."

"무인이……다다미……다다미 위에서 죽으려 생각한 것은 망집……이었어."

"네? 그것은 어째서인가요."

"분하다. 그, 그 잘못을 저지를 뻔했다……"

"대감님! 그건……"

다시금 자신을 잃고 상반신을 부축하려는 오마쓰를 도시이에는 힘을 다하여 밀어젖혔다.

"가까이 오지 마랏. 마⋯⋯마⋯⋯마에다 도시이에는 망집에 사로잡히지 않는다. 다다미 위에서 죽으려 하다니⋯⋯아니, 수명을 다하려고는 털끝만큼도 생각지 않는다⋯⋯무⋯⋯무⋯⋯무인 중의 무인이란 말이다!"

그 말이 끝남과 동시에 성난 파도가 휘몰아치는 듯한 심한 기침이 다시 일어났다.

"아⋯⋯."

"가까이 오지 마라, 가까이 오지 마랏⋯⋯."

그리고 드디어 뽑다 만 칼을 자기 목젖에 밀어대려 했으나 심한 기침의 동요로 이미 마음대로 되지 않았다.

"가까이 오지 마랏⋯⋯알았느냐⋯⋯가까이 오지 마라."

기침하면서 다시 한번 다짐 주더니 목구멍 속이 우하고 울렸다. 동시에 입과 코에서 일제히 검붉은 피가 뿜어나오기 시작했다. 아니, 그건 피라기보다 기분 나쁠 만큼 끈끈하게 엉긴 핏덩어리⋯⋯라는 편이 좋을지도 모른다고 생각한 순간, 도시이에는 칼집째 소도를 목에 댄 채 까무러치고 말았다. 아마 핏덩어리가 코 입 할 것 없이 가득 틀어막아 숨길을 끊어버린 게 틀림없다.

오마쓰의 목소리가 슬프게 아침공기를 찢었다.

"누구 없느냐. 대감님 임종이시다! 히젠 님(뜻닭)을 불러 다오! 마고시로 님(뜻째)도 빨리!"

달려온 사람들은 도시이에의 뜻하지 않은 최후 모습에 숨을 삼키며 우뚝 서버렸다. 핏덩어리 속에 애검을 목에 겨누고 까무러쳐 있는 도시이에의 모습은 행복한 다이나곤의 죽음과는 너무도 동떨어졌으며 처참하기 이를 데 없었다. 개중에는 스스로 목을 찔러 흘린 피로 착각해 오들오들 떨며 울기 시작한 여인도 있었다.

"─왜 저런 자결을⋯⋯."

이것은 정말 자결 이상의 자진(自盡)이라 해도 좋았다. 아무튼 엄청난 각혈이므로 당연히 의심도 일었다.

"혹시 독살은 아닐지?"

이것이 만일 정실 오마쓰 마님이 한시도 머리맡을 떠나지 않은 병간호의 결과가 아니었다면, 도시나가 형제까지도 어쩌면 고개를 갸우뚱하고 싶었으리라. 이미 시들어빠진 몸에 어떻게 저렇듯 많은 피가 남아 있었을까 하고 의심될 만한 각혈의 양이었다.

도시나가와 도시마사 형제의 지시에 의해 시의들 손으로 시체가 깨끗이 손질되었다. 그리고 유해의 베개가 북쪽으로 고쳐지고 병풍이 반대로 세워질 때까지 오마쓰는 몸을 움직이지 않았다. 눈을 감고 조용히 염불을 외고 싶었지만 남편의 마지막 말이 그것마저 허락하지 않는 형편이 되어버렸다.

"어머님, 머리맡으로……."

도시나가가 유해의 머리를 북쪽으로 향해 뉘고 나서도 그대로 발치에 앉은 채 꼼짝하지 않는 오마쓰를 돌아보자 비로소 고개를 끄덕이며 유해의 가슴 위에 손수 만든 수의를 얹어주고 자기 머리카락을 잘라 그것에 곁들였다.

그리 울고 있지는 않았다. 죽음을 이미 각오하고 있었다고는 하나 돌아가셨을 때는 부끄러울 정도로 울게 되리라 여겼던 그 눈물이 무엇인가에 가로막혀 나오지 않았다.

'무엇이 나를 울지 못하게 하는 것일까……?'

그것은 역시 뜻지 않은 남편의 임종 모습 때문이라고 생각할 수밖에 없었다. 완전한 깨달음을 얻어 안심하고 눈감는다……는 경지는 도시이에에게 없었던 것이다. 죽어서 스스로의 뜻을 나타내려…… 도시이에는 무인답게 자결하려고 했다. 아니, 그 자결할 힘도 이미 쇠진하고 말아 고민하다 죽어간 것이라 해도 좋다.

자른 머리칼을 수의 위에 얹어놓자 오마쓰 마님은 비로소 염주를 이마에 대고 입을 열었다.

"오늘부터 나는 호슌인(芳春院), 도시나가 님도 도시마사 님도 잘 들어주오. 아버님은 병사가 아니십니다."

"예? 뭐라구요."

"최후의 말씀이니 잘 들어두도록 해요. 무인은 천명을 다하여 다다미 위에서 죽지 않는 것……그렇게 깨달으시고 그 고집을 관철시키려 당신 생명을 끊으셨소……."

도시나가는 눈을 감고 도시마사는 커다랗게 눈을 부릅뜬 채 듣고 있다. 듣거나 받아들이는 데 어쩌면 저마다 차이가 있을지도 모른다……고 생각하면서도 오마쓰 마님은 역시 말하지 않을 수 없었다.

"다다미 위에서 죽어도 좋은 건 천하며 문중의 일을 곰곰이 생각할 필요가 없는 사람들……그렇게 그대들에게 가르치시고 돌아가셨소. 이 교훈을 잘 음미하여 도시나가 님은 곧 아버님 서거를 히데요리 님께 알려드리도록."

그러자 비로소 따뜻한 눈물이 천천히 솟구쳐 시야가 흐려졌다.

숙연(宿緣)의 불꽃

마에다 도시이에의 죽음이 알려져왔을 때, 미쓰나리는 마에다 저택으로 가려고 거실에서 옷을 갈아입고 있었다.

마에다 저택에 남겨두고 왔던 기타가와가 돌아와 사람들을 물리쳐 달라고 했지만 미쓰나리는 허락하지 않았다.

"오소데 말고는 그대와 나뿐……다이나곤께서 돌아가신 것일 테지."

"예……예, 그렇습니다만 그 돌아가신 모습이……."

"이상했다는 건가."

"예."

"자결이냐, 아니면 고민 끝에 돌아가셨느냐."

기타가와는 눈을 둥그렇게 뜨고 당황해 오소데 쪽을 쳐다보았다. 오소데는 살며시 벗어놓은 옷을 챙기며 거들떠보지도 않았다.

"세상에도 무서운 모습으로 칼을 안고 피를 토한 채 운명하셨답니다."

미쓰나리는 혼잣말처럼 말했다.

"그럴 테지. 그 고뇌는 이 미쓰나리도 잘 알고 있었다. 이젠 병문안도 못 가게 되었구나. 그럼, 도시나가 님은 보고하러 등성하셨느냐."

"예, 대기하고 계시던 여러 영주님도 문상 말씀을 드리러 저마다 성으로 가셨습니다."

미쓰나리는 크게 고개를 끄덕였으나 자기도 등성하겠다고는 말하지 않았다.

히데요리의 사부라는 중요한 인물의 죽음이다. 따라서 적자 도시나가로부터 히데요리에게 보고되는 게 순서이며, 영주들은 먼저 히데요리에게 문상하는 게 당연했다.

"주군께서도 곧 등성하시겠습니까."

기타가와가 묻자 미쓰나리는 천천히 고개를 저었다.

"일러둔 대로 저택을 단단히 경비하도록."

"그렇게 말씀하시면 등성은……?"

"그렇지. 문상하러 등성하는 자들 중에는 기요마사를 비롯한 고다이인 일파의 무장들이 섞여 있으리라. 구태여 얼굴을 마주쳐 감정을 폭발시키게 할 것은 없겠지."

"그럼, 이대로 댁에 계시겠습니까."

"그편이 좋겠지. 하지만……내가 눈에 띄지 않으면 또 안 보인다고 이것저것 쑥덕공론이 나올 것이니 집을 단단히 경호하도록……."

미쓰나리 생각으로는 두 가토와 후쿠시마, 구로다, 호소카와 같은 자들이 성에서 나오는 길에 따지러 들를지도 모른다……고 계산되었던 것이다.

양편의 싸움은 현재 조선출병의 분쟁으로 집약되고 있다. 가토, 아사노 이하 무장들은 울산 농성 이래 고전한 사실을 그대로 히데요시에게 보고하지 않은 잘못이 당시의 군사감독 후쿠하라 나가타카, 가키미 가즈나오(垣見一直), 구마가이 나오모리(熊谷直盛) 등에게 있다고 주장하고 있다. 후쿠하라는 미쓰나리의 사위이고 다른 자들도 미쓰나리의 심복이므로 이것이 미쓰나리의 직접 지시에 의한 잘못이 아니라면 그 세 사람을 곧바로 무장 쪽에 인도하라는 것이 시비의 초점이었다.

따라서 성안에서 그들과 얼굴을 마주치게 되면 그 불평이 터져나올 게 틀림없다.

"그럼, 그렇게 알고 충분한 경비를."

기타가와가 물러가자 미쓰나리는 비로소 오소데에게 향을 피우도록 하여 도시이에를 위해 합장했다. 도시이에의 죽음은 미쓰나리의 가슴에도 매섭게 울려왔다.

'역시 자신……만은 속일 수 없었던 것이다…….'

인간이 억지로 안심입명(安心立命)의 경지에 있으려고 해도 그 망집과 고뇌는 그리 쉽게 없어지는 것이 아니다.

"오소데, 이로써 내 마음도 뚜렷이 정해졌다."

도시이에의 죽음은 이미 계산된 일……이제부터 미쓰나리는 반미쓰나리파로 뭉치려 하는 무장파를 하나하나 설득해 나갈 속셈이었다. 그 때문에 그들이 중심인물로 우러러보는 도시이에의 병간호를 그도 또한 끈기 있게 해왔던 것이다.

이것은 도시이에가 죽은 뒤의 일을 굳혀가는 데 아주 중요했다. 그처럼 허심탄회하게 도시이에에게 접근했던 미쓰나리가 다음에 선택한 맹주(盟主)는 모리 데루모토, 무장파 역시 그 아래 모여 단결할 생각이 들 것이다.

그렇게 되면 이 세력은 당연히 이에야스와 맞서지 않을 수 없는 '힘'으로 성장하게 된다. 그것을 위해 미쓰나리가 어떤 참혹한 죽음을 당하게 되는 일이 벌어지더라도 그건 이미 문제 되지 않았다. 칼을 품고 죽지 않으면 안 되었던 도시이에와 똑같은 심정으로 미쓰나리 또한 도요토미 가문을 위해 자기 고집을 남겨두고 이 세상을 떠나면 되는 것이다.

"오소데, 그대와도 드디어 헤어질 때가 다가온 것 같군."

오소데는 먼 곳을 바라보는 듯한 눈으로 미쓰나리 앞에 아침차를 가져다 놓았다.

"어떻게 된 거야. 내 말을 알아들었나."

"네……? 아니요."

"그대와 헤어질 때가 가까웠다고 했어."

"그건 무슨 까닭인가요."

"나는 그대로부터 가르침을 받았다. 가르침 주는 그대를 죽일 필요는 전혀 없지. 이제 돌려보내 살려주고 싶다."

오소데는 입가에 웃음을 보이며 순진해 보이는 표정으로 고개를 갸우뚱했다.

"그래도 괜찮을까요."

"그래도 괜찮다니?"

"등성하시지 않아도 괜찮으시냐……고 여쭈어본 거예요."

"걱정할 것 없어. 오늘은 모두 흥분하고 있을걸. 얼굴을 마주치지 않는 게 좋아."

"흥분 때문입니까……."

오소데는 다시 한번 문득 불안한 눈빛을 보였다.

"등성하시지 않을 생각이라면 차라리 영지로 돌아가 좀 쉬시는 게……."

"하하……."

미쓰나리는 밝게 웃었다. 오소데가 차츰 계집다운 애정을 보여온다……고 생각하자 가련함과 사랑스러움이 달콤하게 뇌리를 스치고 지나갔다.

"말하는 게 이전의 그대와 상당히 달라진 것 같군. 전에는 좀더 매섭게 죽으라고 했었는데."

"대감님! 지금도 그 때문에 말씀드리고 있는 겁니다. 등성하시지 않고 여기 계셔도 괜찮을까요……?"

그 말을 듣고 미쓰나리는 섬뜩했다.

"얼굴을 보이지 않는 편이 오히려 적개심을 부채질한다는 말인가."

"그런 일이 없으면 얼마나 다행이겠어요……."

미쓰나리의 마음속에도 오소데와 똑같은 불안이 숨겨져 있었다…….

이에야스가 마에다 저택에 찾아왔을 때 미쓰나리가 잠시 얼굴을 내밀었던 일도 세상에 크게 잘못 전해져 있다. 그날 마에다 저택에 마침 와 있던 무장들뿐 아니라 도시이에 자신도 몹시 노여워하여 미쓰나리를 치려고 했었다는 것이다. 그것이 이에야스의 주선으로 무사히 넘어갔다고 한다…… 물론 그것은 미쓰나리가 어젯밤에도 자정까지 마에다 저택에 있었던 사실을 아는 이들에게는 아무 가치 없는 소문이었지만, 그러한 소문이 믿어질 만큼 둘 사이의 공기가 험악해진 것은 숨길 수 없는 사실이었다.

"그런가, 역시 등성해야만 된다고 그대는 생각하나."

이전의 미쓰나리였다면 웃으며 오소데를 나무랐을 것이다. 그러나 이제는 이여인의 날카로운 감각에 공포의 느낌마저 품기 시작한 미쓰나리였다.

"아니에요, 등성하시는 게 좋다고 말씀드리는 게 아닙니다. 차라리 잠시 이곳에서 난을 피하시는 게……좋다고 생각하지요."

"그럼, 그대는 기요마사 등이 오늘이라도 습격해 올 염려가 있다는 건가."

오소데는 아무 주저 없이 분명히 대답했다.

"네, 그때에 대비한 준비가 계시다면 오소데는 안심하고 물러가겠어요."

미쓰나리의 얼굴빛이 다시 새하얗게 굳어졌다.

'이 여인은 무엇이든 꿰뚫어보고 있는 게 아닐까…….'

물론 성안 영주들 대기실에 사람을 배치해 두었다. 아마 어느 대기실에서 어떤 이야기가 오갔는지 퇴성할 시각까지는 하나 빠짐없이 보고되어 오리라. 문제는 그 분위기에 따라 결정된다……고 은밀히 계책을 짜고 있는 미쓰나리였다.

더욱이 그 뒤의 움직임은 글자 그대로 기밀은 누설되면 안 되므로 마사타 나가모리뿐 아니라 부하들은 물론 고니시 유키나가도, 우키타 히데이에도 눈치채지 못하도록 고심하며 감춰오고 있다.

"오소데, 그대는 무서운 여자로군."

"네? 뭐라고 하셨습니까."

"내 주변에 그대처럼 속속들이 인생의 내면을 엿보고 있는 자는 없다는 뜻이야."

"그럼, 역시 저를 내보내시지 않겠군요."

"아니, 이제는 보내주어도 좋아……그대는 나를 해치지 않을 사람, 하지만……."

미쓰나리는 미소 지으며 동시에 한숨을 내쉬었다.

"그대는 나에게 난을 피하라고 했는데, 만일 기요마사 등이 이 집을 습격해 온다면……내가 난을 피할 장소가 대체 어디 있단 말인가."

오소데의 눈빛이 좀 차가워졌다.

"그건 대감님이 잘 알고 계실 텐데요."

"그대는 영지로 돌아가라고 했지."

"네, 그 밖에 또 한 군데, 성안의 요도 마님에게로……."

"기다려, 기다려! 오소데. 과연 요도 마님에게 매달린다면 염려 없으리라. 하지만 영지로는 어떻게 가지. 후시미까지는 어떻게든 갈 수 있겠지만, 거기서부터는 모두 적……오미로 가는 길이 굳게 막힐 테니까."

미쓰나리가 탐색하듯 말하자 이번에는 오소데가 천박한 목소리로 웃기 시작했다.

"그만하세요……그 뒤는 말씀하지 마세요."

오소데는 가볍게 가로막으며 솔직히 지적했다.

"그러므로 아직 저를 내보내지 않는 거지요."

미쓰나리는 다그치지 않을 수 없었다.

"오소데, 그대는 내 마음도 엿보았구나."

"네, 그것은 요즘 대감님의 침착하신 태도로 미루어 알 수 있는 일. 걱정되신다면 저를 베어버리세요."

"흠, 무서운 여자로군."

미쓰나리는 나직이 신음하고 그 뒤로는 말이 없었다. 아니, 말하기 두렵다……는 편이 좋을지도 모른다. 미쓰나리의, 아무에게도 누설하지 않은 그 뒤의 각오를 오소데는 이미 눈치채고 있다. 만일 미쓰나리가 또 한 군데 난을 피할 수 있는 장소는? 하고 묻는다면 오소데는 시치미 떼고 대답하리라.

"그건 내대신의 품 안이겠지요."

분명 오소데가 말하듯 기요마사 이하 여러 무장들이 이 저택을 습격한다면 살 수 있는 길은 둘밖에 없었다. 하나는 성안으로 들어가 요도 마님에게 매달리는 것. 또 하나는 강변 길로 후시미까지 달아나 바로 서슴없이 적인 이에야스에게 몸을 의탁하는 길……더욱이 미쓰나리는 만일의 경우 그 뒷경우의 모험을 감행할 작정으로 이미 등성을 단념하고 있었던 것이다.

요도 마님에게 구원을 청한다면 무장파와의 사이가 더욱 벌어진다. 그러나 이에야스의 품 안에 뛰어들면 전혀 다른 대답이 나온다. 아마 이에야스는 미쓰나리를 아직 죽이지는 않을 것이다. 그러면 이에야스를 방패 삼아 미쓰나리에게 증오를 불태우고 있는 무장들은 뜻밖의 사태에 넋 잃을 것이었다.

"미쓰나리와 이에야스는 개와 원숭이 같은 사이……."

이렇게 믿어 의심치 않던 두 사람이 그리 미워하는 사이가 아니며, 더욱이 이로써 서로의 감정이 깨끗이 풀려버린 모양이다……라고 느끼게 하는 데 성공한다면 그야말로 호랑이굴에 들어간 효과는 이루 헤아릴 수 없을 것이다. 물론 오늘 성안에서 무장들의 반감이 가라앉았다고 판단된다면 구태여 그런 모험을 감행할 필요가 없겠지만…….

그런데 그 기막힌 비책……이에야스와의 화해라는 얄궂은 비책이 아무래도 오소데에게 간파되고 만 것 같다.

미쓰나리는 또다시 망설임의 갈림길에 섰다.

'이 여자를 내버려둬도 괜찮을지 어떨지……?'

살려두어도 누설하지 않으리라고 생각하는 한편 큰일을 앞둔 작은 일이라 조심해야 한다는 생각도 없지 않았다.

상대는 그 망설임까지 꿰뚫어보며 말하고 있다.

"역시 내보내줄 수는 없을 것……."

놀림 받고 있는 것만 같아 미쓰나리는 가슴이 바작바작 죄어들었다. 아마 성안에서 최초의 정보를 갖고 히데요리의 측근무사 구와지마 지에몬(桑島治右衛門)이 오지 않았다면 미쓰나리는 오소데로 하여금 술을 따르게 하여 넌지시 이별의 술잔을 나눈 다음 베어버릴 결심이 되었으리라.

"구와지마 지에몬 님이 급히 아뢸 말씀이 있다면서 성안에서 달려오셨습니다."

기타가와가 알려왔을 때는 벌써 한낮이 조금 지나 있었다.

"알았다, 이리로 들어오시게 해라."

미쓰나리는 왠지 마음 놓였다. 역시 오소데는 베지 말고 두자……고.

구와지마는 다이코 생존 때 미쓰나리의 천거로 측근무사가 된 녹봉 1000석을 받는 무사였다. 그는 미쓰나리의 거실로 허둥지둥 들어오자 서둘러 말했다.

"사람을 물리쳐주시기를……."

미쓰나리는 웃으며 그것을 가로막았다.

"아내나 다름없는 여자다. 없는 셈 치고 말해라."

"옛……."

상대는 그래도 경계하듯 목소리를 낮추고 빠르게 말했다.

"드디어 의논이 결정되었습니다."

"모인 사람들은?"

"예, 가토 기요마사, 후쿠시마 마사노리, 구로다 나가마사, 호소카와 다다오키, 이케다 데루마사, 아사노 요시나가, 그리고 가토 요시아키 등 무장입니다."

"흠, 잘도 모였군. 그래, 밀담 내용은?"

"처음에는 오늘 안으로 전직 군사감독이었던 가키미, 구마가이, 후쿠하라 세 사람을 할복시킨다……는 것이었습니다만, 그 교섭은 헛일이라며……."

"누가 말했나……."

"이케다 데루마사!"

"그래서?"

"다이나곤의 서거를 기회 삼아 곧바로 이 저택을 둘러싸고 난입해 미쓰나리의 목을 베자, 그런 다음 후시미의 내대신에게 신고해 두면 뒤에 말썽이 없을 거라고."

미쓰나리는 일부러 큰 소리로 말했다.

"이거 정말 야단났는데! 시기는 언제라던가. 듣지 못했나?"

"예, 아마 오늘내일 안일 것입니다. 밀담을 마치자 곧바로 물러간 사람도 있었습니다."

미쓰나리는 속으로 웃음을 억누르며 날카롭게 오소데를 흘끗 쳐다보았다. 오소데는 시치미 떼고 이 첩자를 위해 차를 끓이고 있다.

구와지마는 두 손을 짚고 다그치듯 말했다.

"저는……미쓰나리 님 은혜를 결코 잊지 않겠습니다. 이대로 이 저택에 남아서 그들과 싸우다 죽을 결심으로 달려왔습니다. 무슨 일이든 명해 주십시오."

미쓰나리는 그것에는 대답하지 않고 말했다.

"그런가. 그렇다면 서둘러야겠군."

그리고 당황한 모습으로 손뼉 쳐 기타가와를 다시 불러들였다. 그 태도는 일곱 무장들의 계획을 비로소 알고 허둥대는 것처럼 보이기도 한다.

"차를 한 잔."

오소데가 말하자 미쓰나리는 심하게 꾸짖었다.

"귀가 없느냐, 이 멍청아……그렇지, 구와지마, 그대는 이 이야기를 즉시 우에스기 님 댁에 알려두도록. 그리고 기타가와는……."

말하며 안절부절못하고 무릎을 들썩거렸다.

"그렇지, 기타가와는 우키타 님에게 달려가 곧 원병을 보내주시도록 말씀드리고 오너라……봄이라고 떠들썩한데 뜻밖의 당파 소동을 겪게 되다니, 내버려두면 큰 소란으로 번져가리라. 두 사람 모두 곧 돌아와 내게 자초지종을 알리도록 해."

그리고 두 사람이 사라지자 미쓰나리는 다시 차분한 표정으로 돌아가 오소데가 내주는 차를 받았다.

"맛 좋구나!"

그러나 오소데는 입을 열지 않았다.

"잠시 집을 비우게 될 거다. 나 없는 동안 조용히 지내거라."

그 말은 오소데를 위해 남기는, 지그시 흥분을 억누른 미쓰나리의 자신만만한 목소리였다.

오소데는 여전히 아무 말도 하지 않았다. 그녀는 벌써 미쓰나리의 마음을 속속들이 알아차리고 있다. 시키는 대로 이 저택에 남아 그 뒤의 사태에 몸을 내맡길 작정이었다. 어쩌면 미쓰나리가 나간 다음 가신들이 오소데를 감금하거나 베어버릴지도 모른다. 그래도 좋다고 오소데는 생각하고 있다.

미쓰나리와 이에야스 사이에 이미 양립할 수 없는 숙명을 느끼고 미쓰나리에게 일부러 그것을 일깨워준 오소데였다. 그 생각을 하니 이에야스와 미쓰나리 사이의 숙명보다 더한 무엇인가가 오소데와 미쓰나리 사이에 있는 것만 같았다.

고향을 버린 뒤 숱한 사나이를 만났었다. 하지만 어느 사나이도 이처럼 이상하게 얽히고설킨 깊은 인연을 느끼게 한 상대는 없었다. 처음에는 미워했다. 그리고 차츰 그 고독한 교만함에 초조해지기 시작했다. 자신은 현명하고 치밀하게 계산하며 움직이고 있는 줄 알지만, 정말은 지나치게 고지식하고 약점과 허점투성이인 미쓰나리를 그 안쪽에서 바라보는 동안 그 초조감에 이상한 애정이 얽히기 시작했다.

'이것이 세상 여느 아내들의 근심 걱정인지도 모른다……'

이렇게 생각할 무렵부터 오소데는 아내 자리를 초월하기 시작했다. 오소데 같은 여인에게 세상의 여느 여자와 같은 애정이란 없다. 상대가 허점투성이의 고집스러운 태도로 대들어올수록 어머니 같은 마음이 눈떠 가련하게 보여오는 것이었다.

구와지마와 기타가와가 나가고 한 시각 남짓 지나 또 두 손님이 당황한 표정으로 미쓰나리 앞에 나타났다. 우키타 히데이에의 중신 하나부사(花房)와 미쓰나리의 몸을 염려하여 일부러 후시미에서 달려온 사타케 요시노리(佐竹義宣)였다.

요시노리는 데려온 부하를 모리구치(守口)에 머물게 하고 겨우 5, 6명의 수행원만 데리고 와서 역시 오소데를 수상쩍은 듯 보면서 속삭였다.

"아무튼 이 집에 있으면 위험하오. 병이라는 구실로 어서 빨리 다른 곳으로 피하는 게 상책이오."

우키타 히데이에에게서 온 사자도 똑같은 말을 전했으며 미쓰나리 자신도 이미 그럴 마음이었다. 따라서 곧 승낙해 버리면 그만일 터인데, 미쓰나리는 다시금 그것을 거절했다.

"이 집을 나서서 어떻게 하라는 겁니까. 구원병을 급히 보내주시어 이곳에서 괘씸한 무리들을 혼내줄 수밖에 방도가 없잖습니까."

그러나 요시노리는 고개를 저었다.

"여기선 막아낼 도리가 없습니다. 또 세상의 이목도 있으니 다른 가문에서 일부러 구원병을 보내는 일은 주저할 겁니다……."

그리고 오사카에 가장 병력이 많은 우키타 히데이에한테로 우선 난을 피하여 선후책을 강구하자는 설득을 받고 나서야 마지못한 듯 집을 나서기로 승낙하고 해 질 무렵이 가까워 여자용 가마에 올랐다. 표면상으로 측실 오소데가 나들이하는 듯 꾸며 탈출하는 것이었다.

오소데는 무감동한 표정으로 전송하면서 여기서도 새삼 인연의 야릇함을 느꼈다.

'내가 없었다면 대감은 대체 어떤 구실로 여기를 빠져나갔을까……'

가토 기요마사 이하 일곱 무장들이 마지막 담판이라며 이시다 저택에 나타난 것은 미쓰나리를 태운 여인용 가마가 우키타 저택으로 떠난 지 30분 남짓 지난 뒤였다. 사방은 이미 어둑어둑해졌는데 굳게 닫힌 문을 부셔라 두들기며 저마다 외쳐댔다.

"문 열어라!"

누가 나가서 뭐라고 응대하는지 오소데는 알 수 없었다. 인원도 대체 얼마쯤 와 있는 것인지……? 어쨌든 당사자인 주인이 집에 없으므로 지키는 가신들은 의외로 침착했다.

"도망치거나 숨는다면 용서하지 않을 테다. 후쿠하라, 가키미, 구마가이 세 사람을 오늘 안으로 잡아서 우리들에게 넘겨줄 것인지 아닌지 그 대답을 들으러 온 것이다."

어느덧 문이 열리고 현관에서 발소리가 나자 그 목소리가 귀에 익었다. 하카타의 야나기 거리로 곧잘 놀러오던 아사노 요시나가의 목소리임에 틀림없다. 그 목소리는 숱한 발소리와 더불어 현관에서 거실로 통하는 복도를 곧장 건너왔다.

"부디 찾아보십시오. 다이나곤의 병간호로 말미암아 돌아오시자마자 열이 나서 요양차 집을 나가셨습니다."

그 목소리는 청지기 사이카 효부(雜賀兵部)인 듯하다고 생각했을 때, 거실 미닫이가 거칠게 열리고 등불빛 속에 요시나가가 가로막아섰다. 그 뒤를 따르는 사람들은 오소데가 모르는 얼굴이었으나, 하나같이 눈에 띄는 대로 곧 미쓰나리를 한칼에 베어버리려는 살기가 유곽 안에서 벌어지던 주정꾼들 싸움 그대로 험악스러웠다.

"그대는 고조로구나."

요시나가가 말하는 것과 오소데가 질타한 것이 동시였다.

"무례하시군요, 아사노 님. 그야 하카타에 있다면 고조로……하지만 이곳에서는 미쓰나리 님 아내입니다."

"흥, 그 미쓰나리에게 따질 일이 있어서 왔다. 미쓰나리를 내놓아랏."

"대감님은 이 저택에 안 계십니다."

"그게 참말이냐?"

깨질 듯한 목소리로 말하고 나서 요시나가는 무언가 생각해낸 듯 훗훗 웃었다.

"그렇군. 그대는 거짓말하지 않는다지."

그러고 나서 뒤돌아보고 말했다.

"하카타의 시마야가 미쓰나리에게 바쳤다는 여자요. 이 여자가 이처럼 침착한 것을 보면 틀림없이 없을 거요."

그런 다음 두서너 마디 작은 목소리로 무언가 쑤군거리더니 그대로 썰물처럼 물러가버렸다.

"놓쳤군."

"어디로 달아났을까."

"정말 방심할 수 없는 자야."

그런 소리가 띄엄띄엄 들려왔으며, 그들이 아직도 미쓰나리를 뒤쫓을 작정인 것만은 알 수 있었다.

그 뒤를 이어 사이카가 말했다.

"오소데 님, 주군이 안 계시는 동안 감금하겠습니다. 조용히 하십시오."

그 말을 들었을 때 오소데는 왠지 모르게 마음 놓였다.

'이렇게 될 것이었어. 대감과 내 인연은…….'

아마 요시나가와 오소데의 짧은 대화로 사이카는 오소데가 시마야의 손을 거쳐 들여보내진 첩자로 판단했을 게 틀림없다.

"조용히 하고말고요. 대감님도 조용히 집을 지키라고 말씀하셨어요……."

말하며 웃으려 했으나 그만 울먹여질 것만 같았다.

궁조맹조(窮鳥猛鳥)

미쓰나리가 사타케 요시노리와 함께 우키타 저택에 이르니 히데이에는 그곳에 우에스기 가게카쓰를 이미 초대해 기다리고 있었다. 어느 쪽이나 침울한 표정으로, 반은 미쓰나리를 동정하고 반은 귀찮게 여기는 것을 잘 알 수 있었다.

히데이에는 조심스럽게 사람들을 물리치고 네 사람만이 되자 입을 열었다.

"모리 님에게도 알렸는데 오시지 않으셨소. 역시 요전번에 고니시 님 말대로 했어야 했었는지도 모르겠소."

무언가 말하지 않으면 어색할 것 같은 일종의 넋두리에 지나지 않는다. 이제 28살인 히데이에로서는 그럴 것이었다.

미쓰나리는 일부러 잠자코 가게카쓰에게로 시선을 보냈다. 우에스기 가게카쓰는 이미 46살, 모리 데루모토보다 두 살 아래였으며 다섯 대로 중에서 데루모토 다음가는 사람이었다.

가게카쓰는 요시노리에게 이야기하듯 말했다.

"일이 이미 여기까지 이른 이상 이대로는 수습되지 않으리다."

요시노리는 몸을 앞으로 내밀었다.

"그렇습니다. 지금은 미쓰나리 님의 신변 안전이 첫째인가 싶습니다만."

"그렇소. 이렇듯 세상의 소문거리가 되고 만 이상 가토 님도 그냥 물러날 수는 없을 테니까."

"그러니 어떻게 하자는 말씀이십니까."

"그 문제요. 내대신이 잘 알아서 가토 님에게 충고한다면 또 모르되 다른 사람으로는 수습되지 않으리다."

"우리들도 그렇게 생각합니다. 여기서 큰일이 되어버리면 내대신도 충고하기 어려워지겠지요. 차라리 오늘 밤 안으로 미쓰나리 님을 동반하여 후시미로 난을 피할까 생각합니다만, 어떻겠습니까."

"그것도 하나의 방법일 것이오."

"오사카에 없는 줄 알면 타오르던 불길이 우선 가라앉을 거요. 그런 다음 우에스기 님, 우키타 님, 모리 님이 함께 내대신에게 주선해 주시도록 부탁한다면……."

미쓰나리는 듣고 있는 동안 웃음과 울화가 치밀었다. 요시노리가 자기 몸을 염려해 주는 우정은 잘 알겠지만, 그들의 말은 이에야스에게 매달려 사태의 수습을 애걸하라는 뜻이 아닌가…….

'과연 오소데의 말대로였다…….'

이에야스에게 굴복할 것이냐, 아니면 승패를 초월하여 싸울 것이냐……이미 그 한 길밖에 남겨져 있지 않은 것이다…….

'조금만 더 결심이 늦었더라면 미쓰나리는 말세에 이르기까지 세상의 비웃음거리가 될 뻔했다.'

"미쓰나리 님, 어떻게 생각하시오. 오늘 밤 안으로 우리들과 후시미로 가시겠소."

미쓰나리는 비로소 눈썹을 치뜨고 웃으며 말했다.

"여러분들 말씀이기는 합니다만 어쩐지 앞뒤가 뒤바뀐 느낌이 드는군요."

"뭐라고요?"

"모든 게 내대신의 야심에서 나온 일이오. 내대신이 뒤에서 가토 등을 선동하여 도요토미 가문의 기둥을 없애려 획책한 거요. 그 수단에 넘어가 날뛰는 자들에게 어찌 우리 편에서 주선을 부탁할 필요가 있단 말씀이오."

"그렇다면 후시미에 안 가시려오?"

요시노리가 되묻자 미쓰나리보다 먼저 가게카쓰가 끼어들었다.

"아냐, 이치는 그렇기도 하겠지만 우선 후시미로 피하시오. 그편이 귀하를 위해 좋으리다."

미쓰나리는 분연히 가게카쓰에게 대들었다.

"뜻밖의 말씀을 듣습니다. 멋대로 서로 죽이고 빼앗는 난세라면 또 몰라도 다이코의 위엄이 이룩된 지금 세상의 법을 어지럽히고 무리를 모아 횡포 부리는 난폭한 자들에게 우리들이 사양해야 할 이유가 어디 있습니까?"

"그러므로 이치는 그렇다고 말씀드린 것이오. 그러나 그 난폭한 자들을 상대하여 만일 상처라도 입게 된다면 귀하의 손해일 뿐이니 우선 후시미로 피하시오."

"그, 그 피하라는 말씀을 이 미쓰나리는 납득할 수 없습니다. 이래 봬도 미쓰나리는 행정관입니다."

상대의 속셈과 마음은 잘 알지만 여기서 한 발자국도 굴복해 보여선 안 되었다. 여기서 미쓰나리마저 허둥지둥 이에야스에게 구원을 청하러 간다면 마지막까지 씻을 수 없는 경멸을 당하는 낙인이 찍힌다.

"그럼, 어떤 일이 있어도 오사카를 떠나지 않겠다는 거요?"

"떠날 수 없다고는 하지 않소. 필요하다면 난폭한 자들의 칼은 피하겠지만 어디까지나 명목을 세우지 않고 행동하면 뒷날의 천하에 대해 체면이 안 선다는 겁니다."

"그럼, 귀하 생각으로는 어떻게 하실 작정이오?"

"이를테면 미쓰나리의 영지는 오미, 오미로 가는 도중 후시미를 지나는 것은 무방하다고……."

이 한 마디에 요시노리는 적잖이 놀란 것 같다.

"말씀 중이지만 그것으로 좋으리라. 어쨌든 후시미로 가시오. 그리고 내대신의 무코지마 저택에서 난을 피하시오. 지금까지도 다이나곤의 저택에 있었기에 그들이 강압적으로 나오지 못했던 거요."

"요시노리 님, 말조심하시오. 이 사람은 그들이 두려워 다이나곤 저택에 몸을 의탁하고 있었던 게 아니오. 다이나곤의 병환을 도요토미 가문의 일로 걱정하여 병간호한 것인데, 그 일을 그처럼 말씀하신다면 오해라고 아니할 수 없소."

요시노리는 말썽을 겁내어 순순히 사과했다.

"실언했습니다! 그럼, 가실 의향이시군요. 배 준비는 이미 명했으니……."

"글쎄, 기다리시오."

미쓰나리는 다시 한번 완고하게 고개 젓고 가게카쓰 쪽으로 돌아앉았다.

"우에스기 님도 동의하신다면 내대신한테 가리다. 물론 난을 피하거나 구원을 청해서 가는 게 아니오. 어디까지나 내대신을 난동의 선동자로 보고 힐문하러 가는 거요…… 그래도 이의 없으시겠습니까?"

가게카쓰는 시무룩한 표정으로 곧 대답하려 하지 않았다.

"어떻습니까? 선동자는 내대신……이라고 확실히 알면서도 내대신에게로 난을 피한다면 이는 세상이 말하는 궁조(窮鳥)입니다. 하지만 미쓰나리는 그 같은 체면 없는 자는 아니오. 당당히 힐문하러 가고 싶소. 세 대로와, 다섯 행정관의 뜻을 모아 선동자인 내대신에게 일곱 무장의 망동을 금지시키도록 명하러 간다……면, 이건 궁조가 아니라 체면이 서는 맹조(猛鳥)일 것입니다. 이 점을 우에스기 님도 동의해 주시겠습니까?"

가게카쓰는 외면한 채로 과연 미쓰나리가 이에야스 앞에서 이런 태도를 끝까지 지닐 수 있을까 의심쩍어하면서 불쑥 한마디 했다.

"좋소. 어쨌든 일단 소동은 피할 수 있을 테니."

"그럼, 동의해 주신 거요……."

미쓰나리는 다시 한번 요시노리를 돌아보고 이번에는 순순히 일어났다.

"거듭 말씀드립니다만 미쓰나리는 그들을 겁내어 도망하거나 숨는 게 아닙니다. 이 점 단단히……."

히데이에게도 새삼 다짐을 준다. 히데이에는 감탄한 얼굴빛으로 그를 올려다보고 있다.

'과연 미쓰나리!'

젊은 그로서는 미쓰나리의 고뇌까지는 눈치채지 못한 것처럼 보인다.

요시노리는 마음 놓은 듯 말했다.

"그럼, 후시미까지의 길은 제가 틀림없이 맡겠습니다. 우에스기 님, 우키타 님, 이만 실례합니다."

정중하게 인사하고 요시노리는 일어났다.

현관을 나서니 밤하늘에 비를 머금은 구름이 덮여 있고, 별그림자도 없는데 이상하게 후덥지근한 미풍이 불어온다.

"남풍이군. 다행스러운 바람이야."

우키타 저택의 해자 쪽으로 걸어가면서 요시노리가 한 마디 중얼거렸지만 미쓰나리는 대답하지 않았다.

'드디어 이에야스 품 안으로 뛰어드는 것이다…….'

다른 사람들 앞에서는 맹렬한 투지를 보인 맹조도 사실은 궁조였다. 거기 말고는 달리 난을 피할 곳이 없는 줄 자기 자신 잘 알고 있다. 그러므로 마음이 결코 가볍지 않았다.

"자, 사공은 모두 우리 가문 사람들이니 안심하고 타시기를."

요시노리가 걸음을 멈추고 희미하게 번들거리는 수면 위에 떠 있는 30석짜리 배를 향해 손을 쳐들자 배는 곧 기슭으로 다가와 건널판자를 뭍에 걸쳤다.

"강길에 별일 없겠지."

"예, 아무 이상 없었습니다."

"알았다. 귀한 손님께서 배에 타신다. 아무쪼록 조심해 끌도록."

"알았습니다."

강기슭에 선 무사와 요시노리는 짤막한 대화를 나누고 나서 미쓰나리를 재촉했다.

"자……."

미쓰나리는 묵묵히 건널판자를 건너 배에 올라 돛대 바로 밑에 깔린 돗자리에 책상다리를 하고 앉았다. 배는 순식간에 기슭을 떠나 노 젓는 소리가 천천히 물을 가르기 시작했다.

미쓰나리는 자기 몸이 그대로 화석이 되어버릴 것 같은 긴장을 느꼈다. 오늘 같은 모험은 파란 많은 그의 생애에도 일찍이 없었다.

그가 가장 미워해 왔던 이에야스. 그 뚱뚱한 몸에서 도롱뇽의 독물 같은 냄새를 끈적끈적하게 풍기는 이에야스……그 이에야스에게 미쓰나리는 지금 자기의 온갖 운명을 걸고 찾아가는 것이다. 도쿠가와 문중 가신들이 과연 자기를 이에야스와 만나게 해줄 것인지?

암살하려고 누군가 느닷없이 칼을 휘두를지 모르며, 이에야스와 만난 뒤 돌아가는 길을 노릴지도 모르는 일…….

"미쓰나리 님, 춥지 않으십니까?"

요시노리가 말을 걸어왔을 때 미쓰나리의 온몸에는 열병을 앓고 난 뒤처럼 불쾌한 땀이 흥건히 배어 있었다.

"춥지 않소. 바람이 이상하게도 후덥지근하군요."

"미쓰나리 님, 내대신에 대한 이야기입니다만 이쪽에서 굳이 노엽게 할 필요는 없다고 생각되는데요."

미쓰나리는 대답하지 않았다.

사타케 요시노리가 이에야스를 증오하는 이유는 그 영지가 이웃한 때문이었다.

그 점에 있어 히고의 가토와 고니시의 불화와 흡사한 점이 있다. 만일 자칫 이웃 가문의 강대함을 허용해 준다면 내 가문이 불리해지는 것은 뻔한 일이다. 그렇지만 너무 노골적으로 반감을 드러내 도리어 잠든 사자를 흔들어 깨우는 어리석음도 피해야만 된다.

따라서 요시노리와 미쓰나리의 우정에도 당연히 한계가 있었다. 요시노리는 미쓰나리를 통해 이에야스를 적당히 견제하려는 것이고, 미쓰나리 또한 요시노리를 한편으로 묶어놓아 이에야스를 견제해 보려는 속셈인 것이다. 물론 그 둘이 싸움……이라도 하게 된다면 이 판단은 저절로 바뀌어간다. 그러나 요시노리는 미쓰나리의 결의가 어디에 있는지 아직 꿰뚫어보지 못했다.

'이것으로 좋은 거야. 이대로 미쓰나리를 이에야스에게 보낸다면……'

만일 이에야스로부터 그 잘못을 힐문받는다면 변명하리라.

"참으로 이상하신 말씀입니다. 미쓰나리를 오사카에 두면 소란의 원인이 될 듯하여 일부러 꾀어서 넘겨준 것. 그다음 일은 내대신 처분대로……"

그러면 요시노리는 오히려 미쓰나리를 붙잡아 넘겨준 공로자가 될 것이었다.

배가 후시미의 무코지마에 이른 것은 날이 활짝 밝은 뒤였다.

곧 게이초 4년(1599) 윤3월 4일 아침.

요시노리는 먼저 배를 내려 혼다 마사노부에게 미쓰나리의 도착을 알리러 갔다. 요시노리가 마사노부에게 뭐라고 말했는지 미쓰나리로서는 알 길이 없었다.

미쓰나리가 일곱 무장에게 쫓겨왔으니 숨겨달라고 했는지, 아니면 일곱 무장의 난폭한 행동을 이에야스에게 호소하러 왔다고 했는지. 아무튼 이에야스를 힐문하러 왔다……고는 말하지 않았을 거라고 상상할 수 있었다.

미쓰나리의 도착을 알고 저택 안 공기가 갑자기 긴장된 움직임을 보였다.

"제 발로 걸어들어오다니 미쓰나리 놈도 이제 환장했나 보군."

"저 죽을 줄 모르고 불에 뛰어드는 여름벌레란 이를 가리키는 말일 걸세."

"그렇지만 무슨 꿍꿍이속이 있어 뻔뻔스럽게 나타났을까."

이런 쑥덕공론이 여기저기서 수군덕거려지는 것을 미쓰나리도 충분히 눈치챌 수 있었다.

"이미 각오하고 온 것이다!"

사타케 요시노리가 혼다 마사노부와 함께 선창에 모습을 나타내자 미쓰나리는 가슴을 펴고 배에서 내렸다.

"오, 미쓰나리 님, 뜻밖의 행차이시군요. 자, 어서 드십시오."

이에야스보다 두 살 위로 60살이 넘은 혼다 마사노부의 표정에는 깜짝 놀란 듯싶기도 하고 이미 짐작하고 있었던 듯싶기도 한 도무지 걷잡을 수 없는 웃음이 기분 나쁘게 감돌았다.

"내대신에게 은밀히 할 이야기가 있어 왔소. 말씀을 잘 전해 주시오."

"알았습니다. 하지만 주군께서는 지금 손님과 대담 중이시니 잠시 객실에서 기다려주십시오."

그리고 마사노부는 보기 좋게 요시노리를 쫓아버렸다.

"수고 많으셨습니다. 그럼, 이것으로."

앞장서 미쓰나리를 안내하며 마사노부는 꾸며대는 듯이 웃었다.

"이 무코지마 저택은 과연 다이코님께서 눈여겨 두셨던 곳이라 매우 훌륭한 요새더군요."

혼다 마사노부는 이에야스의 지혜주머니로 세상에 소문나 있다. 젊을 때 온 일본을 떠돌아다니며 인생의 안팎을 속속들이 맛본 아케치 미쓰히데에 못지않은 인물⋯⋯이라고 사카이 사람들 사이에서 평가되는 것을 미쓰나리는 잘 알고 있었다.

그 소문을 듣고 미쓰나리 자신도 이따금 생각했었다.

'이에야스 자신의 지혜일까, 아니면 마사노부로부터 빌린 지혜일까⋯⋯?'

그러므로 마사노부가 응대하는 태도를 눈여겨본다면 이에야스의 태도 역시 대략 짐작될 것이었다.

마사노부는 눈에 익은 다이코 시절 그대로인 객실로 미쓰나리를 안내하더니 진지하게 말했다.

"이번에는 참으로 뜻밖의 횡액을, 이 문제는 역시 가토 님 이하 여러분의 호소를 일단 받아들여두시는 편이 좋을 것 같습니다만."

미쓰나리는 그 말에 일부러 대답하지 않았다. 이미 모든 일을 눈치채고 있는 모양이다. 하지만 과연 누구의 통보로 알았을까?

"내대신께 손님이 계시다고 했는데 어느 분이십니까."

"시마즈 문중 분이십니다. 미쓰나리 님은 전에 이쥬인 다다무네를 처형한 일로 다다쓰네(忠恒) 님을 몹시 꾸짖으셨다면서요. 잘 아시듯 다다쓰네 님은 깜짝 놀라 다카오산으로 올라가 벌을 기다리셨습니다. 이것은 가신이라도 다이코 전하께서 총애하시던 이쥬인 다다무네를 혼자 생각으로 처형한 것은 잘못이었음을 깨달으신 증거……그러므로 마에다 겐이 님과 의논하여 괜찮다고 말씀드리고 다카오산에서 불러내렸지요. 바로 그 일에 대한 감사말씀을 하러 오신 겁니다."

미쓰나리의 눈썹이 꿈틀 떨렸다. 여기서도 또한 이에야스가 착실하게 미쓰나리의 세력권을 먹어들어오고 있음을 알았기 때문이었다. 시마즈 문중은 틀림없는 미쓰나리 편이라고 계산하고 있었는데, 이 일을 계기로 이에야스에게 마음이 기울게 되리라.

"이것은 그냥 들어넘길 수 없는 말씀. 미쓰나리가 잘못이라고 판단해 꾸짖은 시마즈 다다쓰네를 내대신이 독단적으로 불러들이다니……? 귀하에게 말해야 소용없는 일이니 나중에 내대신께 따져보리다."

마사노부는 시치미 뗀 표정으로 대답했다.

"그렇습니까. 그보다도 미쓰나리 님은 일곱 무장이 미쓰나리 님 뒤를 쫓아 오사카를 떠나신 일을 알고 계십니까."

"뭐, 그 난동자들이 오사카를 떠났다고?"

"그렇습니다. 미쓰나리 님을 숨겨줄 만한 곳은 이곳밖에 없다고 아마 곧 눈치챈 것 같습니다만……."

마사노부는 담담하게 말하면서 몸을 앞으로 내밀었다.

"그 일로 잠시 전에 주군께 여러 가지로 여쭈어보았습니다만, 정말 난처하게 되었습니다. 미쓰나리 님, 아마 머지않아 모두들 살기등등해 이곳에 들어닥칠 테니 말씀입니다."

순간 미쓰나리는 핏기를 잃었다. 이윽고 찾아내어 뒤쫓아오리라고는 생각했지만 미쓰나리가 이에야스와 아직 만나기도 전에 쫓아올 줄은 상상도 못하고 있었다.

"미쓰나리 님, 이건 신분을 초월한 나이 든 사람으로서의 제 노파심입니다만, 우뚝 솟은 말뚝이란 얻어맞는 법…… 이 뻔한 이치에 대한 분별이 좀 모자라신 느낌이 있군요."

"……."

"주군께 대체 어떻게 매달리실 작정이신지……아무튼 상대는 일곱이니."

정말 난처하다는 표정으로 마사노부는 어깨를 축 늘어뜨려 보였다.

'이 늙은 너구리 같은 놈!'

미쓰나리는 마음속으로 분노를 느끼면서도 그보다 더 심한 불안 때문에 마사노부를 꾸짖을 수 없었다. 이에야스가 미쓰나리에게 어떤 태도로 나올지 이미 명백히 드러나고 있다. 아니, 마사노부의 말은 그대로 이에야스의 태도를 암시하는 거라고 판단해도 틀림없다.

"세상일이란 무엇이든 이치대로 되지 않는 것이오……일곱 무장은 미쓰나리 님이 저희 주군을 달갑게 여기지 않는 줄 너무도 잘 알고 있으니, 아마 속으로 잘되었다고 생각하며 오시겠지요."

미쓰나리는 가까스로 대답했다.

"그럴까?"

마사노부의 말대로 과연 그들은 미쓰나리가 정신없이 제 죽을 곳으로 찾아들었다고 회심의 미소를 지으며 올 게 틀림없다. 따라서 사태는 미쓰나리의 계산과 크게 어긋났다. 이에야스를 이미 설복해 두었어야 했는데, 이제는 자기를 중간에 두고 이에야스와 일곱 무장의 담판이 될지도 모른다.

그렇게 되면 과연 이에야스가 격분한 일곱 무장을 설복시키느냐 못하느냐에 미쓰나리의 운명이 걸려 있게 된다. 만일 일곱 무장의 주장에 밀려 이에야스가 미쓰나리를 그들 손에 넘겨준다면 맹수에게 어린아이를 던져주는 것과 같다.

"미쓰나리 님, 이건 어디까지나 저희들의 노파심입니다만, 이렇게 된 이상 시마즈 님 일 등은 저희 주군께 아뢰지 않는 편이 좋을 것 같습니다……그보다는 쫓긴 새가 품 안으로 들어오면 포수도 이를 쏘지 않으니 여기서는 어쨌든 주군께 탄원하시어 도움을 얻으시는 게 으뜸일까 합니다……."

"다……다……닥치시오!"

"예, 뭐라고 하셨습니까?"

"마사노부 님! 쫓기는 새란 누구를 두고 하는 말이오?"

"허, 누구나 알고 있는 속담, 그것이 그렇듯 비위에 상하십니까?"

"무……무례하잖소! 미쓰나리는 내대신과 상의해 일곱 무장의 난동을 어떻게 처벌할지……의논하러 온 것이오."

마사노부는 여전히 담담한 표정이었다.

"참, 수고스러우십니다. 그러시다면 오사카에서 일어난 일이니 일부러 오시지 말고 소신껏 처리하셨으면 될 일, 주군께서도 아무 이의 없으시리라고 생각됩니다만."

미쓰나리는 말이 막혔다. 아니, 말이 막히기 전에 이미 성내면 진다……는 것을 똑똑히 알면서도 어쩔 도리 없었던 것이다.

"그럼, 일곱 무장이 오시면 이리로 안내하겠으니 담판하십시오."

'아뿔싸!'

미쓰나리는 이성을 잃었다. 몸이 달아오르고 이어서 온몸에 물을 뒤집어쓴 듯한 뉘우침이 치달았다.

"기다려. 기다리시오, 마사노부 님."

"예, 무슨 말씀이신지."

"미쓰나리의 말이 잘못되었소. 여기서 일곱 무장과 만날 생각은 없소."

"그러시면 저희 주군께 매달리시겠습니까. 아니, 매달리시더라도 이 위기를 무사히 벗어날 수 있을지 어떨지 거기까지는 이 늙은이도 짐작할 수 없습니다…… 그토록 이 사건은 미쓰나리 님 자신이 일으켜놓은 난처한 일이라……."

미쓰나리는 순간 입술을 깨물며 눈을 감았다. 마사노부에게 그대로 달려들어 찢어죽이고 싶었지만, 여기서는 이미 마사노부가 장검도 총알도 먹히지 않는 큰 바위로 바뀌어 있다. 마음속으로 이 애송이가 무슨 헛소리냐고 경멸하며 상대하고 있을 게 틀림없다.

'달려들어 마주 찌를 것인가? 아니면 참을 것인가……?'

그러나 그것도 분노의 소용돌이 겉을 스쳐지나가버리는 감정의 그림자일 따름이다. 여기까지 와서 어찌 마사노부 따위를 상대한단 말인가. 아니, 만약 화나는 대로 달려든다 해도 상대에게는 그 이상의 방비가 되어 있을 게 틀림없다……

'참아야 된다! 참아야 할 곳이다.'

그리고 이왕 마주 찌를 것이라면 이에야스에게 덤벼들어야 한다. 그러면 비록 아무리 난도질당한다 해도 '이시다 미쓰나리의 뜻'만은 세울 수 있다.

'그렇다……그밖에 방법이 없다.'

결심하고 미쓰나리는 고개를 크게 끄덕이면서 눈을 뜨고 마사노부에게 머리를 수그렸다.

"과연 내가 너무 얕잡아본 것 같군. 일곱 무장이 곧 뒤쫓아올 줄은 몰랐소."

"이제 납득되셨습니까?"

"그렇다면 지금은 어쨌든 난동을 피해야 할 때……라는 거로군, 마사노부 님은."

"예, 잘 피할 수 있을지 없을지……아무튼 주군과 잘 의논하셔야 될 처지라고 말씀드리는 겁니다. 납득되셨다면 거실 쪽을 살펴보고 오겠습니다. 손님이 돌아가셨을지도 모르겠군요……."

마사노부는 여전히 얼굴에 아무 동요도 보이지 않고 조용히 절한 다음 방을 나갔다. 그가 나가버린 뒤에야 미쓰나리는 비로소 시마즈 문중에서의 손님 어쩌니 한 것도 거짓말인 듯싶다고 깨달았다.

마사노부는 아마도 이에야스를 대신해 미쓰나리의 마음을 우선 타진해 본 것이리라. 자칫 잘못하다가는 옴짝달싹할 수 없는 그물 속의 새 신세가 될 듯했다.

미쓰나리는 급히 이마의 땀을 씻었다. 이 표정을 이에야스가 본다면 미쓰나리의 심중을 첫눈에 꿰뚫어보리라.

마사노부는 한참 동안 돌아오지 않았다. 미쓰나리를 어떻게 다룰 것인지 이에야스와 그 모신(謀臣)은 교활한 의논을 거듭하고 있을 게 틀림없다. 그렇게 생각하자 또다시 눈앞이 캄캄해지는 굴욕감이 온몸을 휩쌌다……

'아니, 이것은 어쩌면 하늘이 미쓰나리를 저버리지 않는 증거……'

문득 깨달은 것은 마사노부의 발소리가 복도에서 다시 들려오기 시작하고 나서였다. 일곱 무장이 곧 뒤쫓아 후시미에 온다는 것은 만일 한가롭게 오사카에 있었다면 벌써 목숨을 잃었다는 뜻인지도 모른다. 만일 그렇다면 미쓰나리는 교묘하게 그 위험을 벗어난 게 된다.

'그렇다. 그렇게 생각하면 이것도 하나의 행운……'

"기다리게 해서 죄송합니다. 곧 만나뵙겠다고 하십니다."

마사노부는 조용히 말하고 나서 목을 움츠리며 소리 죽여 웃었다.

"오셨답니다, 일곱 무장이. 이제 막 나오마사 님이 선창으로 나갔습니다. 담판은 퍽 힘들 것 같군요……."

진심으로 미쓰나리를 염려해 주는 말 같기도 하고 은근히 협박하는 말 같기도 했다.

미쓰나리는 마사노부의 뒤를 따라 긴 복도를 걸으면서 여기서는 자신도 이에야스 이상으로 교활해져야 된다고 자신에게 들려주었다. 그러나 무릎이 떨려오는 게 안타깝다. 이에야스가 어떻게 나올 것인지 역시 마음에 걸려 견딜 수 없었다.

"그것 보시오, 마침내 나에게 구원을 청하게 되었구려."

만약 이에야스 입에서 이런 말이 나온다면, 미쓰나리에게 과연 참을 힘이 있을지 어떤지. 상대는 어쩌면 미쓰나리를 성나게 만들어 그것을 구실 삼아 일곱 무장에게 넘겨주려 할지도 모른다. 그때는 모든 게 끝장…… 한칼이라도 휘둘러보고 그 자리에서 죽는 수밖에 없으리라.

"미쓰나리 님을 모셔왔습니다."

막다른 복도의 삼나무문을 열자 눈앞이 활짝 밝아졌다. 물을 끌어들인 뜰의 연못에 벌써 이른 붓꽃이 자줏빛 꽃을 피웠고 밝은 광선이 방 가득 넘치고 있다. 연못 배치는 눈에 익었으나, 이 거실은 이에야스가 새로 지은 듯 나무향기가 아직 짙게 코를 찔렀다.

들어선 곳에서 신타로가 공손히 말했다.

"실례입니다만, 차고 계신 칼을 맡아드리겠습니다."

'큰 칼, 작은 칼을 모두 뺏기는가!'

순간적이었으나 미쓰나리의 표정에 동요가 일었다. 그리고 그것은 당연히 정면에서 똑바로 이쪽을 보고 있는 이에야스의 눈에도 보였을 게 틀림없다. 그렇게 생각하니 또 무릎이 떨렸다.

"미쓰나리 님, 이쪽으로."

"실례하오!"

들어서자 미쓰나리는 다시 몸이 오싹했다. 분합문을 들인 마루 양쪽에 빈틈없이 경호 근위무사를 두었으며, 이에야스의 좌우에도 건장한 시동이 지키고 있다.

물샐틈없다고 할 만한 조심성이었다.

"실은 기요마사 님을 비롯한 일곱 분이 귀하를 내놓으라고 도착했소. 이것은 그에 대한 방비요."

"참으로 고마우신 말씀입니다."

미쓰나리는 속으로 세게 혀를 찼다. 이 얼마나 뻔뻔스러운 거짓말인가. 모든 게 미쓰나리를 협박하기 위한 준비가 아니냐······.

"사정은 마사노부에게 들었소. 난처하시리다. 하오나 일단 이에야스의 집에 들어오신 이상 누구 손에도 넘겨줄 수 없소. 안심하시오."

미쓰나리는 자기 귀를 의심했다. 우선 어떤 비꼬는 말이 입에서 나올지 온몸을 굳히고 있었던 것이다.

"그럼, 숨겨주시겠습니까."

"숨겨드린다 함은 온당치 못한 말······모두 다이코 전하의 총애를 받던 신하들, 그런데 마에다 다이나곤의 서거를 계기로 서로 싸우다니 천부당한 일. 일곱 분들은 이에야스가 엄히 타이르리다."

미쓰나리는 잔뜩 긴장한 마음을 어쩔 줄 몰랐다.

'이것은 또 얼마나 솔직하며 조리정연한 말인가······?'

그러나 방심할 수는 없다고 곧 마음을 가다듬었다. 이 정도로 끝낼 이에야스일 리 없다. 어쩌면 여기서 미쓰나리에게 은혜를 베풀어 부하로 삼으려는 이에야스 나름의 수법이 아닐지······.

그곳에 이이 나오마사가 빠른 걸음으로 들어왔다.

"아룁니다. 일곱 무장께서는 무슨 일이 있어도 직접 주군을 뵙고 담판하시겠답니다."

미쓰나리는 이것도 협박인가 하고 저도 모르게 숨죽이며 이에야스의 눈치를 살폈다.

이에야스는 가볍게 혀를 차며 나오마사에게 말했다.

"그렇게 말할 것은 처음부터 뻔한 일. 그대는 어린애가 아닐 테지. 천하의 치안을 맡고 있는 이에야스가 난리의 시초가 될지도 모를 사사로운 싸움을 그대로 내버려둘 리 없지 않은가. 저마다 자기 사정을 호소할 테니 그 판결을 기다리라고 일러둬."

"물론 그렇게 말했습니다만, 모두들 격분해서……."

"그건 용서하지 않는다!"

이에야스의 목소리는 고함에 가까웠다.

"다른 사람이라면 또 모르지만 내 집에 있는 미쓰나리 님, 법에 따르지 않고 사사로운 투쟁을 허용한다면 어찌 천하의 법이 설 것이냐. 오늘은 이대로 물러가게 해라."

미쓰나리는 저도 모르게 싱긋 웃었다.

이에야스의 일갈에 나오마사는 다시 시무룩하게 일어나 나갔다.

'이건 처음부터 나에게 보이기 위해 꾸민 연극이 아닐까……?'

문득 생각했을 때 이에야스는 다시 미쓰나리를 향해 고쳐앉았다.

"안심하시오. 만일 또 말썽을 일으킨다면, 이 이에야스가 나가서 물러가게 하겠소. 그런데……."

이에야스는 살며시 팔걸이를 끌어당겨 편한 자세를 취했다.

"일곱 무장의 난동을 이곳에서는 결코 용서치 않겠지만, 문제는 그 뒷일이오. 미쓰나리 님에게도 물론 생각이 있겠지만."

"생각……?"

"그렇소. 여기까지 이른 감정은 좀처럼 쉽게 풀리지 않으리다. 우선은 이 이에야스가 수습하겠지만……그다음 일에 대한 귀하의 생각을 들어두어야겠소."

미쓰나리는 당황했다. 멋지게 허점을 찔리고 만 것이다. 과연 이만한 사건이 되어버린 일이 이 자리에서의 난동만 가라앉힌다 해서 끝날 리 없었다.

이에야스는 다시 말했다.

"비록 일곱 무장 쪽에 잘못이 많다 하더라도 여기서 다이코가 키우신 사람들 영지를 뺏거나 할복자결을 시킬 수는 없을 것이오. 아니, 그 같은 짓을 한다면 그야말로 큰 난리가 되고 말리다. 그러니 이다음 결판을 어떻게 내려야 하느냐는 것이오."

미쓰나리는 자기 옆에 앉아 있는 마사노부를 흘끗 쳐다보았다. 마사노부는 눈을 가늘게 뜨고 미쓰나리와 이에야스를 번갈아보고 있다.

"그 일은 내대신님을 비롯한 모리 님, 우키타 님, 우에스기 님 등께서 엄하게 주의 주신다면 일곱 무장도 생각을 고치지 않을까 합니다만……."

"흠, 그러나 그 주의만으로 미쓰나리 님 자신이 마음 놓고 오사카에서 일할 수 있을까요."

"글쎄, 그것은……."

"아무튼 상대를 너무 격분시켰소…… 인간이란 때로 분노에 모든 것을 거는 골치 아픈 기 이를 데 없는 동물. 지난 일이지만 미쓰나리 님이 부주의했소."

미쓰나리의 눈썹이 다시 바싹 치켜올라갔다. 조리에 맞는 처음의 차분함은 이런 곳에 복병을 둔 심술궂은 함정이었단 말인가……? 분한 생각이 다시금 무럭무럭 가슴에 치밀어올랐다.

미쓰나리는 물어뜯을 듯한 눈초리가 되어 이에야스에게 되물었다.

"그럼, 내대신께 무언가 생각이 계십니까?"

이에야스는 한동안 미쓰나리의 눈을 지그시 쏘아보며 잠자코 있었다. 그것이 미쓰나리는 견딜 수 없이 미웠다.

미쓰나리는 생각했다

'먹이를 희롱하는 눈이다!'

아무 생각도 없이 내 집으로 도망쳐 들어오다니 이 얼마나 분별없는 사나이인가 하고 깔보는 눈초리로 보인다. 아니, 어쩌면 이제부터 이에야스가 내놓을 조건의 가혹함과 그것에 대한 미쓰나리의 반응을 스스로 즐기고 있는 눈인지도 모른다.

"귀하에게 생각이 없다면 이에야스의 생각을 말하지 않을 수 없으리다."

"그걸 들어보겠습니다. 어떻게 하실 것인지."

"미쓰나리 님, 여기서 귀하가 일곱 사람의 원한을 피하고 어느 쪽도 상처 입는 일 없이 수습할 방법은 귀하께서 이대로 사와산성으로 돌아가시는 길밖에 없다고 생각하는데, 어떠시오?"

"뭐, 이대로 영지에 돌아가라고요?……."

이에야스는 미쓰나리에게서 아직 시선을 떼지 않고 고개를 끄덕였다.

"일곱 사람의 원한은 이를테면 다이코 전하의 총애가 귀하 한 사람에게 치우쳐 일어난 질투가 원인이오."

"그것은 제 책임이 아니잖습니까."

"그렇소. 결코 귀하 한 사람의 책임은 아니지. 하지만 인간 생활에 출세와 질투는 으레 따르는 법. 총애받는 것을 기화로 일곱 사람에게 혹독하게 대하고, 다이코의 뜻을 멋대로 왜곡시켰으며……그러한 오해가 소동의 근원이 되었는데도 그것을 풀 수 있는 유일한 분인 다이코는 이미 이 세상에 없다면……귀하는 일단 행정관 지위에서 물러나 잠시 사와산에 있으면서 오해가 풀리기를 기다리는 게 상책이 아닐까 하는데, 어떻소?"

미쓰나리는 드디어 올 것이 왔다는 충격밖에 아무것도 생각할 수 없었고 생각하려 하지도 않았다. 물론 전혀 예상하지 못했던 일은 아니다. 하지만 여기서 이런 형식으로 자기에게 은퇴를 강요하는 이에야스는 '역시 용납할 수 없는 능수능란한 자!'라는 생각이 분명 들었다. 그렇기 때문에 긴장도 마음도 풀지 않았던 거라고 자기 예감이 옳았음을 여기서 다시 확인한 느낌이었다.

"그럼, 미쓰나리는 행정관으로서 이미 필요 없다고 말씀하시는 겁니까?"

"그렇지는 않소. 이대로는 후시미에 있건 오사카에 있건 귀하 신변에서 위험이 사라지지 않을 거요. 그러니 직무 수행은 무리하므로 일단 물러나 시간에 맡기라는 것이오."

미쓰나리는 맡겨놓은 칼을 살며시 쳐다보았다. 만일 칼이 옆에 있었다면 여기서 주저 없이 빼들고 말았으리라.

'엉큼하게 일을 꾸몄구나, 이에야스 놈…….'

마에다 도시이에는 이미 죽었다.

여기서 미쓰나리를 몰아내면 이에야스 뜻대로……교묘하게 꾸며놓은 그 함정 속에 다이코가 키워낸 못난이들이 마침내 미쓰나리를 몰아넣어버린 것이다……그렇게 생각하자 둔중해 보이는 이에야스의 굵고 짧은 목 위에 올라앉은 얼굴이 그대로 마귀 형상으로 보였다.

맨손이라도 좋다. 덤벼들어 잡아뜯고 가래침을 뱉어주고 싶은 충동에 사로잡혔다.

"그러나 달리 무슨 좋은 생각이 있다면 그것도 좋소. 사양 마시고 마음먹은 대로 말씀해 보오."

'이놈! 뽐내고 있구나. 이미 나에게 그것밖에 달리 방법이 없는 줄 알고 깔보며…….'

미쓰나리의 모습은 누가 보아도 뚜렷이 살기 띤 분노의 형상이었다. 물론 이에야스도 그것을 눈치채지 못할 리 없다. 그런데도 이에야스는 상대를 그리 위로해 주려 하지 않았다.

"미쓰나리 님, 전진만 알고 후퇴를 모르면 실패하는 것은 싸움터에서만의 일이 아니오. 인간은 언제나 인내가 첫째요. 귀하는 지금 그 중대한 시련 앞에 서 계시오. 마음을 가라앉히고 잘 생각해 보시오. 이 이에야스도 지금 귀하가 맛보고 계신 것과 같은 입장에 몇 번이나 섰던 일이 있으므로 말하는 것이오."

미쓰나리는 온몸을 부들부들 떨었다. 만일 여기서 자신의 '각오'가 무엇인지 상기할 수 없었다면 아마 이에야스에게 덤벼들고 말았으리라.

'그렇지, 이미 승부는 초월하고 있지 않은가……'

그 생각이 가까스로 광포하게 역류하려는 피를 막아주었다.

이에야스는 여전히 뚫어지게 미쓰나리를 응시한 채 말했다.

"이젠 더 이상 말하지 않으리라. 다만 귀하가 사와산으로 돌아가신다면, 이 이에야스는 맹세코 도중에 일곱 사람 손이 미치지 못하게 해드리겠소. 충분한 병력을 딸려 영지까지 배웅하리라. 아무튼 잠시 쉬면서 어느 쪽이든 정하도록 하시오. 그렇지……마사노부, 별채로 안내해 드려라."

"알았습니다. 그럼, 미쓰나리 님."

재촉받고서야 미쓰나리는 비로소 얼굴을 푹 수그렸다.

"두터운 호의, 뼛속에 스밉니다. 그럼, 염치없이 잠시……."

그것이 지금의 미쓰나리로서 할 수 있는 사교적인 대답의 모두였다.

'보자! 두고 보자! 이대로 미쓰나리가 굴복해 버릴 사나이인지……'

얼굴을 숙이자 눈물이 뚝뚝 떨어졌다. 미쓰나리는 그 눈물을 일부러 감추려 하지도 않았다.

마사노부가 다시 한번 미쓰나리를 재촉해 일어나 나가자 이에야스는 비로소 한숨을 내쉬었다. 모든 게 허무한 느낌이 들어 마음이 몹시 안타까웠으나 지금 여기서 더 이상 미쓰나리를 몰아세울 마음은 없었던 것이다…….

잠시 뒤 마사노부가 거실로 돌아왔다.

"도호 암자(東方庵子)로 안내해 두었습니다."

도호 암자는 이에야스가 소큐(宗及)에게 명해 세우게 한 다실이었다.

"경호 무사는 딸려두었을 테지."

"예, 그러지 않으면 문중 사람들이 칼부림할지도 모릅니다."

"좋아, 어차피 사와산으로 돌아갈 생각이 들 테지. 다른 자들은 미덥지 않다. 히데야스와 호리오 요시하루가 전송하도록 수배해 두어라."

마사노부는 고개를 끄덕이고 나서 웃으며 되물었다.

"어떻습니다. 주군의 진심을 이해할 만한 자라고 보셨습니까."

이에야스는 쌓였던 불쾌감을 뱉어내는 듯한 기세로 꾸짖었다.

"멍청이 같은 놈! 그것과 이것은 달라. 이에야스쯤 되는 자가, 의지해 온 자를 죽게 내버려둘 수 있다고 생각하느냐. 그런 마음가짐으로 천하의 신뢰를 얻을 수 있다는 생각은 하지 마라, 멍청이 같으니."

그곳에 일곱 무장을 만류하는 역할을 맡고 있는 나오마사가 난처한 표정으로 다시 들어왔다.

태풍의 눈

혼아미 고에쓰는 메마른 거리를 바싹 곧바로 앞만 보며 걷고 있다. 지금 오사카에서 요도야의 배로 후시미에 돌아와 자기 집에는 들르지 않고 곧장 자야 시로지로네 집으로 가고 있었다.

이시다 미쓰나리가 실각한 지 벌써 다섯 달.

교토 거리에는 차츰 산들바람이 일기 시작했으나, 고에쓰는 이마에 번들번들 땀을 흘리며 아는 사람과 마주쳐도 모르는 체 빠르게 걷고 있다. 무언가 마음에 걸리는 일이 생기면 여느 사람보다 더 흥분하는 버릇이 있는 고에쓰였지만, 오늘은 걸음걸이가 심상치 않아 보인다. 그러고 보니 눈도 조금 충혈되어 있다.

그는 자야의 집에 이르자 가게 옆 봉당을 거쳐 무엇에 홀린 사람처럼 안 중문으로 들어가 마중 나온 사동에게 더듬거리는 말투로 주인이 있는지 물었다.

"계시거든 여쭈어볼 일이 있어 왔으니, 단둘이 만나고 싶다고."

사동은 고에쓰의 기질을 알므로 곧 안으로 들어갔다가 나왔다.

"들어오십시오. 거실에 계십니다."

그리고 새삼 안내하려 하지 않았다.

고에쓰는 고개를 크게 끄덕이고 그래도 신발만은 단정하게 벗었다. 니치렌 신자로서 어디까지나 예의 바른 고에쓰의 일면이 겨우 이런 데 남아 있다.

"오, 혼아미 님 아니오. 한동안 뵐 수 없더니……."

"예, 우선 별고 없으시냐고……인사드려야겠지만 오늘은 예절도 약식으로 양해

하십시오. 좀 은밀한 청이 있습니다."

자야는 고개를 갸우뚱했다. 고에쓰의 태도와 말에서 느껴지는 것이 있었다.

'무언가 있구나?!'

"어디 나가셨다가 돌아오시는 길 같은데."

"그렇습니다……오랜만에 오사카의 마에다 님 댁에 갔다가 돌아오는 길에 요도야에 들렀지요. 실은 그곳에서 놀라운 이야기를 들었습니다."

"허, 뭔데요?"

"머잖아 내대신이 오사카성으로 옮겨가신다……는 소문은 사실 저도 이미 들었었지요."

"그래서요?"

"옮기시는 것은 정당한 일……지금은 내대신님 힘으로 겨우 버티어나가는 태평성대이므로 당연한 처사……라고 실은 마에다 님 댁에서 도시나가 님과 이야기나누고 헤어졌는데, 요도야에서 괴상한 소문을 들었습니다."

"고에쓰 님, 좀 순서 있게 이야기하시구려. 그러니까 마에다 댁에 먼저 들렀었단 말이지요?"

"그랬지요. 마에다 님과 내대신에 대한 이야기를 이것저것 하다가, 그 길로 요도야에 갔습니다."

"음, 음. 그래, 요도야에서 어떤 소문을?"

"내대신이 오사카로 가는 것은 위험한 일이다! 내대신의 등성을 기다려 살해하려 한다……는 의논이 성안에 세밀히 세워져 있다는 소문이었습니다."

"뭣이? 그게 정말이오. 고에쓰 님……."

"무엇 때문에 제가 자야 님한테 거짓말하겠습니까……아니, 그보다도 이 고에쓰가 놀란 것은 그 장본인이 글쎄, 마에다 도시나가 님이라는 소문이어서."

여기까지 말하고 비로소 고에쓰는 세차게 혀를 차며 이마의 땀을 닦기 시작했다. 이번에는 자야의 얼굴빛이 달라졌다. 자야는 여전히 이에야스의 숨은 정보원……그러나 고에쓰도 그에 못지않은 이에야스 예찬론자였다.

자야 시로지로는 본디 이에야스의 가신이었으니 당연하지만 고에쓰의 이에야스 예찬은 좀 의미가 달랐다. 입정안국론(立正安國論)을 엄격하게 신봉하는 고에쓰의 성품은 히데요시의 대담함과는 서로 맞지 않았다.

"그분이 하시는 일에는 뿌리가 없습니다. 그때그때의 생각이나 기분으로 천하를 다스리시거든요. 이것은 용납할 수 없는 문란한 정치도입니다. 그러니 돌아가시면 곧 내부에서 스스로 반역이 시작될 겁니다. 니치렌 도사의 말씀에 거짓은 없습니다."

다이코 생존 때부터 이런 말을 거리낌 없이 분명하게 주장해 마지않았었다. 그리고 사실 그 예언대로 되어가고 있다. 따라서 고에쓰의 이에야스 예찬은 히데요시를 못마땅하게 생각하는 마음과 신앙의 눈 두 가지에서 비롯된 것이라 해도 과언이 아니었다. 그리고 고에쓰는 동시에 마에다 부자를 사모하고 있기도 했다.

"신앙은 다르지만, 다이나곤님 부자분의 마음은 맑은 시냇물처럼 깨끗하십니다. 이 세상의 가장 아름다운 것을 지향하여 엄숙하게 살아가시는 분들……그러므로 저는 진심으로 존경합니다."

그 고에쓰가 도시나가를 만나 서로 이에야스를 칭송한 바로 뒤에, 그것과 정반대인 소문을 요도야에서 듣고 왔다는 것이다.

"내대신님 목숨을 노리는 장본인이 마에다 님……이라고, 요도야가 말했단 말이지요."

"정말 깜짝 놀랐습니다. 그런 소문을 자야 님도 들으셨나 하고……이렇게 허둥지둥 달려왔습니다."

"고에쓰 님! 그건 내가 그대에게 물어보고 싶은 거요. 그대는 그 소문을 어떻게 생각하오."

자야가 몸을 앞으로 내밀자 고에쓰는 또 한 차례 눈살을 찌푸리며 세차게 혀를 찼다.

"자야 님! 그런 일이 어찌 있을 수 있겠습니까. 도시나가 님에 한해서는 결코 그런……굳이 태평성대를 어지럽히는……그런 일이 단연코 있을 수 없습니다!"

"그렇다면 누군가 그런 소문을 퍼뜨려 내대신과 도시나가 님 사이를 이간질하려는 자가 있다……는 말이로군요, 그대는."

"그렇지요……아니, 그런 자가 있다면……큰일이라고 생각지 않으십니까, 자야 님은."

"큰일이겠지요."

"이만저만 큰일이 아니지요. 그 뿌리에 숨어 있는 것은 천하대란 음모입니다."

고에쓰는 가슴을 젖히고 말하더니 자기 스스로 어엿한 책모가이기라도 한 것처럼 눈을 빛내며 주위를 노려보았다. 자야는 천천히 고개를 기울이며 생각에 잠겼다. 이런 경우, 섣불리 고에쓰의 격한 기질에 말려들어서는 안 된다고 생각했다. 어디까지나 냉정하게 소문과 세상의 동향을 세밀히 비교 분석해 볼 필요가 있다고 여겼다.

잠시 뒤 자야는 부드럽게 웃기 시작했다.

"하하……뭐 그리 걱정할 건 없겠지요."

자야는 일부러 가볍게 말하고 나서 담뱃대를 집어들었다.

"걱정할 게 없다……는 말씀이십니까. 이 괴상한 뜬소문이……."

고에쓰는 어처구니없는 듯 자야를 쳐다보았다.

"그렇소, 마에다 님에게 그런 흑심이 없다면 걱정할 게 없소. 나도 내대신에게 그 뜻을 말씀드리지요. 고에쓰 님이, 마에다 님에 대해서는 장담을 하더라고 말이오."

"자야 님! 고에쓰는 농담하고 있는 게 아닙니다. 아시겠습니까? 이따위 아무 근거 없는 소문이 나는 것은 소문으로 내대신과 마에다 님 사이를 이간질하려는 인물이 누군가 있다는 증거……라고 생각되지 않으십니까?"

자야는 다시 한번 온화하게 웃었다.

"그러면 고에쓰 님은, 그 소문을 퍼뜨린 장본인도 알고 계시다는 말씀인가요……?"

고에쓰는 엄숙하게 고개를 끄덕였다.

"그렇습니다. 그 소문은 나쓰카 마사이에, 마시타 나가모리 등의 행정관들에게서 나왔습니다. 요도야는 이 두 사람에게 들었다고 하더군요."

"허! 행정관들이 그런 말을?"

"놀라셨나요. 놀라시는 게 마땅하지요. 더욱이 그 음모의 장본인은 마에다 도시나가 님이고, 맨 먼저 동의한 분은 아사노 나가마사 님이라고……."

"과연 이것은 만만치 않은 소문 같군요."

"그 두 분이 내대신님과 각별한 사이인 것은 이 고에쓰뿐 아니라 자야 님도 잘 알고 계실 터…… 그 밖에는 히지카타 님, 오노 님인 듯한데 이것은 아마 사실일지도 모르지요. 그러나 마에다 님과 아사노 님이 그렇듯 내대신 살해음모 따위를 꾸밀 리 없다……고 한다면 이것은 어떤 자가 내대신 신변에 의혹을 일으켜 두 사람을 갈라놓고 무언가 소동을 유발시키려 꾀하고 있는 것…… 이것은 결코 이 고에쓰의 상상이 아닙니다. 그렇지 않다면 그런 소문이 행정관들에게서 요도야, 요도야에게서 제 귀에까지 들어올 리 없지요……그래서 이렇듯 허둥지둥 청을 드리려고 달려온 겁니다."

"흠, 듣고 보니 과연 그럴지도 모르겠군. 그래, 청이란……."

"이 일을 곧 내대신에게 알려 만약 마에다 님에게 의심이 계시다면 이 고에쓰를 은밀히 도시나가 님에게 보내주시도록, 자야 님께서 부탁드려 주셨으면 해서……."

자야는 고에쓰가 흥분한 이유를 그제야 알아차리고 마음 놓았다. 고에쓰는 이 소문 때문에 마에다 문중이 내대신에게 터무니없는 의심을 받을까 두려워하고 있는 것이다.

"잘 알았습니다. 과연 지체 없이 이 일을 알려드려야겠군요……그런데 고에쓰 님."

"예, 뭔가 미심쩍은 점이 있으시면 물으십시오."

"그 모두 참말이라면 내대신과 마에다, 아사노 두 문중 사이를 이간질하려는 그 음모자는 누구일까요?"

고에쓰는 딱 잘라 단정했다.

"말하나 마나 이시다 미쓰나리지요. 그 증거가 그 밖에 또 하나 있습니다. 그것은 하카타의 야나기 거리에서 데려와 엄중하게 감금하고 있던 기녀 출신 소실이, 바로 얼마 전 어디론지 자취를 감춰버렸다는 사실입니다."

어떤 경우에든 분명하게 단정 내리는 게 고에쓰의 버릇이었다. 그러니만큼 연장자인 자야는 더욱 조심스러웠다.

"허, 하카타에서 데려온 여자가."

"그렇지요. 그 계집은 시마야와 가미야가 은밀하게 딸려보낸 계집……그 계집을 어디론가 데려간 것이, 관사(官舍)를 명도하기 위한 부득이한 조처……라면 그렇게 생각지 못할 것도 없습니다. 그러나 어떤 경우에도 행선지만은 반드시 이 고에쓰에게 알려준다는 약속이었는데……계집 쪽에서 그 약속을 어긴 것은 귀신도 모르게 살해되었거나, 아니면 연락할 수 없는 곳으로 납치되어 감금당한 둘 가운데 하나일 겁니다."

고에쓰는 더욱 날카로운 두뇌의 명석함을 보이며 말을 이었다.

"아시겠습니까, 자야 님. 옆에 두고 총애하던 계집마저 그대로 놓아주지 못하는……거기에 무언가가 있을 겁니다. 아니, 애당초 지난봄 내대신 댁으로 도망치던 무렵의 미쓰나리 행동이 이 고에쓰에게는 방심할 수 없었던 책략 같은 생각이 듭니다."

"허, 그것도 책략……으로 보시오."

"그렇습니다. 다이코님이 길러내신 무장들에게 그렇듯 노림 받고서야 오사카에는 이미 못삽니다……그래서 일부러 내대신 품 안으로 뛰어들어 매달리는 척하여 영지로 돌아갔지요……돌아가 뭘 하고 있는지는 이 고에쓰도 잘 알고 있습니다. 첫째로 성과 축대 수리, 둘째로 이름 있는 떠돌이무사들 고용, 셋째로 미쓰나리를 좋아하는 영주들에 대한 연락……이렇게 되면 넷째는 마땅히 내대신과 절친한 사람들의 이간책, 이것은 이 고에쓰가 미쓰나리여도 응당 생각할 순서지요."

자야는 고개를 깊숙이 끄덕이면서 다시 웃었다.

"그렇다면 지난봄 내대신께서 이시다 님에게 보기 좋게 속아넘어갔다고 여기시는군요."

그 말을 듣자 고에쓰는 당치도 않다는 표정으로 고개 저었다.

"천만의 말씀! 내대신께서는 물론 미쓰나리 님의 뱃속을 환히 꿰뚫어보시고 구해 주신 게 틀림없습니다."

"허! 이건 또 처음 듣는 말인데. 그럼, 언젠가 모반할 위인……인 줄 알면서도 일부러 호리오 님과 자제분인 히데야스 님을 딸려 오미까지 보내주셨다는 말씀인가요?"

이번에는 고에쓰가 버릇없는 태도로 웃었다.

"하하하……그 점이 달인(達人)과 그렇지 않은 자의 차이입니다. 이 고에쓰의 판단은 일단 《법화경(法華經)》의 천지 대사(大事)에 바탕을 두고 있으므로 틀림없습니다. 내대신께서는 아마 이시다 님의 반심을 뚜렷이 짐작하시고도 말없이 구해주신 게 틀림없을 겁니다. 무엇 때문에? 하늘과 땅 사이의 기회가 아직 무르익지 않았다고 보셨기 때문이겠지요."

"과연 훌륭한 식견을 지니셨군, 고에쓰 님은."

"상대가 그로써 반성하면 다행이지만, 그렇지 않다면 당연히 고향에 돌아가 내대신에게 딴생각을 품고 있는 자들을 선동해 일을 꾸밀 게 틀림없습니다. 그때가서 어리석은 파리들을 한꺼번에 잡는다……이것은 무략이 아니라, 천지의 법이 가리키는 일입니다. 그렇다 해서 내대신에게 딴마음이 없는 분, 세상의 태평을 원하는 분들까지 그따위 파리들에게 굳이 이간당하거나 농락된다면 어떻게 되겠습니까. 그래서 청을 드리러 온 것입니다."

고에쓰의 논리는 물 흐르듯 명쾌했다.

자야 시로지로는 가볍게 손을 들어 가로막았다. 고에쓰의 추측에 잘못이 있다고 여긴 것은 아니다. 그러나 이렇듯 분명하게 단정했다가, 만약 거기에 오산이 있을 경우를 생각하니 무서웠다. 인간이 자신의 주장을 내세울 때 적당히 해두지 않으면 그 때문에 옴짝달싹할 수 없는 궁지에 몰리는 수가 흔히 있는 법이다.

자야는 고에쓰가 좋았다. 자기에게 없는 날카로운 판단력과 그것을 곧바로 생활 속에 끌어들이는 실천력을 지니고 있다. 그러나 한편 노련한 경험자가 가끔 부드럽게 고삐를 조종해 줄 필요도 있는 인물인 것이다.

"알겠소. 더 이상 말씀하지 마시오."

"이해해 주시겠습니까?"

"즉 그대의 말은……이시다 님은 아직도 내대신을 적대시하여 무언가 일을 꾸미고 있다, 이번에 내대신께서 오사카로 가시면 성안에서 해치우자는 계획이 있으며 그것도 그 일과 관련 있고, 주모자가 마에다 도시나가 님이니 아사노 나가마사 님이니 하는 소문은 완전한 거짓말로 내대신과 두 분 사이를 갈라놓으려는 짓……이라고 생각한다는 거지요?"

고에쓰는 상기된 얼굴로 고개를 끄덕였다.

"그렇습니다! 미쓰나리의 속셈을 좀더 추측한다면 어차피 내대신님이 오사카로 가시더라도 그 신변에 틈이 없을 테니 암살은 불가능할 것이다, 그러니 하다 못해 마에다며 아사노와 내대신 사이를 갈라놓거나 하자……는 게 아마도 본심일 것입니다."

"알았소. 그런 수단에 넘어가지 않으시도록, 마에다 님은 결코 내대신에게 반심 따위 없다……고 천하의 혼아미 고에쓰 님이 보증하고 계시는 셈이군요. 하하하……알았소. 후시미로 가서 그 뜻을 곧 말씀드리지요."

"하하……좀 지나치게 수다 떨었나 봅니다. 우대신님, 다이코님을 거쳐 여기까지 쌓아올린 태평성대를 여기서 무너지게 하고 싶지 않군요. 이미 다음 천하인은 도쿠가와 내대신이라고 뜻있는 자들은 모두 말하고 있습니다. 또 그것이 자연스러운 귀결……부디 고에쓰의 뜻을 잘 말씀드려 주시도록……."

그런 다음 두 사람은 요즘 고에쓰가 열중해 있는 조지로 식 도자기 가마에 대한 이야기 등을 나누었다. 고에쓰가 돌아가자 자야는 허둥지둥 가마에 올라 후시미성으로 떠났다.

지금 이에야스는 무코지마 저택에서 후시미성으로 옮겨와 있다. 그 옮겨온 경위에 대해서는 여러 가지 소문이 세상에 퍼져 어지간한 자야도 어느 게 정말인지 판단하지 못하고 있는 형편이었다.

그 일의 발단이 지난봄 윤3월 4일, 이시다 미쓰나리가 도쿠가와 저택으로 도망쳐온 데 있음은 말할 나위도 없다. 세상 사람들은 미쓰나리가 무코지마의 도쿠가와 저택으로 도망쳤다는 말을 들었을 때 깜짝 놀랐다. 궁지에 몰린 쥐가 하필이면 고양이 품 안으로 뛰어들었다고 생각한 것이다.

"뭘! 미쓰나리 님 일생도 이제 깨끗이 끝장난 거야."

그런데 그 미쓰나리가 이에야스의 도움을 받아 아무 탈 없이 거성인 오미의 사와산성으로 들어갔다는 말을 들었을 때 서로 얼굴을 마주보며 고개를 갸웃거리고 입을 다물어버렸다. 어떻게 된 일인지, 세상 사람들로서는 도무지 짐작 못하게 되어버린 것이다…….

자야도 그때는 얼떨떨해 무슨 말을 해야 할지 알지 못했었다. 단지 미쓰나리를 도와주었을 뿐 아니라, 미쓰나리를 뒤쫓아온 일곱 무장들과 이에야스가 심하게 말다툼하여 그 때문에 일곱 무장들이 모두 이에야스에게 반감을 품기 시작했다는 말을 들었기 때문이었다.

더욱이 이에야스는 도중의 위험을 염려해 그 미쓰나리에게 일부러 조정관 호리오 요시하루와 지금은 유키 문중을 계승한 히데타다의 형이며 히데요시의 양자인 히데야스에게 부하를 딸려 오쓰까지 호위하게 해주었다…….

그러니 세상 사람들이 고개를 갸웃거리는 것도 당연했다. 사실 오쓰까지 호송받은 미쓰나리는 이에야스의 우정에 눈물 흘리며 고마워했고, 호위를 맡아준 유키 히데야스에게 가보인 마사무네 명도를 증정해 감사의 뜻을 나타냈다.

유키 문중에서는 자야에게 그때의 광경을 일부러 자세히 이야기해 들려준 자조차 있다.

"그 정경을 저는 보았지요. 이로써 내대신과 미쓰나리 님 사이는 분명 화해가 되었습니다."

이에야스가 무코지마 저택에서 후시미성으로 옮긴 것은 미쓰나리가 사와산성으로 무사히 들어간 윤3월 7일로부터 엿새째 되는 13일이었다.

"참으로 놀라운걸! 내대신이 미쓰나리를 도와준 것은, 결국 이에 대한 흥정이었군."

즉 미쓰나리가 이에야스의 후시미 입성을 묵인해 주는 일로 목숨을 건졌다는 것이었다.

후시미성의 수비는 마에다 겐이와 나쓰카 마사이에 두 행정관이 교대로 맡아보고 있었다. 그런데 마에다 겐이는 자기와 인척 되는 조정관 호리오 요시하루가 성안에 볼일이 있으니 잠시 열쇠를 빌려달라고 하여 아무 생각 없이 내주었다. 그러자 요시하루는 성문을 열고 이에야스와 그 가신들을 입성시킨 다음 창고 열쇠까지 몽땅 내주어버렸다. 그러고 보면 후시미 입성이 미쓰나리를 살려준 대가라는 추측도 맞지 않는 것 같다.

"이것은 오래전부터 품어온 내대신의 계략이야. 우선 성가신 미쓰나리를 고향으로 쫓아버린 다음 후시미성으로 들어갈 작정이었던 거지."

"아니, 그렇다면 일부러 미쓰나리를 살려서 돌려보내줄 것까지 없잖은가."

"여기서 은혜를 입혀놓으면 뒤에 귀찮게 반대하지 못하게 될 테니까."

지금 교토와 후시미 사람들은 이런 말을 되풀이하고 있는 느낌이었다.

후시미로 옮겨오자 이에야스는 곧 모리 데루모토와 서약서를 교환하고 이어서 시마즈 요시히로, 다다쓰네와도 서로 배반하는 일이 없도록 맹세했다.

4월 하순에는 그의 여섯째 아들 다다테루(忠輝)의 아내로 다테 마사무네의 딸 이로하히메(五郞八姬)를 맞아들였고, 다음에는 교토의 여러 영주들에게 영지 일을 보도록 귀국을 허락했다.

후시미 입성, 세 영주에의 접근, 그 뒤의 귀국 허가 등 세상 사람들 눈에는 상당히 방약무인한 행위로 보였을 게 틀림없다. 그러나 자야는 그러한 행위를 잘 알 수 있었다. 소동을 일으키지 않고 태평성세를 존속시키기 위해 두어야만 될 정석(定石)에 지나지 않는 것이다. 다만 그것을 이에야스는 벌써 주저 없이 요소요소에 두기 시작했다……고 생각하고 있는 참에 오늘 고에쓰가 찾아온 것이다.

과연 이에야스는 올가을에 오사카로 갈 생각이 있는 것일까……? 자야는 그것조차도 알지 못했다.

자야는 표면상 내전의 '어용포목상'이다. 그러나 도쿠가와 문중에서 그를 단순한 상인으로 대하는 이는 아무도 없었다.

안채 청지기에게 이에야스를 만나게 해달라고 가볍게 부탁하면 곧 거실로 안내되는 게 관습이었다. 그런데 오늘은 손님이 있다면서 30분쯤 기다리게 했다.

"손님은 어느 분이신가요."

안면이 있다……기보다도 서로 흉허물 없는 이타쿠라 가쓰시게(板倉勝重)에게 물었더니, 그는 희미하게 고개 저으며 대답했다.

"모르겠소. 야마토의 야규(柳生) 마을에서 온 병법의 달인이라는 노인과 이야기하시는 중이오."

"야규 마을……?"

"그렇소. 어지간히 세상을 등지고 사는 사람인 듯, 이름이 세키슈사이(石舟齋)라더군. 돌(石)로 만든 배(舟)이므로, 지금 세상에서는 떠오를 기회가 없다는 뜻이라나. 본명은 아마 야규 무네요시(柳生宗嚴)라고 한다지. 무네는 으뜸이라는 뜻의 마루 종(宗), 요시는 엄격하다는 뜻의 엄할 엄(嚴)……".

"야규 무네요시……그 분은 어떤 연줄로 대감님과?"

"대감께서 병법의 진수를 배우신다면서 일부러 초빙하시어 그 덴카이 스님 때와 같이 사부의 예를 갖추고 계시오. 마치 어린아이 같은 순진한 태도로."

"그럼, 이따금 꾸지람도 들으시나요?"

"그렇소, 뭔가 배우시면 순진한 어린아이처럼 되시거든. 우리들에게는 넋이 나갈 만큼 무서운 대감님…… 대감님쯤 되시면, 우리로선 짐작도 할 수 없는 기묘한 데가 있는 모양이오."

자야는 그러한 이에야스의 심경을 얼마쯤 알 수 있을 것 같았다.

'무언가 고민하고 계시다……'

그리고 그 상대가 '병법자'라면 필경 싸움에 관련된 고민이나 망설임일 게 틀림없다.

'그렇다면 고에쓰가 말한 대로 이시다의 동정에 대해 대감님도 이미 짐작하고 계시는지 모른다.'

30분쯤 지나자 자야를 데리러 혼다 마사노부가 내전 대기실로 일부러 찾아왔다. 지금까지 자야는 마사노부를 그리 좋아하지 않았다. 고에쓰를 연상시키는 재치꾼이었으나 그 재치에 무언가 책모의 냄새가 짙어 불순한 음험함이 느껴지기 때문이었다. 그런데 마사노부는 그 음험한 그늘을 신변에서 차츰 지워갔다. 자야는 그것을 나이에 의한 원숙성뿐 아니라 이에야스의 인품에 감화된 것으로 생각하고 있다.

"자야 님, 들어가시오. 중요한 문답은 끝난 모양이오. 대감께서 소개시켜 드릴 분이 있으시다더군요."

"그분이 대감께서 초빙하신 병법 스승인가요?"

"그렇소. 이 마사노부도 대감님에게는 정말 머리가 저절로 수그러지오. 그 나이, 그 신분으로. 아시겠소, 자야 님, 뛰어난 자임을 한눈에 아시고 이레 동안 마치 제자처럼 경건한 태도로 가르침 받으셨소."

"예, 이레 동안이나?"

"그렇소. 그리고 덴카이 스님에게서 배운 인생의 큰 뜻을 이제야 가까스로 알게 되었다고 하시오."

"그럼……그럼, 그 세키슈사이라는 분도……."

대감에게 반했을 거라고 말하려다가 자야는 얼른 입을 다물어버렸다.

'그 인물을 지금 내 눈으로 볼 수 있는 것이다…….'

혼다 마사노부의 안내로 이에야스의 거실에 들어서자 자야는 좀 어리둥절해졌다. 마사노부와 가쓰시게의 말을 듣고 그는 여기서 주객이 무릎을 맞대고 앉아 한창 이야기꽃을 피우고 있으리라 상상했는데 전혀 반대였다. 이에야스가 뚱뚱한 몸을 팔걸이에 기대고 앉은 거만한 태도로 보이는 것은 여전했지만, 이레 동안이나 깍듯이 사부의 예를 갖추게 했다는 야규 무네요시는 말석에서 자못 황송한 듯 움츠리고 앉아 있었다. 스승과 제자가 아니라, 총대장 앞에 끌려나온 졸개 우두머리 같은 모습이었다.

자야는 당황하여 자기도 멀찌감치 앉아 두 손을 짚었다.

"변함없으신 대감의 존안을 뵈니……."

이에야스는 밝게 웃었다.

"하하하……왜 그러나. 전처럼 좀 가까이 와서 앉지 않고."

"예……하지만 손님이 계신 것 같으니."

"하하……그렇군, 이것이 신카게 류(新陰流)의 위력인가."

"예, 뭐라고 하셨습니까?"

"늘 친숙하던 그대도 다정하게 내 곁으로 가까이 오지 못하다니, 그게 무엇 때문인지 아는가?"

이 질문을 듣고 자야는 얼른 야규 무네요시를 돌아보았다. 무네요시는 풍채가 좋지 못한 작달막하고 깡마른 체구로, 자야의 시선을 눈치챈 것 같기도 하고 모르는 것 같기도 한 야릇한 자세로 조그맣게 앉아 있다.

"과연……이분이 여기 앉아 계시므로 제가 대감님 곁으로 못 간 것 같습니다."

"허, 그대도 어지간히 눈치가 빠르군. 좋아, 이제 됐어. 자야도 무네요시도 어려워할 것 없이 가까이 다가앉도록."

그러나 무네요시는 잠깐 목례했을 뿐 움직이지 않았다. 가쓰시게의 말에 의하면 때때로 이에야스를 꾸짖었다고 한다. 그러나 그것은 스승으로서의 행위였으며 지금은 내대신과 한낱 병법자로서의 간격을 유지할 작정인 모양이다. 그러고 보니 무네요시 주위에는 확실히 돌로 만든 배 같은 기묘한 중량감이 감돌고 있다.

"하하……무네요시는 움직이지 않을 모양이군. 좋아, 자야만 앞으로 나오라. 안 그런가, 시로지로……."

"예……옛."

"그대도 여러 가지 심상치 않은 소문을 거리에서 듣겠지?"

"예, 그야 뭐……."

"이 소문은 다이코께서 돌아가신 뒤로 줄곧 끊일 날이 없다."

"그렇습니다."

"그대는 산전수전 다 겪은 노련한 경험자다. 이 심상치 않은 뜬소문이 끊이지 않는 가장 큰 원인이 어디에 있다고 생각하나."

"세상이 어수선한 큰 원인……말씀입니까?"

"그렇지."

"그것은 역시 이시다 미쓰나리 님……때문이라고."

이에야스는 세차게 고개 저으며 꾸짖는 듯한 목소리로 말했다.

"아니야! 그건 이 이에야스였어! 이 이에야스가 마땅히 맡아야 할 천하를 사내답게 맡지 않았다. 맡는 일의 소중함을 잘 몰랐으니, 이에야스는 형편없는 놈……이었다고 비로소 곰곰이 깨달았다."

"이에야스는 형편없는 놈……."

자야는 덩달아 불쑥 중얼거리다가 당황하여 다시 엎드렸다.

"황공하오신 말씀……저로서는 무슨 말씀이신지 도무지 알 수 없습니다."

말하면서 마음속으로는 반대로 크게 납득되는 듯한 느낌이었다.

'무언가, 중대한 결심을 하신 모양이다…….'

이에야스는 이런 자야의 속생각은 눈치채지 못한 듯, 이번에는 혼다 마사노부를 돌아보며 웃었다.

"사람의 한평생이, 바로 맡겨진 큰 물건임을 어렴풋이나마 깨닫고 있었을 터인데 말야, 마사노부. 사람이란 모두 스스로 살아가는 줄 알고 있지. 그런데 애당초 그게 잘못된 생각이야. 살고 있음과 동시에 생(生)을 받고 있다……이것이 염불 발상(念佛發祥)의 소중한 근본이야."

"예, 정토종(淨土宗)의 참뜻은 그 타력본원(他力本願)에 있다고, 저도 가르침 받았습니다."

"거기까지 깨달았다면 지위도, 신분도, 재물도, 천하도 모두 맡겨진 것이라고 알 만할 텐데 깨달음이 부족했었다. 알겠는가, 자야?"

"예……예, 알 것 같은……생각이 듭니다."

"그대 재산도 이젠 상당하겠네그려."

"대감님 덕택입니다."

"그것 봐, 그 사례의 말도 생각해 보면 기묘한 것으로, 그대 손안에 있어도 그 재물은 결코 그대 것이 아니거든."

"과연……."

"그대가 아무리 집착한들 이 세상을 떠날 때는 어쩔 수 없이 내놓아야 하지 않나. 그렇게 되고 나서야 비로소 깨닫게 된다면 억울하겠지."

"지당하신 말씀입니다."

"그러니 맡겨졌다는 것을 분명히 깨닫고 그 용도를 그르치지 않는 게 맡긴 자에 대한 성의일 테지."

"예……예."

"나도 재물이 내 소유가 아니라는 것은 깨닫고 있었어. 이것은 첫째로 태평성대를 유지하기 위한 것, 둘째로는 백성을 굶주림에서 구하는 것……이라고 생각하여 나 자신의 생활은 되도록 절약해 왔지. 아니, 나 자신의 생활만이 아니라 쓸데없는 낭비를 하지 않도록 가신들에게도 여분의 녹봉은 주지 않았다……그토록 마음 썼지만, 실은 가장 소중한 천하라는 맡겨진 물건만은 다르게 생각하고 있었다."

"과연……천하도 맡겨진 물건."

"그래서, 저기 있는 무네요시한테 호된 꾸지람을 들었지. 안 그런가, 무네요시?"

그러자 무네요시는 공손하게 엎드려 대답했다.

"아닙니다. 저는 다만 병법에 대해 말씀드렸습니다……단지 그뿐입니다."

"그래? 병법이라……병법의 비결은 그대로 우주의 이치에도 통한단 말이지."

"아닙니다. 대감님의 단련이 하나의 기술에서 만물유전(萬物流轉)의 모습을 바라볼 수 있는 뛰어난 점을 터득하고 계신 탓이라고 생각됩니다."

이에야스는 그 말에 가볍게 고개를 끄덕였다.

"자야, 나는 드디어 오사카로 간다."

그 말이 너무 갑작스러웠으므로 자야는 어리둥절했다.

"오사카로 와달라……오지 않으면 어지러운 내전 꼴이 말이 아니라고……마시타 나가모리, 나쓰카 마사이에 두 사람에게서 은밀히 이야기가 있었다. 그런데 오늘까지는 갈 생각이 없었다."

이야기가 핵심을 건드렸으므로 자야는 저도 모르게 숨을 죽였다.

"대감님! 실은 저도 그 일에 대해 드릴 말씀이 있어서 왔습니다."

자야의 말을 이에야스는 다시 가볍게 눌렀다.

"오사카성 안에서 불온한 음모를 꾸미는 자가 있으니 오사카로 가는 것을 그만두라는 말이겠지."

"예……아닙니다. 하지만 대감께서는 거기까지 알고 계시군요."

"그렇지, 내가 등성하기를 기다렸다가……히지카타, 오노 등이 히데요리 님 측근들을 선동해 나를 치려 한다, 그리고 그 주모자는 아사노와 마에다……그대가 들은 이야기는 그게 아닌가?"

자야는 저도 모르게 몸을 앞으로 내밀며 무릎을 쳤다.

"그렇습니다! 바로 그렇습니다. 대감님, 그런데 대감께서는 누구한테서 그런 말을 들으셨습니까."

"내가 들은 것은 마시타, 나쓰카 주변에서라고 알면 돼. 그래, 그대는?"

"마시타, 나쓰카……그러면 같은 계통인 것 같습니다. 그 나쓰카 님한테서 요도야로 흘러나가고, 요도야가 혼아미 고에쓰에게 말했다면서 고에쓰가 얼굴빛이 달라져 제게 달려왔습니다."

이에야스는 고개를 갸웃거리며 미소 지었다.

"허! 고에쓰가……그러면 마에다 도시나가에게 그런 반역심 따위 있을 리 없다, 이것은 분명 어떤 고약한 자의 모함일 거라고 말해 왔겠군."

자야는 일일이 앞질러지는 바람에 끌려들듯 다시 한무릎 앞으로 다가앉았다.

"그……그렇습니다. 조금 전에 대감님께서는 마시타 님, 나쓰카 님 두 분으로부터 오사카성으로 옮기시도록 권유받았다고 하셨지요."

"그렇지. 마에다 다이나곤이 세상 떠난 뒤 젊은 사람들뿐이라 성안이 문란해졌다, 이대로 내버려두면 내전과 외전 사이에 어떤 잘못이 일어날지 모르니 오사카로 와서 젊은 사람들을 좀 감독해 달라는 취지였지."

"그럼, 오사카로 가신 뒤의 대감님 거처는?"

"글쎄, 그 때문에 결정을 못 했던 것이지. 미쓰나리가 쓰던 집은 안 될 테고, 그 밖에는 성안에 쓸 만한 빈집이 없어. 굳이 간다면 미쓰나리의 형 이시다 마사즈미 저택 정도겠지. 마사즈미는 사카이의 행정관이니 비우게 할 수 있겠지만……하고 결정을 머뭇거리고 있었는데, 이것은 내 자신의 책임을 깨닫지 못하는 어린아이 같은 미망이었다고 이제야 깨달았다."

자야는 크게 한숨을 내쉬고 다시 이에야스를 쳐다보았다.

"그럼, 그 비좁은 마사즈미 저택으로?"

"그것이 맡겨진 천하에 충실한 방법이라고 깨달았다면, 부득이하겠지."

"그럼……그럼……마에다 님, 아사노 님에 대한 뜬소문은 못 들은 척하시겠다는 말씀이신가요."

자야가 다그쳐 묻자 이에야스는 목소리를 낮추어 옛 이름으로 불렀다.

"시로지로, 그것이 비록 터무니없는 뜬소문일지라도 못 들은 척한다는 건 필부의 만용…… 충분히 조심하지 않으면 이것도 맡겨진 천하에 대해, 내 자신에 대해 충실치 못하다는 비난을 면할 수 없을 게다. 거기에 천하인의 병법이 있음을 알았다."

그리고 다시 느긋하게 웃어보였다. 이에야스는 이미 오사카성에 들어가기로 분명히 배짱을 정한 모양이다. 만약 옮겨가면 또 한바탕 온갖 소문이 항간을 떠들썩하게 할 것이다.

요즘 교토와 오사카 사람들 사이에는 미쓰나리 편과 이에야스 편의 두 흐름이 뚜렷이 나타나고 있다. 아니, 미쓰나리 지지파라기보다 역시 다이코의 치세를 그리워하는 사람들이라는 편이 옳을지도 모른다. 이런 사람들은 이성적으로 이에야스의 실력을 충분히 인정하면서도 감정으로는 싫어했다.

"다이코님이 돌아가시기 바쁘게 어쩌면 저렇듯 천하가 제 것인 듯……"

이러한 서민들이 겨우 반년 동안에 무코지마로 옮겼다가 미쓰나리를 추방하고 후시미성에 들어간 이에야스가 다시 오사카성으로 옮기는 것을 안다면 잠자코 있을 리 없었다. 물론 그동안의 공기는 이에야스도 잘 꿰뚫어보고 있을 것이다. 그러면서도 굳이 옮기지 않으면 안 되는 이유를 자야는 어렴풋하게나마 알 수 있었다.

오사카성 안의 풍기문란 역시 장안의 소문이 되어 있다. 히데요리의 생모 요도 마님이 이제 30살을 갓 넘은 젊은 탓도 있어 측근의 누군가를 총애한다느니 하는 있을 법한 소문이었지만, 만일 그것이 사실이 되어 그 총애를 얻은 자가 정치에까지 참견하게 된다면 그야말로 수습할 수 없는 큰 혼란의 원인이 되지 않을 수 없다.

이에야스는 조금 전에 오사카 입성을 권한 것은 마시타 나가모리와 나쓰카 마사 사이에 두 행정관이라고 말했었다.

'그렇다면 벌써 요도 마님의 측근과 행정관들 사이에까지 세력다툼이 벌어지고 있는지도 모른다……'

자야는 자기가 수집한 정보보다도 이에야스가 훨씬 자세히 현상을 파악하고 있음을 알자 솔직하게 머리를 숙였다.

"대감님, 황송합니다. 저는 도와드리러 왔는데 오히려 대감님에게 교훈을 받게 되었습니다."

이에야스는 그 말에는 대답하지 않고 두 사람에게 말했다.

"앞으로는 이따금 그대에게 여기 있는 무네요시와의 연락을 부탁할 일이 있을 거다. 무네요시도 잘 들어두게."

그리고 다시 한번 투박한 손가락으로 자기 가슴을 가리켰다.

"소동의 원인이 모두 내 자신의 여기에 있음을 알았으니 주저할 것도 사양할 것도 없다. 해야 할 일은 해야 하거든."

자야는 다시 야규 무네요시를 쳐다보지 않을 수 없었다.

'대감님만 한 인물에게 이처럼 큰 영향을 끼치다니……'

그러나 무네요시는 여전히 장식된 목각인형처럼 움직이지 않았다. 몸뿐 아니라 시선도 눈썹도 꼼짝하지 않았고, 콧구멍에 손을 대보지 않고는 숨을 쉬는지조차 알 수 없을 만큼 조용히 앉아 있었다.

"마사노부, 배고프구나. 나도 함께 먹겠다. 무네요시에게도 자야에게도 식사를 대접하도록."

"알겠습니다."

마사노부가 공손하게 머리 숙였을 때였다. 무네요시가 비로소 입을 열었다.

"9월 7일, 이날이 좋을 것 같습니다."

그것은 아마 오사카로 떠나는 날을 말하는 것이겠지 하고 자야는 귀를 기울였다. 그러나 무네요시는 그 말만 하고 다시 입을 다물었다.

하늘을 찢다

이에야스가 9월 7일에 오사카로 와서 히데요리를 배알한다는 말을 듣고 가장 당황한 것은 마시타 나가모리였다. 나가모리는 곧 성안 사무실로 나쓰카 마사이에를 불러 성급하게 물었다.

"나쓰카 님, 귀하에게는 내대신이 뭐라고 해왔소?"

벌써 가을도 깊어 요도강변 갈대밭에 새하얀 이삭이 물결처럼 이어지고 있다. 그 강변을 따라 도쿠가와 가문 깃발을 단 배가 후시미에서 잇따라 내려온다. 그뿐 아니라 육로로도 어마어마한 차림새의 병력이 상당수 오고 있다는 소식이었다.

"허, 무슨 말씀을. 내게는 아무 연락도 없었소. 그러므로 마시타 님 속셈을 물어보려고 했는데."

"뭐, 내 속셈을……?"

"그렇소. 마시타 님은 물론 미리 알고 계셨을 것 아니오."

오히려 의심쩍다는 듯 되묻자 나가모리의 표정은 더욱 흐려졌다.

"그럼, 귀하도 모르셨던가요?"

"나쓰카 님, 이거 또 선수를 뺏긴 것 같군."

나가모리는 더욱 목소리를 낮추었다.

"우리들이 내대신의 오사카 진출을 막기 위해 넌지시 충고드린 일은 알고 계실 테지요."

"마에다, 아사노 두 분을 둘러싸고 성안에 심상치 않은 움직임이 있다고 했던……."

"그렇습니다. 심상치 않은 움직임이 있다고 들으면 조심성 많은 내대신이 오지 않을 것……이라고 생각한 그 의표를 찔린 게 아닐까요……?"

나가모리는 말하면서 날카로운 시선을 마사이에의 얼굴에서 떼지 않았다. 나가모리도 마사이에도 지금 사와산에 은퇴해 있는 이시다 미쓰나리와 끊임없이 연락하고 있다. 그러므로 이에야스가 지금 오사카로 온다면 어떤 의심을 받을지 알 수 없었다. 그래서 두 사람은 은밀히 '성에 심상치 않은 움직임이 있다'는 소문을 퍼뜨리고, 또 자기들은 결코 그런 무리들이 아니라는 보신(保身) 효과를 올리기 위해 마음에도 없는 겉치레 인사를 덧붙일 필요가 있었던 것이다.

"내전의 풍기가 문란해져 있기 때문."

그런데 이에야스가 성안의 '심상치 않은 움직임'을 조금도 두려워하지 않고, 올리 없으리라 여기고 한 겉치레 인사를 곧이듣고 온다……니 당황하는 것도 당연했다.

사실 성안에는 이에야스를 반대하는 불온한 동향이 없지 않았다. 마에다, 아사노 두 사람이 음모의 주동자라는 소문의 사실 여부는 어떻든 만일 이에야스가 온다면 그 자리에서 죽여버리는 게 히데요리 님을 위하는 길이라고 단순하게 반감을 불태우고 있는 자들도 많았다. 히지카타 간베에(土方勘兵衛)며 오노 하루나가를 비롯해 하야미즈 가이(速水甲斐), 마노 요리카네(眞野賴包) 등 히데요리 측근의 7인조는 은밀히 이에야스의 목숨을 노릴 것……이라고 여겨졌다.

이에야스가 만약 온다 하더라도 중양절(重陽節 : 음력 9월 9일) 축하인사……라고 짐작했었는데, 배알하는 날까지 앞당겨 9월 7일……이라니 어쩔 줄 몰랐다.

"9월 7일이라면 성안의 무사들에게 모살음모 시간을 주지 않겠다는 대비, 이것은 난데없는 곳에 불길을 올리고 만 듯한……."

나가모리는 말하며 다시 지그시 마사이에의 얼굴빛을 살폈다. 어느 시대든 실력이 따르지 않는 유능한 관리들의 몸 보전은, 소심한 책략 때문에 도리어 큰 파탄을 불러들이는 법이다. 지금 나가모리와 마사이에는 이마를 맞대고 의논하면서도 실은 서로 상대를 믿지 못하고 있었다.

두 사람 모두 솔직하게 본심을 털어놓는다면 이에야스도 미쓰나리도 두려운 게 진실이었다. 여전히 미쓰나리 편으로 여겨지면서도 그와 손을 끊을 만한 용기가 없고 그렇다고 이에야스의 미움을 받기도 싫다……그래서 미쓰나리로부터의 연락을 감추려다가 오히려 이에야스를 오사카성으로 불러들인 결과가 되었다.

"내대신이 9월 7일……오늘 곧바로 알현을 청해온 것은 성안의 심상치 않은 공기를 충분히 고려한 일이라고 생각해야겠는데, 내대신으로부터 귀하에게 참으로 아무 연락도……?"

나가모리에게 또 한번 다짐받고 마사이에는 시무룩하게 고개를 저었다. 아마도 마사이에는 나가모리가 자기를 따돌리고 날짜변경을 하게 한 것이 아닐까 한 가닥의 의심을 품고 있는 게 틀림없다.

"나쓰카 님."

상대가 모른다고 한다면 문제는 더욱 복잡했다. 나가모리는 흰 부채를 무릎 위에서 연방 폈다 접었다 하면서 말했다.

"어떻든 내대신은 오고 있소. 우리 힘으로는 이미 어찌할 수단도 방법도 없소."

"그렇소."

"그렇다면 내대신이 등성하는 도중에 만일 무례한 짓을 하는 자가 생길 경우 어떻게 하실 작정이오."

"그것은 내가 물어보고 싶던 것. 내대신은 등성할 때 반드시 그만한 조심을 하고 오리다. 그러므로 알현이 끝날 때까지는 별일 없겠지만……."

"역시 성에서 물러나올 때가 위험하다고 생각하는 거군요."

"아니, 성에서 나올 때보다 오히려 성안 복도나 오늘 밤의 숙소 쪽이."

"숙소는 어디로 하실지 알고 계시오?"

"아니, 그것이야말로 귀하에게 묻고 싶소."

거기까지 말했을 때 사무실 입구에 사람 그림자가 어른거렸으므로 두 사람은 급히 입을 다물었다.

"누구냐, 무슨 일이냐."

뒤돌아보고 나가모리는 다시 흠칫했다. 자기를 수행해 온 가와무라(河村)가 얼굴빛이 달라져 두 손을 짚고 있다.

"오, 가와무라인가. 지금 요긴한 의논을 하고 있다네."

"죄송합니다. 그러나 주군께 급히 드릴 말씀이 좀 생겨서."

"뭐, 급히……그럼, 실례지만 잠시 자리를."

나가모리는 마사이에에게 눈인사하고 서둘러 복도로 나갔다.

"무슨 일이냐, 가와무라."

"예, 성안 공기가 심상치 않습니다."

"역시 그런가."

"히지카타 님 등이 격분하시며 내대신이 만일 본성에 오거든 부하들을 결코 현관 안으로 들이지 말라, 칼을 두 개 다 보관시키라는 등 문중 사람들에게 이르며 다니고 있습니다."

"그런 일쯤은 각오하고 있었다."

"그뿐만이 아닙니다. 내대신님 사자로 이이 나오마사 님이 찾아와 내대신께서 귀댁으로 주군을 찾아가신 다음 그대로 묵으시겠다고 하니 그리 알라고 전해왔습니다."

순간 마시타 나가모리는 조그맣게 입을 벌리고 급히 눈을 두어 번 깜박였다. 만일 이에야스가 이대로 오늘 밤 자기 집에 묵게 된다면 세상에서 대체 뭐라고 할 것인가. 일찍이 후시미성으로 들어갈 때 호리오 요시하루가 끌어들였다는 뒷공론이 떠돌아 그로부터 호리오는 이에야스의 심복이라는 소문이 나고 말았다. 이번에는 그것과 비교도 안 되는 도요토미 가문의 본성인 오사카 입성……그 길잡이가 마시타 나가모리였다고 하게 된다면 미쓰나리며 그 무리들이 어떻게 생각할 것인가……? 아니, 그보다도 대체 이에야스에게 그 말을 듣고 거절할 구실이 있는 것일까……?

'있을 리 없다!'

그것은 정말 어떻게 피할 도리 없는 뜻밖의 기습이라고 해도 좋았다. 오사카 성 내전이 문란하니 언제고 한번 감독차 옮겨오신다면 다행한 일……이라는 등 마음에도 없는 아첨을 해버린 것이다. 그것을 믿고 여러 가지로 의논하자고 오는 데 이제 와서 어떻게 거절하겠는가.

"어떻게 할까요. 이이 님에게 드릴 대답을 여쭙기 위해 지금 오오카 사쿠에몬(大岡作右衛門)이 현관에서 기다리고 있습니다."

일단 급류로 쓸려나간 조각배의 움직임은 이미 멈출 길이 없다. 아마 집에서는 중신들이 사자를 대접하면서 난처함을 감추지 못하고 있으리라.

나가모리는 이미 생각한다기보다도 떠밀려내려가는 허우적거림 속에서 대답하는 수밖에 도리 없었다.

"그런가, 내대신이 우리 집에 들르신다고. 뜻밖의 영광, 대접은 변변치 못하더라도 기쁜 마음으로 모시겠다……고, 알겠나."

"예……."

"경비에도 충분히 힘써야 한다. 성안 공기가 이토록 험악하니."

"예, 잘 알고 있습니다."

"좋아, 사자님을 기다리게 해선 좋지 않지. 서둘러 돌려보내라."

말하는 동안 나가모리는 겨우 냉정을 되찾았다. 사태는 이미 결정되고 말았다. 다만 이에야스를 내 집에 묵게 하지 않고 일을 끝낼 수 있다면 그것은 오직 하나, 이에야스가 성안에서 살해되었을 때뿐…….

"실례했소."

다시 사무실로 돌아오자 마사타 나가모리는 일부러 크게 한숨지었다.

"나쓰카 님, 또 한발 늦었소. 큰일 났소."

"한발 늦다니?"

"내대신이 내 집에 묵겠다고 전해왔소……이건 설마 귀하의 지혜는 아니겠지요?"

그렇지 않을 줄 알면서도 굳이 마사이에에게 물은 건 마사이에로부터 자기를 따돌리고 이에야스에게 접근하려는 것처럼 의심받을 일을 겁내서였다.

"뭐, 내 지혜라고……터무니없는 의심을……."

다그치며 대드는 마사이에를 나가모리는 손으로 제지했다.

"아니, 그렇지 않은 줄 나도 알고 있소. 불쾌하셨다면 용서를……그런데 이건 의논이오만, 내대신이 내 집에 묵겠다고 해온 속셈이 무엇이겠소?"

"그것이 싫으면 성안에 곧 거처할 장소를 준비하라……는 강요를 뒤에 숨긴 암시일 거요."

그리고 마사이에 역시 저도 모르게 한숨 쉬며 팔짱을 끼었다. 나가모리와 마사이에는 이제 의심의 구렁텅이에서 구원받은 모양이다. 나가모리의 눈으로 본 마사이에도, 마사이에의 눈으로 본 나가모리도 진심으로 난처해 하고 있다. 그렇게 되니 서로의 이해는 일치되는 셈이었다.

"귀하 말대로 이것은 역시 성안에 묵을 곳을 마련하라는 암시가 분명하오. 그런데 성안에는 현재 빈 저택이 하나도 없으니……."

나가모리가 살피듯 중얼거리자 마사이에는 다시 한번 탄식하면서 고개를 갸웃했다.

"만약 억지로 비우게 한다면……."

"비우게 한다면……?"

"이시다 마사즈미 님 저택인데, 이것은 내대신이 승낙하시지 않겠지요."

"그렇지만 본성에는 도련님, 서성에는 고다이인 님. 큰 저택은 달리 없소."

"마시타 님, 역시 마사즈미 님과 미리 의논해야만 하리다."

"그렇겠군."

"우선은 귀하의 저택에 묵게 하고 그동안 마사즈미 님 저택을 비우도록 하지요. 마사즈미 님은 미쓰나리 님의 형님, 성안에서 사카이의 관사로 옮기게 하여 비웠습니다……라고 말씀드린다면 우리 체면도 일단은 서리라 보는데……."

나가모리는 쓸쓸한 표정으로 고개를 끄덕였다. 여기서는 이미 저택의 넓이 따위를 이러쿵저러쿵 말하고 있을 수 없다. 감독차 옮겨와 달라고 일부러 말해 놓고 거처할 저택이 없다고 한다면 얼마나 무책임한 빈말이었는지를 스스로 증명해 보이는 결과가 되리라.

"아무리 작아도 한 채 있다면 변명은……."

"그렇소. 그럼, 마사즈미 님이 곧 옮기시도록 급사를 보내주시겠소."

나가모리가 마사이에에게 말했을 때 시동이 황망하게 달려와 문턱 너머에 두 손을 짚었다.

"마시타 님께 아룁니다. 방금 저택에서 중신 한 분이 급한 일로 오시니 여기서 잠시 기다려주십사는 전갈입니다."

"뭐, 급한 일? 누가 오는지 못 들었나?"

"예, 하시 요헤에(橋與兵衛) 님이라고 하셨습니다."

"뭐, 요헤에가?"

나가모리의 얼굴이 다시 굳어졌다. 하시 요헤에는 마시타 가문의 으뜸가는 중신, 그가 급히 의논하러 온다면 무언가 큰일이 생긴 게 틀림없다.

시동이 다시 말을 이었다.

"오늘 밤 저택에서 주무시게 되어 있던 내대신님 예정이 갑자기 변경되었다고."

"뭐? 내대신님 예정이 변경되었다고?"

"이시다 미쓰나리 님의 옛 저택에 드시기로 별안간 정하시어 가신들을 거느리시고 벌써 드셨다고 합니다."

마시타 나가모리는 낮은 신음소리를 내며 나쓰카 마사이에를 돌아보았다. 두 사람 다 머릿속이 마구 휘저어진 것 같은 느낌이었다.

"그럼, 들어갈 저택이 없다는 걸 벌써 눈치채신 게 틀림없군."

"그렇긴 하나 귀하 저택에 오시지 않는다는 건……?"

마사이에가 낮은 목소리로 말하자 나가모리는 또 한번 길게 신음소리를 냈다.

"화내신 거야……그게 분명해!"

하시 요헤이가 행정관 사무실로 허둥지둥 들어온 것은 그로부터 5분도 지나지 않아서였다.

마사이에가 사양하며 자리에서 일어서려는 것을 나가모리는 황급히 만류했다.

"귀하도 들어두십시오."

그리고 빠른 말투로 요헤이에게 물었다.

"내대신은 어째서 내 집에 드시지 않게 되었나."

"예, 그 이유는 분명하지 않습니다. 폐 될 것 같으니 이시다의 빈 저택에 들겠다……라고만 전해왔습니다. 그리고 지금 히지카타 님께 물어보니 오늘 등성도 중지하셨다고 합니다."

"뭐, 등성도 중지하셨다고?"

"예, 도련님께 그 뜻을 전해오신 모양입니다. 등성은 역시 중양절 날에 하신다고……."

나가모리는 저도 모르게 이를 갈았다. 본디 중양절인 9월 9일에 등성할 것을 별안간 7일로 바꾸어 당황시키고 다시 변경하다니 이 얼마나 짓궂은 일인가. 더욱 이 이쪽에 일부러 저택 준비를 시켜놓고, 들어가지 않으리라 여겼던 미쓰나리의 옛 저택으로 들어가다니……성안에서 누군가 나가모리와 마사이에의 당황하는 모습을 보고 있었다면 배를 움켜쥐고 웃어댔을 게 틀림없다.

노련한 요헤이가 말했다.

"방심할 수 없습니다. 내대신님 솜씨는, 고마키 싸움 때 다이코 전하를 이리저리 마음대로 희롱하던 것과 똑같은 수법입니다."

"요헤에! 이처럼 우리를 농락해 내대신에게 무슨 이득이 있느냐?"

"죄송하오나 내대신님 암살 소문이 귀에 들어간 게 아닐까요?"

나가모리와 마사이에는 살며시 얼굴을 마주보았다. 그러한 소문을 넌지시 퍼뜨린 것은 다름 아닌 두 사람이 아닌가.

"그래서 내대신님은 그들과 주군 및 나쓰카 님이 과연 연락이 있는지 없는지 확인하려 하고 계시다……고 저는 생각됩니다."

그리고 나서 요헤에는 생각난 듯 덧붙였다.

"아참, 오늘은 거느리고 온 사람들로 이시다 저택 경비가 충분하니 안심하고 내일 다시 새로이 주군을 찾아뵙겠다……사자 이이 님이 전하라고 하셨습니다."

"뭐, 내일 내 집으로 온다고?"

"예, 오늘 밤 안으로 무언가 트집 잡을 확증을 손에 넣고 내일 힐문하러 오시겠지요……아니, 그 정도의 조심이 필요합니다. 내대신님은 예사 전략가가 아닙니다."

요헤에의 이 한마디는 나가모리와 마사이에를 더욱 혼란시켰다. 아무튼 저택 마련도 없이 이에야스를 오사카로 불러낸 형편이 된 일이 지금 그들의 큰 약점이었다.

"모처럼 불러주었으면서 내가 지낼 곳이 오사카에 없는 모양이지. 두 분께서는 내 목이 떨어질 것이므로 집 따위도 필요 없다고 계산하신 게 아니오?"

만일 그렇게 비꼬며 퍼부어온다면 그야말로 두 사람의 인생은 끝장이었다. 하시 요헤에가 돌아가자 두 사람은 곧 함께 허둥지둥 성을 물러나왔다. 어찌 되었건 만사 제쳐놓고 이시다 옛 저택으로 이에야스에게 문안인사를 가지 않고는 마음 놓을 수 없는 두 사람이었다.

나가모리도 마사이에도 이에야스가 마시타 저택에 하룻밤 묵겠다고 하지 않았더라면 이처럼 당황하지 않으리라. 그러나 하룻밤 묵겠다고 일부러 사자를 보내놓고 다시 바꾸다니 예삿일로 받아들일 수 없었다.

'바꾸지 않으면 안 될 어떤 까닭이 있었을 터!'

거절당한 나가모리의 가슴에 당연히 솟아나는 의문이었다. 이 흥정이 죽도(竹刀)와 죽도를 맞부딪칠 때의 신카게 류 병법 변화의 세법(勢法)임을 알아차릴 사람이 있다면, 이미 이에야스가 선수를 쓰지 않으면 천하에 큰 난리가 초래된다고 마음먹고 일어섰음을 눈치챌 터였다.

그러나 나가모리도 마사이에도 오랜만에 야마토의 야규 골짜기를 나온 세키 슈사이 야규 무네요시가 70살이 넘은 몸으로 바람처럼 이시다 미쓰나리의 거성 사와산성으로 옛 친구 시마 사콘을 방문했다는 정보를 얻지 못하고 있었다.

시마 사콘은 미쓰나리에게서 2만 석의 큰 녹을 받고 고용된 이시다 가문 첫째 가는 중신으로, 일찍이 야규 무네요시와 함께 쓰쓰이(筒井) 가문을 섬긴 친구였으며 지금은 미쓰나리의 오른팔로 일컬어지는 명장이었다…… 그 야규 무네요시가 시마 사콘을 찾아가 연마된 달인의 마음 거울에 무엇을 비쳤으며 무엇을 이야기하고 헤어졌는지는 알 까닭이 없다.

무네요시는 시마 사콘을 방문하고 돌아오는 길에 후시미성에 들러 청하는 대로 7일 남짓 머물렀다. 그리고 그동안에 이에야스의 이번 오사카 방문이 결정되었다.

구태여 신카게 류에 의하지 않더라도 상대의 적의를 알아보려면 내 몸의 세법을 가볍게 두세 번 바꾸어보면 된다. 그러면 상대는 조급해져서 저절로 그 정체를 드러내게 된다.

따라서 마사이에와 나가모리가 야규 무네요시에 대한 정보를 얻고 있었다면 그들도 이처럼 당황하지 않았을 게 틀림없다. 어쨌든 일단 청을 받고 기꺼이 모시겠다고 대답한 뒤 숙소가 바뀌었으니 그 이유를 알 때까지는 살얼음을 딛는 듯한 기분 나쁨을 피하기 어렵다.

"아무튼 지금은 우리들이 내대신 편이라고 믿게 해야 하오."

이것이 미쓰나리와 긴밀한 연락을 유지하고 있는 두 사람이 내린 결론이었다.

마시타 나가모리는 야마토 고리야마 20만 석.

나쓰카 마사이에는 오미 미나구치 6만 석.

어느 쪽이나 진심으로 미쓰나리 편은 아니고 사와산성에서 군사를 일으켜 미쓰나리가 만약 이기게 된다면……하는 두려움과 다섯 행정관 시절의 친밀함과 의리 때문인 보신책이니만큼 미쓰나리보다 더 두려운 이에야스에게 주목받게 되면 흔들림이 일어나는 게 당연했다.

그들은 함께 성을 물러나와 미쓰나리의 옛 저택 문을 들어설 때까지, 무슨 짓을 해서라도 이에야스의 의심만은 풀어야 한다는 말을 주고받았다. 문 안에 들어서자 집 뒤 강에서부터 앞쪽의 육지에 이르기까지 물샐틈없이 엄중하게 경비가 이루어지고 있는 것을 보고 그 생각을 더욱 굳건히 했다. 단단히 무장한 병사들은 이이 나오마사며 혼다 마사노부의 군사뿐만이 아니고 도쿠가와 문중에서도 가장 강하다는 혼다 헤이하치, 사카키바라 고헤이타 등의 맹장들까지 이름난 정병을 이끌고 와 있었다……

본디 수판을 튕기던 나가모리였고, 금은으로 돈을 만들던 마사이였다. 순금이나 은을 가려내는 일에는 뛰어난 솜씨를 지녔지만 싸움이라면 자신 없다. 더욱이 지금 교토, 오사카에 이에야스의 군사와 맞설 자는 하나도 없다는 사실에 새삼 마음이 움츠러들었다. 우에스기 가게카쓰도, 모리 데루모토도, 우키타 히데이에도, 마에다 도시나가도 표면상 모두 이에야스에게 모든 정사를 맡긴 형식으로 자기 영지에 돌아가 있다. 따라서 이 시점에서 일을 일으킨다면 아무에게도 하소연할 수단이 없고 아무도 중재할 자가 없다. 이에야스 편으로 여겨지는 가토 기요마사도, 호소카와 다다오키도, 구로다 나가마사도, 호리오 요시하루도 영지에 돌아가 있었다.

"내대신님이 도착하셨다기에 서둘러 인사하러 왔습니다. 곧 전갈을."

현관에서 말하는 목소리가 벌써 떨리고 있었다. 혼다 마사노부의 아들 마사즈미가 안내하러 나와 무슨 생각을 하는지 두 사람을 향해 엷은 웃음을 띠었다.

"그 뜻을 전하기만 할까요, 아니면 무언가 직접 하실 비밀말씀이라도?"

순간 두 사람은 얼굴을 마주보며 눈짓했다. 이대로 만나지 않고 돌아간다면 불안만 더욱 심해질 뿐이다.

"그렇소……잠시 은밀히 귀띔해 드릴 말씀도 있으니……"

말해 놓고 다시 얼굴을 마주 바라본 것은 무엇을 은밀히 귀띔하겠다는 것인지……자신들의 엉뚱한 말에 대한 놀라움이었다.

"그럼, 전해 올릴 터이니 잠시 기다려주시기를."

다름 아니다. 일부러 자청하여 낚싯바늘에 걸려 버둥대는 송사리가 되었다. 그들이 찾아온 것은 숙소를 변경한 이유를 은밀히 듣기 위해서였지, 결코 달리 할 말이 있어서가 아니다……

얼마 뒤 돌아온 마사즈미는 정중하게 두 사람을 안으로 안내했다.

일찍이 미쓰나리가 오소데의 말에 암시받아 이에야스와의 투쟁을 평생의 신념으로 바꾼 방……그 방의 장지문에 그려진 호랑이 그림이 이에야스 앞에서 퇴색해 보이는 것도 야릇한 일이었다.

"조심 삼아 칼을 맡아두겠습니다."

들어가려는 곳에서 두 손을 내밀고 말을 건넨 것은 도리이 신타로, 여기서도 두 사람은 가슴이 뜨끔했다.

'우리에게 벌써 무언가 중대한 혐의가 걸려 있다……고 볼 수밖에 없다.'

두 사람이 칼을 맡기고 방 안에 들어서자 이에야스는 여느 때의 조용한 표정으로 말을 걸었다.

"오, 잘 오셨소. 이리로."

그러나 그것조차도 이상하게 기분 나쁜 꾸민 목소리로 들렸다.

"더욱 건승하시어 무사히 도착하신 일을 축하드립니다."

"하하……무사히 도착하지 않으면 어쩔 것이오. 그런데 무언가 은밀히 귀띔할 일이 있다고 했소? 사람을 물리칠까요?"

멋지게 선수를 빼앗긴 두 사람은 말문이 막혔다. 은밀히 귀띔할 일……이라고 나오니 싫어도 무언가 말해야만 되었다. 마시타 나가모리는 떨림을 억누르고 무릎을 내밀었다.

"실은 앞서 말씀드렸던 일에 대해……."

말하면서 나가모리는 아직 어느 쪽 이야기를 할까 망설이고 있었다. 억지로 이야깃거리를 찾는다면 두 가지가 있다. 그 하나는 성안의 풍기문란에 대해서이고, 또 하나는 마에다와 아사노를 맹주로 하는 음모 운운하는 일에 대해서였다. 이것이라면 화제가 자연스러우리라 생각했는데 곧 다시 큰 벽에 부딪쳤다.

풍기문제……라면 가장 큰 중심인물은 역시 요도 마님……요도 마님이 오노 하루나가를 총애하는 것은 이미 내전 시녀들 사이에 널리 퍼진 소문이었다. 그 때문에 성안의 젊은 무사들과 시녀들도 이를 흉내 낸다……는 것은 이에야스에게 이미 이야기해 둔 일이어서 오늘 이 시간에 천하의 행정관 둘이 함께 나타나 구태여 화제에 올릴 성질의 일은 아닌 것 같았다.

그렇다면 당연히 말할 것은 하나로 줄어든다.

'그렇다. 역시 성안의 음모에 관해 이야기해야만 한다.'

사람의 머리와 마음의 회전만큼 이상한 속도로 자신을 구하기도 속이기도 하는 것은 없다.

"다름 아니라 성안의 그 음모에 대해서입니다."

"음모……라면 마에다 도시나가와 아사노 나가마사 말이오……?"

"예, 그 일에 대해 그 뒤 저희들 두 사람이 들은 일에 대해 일단 보고드리지 않으면 안 되겠기에 찾아왔습니다. 그렇지요, 나쓰카 님."

"그렇소."

마사이에 역시 마음 놓은 듯한 얼굴로 고개를 끄덕였다.

이에야스는 그리 놀라는 기색도 없이 조용한 목소리로 되물었다.

"그럼, 도시나가와 나가마사는 아직도 정신 차리지 못하고 있단 말이오?"

그것이 더한층 나가모리의 말에 힘을 주는 결과가 되었다.

"예, 아시다시피 도시나가 님은 지금 가나자와에 돌아가 계십니다. 물론 이건 소문입니다만 가나자와로 내려갈 무렵 아사노 나가마사, 오노 하루나가, 히지카타 간베에 등을 청해 비밀회의를 열었다고 합니다."

"허, 그것이 틀림없는 일일 테지요?"

"소문이라지만 아니 땐 굴뚝에 연기가 나겠습니까……아시다시피 아사노 가문 후계자 요시나가 님은 돌아가신 다이나곤님의 막내따님과 약혼하신 사이, 또 히지카타 간베에는 마에다 도시나가 님의 생모이신 호슌인의 조카입니다. 아니, 그보다도 이번 경우 아사노 나가마사와 히지카타 간베에는 둘도 없는 친구……이것이 예사로 보아넘길 수 있는 손잡음일지도 모르겠습니다."

마침내 나가모리는 소심한 인간이 빠지기 쉬운 자승자박의 덫에 걸렸다. 그는 마치 자신이 이에야스에게 그것을 알릴 의무가 있어서 온 사람인 듯 착각하여 이제는 어엿한 참소자로 굴러떨어져 있었다.

"허, 그래 그 회의 결과가 어떻게 되었다는 거요?"

이에야스에게 재촉받고 나가모리는 오히려 의젓한 자세가 되었다.

"그것을 말씀드리려고 일부러 둘이 함께 온 것입니다."

"도시나가가 앞장서 그따위 잔재주를 부리리라고는 생각되지 않지만……우선 들어봅시다."

이에야스는 상대의 모습이 처음의 곤혹스러움에서 안도로, 다시 분연함으로 바꾸어가는 과정을 심술궂을 만큼 냉정하게 마음의 거울에 비춰보고 있었다. 이에야스로서도 이제 나가모리며 마사이에의 인물을 엄격히 재음미해 두어야만 할 때에 이르고 있다.

"그리하여 그 회의 결과 아사노, 히지카타, 오노 세 사람이 내대신님의 등성을 기다려 성안에서 암살하며 동시에 가나자와에서 도시나가가 군사를 이끌고 상경한다는 것입니다."

"하하하……과연."

"아니, 웃으실 일이 아닙니다. 하루나가와 간베에는 이번에 내대신님이 오사카에 오신 일을 더없는 기회로 여기며 줄곧 귓속말을 나누고 있는 눈치……이를테면 등성하실 때 우선 아사노 나가마사가 큰 현관에서 맞아 내대신님의 손을 부축할 때 뒤에서 힘센 히지카타 간베에가 내대신님을 끌어안고 찌르는 역할은 아사노가 될지, 오노가 될지……."

나가모리는 마치 보고 있는 것처럼 말하다가 어지간한 그도 볼을 붉혔다.

"그런 소문이 성안에 퍼져 있으니 아무쪼록 조심하시기 바랍니다."

이에야스는 일부러 웃음을 거두고 고개를 끄덕였다.

"이처럼 염려해 주어 감사하오. 그렇다면 역시 방심할 수 없겠군요."

"예, 방심은 금물입니다."

"그러고 보니 내게도 뭔가 예감이 있었던 듯싶소."

"예……?"

"오늘 등성했더라면 그대들 충고도 못 듣고, 어쩌면 성안에서 암살되었을지 모르니 말이오."

이에야스답지 않은 통렬한 비꼼이었다. 그러나 두 사람은 그것을 깨닫지 못한다. 이에야스는 혼다 마사즈미를 돌아보고 시치미 뗀 표정으로 거듭 비꼬았다.

"마사즈미도 잘 들어두어라. 이건 모두 이시다 미쓰나리의 책략이다."

"아니, 이것 역시 이시다 미쓰나리님의 책략이라는 말씀입니까?"

"그렇지. 마에다 도시나가가 군사를 준비하여 내가 암살되기를 가나자와에서 기다리고 있다고 들으면 나도 가나자와로 가서 공격하고 싶어지리라."

"옳으신 말씀……."

"내가 그곳으로 가면 미쓰나리는 그 틈에 재빨리 달려와 오사카, 후시미 두 성을 점령한다. 앞에는 마에다(前田), 뒤에는 이시다(石田), 그 양쪽 밭[田] 사이에 끼인다면 도쿠가와(德川)라는 강[川]은 에도를 향해 흘러갈 수밖에 도리 없지. 그렇지 않습니까, 두 분."

두 사람은 그래도 아직 그것이 자기들에게 겨누어진 통렬한 야유이며 비꼼이라는 것을 눈치채지 못한다.

"좋은 이야기를 들려주었소. 내일 다시 감사인사를 드리리다. 등성할 때는 아무쪼록 부탁드리겠소."

두 사람은 살며시 얼굴을 마주보았다. 둘 다 이것으로 마음 놓고 무슨 까닭으로 숙소를 변경했는지 캐묻는 것을 잊고 있다. 일단 마음을 정하고 일어나면 이에야스와 그들은 마치 어른과 아이 같은 차이였다.

나가모리와 마사이에가 돌아가자 이에야스는 거의 4, 5분 동안 엄숙한 표정으로 돌아가 깊은 생각에 잠겼다. 아마도 두 사람의 인물됨을 새삼 마음속으로 검토하고 있는 게 틀림없다.

전송 나갔던 마사즈미가 돌아와 고개를 갸웃하며 이에야스 앞에 앉자 이에야스는 씹어뱉듯 혀를 찼다.

"멍청한 놈들. 마사즈미, 잘 기억해 두어라. 저것이 참소자라는 것이다."

"그러시다면 마에다, 아사노 두 분 이야기를 전혀 근거 없는 일……로 여기시는 겁니까."

이에야스는 시무룩하게 고개를 끄덕였다.

"마에다나 아사노는 그들이 생각하는 것처럼 바보가 아니다. 그것은 나가모리와 마사이에의 꿈인 것이야. 그들이라면 이렇게 하겠다고 자기 소견의 좁고 빈약함을 그대로 드러내보인 것이지."

마사즈미는 지그시 이에야스를 지켜보다가 이윽고 싱긋 웃었다. 아버지 마사노부는 이에야스의 지혜주머니라고 세상에서 일컫고 있다. 그 아들 마사즈미도 아버지 못지않은 재사였다.

"웃는구나, 마사즈미. 알겠느냐."

"예, 내 몸을 위해 남을 모함하는 일을 꺼리지 않는 믿을 수 없는 사람들이라고 여기시는 줄 압니다."

"마사즈미, 똑똑한 척하지 마라."

"옛!"

"세상에 내 몸을 위하지 않는 자가 한 사람이라도 있다고 생각하느냐."

"옛, 그러나 그것은……아닙니다. 없을지도 모릅니다."

"그렇다. 그런 자는 한 사람도 없다. 또 있어서는 안 될 일이다. 이 몸은 신불이 우리들에게 저마다 맡기신 것, 내 몸의 소중함은 우주의 마음, 뭐 부끄러운 것이 있겠는가."

"예……?"

"그대도 자기 몸이 가장 소중할 터, 그렇지 않다면 거짓이지, 마사즈미."

마사즈미는 눈을 깜박거리며 대답을 삼갔다. 평소의 자신을 잊고 주군을 섬기는 마음가짐과 전혀 다른 말이었기 때문이리라.

"하하……아직 멀었구나. 알겠느냐. 이 세상에서 가장 소중한 것은 내 몸이니 쩨쩨한 소견으로 내 몸을 욕되게 하지 말라는 거다. 그렇다 해서 아사노나 마에다에게 전혀 죄가 없는 건 아니지."

"그럼……역시 사실이라고 생각되십니까."

"그것 봐, 그게 지레짐작이야. 마에다나 아사노에게 반역심은 없어. 하지만 나가모리나 마사이에에게 그따위 꿈을 그리게 했다……다시 말해 참소받는 것은 받는 쪽에도 그만큼 미숙한 틈이 있기 때문이야. 틈은 곧 소중한 자기에 대한 불충실, 좀더 꿋꿋하게 있었다면 마사이에도 나가모리도 그따위 소리는 하지 않으리라."

"과연 그렇습니다."

"그렇게 곧 속단하지 마라, 마사즈미……그만 됐다, 언젠가는 알게 될 거다. 그대는 이제부터 이곳으로 모두들 불러모아라. 내일 모레의 등성채비는 이것으로 결정되었다."

마사즈미는 다시 한번 고개를 갸웃거리고 일어났다. 들은 바대로 안 것 같으면서도 모르는 부분이 많은 이에야스의 말이었다.

마에다나 아사노에게 반역심이 없다 해도 히지카타나 오노에게는 없다고 단언하기 어렵다. 이에야스는 대체 무엇을 생각하고 있으며 어떠한 준비로 등성하려는 것일까…….

마사즈미가 아버지 마사노부를 비롯해 이이 나오마사, 혼다 헤이하치, 사카키바라 고헤이타 등의 중신을 불러오자 마사즈미를 물리치고 세 시간쯤 밀담을 거듭했다.

무엇을 어떻게 결정했는지 마사즈미는 알 수 없었으나, 이야기가 끝나고 저녁상이 나왔을 때는 방 안이 벌써 캄캄했다.

저녁식사에는 중신들 외에 마사즈미, 이나 즈쇼(伊奈圖書), 도리이 신타로 세 사람도 함께 자리하도록 허락되었으나 술은 물론 나오지 않았으며 저마다 집에서 하는 식사보다 훨씬 간소한 이즙오채 상이었다.

이튿날 이에야스는 약속대로 마시타 나가모리를 방문하여 정중히 어제의 방문 답례를 했다. 이때 수행한 마사즈미와 신타로 두 사람은 웃음을 참기 힘들었다. 이미 나가모리와 마사이에의 속셈을 빤히 들여다보고 있으면서도 이에야스는 진지한 얼굴로 말했다.

"어제는 참으로 간곡하신 충고, 적잖이 기뻤소. 하오나 너무 염려 마시오. 마에다, 아사노 무리가 제아무리 음모를 꾸민다 해도 우리는 겁날 것 없소."

마에다, 아사노라고 굳이 이름을 들어 말했을 때 나가모리의 표정에는 감쪽같이 넘어갔구나 하는 표정의 움직임이 보였다.

'보기 좋게 속였다!'

이렇게 생각한 게 틀림없다. 하지만 이에야스는 오히려 이것으로 마에다 도시나가, 아사노 나가마사 등을 이에야스에게서 떼어놓으려 하는 나가모리의 심중을 분명히 확인했을 게 틀림없다.

'이렇듯 속과 겉을 비교해 보여주면 잘 알 수 있다.'

마사즈미는 이로써 새삼 감탄했는데, 정말로 놀라움을 금할 수 없었던 것은 그 이튿날……곧 9월 9일 등성 때 이에야스의 태도였다.

그날도 활짝 개어 이름난 9층 성에는 가을햇빛이 찬란하게 쏟아지고 있었다. 이이와 두 혼다 및 사카키바라 고헤이타가 수행하여 네 장수가 저마다 10명씩 가신을 데리고 따랐으며, 마사즈미와 즈쇼와 신타로를 합하면 총인원이 60명에 가까웠다. 따라서 이 가운데 몇 사람이나 성안으로 통과되고, 수행원은 몇 사람 따를 수 있으며, 그 지시가 언제 내려질까 했더니, 이에야스는 성큼 그들을 모두 본성에 넣고 말았다. 이처럼 수많은 배신(陪臣)을 문지기는 지금까지 아마 통과시킨 적 없었으리라.

들어갈 때 사쿠라문(櫻門) 경비실에서 문을 지키던 병사들이 우르르 달려나와 가로막은 것은 말할 나위도 없다.

"내대신님과 측근자들만 들어와주십시오."

이에야스는 그 말에 무표정한 얼굴로 대답했다.

"모두 내 측근일세. 이들에게 본성 큰 주방에 있는 명물인 두 칸 사방의 큰 등 롱을 구경시켜 주기로 약속했으니 염려 마라."

그리고 그대로 모두를 재촉하여 냉큼 지나가고 말았다.

오사카성의 큰 등롱은 히데요시가 자랑하던 것 가운데 하나로 전국에 이름 이 알려진 이 성의 명물이었다. 그것을 구경시켜 주려고 통과한다는 말에 상대가 잠시 주춤한 순간 재빨리 지나가버린 것이다……

무법이라면 이런 무법이 없다. 경비실에서 히데요리의 측근에게 이 일이 보고 되자 본성 안은 별안간 살기 어린 당황함으로 바뀌어갔다. 통과하는 쪽에서는 충분한 생각이 있어서 한 일이지만 통과시킨 쪽에서는 보기 좋게 허점을 찔린 꼴 이 되었다.

내대신이 어째서 60명이나 되는 건장한 수행원을 거느리고 성안에 들어올 필 요가 있는가? 의심이 생기는 건 당연했으며, 그 대답은 선뜻 나올 성질의 것이 아 니었다. 먼저 등성해 기다리던 나가모리와 마사이에도 당황했지만 그보다 더 당 황한 것은 히지카타 간베에, 오노 하루나가, 가타기리 가쓰모토, 마노 요리카네, 하야미즈 가이 등 히데요리 측근이었다.

"어떻게 된 일인가."

"단숨에 도련님을 없애려고 온 것은 아닌지!"

"그럴 리 있겠나. 누군가 내대신을 노리는 자가 있을 것으로 믿고 대비한 거겠 지."

"오늘 같은 좋은 날 내대신을 노리는 자가 어디 있겠나. 이건 방심할 수 없어."

사람 마음의 움직임은 공기의 움직임이 되고, 공기의 움직임은 또한 곧 사람을 움직이는 분위기가 된다.

"뭐, 모두들 칼을 가진 채 들어왔다고."

"어째서 무기를 안 맡았지. 그렇다면 우리들도 지녀야 하리라."

기껏해야 4, 5명 등성하리라 여겼는데 60명의 인원이 나타났으니 인간의 상식은 거의 그 기능을 잃고 말았다.

복도를 달리는 자.

칼을 가지러 가는 자.

동정을 살피러 현관으로 달려가는 자……더욱이 현관에는 이미 도쿠가와 가문 사람들 모습이 하나도 없었으므로, 성안은 더욱 살기가 높아졌다.

"여러분, 내대신이 어디론가 자취를 감추셨소."

"바보 같은 소리! 그럼, 모두들 칸막이 미닫이를 열고 찾아보시오. 그 인원이 없어지다니."

그때 이에야스 일행은 다다미 200장 크기의 마룻방인 큰 주방에 나타나 한가로운 표정으로 명물인 큰 등롱을 올려다보고 있었다.

"어떤가, 크지?"

"과연 다이코님 취향다우시군요. 이 정도로 크면 들어가는 기름도 어마어마할 거야."

"아무렴. 1만 석, 2만 석쯤은 기름값으로 다 날아갈 것일세."

"흥, 쓸모없는 본보기지 뭐야, 이건."

저마다 감탄하며 험담을 늘어놓기도 하고 있는데 아사노 나가마사, 마시타 나가모리, 낫쓰카 마사이에, 가타기리 가쓰모토 네 사람이 허둥대면서 달려왔다.

"내대신님, 여기 계셨군요. 모두들 어디로 가셨을까 하며 놀라서 찾고 있었습니다."

본디 이에야스 편으로 자처하는 아사노 나가마사가 한시름 놓은 듯한 표정으로 말하자 이에야스는 사나운 목소리로 비꼬았다.

"아사노 님은 그래서 실망하셨소? 귀하는 내 손을 잡고 좋은 곳으로 안내할 작정이었다지요."

놀란 것은 나가모리와 마사이에였다. 그들은 순간 얼굴을 숙이고 움츠러들었다.

이에야스는 그 두 사람을 흘끔 쳐다보았다.

"내가 왜 여기에 와 있는지 나중에 나가모리, 마사이에 두 분에게 물어보시오. 가타기리 님, 수고 많소. 자, 히데요리 님 어전으로 안내를."

이에야스는 시무룩한 표정으로 걷기 시작했다. 큰 등롱을 구경하던 사람들도 그 뒤를 줄줄 따라온다. 하지만 수행원들은 차마 히데요리의 거실까지는 들어가지 않았다. 혼다 마사노부의 지시로 다음 방과 셋째 방에 대기했으며 다이코 생전 때부터 면회가 허락되던 이이 나오마사, 혼다 헤이하치, 사카키바라 고헤이타, 혼다 마사노부 부자 다섯 사람만이 영주 자격으로 자리를 함께했다.

이렇게 되면 비록 이에야스를 치려고 노리는 자가 있었다 해도 손쓸 틈이 없다. 이에야스는 도리이 신타로를 데리고 훨씬 높은 윗자리로 올라가 히데요리 곁에 자리 잡더니 인사하기에 앞서 먼저 넓은 서원에 늘어앉은 사람들을 말없이 천천히 둘러보았다.

중양절 축하에는 1만 석 이상으로 오사카에 체류 중인 사람들이 모두 모이는 관습이었으나 대영주는 지금 거의 오사카에 있지 않았다. 따라서 나가마사와 나가모리가 상석이었으며 나머지는 히데요리 측근 영주와 근위장수들이었다.

이에야스는 감정을 전혀 드러내지 않는 돌부처 같은 시선으로 하나하나 둘러보고 나서 비로소 히데요리를 향해 미소 지으며 축하말과는 완전히 다른 엉뚱한 인사를 했다.

"에도 할아버지가 왔으니 안심하십시오."

그리고 그 옆에 꼿꼿이 앉아 있는 생모 요도 마님에게로 눈길을 옮겼다.

"도련님께서 별일 없이 중양절을 맞으셨으니 기쁘기 한이 없어 축하말씀 드립니다."

요도 마님은 한시름 놓는 것 같았다. 그녀 귀에도 벌써 이에야스의 등성 방법이며 성안에 일어난 당황스러운 일들에 대한 말이 들어갔을 게 틀림없다.

"어려운 걸음을 해주셔서 저도 기쁘게 생각합니다. 보시다시피 도련님은 몸 성히……."

그리고 나서 안듯이 하며 히데요리에게 속삭였다.

"말씀을."

히데요리는 수줍은 표정으로 흘끗 어머니를 쳐다보고 나서 미리 일러둔 것 같은 몸짓으로 머리를 조금 숙이며 말했다.

"에도 할아버지, 잘 오셨습니다."

그리고 다시 눈치 살피듯 어머니를 올려보았다. 이에야스가 뜻밖에 노기를 품은 목소리로 요도 마님에게 말을 건넨 것은 그 뒤였다.

"생모님도 들어두십시오. 실은 나가모리 님, 마사이에 님으로부터 요즘 성안의 사기와 풍기에 관해 염려되는 일이 있으니 이 늙은이에게 와달라는 말씀이 계셨소."

이 한 마디에 벌벌 떤 것은 당사자인 마시타 나가모리와 나쓰카 마사이에뿐만이 아니었다. 요도 마님도, 오노 하루나가도, 아사노 나가마사도, 히지카타 간베에도 모두 약속한 듯 얼굴빛이 달라졌다.

물론 놀라는 모습은 저마다 다르다. 나가모리와 마사이에는 이에야스가 이런 곳에서 이런 말을 하리라고 상상조차 하지 못한 놀라움이었고, 요도 마님과 오노 하루나가의 놀라움은 '풍기'의 문란을 말했기 때문이었다. 아사노 나가마사의 놀라움은 더욱 복잡했을 게 틀림없다. 자기에게 의논도 없이 나가모리와 마사이에 두 사람이 이에야스에게 그런 말까지 하고 있었던가 하고 그 아첨에 놀라 기가 막힌 듯한 얼굴이었다.

"그러므로 이 눈으로 확인하려고 실은 오늘 얼마쯤 관례에 어긋난 등성을 해 보았습니다. 그랬더니 말할 수 없이 해이해진 사기, 만일 이에야스가 아니었다면 지금쯤 성은 적의 손에 들어가 있을지도 모릅니다."

히지카타 간베에가 핏대를 세우며 몸을 내밀었다.

"이것 참, 온당치 못한 말씀을. 내대신님은 저희들 경비에 잘못이라도 있다는 말씀입니까."

"간베에 님, 그 질문은 빗나갔소. 경비가 염려되고 풍기문란이 마음에 걸린다고 한 것은 나가모리와 마사이에 두 분이오. 그러나 도련님과 생모님 앞에서 그런 다툼은 하는 게 아니오. 삼가시오!"

이에야스는 빗댄 태도로 보기 좋게 꾸짖은 다음, 다시 요도 마님을 향해 앉았다.

"성안에 이 이에야스의 오사카 상경을 두려워하여 심상치 않은 음모가 있다는 소문……에 대한 자세한 내용 역시 나가모리와 마사이에 두 분에게 나중에 천천히 물어주시기 바랍니다. 그들에 의하면 이 이에야스의 등성을 맞아 아사노 나가마사가 큰 현관까지 마중 나와 두 손을 잡은 찰나 히지카타 간베에가 칼을 뽑아 덤벼들 계획이라고 했습니다."

이에야스는 일부러 조용히 목소리를 부드럽게 하여 말을 이었다.

"알겠습니까, 나는 그 사실 여부를 밝히려는 게 아닙니다. 내 귀에 들어온 소문을 그대로 말씀드리는 것뿐이지요. 더욱이 이 이에야스를 죽이고 나면 마에다 도시나가가 곧 군사를 이끌고 가나자와에서 쳐올라오기로 계획을 세웠다니."

견디다 못해 새파랗게 질린 아사노 나가마사가 외치듯 가로막았다.

"내대신님! 너무도 무서운 말씀을 하십니다그려. 나와 도시나가 님이 그런 음모에 가담했다니, 그런 터무니없는……."

이에야스는 다시 무뚝뚝하게 눌렀다.

"닥치시오. 사실 여부는 모른다고 미리 말씀드리잖소. 그런 소문을 들려준 자가 있었기에 만일 그것이 사실이더라도 당황하는 일이 없도록 수행원을 좀 늘려 데리고 와보았소…… 그것은 무사로서 당연한 마음가짐. 그런데, 뭐요……만일 이 이에야스에게 불측한 마음이 있어 소문을 사실로 믿고 행동했다면 이 성은 벌써 내 손아귀에 들어와 있을 거요. 이러한 방비로는 정말 한심하오. 성문이 많은 이 난공불락의 이름난 성에서 60명이나 되는 사람들이 그것도 분명 큰 등롱을 구경하러 간다며 이르고 지나갔는데, 별채의 큰 주방에 이르기까지 한 사람도 책임 있는 자의 제지가 없었거니와 묻는 자도 없었소. 이렇다면 이 성은 빈집이나 다름없는……."

마시타 나가모리와 나쓰카 마사이에는 분노로 이글대는 모든 사람의 시선을 온몸에 받고 보기에도 애처로울 만큼 기가 죽어 있었다. 아마 그들도 그들의 아첨이 이 같은 형식으로 폭로되리라고는 상상도 못 했을 게 틀림없으리라. 이렇게 되면 이에야스에게 밀고한 자, 내통한 자는 그들 두 사람이라는 것이 분명해진다.

이전의 이에야스라면 물론 이처럼 무자비한 폭로 따위 할 리 없었다. 사람 저마다의 잔재주는 잔재주로서 가슴에 간직해 둘 뿐이었다. 그런데 이번에는 전혀 달랐다. 미쓰나리의 반역심을 이미 누르기 어렵다고 판단하여 마음의 칼을 뽑아든 이에야스인 것이다. 한 마디 한 마디가 벌써 수습할 수 없게 된 현실을 수술하기 위한 집도(執刀)이며 결단이었다.

"이런 상태를 만약 다이코께서 보신다면 얼마나 한탄하시겠소. 이래서는 안 되오. 그러므로 이 이에야스는 결심했소. 나가모리, 마사이에 두 분의 간청을 받아들여 도련님 측근에서 정사를 바로잡아가리다."

그것은 벌써 의논이 아닌 명백한 결정이었다. 마시타 나가모리와 나쓰카 마사이에는 반쯤 넋이 나갔다. 이로써 그들의 잔재주는 여지없이 분쇄되었다. 아사노, 마에다 두 세력을 이에야스에게서 멀리하려 했던 책략은 오히려 두 사람에게서 한없는 증오와 불신을 받는 결과가 되었으며, 어째서 일부러 이에야스를 오사카 성에 끌어들였느냐고 미쓰나리로부터 힐책당하는 결과가 되리라. 아니, 그보다도 히데요리 측근 사람들은 이미 지금 당장 그들을 배신자로 보고 분노의 눈길을 집중시키고 있다.

가타기리 가쓰모토가 끼어들었다.

"말씀 중입니다만, 내대신님을 성안에 계시도록 청했다면 숙소는 대체 어디로 하신단 말씀이오?"

이에야스의 태도가 예사롭지 않다는 걸 알아차리자 가쓰모토는 다음 발언이 마음에 걸려 견딜 수 없었던 것이다. 이에야스는 간단히 고개를 저었다.

"염려 마시오. 이러한 때이니 이러쿵저러쿵 말하고 있을 수 없소. 이시다 마사즈미의 저택이 있으니 비좁지만 당분간 그곳에 묵으리다."

이 말은 요도 마님과, 그 등 뒤에서 시중들고 있던 오쿠라 부인과 아에바 부인을 안심하게 했다. 여인들은 이곳에서 이에야스가 히데요리에게 본성을 내놓으라고나 하지 않을까 하는 엉뚱한 불안에 전전긍긍하기 시작한 참이었던 것이다.

"그리고 보니 축하연석에서 경사스럽지 못한 말씀을 드렸습니다. 그러나 모든 게 오로지 다이코께서 쌓아올리신 평화를 지키기 위한 일이니……안심하십시오, 도련님, 에도 할아버지가 왔으니 어느 누구도 손가락 하나 까딱하지 못할 겁니다."

다시금 조용히 미소 지은 얼굴을 돌리자 요도 마님은 이마에서 목덜미에 걸쳐 땀이 내밴 채 다시 살며시 히데요리에게 고개를 끄덕여보였다.

"그럼, 여느 때처럼 축배를."

아사노 나가마사는 눈에 띄게 희어진 상투를 기울여 고개를 푹 수그리고 있다. 그로서는 이에야스가 무엇을 생각하고 무엇을 결심했는지 어렴풋하나마 알 수 있을 것만 같았다.

'이것은 도련님을 미쓰나리 손에 넘기지 않기 위한 결의다……'

미쓰나리는 입만 벌리면 도련님을 위해서라고 한다. 하지만 당사자인 도련님은 여인들에게 둘러싸여 아직 아무 의사도 갖지 못하는 어린아이다……이를테면 죽은 다이코의 은혜 운운할 경우에 쓰는 감정적인 고문도구의 하나에 지나지 않는다. 그것조차 미쓰나리에게 넘겨주지 않으려고 손쓰기 시작했다면 그 앞날의 파란을 예측할 수 있을 듯한 느낌이 들었다.

'가엾은 도련님…….'

살며시 눈을 들어보니 히데요리는 이에야스에게 잔을 주고 또다시 할 일이 없는 듯 어머니를 올려다보고 있다. 무릎 언저리에 놓아둔 것은 아마도 종이인형인 것 같다. 그걸 집어들까, 아니면 얌전히 자세를 바로하고 있을까 생각하며 어머니 눈치를 살피고 있는 모습이었다. 요도 마님이 깨끗하게 닦인 자개 팔걸이 모퉁이를 살그머니 두드렸다. 위엄을 나타내어 똑바로 앉아 있으라는 신호임에 틀림없다. 임금인형에서 왕관만 벗긴 것 같은 금빛 의상을 입은 모습이 애처롭게 가슴을 젖혀간다. 아사노 나가마사는 어느덧 오열을 삼키고 있었다.

'드디어 이에야스를 일어나게 했구나…….'

출가(出家)

서쪽 성 내전에서 조용히 살고 있는 기타노만도코로, 지금은 고다이인이라 불리는 네네에게도 이에야스의 오사카 상경이 알려졌다.

히데요리가 친자식이었다면 이에야스는 맨 먼저 자기한테 인사하러 왔으리라. 하지만 히데요시는, 이에야스의 아들 히데타다는 명백히 아사히히메의 양자로 해두었으면서도 히데요리를 정식으로 네네의 양자로 삼아주지는 않았다. 처음에는 그것을 쓸쓸해 하고 원망도 했으나, 지금은 이미 인간의 그러한 작은 집념 따위는 멀고도 아련한 꿈이었다고 깨우친 고다이인이었다. 지금 고다이인의 소망은 다이코의 유언시에 새겨져 있는 인생의 덧없음을 자기만이라도 곰곰이 되새기고 싶었다.

이슬로 태어나 이슬로 사라질 운명이던가.
나니와의 영화는 꿈속의 또 꿈.

이 유언시를 되씹어보면 지금 살고 있는 거대한 오사카성 또한 그 꿈의 끝에 이어진 환상으로 여겨진다. 요도 마님도, 히데요리도, 그리고 자기를 포함한 많은 가신과 그 가족들……모두 그 환상에 의지하고 집착하다가 이윽고 이슬로 떨어져 사라져가는 자기 모습에 놀라는 게 아닐까…….

이따금 교토에서 초청해 듣는 조동종(曹洞宗) 규신 선사(弓箴禪師)의 설교로,

고다이인은 석가여래가 왜 출가했는지 그 뜻을 이제 확실히 안 듯한 느낌이 들었다.

인간이 무언가를 가지려고 집착하는 한 괴로움은 끝없이 이어진다. 그 집착의 목표가 성이건 금은이건 영토건 혈육이건 마찬가지였다. 아니, 이미 내 몸과 목숨마저도 지나치게 집착하면 '괴로움'의 씨앗 이외에 아무것도 아니었다.

"아무 어려울 것 없습니다. 살아 있는 것은 반드시 죽고 형태 있는 것은 반드시 없어진다……는 것만 아시면 됩니다. 다이코님도 죽음을 앞두고 그것을 깨달으셨지요. 유언시에 생생히 나타나 있습니다."

규신 선사는 임제종(臨濟宗) 승려와 달리 고다이인의 질문에 답답하리만큼 자세하게 설명해 주었다. 인간—이라지만 한 인간에게 똑같은 상태는 두 번 다시 없다. 오늘은 곧 내일이 되고 내일은 또 오늘이 된다. 결코 멈추는 일 없는 시간의 흐름 속에서 순간순간 변한다. 그 변화의 법칙을 마음에 새겨 좋은 것에서는 좋은 싹이 나고 나쁜 것에서는 나쁜 결과가 생겨난다는 것만 알면 충분하다고 설법해 주었다. 이를테면 인간의 집착 대상도 시시각각 변하므로 어떤 한 가지에 마음 두는 건 곧 없는 것에의 집착……즉 꿈을 붙들고 있는 데 지나지 않는다.

"이 성도 겉으로는 성으로 보이지만 불타면 재, 헐리면 돌과 나무와 흙과 얼마쯤의 쇠붙이에 지나지 않습니다. 그것에 지나치게 집착하면 일부러 재로 만들기 위해 숱한 목숨을 무참하게 죽이고 헤아릴 수 없는 피를 흘리게 되는……기묘한 일이지요."

선사가 이야기했던 그 오사카성의 서쪽 성으로 아사노 나가마사가 새파랗게 질린 표정으로 고다이인을 찾아온 것은 9월 9일 해 질 무렵이었다. 나가마사는 고다이인의 여동생인 오야야의 아들로 그녀에게는 조카뻘이 된다(앞서 아사노 나가마사를 오야야의 남편이라고 한 것은 작가의 착각이었던 듯 계보상으로는 아들이 맞음).

'무언가 큰일이 일어났구나…….'

나가마사의 예사롭지 않은 얼굴빛으로 고다이인은 느꼈지만 자세한 사정이야기를 들을 때까지 그리 놀라는 모습을 보이지 않았다. 사와산으로 돌아간 미쓰나리가 무엇을 생각하며 어떻게 움직이는지 어렴풋이 알고 있었으며, 이에야스가 머잖아 이 성에 올 것도 이미 내다보았다.

'후시미성에서는 천하의 정사를 보기 어렵다…….'

본디 후시미성은 오사카가 있기 때문에 존재하는 은퇴성이며, 다이코라면 어디서든 정사를 볼 수 있겠지만 이에야스로서는 매우 어려울 것이라고 생각되었다. 이에야스를 히데요시의 집사쯤으로 여기는 사람들이 오사카성 안에 있는 한, 명령은 당연히 두 가닥으로 나뉘어질 것이며, 얼크러진 감정이 그대로 영주들을 파벌싸움의 소용돌이로 끌어들여 분열의 싹을 키워가게 될 뿐이다.

'내가 이에야스 님이라도 이래서는 천하를 다스릴 수 없다……'

히데요시 곁에서 늘 남편의 움직임을 보아온 고다이인에게는 그만한 견식이 어느덧 몸에 배어 있다. 그러나 이에야스가 그 오사카 입성 결의를 표명했을 뿐 아니라, 아사노 나가마사와 마에다 도시나가를 자기 목숨을 노리는 주모자로 생각하고 있는 것 같다……는 말을 들었을 때는 핏기를 잃었다.

"이것은 물론 누군가의 참소입니다. 아니, 누구라고……이제 새삼 말을 꾸밀 필요도 없겠지요. 마시타 나가모리와 나쓰카 마사이에 두 사람이 틀림없습니다. 그들은 은밀하게 미쓰나리와도 연락을 취하면서 내대신에게 아첨하려고……"

거기까지 말하고 나가마사는 눈시울을 붉히며 목소리를 삼켰다.

"고다이인 님의 충고도 있어 저희는 평화야말로 다이코 전하께서 남기신 뜻이라며 내대신을 보좌해 왔는데……이대로 나가면 물거품……물거품이 될 것 같습니다."

결국 나가마사가 찾아온 목적은 아사노 부자가 그따위 음모에 가담할 리 없다고 고다이인이 이에야스에게 이야기해 달라는 것 같았다.

고다이인은 잠시 눈을 감고 생각에 잠겼다. 오늘도 늙은 여승 고조스가 가까이에 혼자 조용히 대기하고 있을 뿐 아무도 듣는 사람이 없었으며, 고요한 거실 안은 큰 장지문에 그려진 화조도 색깔만이 어울리지 않게 화려했다.

"아시다시피 요시나가는 물론 저도 진심으로 미쓰나리를 증오하는데……미쓰나리를 적으로 삼는 내대신으로부터 의심받다니 너무 억울합니다."

"……"

"처음에는 내대신의 농담인 줄 여겼습니다. 그런데 저를 보는 눈 속에 용서하지 않겠다는 증오가 역력히 느껴졌습니다. 아시고 계시듯 저희들 영지는 에도에서 그리 멀지 않은 가이입니다. 만일 오해받아 공격당한다면 어쩔 도리 없이……"

그래도 고다이인은 입을 열지 않았다.

"가이에는 아직 어린 나가시게(長重)가 있을 뿐……나를 잃고 마시타와 나쓰카를 한편으로 얻는다 해서 내대신에게 무슨 이득이 있겠습니까. 그런 사정을 말씀해 주실 분은 고다이인 님 말고는 없습니다."

나가마사의 말은 어느덧 넋두리가 되고 있다…….

오랜 침묵 끝에 고다이인은 비로소 말을 꺼냈다.

"나가마사 님, 그대는 말뜻을 잘못 알아들은 게……."

나가마사는 깜짝 놀라며 몸을 내밀었다.

"제가 말뜻을 잘못……?"

"그렇지요. 이건 그대가 걱정하는 정도의 일이 아니에요. 내대신은 드디어 각오를 하신 것 같군요……."

"고다이인 님, 내대신의 그 각오란 저와 마에다 님을 적으로 삼는 겁니까?"

고다이인은 가늘게 뜬 시선을 지그시 허공에 못박은 채 조용히 머리를 가로저었다.

"나가마사 님은 돌아가신 다이코가 노부나가 님을 대신하여 천하를 맡겠다고 결심하시고 기요스성의 유신(遺臣)회의에 임했던 무렵의 일을 잊으셨나요."

"아니, 잊지 않았습니다만……."

"그때 다이코는 자기 뜻에 맞지 않는 말을 꺼내는 자가 있으면 두말 않고 자리를 박차고 나와 낮잠을 주무셨다지요."

"예, 그랬습니다……그리고 누구건 가리지 않고 마치 사람이 달라진 것처럼 꾸짖으셨습니다."

그 말을 듣자 고다이인은 비로소 나가마사에게 창백한 미소를 보였다.

"아시겠어요, 나가마사 님. 그때의 다이코님 품에는 언제나 산보시 님이 안겨 있었어요. 이번에는 내대신님이 히데요리 님을 안고 오사카에서 정사를 보시겠다 하오. 아니, 그것만이 아니라 가장 친한 그대와 마에다 도시나가를 꾸짖으셨소……."

"아?"

별안간 나가마사는 외마디소리를 지르고 말을 잇지 못했다. 느닷없이 대포 앞에 세워진 것 같은 전율과 당황이 온몸을 휩쓸었다…….

"그러면 내대신은 싸울 각오를."

"다이코 전하가 야마자키 싸움이 끝나기도 전에 시바타 공격을 결심한 때의 일에 비한다면 무척 느긋한 인내였소."

"고다이인 님! 그러면 이제 고다이인 님의 주선으로도 이미 어쩔 수 없다는 겁니까?"

고다이인은 그 말에는 직접 대답하지 않고 새삼 중얼거리며 합장했다.

"역시 시간문제겠지요. 나가마사 님, 나도 바로 얼마 전까지는 제법 깨우친 듯 마음속으로 부디 이 평화가 이어지기를……그것이 오로지 남편의 소원이었다고 생각하며 그 집념을 버리지 못했어요. 그러나 이도 저도 모두 덧없는 꿈임을 알게 되었습니다……."

"고다이인 님!"

"이번에는 천하를 판가름할 큰 싸움이 되겠지요. 생각해 보면 슬픈 일. 누구나 싸우기 싫다고 생각하면서도……싸움의 실마리가 되는 고집과 내 몸의 욕심을 버리지 못하지요. 사람이 그러한 업보덩어리라면 싸움은 영원히 피할 수 없어요. 그렇잖아요, 나가마사 님……."

"예."

"이로써 이 몸의 각오도 겨우 정해졌어요."

"무엇을 각오하신다는 겁니까."

"이미 다이코의 천하는 끝났소…… 나는 이 성을 나가겠어요."

조용한 말투로 잘라 말하자 아사노 나가마사는 다시 말문이 막혔다. 어느덧 늙은 여승의 손으로 등롱에 불이 켜져 고다이인의 손목에 걸린 염주알이 차디차게 빛을 빨아들이고 있다.

"저……이 성을……다이코 전하께서 심혈을 쏟아 세우신 이 성을 나가신단 말입니까."

나가마사와 고다이인의 심경은 아직 기왓장과 구슬만큼의 차이였다.

"천하에 으뜸가는 이 성……다이코의 이름과 더불어 자손대대로 솟아 있을 이 성을……."

다그치듯 말하는 나가마사를 고다이인은 엄숙한 표정으로 타일렀다.

"삼가시오, 나가마사 님. 그대 눈에는 이 성의 변화가 보이지 않나요."

"이 성의 어디가 변했다는 겁니까. 아니, 100년, 200년에 변할 그런 성이 아닙니다. 또 그것이 다이코의 소원이었습니다."

"잠깐 기다려요. 이 성도 다이코라는 주인이 있었기 때문에 일본 평화의 상징이 되었지만 지금은 바뀌고 말았지요……."

"뭐라시는 겁니까. 어디가 어떻게 변했다는 겁니까?"

"나가마사 님, 지금 이 성은 평화의 상징이 아니라 천하를 노리는 자들의 야심을 북돋아주는 표적의 탑이 되었어요."

나가마사는 말이 막혀 겁먹은 듯 시선을 돌렸다.

'그런가, 그런 뜻이었던가……'

그렇다면 바뀌지 않았다고 우겨댈 일이 아니었다. 확실히 변했다. 무엇보다도 이에야스가 이 성을 노리고 와 있으며, 미쓰나리 또한 이곳에 돌아와 천하를 호령할 날을 꿈에 그리며 음모를 꾸미고 있을 게 틀림없다.

"아시겠지요, 나가마사 님. 나는 그 싸움에 끼어들고 싶지 않아요. 아니, 끼어든다면 다이코의 뜻에 어긋나니 깨끗이 이 성을 나가겠어요."

"……."

"그러니 그대는 요시나가 님에게 뒷일을 맡기고 가이에서 근신하는 게 좋을 거예요. 그러면 아사노 가문은 그럭저럭 무사할 텐데, 어떨까요."

나가마사는 고다이인에게로 황급히 시선을 되돌려 미심쩍은 듯 눈을 깜박거렸다.

"그러면 내대신이 의심을 푸시리라……고 보십니까, 고다이인 님은."

고다이인은 일부러 매정하게 외면했다.

"요시나가 님은 나의 귀여운 손자……내가 이에야스 님이 거처할 서쪽 성을 비워드리고 출가하겠다고 하면 그 행동을 보아서라도 그대들 부자에게 더 이상 시비는 않겠지요."

그리고 고다이인은 중얼거리듯 혼잣말을 했다.

"내대신은 애당초 그대와 마에다 도시나가를 적으로 삼을 생각은 없었을 거요. 다섯 행정관 첫 자리의 그대와 다섯 대로의 첫째인 다이나곤님 장남도 모두 내대신 처분에 순순히 따랐다……고 보여주지 않으면 다음 싸움을 하기 힘들다…… 는 데 기요스 회의 때의 다이코와 흡사한 속셈이 있다고 보았지요. 그런데 그대와 도시나가에게까지 믿지도 않는 일로 시비를 걸었다……면 싸울 결심을 단단히 정한 거라고 판단돼요."

"……"

"알아들으셨겠지요, 나가마사 님. 싸움이 되면 나는 이 성에 없는 게 좋아요. 야심의 소용돌이에 휩쓸려 남편이 남긴 뜻을 더럽히느니 소용돌이를 피해 명복을 비는 게 내 소원이에요. 말리지 마세요, 나가마사 님……"

아사노 나가마사는 고다이인의 말뜻을 비로소 확실히 알 수 있었다.

고다이인은 이에야스가 나가마사와 마에다 도시나가는 적대시하지 않는다고 보고 있다. 오늘의 시비는 전혀 다른 생각에서 출발한 의견이라고 보는 모양이다.

"그러면 내대신은 미쓰나리와 한바탕 싸울 결심을 했다……그 증거로 싸우기에 앞서 우선 저희들에게 시비를 걸었다고 보시는 겁니까?"

고다이인은 조용히 고개를 끄덕였다.

"마시타와 나쓰카의 책동을 그대로 교묘하게 이용하시는 거지요. 알겠어요, 나가마사 님? 그들의 말을 믿는 척하며 그대와 마에다 님에게 해명을 요구하는 일……싸움 벌일 결심이라면 이것이 중요한 첫출발이 아니겠어요."

"그런데 만일 저희들이 변명도 굴복도 하지 않을 경우에는?"

"물론 당장 짓밟겠지요. 에도의 실력으로는 가이 21만 석쯤 문제없어요."

나가마사는 미간을 찌푸리고 혀를 찼다. 사실 그렇다……고 나가마사 자신도 분명히 알고 있기 때문이었다.

"만일 마에다 님과 저희들이 손잡고 일어난다면 어떻게 할까요, 이에야스 님은."

고다이인은 숨 돌릴 사이도 없이 냉정하게 대답했다.

"마에다 가문은 일어나지 않을 거예요. 가나자와에는 오마쓰 님……아니, 지금은 호슌인……그 호슌인이 계시므로 도시나가 님 형제들에게 이기지 못할 싸움은 시키지 않을걸요."

나가마사는 치뜬 눈으로 다시 한번 흘끔 고다이인을 올려다보고 입을 다물었다. 이젠 아무것도 물을 게 없었다. 이에야스가 아사노와 마에다 도시나가는 자신에게 맞서지 않을 것으로 보고 감히 마시타와 나쓰카의 참소를 방패 삼아 두 사람을 문책하고 있는 것이다. 그렇다면 나가마사는 영지로 돌아가 은퇴하여 근신할 수밖에 달리 방법이 없는 것 같다. 나가마사가 그럴 마음이라면 자신의 출가와 결부시켜 아사노 가문의 존속을 위해 이에야스에게 주선하겠다고 고다이인은 말하고 있다.

"이 성도 히데요리 님도 다이코도 마음속에서 깨끗이 씻어내도록 해요."

고다이인은 다시 먼 곳을 바라보는 눈이 되어 감회 어린 듯 중얼거렸다.

"내 자신을 무(無)로 돌리면 끝없이 푸르고 투명한 허공만이 눈에 남게 됩니다."

"……"

"아니, 그건 허공이 아니고 깨끗이 닦은 마음의 거울인지도 모르지요…… 그 거울에 새롭게 무엇이 비칠 것인지?"

나가마사는 장지문 손잡이에 달린 붉은 술을 지그시 쳐다본 채 대답하지 않았다. 고다이인은 아마 시간의 흐름과 시대의 변천을 말하려는 것이리라. 다이코의 죽음으로 다이코 시대는 이미 허공 저 너머로 사라져갔다. 그러므로 새로운 시대의 거울에 자기 모습을 비춰 보며 살라는 뜻인 게 틀림없다. 생각하기에 따라 이것은 도요토미 가문이며 그 유신들에게 매우 냉정하게 받아들여질 말이었다.

'도련님은 고다이인의 친아들이 아니다. 그러므로 세상에서는 고다이인이 요도 마님과의 감정 대립으로 이에야스를 편들어, 그 편의를 도모하기 위해 성을 버렸다고 생각할지도 모른다……'

이렇게 생각하자 조카뻘 되는 나가마사로서는 역시 잠자코 있을 수 없었다. 나가마사는 심각한 표정으로 다시 고다이인을 향해 자세를 고쳐앉았다.

"고다이인 님, 말씀하시는 뜻은 알겠습니다. 제 집안과 자식들에게 베푸시는 온정도 뼈에 사무치게 느껴집니다. 그러나 그렇게 하면 고다이인 님이 세상의 터무니없는 오해를 받으실까……"

나가마사의 말에 고다이인은 다시 눈을 감고 미소 지으며 염주알을 굴리기 시작했다.

"내가 이에야스 님을 위해 서쪽 성을 비워주는 일 말인가요?"

"예, 그것이 요도 마님에 대한 미움 때문……이라고 소문난다면 천만뜻밖이시겠지요."

"나가마사 님, 그대는 아직 말꼬리에 사로잡히는 분이군요."

"사로잡히다니요."

"그건 오해가 아니에요. 세상에서 그렇게 본다면 세상눈이 올바른 거지요."

"예? 뭐……뭐라고 말씀하시는 겁니까?"

"나는 상대가 이에야스 님이 아니었다면 서쪽 성을 내주지 않을 거예요. 이를테면 모리 님이건 우에스기 님이건 우키타 님이건."

나가마사는 숨을 삼키고 고다이인을 응시했다.

"호호……물론 미쓰나리 따위에게 넘겨줄 리도 없지요. 그리고 나가마사 님, 내가 요도 마님을 미워하고 있는 건 사실이에요. 아니, 부러워하고 있는지도 모르며 시새움하고 있는지도 모릅니다…… 아무튼 나는 소견 좁은 여자이니 미움도 분명히 있어요……있으니 이렇듯 부처님에게 매달려 빌고 있는 게 아니겠어요."

"……."

"그러니 그런 소문이 난다고 해서 뭐 그리 뜻밖일 게 있겠어요?"

"그렇게 되면 고다이인 님이 앞장서 일부러 도요토미 가문을 멸망시켰다고도……."

고다이인은 소리 내어 웃으며 말했다.

"호호……그런 건 부질없는 걱정이에요, 나가마사 님. 천하를 다스릴 만한 자가 어찌 그런 일로 흥하고 망하겠어요. 또한 그따위 소문을 듣고 마음을 어지럽히는 자라면 보잘것없는 소인이지요. 나는 그런 사람들의 쑥덕공론 따위는 생각지 않겠어요."

딱 잘라 말하자 나가마사는 흥분되었다.

'보통 기량이 아닌 분…….'

그렇게 알고는 있었지만 아직 한 가지 마음에 걸리는 게 있었다. 고다이인이 서쪽 성을 이에야스에게 내주면 과연 요도 마님과 그 측근들이 잠자코 있겠느냐는 것이었다.

아사노 나가마사와 마에다 도시나가에 대한 일은 터무니없는 모함이겠지만, 이에야스가 이 성에 오는 것을 달가워하지 않는 자는 비단 오노 하루나가나 히지카타 간베에뿐만이 아니다. 만일 진심을 캐묻는다면 마시타 나가모리도, 나쓰카 마사이에도, 마에다 겐이도 반대라고 할 게 틀림없다. 그러한 가운데 고다이인이 성을 나가려 한다면 히데요리와 요도 마님의 이름으로 어떤 방해가 있을 것인지……나가마사는 염려되었다.

"고다이인 님, 꾸중을 각오하고 또 한 가지 말씀드릴 일이 있습니다. 서쪽 성을 내대신에게 내주는 것을 만일 도련님 이름으로 막는 일이 있다면 어떻게 하시겠습니까?"

고다이인은 그 질문은 은근히 기다리고 있었던 눈치였다.

"호호……나가마사 님, 도련님 이름으로 그것을 할 수 있을 정도라면 내가 왜 성을 나가겠어요. 아무래도 그대 마음의 거울은 흐려진 것 같군요."

"꾸중 이상으로 매서운 말씀입니다…… 하지만 고다이인 님, 지금 말씀은 저로서 알 수 없습니다. 어째서 도련님 이름으로 그게 안 된다는 겁니까?"

나가마사는 진지한 눈빛으로 되물었다. 도련님 이름으로 말릴 수 있을 정도라면 성을 안 나간다……라는 건 무슨 생각에서인 것일까?

고다이인은 가볍게 고개를 끄덕였다.

"나가마사 님, 내일 아침 요시나가 님을 나에게 보내주세요."

"자식놈을 마님한테?"

"네, 그것으로 모든 게 무사해집니다."

"그렇게 말씀하시지만 아직 저는……."

"요시나가 님을 내대신에게 보내겠어요. 내대신이 비좁은 이시다 마사즈미 저택에 묵으려 하신다는 말을 듣고 내가 몹시 죄송하게 여기고 있다……내대신은 돌아가신 다이코의 유언을 받들어 당분간 천하의 정사를 보실 분, 그런 분을 마사즈미 저택 따위에 머무르게 한다면 다이코를 뵐 낯이 없다, 곧 서쪽 성을 비울 터이니 옮기시어 다이코의 부탁을 저버리지 마시라고…… 나가마사 님, 이로써 모든 게 무사히 될 것 같은데요……."

"하지만……그 일을 안다면 요도 마님이."

"요도 마님이 무슨 말을 할 수 있겠어요. 또 요도 마님이나 도련님 측근들이 안 된다고 말려온다면 나도 성을 안 나가겠어요……그래요, 나가마사 님, 내가 무서워서 말해 오지 않는 게 아니라 내대신이 무서워 말하지 못할 거예요. 알아들으셨나요."

이 말을 듣고서야 나가마사는 섬뜩했다. 지금까지 미소를 머금고 있던 고다이인의 눈에서 한꺼번에 내뿜듯 눈물이 쏟아졌다.

'그런가. 내대신이 들겠다고 하면 아무도 막을 자가 없다……는 뜻이었던가.'

"웃어주세요, 나가마사 님. 마침내 못난 꼴을 보였군요."

"무슨 말씀을. 이로써 모든 게 깨달아졌습니다, 과연 내대신에게 맞설 자는……."

"그것만은 말하지 않으려 했어요. 다만 명복을 빌려는 일편단심으로……그 소원만으로 성을 나간 사람……으로 해두고 싶었는데, 아직 내 깨우침이 얕은 탓이지요."

살며시 소맷자락으로 눈두덩을 누르고 고다이인은 다시 억지로 웃었다.

"이렇게 되고 보니 숨길 수도 없군요. 나가마사 님, 내가 성을 나가려는 데는 세 가지 집념이 있어서예요."

"집념……."

"그 하나는, 언젠가는 비우라고 할 터인 이에야스 님에게 선수를 쳐서 의리를 배반하지 못하게 하기 위한 것……아무쪼록 여기서 남편의 유언을 지켜주십시오……라고 말한다면 이에야스 님도 도요토미 가문이나 히데요리를 미워할 수는 없을 테지요."

"아……? 참으로 지당하신 말씀!"

"그다음은 여자로서의 내 고집. 과연 다이코의 아내라 천하의 일을 여기까지 잘도 보는구나 하고……."

나가마사는 온몸이 뜨거워졌다. 서릿발 같은 집념이라고 할까, 다이코에 대한 자랑스러운 애정이 아직도 잿속에 묻힌 숯불처럼 살아 있다…….

"셋째 집념은 여기서 내가 내대신을 성에 들이면 미쓰나리가 반항심을 버려주지 않을까 하는 소원이지요. 미쓰나리의 마음을 모르는 건 아닙니다. 하지만 미쓰나리가 집념을 버리지 않는 한, 다이코가 키워낸 자들이 두 파로 나뉘어 서로 죽이게 되고……나는 그것이 슬픈 거예요……."

나가마사의 눈에서도 어느덧 눈물이 뚝뚝 방울져 떨어졌다…… 나가마사는 자기 주위에 이상한 밝음과 향기가 떠도는 듯한 느낌이 들었다. 취한 듯……하다고 해도 좋았으며, 곧잘 이야기로 듣던 극락으로 길을 잃고 들어간 듯한 어리둥절함이라 해도 좋았다. 어딘가에서 절묘한 음악소리가 들려오고 온몸에 꽃잎이 쏟아지는 듯한 느낌이었다.

나가마사는 고슈(江州)의 고다니(小谷)라는 두메에서 아사노 가문 양자로 간 야스이 시게쓰구(安井重繼)라는 가난한 무사의 아들로 태어났다. 어머니의 언니 고다이인과는 27년 전부터 낯익은 사이였고, 이따금 고다이인이 영주들 앞에서 히데요시와 다툴 때면 남몰래 혀를 찬 일도 자주 있었다.

"얼마나 나서기 좋아하는 건방진 여자인 것일까."

재녀이며 기질 센 성품으로 정치문제에까지 일일이 참견하는 것을 보고 히데요시를 그르칠 사람이 있다면 이 여인이 아닐까……라는 생각조차 남몰래 했었다. 그런데 그 여자 다이코라고 뒷손가락질받던 기타노만도코로는 히데요시의 조선출병 무렵부터 차츰 인상이 바뀌기 시작했다. 날카롭고 거센 성미가 수그러지고 기요스의 졸개 집에 있던 무렵의 어딘지 둥그스름 맛을 되찾았다. 그러므로 다이코 서거 뒤의 고다이인은 그대로 팍 늙었다……고 생각했는데, 나가마사 따위가 넘볼 수 없는 세계를 향해 쭉쭉 뻗고 있었던 것이다…… 지금의 고다이인 앞에서 가이 21만 7000석의 아사노 나가마사 따위는 그녀가 말한 보잘것없는 한 소인에 지나지 않음을 뼈저리게 느꼈다.

'도요토미 가문에서 이에야스와 맞겨룰 수 있는 사람은 이분밖에 없지 않을까?'

이에야스와의 사이를 주선해 달라고 왔다가 나가마사는 비로소 인생에 눈뜬 큰 기쁨을 맛보았다…… 무엇보다도 '성을 나간다'는 각오 속에 숨겨진 엄청난 크기의 착한 마음에 나가마사는 압도되었다. 그 말을 듣기 전까지 다섯 행정관의 수석인 나가마사는 도요토미 가문이 놓인 현재의 위치조차 똑똑히 알지 못했었다. 이에야스의 실력이 차츰 무게를 더해가는 데 정신 빼앗겨 이미 오사카성 안에 그 압력을 튕겨버릴 만한 힘이 없어졌음을 모르고 있었던 것이다…… 그렇긴 하나 이 서쪽 성으로 이에야스를 들어오게 하는 데 세 가지 집념이 따르고 있다는 술회는, 이 얼마나 치밀하고도 겸손하며 슬픔을 억누른 설득인가.

'이로써 이에야스도 반성하고, 미쓰나리도 정신 차리게 될지 모른다.'

미쓰나리의 눈을 뜨게 하기 위해서는 나가마사도 진지하게 행동해야만 한다는 느낌이 들었다.

'이에야스에게는 맞설 수 없다……'

은퇴하라면 그대로 은퇴하고, 마에다 도시나가에게도 넌지시 고다이인의 참뜻을 전해주자…….

여기서 미쓰나리가 소동을 벌이게 둔다면 고다이인의 말처럼 다이코가 키운 무장들이 여러 패로 갈라져 피로 피를 씻는 게 고작일 것이며, 그 결과 도요토미 가문의 힘은 더욱 약해지리라…….

"날이 밝았습니다!"

나가마사는 잠시 자신을 망각한 자문자답 끝에 말하고 나서 깜짝 놀랐다. 이제 겨우 해가 떨어진 게 아닌가…….

쏟아진 화살

　이곳은 오미의 이누카미군(犬上郡)에 자리한, 사와산성을 북쪽으로 바라보는 쇼호사(正法寺) 본당이었다. 경내의 은행잎이 노랗게 물든 이 절에 오늘 아무 예고 없이 말을 들이댄 이시다 미쓰나리와 이시다 가문 수석중신 시마 사콘은 인사하러 나온 주지스님도, 황망히 차를 날라온 상좌스님도 물리치고 무심하게 사방의 가을경치를 바라보고 있다.

　"내버려두오. 날씨가 너무 좋아 말을 몰고 멀리 나왔을 뿐. 여기서 잠시 조용히 쉬게 해주시오."

　미쓰나리의 말에 이어 사콘도 주지스님을 물러가게 했다.

　"이 넓은 경내에 인기척이 없는 게 특히 좋군. 모두들 물러가 있는 게 좋겠소."

　수행한 무사는 겨우 7명이었으나 그들도 산문 서쪽으로 트인 삼나무 숲속에 말을 매고 있어 두 사람 옆에는 아무도 없었다.

　단둘이 되자 본당 마루에 나란히 앉은 시마 사콘이 상좌스님이 두고 간 차를 마시며 조용히 말했다.

　"주군, 이 언저리에 3000쯤의 병력은 여유만만하게 진을 칠 수 있겠습니다. 이곳과 사와산 밑 세이료사(清凉寺), 류탄사(龍潭寺), 그리고 아타고(愛宕) 마을 언저리에 은밀히 병력을 배치할 장소를 생각해 두는 게 좋겠지요."

　미쓰나리는 그 말을 듣고 있는 것 같기도 아닌 것 같기도 하다.

　"사와산성의 가장 큰 결점은 식수 부족입니다. 그러므로 어떤 경우에도 농성에 알맞지 못하며 성과 그 언저리에 충분한 대비가 있어야 합니다. 그 의미로 망루와 석축 보수는 이를테면 주군의 결심을 보여주는 속임수……라고 생각하셔야할 것입니다."

미쓰나리는 그 말에 대답하지 않고 불쑥 말했다.

"아사노 나가마사는 고후로 은퇴했다더군."

"예, 내대신께서 명령하신 근신생활을 하다가 마침내 고후에서 에도까지 아들나가시게를 인질로 보냈답니다."

"흠, 오노 하루나가와 히지카타 간베에는 히타치(常陸)로 유배되고 감시가 붙었다지. 그러니 성안의 일은 내대신 마음대로야."

미쓰나리가 싸늘하게 해맑은 표정으로 중얼거리자 사콘은 비웃음을 띠었다.

"이해되셨습니까? 야규 무네요시가 찾아왔을 때 이제부터 내대신의 대담한 공작이 시작될 거라고 제가 말씀드린 그대로 된 겁니다."

미쓰나리는 또 사콘의 말을 피하고 말했다.

"알 수 없는 건 기타노만도코로님 마음이야."

"그것도 잘 알 수 있습니다."

"그대는 어떻게 해석하나."

"요도 마님에 대한 반감 따위라는 단순한 게 아닙니다."

"흠, 아무튼 자청해 서쪽 성을 비우고 내대신을 끌어들이다니 참으로 놀라운 결단이야."

"결단이 아니라 큰 도박이라고 저는 봅니다. 즉 모리 님도 우에스기 님도 마에다 님도 주군께 편들지 않으리라 보고 내대신에게 걸었다……고 여겨 틀림없으리라 생각됩니다."

사콘의 말에 미쓰나리는 비로소 웃음 지었다.

"그러면 미쓰나리는 분별없는 하찮은 소인으로 보였단 말인가. 하하……."

그곳에 또 한 사람, 절 앞길을 달려오는 듯싶은 말발굽 소리가 고요를 은은히 깨뜨리며 들려왔다.

"아, 오는 모양이군요."

사콘은 윗몸을 일으켜 절 앞길을 굽어보았으나, 미쓰나리는 그 말에 굳이 대답하지 않았다. 그것은 역시 측근인 아타카 사쿠자에몬이었다. 아타카는 사이카 효부와 손을 나누어 교토에서 가가에 걸쳐 정보를 수집해 오늘 새벽 오미로 들어와 이곳으로 곧장 말을 달려오게 되어 있었다.

물론 미쓰나리도 그 때문에 멀리 말을 몰아 나왔으며, 보고를 기다릴 것도 없이 대강 그 내용을 알 수 있을 듯했다. 현재 미쓰나리의 최대 관심사는 마에다 도시나가 형제의 거취였다.

히지카타와 오노 두 사람은 오사카에서 멀리 쫓겨났고, 아사노 나가마사 또한 고후에서 근신하도록 명령받고 있다. 그러므로 보기에 따라 미쓰나리는 생손톱을 뽑히고 손가락이 잘린 듯했으나, 그것은 오히려 미쓰나리가 바라는 바였다.

시마 사콘은 본당 아래까지 나가 아타카를 맞이했다.

"주군께서 고대하고 계시오. 사양 말고 들어오시오."

아타카는 벌써 어디선가 옷을 갈아입은 듯 다른 측근들과 마찬가지로 성에서 달려온 것 같은 야전용 승마 차림이었다. 다만 길을 떠난 동안 볕에 탄 살갗이 밀빛으로 그을어 있었으나, 이 역시 두드러지게 눈에 띨 정도는 아니었다.

"주군! 그동안 안녕하셨습니까……."

층계 아래에서 절하는 것을 미쓰나리는 가볍게 꾸짖으며 말했다.

"인사는 안 해도 좋다. 가까이 와 앉거라."

"옛."

"어떻더냐, 가가는 움직이기 시작했느냐?"

"예."

짤막하게 대꾸하고 아타카는 혀를 찼다.

"황송하오나 마시타, 나쓰카 님의 계획은 모두 오산이 아니었는가 생각합니다."

"그런가."

미쓰나리는 말하고 흐흐 웃으며 입을 다물어버렸다.

사콘은 고개를 갸웃하고 미쓰나리를 마음에 꺼리면서도 물어보지 않을 수 없다는 태도로 되물었다.

"두 분의 오산이란?"

"예……내대신은 마시타 님과 나쓰카 님을 불러 마에다 형제의 잘못을 문책하셨다고 합니다."

"허, 뭐라고 문책하셨다던가?"

"이번 가을에 히지카타와 오노는 유배되었으며 아사노 나가마사도 영지에 돌아가 은퇴했다, 따라서 나를 암살하려는 음모에 대해서는 오로지 도시나가 한 사람이 추궁받게 되었다, 그러므로 도시나가는 천만 번 그대들에게 주선을 부탁하고 사과해야 마땅하거늘 아직 아무 반응이 없다, 결국 모반은 풍문만이 아닌 것 같다고."

그 말을 듣자 사콘은 미쓰나리의 얼굴빛을 흘끗 살폈다. 미쓰나리는 여전히 딴청 부리며 경내에 시선을 던지고 있다.

"주군, 주군께서는 그 일에 대해 마시타 님이 뭐라고 대답하셨는지 알고 계신 것 같군요."

미쓰나리는 물처럼 잔잔하게 대답했다.

"물론 알고 있지. 모두 내가 시킨 거야, 그런 흥정은."

미쓰나리의 무뚝뚝한 대답을 듣자 이번에는 사콘이 쓴웃음 지었다.

"주군, 그렇다면 책략이 좀 지나치지 않았을까요."

미쓰나리는 쓴웃음조차도 짓지 않았다.

"지나치긴, 오히려 모자라."

"그러나 내대신에게 문책받고 마시타 님도 나쓰카 님도 대답이 궁했을 겁니다. 모두 자기들이 뿌린 씨니까."

미쓰나리는 코웃음 쳤다.

"흥, 그러면 된 거지. 그대 말대로 마시타나 나쓰카는 대답할 말이 없었겠지. 그러므로 그들이 한 거짓말은 진실이 되는 셈."

"즉 내대신이 정말로 화내어 가가 정벌에 나서리라고 생각하시는 겁니까."

사콘의 말에 힘이 주어졌다.

"그러시다면 생각이 모자라십니다! 내대신은 마시타와 나쓰카 두 분의 말이 근거 없는 참소인 줄 알고 두 분을 놀리고 있는 데 지나지 않는 것……만일 그렇다면 어떻게 하시겠습니까?"

미쓰나리는 다시 한번 흥! 하고 조그맣게 코웃음 쳤다.

"그것으로 된 거야. 내대신 쪽에서 일부러 가가로 쳐들어가지는 않겠지. 그러나 의심받아 공격받을지 모르게 된다면 마에다 형제인들 가만히 있을 수 없지. 아타카!"

"예."

"가가가 움직이기 시작했다고 했지. 자세히 말해 봐."

"예, 교토와 오사카에서는 벌써 마에다 정벌 소문이 자자하며……그 소문에 들떠 같은 가가 땅의 고마쓰(小松)를 영토로 가지고 있는 니와 나가시게(丹羽長重)는 일부러 내대신을 찾아가 마에다 정벌의 선봉을 청하고 나섰습니다."

"흥, 그것도 됐어. 그러면 혹시 불이 붙을지도 모른다. 그런데 마에다 가문에서는?"

"예, 호소카와 님 등은 이 소문을 몹시 마음 아파하시어 파발군을 가나자와로 보냈습니다. 물론 내대신에게 일찌감치 머리를 숙이라……는 겁니다만."

"그것도 내 계획대로다. 그런데 마에다 가문에서는 누가 사자로 갔는가. 설마 도시나가 님은 아닐 테지."

"예, 수석중신 요코야마 나가카즈(橫山長和) 님이 가나자와를 출발하셨습니다."

미쓰나리는 고개를 크게 끄덕였다. 알았느냐고 말하듯 사콘을 쳐다보았다.

사콘은 아직 고개를 갸웃한 채 지그시 눈을 한곳에 못박고 생각에 잠겨 있다. 그의 생각으로는 이곳에서 마에다를 한편으로 끌어들일 수 있느냐의 여부에 따라 승패가 결정될 듯한 느낌이 들었다. 마에다 가문이 일어난다면 모리나 우에스기도 마음 놓고 미쓰나리를 편든다……는 따위의 달콤한 계산은 아니었다. '마에다 님까지 일어났다……'는 것은 내대신의 야심에서 나온 결심이 이미 지난날의 동료이던 다섯 대로의 존재마저 용납하지 않는 것……으로 판단되어 스스로를 지키기 위해서라도 궐기하지 않을 수 없게 될 거라는 견해였다. 그러므로 마에다 가문의 사자가 이에야스 앞에서 사과하여 그 둘 사이에 화해가 성립된다면 돌이킬 수 없는 일이 될 듯한 느낌이 들었다.

갑자기 사콘이 말했다.

"생각이 얕아! 주군! 주군은 대체 가가로 쳐들어갈 뜻이 없는 내대신과 사과인 사차 나온 마에다 가문 사이에 손잡을 염려가 없다고, 무엇을 근거로 판단하십니까?!"

미쓰나리는 또다시 철석 같은 자신감을 가지고 쓴웃음 지었다.

"사콘, 그대는 중요한 인간의 감정이며 고집의 정도를 잘못 보고 있는 것 같군."

미쓰나리는 웃음을 거두고 그대로 칼날 같은 표정이 되어 날카로운 시선으로 쏘아붙였다.

"이른바 싸움에 양편 모두의 승리란 없다."

"지당하신 말씀! 그러므로 필승을 기하여 어디까지나 빈틈없도록 준비에 준비를 거듭하는 일이 필요한 겁니다."

"아니, 내 말은 그것이 아니다. 아무리 준비에 준비를 거듭해도 어차피 필승을 거둔다는 답은 안 나온다. 나온다면 그건 싸움이 아니라 갓난아기 팔을 비트는 일이라고 말하는 거다."

"말씀의 뜻을 잘 모르겠습니다."

미쓰나리는 가볍게 말을 이었다.

"흠……나와 이에야스는 같은 하늘 아래 살 수 없다……알겠나, 이 결의를 전제로 말하고 있는 거지. 그대는 나와 입장이 다른 것 같군. 지는 싸움을 해선 안 된다, 하지 않는다는 것과는 입장이 다르지."

"그럼, 주군께서는 지더라도 이 싸움을 하시겠다는 겁니까?"

"하하하……희지 않으면 검다고 성급히 정하려 들지 마라. 싸움이란 이길 작정으로 하는 거다. 그러나 지더라도 후회 없는 싸움을……."

"흠."

"후회 없는 싸움을 하기 위해서도, 이기기 위해 하는 싸움 이상으로 준비가 필요하다……고 생각되지 않나."

"그건 이론일 뿐이지요."

"아니, 후회 없는 싸움을 하기 위해서는 이기기 위한 싸움 이상의 준비가 필요해. 알겠나, 한낱 마에다 가문의 거취로 싸움 그 자체가 후회스러워지거나 한다면 아이들 장난……내 싸움은 그렇듯 바닥이 얕은 게 아니다."

사콘은 흠칫 놀란 듯 어깨를 떨며 미쓰나리를 지켜보았다.

미쓰나리가 칼날 같은 표정을 부드러운 표정으로 바꾼 것은 그 순간이었다.

"무사의 고집……은 그대로 인간의 꿋꿋한 기골인지도 모른다. 그래도 좋아. 나는 그 기골을 위해 죽어도 후회가 없다. 알겠나, 사콘, 이것은 이미 어쩔 수 없는 일이야. 그대가 납득하지 못한다면 헤어져도 할 수 없지. 나는 마에다 형제의 힘을 믿고 싸우는 게 아니라 내 자신의 힘을 믿고 싸우는 거야."

"과연……."

"마에다 형제가 이에야스에게 농락당한다면 그걸 트집 삼아 싸우고, 마에다 형제가 편들어준다면 그 힘을 합쳐서 싸운다. 싸운다는 사실에는 천에 하나도 어김이 없어."

"그럼, 다짐 삼아 여쭈어보겠습니다."

"오, 미심쩍은 게 있으면 무엇이든지……."

"이에야스가 마에다를 치기 위해 출병한다면 어떻게 하시렵니까?"

"그야말로 다시없을 기회, 곧 군사를 이끌고 오사카로 나가 히데요리 님을 받들어 도요토미 가문의 은혜를 입은 자들에게 총궐기를 호소한다."

"출병하지 않을 경우에는."

"그건 아직 입 밖에 내면 안 되지만 이에야스 군을 유인해낼 수 있는 건 천하에 마에다 군뿐만은 아닐 테지."

"그렇군요, 사타케도 우에스기도 있습니다. 그러나 이에야스가 가만히 오사카에 머물러 있는다면……."

"가만히 있을 수 없지. 잇따라 문제를 일으키면 돼. 그대는 그것을 책략이 지나치다 했고 나는 아직 모자란다고 했다. 인간에게 저마다 이해와 감정의 갈등이 있는 한 소용돌이와 물결은 끝이 없는 법."

아타카 사쿠자에몬은 숨죽여 두 사람의 말을 듣고 있다…… 미쓰나리는 이미 사콘의 간언이나 만류를 들을 마음이 추호도 없는 것 같다. 어쩌면 자신의 움직일 수 없는 결의를 말할 작정으로 더한층 말에 힘을 주는 것인지도 모른다. 하지만 그토록 마음 쓰고 있던 마에다 형제의 동향이 아무래도 좋다고 함부로 말하는 게, 탐색 길을 떠났다 돌아온 아타카로서는 억울했다.

사콘은 이마를 찌푸리고 입을 다물었다. 표정이 그대로 커다란 불만의 주름살로 보였다.

"사콘, 그대는 불만인 것 같군."

"예, 불만이라기보다 불민한 저로서는 주군의 심정을 알 수가 없습니다."

"그런가. 아케치며 마쓰나가와 같은 어리석음을 뒤따르지 말라는 거겠지."

"예, 그렇습니다."

"아케치 미쓰히데는 이길 자신이 없다고 자신도 위태롭게 여기며 싸움에 나섰다가 패배했다."

"말씀대로입니다."

"마쓰나가 단조는 천하를 잡지 못할 바에는 차라리 죽는 게 낫다고 시기산성(信貴山城)에 농성하여 노부나가 공에 의해 죽었다…… 하지만 이 두 사람의 심경 차이를 그대는 알 수 있는가."

"이 사콘은 어느 쪽이나, 배울 필요 없는 옛 분의 실패한 자취라고 생각합니다."

"그럴까……."

미쓰나리는 아타카에게로 흘끗 시선을 옮기며 다시 웃었다.

"아케치에 대해서는 여기서 말하지 않겠다. 그러나 마쓰나가 단조가 그대로 살아남아 다이코 전하를 섬겼다면 세상 사람들은 뭐라고 평했을까."

"주군께서 마쓰나가처럼 천하를 잡겠다는 중병에 걸려계시다……고는 도저히 믿을 수 없습니다."

사콘은 잘라 말하더니 일부러 얼굴을 돌려 한숨 쉬었다. 승패를 문제 삼지 않는 전쟁……그런 전쟁을 감행한다면 천하병에 걸렸다는 평을 듣는다. 그래도 좋으냐고 되묻는 얼굴빛이었다. 미쓰나리는 가볍게 웃었다.

"나도 그대에게 그렇게 여기도록 하고 싶지는 않다. 그래서 마쓰나가 일을 예로 들었다. 마쓰나가 단조는 일생에 세 번이나 노부나가 님에게 반역하고 그때마다 용서받았다. 이것이 중요한 대목이야. 몇 번이고 반역하여 용서받았으면서도 노부나가 님이 세상 떠난 뒤 다이코 전하 앞에 무릎 꿇고 또 이에야스를 섬기며 살았다면 후세에 어떤 인물평을 들을까. 자기 가문의 존속을 위해 계산을 잊지 않았던 약빠른 인물……이라는 평을 듣겠지. 단지 그것뿐만이 아니라, 오히려 처음 반역한 사실은 자기 분수조차 모르는 우스꽝스러운 일이 되어버리고 그런 주제에 뻔뻔스럽게도 노부나가를 대신하려 했다……는 말을 들으며 두고두고 웃음거리가 될 게 아닌가……."

거기까지 듣자 사콘은 놀라며 미쓰나리에게 다시 시선을 못박았다. 미쓰나리의 결심 이면에 무엇이 있는지 비로소 알아차린 놀라움이었다. 미쓰나리는 이미 자기를 고용할 때부터 오늘 일을 생각하고 있었을 게 틀림없다. 이에야스와 같은 하늘 아래 살 수 없다고 말한 것은 평범한 죽음보다 옥쇄를 택하겠다는, 자신의 성격을 생각한 끝의 결의였던 모양이다.

"알겠나……마쓰나가 단조는 그 뒷날의 비웃음을 모면했다. 천하를 잡는 게 목적이었다는 자기 성품대로 고지식하게 죽어갔다. 단조는 끝까지 노부나가에게 굽히지 않은 사나이, 노부나가와 맞겨룰 수 있다는 것을 증명하고 죽어간 것이지."

미쓰나리는 힘주어 말하고 다시 날카로운 눈으로 사콘과 아타카를 번갈아 보았다. 사콘은 저도 모르게 살며시 눈을 감았다. 그 또한 싸움터에서 얻은 용맹한 이름뿐만 아니라 야규 무네요시 등과 친교를 맺으면서 병법과 전략에 얼마쯤 자신을 갖고 있었다. 그러므로 미쓰나리의 결의가 작은 병법의 관점에서 볼 때는 날카롭게 과녁을 꿰뚫고 있지만 그것이 그대로 큰 전략으로는 통하지 않는 몇 가지 점이 있음을 잘못 보아넘기지 않았다.

싸움이란 본디 '바른 싸움'이어야 한다. 그러므로 싸움에 종사하는 자의 본질은 글자 그대로 창(戈)을 막는[止] '무사(武士)'인 것이다. 개인의 성격이나 감정을 위해 싸우는 사사로운 투쟁 따위는 참된 무사에게 용납될 일이 아니다.

'그러나……이제는 이미 그 시기를 놓치고 만 것 같다…….'

미쓰나리는 그 결의를 이에야스와 같은 하늘 아래 살 수 없다는 말로 표현했다. 그리고 마쓰나가 단조의 패배를 예로 들며, 자신의 고집이 어쩔 수 없는 것임을 설명했다. 이쯤 되면 문제는 싸움이나 무사도의 원칙을 떠나 살아 있는 모든 인간의 업이라고 생각할 수밖에 없었다.

'이에야스와 미쓰나리는 어째서 같은 시대에 손잡고 살 수 없는 인연으로 태어난 것일까……?'

아니, 신불은 어째서 늘 그러한 인간들을 같은 시대에 태어나게 하는 것인지……?

"이제 나는 하고 싶은 말을 다 했다. 그래도 그대가 납득할 수 없다면 할 수 없지."

미쓰나리가 다시 조용한 목소리로 말했을 때 시마 사콘은 급히 두 손을 들어 가로막았다.

"기다리십시오."

이마에 흥건히 땀이 배어 있다.

"또 한 가지 더……주군께 여쭙고 싶습니다."

"좋아, 무엇이든 물어보아라."

"주군은……내대신이 만일 주군께서 말씀하시는 것을 모두 받아들인다 해도 용서하시지 않겠습니까?"

"하하……그런 가정은 그대쯤 되는 인물이 입에 올릴 게 못 된다."

"알았습니다. 그러면 이미 시비곡직을 따질 때는 지났다는 말씀이군요."

"그렇지. 화살은 이미 시위를 떠났어. 이건 이에야스 쪽도 마찬가지일 거야."

시마 사콘은 크게 한숨지으며 무겁게 대답했다.

"결정됐습니다. 장부는 자기를 알아주는 이를 위해 죽는다……는 말이 있으니 사콘도 오늘부터 승패를 떠난 입장으로 마음을 바꾸겠습니다."

언저리의 조용한 양지쪽에 오늘은 떼 지어 날아오는 비둘기도 없었다. 뚜렷하게 얼룩진 나무그림자가 그 정적을 품고 있다.

사콘은 별안간 소리 내어 웃었다.

"하하하……과연 묘하군요. 마음의 방향을 바꾸고 나니 마음도 가벼워졌습니다. 그러나 한 가지 드릴 말씀이 있습니다."

"들어보자, 말해 보라."

"저 요도야에 맡기신 아낙네."

"오소데 말인가?"

"예, 그녀는 쓸모있는 여인, 그 여인을 교토의 삼본기(三本木)에 있는 고다이인이 은퇴하신 집으로 들여보내시지 않겠습니까?"

느닷없이 오소데 말이 나오자 이번에는 미쓰나리의 눈이 휘둥그레졌다.

"오소데를 만도코로님 곁에……?"

미쓰나리가 되묻자 사콘은 가볍게 누르고 말했다.

"주군의 결심을 안 이상 이 사콘의 생각도 달라졌습니다…… 주군은 우에스기와 모리에 대한 경비를 하시니, 저는 대의명분은 어떻든 승리를 위해 온 힘을 기울이겠습니다. 그 여자의 일을 저에게 맡겨주십시오."

미쓰나리는 선뜻 대답할 수 없었다. 오사카 저택에서 나올 때 오소데를 요도야에 몰래 맡겨두고 왔다. 요도야의 본댁에 있는지 나카노시마의 창고나 아니면 가와구치(川口)며 사카이의 지점 별장에 있는지는 알 수 없었으나, 아무튼 일이 일단 결판날 때까지 밖으로 내보내지 않도록 감시를 부탁하며 맡겨두었던 것이다. 오소데의 태도에 따라 어쩌면 감금되어 있는지도 모른다.

미쓰나리는 오소데 일을 잊으려 애써왔다. 죽여서는 안 된다. 만약 그대로 풀어주면 가신들이 틀림없이 암살할 것이다. 그래서 다이코 생전부터 요도강의 여러 가지 이권이며 미곡 매매 등에 이르기까지 이것저것 돌봐준 요도야 조안에게 맡기는 게 가장 좋다고 여겼던 것이다. 그 오소데 이야기가 불쑥 나오자 어지간한 미쓰나리도 마음이 아팠다.

"맡길 수 없는 건 아니지만……그 여자를 고다이인 님에게 들여보내 어쩌려는 건가?"

사콘은 미소를 머금은 채 고개를 저었다.

"그것은 모른 체하시는 게……."

"흠, 그러나 남의 의견 따위에 쉽게 움직이는 여자가 아니다."

"그건 저도 알고 있습니다."

"납득되지 않으면 아무리 설득해도 소용없을 거야. 인생의 앞길에 죽음이 있다는 걸 명백히 내다보고 자기 고집을 세우는 여자이니."

"그 점이 제 마음을 끄는 겁니다. 어쨌든 고다이인 님을 섬기도록, 그 밖의 자세한 말씀은 여기 있는 아타카 사쿠자에몬을 통해 듣도록 하라고 몇 자 써주시면 좋겠습니다."

미쓰나리는 잠시 생각한 다음 허리춤에서 필통을 풀었다.

"괜찮겠지."

물론 미쓰나리도 대강 짐작되었다. 오사카 서쪽 성을 이에야스에게 양보하고 교토 삼본기의 조그마한 별장으로 옮겨간 고다이인 곁에 밀정을 하나 두는 것은, 다이코가 키워낸 무장들의 동향을 알기 위해 반드시 필요한 일이었다. 물론 이 밀정 노릇을 보통 여자로선 해내지 못한다. 표면상 이시다 가문에서 쫓겨나 다른 곳에 감금되어 미쓰나리를 무척 원망하는 오소데라면 가장 적임자라고 할 수 있었다.

그 연줄은 요도야와 그를 둘러싼 큰 장사꾼들 사이에 충분히 있으리라. 다만 문제는 오소데 자신이 순순히 승낙할 것인가에 달려 있지만…….

미쓰나리는 시키는 대로 붓을 들어 '오소데—'라고 겉봉을 쓸 때 다시 또 마음이 조금 아팠다. 자기와 가까워지는 사람은 모두 불행한 짐을 짊어지게 된다……는 말을 했다가 오소데에게 비웃음까지 당한 그였으나 이제 와서 보니 그것도 망상이라고 단언할 수밖에 없었다.

'이시다 미쓰나리도 기묘한 사나이……'

가볍게 자조하며 미쓰나리는 편지를 봉했다.

"그럼, 가져갈 것을 아타카에게 맡기시고 주군은 슬슬 성으로……."

사콘에게 재촉받고 미쓰나리는 품 안에서 따로 준비해 온 보퉁이를 꺼내 편지
와 함께 주었다.

"다음 연락은 아타고 마을로 하도록. 가는 도중 아무쪼록 조심하거라."

보자기 속에 든 것은 역시 두툼한 편지였다. 우키타 히데이에, 마시타 나가모
리……그리고 모리, 고니시 두 가문의 수비장수에게로 가는 것 등 이른바 이시다
파의 연락서신 뭉치였다.

미쓰나리가 일부러 성 밖에서 자기 가신과 연락하는 것은 성안에 잠입해 있을
적의 밀정을 경계해서였다. 그의 경험에 의하면 아무리 엄중한 감시의 눈도 결코
첩자의 잠입까지는 막을 수 없었다. 오소데 같은 여성도 처음에는 적의 첩자였
다…….

연락을 마치자 아타카 사쿠자에몬은 경내에서 기다리는 수행원들과는 눈인사
도 나누지 않고 그대로 말을 달려갔다. 미쓰나리는 손뼉 쳐 주지스님을 불렀다.

"절이 번창하지 않는 곳에서는 영주 가문의 영화도 없는 법. 뭐든지 소원이 있
으면 거리낌 없이 중신들에게 말하오."

얼마쯤 돈을 시주하고 일어난 것은 그로부터 얼마 안 되어서였다. 경내를 나
서자 사콘과 미쓰나리는 벌써 엄격하게 일정한 간격을 둔 예의 바른 주종 사이
였다.

"주군, 피곤하시지 않습니까."

"오, 좀 쉬었더니 답답하던 가슴이 나아진 것 같군."

"원해도 얻기 힘든 요즘의 한직(閑職)입니다. 충분히 쉬십시오."

"그렇지. 분명 원해도 얻기 힘든 한직이지……."

미쓰나리는 진지한 표정으로 고개를 끄덕이며 눈앞의 푸른 하늘에서 격렬하
게 작열되어 가는 총화(銃火)의 환영(幻影)에 귀 기울였다.

'싸움은 이미 벌어지고 있다…….'

니와 나가시게가 마에다 정벌의 선봉을 지원했고, 도시나가 형제는 중신 요코
야마를 이에야스에게 변명하는 사자로 보냈다고 한다…….

'이에야스가 용서하리라 여기고 보낸 것인가? 아니면 시간여유를 얻기 위한 것인가……?'

도시나가 형제의 생각이야 어떻든 미쓰나리가 할 일은 하나뿐이었다. 무조건 전쟁으로 치달려가는 것이다. 니와를 뒤에서 부채질해도 좋고, 도쿠가와 가문의 이이며 혼다(_{헤이하}_{치로})며 사카키바라 등 혈기왕성한 이들을 들쑤석거려 보는 것도 좋다.

'아니, 그보다도 차라리 누군가의 손으로 고다이인을 암살해 버린다면 사태가 어떻게 될까……?'

어쨌든 이에야스로 하여금 싸움은 이미 피할 수 없다고 각오하게 한 것만도 큰 수확이었다. 만일 이대로 잠자코 있는다면 팔을 꺾이고 발을 잘린 다음 가문은 멸망당해 버릴 사와산 25만 석……그런데 천하를 다투는 싸움에 상대를 끌어들일 수 있다는 건 이미 첫 싸움에서의 승리가 아니고 무엇인가.

'시마 사콘도 이제 겨우 내 계산을 알게 된 것 같고……'

미쓰나리는 오사카와는 비교도 안 되는 초라한 자기의 작은 성을 바라보며 온몸의 피가 끓어오르는 것을 느꼈다.

'여기에 이시다 미쓰나리가 있노라. 오직 혼자서 도쿠가와 이에야스의 야망 앞을 가로막고 활을 쏘노라!'

초라한 성 정문이 어느덧 눈앞에 보였다……

지류본류(支流本流)

쇼호사를 나오자 아타카 사쿠자에몬은 세타까지 곧장 말을 달렸다. 도중에 해가 저물어 오바시 위쪽에 붙은 자가선(自家船) 선장 미나토야 고헤에(湊屋五兵衛)네 집에 이르렀을 때는 어느덧 등잔에 불이 켜져 있었다. 미나토야 고헤에는 아타카와 같은 가가 땅 아타카 항구 출신으로 그의 추천을 받아 이시다 가문의 물품조달을 맡고 있다. 미쓰나리가 사와산에 은퇴한 뒤로는 표면상의 쌀 운반보다 오로지 사와산과 교토, 오사카 사이 왕복길의 비밀숙소로 이용되고 있었다.

고헤에의 마중을 받아 비와호수 끝머리가 세타 강줄기로 변한 강가에 지어진 집의 안쪽 방으로 들어가자 아타카는 말했다.

"후시미까지 급히 배 준비를."

그리고 황급히 옷차림을 바꾸었다. 지금까지는 여행 중인 빈틈없는 무사차림이었으나 여행용 바지를 벗어던지고 통 좁은 황록색 바지에 손덮개각반을 친 장사꾼 모습으로 바꿔입으니 그것도 잘 어울린다.

이제는 이시다 가문의 중신 아타카 사쿠자에몬이 아니라, 품 안의 지갑에서부터 들고 다니는 것에 이르기까지 동그라미에 요도(淀)자를 써넣은 요도야 조안의 소탈한 지배인 하루스케(治助)였다.

"지배인님, 저녁은 여기서 드시렵니까. 아니면 주먹밥을 배에 둘까요."

이 집 딸 오키쿠(阿菊)의 말을 듣고서야 아타카는 괴상한 소리를 지르며 자기 관자놀이 언저리를 쥐어박았다.

"아차! 오소데 님에게 전할 말을 사콘 님한테서 듣지도 않고 그냥 와버렸군……."

"예……뭐라고 하셨나요?"

"아니, 아무것도 아냐. 나잇값도 못하고 엄청난 일을 잊어버렸군. 그렇지, 식사는 여기서 하고 나가자. 곧 상을 들여오."

측근에서 연락관, 더욱이 중요한 비밀사자로 뽑혀다닐 정도의 사람이 이 무슨 얼빠진 실수를 한 것일까…… 주군 미쓰나리가 오소데에게 쓴 편지내용은 잘 알고 있다. 자세한 이야기를 아타카에게서 들으라고 씌어져 있다. 그런데 아타카는 시마 사콘이 무슨 생각으로 갑자기 오소데를 고다이인한테 보내려는지 그것을 물어보지 않고 와버린 것이다.

물론 대강은 짐작할 수 있다. 목적은 다이코가 키운 무장들의 동향을 살피게 하는 데 있다. 그 일이 너무도 명백하므로 오히려 마음에 빈틈이 생겼다. 왜냐하면 아타카 사쿠자에몬 자신이 마에다 가문의 동향에 지나치게 마음을 빼앗기고 있었기 때문이었다. 주인 미쓰나리는 마에다 형제가 어떻게 하든 대단한 영향이 없는 듯 큰소리쳤지만 아타카의 계산은 그렇지 않았다. 아타카는 우키타 가문을 근거지로 삼아 사이카 효부와 함께 모리 가문이며 우에스기 가문에도 자주 사자로 출입하고 있다. 그의 직감으로는 확실히 반도쿠가와파로 발 벗고 나선 것은 우키타나 고니시 정도였고 나머지는 아직 눈치만 보는 형편으로 생각된다. 그러므로 마에다 형제가 이에야스에게 굴복한다면 이쪽 진영이 크게 흔들릴 것 같았다.

'어쨌든 사콘 님 계획을 듣지 않고 오다니!'

다시 한번 혀를 찼을 때 딸 오키쿠에게 상을 들려 주인 고헤에가 긴장된 표정으로 들어왔다.

"아타카 님……이 아니지. 지배인님, 난처한 일이 생겼습니다."

장사꾼 차림이 되었을 때는 아타카의 본명을 입에 담지 말라고 엄하게 일러놓은 딸 앞인지라 고헤에는 황급히 고쳐부르며 무릎을 꿇었다.

"난처한 일이라면 내게도 있소. 무슨 일인가요, 고헤에 님."

"예, 분부하신 배를 준비하고 있는데 방금 난데없이 어떤 분이 함께 태워달라고 청합니다."

"난데없이 어떤 분이……."

아타카의 눈이 번쩍 빛났다. 자기 행동을 수상쩍게 여기고 어쩌면 누군가 미행한 것이나 아닐까 생각했기 때문이다.

"예, 전혀 뜻밖의 사람으로……거절할 수 없는 분입니다."

"빨리 말해 보오. 누구요, 그게."

"예, 다이코님 마님이신 고다이인 님의 사자가 가가에서 마에다 도시이에 님 부인 호슌인 님을 문병하고 돌아가시는 길이랍니다."

아타카는 숨죽이고 고헤에를 똑바로 쳐다보았다. 방금 마에다 가문이며 고다이인에 대한 일과 아울러 자신의 소홀함을 뉘우치던 참이 아닌가.

"고다이인의 사자……대체 어떤 분이오. 남자요, 아니면 여자요."

"예, 젊은 여승님과 수행하신 남자분 세 사람입니다."

"뭐, 젊은 여승님……."

"이름은……그렇지, 게이준니(慶順尼) 님이라고 하셨습니다. 그분이 나가하마에서 세타까지 배편으로 오셔서, 이세야 이헤에(伊勢屋伊兵衛) 집에 묵고 계셨습니다. 호슌인 님이 고다이인 님 앞으로 보내시는 급한 선물을 부탁받고 있으니 배를 낸다면 꼭 함께 태워달라고 합니다."

아타카는 온몸의 피가 한꺼번에 소리 내며 흐르기 시작한 것 같았다. 상대는 젊은 여승이라고 한다……아니, 그 사자의 정체보다도 고다이인으로부터 호슌인에게……라면 묵과할 수 없는 일이었다. 히데요시의 정실 고다이인과 도시이에의 정실 호슌인은 남편들이 오다 가문의 한낱 부하장수에 지나지 않았던 시절부터 서로 친한 교분이 있다…….

'수상하다!'

만약 고다이인이 마에다 형제 뒤에서 줄을 당기고 있다면 그의 주인을 위해 불리한 것은 뻔한 일이었다.

"그런가. 고다이인 님 사자……라면 거절할 수 없지요. 아니, 거절은커녕 정중히 모시도록 해야 할 거요."

"지장 없겠습니까?"

"오, 기꺼이! 요도야의 지배인 하루스케, 쌀 구입차 왔다가 오사카로 돌아가는 길인데……요도야로서는 큰 은혜를 입은 고다이인 님 사자이시니 후시미까지 정중히 보내드리겠다고 여쭈시오. 그리고 얼마 안 되는 시간이지만 심심파적 삼아 말벗이라도 되어 드릴 터이니 염려 마시라고……수행원들의 좌석준비도 부탁하오."

고헤에는 마음 놓는 태도로 대답했다.

"그러면 이세야에게 곧 그 뜻을."

"그렇게 해주오. 나도 얼른 식사하고 곧 배로 나갈 테니까."

아타카인 하루스케는 물에 풀어놓은 물고기처럼 싱싱해져 밥상 앞에 앉았다.

고다이인으로부터 호슌인에게……라는 것은 바로 히데요시로부터 마에다 가문으로라는 말이 된다. 이미 히데요시도 도시이에도 세상 떠났지만 두 사람의 영향은 아직 두 가문에 그대로 살아 있다.

'고다이인은 대체 어떤 말을 가가에 일러 보냈을까……?'

그 내용이 십중팔구 미쓰나리에게 불리한 것이리라 상상되므로 아타카인 하루스케는 심각했다. 만약 사자 입에서 그 냄새를 맡아낼 수 있다면 그것만으로도 큰 대책을 세우는 데 기초가 될 것이다. 사쿠자에몬은 정신없이 식사를 끝내고 고헤에에게 요도야의 등불을 들려 골목길로 해서 선창에 나갔다.

배에 오르니 고다이인의 사자는 이미 지붕달린 배 한복판에 얌전히 앉았고 세 종자들은 자그마한 문갑을 지키듯 하며 고물 쪽에 도사리고 있다.

아타카는 마음 놓이기도 하고 가슴이 두근거리기도 했다. 종자들은 모두 호인으로 보이는 상민 모습이었고, 사자는 아직 처녀티가 날 만큼 젊어 보였다.

"참으로 잘 타셨습니다. 제가 요도야에 있는 사람입니다."

하루스케는 소탈하게 머리 숙이고 사자의 얼굴을 확인하려는 듯 쳐다보며 웃었다.

"그렇군. 달이 곧 뜨겠지만 여기에 초롱을 하나 더 걸어놓도록 합시다."

"폐를 끼칩니다."

상대는 불빛을 빨아들여 별처럼 반짝이는 눈동자와 사랑스럽게 다문 꽃잎 같은 입술을 놀리며 고개를 조금 갸우뚱했다. 두건을 쓴 탓인지 온 몸매가 야릇하게 동그스름해 보이고 목소리에서도 해맑은 소녀티가 흘러넘친다.

"젊으신 몸으로 가가까지 가셨다니 몹시 피곤하시겠군요."

"네, 하지만 처음 하는 여행이라 신기해 피곤한 것도 그리 모르겠습니다."

"그렇습니까, 여기까지 왔으면 벌써 후시미에 닿은 거나 마찬가지지요. 고다이인 님은 저희 주인 요도야의 큰 은인이시니 이렇듯 동행하게 되어 기쁩니다. 참, 게이준니 님이라 부르신다고요."

"네, 고다이인 님을 가까이 모시고 있는 게이준니입니다."

"저는 요도야에 있는 하루스케라고 합니다. 그러나 지금부터 후시미로 가시면 밤중이 될 텐데 삼본기 저택까지 돌아가실 준비는 되어 있습니까? 아니, 만약 갑자기 돌아가시는 길이시라면 제가 모셔다 드려야겠지요. 그렇지 않으면 제가 나중에 주인에게 야단맞게 됩니다."

그러자 상대는 고개를 갸우뚱하며 방싯 웃었다.

"후시미에는 제 아버님 저택이 있습니다."

"허, 그렇습니까. 스님 아버님이시라면?"

"네, 다나카 요시마사(田中吉政)입니다."

그 말을 듣고 아타카는 깜짝 놀랐다. 다나카 요시마사라면 에치젠의 히가시고(東鄉)에서 11만 석, 히데쓰구 사건으로 꾸중은 들었으나 다이코의 신임이 몹시 두터웠던 기골이 늠름한 성실하고 꿋꿋한 무사였다.

"다나카 님 따님이셨군요. 몰라뵙고 실례를……."

다시 황급히 머리 숙이면서 속으로는 에치젠과 가가의 거리가 가까운 것을 생각하지 않을 수 없었다. 배가 떠날 때까지 아타카는 벌써 재치 있게 게이준니의 경계심만은 풀어놓았다. 그는 가가로부터 에치젠 사이의 지리에 밝다. 도중의 풍경이며 가가의 형편 등에 이르기까지 화제가 딸리지 않았다.

"왜 이렇게 서둘러 돌아가십니까."

고갯길에는 산적, 비와호에는 해적이 출몰하여 젊은 여성의 몸으로 밤길 여행을 하는 것은 생각조차 못할 일이다……라는 말을 덧붙이며 아주 자연스럽게 이야기를 급소로 몰고 갔다.

"네, 수행자들도 그런 말을 했지만 호슌인 님이 고다이인 님에게 답례로 보내는 선물이 있어서."

"날생선입니까?"

"아닙니다. 송로(松露)라는 가가의 버섯이에요."

그 무렵에는 벌써 달이 떠올라 배는 양쪽 기슭의 울창한 밤풍경 속을 미끄러져 나가고 있었다.

"아, 버섯을 가져가시는군요……그렇다면 과연 서두르셔야겠지요. 알겠습니다."

"하지만 하루스케 님이 요도야 사람이라는 말을 듣지 않았다면 부탁하지 않았을 거예요."

"예, 황송한 말씀. 요도야의 명예가 되겠습니다."

"서로 마음 터놓은 교분이란 예나 지금이나 아름다운 것이지요."

"고다이인 님과 호슌인 님의 교분 말씀입니까."

"네, 고다이인 님이 교토의 향기를 보내드린다며 송이버섯을 선물하셨는데……그 답례가 또 같은 버섯이라……나는 처음에 너무 비슷한 답례라 싶어 이해되지 않더군요."

"그러셨겠군요. 하지만 심부름가신 스님이 불가의 몸이라 비린 것을 삼가신 것이겠지요."

"아니, 그렇지 않았어요. 호슌인 님 성함이 오마쓰(阿松) 님이라고 하신다나요."

"과연……?"

"그래서 솔에는 솔향기를 돌려드린다……보잘것없지만 이 버섯처럼 둥글둥글하게 원만한 세상이기를 바라는 오마쓰의 작은 뜻이라는 말씀을 들었을 때 저도 모르게 얼굴이 붉어졌어요."

"버섯처럼 둥글둥글하게 원만한 세상이기를 바란다……."

아타카는 한 대 얻어맞은 듯한 느낌이 들어 황급히 또 머리를 숙였다. 오마쓰와 송로버섯……소나무는 본디 영원히 색깔이 변하지 않는 번창의 표시, 그 오마쓰가 송이버섯에 빗대어 성의를 표시한다……는 두 사람 사이의 문답을 아타카는 이로써 완전히 알 수 있을 것 같았다.

미쓰나리 편을 들어 일을 일으키지 마라……고 아마 고다이인으로부터 편지가 갔을 것이다. 그 회답으로 둥글둥글하게 원만한 세상을 바란다는 답례라면 그 뒤의 말은 들을 필요도 없으리라.

'고다이인이 역시 크게 움직이고 있구나……'

아타카는 이 적이 가장 무서운 힘을 지닌 휴화산(休火山)으로 여겨졌다.

'그랬었군, 고다이인은 마에다 가문에까지 손쓰고 있었구나……'

그 아타카에게 드디어 경계심을 풀게 된 게이준니는 다시 순진스럽게 말했다.

"고다이인 님도 호슨인 님도 전쟁을 아주 싫어하고 계세요. 여러분들도 마찬가지겠지만 아무튼 두 분 모두 평생 동안 남편을 싸움터로 보내고 그 뒤에서 늘 조마조마하게 마음을 태워오셨기 때문에……."

아타카는 재빨리 게이준니의 말에 맞장구쳤다.

"그렇고말고요! 그러나 당분간은 두 분을 슬퍼하시게 할 만한 큰 전쟁이 없을 겁니다. 그 점에서는 저희도 안심하고 생업에 열중할 수 있지요."

상대의 표정이 어떻게 변하는지 온 신경을 눈으로 집중시키며 중얼거렸다. 게이준니는 아타카를 흘끗 쳐다보고 불만스러운 듯 입을 다물었다.

'뭔가 알고 있다…… 알면서 입에 담아서는 안 될 말을 자제하고 있는 모양이다.'

그렇게 생각했을 때 참을 수 없었던지 게이준니 쪽에서 물었다.

"그대들은 세상 소문을 듣지 못했나요."

"세상 소문……이라니, 싸움이 또 시작될 것 같다는 소문이라도 돌고 있습니까?"

"저는 몰라요. 하지만 내대신님이 가가 정벌을 시작하신다느니 않는다느니 하는 소문이 있다는데, 듣지 못했나요?"

"아, 그 말씀이라면, 그렇지, 육로로 오미에 가는 도중 오쓰에서 잠시 들었습니다. 하지만 소문뿐일 테지요."

가볍게 말하고 아타카는 태연스레 공격해 들어갔다.

"하하……그것은 가가에 다녀오신 스님께서 직접 잘 보셨을 텐데요. 가가에서 그런 준비를 하고 있던가요."

여승은 순진스럽게 고개를 저었다.

"안심하세요. 싸움 같은 건 일어나지 않을 거예요."

"그렇고말고요. 지금 내대신과 싸우신다면 마에다 님은 모반자라는 소리를 듣겠지요. 어쨌든 내대신님은 오사카성 안에서 도련님과 함께 계시니."

아타카로서는 대담하기 이를 데 없는 탐색이었다. 상대가 사려 깊은 밀정이었다면 여느 장사치의 질문이 아님을 깨달았을 것이다. 예상한 대로 여승은 잠시 말을 멈추었다. 이번에도 역시 무언가 말하고 싶은 게 속에 가득 차 있는 듯한 머뭇거림이었다.

"저희들 장사꾼들이야 내대신님이든, 마에다 님이든, 이시다 님이든 싸움이 없는 게 으뜸…… 그러나 다이코님께서 돌아가신 뒤 과연 그럴 만한 분이 계신지 어떤지…… 생각하면 다이코님은 참 훌륭한 분이셨지요."

"하루스케 님이라고 하셨던가요……."

"예……옛."

"염려하지 마세요. 다이코님은 돌아가셨지만 큰 싸움은 없을 겁니다."

"그건……또 어째서인가요?"

"고다이인 님이 여러모로 뒤에서 마음 쓰시기 때문이지요. 고다이인 님을 가까이 모셔보니 진심으로 머리가 수그러지는 훌륭한 분이더군요……이분은 반드시 아무도 큰 싸움을 못하게 하실 겁니다."

아타카는 순간 대답할 수 없었다. 이제 충분했다. 뒤에서 마음 쓰고 계시다…… 그 하나가 마에다 가문의 호순인에 대해 손쓰는 일이었다고 게이준니는 저도 모르게 자랑하고 있다…….

'그대로 버려둘 수 없다!'

그렇게 생각한 순간 아타카는 고다이인에게 밀정을……이라고 말한 시마 사콘의 얼굴을 선명하게 떠올리고 있었다.

게이준니는 다시 말하지 않고는 못 배기겠는 듯 순진스러운 표정으로 말을 이었다.

"고다이인 님은……다이코님의 참뜻을 아는 분은 자신뿐이라고 믿고 계셔요. 그러니 고다이인 님께서 무사하신 동안은 큰 싸움이 없을 겁니다. 모두 안심하고 살아갈 수 있을 거예요."

겨우 19살이나 20살 남짓한 게이준니의 말투에는 자기가 종사하는 주인이 얼마나 고맙고 훌륭한지 자랑하고 싶어 못 견디겠는 자부심이 엿보인다.

아타카는 망막 속에 오소데와 사콘의 환상을 나란히 세워둔 채 태연스레 대답했다.

"과연 그렇겠군요."

자칫하면 입이 바싹 말라 혀가 굳어버릴 것만 같았다.

"그렇다면 은퇴하신 삼본기 저택으로 다이코님 심복이었던 분들이 지금도 저마다 문안 오시겠군요."

게이준니는 더욱 경계심을 풀고 말했다.

"물론이지요. 오사카에 있는 내대신님 가신들까지 오신답니다. 얼마 전에도 멀리 서쪽의 시마즈 님이며 가토 님, 구로다 님……그리고 모리 집안인 고바야카와 히데아키 님 등에게서 저마다 정성 어린 선물이 보내져왔어요."

아타카의 눈이 홀린 듯 번뜩이기 시작했다. 이시다 미쓰나리를 두둔해 사와산으로 도망시킨 일 때문에 감정이 틀어졌던 이에야스와 일곱 장수들 사이도 아마 고다이인의 주선으로 옛날로 돌아가고 있는 모양이다. 아니, 그보다도 마음에 걸리는 한 마디는 고바와카와 히데아키가 삼본기에 접근한다는 일이었다. 고바야카와 가문은 모리 일가의 명문이지만 히데아키는 다카카게의 친자식이 아니고 고다이인이 어릴 때부터 손수 길러낸 친조카이다. 그가 만일 고다이인에게 접근하여 그 뜻을 받아 모리 일족의 거취에까지 영향 주게 된다면 그야말로 큰일이었다.

"하긴 그런 분들이 모두 고다이인 님의 뜻을 받들어 활동하기 시작한다면 싸움 같은 건 일어나지 않겠지요. 고마운 일이군요."

"여장부란 그런 분을 두고 하는 말일 거예요."

"게이준니 님은 행복하군요. 그런데 지금 고다이인 님 곁에는 스님 같은 분이 몇 사람이나 종사하고 계신가요."

"가까이 종사하는 이는 겨우 너덧 사람. 그 큰 성에서 사시다 깨끗이 세상을 버린 사람같이 사시니, 여느 사람이라면 흉내도 못 낼 일이지요."

"그렇고말고요. 하지만 저택 주변은 남자들이 엄하게 수비하고 있겠지요."

"그건, 고다이인 님 뜻이 아니에요. 고다이인 님은 법의 하나만 입으시고 부처님 덕으로 살아가려 하시지만 주위에서 아무래도 가만두지 않기 때문에."

배는 어느덧 후시미에 가까와졌다. 오구라연못(巨椋池)의 수면이 달빛을 받아 번쩍번쩍 빛나면서 산그림자 너머로 보이기 시작했다.

아타카가 스스로 자기의 결심에 놀라 사방을 둘러본 것은 그로부터 얼마 안 되어서였다.

'그렇다. 이제는 사콘 님 의견 따위 들어볼 필요도 없다! 고다이인 님이야말로 내대신 이상으로 무서운 큰 적이다…….'

미쓰나리의 뜻과 각오를 아타카는 너무도 잘 알고 있었다.

"이에야스와는 같은 하늘 아래 살 수 없다!"

그 결심이 확고한 이상 미쓰나리는 촌각을 다투어 싸움을 서둘러야만 했다. 여기서 주저하면 시시각각 이에야스의 파괴작전이 성공하고, 그만큼 이편이 불리해진다……는 사실을 알고 있었지만 이에야스보다 더한 적이 있으리라고는 오늘날까지 생각도 해보지 못했었다.

배가 후시미에 닿아 싸늘하고 흰 게이준니의 손을 잡아 건널판자로 상륙시켜줄 때 아타카의 마음은 확고히 정해졌다. 젊은 게이준니가 그대로 고다이인처럼 여겨져 저도 모르게 품 속의 단도를 움켜쥐었을 정도였다.

'살려둘 사람이 아니다…….'

인간의 적대의식이란 때로 매우 부자연스럽게 불타오른다. 개인적으로 아타카는 고다이인에게 아무 원한도 없다. 게다가 이시다 미쓰나리를 위해 목숨을 내던져 일하지 않으면 안 될 은혜와 의리가 무섭게 그를 붙들고 있는 것도 아니었다. 그는 다만 미쓰나리의 가신으로 살아왔고, 배반하지 않을 사나이로 인정받으며 일해 왔다. 단지 그것만으로 지금 그는 고다이인에 대한 살의를 완전히 흔들리지 않는 것으로 만들었다.

시마 사콘의 뜻도 거기에 있는 게 분명하다……고 생각했고, 비록 그렇지 않더라도 자기 생각에 잘못은 없다고 자문자답했다. 고다이인 때문에 마에다도 모리도 미쓰나리에게서 떨어져나간다……면 자기 생애도 끝난다는 의식 속에서의 계산이 어느 구석에 있었는지도 모른다.

게이준니를 배에서 내려주자 그는 무뚝뚝하게 팔짱 끼고 입을 꾹 다물었다. 배는 화살처럼 내려간다. 사공들은 아마 후시미에 들러 지체된 시간을 되찾으려 애쓰는 모양이다. 한밤에 내려가는 배들이 뜻밖에도 많아 앞선 배를 앞지르다 뱃전이 부딪쳐 간이 서늘해지는 일이 한두 번 아니었다.

'그렇다. 사콘 님과 주군의 내명(內命)이라며 오소데 님을 납득시키자.'

본디 요도야 조안은 고다이인의 단골이었다. 해마다 일찌감치 새로운 차를 보내고, 사카이의 생선이며 에치젠의 건어물 따위를 계절에 앞서 보내 오사카성 안에 있을 때 다회에 자주 초대받았던 일을 자랑스러워했다. 그러므로 조안을 설득해 오소데를 삼본기의 저택에 들여보내는 것은 그리 어려운 일이 아닐 듯했다.

물론 죽이겠다는 일까지 털어놓을 수는 없지만, 어떤 사람들이 방문하는가 하는 정보수집……이라고 말한다면 조안은 싫다고 할 수 없는 의리가 미쓰나리에게 있을 터였다.

'좋다, 이것으로 정해졌다!'

배가 나카노시마 건너편의 요도야 선창에 닿았을 때는 벌써 날이 활짝 밝아 해마다 번영을 더해가는 오사카 거리거리에 밥 짓는 연기가 자욱이 일기 시작하고 있었다.

'적의 본류는 엉뚱한 곳에 따로 있었구나……'

아타카는 살며시 두 손을 주먹 쥐고 그 아침거리로 내려섰다.

일찍 일어나는 조안은 벌써 창고를 살피거나 뜰을 산책하고 있을 무렵이었다.

선창가 돌계단을 올라가면, 가게의 봉당으로 통하는 길 외에 안뜰로 들어가는 작은 문이 있다. 그 문 앞에서 물을 뿌리고 있는 고용인에게 말을 건넸다.

"주인님은 벌써 일어나셨겠지요."

"아타카 님, 나 여기 있소. 여기요."

아타카의 등 뒤에서 조안이 싱글벙글 웃으며 돌계단을 올라왔다. 그러고 보니 배가 도착할 때마다 꼼꼼하게 강변까지 나와보는 게 조안의 습관이었다.

"아, 안녕히 주무셨습니까."

고용인들의 의심을 사지 않기 위해 아타카는 지배인답게 꾸며댔으나 머리가 희끗희끗하게 센 조안은 그런 일에 전혀 세심하게 신경 쓰지 않았다.

굵직한 짧은 목과 산전수전 다 겪은 거무튀튀한 살갗은 조안을 여느 상인처럼 보이게 하지 않았다. 히데요시 생전부터 '장사꾼 다이코—'라는 말을 들어온 만큼, 전쟁터를 누벼온 꿋꿋한 무사를 연상케 하는 품격이 듬직하게 온몸에 배어 있다. 손발도 굵으며 거기에 은빛으로 빛나는 굵은 털이 나 있다.

젊은 무렵 조안이 부지런히 나카노시마를 개간하기 시작했을 때, 사람들은 그의 상혼(商魂)을 의심했었다. 이 크나큰 요도강이 흘러 만들어진 비옥한 땅에 그가 직접 씨를 뿌려 수확을 거둘 작정인 줄 알았기 때문이었다. 그런데 그는 개간을 명목으로 이 섬을 개척하자 바로 그곳에 도시계획을 했다. 그 착상은 히데요시가 노부나가의 암시에 따라 오사카를 근거지로 삼으려 했던 것과 같았다. 그도 또한 이 거리가 긴키 지방의 대동맥이 되고 심장이 되고 밥통이 될 것을 차분히 계산에 넣고 있었던 것이다.

개간되었다는 소문이 나자 여러 영주들이 잇따라 저택 분양을 청해 왔다. 그는 그 청에 쾌히 응하고 그 영주들 영지에서 수확되는 오곡(五穀)의 매입을 차례차례 부탁받았다.

그는 아타카에게 이런 말을 한 적 있었다.

"다이코님의 위업이라면 이루어질 것으로 생각하고 한번 해보았을 뿐이야. 그게 들어맞았지, 뭘. 비록 다이코님이 누구에게 천하를 빼앗기더라도 오사카 거리는 남거든. 아니, 오사카 중심부로서 나카노시마는 멸망하지 않아. 그것이 무사와 내 수판의 차이점이지."

정녕 그 말대로였다고 아타카는 생각한다. 지금 영주들 가운데 요도야에 빚이 없는 자는 드물었으며, 전국의 영주들이 떼 지어 몰려들어 요도야의 재산을 늘려주고 있다 해도 과언이 아니었다.

그 요도야가 히데요시의 행정관이었던 미쓰나리에게 상당한 은혜를 느끼고 있다……고 아타카는 믿고 있었다. 어쩌면 요도야는 미쓰나리의 원조가 자신의 기초를 굳혀주었다고 생각하는지도 모른다…….

요도야 조안은 상인 모습의 아타카를 요도강 물을 끌어들여 만든 큰 연못에 면한 자기 방으로 안내하자 느닷없이 말했다.

"미쓰나리 님은 큰 잉어를 낚다가 놓치셨어. 마에다 가문이라는…… 낚다가 놓치고 보니 이 잉어는 더욱 커보인단 말씀이야."

아타카는 갑작스러운 말에 몸을 앞으로 내밀었다.

"그게……무슨 말씀입니까?"

요도야 조안은 웃지도 않고 그리 서두르는 기색도 없이 혼자 고개를 끄덕이며 가볍게 말했다.

"엊그제 성안에서 마에다 가문 중신 요코야마 나가카즈 님이 내대신님을 뵈었다더군. 이이 나오마사 님 중재로 말이오. 이 일은 그렇게 되게끔 되어 있었어. 미쓰나리 님은 여자들 힘을 잘못 보고 계셨지. 이 세상을 움직이는 것은 여자의 힘이 7할, 남자의 힘은 겨우 3할 정도라는 걸 말이오."

아타카는 어리둥절하여 두 눈을 깜박거렸다. 요도야의 말이 무엇을 뜻하는지 알 것 같으면서도 몰랐기 때문이었다.

요도야는 다시 말을 이었다.

"여자들에게는 하늘이 베풀어주신 세 가지 큰 힘이 있소. 그 첫째는 색으로 남자를 사로잡는 것, 둘째는 아내 자리를 차지하는 것, 셋째는 듬직하게 어머니 자리에 앉는 것…… 뛰어난 여자는 이 세 가지 힘을 하나로 하여 사나이를 마음에서 손발까지 꽁꽁 묶어버리지. 아시겠소, 아타카 님."

아타카는 황급히 손을 저었다.

"그건……호슌인 님이 마에다 님 형제분들을 움직이셨다는 말씀입니까?"

"그렇소. 호슌인 님의 힘에 다른 여자들 힘까지 곁들여졌소. 고다이인 님과 아사노 님 부인이오. 이 세 분은 젊을 때부터 친하던 사이. 미쓰나리 님이 이 세 분의 편이 되지 않겠다는 결심을 하고 움직이기 시작한다면 낚시질해도 놓치는 게 많을 텐데."

"그럼, 마에다 가문으로부터 잘못을 사과하는 사자가 왔습니까?"

요도야는 또 고개를 끄덕였다.

"마에다 가문의 어머니 자리는 굳센 것이오."

가볍게 말하고 그때부터 요도야는 자신다운 견해로 여성 힘의 위대함을 재미있고 우습게 이야기하기 시작했다. 무사들은 유난히 사나이답다느니 얼굴이 잘생겼느니 체면이니 우겨대는 버릇이 있지만 요도야의 가게에서 보고 있으면 전혀 반대라는 것이었다. 어느 영주든 여자들의 마음 쓰기에 따라 중요하게 소요되는 경비가 좌우되어 명군(名君)이 되거나 암군(暗君)이 되는 큰 소동을 되풀이한다…….

"다이코님도 여자들에 의해 움직여졌는데 미쓰나리 님은 그런 점에서 남자 힘을 과신하고 계시오. 인간이 살아가는 방법에 대해 좀더 깊이 다시 음미해 보아야 할 거요."

그 말을 듣고 아타카는 겨우 자기의 말머리를 찾아냈다. 요도야의 말은 결국 고다이인이나 호슌인뿐 아니라 요도 마님을 비롯한 다른 영주들 부인들에게 좀더 마음 쓰도록 하라는 조언인 것으로 받아들여졌다.

"그것입니다. 뒤늦었지만 주군께서도 그걸 깨달으시고……."

아타카는 서둘러 미쓰나리가 오소데 앞으로 보내는 서한을 맡고 있으며, 오소데를 고다이인의 측근으로 들여보내기 위해 요도야의 힘을 빌리고 싶다고 말했다. 결코 하기 좋은 말은 아니었다. 그 자신은 이미 오소데에게 고다이인을 살해

하도록 할 작정으로 있다. 그것을 눈치채게 되면 요도야가 도울 리 없었다······.

말하고 나서 아타카는 살며시 땀을 닦았다. 우둔해 보이면서도 온몸이 모두 촉각이라고 할 만한 요도야였다. 그러나 요도야 조안은 아타카가 말을 끝내자마자 선뜻 머리를 끄덕였다.

"좋소. 그 일 같으면 실은 오소데 님으로부터도 부탁받고 있던 참이었소."

아타카는 깜짝 놀라 되물었다.

"뭐, 오소데 님이 요도야 님에게. 그게 사실입니까?"

"허, 무슨 소리요. 요도야 조안이 뭣 때문에 임자를 속이겠소. 오소데 님은 전부터 미쓰나리 님은 모자라는 데가 있다고 염려하고 있었소."

"옳지."

"일을 당하면 지나칠 정도로 날카로우면서도 어쩐지 인정이 좀 없는 것 같다는 거요. 여자란 감정에 예민한 귀찮은 존재로만 여기고, 그 힘이 얼마나 크게 움직여가는지에 대해 생각조차 해보려 하지 않는다는 거지."

"오소데 님이 주군을 그렇게 비평하셨나요."

요도야는 웃으며 고개를 끄덕였다.

"특별히 미련하지 않은 보통 정도의 여자만 되어도 품에 안겨 안으로부터 보아가면 남자의 가치를 완전히 알게 되는 모양이야. 얼마쯤 슬기로운 여자 같으면 남자란 철부지 어린아이로 보일지도 모르지."

"오소데 님이 그런 말까지······."

"하하······이건 오소데 님 말이 아니오. 요도야의 짐작이지. 아무튼 미쓰나리 님은 소중한 고다이인의 존재를 무시하고 계시는데 그것을 정면에서 주의 드리면 듣지 않으실 테니 고다이인 님 시녀로 들여보내 주시지 않겠는가······라고 오소데 님은 말했소."

"허, 놀라운데요!"

"나도 깜짝 놀랐소. 오소데 님은 아마 미쓰나리 님 품 안에 있는 동안 어머니 심정이 된 모양이오."

"어머니 심정이······?"

"그렇소. 처음에는 어린아이처럼 생각하며 다루었겠지. 그러다 이것저것 부족한 점을 발견하게 되면 가만히 있을 수 없게 되는 거요. 색정이나 연애로 보이는 남녀관계 가운데 이러한 어머니 심정이 상당히 깃들어 있는 법이오. 그 어머니 마음은 상대가 부족하다고 여길수록 사랑스러움을 더해가지요. 신불은 여자를 그렇게 만들어놓으신 모양이지."

요도야는 말하기 좋아하는 노인에게 흔히 있는 이야기 자체를 즐기는 태도로 천천히 말을 잇는다.

"그래서 나는 그 일을 미쓰나리 님에게 직접 말씀드리지 않고 중신인 시마 사콘 님에게 말했소. 미쓰나리 님 영지에서 이의 없으면 요도야가 그렇게 주선해 보겠다고 말이지."

아타카는 자기 귀를 의심했다. 그렇다면 이 일은 이미 다 된 거나 마찬가지였다.

"그렇다면 제가 주군의 편지를 오소데 님에게 전하기만 하면 모든 일을 귀하께서 진행시키신다……는 말씀입니까?"

"바로 그렇소. 오소데 님도 그런 각오로 있을 테니까."

아타카는 목소리를 돋우면서 요도야에게 말했다.

"만나게 해주십시오! 아마도 이 일에는 신불의 뜻이 움직이고 있다……고 생각할 수밖에 없군요. 오소데 님은 지금 어디 있습니까?"

"어디라니……이 집 안에 있지요. 그럼, 안내해 드리겠소. 가신들은 집 안에 감옥을 만들어 가두라는 등 답답한 소리를 했지만 나는 그럴 필요가 없다고 여겨 저 별채에서 마음대로 놀게 뒀지."

요도야는 천천히 일어나 안뜰 너머로 보이는 다실처럼 지은 조그만 암자를 가리켰다. 아타카는 꿈을 꾸고 있는 것 같았다.

미쓰나리로부터 편지는 받았으나 할 말을 듣지 못하고 왔다는 것을 알았을 때는 이 얼마나 멍청한 노릇이냐며 스스로 자신에게 어이가 없었다. 그런데 그 바로 뒤 게이준니가 배를 태워달라고 청해오는 요행을 만났다. 그 젊은 여승 입에서 이것저것 비밀을 끌어내는 동안 고다이인이야말로 이에야스 이상 가는 큰 적이라고 마음 정하고 왔으니 일은 거의 이루어진 셈이다.

'참혹한 일이지만 이미 고다이인 님의 운이 다 된 증거일 것이다……'

그리고 보니 도요토미 가문 후계자를 낳지 못한 것도, 요도 마님에게서 히데요리가 태어난 것도, 오사카성을 나오지 않을 수 없었던 것도 모두 눈에 보이지 않는 힘에 의해 마지막 불운의 자리로 고다이인이 끌려가고 있었던 것인지도 모른다.

게이준니의 말로는 측근에 겨우 4, 5명의 여성이 있을 뿐이라던데……그곳에 요도야의 연줄로 오소데가 들어간다…….

'마치 물이 낮은 곳으로 흐르듯 순조롭구나……'

아타카는 요도야의 뒤를 따라 뜰나막신을 끌고 나치(那智) 지방의 검은 차돌을 깔끔하게 깔아놓은 정원을 걸어가면서 그답지 않게 두근거리는 가슴의 고동을 어찌할 바 몰랐다.

작은 마당 어귀에 형식적인 가시나무 울타리가 있었다. 여기서부터는 아무도 가까이 오지 말라는 뜻이리라.

요도야는 손수 그것을 가볍게 밀쳐놓고 정답게 불렀다.

"오소데 님, 이시다 가문의 아타카 님이 대감님 편지를 가지고 오셨소. 들어갑니다."

안에서 대답 소리가 나더니 툇마루를 향한 작은 창문이 열렸다. 그리고 아직도 새파란 대창살 너머로 오소데의 하얀 얼굴이 내다보았다.

"어머나, 죄송합니다. 어서 들어오세요."

"그렇지만 허락이 없으니 나는 들어갈 수 없지. 나는 물러가겠소. 천천히 말씀들 하시오."

"호호……조심성이 많으시군요. 그럼, 말씀대로 실례합니다."

아타카 사쿠자에몬은 그대로 가버리는 요도야의 모습을 바라보고 황급히 작은 마당으로 들어섰다. 오소데는 소에키의 취향을 본떠 지은 다실 문을 열고 기다렸다.

"이리 들어오세요."

"실례하오."

들어와서 아타카는 오소데가 지금까지 무엇을 하고 있었는지 알고 짜릿하게 가슴이 아파왔다. 한가운데 화로를 놓은 다다미가 4장 반 깔린 다실 곁에 잇닿은 다다미 8장쯤 깔린 넓은 방이 오소데의 거처로 되어 있다. 그 방에 붙은 창가에 옻칠한 책상이 놓였으며 거기서 오소데는 불경을 베끼고 있었던 것이다.

주군 미쓰나리의 마음에 들었다……고는 하나 고작해야 기녀 출신, 요도야에 감금된 내력은 자신이 더 잘 알고 있는 터. 베는 것도 불쌍하지만 살려보낼 수도 없다……는 기묘한 입장으로 갇혀 있는 몸이므로 원한을 품고 있으려니 했는데 오히려 반대로 조용히 경문을 베끼며 충성할 길을 생각하고 있을 줄이야…….

아타카는 단정히 앉아 미쓰나리의 편지를 공손히 오소데 앞으로 내밀었다.

"주군께서 친히 쓰신 편지입니다. 우선 펴보십시오."

상대가 편지를 다 읽고 났을 때 맨 먼저 무슨 말을 할 것인지 아타카는 생각했다. 시녀로 종사하러 가고 싶다고는 했지만, 고다이인을 살해할 각오까지는 하고 있지 않을 것이다. 다만 곁에서 접근하는 자들의 정보를 알아낸다……고 생각하는 것으로 여겨 입을 여는 게 순서일 것 같았다. 만일 오소데가 생각도 해보지 않은 일을 처음부터 주제넘게 입에 담았다가 '그건 할 수 없다'고 나온다면 설득하는 데 대단한 힘이 들 것이다.

"보겠습니다."

오소데는 두 손으로 편지를 받쳐들고 펼쳐 조그맣게 다문 입술을 보일락 말락 움직이면서 읽어내려갔다.

"다 읽었습니다. 자세한 것은 귀하에게서 듣도록 하라고 씌어 있군요."

아타카는 고작해야 기녀 출신……이라고 생각하면서도 오소데의 일거일동에 야릇한 무게가 느껴져 혀가 굳어질 것만 같았다.

"예, 그 일에 대해 먼저 부인의 생각을 듣고 싶습니다만."

"제 생각을……?"

"예, 요도야 님한테서 들었습니다. 고다이인 님 측근으로 가겠다고 부인이 희망하셨다는 것을."

"그랬습니다. 하지만 대감님에게는 나름의 생각이 계실 테니 그 말씀부터 듣고 싶군요."

부드러운 목소리로 대답하므로 아타카는 다급해졌다. 상대의 말이 조리 있어 자칫하면 아타카 쪽이 눌릴 것 같았다.

"오소데 님, 부인은 고다이인 님을 어떻게 보십니까. 주군을 위해 유익한 분인지, 아니면 적 쪽에 가담하실 분인지……?"

얼른 화제를 돌리자 오소데는 잠시 눈을 크게 떴다. 왜 솔직하게 미쓰나리의 말을 전하지 않는가, 하고 의심 품는 얼굴이었다.

"지금으로는 주군을 위해 유익한 분이라고 생각되지 않아요."

"그럼, 적이 되실 분으로 보십니까?"

"아니요."

오소데는 천천히 고개 저으며 아다카가 무엇을 말하려는지 살피듯 미소 지었다.

"저는 인간에게 처음부터 적이나 편은 없다고 생각합니다."

"과연."

"적이 되는 것도, 편이 되는 것도 이쪽의 태도에 따라 결정되는 것……주군은 적으로 알고 가라……고 하셨습니까?"

아타카는 가슴이 덜컹 내려앉았다.

'말조심해야겠는걸…….'

"오소데 님, 주군의 생각보다 먼저 제 생각을 말씀드리고 싶은데 들어주시겠습니까?"

"그편이 좋으시다면……."

"제가 보기에 고다이인 님은 이미 주군의 적이 되어버린 것으로 생각됩니다."

"그 이유는?"

"마에다 노마님까지 동원해 도시나가 님 형제분들에게 주군 편을 들지 못하도록 손쓰신 증거를 보았기 때문입니다."

오소데는 그 말에 특별히 반대하지 않았다. 조용히 머리를 끄덕이며 아타카의 다음 말을 기다리는 자세였다. 아타카는 겨드랑이에 땀이 줄줄 흘러내렸다. 고다이인은 주군의 적……이라고 말하면 상대는 당연히 그 말에 끌려들어 무언가 말할 것으로 예상했었다. 그런데 그 말이 옳다……는 뜻이리라, 가볍게 고개를 끄덕였을 뿐 아무 말도 하지 않는다. 그렇게 되니 아타카의 생각과 입이 막혀버려 무슨 말을 해야 좋을지 모르게 되어버렸다.

"오소데 님은……그……그……그래도 고다이인 님을 적이 아니라고 생각하시는지요……?"

"아타카 님, 귀하는 무언가 망설이고 계신 것 같군요."

"예……?"

"생각하시는 것은 따로 있으면서 엉뚱한 말씀을 하시니, 그러면 자신도 피로하시고 저도 난처해질 뿐입니다."

"그……그렇군요."

"망설이지 말고 생각하시는 바를 말씀해 주세요. 저도 마음 편히 대답해 드릴 테니까요."

'벌써 완전히 속을 들여다보고 있다……'

그렇게 생각하자 아타카도 강경하게 나가는 수밖에 도리 없었다.

"이거 참, 뜻밖의 말씀. 저는 지금 부인께 고다이인 님을 적으로 여기는지 편으로 생각하는지, 그것을 묻고 있는 겁니다."

"그렇다면 대답해 드리지요. 저는 고다이인 님을 모릅니다. 그러나 대감님 일이라면 알고 있습니다. 대감님에게 얼마쯤 도움 될까 하여 고다이인 님의 시녀가 되겠다고 청을 드렸던 거예요."

"그렇다면 가까이 모시면서 주군을 위해 여러 가지로 정보를 수집하시겠다는 말씀인가요?"

"호호……그것도 있지요."

"그러면 그 이상의 목적도?!"

"네, 그 이상의 목적도."

"오소데 님."

"부디 생각하신 일을 마음 놓고 말씀해 주세요."

아타카는 저도 모르게 몸을 앞으로 내밀었다. 생각해 보면 재미있다. 이것이 인간 단련의 차이, 가치의 차이리라. 오소데의 속셈을 알아내려고 덤벼들던 아타카가 어느덧 반대로 오소데에게 속을 들여다보이는 꼴이 되어버렸다.

"그렇다면 부인은 주군을 위해 첩자보다 더한 일도 맡아주시겠군요."

"첩자보다 더한 일……네, 맡을 생각입니다."

"이제 안심했습니다!"

아타카는 진정 마음 놓이는 표정이 되었다.

"그렇다면 저도 마음 놓고 주군과 사콘 님 말씀을 전할 수 있습니다. 고다이인 님은 마에다 님 형제분을 주군 편에서 떼어놓았을 뿐 아니라, 다음에는 고바야카와 히데아키 님을 떼어내고 다시 다이코가 길러낸 무장들을 차례차례 내대신 편으로 만들어갈 것입니다."

"그럴……지도 모르지요."

"그렇게 되면 주군 입장은 난처해지십니다. 아사노 님도 이미 고후로 은퇴…… 이것도 고다이인 님이 계시기 때문에 생긴 우리 편의 불리함……이라고 생각지 않으십니까?"

"생각합니다. 그럴 거라고……."

"그렇다면 수단은 하나뿐입니다."

"그 한 가지 수단이란?"

"고다이인 측근으로 들어가 한시라도 빨리……."

아타카는 차마 찌르라고 말하지는 못하고 손으로 칼 모양을 만들어 앞으로 쑥 내밀었다.

오소데는 이번에도 가볍게 고개를 끄덕였다.

"그것이 주군께서 편지에 못 쓰신 말씀인가요."

"바로……바로 그렇습니다."

아타카 사쿠자에몬은 말끝에 힘을 주고 얼굴이 새빨개졌다.

오소데는 좀 놀란 모양이었다. 정보수집 역할 이상으로 일하고 싶다……고 한 오소데의 말을 똑똑히 마음에 받아들였다면 아타카는 당연히 여기서 의문을 가져야만 했었다. 찔러라……는 말을 듣고 놀랄 정도라면 무엇 때문에 정보수집 이상의 역할을 다할 작정……이라는 등 말했으며, 오소데는 대체 무엇을 말한 것일까……?

그러나 아타카는 가슴에 짓눌렸던 무거운 짐을 벗어던진 듯 마음 놓여 오소데의 미묘한 표정의 움직임까지는 미처 눈치채지 못했다.

"물론, 물론 맡아주시겠지요, 오소데 님."

덮어씌우듯 다짐하자 오소데의 미간이 잠시 흐려졌다.

"그것이 대감님 명령이시라면 저는 맡을 수밖에 없는 입장이지요."

"이제 마음 놓았습니다!"

아타카는 또다시 오소데가 하는 말 속의 뼈를 눈치채지 못했다.

"그러면 요도야에게는 제가 잘 부탁드려 놓겠습니다. 반드시, 반드시 주군을 위해……."

"잘 알겠습니다."

"고다이인 님은 이미 틀림없는 내대신 편, 도요토미 가문으로서는 큰 화근덩어리가 분명하니까요……"

오소데는 무언가 말하려다 말고 입을 다물어버렸다. 그만큼 아타카를 믿지 않는 게 분명하다.

아타카는 그런 다음 게이준니의 일이며 고바와카와 히데아키의 성격 등에 대해 이야기했다. 그러나 모든 점에서 그것은 오소데의 견해와 거리가 멀었다. 무슨 말을 하든 오소데로서는 다만 굳이 반대하지 않고 들어두는 수밖에 도리 없었다. 미쓰나리에게 옥쇄할 각오로 일어나라고 조언한 꼴이 된 오소데인 것이다…….

아타카가 새삼 다짐하고 암자를 나서자 오소데는 그를 골목 어귀까지 배웅하고 방으로 돌아왔다. 어쩐지 몹시 안타까웠다. 자기가 생각해 온 것과는 아주 다른 방향으로 자꾸만 일이 되어나가고 있다.

'강물의 흐름이 잘못되어버렸다.'

오소데는 미쓰나리의 성품이 이에야스와도 시대와도 결코 서로 일치되지 않음을 짐작하고 최소한 비극을 막아보려 했는데, 일단 흘러가기 시작하자 그것은 그녀의 상상과 힘을 추월한 흐름이 되고 말았다.

그래도 오소데는 단념하지 않았다.

'아직 쓸 만한 수가 있을 것이다…….'

그리하여 심각하게 생각해낸 것이 그녀 스스로 고다이인에게 종사하면서 어떤 역할을 해내자는 것이었다. 그런데 뜻밖에도 그 계획 또한 똑같은 충성이라는 이름으로 잘못될 것같이 여겨졌다. 오소데는 살며시 책상 앞에 앉아 그만 눈을 감고 합장했다.

"나무, 대자대비하신 관세음보살……."

그것은 결코 슬프게 의지하는 마음이 아니라, 이 마음이 미쓰나리에게 통했으면 하는 세찬 의욕을 감춘 기원이었다.

골목 어귀에서 또 소리가 났다.

"보시오, 오소데 님, 이번에는 좀 들어가겠습니다."

이 집 주인 조안이었다.

"네, 어서 들어오세요……."

오소데는 긴장을 풀고 일어섰다. 조안과 아타카는 인생관과 생활관에 엄청난 차이가 있다. 조안을 만나는 것은 결코 괴롭지 않았다. 그것이 대답하는 말소리며 동작에 뚜렷이 나타나 있다……

요도야 조안은 아타카 사쿠자에몬을 안내해 왔을 때와는 사람이 달라진 것 같이 굳은 표정으로 들어왔다. 오소데는 애써 평온한 표정을 지으며 부지런히 거실로 조안을 맞아들였다.

'무슨 일이 있었구나……'

오소데 앞에 앉자마자 조안은 혼잣말처럼 입을 열었다.

"오소데……라고, 부르게 해주오. 그러는 편이 나로선 훨씬 정다워 좋소. 방금 아타카 님 말을 들으니 그대는 어떤 분을 죽이기로 약속했다고."

오소데는 잠자코 조안을 쳐다보았다. 그 일 때문에 조안은 흥분하고 있는 모양이다. 찬성하는 감동인지 아니면 천만부당하다는 분노인지, 그것을 알아차리기까지는 함부로 대답할 수 없었다.

"나는 아타카 님을 상대하지 않았소. 그는 자기 세계에서 설쳐대고 있으니 내가 충고한들 어떻게 될 것도 아니지. 그래서 고다이인 님에게 종사하도록 연줄을 찾아주기로 하고 일단 돌아가게 했소. 모든 건 그대 생각에 달려 있으니까."

그 말을 듣고 오소데는 가볍게 고개를 끄덕였다. 여기까지 들으면 조안의 의견을 짐작할 수 있다. 시녀로 종사하는 것은 좋으나 상대를 죽이는 일은 당치도 않다는 의견일 게 틀림없다.

"그래서 그대의 진심을 물어보고 싶은데, 그대는 무슨 생각으로 고다이인 님에게 종사하겠다는 거요."

"네, 미쓰나리 님에게 여자의 진정을 보여주고 싶어서입니다."

"그렇다면 미쓰나리 님이 죽이라고 명령하면 따르겠다는 말인가요?"

오소데는 문득 미소 짓다가 천천히 고개를 저었다.

"그 반대입니다."

"그 반대……라니?"

"미쓰나리 님도 고다이인 님이 길러내신 분……미쓰나리 님을 대신해 고다이인 님의 여생에 효도를 바치고 싶습니다."

"흠, 그렇지. 그래야만 되지! 그 말을 듣고 마음 놓았소. 내가 맡겠소."

조안은 고개를 크게 끄덕였다.

"하지만 그것이 미쓰나리 님에게 실제로 어떤 도움이 될까?"

"네……."

이번에는 오소데가 선뜻 대답하지 못했다. 조안을 믿지 못해서가 아니라 갑자기 할 말이 정리되지 못한 것이다…….

"웃지 마세요, 어르신."

"왜 웃겠소. 나는 그대 같은 여인을 만나게 되어 미쓰나리 님 인생에 마지막 꽃이 피었다고 생각하고 있소. 서슴지 말고 말씀해 보오."

"네."

오소데는 조용히 눈을 내리깔았다. 그리고 무릎 위에 손을 가지런히 놓고 손톱을 들여다보며 말했다.

"미쓰나리 님은 빨리 지셔야만 해요."

"흠, 과연 그렇군."

"그렇다고 그 자손들까지 뿌리 뽑힌다면 너무 가엾습니다. 그때 가서 이에야스 님에게 유족의 구명을 부탁할 수 있는 분은 오직 고다이인 한 분……이런 희망을 가지고 하는 종사라면 효도가 되지 않을는지요."

요도야 조안은 지그시 오소데를 쳐다보며 숨죽인 채 눈도 깜박이지 않았다…….

기회와 결단

오사카성에 입성하자 이에야스는 곧 서쪽 성에 장중한 천수각을 올려지었다. 본성의 천수각과는 비교할 수도 없다. 그러나 완성되고 보니 어린 주군 히데요리의 집정(執政)이 묵는 곳으로는 너무도 훌륭했다. 으뜸가는 실력자 이에야스가 히데요시의 요청으로 그 어린 아들을 돌봐주고 있다, 이에 불만 있는 자 있다면 누구든 나서 보라, 이에야스가 상대해 주마……나란히 선 천수각의 모습이 그대로 말 없는 시위가 되고 있는 것은 부정할 수 없었다.

사실 이에야스는 이 서쪽 성에 들어오고부터 아무 사양 없이 명백하게 위정자로서 영주들을 대했다. 히지카타 간베에와 오노 하루나가를 히타치로 귀양보내고 아사노 나가마사를 가이에 근신시키자, 이번에는 마에다 정벌 소문을 퍼뜨려 암암리에 도시나가 형제의 굴복을 요구했다.

아사노 사건까지는 그렇다 해도 마에다 형제가 설마 이에야스에게 꼬리 치겠느냐는 것이 세평이었는데, 그 마에다 가문에서 중신 요코야마 나가카즈가 도시나가를 대신해 해명하러 올라오자 사태는 확 바뀌었다.

이에야스는 요코야마에게 도시나가 형제의 어머니 호슌인을 인질로 에도에 보내도록 명했다. 마에다 형제보다도 마시타며 나쓰카 등 행정관들이 더 놀랐다. 여태껏 오사카로 인질을 보내게 한 예는 있어도 영주가 개인적으로 자기 영지에 다른 영주의 인질을 받은 예는 전혀 없다. 그러면 이에야스 개인에게 도시나가 형제가 굴복하는 게 된다. 이 같은 어려운 문제를 내놓으면 마에다 형제도 그냥 있을

리 없고, 이에야스 자신 또한 성립되지 않을 줄 내다보고 감히 도전한 게 틀림없다……는 추측이 시시각각 높아져가는 가운데 마에다 가문에서 인질을 승낙하여 사정을 아는 사람들은 더욱 놀랐다.

당사자인 호슌인은 말했다.

"전례가 없는 일도 아니오. 아사노 님은 벌써 그 아들을 에도에 인질로 보냈소. 또 고마키, 나가쿠테 싸움 뒤 다이코의 생모 오만도코로님이 일부러 오카자키까지 가신 예도 있어요. 그것이 천하태평을 위한 일이라면 나도 참고 인질이 되겠어요."

이 트집에 가까운 제안을 받고 들끓는 마에다 가문에서는 문중의 분위기를 억누르기 위해 에도로 가는 것을 감쪽같이 숨기고 우선 오사카에 인질로 간다……고 하며 무라이 분고(村井豊後)와 야마자키 아와(山崎安房)를 딸려 호슌인을 오사카로 보내 거기서 다시 에도로 가게 되었다.

도시나가보다도 동생 도시마사 등이 눈물을 뚝뚝 흘리며 분해 했다고 한다.

"이제 와서 어머니를 에도에 인질로 보내다니, 가문도 나라도 아무 소용없다……."

이 호슌인의 각오 뒤에 히데요시의 이상이 '천하의 평화'에 있었음을 엄숙하게 새기며 음미해 가는 고다이인의 작용이 있었다는 것은 끝내 세상 소문에 오르지 않았다.

마에다 가문에 반역심이 없는 줄 처음부터 알면서 이런 어려운 문제를 꺼낸 이에야스는 일이 결정되자 히데타다의 둘째 딸을 도시나가의 막냇동생으로서 뒷날 도시나가의 뒤를 이은 도시쓰네(利常)와 약혼시켰다. 히데타다의 둘째 딸은 히데요리의 약혼녀 센히메의 동생이다. 따라서 천하가 조용한 채 다음 대로 옮아간다면 히데요리와 도시쓰네는 동서간이 되어 도요토미 가문도 도쿠가와 가문도 마에다 가문도 끊을 수 없는 혈연으로 맺어지는 셈이 된다. 어디까지나 정략이면서도 이것이 그때의 이에야스가 지닌 양심의 은밀한 보답이었으리라.

이리하여 마에다 가문과의 일은 일단락되었다…….

마에다 가문 다음에는 당연히 모리 가문과 우에스기 가문의 거취가 문제로 등장한다. 모리, 우에스기가 모두 이에야스 편임을 안다면 이시다 미쓰나리의 불평은 돌파구를 찾지 못하고 끝내 그대로 지하에서 사라질 수밖에 없다.

이에야스는 그것을 잘 알고 있었다. 그러나 지난해인 게이초 4년(1599) 8월에 귀국한 모리 데루모토에게는 그리 손쓸 생각을 하지 않았고, 데루모토와 전후해 아이즈로 돌아간 우에스기 가게카쓰에게도 에도의 히데타다와 더불어 계속 오우 지방의 형편을 묻고 교토의 정세를 알리기도 하면서 소식을 끊지 않았다.

가게카쓰가 우에스기 겐신 이래의 거성이던 에치고의 가스가산성(春日山城)에서 아이즈로 옮겨진 것은 히데요시가 세상 떠난 해인 게이초 3년(1598) 정월이었다. 히데요시가 무슨 생각으로 가게카쓰를 아이즈 121만 9000석의 영주로 보냈는지는 새삼 여기에 쓸 필요 없으리라. 창창한 에도의 번영을 북쪽에서 압박하려면 우지사토(氏鄕)가 죽은 가모 가문으로는 미덥지 못하다. 그래서 겐신 이래 용맹하기로 이름난 우에스기 가문을 이곳에 옮겨 에도를 감시시키려 한 것이었다.

이 일은 가게카쓰 자신은 물론 이에야스도 미쓰나리도 잊을 수 없는 일이었다. 더욱이 가게카쓰는 이 이동이 있던 지난해 8월 히데요시가 위독하다는 소식을 듣고 상경하여 다음 해 8월까지 1년 동안 새로운 영지에 돌아가지 못했다. 그 당연한 결과로서 돌아가자마자 성곽 보수며 도로 정비에 온 힘을 기울여야 했던 것은 말할 나위도 없다.

그런 사정은 물론 이에야스도 잘 알고 있다. 하지만 가게카쓰가 앞으로의 천하를 내다보는 데 있어 어떤 의견을 가졌으며 어떤 노력을 기울일 것인지에 대해서는 아직 똑똑히 파악하지 못했다. 히데요시가 기초를 닦아놓은 봉건제도가 이대로 평화를 유지해 나갈 상황이 못 되는 한, 현상유지나 내 가문만 소중히 여기는 좁은 시야를 가진 식견으로는 큰 녹을 먹으며 함께 내일의 국가 경영을 의논할 그릇이 못 된다고 할 수밖에 없다.

이에야스가 오사카에서 가게카쓰와 소식을 끊지 않고 있었던 것은 그러한 인물시험의 의미가 다분히 있었다. 그런 의미로 마에다 도시나가는 생모 호슌인의 조언이 있어 가까스로 이 인물시험에 합격한 것이라 해도 좋았다.

이러한 우에스기 가게카쓰를 마침내 크게 뒤흔들 기회가 찾아왔다.

게이초 5년(1600) 정월이었다.

도리이 모토타다의 사위인 데와(出羽) 가쿠노다테(角館)의 성주 도자와 마사모리(戶澤政盛)로부터 보고가 들어왔다.

"우에스기 가게카쓰는 중신 나오에 가네쓰구와 도모하여 국경의 여러 성을 크게 수리하고 있으며, 아시나(芦名) 가문이 몇 대를 이어 거성으로 삼았던 아이즈 성이 낮은 지대에 자리하고 견고하지도 못하다면서 80리 떨어진 간자시바라(神刺原)에 새 성을 쌓을 속셈……."

그 소식과 전후해 우에스기 가문 옛 영지로 옮겨간 에치고 30만 석의 호리 히데하루(掘秀治)로부터도 가게카쓰에게 반역심이 있는 것 같다는 상소가 있었다. 우에스기 가문이 아이즈로 옮겨갈 때 에치고 땅에서 반년치 세금을 미리 거두어가 그 뒤로 큰 고통을 겪고 있다, 이것은 아무래도 새 성의 구축이며 에치고 가도와 쓰가와(津川) 언저리 등의 군비를 위해 사용되고 있는 모양……이라는 원한이 깃든 심상치 않은 밀고였다.

이에야스는 도자와 마사모리와 호리 히데하루의 밀고에 그리 놀라지 않고 화도 내지 않았다. 군비는 새 영지에 부임한 무장으로서 당연한 일이며, 세금을 미리 거둔 것도 아이즈에서 우쓰노미야(宇都宮)로 옮아간 가모 가문이 같은 짓을 하고 떠나 부득이한 일이었을 수도 있었다. 문제는 그런 사소한 일이 아닌 다음과 같은 점에 있었다.

'과연 우에스기 가게카쓰가 120여만 석이라는 방대한 영지를 가지고 새로운 일본을 건설하는 데 동지로 삼을 만한 인물됨과 식견을 지녔느냐, 아니냐……?'

기량 없는 자가 큰 영토를 가지고 무력을 뽐내면 세상을 소란케 하는 원인이 된다. 그래서 이에야스는 지난해 마에다 도시나가에게 시도했던 것과 같은 화살을 가게카쓰에게 겨누어갔다.

마시타, 나쓰카 외에 새로이 행정관으로 임명된 오타니 요시쓰구를 앞에 놓고 이에야스는 말했다.

"우에스기 님은 귀국한 뒤 반역을 도모한다는 풍문이 줄곧 들리고 있소. 귀하들도 들었을 거요. 군사를 보내야겠는데, 어떻게 생각하오."

이미 북쪽나라의 눈도 녹고 머잖아 벚꽃이 피려는 게이초 5년(1600) 3월 첫 무렵이었다.

마시타 나가모리도 나쓰카 마사이에도 이것이 일찍이 마에다 가문에 대하여 취해졌던 것과 같은 가게카쓰에 대한 인물시험인 줄 눈치채지 못했다. 그들은 살며시 얼굴을 마주보며 구원을 청하듯 요시쓰구를 쳐다보았다. 아마 미쓰나리로부터 우에스기와 중신 나오에 가네쓰구에게로 자주 밀사가 보내지고 있음을 알기 때문이었으리라. 요시쓰구는 과연 나가모리며 마사이에보다 시대를 내다보는 통찰력이 깊었다.

"그러나 우에스기 님이 다이코님의 은혜를 저버리고 도련님에게 반역하리라고는 생각되지 않습니다. 항간의 뜬소문이 사실인지 아닌지 우선 조사하는 사자를 보내 심문하는 게 옳다고 생각합니다."

"역시 그게 순서겠지."

이에야스는 그 말에 순순히 동의했다. 이번 경우에도 가게카쓰에게 반역심이 있다고 처음부터 생각하지 않았으므로 별다른 의견을 제시할 필요가 없었던 것이다.

"그럼, 이나 즈쇼에게 마사타 님 가신을 딸려보내면 어떨까."

마사타 나가모리는 마음 놓은 듯 한무릎 다가앉았다. 이나 즈쇼는 이에야스의 심복인데, 그에게 나가모리의 가신을 딸려보내겠다고 하니 그로서는 더없이 다행한 일로 여겨졌던 것이다.

"그럼, 내대신님을 비롯하여 우리들이 서명한 힐문장을 들려서 보내시렵니까?"

"아니, 일부러 사람을 보낼 정도라면 엄하게 힐문할 필요까지야 없겠지. 이러이러한 소문이 떠돌고 있다, 그러니 가게카쓰 자신이 한번 나와 해명하도록……말하는 정도가 좋을 거야. 그럼, 그대 가신 중에 누가 적임자인가."

"그러시면……가와무라 나가토카미(河村長門守)를 보내십시오. 가게카쓰 님이며 나오에 가네쓰구와 안면이 있으니까요……."

"그런가. 그럼, 그렇게 하고 우선 형편을 지켜볼까. 아니, 그 밖에 호코사(豊光寺)의 쇼타이가 가네쓰구와 친하니 그에게 편지 쓰게 하는 게 좋겠네. 그러면 사실 여부가 확실해질 테니까……."

군사를 보내야겠다고 말한 건 잊은 듯한 조용한 말투였다. 이에야스의 말처럼 쇼코쿠사 경내의 작은 절 호코사의 쇼타이는 우에스기 가문 중신 가네쓰구가 교토에 있을 때 친밀하게 오가던 사이……인 줄 알므로 아무도 이의가 없었다.

"그럼, 이나 즈쇼와 가와무라에게 쇼타이 님 편지를 들려 보내기로……정하시겠습니까?"

"그게 좋겠군. 뒷일은 그 회답에 따라 정하지."

이에야스는 태연히 고개를 끄덕였으나 가슴속이 반드시 담담하지만은 않았다.

우에스기 가문의 거취에 대해 이에야스는 영주 가게카쓰보다 중신 가네쓰구의 인물을 무겁게 보고 주의를 게을리하지 않았다.

가네쓰구는 한낱 영주의 가신이면서 다이코 생전 때부터 영주처럼 다루어지고 직접 알현이 허락된 재치 있고 자신만만한 호탕한 인물이었다. 본디 히구치 고로쿠(桶口興六)라는 이름으로 겐신의 측근시동이었는데, 겐신이 살아 있을 때 그의 총신 나오에 노부쓰나(直江信綱)가 젊어서 죽자 그 아름다운 아내와 혼인해 나오에 가문을 이으라는 명을 받았으며, 등용되어 중신이 되었을 뿐 아니라 지금의 영주 가게카쓰가 아이즈 120여만 석에 봉해지자 20만 석의 큰 녹을 받는 요네자와(米澤) 성주로 임명되었다. 20만 석을 받는 가신은 물론 일본에서 오직 한 사람뿐이고, 그런 만큼 영주 가게카쓰도 가벼이 대하지 못하는 인물이었다.

그 나오에 가네쓰구에게 사와산의 이시다 미쓰나리로부터 자주 밀사가 가고 있다. 아니, 사와산뿐 아니라 최근에는 우에스기 쪽에서도 나가오 세이시치로(長尾淸七郞), 시키베 도노모(色部主殿) 등의 상당한 인물들이 사와산성에 사자로 다니는 것을 이에야스는 잘 알고 있었다. 따라서 지금 쇼타이를 시켜 가네쓰구 앞으로 편지를 써보내는 것은 우에스기 가문의 동향을 결정하는 실력자의 속셈을 아는 최선의 방법으로 여겨졌다.

곧이어 교토에서 쇼타이가 불려왔다. 사람을 물리치고 네 시간 남짓 이에야스와 단둘이 밀담한 뒤 쇼타이는 방 안에 틀어박혀 가네쓰구 앞으로 보내는 긴 편지를 썼다.

급한 편지로 말씀드립니다. 다름 아닌 가게카쓰 님의 상경 지연에 대해 내대신님께서 많이 의심하고 계시며, 교토 언저리에 온갖 불온한 풍문이 나돌아 사자를 내려보내게 되었습니다. 자세한 일은 사자가 말씀드릴 것이므로 여러 해 동안 허물없이 지내온 소승은 특히 마음에 염려되는 일을 말씀드리려 합니다. 만일 가게카쓰 님께서 간과하시든가 잘못 생각하고 계신 일이 있다면 귀하께서 간곡히 말씀드려 내대신님의 의심이 풀리도록 주선하시는 게 마땅하다고 생각합니다.

고자세가 되지 않고 일의 중대성도 잃지 않으면서 깊은 우정을 글줄 사이에 풍기며 충고한다는 것은 매우 어려운 일이다. 물론 이에야스와 의논하고 쓴 것……이라고 느끼게 한다면 그 효과가 절반은 줄어든다.

쇼타이는 우선 초를 잡아 쓰고는 지우고 지우고는 다시 덧붙여 썼다.

"겐신의 호탕한 유풍(遺風)을 이어받은 놀라운 사나이."

다이코가 침이 마르도록 칭찬한 나오에 가네쓰구에게는 어딘지 이시다 미쓰나리를 연상케 하는 외고집이 있었다. 젊을 때의 아름다운 용모와 몸매는 노부나가에 대한 모리 란마루, 우지사토에 대한 나고야 산조(名古屋山三)와 더불어 이름났으며 지금은 40살의 지긋한 나이가 되어 있다.

온힘을 기울여 쓰고 나자 쇼타이는 그 편지를 이에야스 앞으로 가져갔다. 쇼타이로서는 이것이 우에스기 가문에 보이는 이에야스의 마지막 온정……이라는 느낌이 들어 일단 보여주지 않고는 불안해 견딜 수 없었던 것이다.

1. 앞으로 국내에 전쟁이 있을 것으로 생각하는 게 아니라면 간자시바라에 새로운 성을 쌓는 건 필요 없는 일이 아닐까요.

1. 가게카쓰 님에게 두마음이 없다면 서약서를 보내 해명하라는 내대신의 말씀, 거기에 대해 어떻게 생각하시는지요?

1. 가게카쓰 님의 곧으신 성품은 다이코 생전 때부터 변함없음을 내대신도 잘 아시므로 해명만 하면 아무 문제 없을 것 같은데, 어떻게 생각하시는지.

1. 호리 히데하루의 고발이 잘못된 일이라면 그에 대한 변명도 하시는 게 좋으리라 생각합니다.

1. 가가의 마에다 도시나가 님이 군사를 일으킨다는 풍문에 대해 내대신은 그리 크게 문제 삼지 않았으며 아무 일 없이 해결되었습니다. 이것을 하나의 교훈으로 삼아 귀하도 한번 생각하심이 어떨지(은근히 인질을 보내도록 권하고 있음). 이에 대해 동의하신다면 마시타 님이나 오타니 님, 아니면 사카키바라 님에게 의논하는 게 어떠실지?

1. 여러 가지로 말을 많이 했으나 요컨대 가게카쓰 님이 상경하여 직접 내대신과 말씀하신다면 모든 게 해결될 것 같으니 귀하께서 한시바삐 상경을 권해주십시오.

1. 교토, 오사카에서는 아이즈의 군비가 심상치 않다는 소문이 점점 높아

지고 있습니다. 그리고 내대신이 가게카쓰 님의 상경을 몹시 기다리는 이유는 그 밖에 또 있습니다. 즉 조선에서도 계속 군비를 튼튼히 한다는 소문이어서 내대신은 조선에 사자를 보냈으며 만일 항복하지 않는다면 내년이나 그 이듬해에 원정군을 보낼 예정으로 알고 있습니다. 그에 관해서도 의논하고 싶으신 것 같으니 빨리 상경하시도록.

　1. 오랜 시간 동안의 교분으로 미루어 모반 소문 따위는 터무니없는 일이라고 소승은 생각되지만, 이렇듯 재삼 말씀드립니다. 우에스기 가문의 흥망은 이 기회에 달려 있으니 아무쪼록 잘 생각해 주십시오…….

이에야스는 묵묵히 읽고 나서 말없이 편지를 말았다.

"그만하면 되겠습니까."

이에야스는 고개를 끄덕였다.

"말의 순서가 뒤바뀌긴 했지만 그게 오히려 그대 심정을 잘 나타내 보여서 좋아."

그러고 나서 목소리를 낮추어 속삭이듯 말했다.

"그대는 이 이에야스의 마음속을 꿰뚫어보았군."

"예……아니……그건."

"사실 이것은 이에야스가 가게카쓰에게 보내는 마지막 선물이지. 이 속에 가게카쓰가 해야 할 일이 명백히 계시되어 있다. 120여만 석의 큰 녹을 받는 자가 나라 밖에 일이 벌어질 것 같다는 편지를 보고 곧 달려오지 않는다면 2, 30만 석의 가치도 없지. 녹과 기량이 어울리지 않는다면 세상을 어지럽히는 근본이 되니까."

"예……옛. 그럼, 이 편지를 보고 상경하지 않는다면 정말로 출병하실 생각이십니까?"

이에야스는 대답 대신 싱긋 웃었다.

"기회와 결단은 천하를 맡은 자가 놓쳐선 안 될 가장 중요한 거야. 이것으로 가게카쓰의 기량도, 가네쓰구의 기량도 확실해질 테지."

쇼타이의 편지를 가지고 이나 즈쇼와 마시타 나가모리의 가신 가와무라 나가토카미가 오사카를 떠난 것은 4월 1일이었다.

가와무라는 우에스기 문중에 친척이 있다. 그러므로 우에스기 가문의 분위기를 잘 알 수 있으리라는 게 선발된 표면적인 이유였으나, 그 내막은 훨씬 복잡했다. 이미 사와산의 미쓰나리와 가네쓰구 사이에 사자가 오간다는 건 알고 있다. 그 내왕에 마시타 나가모리가 과연 한몫 끼어 있는지 어떤지?

이나 즈쇼에서 넌지시 가와무라를 감시시키면 그동안의 사정이 확실해진다. 그러고 보면 이에야스며 혼다 마사노부, 사카키바라 고헤이타, 이이 나오마사 등으로서는 나가모리의 거취가 참으로 애매하고 종잡을 수 없었다. 마에다 도시나가의 경우에도 그랬듯 이에야스 앞에 나오면 필요 이상으로 의리를 세우는 척하면서 정말은 미쓰나리, 우키타 히데이에, 고니시 유키나가 등과도 은밀히 접촉하는 기척이었다.

이유를 물으면 대답은 정해져 있다.

"내대신을 위해, 히데요리 님을 위해 그들의 동향을 낱낱이 알아두어야 합니다."

그 변명은 무엇보다도 자신을 위한 보신책으로 짐작되었으나 만일 큰일이 벌어질 때 대체 어느 쪽에 붙겠다는 각오인지? 참으로 종잡을 수 없는 미꾸라지 같은 데가 있었다.

"어쩌면 스스로 자신의 거취를 정하지 못하는 우유부단한 사나이일지도 모른다. 그렇다면 그렇게 다루어야지."

이나 즈쇼가 출발할 때 이에야스는 그 점만 말했다. 그렇게만 이르면 즈쇼는 가와무라 나가토카미의 행동을 충분히 감시할 만한 사나이였다.

두 사람은 오사카를 떠나 밤낮없이 달려 30일에 아이즈에 도착했다. 그리고 우에스기 가게카쓰를 만나기 전에 먼저 가네쓰구의 마중을 받아 쇼타이의 편지를 건네주었다.

"내대신님 말씀은 내일 가게카쓰 님에게 전하기로 하고 그 전에 중신님이 잘 말씀드려 주십시오."

벌써 해 질 무렵에 도착했으므로 즈쇼는 이렇게 말하고 가와무라와 함께 가네쓰구의 집에서 물러나왔다. 가와무라는 친척집, 즈쇼는 성안의 사자 숙소에서 하루 묵게 되었다.

가네쓰구는 두 사람 앞에서 거의 감정을 드러내 보이지 않았다.

"우리 우에스기 가문에 오사카 연락관 지사카 가게치카(千坂景親)가 있으니 일부러 먼 길을 오시지 않아도 되었을 터인데."

가볍게 말하며 그 자리에서는 쇼타이의 편지를 보려고도 하지 않았다. 그러나 두 사람이 물러가자 이윽고 그 편지를 들고 가게카쓰 앞에 나타났다.

"내대신에게서 사자가 왔다던데, 사자의 말은 그대가 들어두었소?"

가게카쓰 쪽에서 물어오자 가네쓰구는 호탕한 웃음으로 대답했다.

"무슨 말을 해올지 벌써 짐작하고 있던 일, 서두를 필요 없다고 생각합니다."

"그럼, 내일 내가 만나야 하나."

"예, 만나시거든 엄격하게 거절하십시오……우선 이 쇼타이가 제게 보낸 편지를 봐주십시오."

그리고 가져온 편지를 가게카쓰 앞에 펼치며 또다시 소리 내어 웃었다.

가게카쓰에게는 양아버지 겐신과 같은 서슬푸른 날카로움이 없었다. 그러나 가풍에 단련된 탓으로 그 모습이며 동작에 담금질된 칼날 냄새는 풍기고 있다. 호방하다기보다 묵직한 털털함이었다.

"긴 편지로군. 용케도 이만큼 썼구나."

그리고 덤덤하게 읽어내려 갔으며, 다 읽고 나자 손바닥으로 종이무게를 달아 보듯 하며 다시 말했다.

"이만큼 쓰려면 여간 힘들지 않을 거야."

"대감님 마음에 거슬리는 것은 없습니까?"

"미쓰나리며 나가모리에게서 알려온 것과 같지 않은가."

"그럼, 대감님은 내일 분명하게 거절하시겠지요."

"음, 사자의 말도 대체로 이것과 같겠지. 그렇다면 한번 호통쳐 돌려보낼 수밖에. 그런데……."

"그런데……무엇입니까?"

가네쓰구는 여전히 미소를 잃지 않는 조용한 표정으로 주인의 현우(賢愚)를 시험해 보는 듯한 말투였다.

"내대신쯤 되는 자가 어째서 내게 이따위 얼빠진 협박을 해오는 것일까……? 설마 망령들 나이는 아닐 텐데."

"하하……망령은커녕 듣자니 서쪽 성에서 오카메인가 하는 측실에게 아들을 낳게 했다고 합니다."

"그렇지만 이상하잖나. 겐신 이래로 우리 가문은 상대의 위협에 굴복한 예가 한 번도 없다. 그것을 잊고 있는 게 이상해."

가네쓰구는 우스운 듯이 또 웃었다.

"하하……지금 말씀은 사와산에서 미쓰나리가 주군을 선동해 온 말과 똑같군요."

"흥, 미쓰나리의 선동이라고!"

"아니, 이 경우에는 미쓰나리의 선동에 넘어갔다고 꾸며도 아무 상관 없습니다. 그러나 내대신이 쇼타이에게까지 이런 편지를 써보내게 하는 속셈을 주군은 깨닫지 못하시겠습니까?"

"그대는 알 수 있단 말이지. 그럼, 말해 보게."

"이건 마에다 도시나가가 내대신의 위협에 떨었기 때문입니다."

"흠."

"그러므로 가가 100만 석에 통하는 일이 우에스기 100만 석에도 똑같이 통용된다……아니, 통할지 모른다며 7할 아니면 3할은 성공하리라는 속셈으로 쓰게 한 편지입니다."

"그렇게 단정해도 틀림없을까?"

가게카쓰가 좀 불안한 빛으로 묻자 가네쓰구는 비로소 번쩍 무지개빛을 띤 듯한 눈이 되어 자신만만하게 힘주어 잘라 말했다.

"단연코 틀림없습니다."

"그런가, 그대가 그렇게 말한다면 틀림없겠지."

"주군! 내일은 마음껏 사자를 꾸짖어 쫓아보내십시오. 주군께서 아무리 매섭게 튕겨도 이에야스가 여기까지 출병해 올 염려는 결코 없습니다."

"그 이유는?"

"이에야스는 그렇듯 얼빠진 사람이 아니기 때문입니다. 지금 이에야스가 아이즈 정벌에 나서 교토와 오사카 지방을 비운다면 미쓰나리가 좋아라고 일을 일으키겠지요……그것을 이에야스가 모를 리 없습니다, 그 너구리가…… 주군, 일에는 기회를 보는 기민함과 결정 내리는 결단이 있어야 합니다."

가네쓰구도 이에야스와 똑같은 소리를 하며 다시 웃는 얼굴이 되었다.

"여기서 주군이 이에야스의 사자를 단호히 꾸짖어놓지 않으면 다테를 비롯한 이 언저리의 어중이떠중이들이 시끄러워집니다. 우리들은 간토를 다스려온 가문, 그리고 겐신 공의 용맹으로 이름 떨친 명문, 이에야스 따위에게 꼬리 쳐 그 아래에 앉을 자가 아님을 명백히 천하에 보여줄 좋은 기회입니다."

"흠, 이에야스는 좀처럼 화내는 자가 아니니까."

"화내서 이익이 있다면 강압적으로 성내겠지요. 그러나 화내면 손해인 줄 확실히 알 수 있는 지금 같은 때는 호되게 꾸짖어 누구에게도 깔보이지 않을 만한 대비를 해두어야 합니다."

촛불이 때때로 흐려지자 가네쓰구는 손을 뻗어 심지를 자르면서 가게카쓰에게 으르렁대는 듯한 소리로 큰소리쳤다. 호언장담이란 어딘지 얼빠진 듯한 애교가 있는 법인데, 가네쓰구의 입에서 나오면 자못 냉엄하고 진실미를 띠어오는 게 이상했다. 그러므로 히데요시도 아주 칭찬했고, 영주도 미치지 못할 큰 녹을 받게 되었던 것이지만……

"주군……염려 마십시오. 우리들도 이 편지보다 더 긴 편지를 써서 쇼타이…… 아니, 이에야스 놈을 놀려주겠습니다. 두 번 다시 이런 무례한 사자를 보내지 않도록……."

"알았다. 그럼, 그대 말대로 하기로 하지."

"그게 좋겠습니다……그러나 생각하기에 따라서는 새 영지로 옮겨온 지 얼마 안 되어 꾸짖는 정도밖에 할 수 없는 게 실로 유감스러운 일이라 하겠습니다."

"흠, 아직 영내의 정비가 안 되었으니 말이지."

"이곳이 10년이나 15년 자리 잡았던 영지라면 미쓰나리를 이용해 천하를 잡을 수도 있습니다만……."

"미쓰나리를 이용해서……라니?"

"아니, 이용하지 않습니다. 그저 말해본 겁니다. 미쓰나리가 좀더 똑똑하거나 모자란다면 재미있게 될 텐데……라고 생각해 보았을 뿐입니다. 지금 주군께서 하실 일은 오직 한 가지뿐입니다."

가네쓰구는 말하고 또 웃으며 그 편지를 말았다 폈다 하고 있었다. 이 사나이에게는 이에야스도 그리 두려운 존재가 아니고, 미쓰나리나 나가모리 따위는 정보수집을 위한 이용물일 뿐 문제 삼을 만한 존재가 못 되는 모양이다.

그날 밤 주군과 가신은 잠시 담소를 나누고 헤어졌으며, 이튿날인 14일 오전 9시에 사자를 대면했다. 가와무라와 함께 본성의 큰 접견실에서 가게카쓰와 대면하자 즈쇼 또한 가게카쓰 따위는 안중에도 없는 듯한 기백으로 사자의 말을 늘어놓았다.

"귀하는 오로지 싸움과 농성준비를 하고 계시다고 세상에 풍문이 자자한데, 어찌 된 일이오! 다이코님 은혜를 입은 귀하로서 황송하다고 생각지 않으시는지, 유언을 무엇으로 생각하시는지요. 마음을 돌려 한시바삐 오사카로 상경하여 해명하는 게 마땅하리라 여기오."

가게카쓰는 눈을 가늘게 뜨고 즐기는 듯 듣고 있었다. 우에스기 문중에도 가네쓰구 같은 강경파만 있는 것은 아니었다. 오사카 연락관 지사카도 이에야스를 거스르는 행위는 불리함을 초래할 것이니 성을 보수하는 일도 떠돌이무사를 포섭하는 일도 부디 눈에 띄지 않게……라고 말해 왔으며, 노신 후지타 노부요시(藤田信吉) 등은 강경론이 우에스기 가문을 멸망시킬지도 모른다며 간언 올린 뒤 이해 신년하례를 위해 오사카성으로 상경했다가 그대로 아이즈에 돌아가지 않았다. 그러나 지금 가게카쓰는 가네쓰구를 철석같이 믿으며 그의 뜻대로 거의 움직이고 있다.

사자의 말이 끝나자 가게카쓰는 웃으며 되물었다.

"그뿐인가."

즈쇼는 다그쳤다.

"무슨 말씀을. 한시바삐 상경하시라는 데 대한 회답을 듣겠습니다!"

"그럼, 회답을 할까. 나로서는 내대신에게 특별히 편지 쓸 만한 일이 없다. 그러므로 구두로 하겠으니 잘 들어두도록."

"알았습니다. 자, 말씀하십시오."

가게카쓰는 힘주어 가슴을 폈다.

"우리들 마음에 반역의 뜻은 추호도 없소. 우리에게 무슨 원한이 있어 도련님을 배반하겠는가. 이번에 사자를 통해 말씀하신 일들은 하나같이 납득할 수 없소. 우리들이 이것저것 손대고 있는 건 모두 이 나라에 필요한 조처요. 그 일을 탓하시다니, 이것은 모두 참소하는 자로 말미암은 오해이리라고 생각하오. 그러니 참소한 자에 대한 규명을 먼저 해주시기 바라오. 그러기 전에는 뭐라고 분부하시든 오사카로 나가지 않겠소."

가게카쓰는 거기서 잠시 말을 멈추고 상대의 반응을 살피는 눈빛이 되었다. 인간은 과격한 말을 늘어놓는 동안 그 힘에 도취되기 마련이다. 상대의 뜻을 받아들일 생각이 추호도 없으므로 상대가 대꾸할 수 없는 말로 말을 맺고 싶어진다.

"만일 오사카로 올라가는 일이 있다 해도 나는 생각하는 바가 있으므로 내대신 아래 앉아 정사를 보는 건 거절하겠소. 이렇게 전해 주오."

달리 어찌해 볼 여지 없는 최후통첩이었다. 아니, 생각하기에 따라서는 강한 말투에 취해 스스로 다섯 대로 지위를 내던져버린 것이나 다름없다. 이에야스 아래에서 정사를 보지 않겠다는 건 이에야스를 실각시키지 않는 한 히데요리의 보좌도 하지 않겠다는 뜻이며, 이미 타협의 여지가 전혀 없다는 선언과 같았기 때문이다.

즈쇼는 옆의 가와무라를 흘끗 쳐다보았다. 친척 집에서 묵고 온 가와무라는 이러한 대답이 나오리라 짐작했을 것⋯⋯이라고 생각했기 때문이었다. 아나나 다를까, 가와무라는 머리를 떨어뜨려 즈쇼의 시선을 피하고 있다. 그렇다면 가게카쓰가 이에야스와 타협할 생각이 없다는 것은 이미 문중에 알려진 분위기라고 판단해도 좋았다.

"말씀하신 뜻은 분명히 알았습니다. 돌아가 내대신께 그 뜻을 전하지요."

"좋소, 사자에게 더 이상 특별히 할 말도 없소. 먼 길에 수고 많았소. 가네쓰구, 수고를 위로하고 돌려보내도록."

가네쓰구는 진지한 표정으로 고개 숙였다.

"그러면 두 분께 이 가네쓰구가 호코사의 쇼타이 님에게 보내는 답장을 부탁드리고 싶소. 그때까지 편히."

그 말이 채 끝나기도 전에 가게카쓰는 자리에서 성큼 일어섰다.

이에야스는 어떤 면에서 우에스기 가게카쓰를 잘못 보고 있었던 게 아닐까⋯⋯하고 즈쇼는 생각했다. 가게카쓰의 말로 가네쓰구의 답장 내용은 즈쇼에게도 가와무라에게도 대충 짐작되었다. 가네쓰구가 쇼타이에게 보내는 편지에서 주인의 무례함을 사과한다 하더라도 즈쇼는 우에스기 가문에 적의가 없다고 보고할 수는 없으리라고 생각했다.

"방심할 수 없습니다. 우에스기 가문은 에치고 이래의 강병을 자랑하며, 천하에 대한 생각이 좀 그릇되어 있습니다."

이렇게 말하지 않으면 이에야스가 또 한번 오산을 거듭할 것만 같은 느낌이 들었다. 이에야스는 미쓰나리의 집념에 가까운 반역심은 꿰뚫어보고 있는 것 같으나 가게카쓰가 이토록 강한 반감을 나타낼 줄은 생각지 못하는 듯했다. 그러므로 '가게카쓰의 인물됨을 시험한다……'는 등 한가로운 말을 했으리라……

쇼타이에게 보내는 가네쓰구의 편지를 받자 두 사람은 또다시 밤낮을 달려 돌아왔다.

쇼타이에게 보낸 가네쓰구의 편지는 이에야스와 즈쇼, 그리고 혼다 마사노부가 참석한 네 사람만의 자리에서 펼쳐졌다.

맨 먼저 읽은 것은 '우에스기 가문의 흥망은 이 기회에 달렸으니 심사숙고하시오……'라고 생각을 쥐어짜 긴 편지를 써보냈던 쇼타이였다. 즈쇼는 마른침을 삼키며 쇼타이를 쳐다보았다. 쇼타이의 얼굴에서 핏기가 가신 것은 그 첫머리 몇 줄을 읽을 때부터였다. 쇼타이의 손이 떨리고 소리 없이 읽어내려가는 입술이 보기에도 안타까울 만큼 경련되고 있었다. 쇼타이가 이 같은 모습을 보인 것은 명나라 사신의 책봉장을 히데요시 앞에서 읽었을 때뿐이었다. 그때 역시 '그대를 일본국왕에 봉하노라……'는 대목에서 쇼타이는 히데요시의 얼굴로 시선을 옮길 수 없는 것 같았는데 이번 또한 마찬가지였다.

이에야스와 마사노부는 그리 놀라는 기색도 없이, 쇼타이가 30분 남짓 걸려 긴 편지를 읽고 나서 잠자코 이에야스 앞에 내밀 때까지 웃지도 않고 도중에 묻지도 않았다.

"그리 유쾌한 편지가 아닌 모양이군."

이해 정월 자야 시로지로에게서 선사받은 안경을 끼고 이에야스는 팔걸이 위에 그것을 펼쳤다. 쇼타이의 얼굴빛이 달라진 것도 무리가 아닌 일, 나오에 가네쓰구의 편지는 첫 대목부터 무례하기 짝이 없었다. 마치 쇼타이 따위는 어린애 취급하는 듯한 야유로 가득 차 있었다.

"우리들에 대해 여러 가지 소문이 떠돌아 내대신이 의심하신다고 했는데 그건 당연한 일, 다이코 생전에도 교토와 후시미 사이에는 소문이 끊일 날 없었소. 하물며 아이즈는 멀리 떨어진 곳이며 우리 주군 가게카쓰는 아직 풋내기^{(가게카쓰는 46살,} _{가네쓰구는 40살)}라 당연히 떠돌 소문이니 귀승은 너무 수선스럽게 염려하지 마시오—"

자기보다 6살이나 위인 주군을 풋내기라고 부를 정도이니 쇼타이 따위는 문제삼지도 않으리라. 그리고 오랜 세월의 정리를 생각해 써보낸 편지에 대해 너무 수선스럽게 염려하지 말라니 이 얼마나 오만한 자신감인가.

이에야스는 안경 속에서 웃었다.

"허, 쇼타이 님, 이건 그대에게 쓴 편지가 아니오. 내가 이렇게 읽으리라는 것을 알고서 쓴 편지요. 염려할 것 없소."

그리고는 다시 가게카쓰가 역시 사자의 말을 즐기듯 들었던 것과 매우 흡사한 표정으로 읽어나갔다…….

즈쇼는 가끔 살며시 이에야스를 훔쳐보며 그 조용한 태도에 고개를 갸우뚱했다. 그가 상상하건대 이에야스는 당연히 가네쓰구의 편지를 그 자리에 내동댕이치며 화내야 했다. 그런데 그리 놀라는 기색도 없이 때로 입가에 미소를 띠고 고개를 끄덕이며 읽어내려간다.

'……그렇다면 쇼타이의 얼굴빛이 달라진 것은 왜 그랬을까……?'

이에야스는 거의 다 읽을 때까지 아무에게도 말을 건네지 않았다. 읽고 나서 팔걸이 위에 그대로 편지를 놓고 마사노부를 돌아보았다.

"마사노부, 역시 가네쓰구는 뛰어난 놈이야. 말에 조리가 있다."

새파랗게 질려 떨고 있던 쇼타이가 몸을 내밀며 마사노부보다 먼저 물었다.

"예……? 이 편지를 보시고 내대신님은……상대를 칭찬하시는 겁니까!"

이에야스는 천천히 고개를 끄덕였다.

"글귀는 참으로 무례하군. 이에야스는 세상에 태어난 뒤 이렇듯 무례한 편지를 본 적이 없다."

"그……그러시겠지요. 제게 보낸 것인 줄 알면서도 읽는 도중에 찢어버리고 싶었습니다."

이에야스는 그 말에는 대답하지 않고 마사노부를 보았다.

"첫째로 쇼타이는 쓸데없는 염려 따위 마라. 둘째로는 가게카쓰의 영지가 바뀐 건 재작년의 일, 그리고 상경했다가 겨우 돌아왔는데 다시 상경하라니 영지 일은 대체 언제 보란 말인가, 자기 영지 일을 맡아보는 자에게 반역심이 있다니 이건 대체 누가 하는 말인가, 참으로 이상하기 짝이 없는 일이라고 씌어 있다."

마사노부는 심각한 표정으로 맞장구쳤다.

"과연 확실히 그렇군요. 대감님 편에서 무리한 말씀을 하신 겁니다."

이에야스는 가볍게 고개를 끄덕였다.

"그렇지. 셋째로 가게카쓰는 서약서 따위는 이제 쓰기에 진력났다고 씌어 있다.

몇 장을 드려도 믿어주지 않는 서약서를 더 보낼 생각은 추호도 없다. 다음은, 가게카쓰는 다이코님이 계실 때부터 고지식한 사나이, 지금도 역시 고지식하며 흔해빠진 사나이들과는 다르다고 씌어 있네."

"흔해빠진 사나이들⋯⋯이라면, 대감님을 두고 하는 말이군요."

"그럴 테지. 그다음에는 가게카쓰에게 반역심이 있다는 말만 믿고 참소자를 규명하지 않는 내대신은 불공평하기 짝이 없다고 씌어 있다."

"흠, 그렇겠군요."

"그다음에 말일세, 마사노부, 대담한 말을 했군. 가가의 도시나가 님 일이 무사히 해결되었다니 내대신의 위엄도 대단하다며 내게 야유하고 있다. 그리고 마시타며 오타니는 정무를 맡은 자이니 볼일이 있으면 연락하겠지만 사카키바라나 혼다 마사노부에게는 볼일이 없다고 써 있네."

"저도 신용이 없습니까?"

"없지. 그들은 호리 히데하루의 말이나 믿고 주군을 그르치는 무리들이다, 대체 그들은 도쿠가와 가문의 충신인지 간신인지 그 점을 생각해 보라고 씌어 있다. 어때, 마사노부, 그대는 간신인가, 충신인가?"

말을 듣고 마사노부는 머리를 긁적이며 쓴웃음 지었다.

"이거 참, 훌륭한 대감님을 모시고 있으니 신하 노릇도 못해 먹겠군요."

이에야스가 웃으면서 던져주는 편지를 이번에는 마사노부가 받아 공손히 받쳐 들고 읽기 시작했다. 마사노부가 우스우리만큼 공손한 태도로 읽고 난 뒤 즈쇼 앞으로 가네쓰구의 편지가 돌아왔다.

"그대도 공부 삼아 읽어두는 게 좋겠소."

편지를 손에 들자 즈쇼는 온몸이 긴장되었다. 이처럼 대담하고 말을 꾸미지 않은 내용의 편지는 본 일이 없었다. 자기 주군을 '풋내기—'라고 부르는 가네쓰구는 이에야스 역시 안중에 없는 투였다. 상경이 지연되는 까닭은 군비를 마련하기 위해서라고 잘라 말하며 교토, 오사카 사람들은 갓 구워낸 찻잔이니 숯 담는 호리병박이니 하면서 사람을 홀리는 차도구에 넋을 잃는 모양이지만 우리 시골무사는 창이나 총 같은 전쟁도구를 준비하겠다, 이것은 지역마다 다른 풍속 차이에 지나지 않는다, 무엇보다도 가게카쓰의 재정으로 얼마만 한 군비를 마련할 수 있다고 생각하는가, 분수에 알맞게 하는 군비를 두려워하다니 과연 배포 작은 졸장부라고 비웃고 있다. 도로를 만들고 다리를 놓는 것도 모두 그러한 마음에 지나지 않으며 내년이나 그 이듬해에 조선출병 운운하는 것을 귀승은 곧이듣느냐고 되물으면서, 그에 대한 반발도 날카로웠다. 만약 그것을 정말로 생각한다면 내대신을 몰라보아도 분수가 있지, 가소롭다고 씌어 있었다.

아니, 그보다도 즈쇼가 깜짝 놀란 것은 다음에 씌어 있는 마지막 구절이었다.

"천만 가지 말도 필요 없이 가게카쓰에게는 추호의 반역심도 없소. 그 가게카쓰에게 그쪽에서 상경하지 못하도록 공작을 꾸몄으니, 이렇게 된 이상 내대신님의 분별심 여하에 따라 상경하겠소. 비록 이대로 영지에 머물러 있다 해도 반란은 일으키지 않소. 다이코님 유언을 어기고 몇 통의 서약서를 휴지로 만들며 어린 히데요리 님을 저버리거나 내대신에게 잘못을 저지르면서까지 군사를 일으킨다면 가게카쓰가 천하의 주인이 된들 악인의 이름을 면치 못할 것이며, 그 오명을 어찌 겐신의 아들 가게카쓰가 견디어내겠소? 말대에 이르기까지의 오명이 될 줄 잘 알고 있으니 염려하지 말아주시오. 다만 내대신님이 참소를 믿으시고 도리에 벗어난 행동을 하시는 경우에는 서약이며 약속을 이편에서 어겨버릴 각오이오."

읽으면서 즈쇼는 숨이 막힐 것 같았다. 이에야스는 가네쓰구의 기량을 시험해 본다고 했었는데, 이 편지로 가네쓰구 편에서 이에야스를 다루고 있는 듯한 느낌이었다.

글귀의 무례함을 문제 삼지 않는다면, 실로 정정당당하게 쇼타이의 주장을 대꾸할 여지 없이 반박했으며 오히려 통쾌감마저 느끼게 한다…… 쇼타이의 편지를 요약하면 '강한 자에게 져주라'는 내용이었는데, 가네쓰구는 그런 점에는 일고의 가치도 없다고 비웃으며 올바른 일이라면 언제든 이에야스를 상대해 주겠다는 것이니, 그 둘 사이에 티끌만큼도 융합되는 점이 없었다.

'그런데도……?'

즈쇼는 편지를 말면서 이에야스 쪽을 살펴보지 않을 수 없었다. 이에야스의 표정은 여전히 조용했다. 아니, 오히려 이러한 회답을 예기하고 있었던 것 같은 기색마저 보인다.

"어떤가, 알았는가."

이에야스는 즈쇼가 건네는 편지를 아무렇게나 받더니 다시금 마사노부를 돌아보며 말했다.

"어떤가 마사노부, 가네쓰구는 내 속셈을 꿰뚫어본 듯 싶은데."

즈쇼도 깜짝 놀랐으나 쇼타이는 더욱 놀란 모양이다.

"예?"

몸을 내밀며 묻는 얼굴이 어쩔 줄 몰라 하는 어린아이 그대로였다.

쇼타이가 기성을 질렀으므로 이에야스는 그쪽으로 시선을 옮겼다.

"이 편지는 과연 가네쓰구 놈이 내 뱃속을 꿰뚫어보고 쓴 것인가, 아니면 아무 것도 모르고 썼느냐는 거야."

쇼타이는 더욱 어리둥절하고 심각한 표정이 되었다.

"내대신님 속셈을 알아차리고 쓴 것이라면 어떻게 될까요."

"기특한 인물이지! 하지만 우에스기 가문에는 불충한 가신이 될 거야. 그릇이 너무 커서 가게카쓰의 품 안에 들 수가 없네."

이번에는 쇼타이보다 먼저 즈쇼가 되물었다.

"대감님, 그럼……저희들이 알아두어야 할 일은 무엇입니까?"

이에야스는 가볍게 혀를 차며 마사노부를 보았다. 마사노부만은 이에야스의 말뜻을 안 모양으로 미소 짓고 있다.

"마사노부, 그대가 즈쇼에게 일러주어라."

"옛, 그러나 저도 아직 받아들이는 데 미숙한 점이 있을까 해서……."

"즈쇼는 그대보다 아직 젊다. 그대가 생각하는 대로 들려주어라."

"알겠습니다."

마사노부는 그제야 즈쇼와 쇼타이 쪽으로 무릎을 조금 돌렸다.

"대감님은 마음속으로 이미 결단 내리고 계시오."

"결단이라니요?"

"우에스기 정벌이지요."

마사노부는 나지막이 말하고 이에야스를 흘끗 쳐다보았다. 만일 틀렸다면 당연히 이에야스가 무언가 말하리라고 기대하는 시선이었다.

이에야스는 잠자코 뜰을 내다보고 있다. 마사노부는 고개를 끄덕이며 말을 이었다.

"그 결단이 이미 움직일 수 없는 거라고 우에스기 편에서 판단했다면, 이러니저러니 하는 해명이나 변명도 헛일. 황송합니다, 하고 항복하든가 덤벼라, 하고 적이 되어야 할 터……."

마사노부는 거기서 또 말을 멈추고 고개를 갸우뚱했다. 설명하는 방법을 신중히 생각하는 눈길이었다.

"이 경우, 적이 될 것처럼 꾸미는 데는 당연히 두 가지 속셈이 있을 거요. 그 하나는 진짜로 미쓰나리와 연합해 싸울 작정인 경우……또 하나는 적이 될 것처럼 꾸며 사실은 대감님 결단을 도와주는 경우……."

쇼타이가 끼어들었다.

"말씀 중입니다만……이처럼 무례한 편지를 쓴 나오에 가네쓰구에게 은밀히 내 대신님의 결단을 도와준다……는 일이 있을 수 있을까요."

마사노부는 다시 한번 이에야스를 흘끗 쳐다보았다. 이쯤 해두고 설명은 이에야스에게 양보하고 싶은 게 틀림없다. 그가 태연스레 말하기에는 너무도 중대한 억측이었다.

그러나 이에야스는 여전히 아무 말 없이 뜰의 늦은 봄 양지바른 쪽을 바라보고 있다.

"알겠습니까, 스님. 이건 어디까지나 이 늙은이의 어림짐작이어서 틀리면 대감님께 꾸중 들을지 모르나……대감님께서는 이미 우에스기 님을 용서하실 뜻이 없소. 우에스기 정벌 명목으로 군사를 일으켜 오사카를 비워 미쓰나리와 그 일파를 끌어내려 결심하고 계시오……알겠습니까? 이건 예를 들면 그렇다는 말이지요. 나오에 가네쓰구가 사태를 그렇게 보았다면, 미쓰나리를 일어나게 한다……는 일이 전혀 있을 수 없는 일이라고만은 할 수 없겠지요."

차근차근 설명 듣고서야 쇼타이와 즈쇼도 안도의 숨을 내쉬었다.

"과연, 그렇다면 가네쓰구가 속셈으로는 대감님의 소중한 한편이라는 뜻이 되는 겁니까."

옆을 바라본 채 이번에는 이에야스가 짤막하게 꾸짖었다.

"속단 마라, 즈쇼. 마사노부는 아직 속에 있는 말을 모두 하지 않았어."

"예."

마사노부는 난처한 듯 머리를 숙였다.

"그렇습니다."

마사노부 역시 미쓰히데처럼 온 일본을 떠돌아다녔기 때문에 마음속의 말을 입에 담는 게 얼마나 위험한 일인지 잘 알고 있다. 따라서 이러한 곳에서 이 같은 큰일을 입 밖에 내는 것이 견딜 수 없이 싫었다. 여기서 만일 이에야스의 생각을 똑바로 알아맞힌다면 이에야스에게 미움 받거나 경계당하게 된다.

'저놈은 언제나 내 속셈을 꿰뚫어보고 있다.'

꿰뚫어보지 못하면 참모노릇을 할 수 없고 너무 지나치게 꿰뚫어보면 늘 의심받게 된다. 노부나가는 전략가로서 다케나카 한베에의 능력을 높이 평가했으나 끝내 영주로 등용하지는 않은 등의 예가 얼마든지 있었다.

"조금 전에 대감님은, 가게카쓰는 포섭할 수 없을 만큼의 기량을 지녔느냐 아니면……이라고 말씀하셨지요."

"예, 그런 말씀을 하셨습니다."

"만일 가네쓰구가 대감님 심중을 알아차리고 일본의 평화를 위해 이쯤에서 대감님을 은근히 도울 생각으로 우에스기 정벌 구실을 주려고 그 편지를 쓴 거라면, 이는 한 가신으로서 참으로 보기 드문 큰 그릇……그러나 반드시 그렇다고만은 할 수 없소. 정말로 화내어 쓴 것인지도 모르고, 어쩌면 한편인 것처럼 꾸며보이면서 일부러 오슈까지 출병해 그곳에서 여지없이 맞서올 속셈인지도 모르니, 그럴 경우를 생각하면 뭐라고 속단할 수 없습니다."

"과연 충분히 그럴 수도 있겠지요."

"그러므로 대감님은 가네쓰구라는 놈이 내 속셈을 꿰뚫어본 듯싶은데 어떠냐고 아까 말씀하신 거요……."

"분명히 그렇군요!"

"나로서는 모르고 있다고 보지만 물론 그렇게 단언할 만한 자신도 없소. 그러나 이것만은 말할 수 있겠지요."

"이것만이라니요!"

"즉 알고서 편들든 모르는 채 싸울 속셈이든, 이제 아이즈 120만 석은 무사하지 못하오. 속셈이야 어떻든 대감님이 히데요리 님 대리로서 오사카에 상경하라고 한 명령을 거부한 죄는 면할 수 없을 테니."

"과연……."

"그 의미로는 쇼타이 님이 우에스기 가문 흥망의 갈림길이라고 편지에 써보낸

한 마디는 엄연히 살아 있소. 일전을 벌이지 않더라도 히데요리 님 명에 의해 대감님 군세를 출동케 한 사실만으로도, 우선 가볍게 100만 석은 날아가리다. 그러고 보면 이 편지는 100만 석의 대가를 치르게 하는 증서라 해도 좋고 100만 석의 큰소리라 해도 좋습니다. 주인집의 100만 석을 왔다 갔다 하게 만들고 일시적 쾌감을 만끽한 사나이……라면 가네쓰구는 아무래도 충신이라고 할 수 없겠지요……대감님, 여기서부터 저로서는 설명하기 어렵습니다."

마사노부는 교묘히 이야기를 빗나가게 한 다음 머리를 숙여보였다.

이에야스는 여전히 반쯤 웃고 반쯤 성내는 듯한 표정으로 불쑥 한 마디 했다.

"마사노부 놈이 잘도 지껄여댔구나."

그리고 이번에는 지그시 가늘게 뜬 시선을 쇼타이로부터 즈쇼에게로 옮겨갔다. 솔직히 말해 마사노부의 말은 이에야스의 뱃속을 남김없이 알아맞히고 있었다. 그 의미로 이에야스는 마사노부에게 입을 열게 한 것을 얼마쯤 후회하고 있었다. 즈쇼는 어떻든 쇼타이는 이제 이에야스에게 없어선 안 될 심복이며 협력자가 되어 있다. 그러나 그가 교제하는 사람들 가운데 미쓰나리의 지기들도 많다.

'그에게서 누설되는 일이 있다면 큰일…….'

이렇게 생각되자 아무튼 마사노부의 관점이 있는 곳만은 부정해 두지 않으면 안 되었다.

"마사노부, 그대 생각은 역시 탁상공론이야."

"그럴까요."

"실전을 모르므로 그러한 말을 하는 것이다. 싸움이란 살아 움직이는 생물이지. 5000의 군세가 1000이나 1500에게 패배한 예는 수없이 많다. 이를테면 내가 히데요리 님 명령을 받고 출병한다 해도 반드시 이긴다고 할 수는 없어."

"하긴 그렇습니다만……."

"그대는 내가 얼마나 조심스럽게 행동하며 오늘날까지 패배를 모르고 싸워왔는지 그 고심을 아직 모른다. 지금 그대 말을 들으면서 나는 몇 번이나 온몸에 소름이 끼쳤다."

"황송합니다."

"황송할 것까지는 없으나 지금은 신중에 신중을 거듭해 일을 해나가야 할 때야."

엄숙한 표정으로 말하고 나서 이에야스는 쇼타이에게 들려주기 위한 작은 목소리가 되었다.

"이 같은 무례한 편지를 받고 그냥 버려둔다면 천하의 법이 서지 않는다. 그러므로 우에스기를 쳐야만 한다! 내가 말한 것은 이 말이야. 아마 상경을 거부하면 내가 일어설 것을 가네쓰구 놈은 알고 있었겠지. 알면서 감히 도전해 온 거야."

"그 말씀대로라고 생각됩니다."

"그러나 여기저기서 가벼이 싸움을 일으켜선 안 되지. 우에스기 정벌이 앞서게 되었으니 쇼타이 님도 마사노부도 미쓰나리와 일을 벌이지 않도록 부디 생각을 거듭해 달라는 말이야. 알겠나, 일부러 아이즈까지 가서 우에스기 군과 결전을 벌이고 있는데 미쓰나리에게 오사카성을 빼앗기게 된다면 어떻게 되겠나. 물러날 수도 나아갈 수도 없어 내 생애는 끝장나고 말 것 아닌가."

마사노부는 이에야스가 무슨 생각으로 이런 말을 꺼냈는지 벌써 눈치챈 모양이다.

"이건 정말 마사노부의 꿈이야기처럼 쉬운 게 아닙니다. 참, 그렇지. 여기서는 일단 미쓰나리가 성내지 않도록 온갖 수단을 다해야 되겠군요."

"그렇다. 여기서는 오로지 우에스기 정벌에 온 힘을 기울인다. 물론 나도 진두에 설 거야."

그리고 이에야스는 얼굴을 찌푸리며 중얼거렸다.

"이상한 일이야. 내 평생에 이처럼 무례한 편지를 본 것은 처음……이라고 생각하니 점점 더 화가 치밀어오르는걸. 이것이 가네쓰구의 술책일지 모르는 줄 알면서도 용서할 수 없다는 생각이 드니 말이야."

이에야스의 마음은 이미 명백히 출병하기로 결정되고 있었다. 물론 진짜 적은 우에스기가 아니다. 그에 호응해 일어나는 미쓰나리임이 분명하다…….

찻잔의 마음

삼본기에 은거해 있는 기타노만도코로인 고다이인이 혼아미 네거리의 고에쓰한테 조지로가 요즘 갓 구워낸 찻잔의 명명(命名)을 부탁해온 것은 5월 하순이었다.

심부름꾼으로 온 시녀를 보고 고에쓰는 깜짝 놀랐다.

'어디선가 본 적 있는데……?'

생각했으나 선뜻 떠오르지 않았다. 겨우 장마가 갠 그날의 하늘은 반쯤 푸르렀고 어디선가 매미소리가 들리기 시작하고 있었다.

"오랜만입니다."

법식대로 찻잔을 고에쓰 앞에 놓고 심부름 온 시녀는 작은 소리로 웃었다. 고에쓰의 시선이 아직도 찻잔을 보지 않고 자기 얼굴에서 떠나지 않는 것을 의식하며 무언가 생각나게 하려는 웃음이었다.

"이상한걸. 나는 어디선가 그대를 만난 것 같은데……"

다름 아닌 고다이인 님 심부름꾼이라고 하여 일부러 들어오게 한 내실에서 마루 너머로 보이는 정원의 대나무잎이 씻어낸 듯 선명했다.

"호호……생각나시지 않나요."

"아……"

"무리도 아니실 거예요. 저 같은 사람이 고다이인 님을 모신다는 게 있을 수 없는 일이니까요."

"생각납니다. 당신은 하카타의……."

"네, 이시다 미쓰나리 님을 따라갔던 오소데지요."

여인은 다시 한번 그리움을 노골적으로 나타내며 웃었다.

"그 무렵 여러 가지로 폐를 많이 끼쳤어요."

"옳지! 고조로……아니, 오소데 님이야. 그런데 그대가 어떻게……?"

말하다가 황급히 고에쓰는 말을 멈추고 허둥대며 눈앞의 찻잔과 오소데를 번갈아 보았다. 찻잔은 조지로의 특징인 칼 주걱자국이 또렷이 나 있는 검은 색깔로, 흠집은 그리 없는 대신 진귀하다고 할 만한 솜씨는 엿보이지 않았다.

'이 찻잔을 이 여인에게 들려보냈다…….'

고에쓰는 놀라며 거기서 한 가지 생각이 떠올랐다.

"이 찻잔을 들려 보내니, 여인도 잘 감정해 주시오."

고다이인의 목소리가 귓전을 때리면서 들려오는 듯한 느낌이 든 것이다.

"놀라운 일이군요!"

고에쓰는 비로소 찻잔을 집어들었으나 오소데에게서 눈을 떼지 않았다.

세상은 지금 우에스기 정벌 소문으로 발칵 뒤집혀 있다. 우에스기 가게카쓰가 오사카로 상경하지 않을 뿐 아니라 군비를 착착 갖추며 떠돌이무사를 포섭하고 있다 하여 이에야스는 출병을 결심했다. 그런데 마사타 나가모리, 나쓰카 마사이에, 나카무라 가즈우지, 호리오 요시하루, 이코마 지카마사 다섯 사람이 지금은 시기가 아니라며 말리려고 애쓰는 중…… 그러나 이에야스는 듣지 않으리라는 게 소문의 핵심이었다. 이러한 때 이에야스 편이라고 세상이 여기는 고다이인을 미쓰나리 곁에 있던 여인이 섬긴다……는 게 벌써 이중삼중으로 수상쩍었다.

'예삿일이 아니다!'

생각하며 물을 말의 실마리를 찾고 있는 고에쓰에게 오소데는 넌지시 말했다.

"고에쓰 님, 고다이인 님의 뜻은 이 찻잔보다 가져온 여자의 마음을 살펴보라는 것이겠지요."

고에쓰는 찻잔을 살며시 무릎 앞에 놓았다. 여인이 벌써 자기 마음의 움직임을 눈치채고 있다……고 생각하자 고에쓰의 성미 또한 격렬한 투지가 일었다.

"잘 아십니다그려. 그렇습니다, 찻잔보다도 그대의 생각을 알아내라……는 것이겠지요."

"저도 그런 생각을 하고 왔습니다. 고에쓰 님은 칼 감정에서 천하제일, 사람의 근성이며 뜬세상 풍파를 감정시킨다면 그 이상일 거라고 내대신님께서 말씀하셨다던가요."

"참으로 죄송하게 됐습니다. 내대신님이 그런 말씀을 하셨더라도 그대는 그렇게 생각지 않겠지요."

"그럴 리 있겠습니까?"

오소데는 다시 요염하게 웃었다. 웃으면 예전 고조로 시절 몸에 밴 교태가 얼굴을 내밀어온다.

"사람은……아니, 넋두리 많은 여자는 때때로 자신을 잃고 마는 법…… 오소데는 고에쓰 님에게 기탄없이 감정받아 내 몸의 갈 길을 찾아내고 싶습니다."

고에쓰는 한무릎 나앉으며 반격했다.

"흠, 과연 오소데 님이오! 그대는 어떤 경우에도 자신을 잃는 일이 없는 여인. 고다이인 님 측근에는 대체 누구 추천으로 들어가셨나요?"

"잘 아시는 요도야 님……."

여유를 주지 않고 고에쓰는 고개를 갸우뚱하며 말했다.

"허, 조안 영감이 그대를. 그러나 영감만은 아닐 거요. 그 밖에 또 있으리다, 그대에게 그 일을 하도록 결심시킨 분이……."

"역시 보시는 눈이 높군요. 물론 계십니다."

"그분 성함은?"

"이시다 미쓰나리 님."

오소데 또한 고에쓰의 어세(語勢)를 받아 순간의 망설임도 없이 대답했다.

"역시 그랬군. 그렇다면 새삼스럽게 목적을 물어볼 필요가 없겠지."

"아니, 그렇다고 할 수만은 없지요."

"가토 기요마사 님, 후쿠시마 마사노리 님, 구로다 나가마사 님, 가토 요시아키 님 등 다이코 전하의 유신 네 사람이 이번 우에스기 정벌 소문에 관해 고다이인 님에게로 사자를 보낸 것을 알고 계시오?"

"네, 잘 알고 있습니다."

"이분들도 우에스기 정벌을 중지하도록 내대신에게 고다이인 님이 말씀드려 달라는 것이겠지요."

"바로 맞히셨습니다. 만일 중지하지 않는다면 내대신을 대신하여 네 유신께서 우에스기를 치겠다고 청원하셨지요."

"그대는 그것을 이시다 미쓰나리 님에게 알렸소……?"

목소리를 조금 떨어뜨리며 살피듯 질문을 던지자 오소데는 다시 주저 없이 대답했다.

"네, 그것이 고다이인을 모시는 제 목적의 하나니까요."

"뭐, 목적의 하나……?"

"네, 그러나 그것이 모두는 아니지요. 그 밖에 또 한두 가지 있습니다."

"그렇다면 그대는 혹시 고다이인 님을……?"

"네, 찌르라는 비밀명령도 받고 왔지요."

오소데는 태연히 말하고 실눈을 지었다. 고에쓰는 상대의 맹렬한 기세에 억눌려 순간 숨죽이고 온몸을 떨었다.

'이 여인이 자객으로 고다이인 옆에 들어가 있다…….'

설마 하고 반쯤 농담조로 물어보았는데 상대는 태연히 고백한다. 애당초 인생에 겁먹거나 추파를 던지면서까지 살려고 하는 여인이 아닌 듯 꿰뚫어보인다. 과거의 비참한 생활이 이 여인을 하염없는 허무로 끌어들이고 있다. 무슨 일을 저지를지 모를 여인, 삶의 공포를 해탈한 여인…….

그러므로 하카타의 소탄과 소시쓰의 눈에 든 여자였다. 그런데 미쓰나리를 따라 상경한 뒤 이 여인으로부터의 정보가 끊어졌다는 소탄의 말이었다.

"역시 여자야. 고조로도 미쓰나리 님에게 반해 버렸나 봐."

소탄이 쓴웃음 지으며 말하더라고 규슈로 칼을 갈러 내려갔다 온 제자 산요(山陽)가 말한 적 있다. 만일 소탄들이 본 눈이 틀림없다면 이 여인은 고다이인을 죽이는 대신 미쓰나리를 죽여야 했던 여인이었는데…….

"그런가, 그런 명령까지 받고 있는가."

"고에쓰 님, 오소데는 이상한 여자지요?"

"이상하지 않다……고는 할 수 없지요."

"처음에 오소데는 전쟁을 저주한 나머지 미쓰나리 님을 죽일 작정이었어요."

"그런데 그게 그만……."

"반한 건 아니에요."

"반하지 않았다고……도 할 수 없을 거요."

"그래요……그럴지도 모르지요."

고에쓰는 오소데의 마음이 내키는 대로 자기가 점점 놀림 받을 것만 같은 위험을 느끼고 황급히 말머리를 돌렸다.

"사람 마음이란 미묘하여 상대에게서 발산하는 눈에 보이지 않는 마음의 물결에 의해 변질되거든."

"호호……그러면 미쓰나리 님 마음의 물결이 제 것보다 강했다고……."

"웃을 일이 아니오. 상대에 따라서는 맹수가 아기고양이로 바뀌고 쇳덩이도 엿가락처럼 되오."

"오소데는 맹수가 되었습니다."

"그럴지도 모르오."

"그 맹수도 고에쓰 님 앞에 나오면 아기고양이로 돌아갑니다."

"뭐, 내 앞에 나오면……."

"네, 오소데가 만일 사나이에게 반하는 일이 있다면, 그래요, 고에쓰 님에게 반하겠어요."

"오소데 님, 그대는 나를 놀리러 왔소!"

"아닙니다, 고다이인 님 심부름으로 왔습니다."

고에쓰는 저도 모르게 자세를 바로잡았다. 이건 예사 문답이 아니다. 그 옛날 소에키가 다이도쿠사 고승들과 마주앉아 마음의 불꽃을 튀기며 말을 주고받았던 무렵의 광경이 문득 뇌리에 떠올랐다.

'이 여인은 필사적으로 무언가 붙들려 발버둥 치고 있다…….'

고에쓰는 희미하게 고개 저으며 묵직한 목소리로 위협했다.

"이제 됐소! 그대는 나에게 뭔가 호소하고 싶은 게로군. 그것을 얼른 털어놓는 게 좋으리라."

오소데는 고개를 갸웃하며 생각에 잠겼다. 자못 진지하게 무언가 골똘히 생각하는 처녀의 표정이었다.

"고에쓰 님, 말씀하신 대로 오소데는 고에쓰 님께 무언가 호소하고 싶은 게 있습니다."

고에쓰는 상대에게서 시선을 떼지 않고 말했다.

"그러므로 어서 말하라고 했을 터인데……아니면 호소하고 싶은 게 뭔지 잘 모르겠다는 거요?"

오소데는 얼마쯤 기세부리며 말했다.

"맞았어요! 알면서 말할 수 없습니다……저는 누구에게나 좋은 사람이 되고 싶어요. 미움과 설움과 소원과 저주조차 분간하지 못하는 천성인지도 모르지요."

"흠, 그 말이 전혀 이해되지 않는 건 아니오. 사람이란 모두 그런 것이니까. 밉다면 밉고 가엾다면 가엾은 사람들이 숱하게 많소."

"고에쓰 님! 저로서는 고다이인 님을 찌를 수가 없습니다."

고에쓰는 희미하게 눈 속으로 끄덕였다.

"내게도 그렇게 보이오."

"그러면서도 찌르겠다고 약속하고 측근으로 들어갔습니다."

고에쓰는 웃는 대신 탄식했다.

"그렇다면 그대는 또 배신하려는 거요. 이전에는 소탄과 소시쓰……그리고 이번에는 미쓰나리 님을."

"아니요, 그전부터 헤아릴 수 없이 많은 남자분 마음을 배신해 왔습니다."

"직업상 그럴 수도 있었을 테지요."

"하지만 그보다도 더 참을 수 없을 만큼 세상에서 배신당했어요……세상에서 배신만 당한 인간이란 결국 그 복수밖에 못 하는 것일까요."

다시금 고에쓰는 오소데의 손아귀 속에 쥐어졌다. 그러나 이번에는 그 밖으로 허둥지둥 달아나려고 하지 않았다.

"그렇다면 그대는 미쓰나리 님을 배신하기 싫고 고다이인 님도 찌르기 싫어서……괴로워하고 있다는 말인가."

"아니요, 고다이인 님은 처음부터 찌를 생각이 없었습니다."

오소데는 또 주저 없이 대답하고 슬픈 듯 고개를 기울였다.

"제가 여쭈어보고 싶은 건 저라는 인간은 살아 있는 한 남을 배신하고, 저주하고, 슬프게 하고, 불행에 떨어뜨리는 여자가 아닌가……하는 일이에요."

"이거 뜨끔하군! 그리고 보면 이 고에쓰도 그럴지 모르오. 그러나 오소데 님, 그러한 업보를 불태워버릴 만한 기백을 가지셔야 하오. 그렇지 못하면 미쳐서 죽을 수밖에 도리 없지 않겠소."

"고에쓰 님, 오소데는 미쳐서 죽고 싶습니다."

이번에도 또 아무 주저 없이 내뱉는 바람에 고에쓰는 그만 등골이 오싹해졌다.

"저는 이제 아무것도 숨기지 않겠어요. 미쓰나리 님에게 내대신과 싸우도록 권한 건 이 오소데입니다. 더욱이 미쓰나리 님이 이기리라는 생각은 전혀 없으면서……."

고에쓰는 말없이 상대를 바라보았다.

"싸우다 죽으면 된다……그럴 수밖에 없는 분이라 여기고 싸울 각오를 결심하게 했지요. 싸우지 않더라도 언젠가는 내대신에게 짓밟힐 테니, 그보다는 고집만이라도 관철시키게 하고 싶다고. 이렇듯 오소데의 애정은 비뚤어져 갔지요."

오소데는 별안간 얼굴을 가리고 울기 시작했다. 고에쓰는 오소데가 하려는 말을 어렴풋하나마 깨닫기 시작했다.

'이 여인이라면 미쓰나리에게 싸움을 권하고도 남는다…….'

그러나 권하고 나서 차츰 무서워진 게 틀림없다. 어쩌면 싸움 규모가 오소데의 생각보다 몇 갑절 더 커질지도 모른다고 느끼게 된 것은 아닐까……?

아무튼 지금 오소데는 진지하게 자신의 망집과 얼굴을 맞대어 괴로워하고 있다. 그렇지 않다면 고에쓰에게 눈물 따위 보일 여인이 아닌 것이다.

오소데는 목구멍 속으로 한참 흐느끼더니 부끄러워하며 눈물을 닦았다.

"고에쓰 님……내대신님은 우에스기 정벌에 정말로 직접 나서실까요."

"그대는 그걸 왜 알려고 하지?"

"얄궂게도 미쓰나리 님에게 싸움을 권한 제가 어떻게 하면 싸움을 막아낼까 고심하시는 고다이인 님을 섬기게 되었으니 말예요."

"그러면 그대도 싸움만큼 덧없는 살생은 없다는 걸 깨달으셨소."

다그쳐 물었으나 오소데는 그 말에 대답하지 않았다.

"내대신님이 출진하면 미쓰나리 님은 그 틈을 노려 일어나겠지요……."

"그렇게……될지 모르므로 고다이인 님도, 가토 님도, 구로다 님도 걱정하고 있는 거지요."

"제가 두려워하는 건 그 뒤의 일입니다."

"그 뒤의 일이라니?"

"미쓰나리 님은 당연히 오사카에 남게 될 내대신 쪽 무장의 가족들을……."

"예?"

고에쓰는 다시금 머리 위로 찬물을 뒤집어쓴 느낌이 들었다. 오소데가 걱정하는 것은 이 일이었던 모양이다.

"그렇군, 미쓰나리는 군사를 일으킴과 동시에 당연히 이에야스 편 무장 가족들을 고스란히 인질로 삼을 게 틀림없겠지요……."

"아무래도 여자의 꾀라 바로 얼마 전까지도 저는 그걸 깨닫지 못했어요."

자신이 하려는 말이 고에쓰에게도 통했다고 알아차리자 오소데는 별안간 말투가 빨라졌다.

"어느 쪽이 이기든 이 인질은 무사하지 못할 거예요. 싸움과 아무 관계 없는 부인들이며 아이들이 지옥의 피연못에 내던져지는 것을 그냥 보고만 있을 정도로 오소데는 꿋꿋한 여자가 못 됩니다……라고 하더라도 수레는 벌써 언덕 내리막길을……."

고에쓰는 다시 고쳐앉았다. 남자인 그조차 거기까지는 미처 생각하지 못했다. 그러나 듣고 보니 그것은 이번 싸움의 승패를 판가름할 만한 큰 사건이 될 듯하다.

"고에쓰 님, 정말 고맙게 오소데를 상대해 주셨어요. 고에쓰 님이 거기까지 들어주셨으므로 오소데는 제 자신을 되찾았습니다."

"뭐, 자신을 되찾았다고?"

"네, 이제 알았어요! 제가 무엇을 호소하려 하고 있었는지를……그래요! 이것이에요. 이 일로……."

오소데의 눈에 비로소 한 가닥의 광채가 깃들여 반짝이기 시작했다.

고에쓰는 크게 한 번 숨을 내쉬었다. 인간은 곤혹의 밑바닥에서 이따금 혼잣말을 중얼대는 법이다. 그러나 그것이 혼잣말인 한 자기 사색의 울타리 안에서 좀처럼 밖으로 나가지 못한다. 그런데 들어주는 이가 있어 때로 대꾸하며 맞장구쳐 주면 크게 창문이 열리는 경우도 있다. 지금의 오소데와 고에쓰의 대화는 그 역할을 한 모양이다. 결국 오소데는 고에쓰가 되돌려주는 메아리에 의해 자신을 비판하고 자기의 지혜를 꺼내온 모양이다.

"고에쓰 님! 고에쓰 님에게는 이 오소데의 마음 따위 환히 들여다보이겠지요. 아무쪼록 고다이인 님에게 오소데는 쓸모있는 찻잔……이라고 대답해 주세요."

고에쓰는 배에 힘을 준 채 고개를 끄덕였다. 그의 눈에도 분명 오소데는 구운 솜씨며 심오한 맛이 뛰어난 하나의 명기(名器)로 보인다.

"오소데는 이제 분수에 넘치는 청은 삼가겠어요. 오소데를 이대로 고다이인 님 곁에 두어 두 가지 소원을 이룰 수 있게 해주세요."

"두 가지 소원이라시면?"

"네, 아까까지는 두 개의 실꾸리가 얽혀 무수한 것으로 보여 죽을 수밖에 없다고 생각했었습니다."

"알고 있소. 그대 얼굴이 사람이 달라진 듯 활짝 밝아졌구려."

"오소데는 우선 고다이인 님에게 간청드려 이 싸움이 커지지 않도록, 만일 인질에 대한 일이 생기더라도 비탄의 못이 깊어지지 않도록 오로지 제힘을 다 바치겠습니다."

"그게 그대의 첫째 소원이군요."

"네, 그리고 둘째 소원은……."

말하다 말고 오소데는 새삼 고에쓰의 날카로운 시선을 응시했다. 그것은 이름난 칼을 갓 만들어냈을 때를 연상케 하는 정기 어린 시선이었다.

"둘째 소원은 특히 오해가 없으셔야 합니다."

고에쓰는 고개를 끄덕였다.

"그대는 정말 여장부로군. 혼아미 고에쓰가 이렇듯 자세를 바로하여 듣고 있소."

"고맙습니다. 이 일은 제가 두 번 다시 말하지 않겠습니다……이것이야말로 처음부터 오소데가 고다이인 님에게 접근한 목적이었습니다."

"말해 보오. 듣겠소."

"저는 미쓰나리 님이 편안하게 생애를 마칠 거라고 생각지 않습니다. 싸움의 승패가 어찌 되든 내대신과의 사이가 어찌 되든……."

"흔히 말하는 다다미 위에서 죽지 못할 분이라고 보셨소?"

"네, 자기 성미의 불길로 자신을 불태우지 않고는 못 배길 분으로 보았습니다."

"과연 뛰어난 견식이로군."

"그러므로 싸움을 권한 속죄로 한 가지 일을 하고 싶습니다."

"그게 둘째 소원입니까?"

"네, 미쓰나리 님이 어떤 말로를 걷게 되든 이시다 가문 핏줄만은 끊이지 않도록……이건 고다이인 님에게 매달리지 않으면 이루어지지 않을 소원이라 믿고 섬기기로 했던 것입니다."

오소데의 말에 고에쓰는 마음 놓은 듯 시선을 누그러뜨리며 희미하게 웃었다.

"과연 대단한 궁리였군요! 그런데 이것을 이시다 가문 사람들 누군가 알고 있습니까?"

오소데는 천천히 고개를 저었다. 눈 속에 또다시 깊은 슬픔이 되살아나고 있다…….

고에쓰는 무릎 앞에 놓인 찻잔으로 날카로운 시선을 옮기고 생각에 잠겼다. 아직 그의 마음은 정해지지 않았다. 오소데의 생각도 각오도 납득이 되었다. 이 여인이라면 이 정도의 일은 생각하리라. 그러나 문제는 이 여인의 뒤에 있는 이시다 가문의 압력이었다. 그 계산을 그르친다면 고다이인의 몸에 위험이 미치게 된다.

고에쓰는 상대의 신뢰에 대하여 한 마디로 대답하고 싶었다, 흑백을 분명히 하여 옳은 일을 위해서는 수난을 두려워하지 않으리라……고. 니치렌 신자인 그는 소에키의 죽음을 새삼 곰곰이 생각하면서부터 그 생활신조를 더욱 굳건하게 키우고 있었다. 그렇다 해서 오소데의 신뢰에 응하기 위해 만에 하나라도 고다이인의 신뢰를 저버리는 결과를 빚어낸다면 종조(宗祖)도 법화경도 뵐 낯이 없게 된다.

고에쓰는 저도 모르게 다시 찻잔을 집어들고 손바닥으로 쓰다듬으면서 말했다.

"매우 어려운 문제로군요. 아무 결점이 없고, 모양 좋으며 알맞게 구워졌고, 특히 이 담백한 유약으로 색깔을 넣은 찻잔의 경지가 그대로 구운 자의 평화스러운 마음을 스며나오게 하고 있다……할지라도 천하의 명기라고 아무에게나 권할 수 없는 경우도 있지요."

오소데는 끄덕이는 대신 다시 한번 시선을 내리깔았다.

"이전의 내가 나빴다……는 것인가요?"

"이전의 그대와 손이 끊어지지 않았소. 만일 명기라고 하여 사게 한 다음 엉뚱한 자가 그 값을 받으러 나타나게 된다면 권한 사람의 실수가 되오."

"찻잔 자신은 소유자와 관계없는 담담한 존재인데도요?"

고에쓰는 그 말에는 대답하지 않고 말을 이었다.

"그대는 이 고에쓰가 이 찻잔은 사지 않는 게 좋다……고 고다이인 님에게 대답할 경우 어쩔 작정으로 오셨소. 요도야네 집으로 돌아가겠소?"

오소데는 어깨를 조금 움직였을 뿐 잠자코 있었다.

"고에쓰를 움직일 작정으로 오신 것은 알겠소만, 고에쓰도 고집쟁이…… 세상에는 사람이 얼마든지 있는데 무엇 때문에 위험한 것을 곁에 두십니까, 찬성하기 어렵습니다, 라고 말씀드렸을 때는 어떻게 하겠소…… 그대는 그 정도의 일을 생각지 않고 올 분이 아니오. 그 궁리는 처음부터 있었을 터……."

"고에쓰 님, 그때는 다시 한번 자세하게 털어놓고 고다이인 님에게 매달릴 작정입니다."

"뭐, 고다이인 님에게 직접?"

이 대답은 어지간한 고에쓰도 예기하지 못한 것이었다.

"그런데도 고다이인 님이 새삼 그만두라고 할 때에는?"

오소데는 문득 경멸하는 얼굴이 되어 쏘아붙였다.

"거기까지는 생각하고 있지 않습니다. 삶도 죽음도 내가 알 바 아니에요! 오소데는 다만 해야 한다고 여겨지는 일을 할 뿐이지요."

순간 고에쓰의 마음은 정해졌다. 이번에는 고에쓰가 오소데의 메아리를 받아들일 차례인 모양이다. 고에쓰는 손에 들고 있던 찻잔을 다다미에 홱 내던졌다.

"아, 찻잔이 두 조각으로……?"

그 두 조각으로 갈라진 찻잔을 고에쓰는 천천히 주워 상자 안에 넣었다. 고에쓰의 표정에는 노여움의 빛이 그리 보이지 않는다. 무언가 생각 있어 깨뜨린 게 분명하다……고 여겨졌으나 그 순간 오소데는 몹시 기분 나빴다.

고에쓰는 그러한 오소데의 의아심을 충분히 눈치챘으면서 잠자코 찻잔을 상자에 넣은 다음 고다이인이 즐겨 쓰는 남만 비단 보자기로 정성껏 쌌다. 그리고 다시 오소데와 시선이 마주치자 시치미 뗀 표정으로 고개를 갸웃거렸다.

"고다이인 님 마음을 알 수 없단 말이야."

오소데는 썰렁한 찬바람에 얼굴이 거꾸로 쏠린 것 같은 느낌이 들어 저도 모르게 윗몸을 내밀었다.

"어, 어째서인가요."

"이런 깨어진 찻잔에 이름을 붙여달라시니 장난도 지나치시군."

"어머……!"

"이 수수께끼를 심부름 온 그대에게 물어본대도 모를 테지. 고에쓰가 함께 가서 직접 물어볼 수밖에 없으리라. 함께 가겠으니 준비할 동안 기다려 주시오."

엄숙하게 말하더니 찻잔 보퉁이를 남기고 방을 나가버렸다.

오소데의 눈이 한 번 번뜩이더니 곧 눈물이 글썽해졌다. 이젠 아무것도 물어볼 필요가 없었다. 고에쓰는 오소데의 마지막 말을 듣고 삼본기로 직접 갈 마음이 생긴 게 틀림없다. 아마 그 성미대로 아무것도 숨기는 일 없이 고다이인에게 털어놓고 그다음 일을 결정하려는 것이리라. 그렇지만 지나치리만큼 꼼꼼한 고에쓰에게 이 같은 대담하고 난폭한 면이 있다는 건 뜻밖이었다.

'역시 무서운 사람……'

고에쓰는 얼마 뒤 나들이 차림으로 나와 이미 오소데 쪽은 보지 않았다.

"그럼, 갑시다."

공손히 찻잔 보퉁이를 들고 오소데를 재촉하는 목소리도 태도도 얼마쯤 까다로운 고에쓰로 돌아가 있었다.

오소데는 말없이 그 뒤를 따랐다. 문 앞에는 벌써 오소데의 가마가 준비되어 있었다. 그러나 고에쓰의 가마는 없다. 다이코 생전의 포고령에 따라 탈 것에 대한 금지법을 충실히 지키고 있는 모양이다.

이미 교토의 더위는 한증막 같았다. 서서히 더위를 피해 나온 납량객들이 가모강가 일대에 넘치기 시작하는 계절이었다.

오소데는 가마 속에서 한숨짓고 눈을 감고 허둥대기도 하며 양편의 집들에 시선을 달렸다. 고다이인이 자기 신분에 의심 품고 고에쓰한테 심부름 보낸 일이 큰 다행으로 여겨졌으며 또한 이로써 모든 일이 끝장난 것 같기도 했다. 그렇지만 이 바른말 잘하는 사나이가 자기 손으로 깬 찻잔을 고다이인에게 들이대며 뭐라고 말할 것인지는 완전히 다른 흥미이기도 했다.

'이제 내 몸에 끝장이 온다 해도 아깝지 않다.'

삼본기 저택에 다다라 고다이인 앞으로 나간 다음 고에쓰는 찻잔 보퉁이를 끄르며 말했다.

"마님, 이 여인이 하는 말은 횡설수설하여 고에쓰는 도무지 알아들을 수가 없습니다."

마치 오소데가 천치이기라도 한 것 같은 말투였다. 어지간한 오소데도 불끈해졌다.

고다이인은 거실의 사방을 열어젖히게 하고 찬 우물물에 보리 미숫가루 탄 것을 고에쓰에게 권하며 재미있는 듯 웃었다. 머리를 짧게 잘라 오사카성에 있을 때보다 훨씬 젊어보이는 예쁘장한 둥근 얼굴이었다. 아이가 없는 탓인지 아직 40살을 갓 넘은 젊음으로 보인다.

"그렇다면 참으로 폐를 끼쳤군요. 나는 또 오소데가 꽤 똑똑한 줄 알았는데."

"예, 하카타에서 보았을 때는 이 고에쓰도 남자 못지않은 여성, 과연 미쓰나리님이 교토까지 데리고 갈 만하다……고 여기며 감탄했었습니다만, 오늘 말하는 걸 보니 도무지 알아들을 수 없는 소리만……."

미쓰나리와 관계있는 여인이라고 처음부터 말하며 고에쓰는 찻잔이 든 상자를 열었다.

고다이인은 깜짝 놀라는 듯했다. 아니, 오소데가 미쓰나리와 관련 있는 여자라는 것을 오늘 처음 들었을 게 분명했다.

"고조스와 게이준니는 옆방에 가서 바람이나 쏘이거라."

두 사람을 곁에서 물리치는 것을 고에쓰는 일부러 못 들은 척하면서 두 조각 난 찻잔을 보자기 위에 나란히 놓았다.

"이건 심부름 온 여인이 실수해서 깨었을까요, 아니면 이것을 이어붙여 이름을 지으라시는 겁니까?"

고다이인은 찻잔을 흘끗 보고 그 눈을 곧 오소데에게로 옮겼다. 오소데는 몸을 굳히고 다다미에 두 손을 짚고 있다.

"고에쓰 님."

"예."

"그건 찻잔에게 묻는 게 좋겠지요. 찻잔이 뭐라고 그대에게 속삭이는지."

오소데는 침을 꼴깍 삼켰다. 고에쓰의 말투도 당돌할 만큼 단도직입적이었으나 찻잔에게 물으라는 고다이인의 대답 역시 뜻밖이었다.

"죄송하오나 이 찻잔이 불길한 소리를 속삭입니다."

"허, 뭐라고 하나요."

"마님을 없애라는 명령을 받고 가까이했다고."

"그건 나도 짐작하고 있었어요. 그런데 이렇듯 두 조각으로 깨어져버렸으니 생각도 달라졌겠지요. 다이코 전하가 아끼시던 이도(井戶) 찻잔의 예도 있습니다. 붙이면 쓸 수 있으리라고 생각하는데 어떨까요?"

고에쓰는 날카롭게 오소데를 쳐다보고 곧 시치미 뗀 표정이 되어 깨어진 찻잔을 집어들었다.

"이건 마님께서 일부러 수선해 가지실 만한 물건이 못될 것 같습니다만."

"그럴까요."

"그렇다고 그냥 버리기도 가엾으니 고에쓰가 하사받아 붙여 갖는 게……."

"그때는 뭐라고 이름 붙이겠어요?"

"예, 누구 소매에 스쳐서 깨어졌는지, 질그릇이라고는 하나 불운한 것, 다가소데(誰袖 ; 누구의 소매)……라고 이름 지을까 합니다."

"다가소데, 좋은 이름이군. 그렇지, 오소데?"

"네……네."

"좋은 이름이야! 나도 온갖 잡동사니를 좋아한 다이코의 미망인. 이름이 마음에 들므로 고에쓰에게는 무언가 다른 걸 대신 주고 내가 가지고 싶다. 오소데, 이번에는 그대가 찻잔에게 물어봐라. 내 것이 되고 싶은가, 아니면 고에쓰에게 하사되고 싶은가."

고다이인의 물음은 더욱 오소데의 의표를 찔렀다. 어지간한 재녀도 대답에 궁하여 우물쭈물하는 표정이 되었다. 고다이인은 눈을 좁히듯 하여 그 모습을 바라보고 있다. 오사카성에 있을 때와는 확실히 사람이 달라진 것 같은 느낌이었다.

본디 예사로운 여인이 아니다. 영주들 앞에서 태연히 부부싸움 했던 성미인 것이다. 그러나 그 고다이인도 히데요시가 세상 떠난 뒤에는 어딘지 무거운 짐에 짓눌린 것 같은 딱딱함이 눈에 띄게 두드러져 보였다. 그런데 미련 없이 성을 버리고 이 삼본기로 옮기고부터는 어떤 천진난만한 명랑성을 몸에 지녔다. 다이코가 살아 있다면 '이 잇큐(一休 ; 기행(奇行)이 많았던, 무로마치 중기 임제종(臨濟宗) 승려, 1394~1481) 같은 계집!'이라는 욕설을 들을 것 같은, 멍하면서도 날카로운 그 예각(銳角)을 가볍게 감싸고 있는 느낌이었다.

"오소데, 이 찻잔은 하나의 찻잔으로 있는 게 싫어서 일부러 깨어졌는지도 모른다. 그대도 귀를 대어 양쪽의 주장을 들어봐라."

"네……네."

오소데는 마음을 다잡고 찻잔을 무릎 앞으로 끌어당겨 진지한 표정으로 깨어진 두 조각을 양쪽 귀에 대었다.

"들리느냐, 양쪽의 소리가?"

"네, 네!"

"찻잔이란 대개 이승의 괴로움을 모르는 철부지가 많지. 돼먹지 않은 소리를 하거든 타일러주어라. 두 쪽을 붙여 다가소데라는 이름으로 이 고다이인에게 사용되고 싶은 마음이 있는지, 아니면 붙여진 채 고에쓰한테 가 있겠는지……아니면 깨어진 채로 있고 싶으며 붙여지는 게 귀찮은지……붙여지는 게 싫다면 그건 벌써 찻잔이 아니지. 다만 보잘것없는 질그릇 조각에 지나지 않아. 어떻게 할 작정인지 물어봐라."

"네, 들립니다."

그리고 찻잔을 귀에서 떼었을 때 오소데의 입술은 새하얘져 있었다. 아무래도 오소데답게 마음을 가다듬은 것 같다.

"그러냐, 들렸단 말이지. 뭐라고 하느냐?"

"고다이인 님 곁에 있고 싶다고 합니다."

"고에쓰 님 손으로 수선되어서 말이지."

"네……네, 그리고 내 몸이 두 조각으로 갈라졌을 때의 경험에 비추어 이 세상을 둥글게 다시 맛보는 찻잔 본디의 구실을 하고 싶다고 합니다."

"허, 거참, 기특한 말이로군……이 세상을 둥글게 맛보고 싶다고 하느냐."

"네……네."

오소데는 살며시 찻잔을 보자기 위에 도로 놓고 고다이인에게인지 고에쓰에게인지 모를 눈빛으로 머리를 숙였다.

"소원이 있습니다."

"뭐냐, 새삼스레. 내보낸다고 하지는 않았다."

"네, 물러가겠다는 게 아닙니다. 이 찻잔은 일단 고다이인 님께서 거두셨다가 이 오소데에게 하사해 주십시오."

"이 찻잔을……그대는 이것이 그렇듯 마음에 들었나."

"아닙니다. 이것을 보내주고 싶은 사람이 있습니다."

말하고 나서 오소데는 그제야 마음 놓은 듯 웃는 얼굴이 되었다.

"옛정을 나눈 분입니다. 한번 맺어졌다가 헤어진 옛 님에게 이 수선한 찻잔을 제 손으로 선사하고 싶습니다."

고다이인과 고에쓰는 저도 모르게 얼굴을 마주보았다. 바로 직전까지만 해도 사뭇 곤혹스러운 표정으로 수동적이던 오소데가 별안간 무언가 결심하고 고쳐 앉은 모습인 것이다.

"고에쓰 님, 어떻게 하면 좋을까요. 그대가 다가소데라고 이름 지어준 이 찻잔을 오소데가 소원한다는데."

"그렇다면 그 옛 님이라는 분의 성함을 다짐 삼아……."

"그건 묻지 않는 게 좋겠지요. 여자에 대한 사양도 있으니……."

"하지만 옛날에 맺어졌다……고까지 고백했으니 오히려 들어주는 게 인정일지 도 모릅니다."

고에쓰는 거기서 오소데에게로 돌아앉았다.

"오소데 님, 들으신 바와 같소. 고백하기 괴롭다면 그만둬도 좋지만……."

"네, 말씀드릴 참이었습니다."

"그렇겠지요. 그러므로 마님께 간청드렸을 겁니다. 그 찻잔을 선물할 상대는?"

"네, 고바야카와 히데아키 님입니다."

"뭐, 히데아키 님!"

어지간한 고에쓰도 선뜻 그 뜻을 이해하지 못하여 고개를 갸웃했다.

고다이인은 더욱 놀란 모양이다. 모리 일족인 고바야카와 다카카게의 양자 히 데아키는 고다이인에게 혈육인 조카이다.

"그럼, 그대는 히데아키 님도 손님으로 받으셨소……."

"네, 히데아키 님이 조선으로 출정하실 때 하카타의 야나기 거리에서……."

어지간한 오소데도 볼을 물들이며 한쪽 소매로 얼굴을 가렸다. 그러나 말을 멈추지는 않았다.

"다이코 전하의 꾸지람을 들으셨다며 오소데한테 며칠 머무르신 적이 있었습니 다."

"흠, 그분도 젊은 나이였으니."

"오소데 역시 젊었었지요. 하지만 다이코님에게 사양하셔서 그대로 정만 두고 헤어졌습니다."

"그, 그 히데아키 님에게 이 붙인 찻잔을 보내고 싶다는 겁니까?!"

아마 고에쓰에게도 오소데의 마음이 이해되기 시작한 모양이다. 다그쳐 묻는 말꼬리가 야릇하게 떨리고 있다.

"네, 옛이야기도 나눌 겸 한번 찾아뵙고 싶습니다."

"흠, 그것도 풍류니까……."

고에쓰는 크게 신음하며 다시 고다이인을 흘끗 쳐다보았다. 고다이인은 과연 오소데의 속셈을 알아차렸는지, 어떤지?

오소데는 싸움을 피할 수 없는 것으로 점치고 있다. 그리고 그 싸움이 커지지 않도록 마무리하기 위해 모리 일족의 움직임을 이 싸움의 테두리 밖에 세우는 수밖에 없다고 보는 모양이다. 따라서 찻잔을 구실 삼아 자기의 참뜻이 어디에 있는지 호소하려고 고심하고 있는 게 틀림없다……이렇게 생각했을 때 고다이인이 성큼 말했다.

"그대는 히데아키 님을 만나 미쓰나리를 편들지 말라고 할 작정이구나. 하지만 그건 그대에게 맡길 수 없지. 나도 삼가서 입 밖에 내지 않는 말이다. 모리 가문에는 데루모토 님이라는 훌륭한 일족의 종주(宗主)가 계시다……그 일족의 단결을 깨는 참견 따위는 생각조차 할 수 없는 일."

고에쓰는 숨을 삼키며 물끄러미 두 사람을 쳐다보고 있었다. 오소데의 입술에 차츰 핏기가 살아났다. 오소데에게 히데아키에의 방문을 굳이 고집할 생각은 없다……고 고에쓰는 알아차렸다. 다만 그녀는 좁은 소견으로 미쓰나리가 시키는 대로 하고 있는 게 아님을 고다이인에게 호소하고 싶었을 게 틀림없다.

고다이인 편에서도 이미 그것을 깨달은 눈치였다. 입으로는 주제넘은 참견을 엄격하게 타이르면서도 눈빛은 반대로 장난꾸러기 소녀 같은 빛을 띠기 시작하고 있다.

"히데아키 님에 대한 주제넘은 참견은 생각도 할 수 없는 일. 그러므로 이 찻잔을 붙이더라도 오소데에게 주지는 않겠다. 그 일만은 확실해진 것 같군. 그렇지, 오소데……."

"네……네."

"그러니 찻잔은 역시 내가 간수하겠어."

입가에 미소를 띤 채 고다이인은 말을 이었다.

"여보세요, 고에쓰 님. 이건 이대로 붙이지 말고 잠시 둡시다."

고에쓰는 알아듣지 못하고 고개를 갸웃했다.

"붙이지 않고 두는 게 좋을까요."

"그렇지요, 다가소데……라고 그대가 이름 지으니, 내 눈에 갑자기 이 찻잔이 오소데와 같은 느낌이 들었습니다. 이름이 닮아서겠지요."

"과연, 찻잔은 바로 오소데 님입니다."

"어쩐지 오소데의 마음도 지금은 이것저것 망설이며 조각나고 있는 것 같소. 잠시 내 곁에 이대로 둬둡시다."

"그러면 찻잔도 기쁘게 생각하겠지요."

"가치 없는 찻잔이라면 설마하니 그대도 일부러 이렇듯 깨진 찻잔 하나 때문에 오지는 않았겠지요."

"그렇습니다……."

"어딘가 희망이 있어 이름이라도 붙여줄까 생각했을 테지요."

고다이인은 즐거운 듯 눈길을 좁혔다.

"그러므로 오소데의 행동이 내 마음에 잊을 수 없는 것이 되었을 때 다시 고에쓰의 손으로 붙여달라고 하겠어요. 그렇지, 오소데."

"네……네, 고맙습니다."

"뭐, 그렇게 새삼스럽게 굴 건 없어. 나도 그대가 사랑스러워. 그대나 나나 여자로서는 제대로 만들어진 찻잔이 못 돼. 일찍부터 뜬세상 물을 먹고 짓밟히거나 짓이겨져 만들어진 거지. 그런 만큼 앉을 장소도 차의 마음도 소박하게 보이는지 모른다."

"황송합니다."

"찻잔은 그대로 차의 마음을 담는 그릇……차의 마음은 자연의 마음……조용한 가운데 참다운 사람의 마음을 엄격하게 가려내는 것이라는 게 소에키 님의 교훈이었어. 그 마음을 잊지 말고 노후의 나를 섬겨다오."

"네……네."

"어떤 일이 있어도 나쁘게 대하지 않겠다. 안심하고 있거라……."

고다이인은 말하고 이번에는 소리 내어 웃었다.

"자, 이것으로 찻잔 처리는 끝났다. 그대는 물러가거라. 나는 이제부터 또 한 가지 고에쓰 님을 나무랄 일이 있어."

고에쓰는 마음 놓으면서 짐짓 과장되게 고개를 갸웃하며 언성을 높였다.

"야단났군요! 고에쓰가 마님께 꾸중 들을 잘못이라도⋯⋯?"

오소데가 나가자 고다이인은 고에쓰를 뚫어지게 쳐다보았다. 고에쓰 역시 저도 모르게 자세를 바로하며 숨을 삼켰다. 이런 눈빛일 때 고다이인은 반드시 무언가 중요한 말을 꺼낸다⋯⋯고 알고 있기 때문이었다.

"수고했어요, 고에쓰 님."

고에쓰는 말없이 정중하게 고개 숙였다.

"수고한 김에 그대가 더 찾아가줘야 할 곳이 있소. 그렇지, 두 군데만 가면 되오."

"알았습니다. 고에쓰가 할 수 있는 일이라면 어디든 가겠습니다."

"우선 후쿠시마 가문을 찾은 다음 히데아키 님을 찾아가주오."

"마사노리 님과 히데아키 님을?"

"그렇지요. 후쿠시마 가문에서는 마사노리 님에게 내가 각별히 히데요리 님 장래를 염려하고 있더라고 하면 되오."

"도련님 장래를⋯⋯."

"그렇지요. 천하에 대란이 일어나면 힘없는 도련님은 설 땅이 없어질 거요. 난세의 밥이 되지 않도록 말이오."

고에쓰는 또 정중하게 고개 숙였다. 이것만 들으면 그는 자신이 무엇을 명령받고 있는지 잘 알 수 있었다.

고다이인은 이에야스가 우에스기 정벌에 나설 것으로 판단하고 있다. 그러면 에도와 오사카의 중간에 자리하는 기요스 성주 후쿠시마 마사노리의 움직임이 도요토미 가문 전체의 운명에 중요한 의미를 갖게 된다. 여기서 가벼이 행동하지 않도록 은밀히 다짐해 두려는 게 틀림없다.

"다음에는 히데아키 님인데⋯⋯."

고다이인은 목소리를 조금 낮추었다.

"아까 오소데가 한 말과 그것을 꾸짖은 내 말을 그대로 히데아키에게 우스개 이야기처럼 전해 주오."

"저 오소데의 말과 그것을 꾸지람하신 마님의 말씀을……"

"그렇지요. 우스개 삼아 되도록 자세하게."

"옛."

고에쓰는 그만 저도 모르게 소리 내어 대답하며 고개를 끄덕였다. 잠시 전 황급히 오소데를 꾸짖은 것은 그녀가 고다이인의 속셈을 그대로 맞혔기 때문인 모양이다. 고다이인 또한 히데아키를 미쓰나리 편에 세우고 싶지 않다고 생각하고 있는 것이다.

"알겠습니까, 고에쓰 님."

"예, 틀림없이 말씀 들었습니다."

"호호……그러면 되었어요. 수고했습니다."

고다이인은 다시 밝게 웃었다.

"오소데는 재미있는 여자인 것 같군요."

"예, 기묘한 여자입니다."

"어쩐지 앞날을 꿰뚫어보면서도 마음속으로는 미쓰나리를 가엾게 여기는 듯한."

"잘 보셨습니다. 오소데가 마님을 섬기는 목적은 미쓰나리 일족의 구명운동에 있다고 보았습니다."

"틀림없겠지요, 고에쓰는 감정의 대가이니까."

그런 다음 눈앞에 놓인 찻잔 조각을 맞추었다.

"여인이란 슬픈 거예요, 고에쓰 님. 이 찻잔은 일부러 그대가 깨뜨렸겠지만, 깨어지고 나서 비로소 오소데를 닮다나……"

거기까지 말하고 문득 다시 생각을 바꾼 듯 보자기로 싸며 감회 어린 목소리로 말했다.

"고에쓰 님, 지금 이 세상도 역시 두 조각 내었다가 다시 붙여야 될 것 같군요……"

기회 무르익다

이에야스의 우에스기 정벌 준비는 세상의 소문과 나란히 강력히 추진되었다. 억지라 해도 좋았다. 마시타, 나쓰카, 나카무라, 이코마, 호리오 다섯 사람이 연명으로 간한 것도 일축해 버리고 두 가토, 호소카와, 후쿠시마, 구로다 등이 사자를 보내어 한 충고도 물리쳤다.

가토를 비롯한 다이코가 길러낸 무장들은 주장했다.

"내대신께서 몸소 출정하시는 것은 필요 없는 일, 우에스기를 치시려면 우선 저희들에게 명해 주십시오. 생각건대 이건 미쓰나리나 그 일당인 행정관들이 가게카쓰의 모반을 미끼로 삼아 내대신을 유인하고 그 틈을 노려 무언가 도모하려는 음모임에 틀림없습니다. 아무쪼록 이 점에 유의하시기를."

그러나 이에야스는 사람이 달라진 것처럼 고집스러웠다.

"충고는 고맙고 여러분 호의도 모르는 바 아니오. 그러나 이것은 이 이에야스의 생각에 맡겨주시오. 이대로 두면 정부의 위신이 떨어집니다. 그리고 다이코가 시마즈나 호조를 불렀으나 상경하지 않자 정벌한 선례도 있으니, 히데요리 님이 어리다 해도 정부를 가벼이 여긴 죄는 문책해야만 하오."

세상에서는 이에야스를 이렇듯 외고집스럽게 만든 것은 우에스기 가문 중신 나오에 가네쓰구가 쇼타이에게 보낸 무례하기 짝이 없는 편지 탓으로 알고 있다. 이에야스 또한 그것을 누누이 말했다.

"내 60년 가까운 평생에 이토록 버릇없는 편지는 본 적 없다."

그리하여 아이즈 공격을 7월 중순으로 정하고 오사카성 안에서 작전회의가 처음 열린 것은 6월 2일이었다. 물론 그동안의 영주들 동향은 자세하게 탐지되어 있다. 편들 자, 편들게 해야 될 자, 기회주의를 용서해 주어도 좋은 자, 그렇게 할 수 없는 자……그동안 이에야스의 움직임이 얼마나 활발했는지는, 그가 후쿠시마 마사노리에게 보낸 편지가 10여 통에 이르는 것만 보아도 상상할 수 있으리라.

따라서 6월 2일의 작전회의는, 오사카에 있는 여러 장수들을 한 자리에 청해 새삼 그 동향을 살펴보는 의미를 가진 모임이었다.

히데요리의 측근 10여 명과 마에다, 마시타, 나쓰카, 오타니 등 행정관 외에 아사노 요시나가, 하치스카 도요카쓰(蜂須賀豊雄), 구로다 나가마사, 호리오 다다우지(堀尾忠氏 ; 나가모리 요시 하루의 아들), 이케다 데루마사, 호소카와 다다오키, 아리마 노리요리, 야마노우치 가즈토요, 오다 우라쿠, 호리 나오마사, 그리고 이에야스의 측근 등이 참석하여 서쪽 성의 큰 접견실에 죽 늘어앉았다.

물론 아직은 적과 한편이 뒤섞인 자리이다. 저마다 의견이 있겠지만 이에야스는 처음부터 엄격한 표정으로 선언했다.

"이번 우에스기 정벌의 아이즈 공격 전진 부서를 결정했으니 우선 그걸 발표하리다."

이렇게 되면 회의가 아니다. 좌중은 물을 끼얹은 듯 조용했으며 한창 찌는 듯한 무더위 속에 부채질하는 이조차 없다.

"첫째 시라가와 방면은 이 이에야스와 히데타다, 둘째 센도(仙道) 방면은 사타케 요시노리, 셋째 시노부(信夫) 방면은 다테 마사무네, 넷째 요네자와 방면은 모가미 요시미쓰, 다섯째 쓰가와 방면은 마에다 도시나가와 호리 히데하루……."

듣고 있던 사람들은 저도 모르게 얼굴을 마주보았다. 누구나 미쓰나리 편이라고 여기는 사타케며 모가미가 중요한 방면의 공격대장으로 올라 있으니 무리도 아니었다.

'대체 어떻게 된 인선일까……?'

각 영주들이 당연히 아이즈를 공격하는 다섯 방면에 저마다 배치될 게 틀림없다……기보다도 이에야스가 출진하면 미쓰나리가 우에스기에 호응해 일어나리라고 상상하기 어렵지 않다. 그런 때 미쓰나리 편인 사타케 요시노리며 모가미 요시미쓰에게 중요한 공격방면을 맡기고 어쩔 셈인가……?

그러나 이에야스는 그러한 모두들의 의문을 그냥 지나치고 다시 말을 이었다.

"나의 오사카 출발은 이달 중순으로 한다. 도중 에도에 들러 아이즈 공격은 7월 하순경이 되리라. 그러므로 여러분은 서둘러 영지로 돌아가 출전준비를 해줘야겠는데⋯⋯."

그 무렵은 벌써 담담하게 한 가닥의 머뭇거림도 없는 말투였다.

"히데요리 님 측근은 물론 이 성에 남아야 되고 정사도 지체 없이 집행되어야 한다. 히데요리 님 보좌로 이 성에 남아야 할 행정관 세 사람은 누구누구가 좋을까."

여기까지 와서야 비로소 회의하는 형식이 되었다.

싸움은 이미 기정사실. 누가 남아 정사를 보느냐는 것은, 이번 싸움 성과의 열쇠를 누구에게 맡기느냐는 일이기도 했다. 아이즈에서 승리하더라도 미쓰나리에게 이 성을 깨끗이 넘겨주는 일이 있다면, 이에야스는 다시 오사카로 돌아오지 못한다. 그렇다면 승리가 결국은 에도 은퇴라는 패배가 되고 만다.

모든 시선이 한결같이 행정관들에게로 쏠리고 행정관들 이마에 구슬땀이 번쩍였다. 마시타, 나쓰카, 마에다, 오타니 등 행정관들은 모두 이에야스보다 미쓰나리와 친하다. 그것을 알므로 누구를 남기느냐는 문제는 늘어앉은 자들보다도 당사자인 행정관들을 더욱 숨 막히게 했다.

마시타 나가모리와 나쓰카 마사이에는 지금도 미쓰나리와 밀접한 관련을 갖고 있다. 마에다 겐이와 오타니 요시쓰구가 미쓰나리를 통한 반역심이 있는지 없는지는 확인할 수 없지만 결코 이에야스의 심복은 아니었다. 이들 가운데 누가 남고 누가 출진하게 되든 예사롭지 않은 위험이 다분히 내포되어 있다.

'이런 말을 꺼내놓고 실은 엉뚱한 인물을 남길 셈이 아닐까. 누군가가 그 말을 꺼내기로 미리 약속해 놓은 건 아닐까?'

그런 긴장이 한동안 후덥지근한 더위를 가라앉혔을 때 이에야스는 태연한 표정으로 좌중을 둘러보았다.

"여러분에게 별다른 의견이 없다면 내가 지명할까."

나쓰카 마사이에는 온몸을 뻣뻣이 굳히고 이에야스를 바로 쳐다보는 게 한껏의 노력인 듯하다.

"우선 마에다 겐이가 남아줘야겠소. 그대는 장수라기보다 문관이지."

"예······옛."

"다음에는 역시 정사에 밝은 자가 좋으니 마시타 나가모리, 나쓰카 마사이에, 이 세 사람이 좋겠군. 오타니 요시쓰구는 출진해 줘야겠네."

사람들은 또다시 아연실색하며 의심스러운 듯 눈을 깜박였다. 참석자들 속에서 소리 없는 동요가 일었다. 이에야스의 말 하나하나가 의표를 찌르기 때문이었다.

미쓰나리 편으로 보이는 세 행정관을 오사카에 남기고 떠난다는 건 이에야스가 미쓰나리에 대한 경계심을 거의 풀고 있는 것인지 아니면 일부러 그들에게 들고일어날 기회를 줄 셈인지 알 수 없었다. 앞경우라고 여기면 그렇게 생각할 수도 있었다. 어쨌든 일곱 장수가 미쓰나리의 목을 노리며 뒤쫓았을 때 이에야스는 미쓰나리를 구하여 무사히 사와산성에 보내주었었다. 따라서 일곱 장수와 가까운 사람들에게 이런 의심이 솟아나는 것도 무리가 아니었다.

'그때 이에야스와 미쓰나리 사이에 무언가 큰 밀약이 있었던 것일까······.'

반대로 일부러 오사카를 비워 미쓰나리에게 궐기할 기회를 줄 작정은 아닐까 하고 짓궂은 의심을 품는 건 기회주의자인 영주들이었다. 만일 그렇다면 이에야스는 미쓰나리 따윈 처음부터 무시해 버린 큰 자신감을 지니고 있는 게 된다. 유유히 우에스기를 친 다음 에도에서 진용을 가다듬어 그 길로 오사카를 되찾는다······.

그렇게 된다면 도요토미 가문의 운명은 바람 앞의 촛불이 될지도 모른다. 미쓰나리가 오사카성에 들어오면 세 행정관과 더불어 어린 히데요리를 업고 이에야스를 역적이라 부를 게 틀림없으며, 역적으로 불린 적의 우두머리라면 이에야스는 아무 거리낌 없이 히데요리를 칠 수 있을 것이었다.

'드디어 일이 커졌나.'

이렇게 생각한 자도 있으나 지금 당장 거기에서 명백한 결단을 끌어내어 입에 올릴 수는 없었다.

"나와 히데타다의 본대에는 간사이(關西)의 여러 장수들, 요네자와 방면의 모가미 요시미쓰에게는 오우의 여러 장수들······또 쓰가와 방면의 마에다 도시나가와 호리 히데하루의 부대에는 히데하루의 부장(部將) 무라카미 요시아키(村上義明), 미조구치 히데카쓰(溝口秀勝)를 배속시킨다."

이에야스의 말투는 담담함에서 다시금 가부를 허락하지 않는 독단으로 바뀌었다.

"이번 싸움은 다이코의 유지에 따라 천하통일을 방해하는 괘씸한 자를 일소하는 데 있소. 그 의미로 다이코의 유지가 이루어지느냐 않느냐는 천하를 결판짓는 싸움이 되리다. 이에야스는 이미 대궐에 신고를 마쳤소. 대궐에서의 소식에 의하면 오는 8일에 다이나곤 간슈지 하루토요(勸修寺晴豊) 경이 칙사로 오사카에 오시어 이 이에야스의 출전을 위로해 주신다는 말씀……그 칙사를 맞이한 다음 히데요리 님에게 작별하고 곧 출발하려 하오. 그때 히데요리 님으로부터 세 행정관은 오사카에 남아 보좌하라는 말씀이 정식으로 계시겠지만……마에다, 마시타, 나쓰카 세 행정관이 도련님 보좌역인 데 이의 없겠지요?"

별안간 또 세 행정관 이름이 나오자 모두들 흠칫했으나 선뜻 대답하는 자는 없었다.

"이의 없는 것 같군. 그럼, 대충 결정되었소. 출전인원 및 그 밖의 일은 각자와 따로 이에야스가 의논하겠소. 그럼, 오늘은 이만……"

이에야스가 잘라 말했을 때 이번 싸움의 길잡이를 내명받고 있는 호리 나오마사가 말석에서 황급히 말을 건넸다. 나오마사는 오늘의 회합이 액면 그대로의 작전회의인 줄 아는 모양으로 한무릎 다가앉았다.

"죄송하오나 제 생각을 말씀드리고 싶습니다."

이에야스는 쓴쓰레한 표정으로 혀를 찼다.

"나오마사, 아직 납득되지 않는 일이 있다는 건가."

혀를 차는 이에야스를 보고 호리 나오마사는 흥분했다.

"예, 몸소 출정하신다고 결정한 이상 작전회의에 미심한 데가 있어선 큰일인 줄 생각합니다."

"말해 보라. 무엇을 납득할 수 없는지?"

"말씀드릴 것도 없이 오우 땅은 험한 곳이 많습니다."

"그러므로 그대에게 길 안내하라고 했잖나."

"그래서 말씀드리는 겁니다. 그 가운데 시라카와에서 아이즈까지 사이에 세아부리(끓을붙에)라는 더없이 험한 곳이 있습니다. 이곳은 말등을 닮은 험준한 바윗길로 한 사람씩밖에 지날 수 없으니 선봉에 실수 없도록 부디 깊이 유의해 주시기 바랍니다."

호리 나오마사가 우직한 성격을 그대로 얼굴에 드러내며 가슴을 젖히자 이에 야스는 천장에 찌렁 울리는 목소리로 일갈했다.

"닥쳐라! 나오마사, 큰일이라니 뭔가. 더없이 험준한 곳이라면 말할 나위도 없이 적이 내미는 창이 한 자루면 이편이 내미는 창도 한 자루, 창의 승부는 병사의 강약에 있지 지형의 험함에 있지 않다. 그러한 곳의 선봉은 이 이에야스가 해보이겠다. 나도 그 옛날 오카자키 한 성의 주인이었을 무렵부터 때로 많은 적에게 포위당했고 혹은 대적을 맞아 넓은 들의 야전은 물론 야습, 복병, 적중돌파, 선봉, 후군, 후퇴할 때의 최후결사대 등 해보지 않은 게 하나도 없다. 더욱이 한 번도 실수 없이 패배하지 않았으므로 지금 비로소 간토 8주를 다스리고 있는 거다. 이 사실은 전략, 전술, 군사조련이 모두 뛰어난 것을 증명하고도 남음이 있다고 생각지 않느냐."

뜻하지 않은 호통을 듣고 나오마사는 꿇어엎드렸다.

"옛."

"가게카쓰 따위가 비좁은 작은 성에 들어박혀 우리를 맞아 싸우겠다고 하니……아군은 천하의 대군, 게다가 군량수송도 자유자재롭다. 가게카쓰 정벌 따위는 나 혼자서도 충분하지만 천하통일의 의로운 군사니만큼 명분을 밝히기 위해 여럿이 가는 거다. 필요 없는 참견은 건방지다."

"옛."

나오마사가 다시 꿇어엎드리는 것을 보고 이에야스는 노기를 품은 채 되물었다.

"다른 의견은?"

이제 더욱 입을 열 자가 있을 리 없었다. 이미 모든 게 이에야스의 가슴속에서 결정되고 아무도 반대의견을 내놓지 못하게 할 태도인 것이다.

중재하듯 가타기리 가쓰모토가 입을 열었다.

"이제 모두들 이해한 것 같군요. 대궐과 도련님으로부터 위로 말씀을 받으며 내대신께서 직접 출전하신다면 싸우러 나가는 사람이나 지키는 사람이나 모두 한마음으로 힘껏 소임을 다하는 게 중요하겠지요."

이에야스는 가쓰모토를 흘끗 보고 나서 다시 새삼스럽게 좌중의 사람들을 노려보았다. 출동 병력이며 배치 등은 각자와 따로 의논하겠다고 했으므로 이 이상 섣불리 입을 열어 엉뚱한 의심을 받게 되면 난처하다고 여겨 모두들 한결같이 서로 고개를 끄덕였다.

그 가운데 단 한 사람 꼿꼿이 앉은 채 이에야스에게 표정을 보이지 않는 것은 얼굴을 새하얀 천으로 싼 오타니 요시쓰구뿐이었다. 그는 문둥병에 걸렸다며 얼굴을 깨끗이 싸고 있다. 그를 흘끔 본 다음 이에야스는 자리에서 일어섰다.

"그럼, 이것으로."

히데요시가 여러 장수들을 소집했을 때는 끝난 뒤에 반드시 주연이 있었다. 그 뒤의 주연에서 회의 때 몹시 꾸지람 받은 자의 어깨를 토닥거리거나 위로하며 서로 웃는 게 히데요시의 방법이었다. 그런데 이에야스는 좀처럼 꾸짖지 않는 대신 꾸짖고 난 다음 비위를 맞추는 일도 거의 없었다.

히데요리 측근의 일곱 사람들은 쑥덕거렸다.

"인색하신 분이야. 술이 아까운 거지."

뜻있는 장수들에게는 오늘 이에야스의 위협이 뼈에 스미는 듯했다.

히데요시의 임종 직전 이에야스는 후시미성에서 모든 사람에게 한 번 호통친 일이 있다.

"싸우려면 멋대로 해라. 그 대신 한 사람도 이 성에서 내보내지 않겠다. 모두 없애버릴 거다."

성문을 모조리 닫게 하여 등성한 모든 사람들의 간담을 서늘케 한 일이 있었는데, 오늘도 그때에 비길 만한 강압적인 호통이었다. 겐신 이래 일본 으뜸가는 강한 군사를 거느렸다고 자부하는 120여만 석의 우에스기 가게카쓰를 가리켜 문제도 되지 않는다는 투로 꾸짖었다.

"가게카쓰 따위가!"

그러니 여러 장수들이 떠는 것도 무리가 아니었다. 이에야스로서는 물론 그러한 반응을 계산에 넣은 호통이었음이 틀림없다.

이에야스가 자리를 뜨자 장수들도 모두 일어섰다. 이미 이에야스 편이 되기로 마음을 정한 자도, 그 반대자도, 기회주의자도 모두 안절부절못하며 성을 물러나갔다. 아마 그 뒤 서로 의논을 청하는 사자들이 부리나케 오갈 게 틀림없으리라.

엔슈 가케가와(掛川) 성주 야마노우치 가즈토요도 아직 확실한 결심을 못하고 있는 기회주의자 가운데 한 사람이었다. 그는 서성문 중뜰까지 오자 뒤따라오는 오타니 요시쓰구에게 말을 걸었다.

"요시쓰구 님, 내대신은 억압적으로 우에스기 정벌을 정하셨소. 무언가 까닭이 있어서일까요."

네 행정관 가운데 병중인 오타니 요시쓰구만 출전하도록 정해졌다. 그 일에 대해 요시쓰구가 어떤 감정을 품고 있는 것일까? 그것은 가즈토요로서도 충분히 참고될 일이었다.

요시쓰구는 붕대 속에서 조금 웃는 것 같았다.

"깊은 생각이 있으신 모양이오."

"어떤 생각이 있으실까요?"

"나라에 반역자가 있을 때는 상대의 준비가 갖춰지기 전에 곧 군사를 보내어 친다는 관례를 만들어놓겠다는 거겠지요."

"그렇지만 호리 나오마사 님을 꾸중하시던 그 태도가 예사롭지 않던데요."

"화나신 거지요. 일단 화내시면 무서운 분……좀처럼 화내시지 않지만 화내실 때도 있소."

"그럼, 요시쓰구 님은 내대신을 따라 직접 출전하시겠습니까?"

"가지요. 대궐과 히데요리 님으로부터 위로의 말을 들으며 출전하는 내대신, 따르지 않는다면 우리도 역적 무리가 되지요."

"흠."

"내대신의 결심은 그분이 그토록 노한 목소리를 터뜨릴 만큼 확고부동한 것 같습니다."

야마노우치 가즈토요는 정중히 절하고 요시쓰구 곁을 떠났다.

기회는 무르익은 모양이다. 이에야스의 노한 목소리는 벌써 여러 장수들의 마음에 폭포가 떨어지듯 우렁차게 결정적인 박력을 주고 있다. 이 힘을 누가 감히 거스를 것인가.

'대궐과 도련님에게까지 빈틈없이 명분을 세워두었다…….'

오사카도 후시미도 교토도 어수선한 전운(戰雲)에 휩싸였다.

이에야스가 6월 2일의 회합에서 말한 대로 8일에는 간슈지 하루토요가 교토에서 칙사로 오사카에 내려와 이에야스의 출전을 위로한 다음 흰 무명 100필을 하사했다.

칙사를 맞이하자 이에야스는 곧 휘하 군대를 정비하기 시작했으며, 15일에는 완전히 준비를 끝내고 히데요리를 알현하여 고별인사를 나누었다.

7살인 히데요리는 말했다.

"에도 할아버지는 오슈까지 싸우러 가신다지요."

"예, 아버님이신 다이코님이 남기신 뜻은 천하통일. 그 뜻을 배반하는 자가 있다면 거기가 어느 땅이든 버려둘 수 없습니다."

"오슈는 멀다던데요. 수고스럽지만 부탁드리겠어요."

그리고 가타기리 가쓰모토의 지시로 히데요리의 선물이 이에야스 앞에 쌓였다. 마사무네(正宗) 작은 칼과 차도구, 황금 2만 냥, 그 밖에 군량미 2만 석의 목록이 붙어 있었다.

히데요리 곁에는 굳은 표정으로 요도 마님이 앉아 있다.

그즈음 오사카성 안에서는 이에야스와 요도 마님이 벌써 정을 통한다는 소문이 있었다. 이전에 이에야스가 다가왔을 때 요도 마님은 오노 하루나가의 자식을 갖고 있었기 때문에 넌지시 이를 물리쳤지만 그 뒤에는 요도 마님도 이에야스에게로 마음이 옮아간 모양이다. 그러나 이에야스에게는 그 무렵 젊은 측실 오카메 부인이 있었다. 그래서 기질 센 요도 마님은 다시 멀어져 갔다는 등의 소문이었다. 그 소문을 들으면 가타기리 가쓰모토가 발끈해 꾸짖는다는 소문 또한 꼬리를 이었다.

"무엄한 소문을 퍼뜨리는구나. 그럴 리 있겠느냐. 헛소리를 퍼뜨리면 용서 않겠다."

이에야스는 말했다.

"이 할아버지는 싸움터에 나가 아직 져본 일이 없습니다. 이번에도 이기고 돌아올 것이니 어머님과 마음 놓고 기다려주십시오."

히데요리……는 가쓰모토와 요도 마님이 가르치는 대로 하는 앵무새였으나, 송별행사도 유쾌하게 끝나 본성을 물러나오자 그날 안으로 이에야스는 마에다, 마시타, 나쓰카와 사노 쓰나마사(佐野綱正)를 서쪽 성에 불러 히데요리의 명령을 전했다. 세 행정관은 이에야스를 대신하여 부재중의 정사를 볼 것. 사노 쓰나마사는 히데요리의 측근과는 별도로 군사 500명으로 서쪽 성 수비장수로 일할 것.

그리고 16일에 3000쯤 되는 병력을 거느리고 오사카성을 떠나 후시미로 향했다. 따르는 자는 이이 나오마사, 혼다 헤이하치로, 사카키바라 고헤이타, 오쿠보 다다치카, 혼다 마사노부, 히라이와 지카요시, 사카이 이에쓰구, 사카이 다다요, 오스가 다다마사(大須賀忠政), 오쿠다이라 노부마사, 혼다 야스시게(本多康重), 이시카와 야스미치, 오가사와라 히데마사, 고리키 다다후사, 스가누마 마사사다, 나이토 노부나리, 마쓰이 이에노리, 마쓰다이라 이에기요, 아베 마사쓰구, 아오야마 다다나리, 혼다 야스토시, 아마노 야스카게 등 이에야스와 생사의 고비를 늘 함께 넘겼던 도쿠가와 가문의 대들보들이었다.

그 밖에 아사노, 후쿠시마, 구로다, 하치스카, 이케다, 호소카와 이하 45명의 영주들에게도 저마다 병력을 이끌고 에도로 모이도록 지령했으며, 그 인원만도 약 5만 6000이 될 예정이었다.

이처럼 대담한 결단은 다시없으리라. 일본 안의 한편을 모두 불러모으고 깨끗이 오사카를 비워버리다니……

미쓰나리도 스미토 곤로쿠(隅東權六)를 사자로 보내 파병을 제안했다.

"저도 수행하고 싶으나 근신 중이므로 자식 시게이에에게 군사를 딸려 오타니 요시쓰구 님과 동행하도록 부탁드리겠습니다."

이에야스는 웃으며 허락했다. 이에야스가 수하군사를 이끌고 후시미성에 이르자 수비장수 도리이 모토타다는 팥고물떡을 산더미만큼 만들어 큰 함지에 담아 차를 곁들여 대접했다.

술을 좋아하는 이들은 이맛살을 찌푸리며 불평스러운 얼굴이었다.

"도리이 님은 어째서 이처럼 떡만 푸짐하게."

이 말을 듣자 모토타다는 화난 듯 쏘아붙였다.

"싫은 자는 먹지 마오. 좋아하는 사람들에게 대접하려고 만들게 한 떡이니."

그리고 고맙다며 먹는 사람에게는 싸가지고 가기를 권하며 다녔다.

"자, 아직 많이 있소. 좋아하면 길을 가면서도."

13살 때부터 이에야스를 측근에서 섬겨온 도리이 모토타다는 이때 62살로 이에야스보다 3살 위였으나, 이에야스와 나란히 세워보면 10살은 더 늙어 보였다. 본디 절름거리던 발이 요즘은 뼈마디가 아프다면서 지팡이에 의지해 성안을 지휘하고 있다. 모토타다 외에 나이토 이에나가, 마쓰다이라 이에타다, 마쓰다이라 지카마사 세 사람이 남아 이 성을 지키기로 되어 있었다.

본성 총대장 모토타다
서쪽 성 나이토 이에나가
정문 마쓰다이라 이에타다와 지카마사
나고야 성채 이와마 효고(岩間兵庫)
이시다 저택 구역 고마이 이노스케(駒井伊之助)
마쓰노마루 성채 후카오 세이주로(深尾淸十郎)와 가가 무리
마시타 저택 구역 그 밖의 여러 장수…….

이에야스가 단숨에 배치를 정한 뒤 모두 물러가게 하자, 본성 넓은 방에는 이에야스와 모토타다가 마주 바라보며 남았다.

"어떤가, 모토타다. 발이 아픈가."

단둘이 되고 보니 슨푸에 인질로 있었던 소년시절부터 50년 동안 줄곧 함께 살아온 두 사람 사이에는 형제 이상으로 공통되는 추억이 많았다.

"그대도 나이가 많아져 다다키치 할아범을 닮는군."

모토타다는 그 말에는 대답하지 않고 희끗희끗한 눈썹 밑에서 찌르는 듯한 광채를 곁들인 눈길로 바라보며 한숨 쉬었다.

"주군, 마침내 결심하셨군요. 화살은 시위를 떠났습니다……그러나 이 화살이 맞지 않는다면 이로써 50년의 고생도 물거품이 됩니다."

"위태로운 다리를 건넌다는 말인가, 모토타다는."

모토타다는 싱긋 웃었다.

"주군으로서는 신기한 일이라고 말한 거지요. 고마키, 나가쿠테 싸움 때는 이겼으면서도 다이코와의 결전을 피하셨던 주군께서 이번에는 적극적으로 천하를 가늠하는 싸움에 발을 내디디시다니."

'과연 모토타다, 내 고충을 잘도 꿰뚫어보고 있다……'

이에야스는 웃으려 했으나 웃을 수 없었다.

"그때는 결전을 벌이면 이기든 지든 세상이 어지러워질 뿐이었지."

"이번에도 지게 되면 당분간은 나라 안팎을 수습하기 어려워지겠지요. 그렇게 되면 명나라나 조선이 움직이지 않는다고도 할 수 없습니다."

모토타다는 중얼거리듯 말하고서 별안간 쭉 뻗은 발 위로 윗몸을 내밀 듯하며 진지한 표정이 되어 시선에 더욱 광채가 번뜩였다.

"주군! 이 성 수비는 나 한 사람으로 충분합니다. 이에나가와 이에타다도 데리고 가십시오."

이에야스는 왠지 모르게 등골이 으스스해졌다.

'모토타다, 이것이 이승에서의 이별임을 분명 눈치챘구나…….'

이렇게 생각하고 알면서도 시치미 떼고 되묻지 않을 수 없었다.

"그대 혼자서 이 성을 수비할 수 있단 말인가, 그 몸으로."

"주군!"

"뭐야, 잔뜩 긴장된 얼굴로."

"설마 본심이 아니겠지요."

"본심이 아니라니……?"

말투가 너무 처절했다 싶었는지 모토타다는 가볍게 웃었다.

"하하……주군 생애에서 이것은 두 번째로 큰 도박이오. 첫 번째는 미카타가하라 때……그때는 젊음이 시킨 대도박, 이번에는 천하를 다스릴 수 있는지 어떤지 모든 것을 건 대도박……명분이 뚜렷하니 결코 말리지는 않겠습니다."

"흠, 큰 도박이라고 보는가, 모토타다는."

"해보아라, 그대가 하지 않으면 다시 난세로 돌아간다……고 신불이 속삭인다는 거지요, 주군께서는."

"그렇지, 모토타다. 이대로 내가 팔짱 끼고 죽어봐, 반년도 못되어 일본은 사분오열되는 난세로 돌아가겠지. 나는 도박이라고 생각지 않는다."

"충분히 승산 있다고 보십니까……?"

"물론."

"그렇다면 더욱 이 성은 나 혼자 충분합니다. 나이토 이에나가와 마쓰다이라 이에타다를 데려가십시오. 여기 둔다면 나와 함께 죽을 뿐. 이렇듯 중요한 때 그렇게 되면 아깝지요!"

진심으로 우러나 하는 말에 어지간한 이에야스도 가슴이 미어졌다.

"모토타다!"

"예……예."

"내가 나가면 이 성이 대군에 둘러싸일 것으로 그대는 보는가."

"주군도 잘 알고 계시지 않습니까? 눈에 씌어 있습니다."

"거기까지 꿰뚫어본다면 감추지 않겠다. 과연 이 성은 맨 먼저 포위될 테지."

"그 뒤는 말씀하지 마십시오. 이 모토타다, 미카와 무사란 이렇다고 죽어서 적을 벌벌 떨게 만들겠습니다. 우리들은 일단 죽지만, 그것이 불씨가 되어 온 일본이 두 동강 나 불타오르겠지요. 두 동강 났을 때 주군이 깨끗이 대청소를 해치우시는 겁니다. 하하하……후회 없도록 하기 위해 이처럼 좋아하는 팥고물떡을 떡쌀이 있는 한 만들게 하여 나도 먹고 다른 사람들에게도 대접한 것입니다."

모토타다는 접시에 담긴 떡을 하나 집어 맛있는 듯 먹었다.

이에야스도 웃었다. 웃으면서 손을 뻗어 자기도 떡을 집었으나 눈이 흐려져 그 떡 모양이 보이지 않았다.

"모토타다는 더욱 다다키치 할아범을 닮아가는군. 할아범은 나를 곧잘 꾸짖었어. 잘 가르치기도 했지. 그래서 이에야스도 이럭저럭 신불의 목소리를 귀에 듣고 그대가 말하는 큰 도박을 할 만큼 됐다. 그 사례야. 이에나가도 이에타다도 저승의 말벗으로 데려가라."

모토타다는 다시 반박했다.

"그건 헛일이오. 지카마사 한 사람만 있으면 충분합니다. 제가 본성을 맡고 지카마사는 아랫성을 지키도록. 이에나가와 이에타다는 주군이 데려가시면 훌륭히 쓸모 있을 사람들……."

가슴 가득 감개가 어리는지 겸연쩍은 듯 얼굴을 외면한 채 웃으며 말했다.

"주군께서 아이즈 쪽으로 나가신 뒤에도 지금처럼 무사할 수만 있다면 수비장수 소임은 나와 지카마사로 충분합니다. 만일 동쪽으로 다시 출전하신 뒤 변이 일어나 이 성이 포위된다 해도 가까운 곳에는 뒤에서 구원해 줄 우리 편이 없습니다. 비록 다섯 곱절 열 곱절의 인원을 남겨둔다 해도 결과는 마찬가지지요. 그렇다면 쓸데없는 살생입니다."

이에야스는 이제 눈물을 감추려 하지 않았다.

"쓸데없는 살생이 아냐! 그대 말대로 가까운 곳에서 구원해줄 이는 없을 테지.

그러나 이 성의 방비가 튼튼하다면 단지 그것만으로도 충분히 기회주의자들을 견제하게 된다. 그리고 무엇보다도 그대만 남겨두고 가자고 하면 그들은 승낙할 자들이 아니다. 필사의 싸움은 결코 하지 않는 법. 만에 하나라도 살아남도록 늘 대비하고 있었던 게 되지 않으면 이에야스의 지휘와 마음가짐에 말대에까지 흠집이 난다. 이 일에 대해서는 억지 쓰지 마라."

모토타다는 얼굴을 돌린 채 가만히 이에야스의 설득을 듣고 있다가 이번에는 선선히 고개를 끄덕였다.

"흠, 그것도 일리가 있군요."

"알아주겠나."

"아니, 주군과는 이해하는 방식이 다를지도 모르겠습니다. 주군은 이깁니다……이기면 이번에는 하나가 된 일본을 지배하십니다. 그때, 이 모토타다를 처음부터 죽일 작정으로 후시미에 버려두고 간 무정한 사람……이라고 천하 사람들이 믿게 된다면 모토타다의 고집이 통하지 않습니다. 좋습니다. 그렇다면 말씀을 따르지요."

"모토타다……그대는 어릴 때 내가 때까치를 길들여 매 흉내를 내게 한다면서 나를 몹시 꾸짖은 적이 있었지."

"하하……그 일로 제가 오히려 꾸중 들었지요. 마루에서 발길질하여 떨어뜨리는 바람에 깜짝 놀란 것도 기억하고 있습니다."

"그 덕분일 거야. 지금에 와서는 이에야스도 훌륭한 매들을 충분히 가진 몸이되었다."

"잘 알고 있습니다. 갖고 계신 매만으로는 안되지요. 이 싸움에서 온 일본의 매들을 길들여주십시오."

"어떠냐, 오늘 밤은 둘이서 한잔할까, 모토타다."

"주신다면 기쁘게 들겠습니다."

그날 밤 두 사람은 밤늦도록 이별을 아쉬워했다. 어느 쪽이나 주량이 넘도록 마시고 50년에 걸친 과거를 회상하며 서로 흠뻑 취했다. 도리이 모토타다는 벌써 엄숙히 죽음을 내다보고 있다. 입에 담지는 않았지만 이에야스도 마찬가지였다. 생사를 초월한 경지에서 자신은 분명 도박을 하고 있는 것이다. 히데요시가 세상 떠난 뒤 반년 만에 어지러워진 천하를 그의 손으로 다시 굳건히 할 수 있느냐?

아니면 50여 년의 은인자중(隱忍自重), 괴로움을 쌓아온 귀중한 생애를 마쓰나가 단조나 아케치 미쓰히데처럼 헛된 수고로 끝장낼 것이냐…….

'과연 이것은 큰 도박임에 틀림없다…….'

이따금 두 사람은 서로 손을 맞잡고 울고 웃었다.

도리이 모토타다는 새벽녘 가까이 되어서야 이에야스에게 손을 잡혀 침소로 돌아갔다.

"이제 이 세상에 미련은 없다……."

이따금 말하다가는 황급히 그 말을 취소했다.

"주군이 반드시 천하를 다시 튼튼히 다져줄 것으로 믿기 때문이야."

그리고 천하를 다스리는 일이 얼마나 어려운지 깨닫게 되었을 때는 이미 60살을 넘고 말았다고도 술회했다.

"다이코님마저도 자신이 죽은 뒤 1년도 버티어나갈 만한 포석을 두지 못했어. 아니, 스스로는 해냈다고 생각했겠지만, 키워낸 무장들 사이에 싸움의 씨앗을 남겨놓고 가서 이 꼴이나……이 일을 결코 잊지 마시도록……."

거듭거듭 되풀이 말했다. 개인의 기량이 아무리 뛰어나도 인간의 수명에는 한계가 있다. 그것을 깨닫지 못하는 새로운 계획은 봄눈보다 더 허무하다고 술회하듯 의견을 말했다. 요즘 모토타다는 이에야스가 모토요시(元佶)에게 명해 간행한 《정관정요(貞觀政要) 당(唐) 태종(太宗)이 신하들과 정치상의 득 실(得失)에 대해 주고받은 문답을 모은 책》를 누군가를 시켜 읽게 하며 듣고 있는 모양이었다. 이전에는 혼다 사쿠자에몬에 못지않은 외고집과 무뚝뚝함을 뽐내는 데가 있었는데, 지금에 와서는 이런 말들을 하곤 한다.

"학문은 귀중한 보물입니다. 결국 그 사람의 업적이 존속되느냐 못 되느냐는 것은 오로지 덕에 달려 있습니다. 다이코님은 기량은 있었으나 덕이 모자랐지요."

그런가 하면 무서운 얼굴로 큰소리치기도 했다.

"비록 몇십만 대적이 몰려와 위협하더라도 이 모토타다는 두려움을 모르는 사나이……싸울 만큼 싸운 다음 성에 불을 놓아 스스로 내 몸을 불태우겠습니다."

이에야스로서는 이날 밤의 이야기들이 하나같이 마음에 촉촉이 스며들었다.

다음 17일은 사람과 말들을 후시미성에서 온종일 쉬게 하고, 이에야스 자신은 18일 이른 새벽 가마로 이곳을 떠났다. 모토타다를 비롯해 이에나가, 이에타다, 지카마사 네 사람은 성문 밖에 나란히 서서 전송했으며, 그때는 보내는 모토타다도 전송받는 이에야스도 이미 감상의 흔적 따위 전혀 보이지 않는 엄숙한 무장의 얼굴과 얼굴이었다.

후시미를 떠나면 이미 싸움터이다. 더욱이 그다음에 지나가는 오미 길은 이시다 미쓰나리의 세력권에 가깝다.

이에야스는 한낮에 벌써 오쓰에 이르러 교고쿠 다카쓰구의 접대를 받았다. 다카쓰구의 아내는 히데요리의 생모 요도 마님의 여동생이며 히데타다의 아내 다쓰 부인의 언니이다. 이에야스는 다카쓰구를 앞날을 내다볼 줄 아는 자기 편으로 믿고 있었으나, 아직 노리는 적이 미쓰나리라고 다카쓰구에게 눈치채게 할 때는 아니었다. 적은 어디까지나 아이즈의 우에스기 가게카쓰이며, 이에야스는 지금 그 가게카쓰 정벌에 열중하고 있는 줄 꾸며보여야 할 때였다.

오쓰에서 점심접대를 받은 뒤 그날 안으로 이에야스는 몇몇 측근과 함께 이시베(石部)에 도착했다.

이시베에 이르자 놀랍게도 미쓰나리와 깊은 연결을 가진 나쓰카 마사이에가 앞질러 와서 만나기를 청했다. 아마 미쓰나리의 명을 받고 이에야스의 속셈을 살피러온 게 틀림없으리라…….

마사이에의 6만 석 영지가 자리한 성은 오미의 미나구치이다. 미나구치는 이시베에서 다시 30리 앞길에 있으니 마사이에는 일단 자기 성에 들렀다가 다시 이시베까지 마중 나온 게 된다. 생각하기에 따라서는 참으로 믿음직스러운 충성이라고 할 수 있었다.

그는 중신 마쓰카와 긴시치(松川金七)를 데리고 이에야스 앞으로 나와 인사했다.

"내일 아침에는 저희 성에서 아침식사를 대접하고 싶습니다. 부디 들러주십시오."

이에야스는 갑자기 마사이에가 가엾어졌다. 솜씨 좋은 얻기 어려운 행정관이지만 소심하고 신경과민이며 자기 의견을 가질 수 없는 사나이로 보였다.

"그렇다면 가겠소만, 접대는 간단히 하시오."

"예, 각별한 접대는 하기 어렵습니다만 성의껏 준비했으니……."

"고맙군. 그런데 무엇을 대접해 주겠소?"

이에야스는 묻고 나서 자기의 짓궂음에 혐오를 느꼈다. 이 사나이가 입 끝만의 겉치레로 성의껏 준비한 것인지 어떤지? 문득 생각나는 대로 되물었던 것인데 아나나 다를까 마사이에는 당황했다.

"여기서부터 미나구치 사이에는 작은 개울들이 많아 아마 미꾸라지가 명물이라지."

이에야스는 애처로워져 라이구니미쓰(來國光) 작은 칼과 유키히라(行平) 큰 칼을 꺼내 작은 칼은 마사이에에게, 큰 칼은 아들에게 선물로 주었다.

마사이에는 황송해 하면서 물러갔다. 해는 이미 저물기 시작해 마사이에는 말 위에서 밤을 맞으리라. 그 생각을 하는 순간, 이에야스는 한 가지 의문에 부딪쳤다. 일부러 여기까지 내일 아침초대를 하러 왔는데 대접할 음식 이름을 선뜻 못 댄다는 것은, 그에게 초대할 뜻이 없는 게 아니라 이튿날 아침에는 이에야스가 이미 이 세상에 없다고 생각한 부주의가 아닐까……?

'저 사나이라면 뒷일까지는 생각지 못할지도 모른다.'

이에야스는 도리이 신타로를 손짓해 불러 작은 소리로 명했다.

"마사이에의 수행원이 어느 정도 무장을 하고 있는지 보고 오너라."

도리이 신타로는 알아차리고 마사이에 뒤를 쫓았다. 신타로는 마사이에가 주막거리를 벗어나 시라치강(白知川)까지 가서 그곳에 기다리고 있던 7, 80명 가신들과 합류하는 것을 보고 돌아왔다.

"그래, 일행을 강변에 대기시켜 두었더냐?"

"예, 어째서 숙소 앞까지 데려오지 않았는지 묘한 짓을 하는 분이군요."

이에야스는 그 말에 직접 대답하지 않고 물었다.

"마사이에는 이제 얼마쯤 갔을까."

"예, 이럭저럭 15리쯤."

"15리쯤이면 아직 이르다……."

지그시 허공을 노려보듯 생각에 잠기다가 밤 8시가 되자 별안간 일어나 오늘 밤 이 길로 이시베를 떠난다고 했다.

"급한 일이 생각났다. 가마를 서둘러라."

이곳은 아무 대비도 없는 나그넷길 숙소이다. 이런 곳에서 만일 습격받는다면, 하고 불안해진 게 틀림없다. 그렇긴 하지만 무엇 때문에 습격받을 것 같다고 판단했는지 신타로는 알 수 없었다.

"서둘러라. 늦은 달이 뜰 거다. 늦으면 큰일이다!"

신타로는 곧 가마꾼을 불러오라고 명했으나 이시베에서 묵도록 지시받은 가마꾼들은 이미 그곳에 없었다.

"서둘러라. 인부들이 없더라도 누군가 멜 수 있는 자가 있을 테지."

마치 발등에 불이 붙은 듯 서둘러대며 이에야스는 가마에 성큼 올랐다. 그렇게 되니 인부 따위를 기다리고 있을 수 없었다. 수행해 온 와타나베 추에몬(渡邊忠右衛門)이 짚신에 감발을 하고 느닷없이 뒷채를 메었다.

"실례!"

앞채는 총포대 졸개가 메었다. 따르는 자는 겨우 근위무사 20여 명……조금 늦어서 도착한 부인들과 미즈노 마사시게, 사카이 시게카쓰(酒井重勝), 나루세 마사카즈(成瀬正一), 혼다 다다카쓰 등의 군사는 내버려둔 채였다.

"신타로, 내가 한발 앞서 떠났다고 은밀히 모두에게 알려라. 방심하지 마랏."

그리고 가마가 스나강(砂川) 가교(假橋)를 건널 무렵 늦은 달빛이 비치는 밖을 어렴풋이 내다보며 말을 건넸다.

"뒤에서 메고 있는 건 누구냐?"

"예, 와타나베 추에몬입니다."

"그런가, 어쩐지 숨 쉬는 것이며 메는 폼이 솜씨 있다 싶었지."

"황송합니다."

"어때, 추에몬, 그대는 내가 어째서 급히 이시베를 떠났는지 그 뜻을 알고 있느냐?"

"너무 섭섭하신 말씀입니다. 마사이에가 미쓰나리의 명을 받고 왔다고 보셨기 때문이지요."

"허, 마사이에가 미쓰나리의 명을 받아 인사하러 왔으면 내가 서둘러 이시베를 떠나야만 하나."

"예, 이시다 가문에는 시마 사콘이라는 방심할 수 없는 야습의 맹수가 있습니다. 그가 미쓰나리의 명을 받고 주군께서 틀림없이 이시베에서 주무시는지 어떤지 마사이에를 시켜 보고 오게 했다……면 잠시도 그런 곳에 머물 수 없습니다. 그렇게 생각했으므로 이렇듯……."

"하하……가마를 흔들어 즐겁게 해준다는 말인가?"

"황송합니다. 참아주시기 바랍니다."

"염려 마라. 습격해 온다 해도 밤중 아니면 새벽, 그때까지는 미나구치를 지날 테지. 마사이에는 이렇듯 적은 인원으로 이에야스가 성 아랫거리를 지나리라고 생각할 사나이가 못 된다. 봐라, 달이 떠올랐구나. 좀더 편히 가도록 하자."

이리하여 이에야스가 다가와(田川)에서 이즈미의 중간쯤 이르렀을 무렵, 혼다 헤이하치로가 여러 부대를 이끌고 이시베를 떠나 이에야스 뒤를 쫓았다. 따라서 그들이 새벽녘에 미나구치 강변에 이르렀을 때 이에야스의 가마는 벌써 미나구치에서 10리 넘게 앞서가고 있었다.

"좋아, 마사이에 놈이 슬슬 군사를 이끌고 나올 무렵이군. 여기서 한번 놀라게 해주고 지나가자."

혼다 헤이하치로는 소총부대 우두머리 미즈노, 사카이, 나루세 등의 소총수들에게 화승불을 붙이게 하여 달빛이 어슴푸레한 강변으로 내보내 부대를 3정쯤 벌여서게 한 다음 한꺼번에 함성을 지르게 했다. 그와 동시에 때아닌 공포 소리가 새벽하늘에 탕탕 울려퍼졌다.

"자, 이제 됐다. 뛰어라, 모두들!"

맨 앞장서서 전군사가 질풍처럼 성 아랫거리를 달려나갔다. 무장하면 물을 만난 물고기처럼 젊음이 되살아나는 헤이하치로였다.

혼다 헤이하치로뿐만 아니라 이에야스 또한 싸움이 시작되면 온몸의 세포가 예민한 감각을 되찾아 맥동해 왔다. 싸움으로 날을 지새운 오랜 과거의 경험이 그대로 야릇한 습성으로 몸에 배어 있다. 그러나 59살이라는 나이에서 오는 피로는 역시 피할 수 없었으며 가마가 미나구치로부터 25리쯤 동쪽인 쓰치야마(土山)에 이르렀을 때는 몸 마디마디가 아팠다. 여기서부터 에도까지는 아직 1100리, 이 여행으로 육체를 충분히 재단련해 두어야 한다.

'59살이라면 다이코가 히젠의 나고야로 처음 나간 나이가 아닌가……'

같은 나이 때 히데요시는 이미 나라 안 일로는 지나치게 심심해 했었는데 이에야스는 이제부터 통일에 착수해야 하는 것이다. 잘못하면 히데요시의 원정 이상으로 시일이 걸릴지도 모른다. 이렇게 생각하자 고생이 끊임없는 사람의 일생이 스스로도 우스워졌다.

'이 무거운 짐을 어깨에서 평생 내려놓을 수 없는 모양이다……'

쓰치야마에도 성이 없으므로 쓰치야마 헤이지로(土山平次郎)라는 자의 주막

앞에 마련한 임시휴식소에서 점심식사를 했다.

그때 다시금 말을 달려 마사이에가 뒤쫓아왔다. 이시베에서는 미쓰나리에게 명령받은 정찰이었겠지만, 이번에는 아마도 이에야스가 모든 걸 꿰뚫어본 줄 알고 가만히 있을 수 없었던 그 자신의 의지에서 나온 변명일 것이리라.

"들러주시지 않아서 참으로 유감천만……."

당연히 그렇게 말해야 할 터인데, 창백한 얼굴로 말했다.

"너무나 작별이 애석하게 여겨져 문안드리러 왔습니다."

'이것이 대개의 영주들 실정일 테지…….'

이에야스는 자신을 꾸짖었다. 의지할 기둥이 하나 흔들림 없이 세워져 있다면 그들은 이토록 비참한 망설임을 경험하지 않아도 될 것이었다.

그렇긴 하나 '너무나 작별이 애석하게 여겨져……'라는 건 이 얼마나 조심성 없이 솔직하게 심중을 드러내보인 인사인 것일까. 마사이에는 일단 동쪽으로 내려가는 이에야스와 이제 다시는 만나게 될 일이 없다고 은밀히 생각하고 있음이 틀림없다.

"이거 참, 먼 길을 일부러 찾아와주니 고맙소. 그렇지, 그대에게 이것을 드리리다."

이시베에서 먼저 선사한 라이구니미쓰 작은 칼과 한 쌍인 큰 칼을 꺼내어 마사이에 앞에 놓았다. 마사이에는 흠칫 놀라는 눈치였다. 라이구니미쓰는 이에야스 비장의 애도(愛刀)이다. 그것을 또 자기에게 주고 간다……는 것은 이에야스의 심중에도 이미 오사카에는 돌아갈 뜻이 없다는 게 된다.

"황송합니다, 이런 명검을."

"나라고 생각하며 아껴주시오."

"내대신님으로 알고……?"

"그렇소. 오사카를 떠나고서야 깨달았소. 다이코가 나고야로 출발하시던 때와 같은 나이. 선두에 서서 우에스기를 공격하기 편치 않음을 깨달을 거요. 하하……."

속으로는 위로해 주면서 그 언동은 이미 싸우는 자의 책략이 되어 있다.

마사이에는 마음 놓은 듯 미소 짓고 거듭 고맙다면서 미나구치로 돌아갔다. 아마 이것도 미쓰나리에게 곧장 전해질 게 틀림없다…….

이에야스는 19일 세키(關)의 지조(地藏)에서 묵고 20일에는 요카이치(四日市)에

도착했다. 여기서도 구와나(桑名) 성주 우지이에 유키히로(氏家行廣)가 공손히 마중 나와 접대를 자청했지만 이에야스는 그에게도 마음을 주지 않았다.

'아직 적지를 지나가고 있다……'

이 언저리에서 미쓰나리와 뜻을 함께하는 자들에게 습격받는다면 무사히 빠져나간다 해도 웃음거리가 된다. 아니, 누군가가 창을 겨누었다는 것만으로도 이에야스를 둘러싼 미신 비슷한 무공의 명예에 흠이 간다.

"고맙소. 내일 아침 들르리다."

점잖게 대답한 다음 그날 밤 안으로 배를 마련해 미카와의 사쿠섬(佐久島)으로 건너가 거기서 오카자키성에 들어갔다.

그 옛날 이에야스가 태어난 조상 대대로 물려내려오는 성. 그 전반생 고투의 역사가 새겨진 이 성에는 지금 다나카 요시마사(田中吉政)가 들어 있다. 요시마사는 일찍이 살생 간파쿠 히데쓰구의 감독관을 맡았다가 히데쓰구 사건으로 히데요시의 질책을 받았을 때 여러 가지로 이에야스가 중재해 주어 깊이 은혜를 느끼고 있는 이에야스 편 사람이었다.

"내대신이 태어나신 성, 아무쪼록 천천히 쉬었다 가시기 바랍니다."

이에야스는 웃으며 대답했다.

"이상한 일이야, 이 성에 오니 마음 놓이는군. 다이코가 나를 괴롭히고 못살게 굴려고 영지를 바꾸어 집어넣은 사람들인데……"

요시마사는 번들번들한 대머리를 흔들며 웃었다.

"여기도, 요시다도, 하마마쓰도 모두 내대신을 진심으로 따르고 있습니다. 들어와 다스려 보니 성 아랫거리의 기풍, 백성들 기질에 모두 내대신의 덕이 어려 있어 새삼 머리가 숙여집니다……"

그리고 다시 덧붙였다.

"만나게 해드릴 사람이 한 분 기다리고 있습니다. 만나보십시오."

말하고 물러간 뒤 한창 젊은 나이의 여승이 엇갈리듯 서원에 들어섰다.

이에야스는 깜짝 놀라 찬찬히 그 여승의 얼굴을 보았다. 어딘가 요시마사를 닮은 것 같은 느낌이 든다.

"그대는 요시마사 님 따님인가?"

"네, 교토에 올라가 고다이인 님을 모시고 있는 게이준니입니다."

"뭐, 고다이인 님을!"

"네."

"그럼, 오랜만에 집에 다니러 온 건가?"

게이준니는 좀 긴장하며 고개를 저었다.

"아닙니다. 고다이인 님 분부로 이곳까지 내대신님을 전송하러 왔습니다."

"허, 그건 또 왜."

"고다이인 님께서 몸소 전송하시고 싶어했으나 그것은 여의치 않은 일이니, 저에게 오카자키에서 기다렸다가 내대신께 잘 말씀드리라고."

이에야스는 다시 한번 고개를 끄덕이면서 문득 눈시울이 뜨거워졌다. 고다이인은 자신의 뜻을 바르게 이해하고 있다. 그리하여 그대로 히데요시에게도 이해되고 있는 것 같은 느낌이 들었다

"지금 다이코님 뜻을 분명히 이어받고 계신 분은 오직 내대신님 한 분, 부디 몸조심하시도록―말씀하셨습니다."

"감사하오! 감사하오! 교토로 돌아가시거든 기뻐서 이에야스가 눈물을 흘리더라고 전해 주오."

기회가 이미 무르익었다고 판단하여 시위에서 화살을 날려보냈으나, 이에야스에게 이번 계획이 무조건 낙관적인 것은 아니었다. 자칫 잘못하면 이마가와 요시모토며 다케다 신겐과 같은 최후를 맞을지도 모른다. 59살 된 육체의 피로는 싸움터에서 지내기에 적합하지 않으며, 도중에 한가롭게 들놀이 삼아 즐기던 히데요시도 히젠에서 나고야까지 가는 동안 눈에 띄게 부쩍 늙어가던 모습을 눈으로 똑똑히 보아왔다―그러므로 똑똑한 세상 사람들에게 이렇게 보이게 되는 게 견딜 수 없이 고통스러웠다.

"무엇이 좋아서 이제 새삼 그따위 싸움을 하러 가는가……."

간토 8주가 손안에 있고 가문이 멸망할 염려는 이제 없다. 만족할 줄 아는 자라면 은퇴해 여생을 즐기는 게 인생의 명인(名人)일지도 모른다.

그런데 새삼 모든 것을 걸고 결전을 벌이려 한다. 아마 세상에서는 이에야스를 끝없는 야심가라고 평하리라. 그 가운데 누구보다도 깊이 히데요시를 이해하고 있는 고다이인의 이렇듯 은근한 성원은 캄캄한 밤에 비쳐드는 한 줄기 빛처럼 여겨졌다.

이윽고 게이준니도 함께 자리하여 모두들 잡담을 나누며 고다이인의 담담한 일생생활로부터 그곳을 찾는 무장들 이야기가 이것저것 나왔다.

"히데요리 님의 참된 편은 누구일까 하고 이따금 무장들의 화제에 오릅니다."

"그럴 테지. 그때 고다이인 님은 뭐라고 하시던가."

"네, 그건 나라고 언제나 또렷이 말씀하십니다. 다른 사람들은 감정뿐 뒷날의 대비가 없다. 언젠가 이 여승이 내대신에게 두 손 짚고 간청해야 할 때가 없기를 바란다고 하시면서……."

게이준니가 너무 정직하게 말하므로 아버지 요시마사가 겸연쩍은 듯 나무랐다.

"그런 건 잘 알고 있으니 너무 입에 올리지 말아라."

이리하여 오카자키에서부터의 여행은 비로소 마음 놓을 수 있는 유람길로 바뀌었다.

23일 밤은 하마마쓰성에서 호리오 요시하루 부자의 영접을 받았고, 24일 밤은 사야(佐夜)의 나카야마에서 하루 묵었으며, 같은 날 가케가와에서는 야마노우치 가즈토요가 일부러 점심을 바쳐왔다. 가즈토요도 이미 명백히 이에야스를 따라야 된다고 마음 정한 것을 알 수 있었다.

25일에는 추억도 그리운 슨푸로 사자를 보내 성주 나카무라 가즈우지의 병문안을 하고 이에야스는 아랫성에 묵으며 환대받았다. 병중인 가즈우지는 손수레를 타고 아랫성까지 나와 눈물 흘리며 이에야스에게 가문의 앞날을 부탁했다.

"보시다시피 병마에 시달려 수행하지 못하는 게 천추의 한입니다. 자식놈은 아직 어려 아우 가즈사카(一榮)가 군사들 틈에 끼었으니 마음껏 써주시기 바랍니다."

생각해 보면 기요스의 후쿠시마를 비롯하여 이들 여러 장수들은 모두 이에야스를 누르기 위해 배치된 사람들이었다. 그런데 한결같이 이에야스 편이 되어 있다. 그 옛 영지를 다스려 보고 비로소 이에야스의 숨은 일면을 깨달아 깊이 탄복한 게 틀림없으리라.

27일에는 오다와라, 28일에는 후지사와(藤澤), 29일에는 에노시마(江島)와 가마쿠라 구경……그리고 이에야스가 여러 장수들이 잇따라 모여드는 에도에 입성한 것은 7월 2일이었다.

파멸의 진리

　오타니 요시쓰구가 이에야스의 명에 따라 1000명 남짓 군사를 이끌고 에치젠의 쓰루가를 출발한 것은 6월 29일이었다. 도중에서 사흘 묵고 7월 2일에 미노의 다루이(垂井) 역참에 도착해 그곳에서 만나게 되어 있는 이시다 미쓰나리의 아들 시게이에를 기다렸다.

　미쓰나리는 근신 중이므로 출정하지 않는다. 그러나 대신 아들 시게이에를 요시쓰구의 수하로 출진시키겠다고 미쓰나리는 일부러 이에야스에게 청했다. 따라서 시게이에가 거느린 이시다 군이 먼저 다루이에 와서 오타니 군을 기다릴 것으로 믿고 있었다.

　그런데 시게이에는 아직 도착하지 않았다. 요시쓰구는 문득 큰 불안을 느끼고 곧 연락관 유아사 고스케(湯淺五助)를 불러 미쓰나리 앞으로 편지를 쓰도록 일렀다.

　에치젠 쓰루가 5만 석을 다스리며 현재 행정관인 요시쓰구는 미쓰나리에게 우정 이상의 의리를 느끼고 있다. 그는 16살 때 미쓰나리의 추천으로 히데요시 앞에 불려나갔다. 히데요시가 주고쿠 정벌 중 히메지성에 있던 무렵이었는데, 그때 분고에서 나와 미쓰나리의 도움으로 재기발랄한 자질을 인정받아 150석을 받는 시동이 된 것이 출세의 계기가 되었다. 그 뒤로 요시쓰구는 음으로 양으로 미쓰나리를 도왔다. 그리고 이번 출진에서도 되도록 미쓰나리가 이에야스와 충돌하게 하고 싶지 않았다.

"알겠나. 내가 말하는 대로 써라. 지금 미쓰나리 님이 내대신에게 거역하는 것은 스스로 파멸의 구렁텅이로 몸을 던지는 거나 다름없는 일이야."

요시쓰구는 문둥병으로 이미 시력을 잃고 있었다. 그러나 그 분별과 담력은 히데요시에게 총애받던 무렵의 기린아(麒麟兒) 면목을 잃지 않았다.

고스케의 먹 가는 소리가 멈추자 요시쓰구는 편지 글귀를 구술하기 시작했다.

"이번에 귀하께서는 아이즈로 못 가시므로 내대신 수행을 위해 자제분 시게이에를 대리로 내보내신다는 말을 들었습니다. 그러나 이번에는 귀하와 자제분이 함께 손을 맞잡고 출동하시는 게 옳다고 생각합니다. 제가 동행하게 되면 내대신 앞에서의 여러 가지 일들을 실수 없이 중재하겠사오며, 귀하께서 만약 아이즈로 떠나시지 않는다면 내대신에게 더욱 의심받아 장래를 위해서도 이롭지 않을 것으로 압니다. 동쪽 나라의 여름 또한 풍취가 있을 것이니 부자분이 함께 저와 동행하시기를 바라며 다루이 역참에서 기다리겠습니다."

구술하면서 요시쓰구는 이 편지의 뜻이 미쓰나리에게 통하기를 남몰래 빌었다.

그의 심안(心眼)에 비친 미쓰나리와 이에야스는 사람됨의 차이가 너무 컸다. 실력 있는 자가 천하 실권을 쥐는 것은 자연의 이치, 그러므로 지금은 어디까지나 이에야스를 세워 평화를 지키면서 그의 정감에 호소하여 도요토미 가문을 훌륭히 존속시킨다……는 것이 요시쓰구의 계획이었다. 그 때문에 걸음도 제대로 걷지 못하고 시력마저 없는 요시쓰구가 손수레를 타고 군사를 지휘할 각오로 이곳까지 와 있는 것이었다. 시게이에의 동행을 요구할 뿐 아니라 미쓰나리의 출정을 재촉해 두면 적어도 시게이에만은 내보내리라는 게 요시쓰구의 생각이었다.

그런데 요시쓰구의 사자는 얼마 안 되어 미쓰나리의 가신 가시와라 히코에몬(樫原彦衛石門)과 함께 돌아왔고 이시다 군은 오는 기척이 없었다.

"미쓰나리 님에게 분명 편지를 전해 드렸습니다만 답장은 없으시고 대신 가시와라 님과 함께 왔습니다."

고스케의 말을 듣고 요시쓰구는 나직하지만 세차게 혀를 찼다.

'출정할 마음이 없는 모양이다……'

그것은 미쓰나리가 세상의 평판대로 이에야스가 없는 틈을 노려 무언가 꾸미고 있기 때문이라고 생각할 수밖에 없었다.

"그래? 그럼, 여느 때처럼 종이 방장(房帳)을 쳐다오. 그리고 히코에몬을 들게
해라."

문둥병이 바로 전염하는 병이라고는 생각되지 않았으나 뼈마디가 뭉개져 가는
손발과 붕대투성이 얼굴을 보이는 게 사양되어서였다. 요시쓰구가 방장 안으로
몸을 감추자 히코에몬은 방 안으로 인도되었다.

"이렇게 안녕하시니 반갑습니다."

히코에몬이 방장 밖에서 판에 박은 듯한 인사말을 하자 요시쓰구는 씁쓸히
웃으며 말했다.

"그대를 모기로 생각한 건 아니오. 그러나 병 때문에 이런 형편이니 용서하오."

"황송합니다. 주군께서도 거듭 안부말씀 드리라는 분부가 계셨습니다."

"히코에몬, 그런 말은 그만두오. 그보다도 미쓰나리 님은 함께 아이즈로 가시겠
다고 하셨소, 아니면 먼저 가라고 하셨소."

순간 히코에몬은 고개를 갸웃했다.

"예? 의논드릴 말씀이 있으니 요시쓰구 님께 꼭 사와산에 들르시도록 청을 드
리고 안내하라는 말씀이셨습니다만."

"뭐, 나더러 사와산에 들르라고!"

"예, 의논드릴 게 있으시니 부디 들러주시기를……."

"히코에몬!"

"옛."

"지금이 어떤 때인 줄 아는가. 칙사를 모셔 히데요리 님 축하를 받고 내대신이
직접 아이즈로 출진해 계시는 때야. 이 중대한 때 아이즈로 가는 일 외에 무슨
의논이 있단 말인가. 그대는, 뭔가 알고 있겠지."

말을 듣고 히코에몬은 멈칫한 듯 윗몸을 고쳐세웠다. 그리고 나직이 외치듯 대
답했다.

"모릅니다! 저는 아무것도 모릅니다. 어떤 의논이신지 전혀 말씀하시지 않고 꼭
들러줍시사고만……."

순간 종이 방장 안이 잠잠해졌다. 알면서 모른다고 외치는 중신의 목소리는 그
대로 비명이 되어 요시쓰구의 가슴을 찔렀다.

"그래? 그대는 아무것도 모르는가."

"옛, 아무것도 듣지 못했으므로 모릅니다."

"그렇다면 가겠다고 전해 주오."

"그럼, 가시겠습니까."

"가서 충고하기로 하지. 히코에몬!"

"예……옛!"

"그대도 간언드리도록 하오. 알겠소, 이건 중요한 일이야."

그러나 히코에몬은 대답하지 않았다. 가기는 하지만 충고하러 간다는 말이 아마 그를 당혹하게 만든 모양이었다.

요시쓰구는 거듭 말했다.

"그대는 먼저 돌아가오. 나도 뒤따라 갈 테니. 그러나 모르겠소. 일이 되는지 안 되는지 모르겠단 말이야……."

미쓰나리의 사자를 돌려보내자 요시쓰구는 곧 다루이의 진막 경비를 엄중히 하도록 했다. 미쓰나리의 의견에 분명하게 반대를 표명한 이상 공격해 올지도 모른다. 미쓰나리는 고사하고라도 요즘 사와산에 포섭된 떠돌이무사들 중에는 천성적으로 싸움을 좋아하는 이들이 상당수 끼어 있을 터였다.

'군사는 당분간 이곳에 머무르게 되겠지.'

그 대비가 끝나고 만 이틀이 지나서야 요시쓰구는 사와산으로 향했다. 그 이틀 동안 미쓰나리가 깊이 생각할 시간을 준 셈이었다. 미쓰나리도 이에야스를 적으로 삼아 승산이 있다고는 생각지 않을 것이다. 그러므로 이틀 동안의 냉각기간은 미쓰나리의 생애를 결정하는 중요한 '때—'가 되리라고 계산했다.

수행원은 약간의 군사와 요시쓰구의 보좌로 함께 출진한 에치젠 1만 석의 히라쓰카 다메히로(平塚爲廣), 유아사 고스케, 측근시동 미우라 기다유(三浦喜大夫) 세 명을 장님의 수족으로 데려갔다.

요시쓰구가 온다는 말을 듣고 미쓰나리는 미칠 듯 기뻐하며 샛길로 마중 나와 그를 맞았다. 성 주위는 이미 엄중히 경비되어 완전히 싸움에 임한 것을 알 수 있었으며 성벽과 보루 손질도 끝나 있다. 이따금 작은 목소리로 미우라에게 미심쩍은 점을 물어보니 미쓰나리의 반역심은 이미 움직일 수 없는 것으로 받아들여졌다.

"잘 와주셨소. 자, 내가 안내하겠소."

가마에서 내리자 미쓰나리는 손을 잡듯 하여 큰방으로 안내했다. 여기도 벽내음이 새롭다. 그러나 그 후각도 요시쓰구에게는 이미 없었다. 다만 똑똑히 알 수 있는 것은 미쓰나리의 가슴속에 숨어 있는 계산뿐이었다.

미쓰나리는 이미 마시타, 나쓰카를 제 편으로 삼고 있을 것이다. 거기에 또 한 사람의 행정관 요시쓰구의 찬성만 있다면 세 대로를 움직여 자기야말로 히데요리의 뜻을 받드는 도요토미 가문을 위한 의군(義軍)이라는 대의명분이 서게 된다……그 일을 위해서는 무조건 요시쓰구를 설복시켜야겠다고 생각하고 있을 게 틀림없다.

사실 요시쓰구가 편든다면 그 영지가 서쪽에 있는 관계로 우키타 히데이에는 물론 모리 데루모토도 거부하지 못할 입장이 될 것이다. 또 한 사람의 대로인 우에스기 가게카쓰는 이미 이에야스와 싸우는 처지에 있으니 이 포석에 성공한다면 세 대로, 세 행정관과 이에야스와의 싸움이 되어 미쓰나리 편에 명분상의 이익이 역전되어 올 것이었다.

그런 뜻으로 요시쓰구의 거취는 일의 성패를 결정한다. 요시쓰구가 편든다면 세 행정관, 세 대로가 히데요리의 이름으로 온 일본 안의 도요토미 가문 은혜를 입은 영주들에게 총궐기해 이에야스를 상대하자는 격문을 띄울 수 있다……는 미쓰나리의 계산을 알므로 요시쓰구는 신중했다.

미쓰나리는 요시쓰구가 유록색 명주로 얼굴을 싸고 흰 바탕에 검은 나비를 그린 경무장갑옷 차림으로 자리에 앉자 곧 시마 사콘, 가모 사토이에(蒲生鄕舍) 등 영주격인 맹장들을 불러들여 인사시켰다. 요시쓰구는 조용히 그 인사에 고개를 끄덕여 보였을 뿐 굳이 입을 열지 않았다. 미쓰나리의 결의는 이미 움직일 수 없는 것인 듯했으며 요시쓰구 또한 간언하여 말리려는 뜻에 추호의 변동도 없는 숨 막힐 듯한 만남이었다.

히데요시 생전에 누구에게도 못지않은 기린아의 이름과 총애를 독차지했던 두 영재(英才). 그들이 지금은 전혀 다른 뜻을 품고서 마주보고 있다. 인사가 끝나자 노신들은 물러가고 주인 쪽에는 미쓰나리 단 한 사람, 장님인 요시쓰구는 시중꾼으로 고스케 한 사람을 곁에 두었을 뿐이었다.

고스케는 본디 간토의 호조 씨 가신이었던 떠돌이무사로 요시쓰구에게 포섭되어 마구간 당번으로 일하다가 곧 책임자가 되었고 다시 근위무사로 승진해 지금은 요시쓰구의 '눈' 역할을 하고 있다. 온순하고 고지식하며 주인을 끔찍하게 받들었다.

사람들이 사라지자 큰방 안에는 한여름답지 않게 서늘한 공기가 조용히 깃들었다.

"미쓰나리 님, 출진준비가 완전히 갖추어진 모양인데 언제 떠나시겠소?"

미쓰나리는 희미하게 웃었다.

"모처럼의 충고 말씀이나 나에게는 출진할 뜻이 없소. 그 일에 대해서는 다시 말씀하지 마오."

요시쓰구는 숨도 쉬지 않고 있는 듯 조용히 물었다.

"그럼, 내대신을 적으로 삼을 생각이시오?"

"짐작하시는 대로."

"미쓰나리 님."

"무슨 말씀이오?"

"귀하는 설마 다이코 전하의 말씀을 잊지 않았을 테지요."

"그렇소. 이에야스와는 태생이 다르다고 하신 말씀을 기억하고 있소."

"다이코 전하는 우리들에게 늘 이런 말씀을 하셨소……이에야스를 예사 인물로 보아서는 안 된다. 내가 볼 때 그야말로 진정 지용(智勇)이 겸비된 자, 그대들은 이에야스를 좋은 상담역으로 생각하여 언제나 친숙하게 지내라고 하셨소."

"그런 말씀을 분명 하신 적 있었지요."

"미쓰나리 님……귀하는 그 이에야스를 상대로 싸우면 모든 일이 끝장날 것으로 생각지 않으시오? 다이코 전하도 손대지 못했던 분에게 싸움 걸어 이기려 생각한다는 것은 미친 노릇이라고 여기는데, 어떻소……?"

미쓰나리는 순간 유록빛 천에 싸인 눈 없는 얼굴을 지그시 지켜보며 작은 목소리로 말했다.

"지겠지요."

"그럼, 질 줄 알면서 싸우겠다는 거요?"

"그렇소."

"그리하여 편드는 사람들에게 떳떳하리라고 생각하오?"

"떳떳치 못하겠지요."

요시쓰구는 비로소 낮게 신음했다.

"흠. 그럼, 떳떳하지 못하더라도 싸우겠다는 거요?"

"그렇소."

"편들 사람이 적을 거요. 이에야스 님은 가문으로 보나 관직으로 보나 귀하와 비교도 되지 않소. 지금 일본 땅에서는 겨룰 자 없는 대영주, 간토 8주 300만 석의 정병을 거느렸으며 귀하와 정반대로 영주들은 물론 미천한 자를 길에서 만나셔도 일일이 극진하게 인사하시오. 귀하는 거만하고 언동이 모날 뿐 아니라 자기 편도 곧 적으로 돌리는 성품……이런 때 지는 게 뻔한 싸움을 벌인다면 어떻게 되겠소? 마침내 내 편에게 목이 잘려 후세에까지 웃음거리가 될 것……이라고 여겨지는데 어떻게 생각하시오?"

말하는 편도 대답하는 편도 태연한 모습이었다.

"그것도 각오하고 있소."

요시쓰구는 다시 입을 다물었다. 지는 것도 각오, 자기 편에 폐를 끼치는 일도 각오, 스스로 어떤 치욕을 받는 것도 각오하고 있다고 잘라 말하는 데는 대꾸할 말이 없었다. 충고는 일절 필요 없다고 거만하게 버티어 보였던 지난날 미쓰나리의 얼굴이 눈에 선하다. 그런 때 미쓰나리는 한 조각의 이성도 갖지 못한 감정 덩어리로 보였었다. 이 괴이한 성격 때문에 얼마나 많은 적을 만들어온 것인지.

요시쓰구의 생각으로는 이에야스와의 불화 역시 미쓰나리의 이 성격이 초래한 결과였다. 어쨌든 일곱 장수들에게 쫓겨 앞길이 막혔을 때 이에야스는 미쓰나리를 두둔하여 무사히 이 사와산성까지 보내주지 않았던가…….

어쩌면 이것저것 모두 미쓰나리에게는 화나는 일인지도 모른다. 모든 게 미쓰나리를 행정관직에서 내쫓기 위한 이에야스의 책략이었다고 해석하고 있다…… 그러나 그러한 제멋대로의 곡해는 세상에 통하지 않는다. 아무리 이에야스가 모략을 좋아한다 해도 일곱 장수들에게 미움 받아 그들에게 쫓겨다니는 미쓰나리의 성격까지 만들어낼 수는 없는 것이다…….

'문제는 미쓰나리 자신 속에 있는데도 그것을 반성하려 하지 않는다…….'

요시쓰구는 조그맣게 한숨을 내쉬었다.

"그렇소? 귀하는 그토록 내대신을 미워하고 있군……그렇듯 밉다면 내 경우 오히려 여기서 부자가 함께 아이즈로 나가겠는데……."

"……"

"그렇게 되면 내대신은 반대로 당황할 것 아니오. 귀하는 여기 남아서 일을 일으킬 것……이라고 이미 계산하고 계실 테니까."

그러나 미쓰나리는 대답이 없었다. 신들린 듯한 눈길로 아직 지그시 요시쓰구를 노려보고 있으리라……생각한 순간 요시쓰구의 귀에 이상한 흐느낌 소리가 들려왔다. 요시쓰구는 처음에 고스케가 우는 소리인 줄 알았다. 자기의 애틋한 우정을 미쓰나리가 거들떠보지 않는 게 서러워 충직한 고스케가 울음을 터뜨린 것이라고…… 그런데 그것은 고스케의 흐느낌 소리가 아니라 미쓰나리의 울음이었다.

'그 거만한 미쓰나리가 울음을 터뜨렸다!'

순간 요시쓰구는 붕대 속의 얼굴을 저도 모르게 허공으로 내밀었다. 그러자 오열이 섞인 애처롭고 빠르게 말하는 미쓰나리의 목소리가 요시쓰구의 귀에 들려왔다.

"요시쓰구 님, 귀하의 목숨을 미쓰나리에게 주십시오……이 미쓰나리와 함께 죽어주십시오……."

"무, 무슨 말씀이오?"

"함께 일을 일으키지 못하겠거든 이 자리에서 미쓰나리를 죽여주십시오. 귀하 손에 죽는다면 미쓰나리는 후회하지 않겠소. 미쓰나리는 귀하의 우정만은 추호도 의심한 적이 없었소."

"……"

"그래서 오늘날까지 일부러 귀띔도 하지 않았는데, 아시겠지요……미쓰나리는 이번 일에 모든 것을 걸 작정이오……안 된다는 대답을 들을 것까지도 없소. 귀하의 그 손으로 찔러주오……."

그 목소리 이상으로 모습 또한 절박한 애절함을 보이고 있으리라.

이번에는 고스케가 훌쩍훌쩍 울기 시작했다. 요시쓰구는 열풍처럼 몰아치는 미쓰나리의 의지 앞에 마음의 동요를 크게 느꼈다.

"요시쓰구 님! 귀하에게 말을 꾸며댈 생각은 추호도 없소. 이것이 도요토미 가문을 위한 최선의 길이라든가 이에야스는 용서할 수 없는 도요토미 가문의 적이라고 우겨댈 생각도 결코 없소……."

한번 입을 떼자 미쓰나리는 쏟아지는 물 같은 말투로 서서히 몸을 다가왔다.

"그와 반대로 이미 이에야스의 성공도 도요토미 가문의 앞날도 분명히 내다보고 있다고 여기오."

"허……."

"이미 도요토미 가문 시대는 지나갔다……다이코 전하가 노부나가 공의 유아를 대신해 천하를 다스렸듯 이에야스가 히데요리 님을 대신할 것으로 보는 점에서는 귀하와 미쓰나리 사이에 견해 차이 따위 추호도 없소."

요시쓰구는 몸을 앞으로 구부린 채 가만히 온몸을 귀로 하여 고개를 끄덕였다.

"그러니 혹시 역설을 양해해 준다면……그러므로 일을 일으켜 요소요소에서 한꺼번에 일본의 대청소……아니, 이건 본심이 아니나……결코 무의미하지는 않다고 생각하고 있소."

"뭐라고, 일본의 대청소라고……?"

"그렇소, 이에야스도 벌써 그럴 셈으로 있소. 나를 남겨놓고 아이즈로 나간다……면 이에야스에게 감정 있는 자, 천하소란의 불씨가 될 만한 자들이 모두 미쓰나리에게 편들어 일을 일으키겠지. 그 거취를 명백히 보아두었다가 단번에 쓸어버릴 셈이라는 것은 불을 보기보다도 명백한 일이오."

"흠."

"나는 그 이에야스의 생각대로 일어서고 싶소. 승산이 전혀 없다고는 생각지 않으나……지더라도 후회 없다고 여기오. 어떻든 일본은 하나가 될 테니까……아니, 한번 해보지도 않고 손쉽게 이에야스에게 천하를 넘겨주게 되면 히데요리 님도 가련하고 넘겨받은 이에야스의 천하 기초도 연약할 수밖에 없을 거요…… 물론 이것은 이시다 미쓰나리라는 한 괴짜의 성미에서 생긴 거병이지만 큰 뜻으로도 그저 헛된 일만은 되지 않소. 생각하기에 따라서는 다이코가 가신 뒤의 가장 자연스러운 기초 굳힘이라고 할 수 있을 거요."

거기까지 말하고 여전히 눈앞에 말없이 앉아 있는 요시쓰구의 붕대 감은 얼굴을 보며 미쓰나리는 힘없이 미소 지었다.

"아니, 이런 말을 굳이 귀하에게 할 필요는 없지……귀하는 이미 미쓰나리의 마음속을 꿰뚫어보고 있소……이건 역시 미쓰나리의 조그만 아집이라고 받아들여도 좋소. 다만 미쓰나리가 이 일을 해내려면 귀하의 협력이 절대로 필요하오……
미쓰나리만으로는 영주들이 믿지 않소. 귀하의 말대로 미쓰나리는 불손하고 거
만하고 인망 없는 사나이……그러나 귀하에게는 그 미쓰나리에게 부족한 것이
충분히 갖춰져 있소……."

미쓰나리는 말을 멈추고 다시 잠시 동안 흐느꼈다.

"……그러니 미쓰나리에게 협력할 수 없다면……이 자리에서……이대로 나를 찔
러주오. 죽기 전에는 이 집념에서 벗어날 수 없는 미쓰나리요. 찔러주오……."

"안 돼! 안 되오."

갑자기 요시쓰구는 찌렁찌렁한 소리로 가로막고 그대로 일어섰다.

"고스케! 다루이로 돌아가겠다. 오늘은 미쓰나리 님이 이성을 잃고 계신 것 같
다. 자, 손을 잡고 빨리 가자."

고스케는 깜짝 놀라 일어나 황급히 요시쓰구의 손을 잡았다.

미쓰나리는 허겁지겁 일어서 다시 한번 날카롭게 등 뒤에서 불렀다.

"요시쓰구 님!"

그것은 고스케가 섬뜩할 만큼 격렬한 살기를 품고 있었으나 요시쓰구는 뒤돌
아보려 하지 않았다. 고스케보다도 오히려 앞설 만큼 날쌔게 복도로 걸어나가자
바로 뒤에서 미우라 기다유와 히라쓰카 다메히로가 뒤쫓아왔다.

현관에서 가마에 오를 때 요시쓰구는 살며시 고스케의 귀에 속삭였다.

"고스케, 뒤쫓는 자는?"

"없습니다. 미쓰나리 님도 나오셔서 정중히 배웅하고 계십니다."

"그런가, 저쪽에서 대들지는 않나?"

솔직히 말해 고스케로서는 요시쓰구의 그 중얼거림을 이해할 수 없었다. 어쩌
면 미쓰나리의 청을 냉정하게 거절해 놓고 오히려 반대로 미쓰나리가 덤벼들기를
기다린 게 아니었을까. 만약 그렇다면 자기도 죽고 상대도 죽일 작정이었는지 모
른다.

"그래? 직접 배웅 나와 주었나."

가마는 곧 떠메어져 먼저 왔던 샛길로 다루이 역참을 향해 되돌아갔다. 되돌
아가면 마땅히 그대로 동쪽을 향해 진군명령이 내릴 것으로 고스케는 생각했다.

미쓰나리의 말은 이미 아무것도 생각해 볼 여지가 없다. 그 자신도, 그리고 아

들 시게이에도 종군할 뜻이 전혀 없는 것이다……곁에 앉아 두 사람의 말을 모두 듣고 있었으므로 고스케가 그렇게 생각하는 것도 무리가 아니었다. 그런데 다루이의 임시막사에 돌아오자 요시쓰구는 다시 종이 방장 안에 틀어박혀 만 이틀 동안 아무 기척도 없었다.

7일이 되어 새삼스럽게 히라쓰카 다메히로가 요시쓰구 앞으로 불려나왔다.

"히라쓰카 님, 지금 곧 사와산에 다녀와주면 좋겠는데."

담담한 목소리였다.

"사와산에……알겠습니다."

히라쓰카는 미쓰나리와 요시쓰구의 대담을 직접 듣지 않았기 때문에 아무 의심 없이 고개를 끄덕였다.

"오늘까지 기다렸으나 아직 시게이에의 군사가 오지 않소. 아이즈 공격에 늦으면 안 되니 서둘러 출발하라고."

히라쓰카는 문득 고개를 갸웃거렸다. 그도 육감으로 미쓰나리의 결심을 짐작하고 있었기 때문이리라.

"그렇다면 지금까지 이틀 동안 미쓰나리 님에게 생각하실 여유를……."

말이 미처 끝나기도 전에 요시쓰구는 말했다.

"인간은 생각을 잘못할 때가 있는 법이야. 이렇게 하는 것이 요시쓰구의 우정인 줄 아오."

"알겠습니다."

히라쓰카는 그 길로 말을 달려 사와산성으로 갔다. 그러나 9일에 돌아와서 한 보고는 요시쓰구 자신이 직접 만났을 때의 대답과 아무 차이 없었다.

히라쓰카는 아무래도 이상하다는 표정으로 고개를 갸우뚱했다.

"미쓰나리 님의 대답이 이상했습니다……처음부터 끝까지 요시쓰구 님께서 성으로 오셔서 자기를 죽여주도록 신신당부해 달라고……그 말만 되풀이하고 계셨습니다."

"역시 그렇군."

"그리고 시게이에는 출병시키지 않겠다고……그때도 말씀하셨습니까?"

요시쓰구는 쓸쓸하게 고개를 끄덕였다.

"그래? 역시 내보내지 않는단 말이지……."

고스케는 요시쓰구가 붕대 속에서 울고 있는 것 같아 숨이 막힐 듯했다.

그때부터 다시 이틀 동안 요시쓰구는 다루이의 임시막사에 말없이 앉아서 지냈다. 그때까지 꼬박꼬박 마시던 탕약도 들지 않아 그대로 식어 있을 때가 많았다.

'무언가 괴로워하고 있다…….'

그렇지만 그 내용에 대해서는 참견할 수 없는 고스케였다. 미쓰나리에게 한 번 더 간언할 셈인지, 아니면 말은 그렇게 했지만 생각을 고쳐 나올 거라고 믿는지? 그러나 그 무렵 요시쓰구는 이미 전혀 다른 생각을 하고 있었다.

이 세상에는 막으려 해도 막을 수 없는 흐름이 있다. 홍수 때의 탁류처럼…… 그리고 보면 다이코의 조선출병도 그러했다. 평양에서 한양으로 후퇴할 무렵 모든 게 틀렸다고 누구나 똑똑히 알고 있었다. 그리하여 그 뒤 몇 년 지나는 동안 꼼짝달싹 못하게 되어 마침내 다이코의 목숨을 앗아갔다…….

미쓰나리가 지금까지 이에야스를 미워해 온 일 자체가 이미 고칠 수 없는 큰 둑의 파손이었다고 볼 수 있다. 이렇게 된 바에는 탁류이지만 흐르는 방향을 따라 떠내려가다가 다시 알맞은 큰 둑을 쌓는……그러한 시기에 이르렀는지도 모른다고…….

미쓰나리는 얼핏 그러한 견해를 말했었다. 이처럼 날카로운 파벌의 대립이 되어버렸으니 오히려 대청소를 하는 게 자연스럽다고…… 또한 그 경우에 자기 쪽에 승산이 없음을 잘 알고 있다는 사실이 요시쓰구의 감정을 못 견디게 괴롭혔다.

"찔러주오."

찬성하지 않는 것을 알자 그 말밖에 하지 않았던 미쓰나리였다. 목숨을 주든가 귀하의 손으로 찔러달라던……그 목소리가 요시쓰구의 귓전에서 떠나지 않았다. 그리고 그때마다 붕대 속의 보이지 않는 눈이 걷잡을 수 없이 젖어들었다…….

11일 아침이었다.

"고스케, 사와산으로 가겠다. 준비해 다오."

그날 아침 요시쓰구는 잊고 있던 탕약을 말끔히 마신 다음 요시카쓰(吉勝), 요리쓰구(賴繼) 두 아들을 비롯하여 중신들을 모아놓고 모든 병력은 일단 쓰루가로 되돌아갈 것을 명령했다. 이유를 길게 말할 필요는 없었다. 본디 병든 몸이다,

이대로 출진한다 해도 싸움터에서 뜻대로 활동할 수 없을 것이다, 게다가 북쪽의 움직임도 마음에 걸리니 쓰루가에 돌아가거든 방비를 엄히 하도록, 자신은 사와 산의 미쓰나리를 방문하여 여러 가지로 서쪽 정보를 듣고 돌아가겠다……고 설명하는 것으로 충분했다.

이리하여 요시쓰구의 가마는 다시 사와산성으로 들어섰다. 미쓰나리는 기다리고 있었던 듯 이번에도 직접 마중 나와 본성 큰방으로 그를 인도하자 곧 가신들을 물리치고 마주앉았다.

"요시쓰구 님, 고맙소!"

그 미쓰나리에게 요시쓰구는 떨리는 목소리로 말했다.

"또 찌르라고 하실 테요, 미쓰나리 님은."

"미안하오! 미안한 말을 했었소."

"일단 중대사를 들은 이상 나 혼자만 동쪽으로 갈 수 없지요. 요시쓰구의 목숨, 오늘 새로이 귀하에게 드리겠소."

"고맙소! 천만대군을 얻은 기쁨이오."

감동으로 울먹이는 미쓰나리의 목소리를 들으며 요시쓰구는 보이지 않는 망막 속에서 논도 밭도 들도 집들도 송두리째 집어삼키며 거칠게 쏟아져내리는 홍수의 탁류를 지켜보고 있었다. 일단 마음을 정하고 사와산성으로 돌아가자 요시쓰구의 헌책(獻策)은 세차고 날카로운 채찍으로 바뀌었다.

"거사한다면 대들보가 중요하오. 유감스럽지만 귀하는 그 그릇이 못 되오."

미쓰나리에게 뚜렷이 말하고, 총대장으로 반드시 모리 데루모토를 받들어야 된다고 했다.

그 무렵 후지와라 세이카(藤原惺窩), 요시다 이안(吉田意安), 아카마쓰 히로미치(赤松廣通) 등 학자들과 교분 깊었던 조선사람 강항(姜沆 ; 1567~1618)이 도쿠가와 가문과 모리 가문의 부유한 형편을 비교하여 다음과 같이 기록하고 있다.

이에야스 영지에서 생산되는 미곡은 250만 석이라고 하나 실제 수확은 그 배에 이르리라. 데루모토의 금은 또한 이에 못지않으며, 이에야스는 간토에 있고 데루모토는 산요(山陽)와 산인(山陰) 두 지역을 누르고 있다. 일본인은 이 둘의 부유함을 평하여 가로되 이에야스는 간토로부터 교토에 이르기까지 미곡으로 길을 만들 수 있고, 데루모토는 산요와 산인에서 교토 사이의 다리를 은으로 모두 덮을 수 있을 것이니, 중국 연(燕)나라의 저축과 한(韓)나라의 경영도 이를 따를 수 없으리라…….

이러한 세평이 널리 퍼져 있으니 모리 데루모토를 우선 편으로 끌어넣지 않으면 이 싸움은 처음부터 진다는 게 누구 눈에나 뚜렷하므로 안 된다는 것이었다.

물론 미쓰나리는 요시쓰구를 포함한 모든 행정관들의 뜻으로 모리에게 힘차게 궐기할 것을 요구할 계산이었지만, 일단 자신의 의견을 억누르고 요시쓰구의 뜻을 물었다.

"그렇다면 모리를 움직일 직접적인 방법은?"

요시쓰구는 담담히 대답했다.

"안코쿠사의 에케이를 움직여야 하오. 지금 모리 가문을 움직일 힘을 지닌 자는 깃카와 히로이에와 에케이밖에 없소. 깃카와는 도쿠가와를 좋아하니 에케이 님을 직접 만나는 게 좋을 거요."

"히데요리 님 명을 행정관 손으로 전하기보다……?"

"형식을 취하기 전에 실속을 차려야 하오. 에케이 님은……."

요시쓰구는 문득 목소리를 떨어뜨렸다.

"죽을 때까지 일을 꾀하지 않고는 못 배기는 분. 거기다 한 번은 모리를 천하의 주인공으로 만들어보겠다는 야심만만한 환속승(還俗僧)이니 이 요시쓰구가 편들었다고 하면 반드시 마음이 움직일 거요."

"과연, 하지만 여간 속 검은 사람이 아니므로……."

"죽인다고 하시오. 승낙하지 않으면 그 자리에서 찌른다고."

그것은 미쓰나리가 생각하고 있던 것보다 몇 배나 격렬하고 무서운 얼음장 같은 말이었다.

"미쓰나리 님, 귀하께서 반드시 손에 넣어야 할 자는 모리의 거취를 장악하고 있는 이 에케이와 우에스기 가문 존망의 줄을 쥐고 있는 나오에 가네쓰구 두 사람……두 사람 다 쇠사슬로 꽁꽁 묶어두지 않으면 무슨 짓을 저지를지 모르는 사나운 말들이오."

미쓰나리는 고개를 끄덕이는 대신 나직이 신음소리를 냈다.

"충고 고맙소. 그 두 사람을 묶은 다음에는?"

"우키타 님을 설득하여 의군을 일으킨다는 취지의 격문을 천하에 날리는 게 순서겠지요."

"과연, 그쯤부터는 미쓰나리의 생각도 역시……그럼, 총대장은 모리 데루모토?"

"우키타 님으로는 비중이 가볍소. 우선 귀하께서 오사카성으로 들어가 모리 님을 곧 서쪽 성으로 불러들이는 게 선결문제요……."

요시쓰구의 머릿속에는 이미 훌륭한 작전이 완성되어 있었다.

미쓰나리로서는 요시쓰구의 주장에 단 한 가지 불만이 있었다. 이 거사에 모리 데루모토를 편으로 삼아야 된다는 것은 잘 알고 있었으나 그를 총대장으로 받들고 싶지 않았다. 총대장은 어리지만 히데요리로 결정하고 대로는 대로, 행정관은 행정관으로 둔 채 자신이 히데요리의 보좌를 맡았으면 하는 것이 계획의 첫째였다.

그렇게 하면 실질적인 총대장은 말할 것도 없이 미쓰나리 자신. 명령은 언제나 오로지 미쓰나리에게서 나가 장수들 통솔이 이루어져야 한다……그러나 요시쓰구는 처음부터 엄격히 그것을 누르려 든다.

"귀하는 그 그릇이 못 돼……."

조선출병 무렵 군사감독으로 함께 건너가 장수들 통솔문제로 애먹었다. 요시쓰구가 굳이 그 말을 꺼내는 것은, 이 싸움의 누가 히데요리에게 미치지 않도록 해야 한다고 생각하기 때문일 것이었다. 그런 뜻으로 요시쓰구의 '귀하에게 내 목숨을 드리겠소'라는 한마디는 무시무시한 무게와 울림을 지니고 있다.

"이 싸움은 결코 히데요리의 의사로 하는 게 아니다. 어디까지나 이시다 미쓰나리의 계획……그러므로 도요토미 가문에 생명을 바치는 게 아니라 이시다 미쓰나리와 정사(情死)하는 것이다."

요시쓰구는 마음속으로 스스로에게 되풀이 타이르고 있었다. 그것을 알므로 미쓰나리는 굳이 통솔에 대한 불만을 입에 담을 수 없었다.

그것을 말한다면 요시쓰구는 아마 언성을 높여 반대할 게 틀림없다.

'요시쓰구는 이기리라고 아직 생각하지 않고 있다…….'

그러므로 이에야스의 천하가 되건, 데루모토의 천하가 되건 히데요리의 몸만은 평안하도록……마음 쓰는 것은 당연한 일이라고 할 수 있었다.

"귀하 의견은 잘 알았소!"

미쓰나리는 다시 한번 그 심정을 자세히 음미하며 비로소 요시쓰구의 손을 잡고 털어놓았다.

"실은 오사카로부터 은밀히 에케이를 이 성에 불러놓았소."

"뭐, 에케이가 벌써 이곳에 와 있다고!"

"그렇소. 그냥 두면 깃카와 히로이에와 에케이에게 맡겨진 모리 군은 그대로 이에야스를 따라 동쪽으로 가게 되오. 가버린 다음에는 뒤늦으니 아무튼 에케이에게……."

"잠깐, 미쓰나리 님. 그렇다면 모리 데루모토 님은 이미 내대신의 동쪽 정벌에 종군할 생각으로 있었던가요."

미쓰나리는 희미하게 웃었다.

"순진한 분이오, 데루모토 님은……내대신의 동쪽 정벌에 깃카와 히로이에를 대장으로, 에케이를 부대장으로 삼아 7월 4일에 이미 군사들이 이즈모의 돈다를 출발했다고 하오. 그래서 오사카에 있던 에케이를 내가 이곳으로 불러냈지요."

"그러면 에케이의 의견은?"

요시쓰구가 다시 깊은 한숨과 더불어 되묻자 미쓰나리는 살며시 요시쓰구의 손을 놓았다.

"각오는 섰소! 승낙하지 않는다면 베고 오리다."

"음."

"베느냐, 아니면 이리로 데려오느냐. 잠시 기다리오, 요시쓰구 님."

요시쓰구는 대답 대신 다시 한번 조용히 한숨을 내쉬었다.

'모리를 총대장으로 받드는 길도 아슬아슬하게 닫혀가고 있구나……'

요시쓰구를 가까운 방에 기다리게 해두고 미쓰나리는 거실로 돌아갔다. 거실에서는 에케이가 어마어마한 승복차림으로 무릎 가까이에 향을 피워 즐기고 있었다.

에케이 앞으로 오자 미쓰나리는 사람이 달라진 듯 거만했다.

"기다리게 했구려. 어떻소, 결심되셨소."

에케이는 미쓰나리를 흘끗 쳐다보았다.

"아까부터 거듭 말씀드렸지요. 자칫 잘못하면 천도(天道)를 거역하는 대역(大逆)

이 됩니다. 그러므로 그리 가볍게……."

말이 끝나기도 전에 미쓰나리는 가로챘다.

"이기면 관군(官軍), 지면 역적―그것은 이번 일에만 한한 게 아니잖소."

에케이는 책모를 좋아하는 기질을 그대로 얼굴에 드러내며 대담한 눈길로 흐흐흣 웃었다.

"요시쓰구 님이 오셨다고 들었는데, 요시쓰구 님이 편드신 모양이지요."

"귀공으로부터 그런 말을 들으려는 게 아니오."

"그렇지만 소승에게는 중요한 일이라서."

"그렇다면 말하겠소. 요시쓰구 님은 귀공에게 털어놓은 이상 승낙하지 않으면 베어야 한다고 하오."

"허……."

"깃카와 히로이에가 승낙하지 않는다고 해서 데루모토 님을 움직이지 못할 귀공이 아니오. 히데요리 님이 어리다고 얕보며 온갖 횡포를 다하는 내대신……그냥 내버려두면 머잖아 도요토미 가문을 짓밟고 자기 야심을 채울 것이오. 그런 불측함을 의(義)로 징벌하는 데 천도에 무슨 거리낌이 있겠소. 편들겠소, 아니면 이 자리에서 자결하겠소? 이렇게 모두 털어놓은 이상 달리 방법이 없소."

에케이는 또다시 이 빠진 윗잇몸을 드러내보이며 웃었다.

"미쓰나리 님, 하실 말씀은 그것뿐인가요."

"뭐, 그것뿐이냐고!"

"그렇소. 이 계획은 대로직에 계시는 데루모토 님이 편들지 않으신다면 귀하께서 말씀하시는 의가 서지 못하리라고 생각하는데요."

"그래서 어쩌겠다는 거요."

"이 에케이는 이상한 인연으로, 다이코님의 주고쿠 정벌 때부터 모리 가문과 도요토미 가문 사이를 중재해 왔습니다."

"그런 말은 새삼스럽게 들을 것도 없소."

"그러므로 두 집안을 위해서라면 발 벗고 나서는 게 도리지요. 그러나 미쓰나리 님 계획에 편들어 모리 가문을 궁지로 몰아넣는 과오를 범하면 말대까지 웃음거리가 됩니다……이쯤 말씀드리면 벌써 아실 겁니다. 의리 때문에 일어선다!……고 한다면 맹주가 미쓰나리 님이어서는 안 됩니다."

미쓰나리는 여기서도 노골적으로 평가받고 불쾌감을 씹어삼켜야 했다.

"그러면 귀공은 맹주를 모리 데루모토로 하라, 그러면 편들겠다는 거요?"

"아니, 무리하게 말씀드리는 것은 아닙니다. 그러나 누가 총대장인지도 모르는 군사 따위 아무리 모여봤자 전력(戰力)이 되지 못합니다. 그러므로 우키타 히데이에도, 시마즈 일족도, 조소카베도, 고니시도, 이시다도, 오타니도 모두 모리의 명에 복종……하는 게 되지 않으면 실력이 으뜸가는 데루모토 님이 의리를 위해 일어날 만한 큰 무대가 마련되었다고 할 수 없지 않을까 생각되는데요……"

말하고는 실눈을 뜨며 천천히 부채질을 한다.

미쓰나리는 자신이 놓인 처지의 부자연스러움이 우스워졌다. 입으로는 한결같이 '도요토미 가문을 위해', '히데요리 님을 위해'라고 한다. 그러나 진심으로 그런 생각을 하고 있는 자는 한 사람도 없는 것 같았다. 이에야스가 그렇지 않을 것은 당연한 일이고, 잘 생각해 보면 모리도 오타니도 미쓰나리 자신도 목적은 따로 있다.

미쓰나리는 미소 지었다.

"알았소. 히데요리 님을 위해……대의를 위해……일어서는 것으로 하여 모리의 이익을 도모하려는 것이로군?"

꾸며낸 말을 주고받으니 상대의 심장을 푹 찔러버리는 게 뜻의 전달이 빠르다. 그렇게 생각하고 일부러 빈정대며 묻자 에케이는 천연덕스러운 표정으로 날카롭게 반격했다.

"그렇지요, 모리 가문에 유리한 일이 못 되면 편들 수 없다고 말씀드리는 겁니다. 도요토미 가문을 위해, 대의를 위해……라는 것은 이를테면 말의 꾸밈새로, 이것도 불필요하다고는 여기지 않습니다. 세상의 찬성을 얻기 위해서는 이 꾸밈새도 중요한 무기의 하나지요. 그러나 꾸밈새만으로 싸움을 할 수는 없습니다. 심술궂은 것 같지만 한번 그 꾸밈새를 벗기고 생각해 보는 것도 대사를 치르는 데 긴요한 일이지요."

"흥! 잘 알았소! 꾸밈새를 떼어내고 벌거숭이로 만들어보니 미쓰나리가 분수에 넘친 음모를 꾀하고 있다고 말하고 싶은 게지요."

"그렇게 생각지는 않습니다. 미쓰나리 님은 꾸밈새 뒤에서 내대신에 대한 원한을 풀고 싶어하고, 요시쓰구 님은 귀하에 대한 우정의 빚을 갚으려 하고 계시지요. 우에스기 님 역시 마찬가지일 겁니다. 미쓰나리 님의 거사를 예정에 넣어 자기 싸움을 유리하게 이끌려고 계산하며, 내대신은 이 일로 천하를 장악하려 하고 계시오. 이러한 때 모리 가문이 겉꾸밈새만 믿고 깊이 들어갈 수야 없지요. 이긴 경우에는 천하의 정권자로서 히데요리 님을 보좌해 드린다, 그 옛날 가마쿠라 막부의 호조 씨처럼……그런 확실한 밀약이 있다면 생각해 볼 만한 일……이라는 게 거짓 없는 에케이의 마음입니다."

교활함으로는 아마도 에케이가 미쓰나리보다 위인 것 같다. 미쓰나리는 울컥 치솟는 노여움을, 그러나 빈정대는 웃음으로 가까스로 눌렀다.

"과연 달인의 말씀, 아주 재미있소. 그러면 편들어주시겠다는 말씀이군."

"답을 아직 주시지 않았는데요."

"허, 이것 참, 스님답지 않소. 내가 모리 님에게 편들기를 청하는 이상, 그런 것은 말할 필요도 없는 일이오!"

"그렇다면 총대장은 처음부터 데루모토 님으로……."

"데루모토 님을 부하장수로 부릴 만한 대장이 다이코가 세상 떠나신 뒤로는 없을 텐데."

"하하하……이거 실례했습니다. 그러나 미쓰나리 님, 부하장수로 부릴 만한 대장이 없다는 건 지나친 속단이 아닐까요?"

"있다는 말씀이오?"

"그렇지요. 만일 있다면 오직 한 분, 내대신뿐입니다. 그런고로 예사 결심으로는 이 일에 가담하기 어렵습니다."

"어렵다……고 한다면 이 자리에서 벤다고 내가 말했을 텐데."

"그렇소, 이 자리에서 죽는 게 좋으냐, 아니면 무익한 싸움을 하고 난 뒤에 베이는 게 좋으냐……."

에케이는 다시 애매하게 히죽 웃었다.

이전의 미쓰나리였다면 벌써 분노를 터뜨렸으리라. 적어도 에케이는 오늘날까지 미쓰나리가 가장 싫어하는 형의 한 사람이었다. 우롱과 날카로움을 종이 한 장 차이로 아울러 지니고 화내는 것을 잊어버린 교활함을 몸에 지니고 있다. 그러나 이 에케이를 두고는 달리 데루모토를 설복시킬 만한 인물을 찾을 수 없으니 하는 수 없었다.

"그러면 스님은 이 싸움을 진다고 보시오."

"아니, 이기고 지는 것은 귀공의 마음가짐에 달렸다고 생각합니다……."

천연덕스럽게 대답하고 에케이는 소리 내어 껄껄 웃었다.

"이제 심술궂은 말은 하지 않겠소. 다만 귀하께서 이것저것 군사일에 간섭하여 모두들의 감정만 갈라놓지 않는다면 지지는 않겠지요. 그러나 만일 지게 된다면 이 에케이 한 몸이 책임지고 모리 가문의 안녕을 도모하지 않으면 안 됩니다. 그래서 심술궂게 귀하의 참을성을 시험해 본 겁니다."

"나를 시험했다……!"

"하하……귀하께서도 에케이를 시험하셨지요. 거부하면 벤다고 하면서."

"흠, 그 말을 시험한 것으로 해석하셨소?"

"아무튼 좋소. 그럼, 대답 드리지요. 알겠습니까, 미쓰나리 님……대답 드린다면 앞서 한 말의 꾸밈새를 다시 붙여야겠지요……이 에케이, 곰곰이 생각해 보건대 귀하가 염려하시는 바는 실로 지당한 일이라 생각하오."

미쓰나리는 한순간 어이없어 눈을 크게 뜬 채로 있었다.

"다이코가 돌아가신 뒤 내대신의 횡포, 이것은 실로 용납할 수 없는 일. 이대로 가면 히데요리 님은 있으나 마나 하며 머잖아 천하를 내대신에게 뺏기게 될 것이오. 그러나 표면상 히데요리 님 명을 받은 것처럼 꾸민 이번의 아이즈 정벌, 더욱이 조정에서 위로의 칙사도 계셨던 출진이니, 그 부재를 노리는 것은 의를 저버린 모반이나 같소…… 그래서 이 에케이는 거듭거듭 미쓰나리 님에게 단념하도록 충고드렸소."

"……."

"그런데 미쓰나리 님은 도무지 들으시지 않고 이처럼 중대한 일을 털어놓은 이상 편들지 않으면 살려서 돌려보내지 않겠다고 하셨소……듣고 보니 지극히 당연한 말씀. 내대신의 횡포는 명백한 일이니 표면상의 의는 어떻든 참된 의는 도요토미 가문을 위해 모든 것을 버리고 일어나겠다는 미쓰나리 님 편에 있소. 그래서 부득이 에케이도 편들겠다고 대답 드렸소……이 일, 사리를 가리는 데 그릇됨이 없으시도록 명심하시기를……."

미쓰나리는 저도 모르게 씁쓸히 웃으며 한숨지었다. 세상에는 기괴한 사람도 있는 법이다. 이처럼 둘러대지 않아도 승낙이냐 거절이냐 단 한 마디로 끝날 것을……

'이 사나이는 진심으로 음모를 즐기고 있다. 이상한 종류의 인간이다.'

"아시겠습니까?"

"물론 우리 편을 들어 데루모토 님을 설득하시겠다는 말씀이겠지요."

"어쩔 수 없는 일이지요……이게 아까워서."

목덜미를 두드려 보이고 에케이는 자기 쪽에서 먼저 일어났다.

"그럼, 곧 요시쓰구 님과 셋이서 궐기 절차를 타합해야지. 안내해 주십시오."

미쓰나리는 비로소 에케이가 말한 '참을성'이 앞으로 자신에게 얼마나 중요한 게 될 것인지 안 듯한 느낌이 들었다.

동행서탐(東行西探)

7월 2일 에도성에 도착한 이에야스는 7월 7일, 모여든 장수들을 접견실에 모아 놓고 향연을 베푼 뒤 전군의 부서를 정했다.

"나는 21일에 에도를 출발하겠소. 그때까지 여러분은 저마다 현지에 도착해 포진하도록."

그 말을 듣고 모두들 저도 모르게 서로 얼굴을 마주보며 눈을 깜박였다. 오사카를 출발할 무렵에는 우에스기 가게카쓰에게 전열을 가다듬을 여유를 주어서는 안 된다고 그토록 서둘러대더니, 에도에 가까워짐에 따라 한가로운 들놀이처럼 바뀌었다.

가마쿠라에 들어가기 전에 에노시마(江島)를 구경하겠다면서 벤자이텐(辯財天 ; _{까지 복을 내리는
신을 모신 사당})을 참배하고 동굴을 구경했을 뿐 아니라 해녀들이 고기와 조개를 잡으러 잠수하는 광경을 흐뭇하게 바라보며 그들에게 은돈을 던져주기도 했다.

그로부터 가타세(片瀬), 고시고에(腰越), 이나무라가사키(稲村崎) 등에서 일일이 가마를 멈추게 하여 가마쿠라산과 호시즈쿠요(星月夜)의 우물까지 구경한 다음 쓰루가오카(鶴岡)의 하치만 신사에 참배했다.

요리토모의 사적을 자세히 살피고 《아즈마카가미》를 열심히 숙독한 이에야스이므로 어쩌면 가마쿠라 땅은 각별할지도 모른다……고 생각했는데, 그 이튿날에는 가나자와 구경을 하고 매사냥을 가겠다고 했다…….

'우에스기 정벌에 차츰 자신이 생긴 탓일까……?'

그런 생각도 했지만 에도에 닿으면 곧 여러 장수들을 독려해 2, 3일 뒤 아이즈를 향해 출발할 것으로 생각하고 있었다……

그런데 여러 군사들의 도착을 기다릴 필요가 있었다고는 하나 7일까지 아무일 없이 지내다 겨우 여러 장수들의 배치를 정해놓고 자신은 21일에야 에도를 떠나겠다니 몹시 혼란스러운 느낌이 들었다.

민감한 이들은 벌써 눈치채고 있는지도 모른다.

'교토 방면 미쓰나리의 동향을 살피고 있다……'

그래도 어떻든 의아심은 남았다. 교토의 동태가 수상쩍다면 그만큼 빨리 아이즈 정벌을 끝내야 할 것으로 생각되기 때문이었다.

장수들의 이러한 의아심을 아는지 모르는지 이에야스는 평온한 표정으로 장수들의 부서를 정하자 이어 군령을 발표했다.

부서는 전군(前軍)과 본군(本軍)과 에도 수비부대로 나뉘어 전군 총사령관에 히데타다가 임명되었다. 그 밑에 부장으로 유키 히데야스(히데타다의 형), 마쓰다이라 다다요시(히데타다의 아우), 가모 히데유키, 사카키바라 고헤이타, 혼다 헤이하치로, 이시카와 야스나가, 미나가와 히로테루, 사나다 마사유키, 나리타 야스나가, 스가누마 다다마사, 마쓰다이라 다다아키 등으로 그 총수는 약 3만 7500명.

본군은 이에야스가 직접 거느리며 그 주력부대는 후쿠시마 마사노리, 이케다 데루마사, 아사노 요시나가, 구로다 나가마사, 호소카와 다다오키, 야마노우치 가즈토요, 도도 다카토라, 다나카 요시마사 등의 외부영주 29명, 약 3만 1800 남짓……

에도성 수비부대는 다음과 같았다.

본성은 마쓰다이라 야스모토, 아오야마 다다나리.

서쪽 성은 나이토 기요나리, 이시카와 야스미치.

시 행정관은 이타쿠라 가쓰시게.

무사 우두머리는 가토 마사쓰구.

그 밖에 오우 방면, 에치고 방면에서도 저마다 별동부대가 나가게 되므로 배치면에서 본다면 이에야스의 온 힘을 다 기울인 아이즈 정벌이었다. 그런데도 이에야스는 한가로워 보인다. 모두에게 잔을 돌리며 싱글벙글 웃는 모습은 전쟁 따위와 전혀 상관없는 호인의 얼굴이었다.

군령은 향연이 벌어지기 전에 각자 앞으로 하달되었고, 이 또한 다이코의 조선 출병 때에 비해 손색없을 만큼 엄중했다.

사사로운 싸움은 시비를 가리지 않고 사형에 처한다는 것은 군법의 상식이 지만 방화, 남의 곡식 베기, 논밭에 진 치는 것, 적지에서 부녀자를 범하는 일도 반드시 사형에 처하도록 했다. 선봉을 다투는 일이 엄중히 금지되고, 수레 징발과 무위(武威)를 뽐내려 실용 이상의 긴 창을 갖는 것도 금지되었다. 상가에 침입 하는 것도 사형, 허락 없이 임무교대하는 것도 사형…… 이에야스는 이 싸움에 서 흔들리지 않는 기풍의 확립과 온 힘을 다 기울인 결전을 기대하고 있는 듯 보 였다.

그런데도 7월 21일까지 에도를 출발하지 않는 것은 무슨 이유에서일까. 향연은 오후 5시에 끝났으며 장수들은 저마다 물러나 8일에 에도를 출발할 준비에 들어 갔다.

서쪽에서는 마침 오타니 요시쓰구가 두 번째 의견을 미쓰나리에게 말하고 다 루이로 돌아와 있던 무렵이었다.

이번 출정에서 참모에 비서 역을 겸한 나가이 나오카쓰는 장수들이 물러나는 것을 배웅하고 그 역시 알 수 없는 의문에 고개를 갸웃거리며 이에야스의 거실로 돌아왔다.

'그렇다, 대감님에게 한번 여쭤봐야지.'

이에야스는 거실에서 마사노부와 에도 행정관으로 남게 된 이타쿠라 가쓰시 게를 상대로 웃으며 무언가 이야기하고 있었다.

가쓰시게가 물었다.

"그럼, 서쪽의 준비가 아직 갖춰지지 않았기 때문에 여기서 기초를 굳히는 겁니 까?"

아마 가쓰시게도 나오카쓰와 같은 의문을 품고 온 모양이었다.

"그렇지, 서쪽의 준비가 아직 덜 되었어."

이에야스는 고개를 끄덕이며 마사노부를 돌아보았다.

"마사노부, 앞으로 열흘은 더 걸릴 것 같은 데 어떤가."

그러나 마사노부는 질문에 걸려들지 않았다. 매우 진지한 표정으로 대답한다.

"저로서는 대감님 말씀의 뜻을 도무지……."

시치미 떼는구나 하고 나오카쓰는 생각했다. 마사노부가 요즘 이에야스의 가슴속을 모를 리 없다. 저렇듯 시치미 떼는 것은 함부로 지나친 말을 하다가 나중에 꾸중 들을까 봐 경계하고 있는 것이리라.

"그래? 서쪽의 준비가 아직 덜 되었다는 건 서쪽에서 와야 할 군사들이 오사카에서 누구 손에 의해 붙들린 것이나 아닌지 모르겠다는 거다."

"서쪽에서 와야 할 군사……?"

"그렇지. 시마즈, 나베시마, 깃카와, 와키사카……이미 저마다 영지를 떠나 오고 있는 자들이 있을 것 아닌가."

"있겠지요, 에치젠의 오타니 요시쓰구도."

가쓰시게가 다급히 입을 열자 이에야스는 다시 말했다.

"이들이 저마다 오사카에서 동쪽으로 가는 발걸음을 묶이게 된다……면 서쪽의 준비가 끝나는 거지."

이에야스가 서쪽의 준비라고 한 것은 아마 이편의 준비가 아니고 미쓰나리와 그 일파를 가리키는 모양이다. 그것을 확인하고 아이즈로 간다는 것은 대체 무엇을 생각해서인 것일까……?

'어쩌면 대감님은 처음부터 아이즈로 갈 생각이 없었던 게 아닐까……?'

나가이 나오카쓰는 문득 그런 의심에 부딪혀 이에야스에게서 황급히 눈을 돌렸다. 이에야스는 여전히 보일락 말락 한 미소를 머금고 나오카쓰와 가쓰시게를 번갈아보고 있다. 이에야스가 일부러 오사카를 비워 미쓰나리와 그 동조자들에게 일을 일으킬 기회를 줄 작정이라는 것은 나오카쓰도 짐작하고 있었다.

'대감님은 드디어 천하의 대청소를 하실 셈인가보다.'

그리고 그 일은 조금 전의 말로 분명 입증되었다. 미쓰나리의 준비가 되지 않았기 때문에 아직 에도를 떠나지 않는다고 했던 것이다. 그러므로 그 해석을 따른다면 미쓰나리 쪽이, 오사카 서쪽에서 아이즈 공격에 참가하려고 오는 영주들의 군사를 눌러놓고 당당히 반기를 들었을 때 '이제 됐어, 준비가 되었어'라며 이에야스는 곧 서쪽으로 되돌아가야 한다는 답이 나온다.

'그렇다면……아이즈 공격은 히데타다 님, 미쓰나리 공격은 대감님께서 직접, 이렇게 둘로 나누어 싸울 작정이실까…….'

여기까지 생각하다가 나오카쓰는 다시 흘끗 이에야스를 훔쳐보았다.

'그럴 리 없다……'

둘로 나눌 수 있는 편성도 아니었고, 무엇보다도 히데타다로서는 다이코가 길러낸 무장들을 지휘해내지 못한다…….

이에야스는 웃으며 다시 말했다.

"나오카쓰도 가쓰시게도 잘 생각해 보는 게 좋을 거야. 배우기만 해서는 자기 것이 되지 않지. 내가 왜 이렇게 하는가……나이 차이, 경험 차이 때문에 모조리 알 수는 없을 거다. 그러나 이에야스의 생각을 6, 7할까지는 알 수 있을걸."

거기까지 말하고 이에야스는 담 너머 해자 언저리에서 날아오르는 수많은 매떼 쪽으로 실눈을 떴다.

"어때, 의문이 있다면 한두 가지는 물어도 좋아."

이타쿠라 가쓰시게가 정색하고 대답했다.

"한두 가지가 아닙니다. 대감님 계획은 알 것 같으면서도 전혀 모르겠습니다. 사람은 어디까지나 인(仁)을 뜻으로 삼고 살아라……고 늘 말씀하시는 대감님…… 다이코 생전에나 돌아가신 뒤에도 인내를 거듭하여 싸움을 피해 오신 대감님…… 그 대감님이 이번 싸움을 일부러 하실 때에는."

"하하……그런가. 가쓰시게는 싸움과 인정(仁政)은 다른 것이냐는 말이로군."

"예, 모르는 게 이것만은 아닙니다만."

"좋아, 좋아. 그럼, 그대에게 맡겨둔 우에스기의 중신 후지타를 데려오너라. 그러면 두 사람의 의문도 좀 풀리겠지."

"알겠습니다."

가쓰시게는 더욱 의아스러운 태도로 나가이 나오카쓰를 흘끗 쳐다보고 나갔다. 나오카쓰는 이마에 땀이 번져나왔다. 후지타는 이에야스와 싸울 작정인 우에스기 가게카쓰에게 정이 떨어져 아이즈로 돌아가지 않고 교토에서 에도로 와서 가쓰시게의 보호를 받고 있는 사나이였다.

'벌써 목이 베인 줄 알았는데……?'

우에스기 가문 중신 후지타가 가쓰시게에게로 도망쳐왔을 때 이에야스는 명했다.

"주인을 배반하고 아이즈에 돌아가지 않은 고약한 사나이다. 마음대로 처분하라."

그것을 나오카쓰는 잘 알고 있다. 그러므로 나오카쓰는 후지타를 베어야 할 놈이라고 생각했다. 그런데 하나에도 둘에도 인정을 내세우는 가쓰시게는 그를 줄곧 보호해 온 모양이었다. 나가이 나오카쓰가 온몸에 식은땀을 흘린 것은 그 때문이었다.

이윽고 가쓰시게가 후지타를 데리고 이에야스 앞으로 돌아왔다. 성안에 두었을 리는 없고 아마도 가쓰시게가 이에야스와 만나게 할 셈으로 데려다둔 게 틀림없다.

후지타를 보자 이에야스는 뜻밖에도 온화하게 손짓해 불렀다.

"후지타 님인가, 가까이 오오."

후지타 역시 머뭇거리는 기색 없이 투박한 둥근 얼굴에 밝은 웃음을 떠올렸다.

"드디어 선봉이 아이즈로 향하는 모양이군요."

말하면서 후지타는 이에야스가 손짓해 가리키는 곳까지 천천히 나와 앉았다.

"어떻소, 후지타 님, 그대는 지금도 이에야스를 믿을 수 있소?"

"예, 저는 에치고에서 자란 촌놈입니다. 한번 믿으면 의심하는 일은 불쾌하므로 결코 하지 않습니다."

"그대는 우에스기 가문을 그르치는 자가 나오에 가네쓰구라고 말했지."

"그렇습니다. 가네쓰구는 우에스기 가문에는 기량이 지나친 자. 그가 주인이고 가게카쓰가 중신이었다면 좋았을 거라고 생각합니다."

"흠, 여전히 생각하는 바를 서슴없이 말하는군. 그런데 그대는 어찌하여 가게카쓰를 떠나 나에게 종사하려고 생각했나."

나오카쓰도 가쓰시게도 후지타의 꾸밈없는 발언에 온 신경을 지그시 모으고 있다.

"이거 참, 놀라운 질문을 하십니다. 칼가게에 칼을 사러 갔다가 좋은 칼과 나쁜 칼을 내놓는다면 누구든 좋은 칼이 탐날 것입니다."

"그럼, 그대는 나를 좋은 칼로 여긴단 말이지. 그 이유를 말해 보게."

똑바로 질문받고 후지타의 둥근 얼굴이 순간 벌게졌다. 부끄러운 모양이었다. 더듬거리며 그는 말했다.

"저는……내대신님처럼 큰 도박을 용감히 하시는 분을 본 적 없습니다."

"허, 도박이라니 뜻밖이로군. 도박이라면 나보다 미쓰나리나 가네쓰구 편이 더 잘하는 도박사 아닌가."

후지타는 고개를 흔들며 가로막았다.

"아니지요! 도박의 크기가 다릅니다. 가네쓰구는 고작해야 가게카쓰의 고집에
걸고, 미쓰나리는 도요토미 가문과 자기 야심에 걸지요. 그러나 내대신님께서 걸
고 계시는 건 신불의 뜻에 맞느냐 안 맞느냐는 것. 맞지 않는다면 어디서든 벌을
내려라!……라는 도박의 크기와 용감성이 비교도 안 됩니다."

"허, 그렇다면 내가 큰 도박을 하고 있다는 건가. 그럼, 그대는 내가 우에스기,
이시다 쌍방에서 공격받더라도 내 쪽에 걸 텐가……."

"내대신님, 그 일이라면 염려 마십시오. 가게카쓰와 이시다가 양편에서 내대신님
을 칠 리 없습니다. 그러니 물론 내대신님에게 걸지요……."

이에야스는 나오카쓰를 흘끗 쳐다보고 다시 가쓰시게를 보았다. 두 사람은 서
로 눈짓으로 끄덕이고 있다. 다만 마사노부만이 조는 듯 멍하니 눈을 반쯤 뜨
고 있었다. 아마 그는 후지타가 무슨 말을 하려는지 어렴풋이 알고 있는 게 아닐
까…….

이에야스는 갑자기 큰 소리로 웃었다.

"나오카쓰, 내가 동서쪽 양편에서 공격당하는 일은 없다는구나. 그렇기 때문에
후지타는 내게 건다고 말했다. 잊지 말도록 해라."

"옛."

"도박꾼으로선 내 쪽이 더 크다는군. 이것도 하나의 견해일지 모르지."

"야심에 거는 자와 신불에 거는 자의 차이라고 말씀드렸습니다."

"재미있는 말을 하는군. 그런데 후지타."

"예, 무슨 말씀이신지."

후지타 역시 만만치 않게 시치미를 떼었다.

"어째서 내가 그들로부터 동시에 공격받지 않는다는 건가. 그들은 호응해 공격
하기로 가네쓰구와 미쓰나리 사이에 여러 번 타합되어 있을 텐데."

"내대신님은 아실 텐데요."

"뭘 말인가?"

"미쓰나리와 가네쓰구의 인물 차이 말입니다."

"허, 두 사람을 특별히 비교해 본 적 없는데……."

"아니, 인물로는 가네쓰구 쪽이 훨씬 교활합니다. 미쓰나리는 소심하고 고지식한 데가 있지만 가네쓰구는 그리 수월하지 않습니다."

"하하⋯⋯그럼, 그 수월하지 않은 점을 젊은 사람들에게 한번 들려주겠는가."

"말씀드리지요. 가네쓰구는 미쓰나리를 부추겨 일을 일으키도록 도모하여 내대신을 오사카에 묶어두려고 생각했습니다."

"옛?"

소리치며 놀란 것은 이타쿠라 가쓰시게였다. 나가이 나오카쓰도 놀랐지만 과연 연장자이니만큼 소리만은 가까스로 눌렀다.

"미쓰나리가 이것저것 책동하기 시작하면 내대신은 오사카를 뜰 수 없을 것이다⋯⋯고 계산하여 그같이 무례한 편지를 쇼타이에게 보낸 겁니다. 이건 예사로 교활한 게 아닙니다. 그 편지에 대한 일이 물론 미쓰나리의 귀에 들어갈 것이다, 그렇게 되면 미쓰나리는 드디어 우에스기를 자기 편으로 삼을 수 있으리라는 계산으로 일을 서두른다⋯⋯일을 서두르면 내대신은 더욱 오사카를 떠나지 못할 것이니⋯⋯그동안 일단 군비를 마치고 내대신에게 새로이 사과할 방법도 있겠지 하고. 만일 일을 일으킨 미쓰나리가 내대신에게 이길 경우에는 편지 한 장으로 미쓰나리에게 편든 우에스기의 위광도 그 뒤의 발언권도 커질 수 있다는 거지요⋯⋯ 즉 그 경우 일단 미쓰나리에게 수고시켜 놓으면 뒷날 우에스기의 천하가 올지도 모른다고, 삼방사방으로 다리를 걸쳐놓는 교활한 책략⋯⋯그런데 내대신은 그것을 꿰뚫어보셨습니다. 아니, 꿰뚫어보시지 못했다 하더라도 야심과 신불의 마음으로 도박하는 그릇의 차이는 너무도 다릅니다⋯⋯ 실은 이 후지타가 우에스기 가문에서 쫓겨난 것도 그러한 가네쓰구의 가슴속을 엿볼 수 있는 사나이였기 때문입니다. 그러므로 지금 내대신이 우에스기 정벌에 나서자 가장 당황한 것은 나오에 가네쓰구입니다."

그 뜻밖의 술회를 듣고 가장 놀라야 할 사람은 이에야스여야 했다. 그런데 이에야스와 마사노부는 그리 놀라는 기색이 없고, 나오카쓰와 가쓰시게만 더욱 놀라고 있다.

"그렇다면 후지타는 내 편에서 공격하지 않으면 우에스기 쪽에서는 싸움을 걸어오지 않는다고 보는군."

이에야스의 재촉을 받고 후지타는 비로소 웃음 지었다.

"내대신님은 잘 아실 텐데요."

이에야스는 시치미 떼고 정색하며 말했다.

"그건 그대의 지나친 생각이겠지. 난 가네쓰구처럼 재치가 뛰어난 사람이 못돼."

"아니, 이 판단에는 재치가 필요 없습니다. 싸우면 진다, 지면 우에스기 가문은 멸망한다는 것을 알고 있는 싸움이라면 가네쓰구가 아니더라도 하고 싶지 않겠지요."

거기까지 말하고 후지타는 생각난 것처럼 한무릎 나앉았다.

"내대신님 눈은 두렵습니다. 그렇지, 이것도 자백해 두는 게 좋을지 모르겠군요. 실은 이 후지타를 우에스기 가문에서 내쫓은 것도 어쩌면 가네쓰구가 내대신을 두려워하는 증거의 하나일지도 모릅니다."

"허, 그대는 쫓겨났는가."

"쫓겨났습니다……라고 말씀드린다면 거짓말이 될까요?"

후지타는 정색하고 고개를 갸웃거리며 생각하다가 말을 이었다.

"쫓겨났다면 쫓겨났고……수수께끼에 걸렸다면 걸린 것이고……."

"가게카쓰에게서인가, 아니면 가네쓰구에게서인가."

"물론 가네쓰구지요. 가네쓰구는 저를 쫓아낼 때 이런 말을 했습니다……우에스기 가문의 중요한 기밀을 누설하는 일은 내대신에게 내통하는 거나 같은 것, 용납할 수 없는 무례함이라고……."

"그래서 돌아가면 목이 베일 것으로 판단하여 그대 쪽에서 아이즈로 돌아가지 않았겠지."

"우선 그 뒤를 들어보십시오. 그렇게 쓴 편지 끝에……만약 그렇지 않다면 말로 하지 말고 실천해 보이라고 했습니다."

"과연."

"그것은 자기가 잘못 꾸민 연극의 뒷부분을 이 후지타더러 처리하라는 수수께끼입니다."

"수수께끼라니!"

불쑥 입을 놀린 것은 이타쿠라 가쓰시게였다. 아마도 가쓰시게는 행정관으로서 추궁하는 습관으로 저도 모르게 말한 것이리라.

"삼가라, 가쓰시게."

이에야스는 가볍게 꾸짖고 말을 이었다.

"수수께끼였다면 어떻게 할 셈인가, 후지타 님은."

"예, 수수께끼든 아니든 이 후지타로서 할 일은 단 한 가지……."

"허……."

"가네쓰구가 잘못 꾸민 연극으로 유서 깊은 우에스기 가문을 멸망시키고 싶지 않습니다. 그러므로 아무쪼록 우에스기 가문에 특별한 온정을 베풀어주십사고 청을 드리지 않을 수 없습니다."

이에야스는 소리 내어 웃었다.

"하하……그것도 가네쓰구와 그대 사이에 짜둔 연극 줄거리는 아니겠지, 후지타."

"무슨 말씀을……그 대신 이 후지타는 비록 우에스기 가문이 무사히 남게 되더라도 결코 돌아가지 않을 것입니다."

후지타의 표정은 매우 진지했다. 이에야스는 잠시 진지한 얼굴이 되었다. 후지타가 우에스기 가문을 떠난 일에 대해 이에야스는 얼마쯤 의구심을 갖고 있었다.

이에야스도 일찍이 이시카와 가즈마사를 비밀리에 히데요시 품 안으로 들여보내 두 가문의 파탄을 은근히 수습케 한 적이 있다.

'후지타도 가즈마사와 비슷한 생각으로 주군을 떠나온 게 아닐까……?'

그의 말이 사실이라면 가네쓰구와 미쓰나리라는 뛰어난 두 책략가 사이에 진심으로 우러난 제휴는 없다는 게 된다……둘 다 상대를 이용할 작정으로 서로 노리고 있는 듯하여 일부러 나오카쓰와 가쓰시게 두 사람 앞으로 후지타를 불러내 보았는데, 아마 그 생각이 전혀 빗나가지 않은 모양이다.

이에야스는 말했다.

"그래? 그대는 그럴 마음으로 우에스기 가문을 나왔었군. 그렇다면 나도 가게 카쓰를 좀 달리 봐야겠는걸."

"그러시면 내대신께서는 가게카쓰 님 의사에 따라 가네쓰구가 움직이고 있는 줄로 보셨습니까?"

"그렇게만은 생각지 않았네. 그러나 주종간이란 50대 50, 가네쓰구 쪽이 가게 카쓰를 조종하고 있다고 보지도 않겠네."

거기서 잠시 말을 멈추고 더욱 심각하게 몸을 내밀고 있는 나오카쓰와 가쓰시게에게로 시선을 옮겼다.

"물론 나는 동서 양쪽에서 적을 맞았을 때는 우선 총력을 기울여 가게카쓰를 쳐부수어 다테와 가모에게 뒤를 맡기고 서쪽으로 갈 작정이었다……그런데 지금 쳐부수지 마라, 그럴 필요가 없다고 후지타가 말하고 있다. 그렇다면 그에게 뭔가 생각이 있을 것 같은데—어떤가, 그대들은 후지타 님에게서 들어두겠는가 아니면 들을 경우 오히려 성가시게 될 것 같은가. 그대들에게도 생각이 있겠지. 말해보라."

이 한 마디에 후지타는 흠칫했다. 아마도 그것이 이에야스의 본심이라라고 생각되었기 때문이었다.

'요즘 내대신은 반석 같은 자부심 위에 앉아 있다.'

이런 자신감을 갖게 되면 공포나 잔재주는 흔적도 없어진다…… 물론 이 자신감은 스스로 가지려 해서 쉽사리 가져지는 게 아니다.

'히데요시가 없어진 뒤의 천하는 내가 다스릴 수밖에 없다……'

그것은 투철한 사명감의 자각 뒤에 내려진 더없는 신불의 명령이었다. 따라서 이에야스는 이미 조그만 일에 필요 이상으로 구애받거나 비밀을 즐기고 있을 리 없다. 그렇게 보는 후지타로서는 그의 탄원을 들어주는 게 좋으냐, 들으면 오히려 성가시겠느냐는 물음에 온몸이 굳어지는 것도 무리가 아니었다.

"글쎄요, 어떻게 하는 게 좋겠습니까?"

나오카쓰는 마사노부를 또 흘끗 쳐다보았다. 그러나 마사노부는 여전히 실눈을 뜬 채 조는 듯 반응이 없었다.

"가쓰시게는 어떤가. 들어줄까?"

그때 후지타가 갑자기 두 손을 짚고 납작하게 엎드려 재빨리 말했다.

"내대신님! 가게카쓰 님으로 하여금 유서 깊은 우에스기 가문을 멸망시키지 않도록 해주십시오. 이 후지타가, 내대신님이 쳐들어가시지 않는 한 화살 하나도 날리지 말라고, 가게카쓰 님이 수긍하시도록 반드시! 반드시……다짐해 두겠습니다……"

이에야스는 후지타의 눈언저리가 금방 붉어지는 것을 놓치지 않았다.

'거짓말이 아닌 모양이다. 후지타는 아직 가게카쓰에게 연락할 연줄을 갖고 있

다…….'

그대로 믿는 것은 위험하다. 그러나 이토록 사정을 털어놓는데 냉담하게 다루는 것도 무참하게 여겨졌다.

"그래? 그 말은 들어두기로 하지. 싸움은 살아 있는 동물이나 같아서, 과연 그대가 말한 대로 될지 안 될지 모르겠지만……."

후지타는 다시 한무릎 앞으로 나왔다.

"내대신님! 이 일은 가네쓰구도 잘 알고서 제게 걸어온 수수께끼이니……가네쓰구와 가게카쓰 님 사이를 떼어놓지 않고는 우에스기 가문을 건질 수 없습니다. 물론 가네쓰구도 그것을 충분히 알고 있습니다. 아마도 가네쓰구는 주군이 자신을 믿지 못하게 되었기 때문에 호응해 내대신을 공격할 수 없었다……고 미쓰나리에게 변명할 셈일 것입니다."

"잠깐, 후지타 님, 그대는 이상한 소리를 하는군. 내가 우에스기와 심하게 싸우지 않는다 하더라도, 서쪽에서 미쓰나리에게 반드시 이긴다고는 할 수 없지 않는가. 가네쓰구 정도의 사람이 그런 일을 경솔하게 생각한다는 것은 이해할 수 없는데."

후지타는 떨어져나갈 만큼 세차게 고개를 흔들었다.

"아닙니다! 가네쓰구가 진정으로 가담할 마음이 없는 미쓰나리! 그 미쓰나리를 어찌 정말로 편들겠습니까? 이 싸움, 동쪽에서 싸우지 않으면 서쪽에서 승리! 땅을 내리치는 망치는 빗나갈지언정 이 후지타의 예언은 빗나가지 않을 겁니다."

이에야스는 엄숙한 표정이 되었다.

"나오카쓰도 가쓰시게도 이제 그 말을 믿지 마라. 이거야말로 싸우기 전의 무서운 독이다. 방심과 자만심은 이런 데서 생겨난다. 사자는 토끼를 잡는 데도 온힘을 기울인다……후지타 님도 때로는 독이 되는 말을 하는군. 방심 마라."

그러나 후지타는 그런 말을 듣고 있는 것 같지 않았다. 그의 본성은 매 같은 외고집쟁이인 모양이다.

"아무튼 제가 가네쓰구와 가게카쓰 님 사이를 떼어놓도록 도모하겠습니다. 가게카쓰 님으로서 겐신 이래의 에치고 기질이 살 수 있겠느냐고 말씀하신다면……."

"그만 됐어. 가쓰시게, 후지타 님을 모시고 가라. 지금까지의 이야기는 이에야스가 마음에 담아두겠다. 뒷일은 그대가 잘 처리하도록."

후지타는 입을 꽉 다물었다. 결코 불평스러운 얼굴은 아니었다. 오히려 감정에 격했던 자신의 발언을 부끄러워하는 듯 지그시 이에야스의 눈을 들여다보며 절했다.

"그러면 이만 물러가겠습니다."

이에야스는 고개를 끄덕였다.

'사람에게도 무사에게도 별별 마음가짐이 다 있구먼……'

가쓰시게에게 재촉받고 나가는 후지타는 결코 이 세상에서 입신출세할 형으로는 보이지 않는다. 그러나 자신이 믿는 것, 사랑하는 것에는 슬프리만큼 외곬으로 심혈을 기울여 마지않는 듯 보였다.

갑자기 마사노부가 얼굴을 들고 나오카쓰에게 말했다.

"아시겠소, 대감님이 아이즈 공격을 서두르지 않는 이유의 하나를……"

이에야스는 문득 입속으로 중얼거렸다.

'저자는 내가 천하를 염려하듯 우에스기 가문의 앞날을 염려하고 있는 것이다……'

나오카쓰는 아직도 지그시 후지타가 사라져간 공간으로 시선을 보내고 있었다……나오카쓰가 바로 대답할 듯하지 않은 것을 보고 마사노부는 씁쓸하게 웃으며 이에야스를 향해 바로앉았다.

"대감님……"

이에야스는 후지타의 환상을 떨쳐버리고 마사노부 쪽을 돌아보았다.

"뭐라고 했나?"

"예, 가게카쓰 님과 가네쓰구의 사이를 갈라놓게 할 힘이 후지타에게 있는 것 같습니다."

이에야스는 말없이 허공으로 다시 시선을 옮겼다.

"가네쓰구와 가게카쓰 님의 사이가 나빠진다면 우에스기 군은 싸울 뜻을 버릴지도 모르지요."

"……"

"게다가 가네쓰구와 미쓰나리가 상대를 서로 이용하려 했을 뿐인 줄 알게 되면 우에스기 가문의 전의(戰意) 상실은 그대로 서쪽의 전의 상실로도 통하게 되나……."

마사노부는 아마 여기서 한 번 더 후지타의 뒤를 밀어보았으면……하는 말을 하고 싶었던 게 틀림없으리라. 만일 후지타의 획책이 효과를 나타내어 우에스기 주종의 이간에 성공한다면, 싸움상황 전체가 매우 유리하게 전개된다……고 말하려는 게 틀림없다.

갑자기 이에야스는 마사노부의 말을 가로막았다.

"닥쳐라. 마사노부, 그대는 지금 대체 몇 살인가?"

"예……"

"나보다 나이 많은 그대에게서 그따위 말을 듣다니……그대는 이 이에야스가 어째서 굳이 오사카성을 비워놓고 나왔는지 그 본뜻을 잊어가고 있는 것 같군."

"옛."

"나는 아이즈의 우에스기나 사와산성의 미쓰나리 따위를 개인으로서 상대하고 있는 게 아니다!"

격렬한 말을 듣고 마사노부는 아차! 하는 표정으로 절을 한 번 했다.

"이것은 신불 앞에서 이에야스의 손으로 하는 일본의 터 닦기……그것이 아니면 언짢은 사사로운 싸움이 되어버릴 게 아닌가."

"황송합니다."

"나오카쓰도 잘 명심해 두도록 하라. 싸움에는 전략과 전술이 따르기 마련이야. 그러나 그 전략과 전술의 세세함에 너무 구애받아 무엇을 위한 싸움인지 그 본뜻을 잊는다면 뜻 없는 살생이 되고, 군사는 광병(狂兵), 군대는 흉군(凶軍)이 된다는 것을 명심하지 않으면 안 된다."

나오카쓰는 깜짝 놀란 듯 이에야스를 다시 쳐다보았다. 그는 아마 마사노부가 무엇 때문에 꾸지람 듣기 시작했는지 그 뜻을 확실히 알지 못한 모양이었다.

이에야스는 말을 이었다.

"후지타도 좋다. 그의 심정도 잘 알겠다. 그는 끔찍하게 주인을 생각하고 있다. 그렇다 해서 이 이상으로 후지타를 이용하려 해서는 안 돼."

"과연 옳으신 말씀……."

"고작해야 두세 사람을 이용하여 승패가 역전되는 싸움 따위는 하지 말아야 해. 알겠나, 이번 싸움은 이에야스가 생각하고 또 생각한 끝에 하는 터 닦기……

그러므로 이에야스의 행위가 신불의 뜻에 맞아 온 일본의 인심이 나에게 쏠리느냐, 아니면 미쓰나리에게 쏠리느냐 하는 싸움이란 말이다.”

솔직히 말해 마사노부는 그때도 아직 생각했다.

‘이 무슨 대단한 자신감일까?’

아직 이에야스의 참다운 각오까지는 깨닫지 못하고 있었다. 그것을 확실히 알아차릴 수 있는 일이 얼마 뒤에 일어났다……

이에야스가 에도성으로 들어온 지 17일째인 7월 19일 저녁 무렵 나가이 나오카쓰 앞으로 오사카의 마시타 나가모리로부터 파발군이 왔다. 보낸 날짜는 12일로, 이에야스 손에 들어온 서쪽으로부터의 첫 편지였다.

나오카쓰는 그것을 혼다 마사노부에게 가져와 두 사람이 함께 이에야스 앞으로 나갔다. 그 무렵에는 이미 도착해야 할 서쪽 영주들 군사가 거의 도착하여 아이즈로 가고 있었고, 아직 오지 않은 이들은 오사카에서 멈추게 한 것으로 보아야 했다.

“나가모리 님에게서 편지가 왔습니다.”

나오카쓰가 편지를 건네자 이에야스는 안경을 가져오게 하여 천천히 읽어내려갔다. 겨우 5줄도 못되는 짧은 글이었지만, 이에야스의 아이즈 출정으로 서부 일본의 인심이 좋든 싫든 어느 쪽으로 결정지어야 될 판국에 놓여 동요하고 있음을 생생하게 말해 주었다.

“오타니 요시쓰구는 병으로 다루이 역참에서 출정을 멈췄습니다. 또한 이시다 미쓰나리는 군사를 거느리고 오사카로 올 모양이니……그 뒤의 일은 다시 통지를.”

문구는 그뿐이었으나, 무엇보다도 이상한 것은 미쓰나리에게 가장 충실한 편이어야 할 나가모리가 이러한 편지를 맨 먼저 보내왔다는 사실이었다.

“또 꾸중 들을지 모르겠습니다만, 이 편지는 미쓰나리의 꾀가 아닐까요. 이러한 편지로 일부러 내통하는 것처럼 꾸며 주군의 생각을 살피고 또 다른 장수들을 동요시키려는……”

마사노부가 곁에서 은근히 참견했으나 이에야스는 대답하지 않았다.

“나오카쓰, 곧 서기들을 불러 이 편지를 장수들 숫자만큼 베끼게 해라.”

“예.”

나오카쓰는 대답했으나 마사노부는 조급해 했다.

"그럼, 주군께서는 이 편지를 베껴 도요토미 가문 장수들에게까지 나눠줄 작정이십니까?"

"그렇지. 나쁘다고 생각하느냐."

"내감님! 그러면 상대의 덫에 자진해 걸려드는 게 되지 않을까요. 뭐니 뭐니 해도 장수들은 모두 오사카에 처자를 남겨두고 와 있습니다. 그런데 이런 편지를 보여준다는 것은……."

"사기에 해롭다는 말이지."

"그렇습니다!"

"마사노부, 이 일로 장수들이 당황해 이에야스를 저버리고 오사카로 돌아간다면 그것으로 좋지 않은가."

"무……무……무슨 말씀이십니까?!"

"천하의 인심이 아직 이에야스에게 없다……고 신불께서 심판하신 것으로 생각하고 나도 미쓰나리에게 머리 숙이게 될지 모르지."

"무슨 지나치신 농담 말씀을……."

"어쨌든 좋아. 이번에 이에야스의 상대는 신불이다. 아무것도 숨기지 않겠다! 모든 것을 있는 그대로 알려줘서 몇 명이 남느냐……."

이에야스는 안경을 벗고 다시 나오카쓰에게로 시선을 옮겼다.

"나오카쓰, 이제부터 잇따라 서쪽의 상세한 소식이 올 거다. 여기서 우쓰노미야(宇都宮)까지 10리마다 파발군을 두어 저쪽 형편을 낱낱이 알리도록 수배해 두어라."

아마도 이에야스가 지금까지 에도에 머물러 있었던 가장 큰 원인은 이것인 모양이다. 마사노부는 잠시 넋을 잃고 이에야스를 올려다보았다. 서쪽에서 오는 정보를 낱낱이 장수들에게 알리라니 이 얼마나 대담무쌍한 자신감인가……미쓰나리가 오사카로 가서 무엇을 하려는 것인지 마사노부는 이미 알고 있다.

우에스기 가게카쓰는 고사하고라도 모리, 우키타 두 대로와 마시타, 마에다, 나쓰카, 오타니 등의 행정관들을 부추겨 장수들에게 이에야스 토벌 격문을 띄우리라는 것은 불 보듯 명백한 일이 아닌가. 그뿐 아니라 지금 동쪽으로 내려온 장수들은 대부분 오사카에 처자를 남겨두고 와 있다. 이들을 오사카성 안에 인질로 납치되고도 장수들이 과연 이에야스 밑에 남을 수 있으리라고 보는지?

마사노부는 우에스기 군의 거취를 확실히 알 때까지 서쪽의 정보를 극비로 해두어야 한다는 판단을 바꿀 수 없었다.

나가이 나오카쓰가 서기를 부르러 거실을 나가자 마사노부는 이에야스를 똑바로 쳐다보며 다가앉았다.

"황송하오나 이건 좀 너무 대담한 일이 아니겠습니까, 대감님……대감님 마음은 실로 공명정대하시지만 인간이란 그대로 신불이 아닙니다. 만일 장수들의 동요가 우에스기 쪽으로 새나간다면……."

거기까지 말하자 이에야스는 날카로운 눈으로 쏘아보았다.

"우에스기 군까지 분발해 싸움을 걸어올 거란 말이겠지."

"그렇습니다. 비록 후지타가 아무리 힘쓰더라도……."

이에야스는 재빨리 가로막았다.

"그만둬, 알고 있다. 지금 이 이에야스를 움직이고 있는 것은 전략도 아니고 눈앞의 승패도 아니다."

"옛! 승패도 아니라고요……."

"그렇지. 사람의 한평생에 눈앞의 승패나 야심을 떠나 움직이는 일이 한두 번은 있어도 좋은 법이야."

"그럼, 대감님께서는……무엇 때문에 굳이 위험한 길을 택하십니까?"

"마사노부, 지금 이에야스를 움직이고 있는 것은 하나의 큰 사명감이다."

"사명감……?"

"그렇지! 이에야스는 선택되어 다이코가 가신 뒤의 천하안정을 위해 일하고 있다……그 사명은 반석보다도 무겁다는 것을 알라……그러므로 갈 사람이 있으면 모조리 보내고, 진심으로 이에야스의 사명을 알고 편드는 이들의 힘을 합쳐서 싸우는 거야."

"그럼, 그 때문에 생기는 어려움은……."

"오, 추호도 마다하지 않겠다. 다른 영주들이 모두 떠나가고, 그로 말미암아 우에스기 군이 기세등등하여 달려들 때는 간토 8주에 쌓아올린 이에야스 평생의 힘을 다해 이를 때려부수고 바로 서쪽으로 달려가겠다. 이제 간언은 하지 마라."

마사노부는 눈을 크게 뜬 채 이 빠진 잇몸을 드러내 보이며 잠시 멍하니 있었다. 마음과 인내가 완숙할 대로 완숙해진 이에야스였다. 그 이에야스의 입에서 이 얼마나 젊고 격렬한 말을 듣게 된 것일까…….

"알겠나, 마사노부. 천하안정을 꿈꾸는 자가 그 정도의 각오도 없이 뭘 하겠나. 이것이 이에야스가 이번 싸움에 임하는 기백이다."

마사노부는 여전히 희미하게 입술을 떨면서 이에야스를 쳐다볼 뿐이었다.

세상에서는 이에야스가 마사노부의 지혜로 움직이는 듯 알고 있는 경향이 많다. 그러나 사실은 반대로 마사노부가 이에야스의 뜻을 다만 충실하게 실행하고 있는 데 지나지 않았다. 이에야스는 단지 의견을 결정함에 있어 언제나 측근의 생각을 먼저 물어볼 따름이다. 그 일이 마치 여럿의 의견을 받아들여 움직이는 듯 보이는 것이다.

이에야스가 측근의 의견을 모을 때는 그 견식을 직접 시험해 보려는 경우와, 거기서 끌어낸 상대의 이해력에 맞는 교육을 베풀려는 경우가 있었다. 젊은 사람들과의 대담은 거의 뒷경우였다. 이러한 것을 마사노부는 잘 알고, 언제나 후진들의 교육을 잊지 않는 일상생활을 진심으로 존경하고 있었다.

"과연 대감이시다!"

그 가르침의 채찍이 이에야스보다도 연장자인 마사노부에게 이처럼 세차게 휘둘러지리라고는 생각지도 못했다. 60년 가까운 생애의 모든 것을 걸고 싸운다는 말은 듣기에 따라 일종의 '광신자'의 소리같이도 들린다.

이에야스는 다시 가볍게 말했다.

"염려 마라. 이에야스는 인사(人事)를 다해 신불을 대하고 있다. 굳이 가호를 빌지 않을 만큼."

사실 그 뒤 이에야스는 자연스럽고도 완전무결했다.

19일의 나가모리 편지에 뒤이어 20일에는 미쓰나리가 드디어 오타니 요시쓰구와 손잡고 오사카성에 들어갔다는 전갈이 왔다. 자야 시로지로며 호코사의 쇼타이로부터 온 서신에 의하면, 모리 데루모토도 에케이에게 설복되어 깃카와 히로이에의 충고를 물리치고 오사카성으로 와서 서쪽 성에 드는 모양……이라고 씌어 있다.

이에야스는 이 편지들도 모두 사본을 만들어 장수들에게 보내주었다. 장수들도 예기한 일이기는 하나 마음속으로 서쪽 일을 몹시 염려해 아마 혼란을 일으키기 시작할 게 틀림없다. 그리고 이 통보는 뜻밖에 우에스기 공격의 기세를 꺾고 감히 앞을 다투는 일을 미연에 방지하는 결과가 되었다.

"이에야스는 과연 동쪽으로 갈 작정일까, 서쪽으로 갈 작정일까?"

이런 의문이 풀리지 않고는 싸움을 벌일 수 없는 심정이 드는 것은 너무도 당연한 일이었다.

이에야스는 서쪽의 상황을 전군에게 낱낱이 알려놓고 예정대로 21일에 당당히 에도성을 출발했다.

"아무래도 우에스기를 칠 모양이다."

"그렇지만 가마를 타고 유유히 동쪽으로 가는 건 무슨 속셈일까."

동행한 직속무장들은 물론, 선발대 장수들과 군사들도 모두 고개를 갸우뚱하는 가운데 이에야스는 그리 서두르지 않고 사흘이나 걸려 시모쓰케(下野)의 오야마(小山)에 도착했다. 24일이었다.

서쪽에서 다시 나쁜 소식이 날아왔다. 이번에는 도리이 모토타다에게서 온 것으로, 모리 데루모토가 이미 오사카성에 들어와 후시미성이 가까운 날에 서쪽군의 총공격을 받게 되리라는 소식이었다.

이에야스는 그것도 장수들에게 감추지 않았다. 그뿐만 아니라 통지서에 덧붙여 써보냈다.

'염려되는 사람은 언제든지 돌아가도 무방함……'

서쪽의 도전

　모리 데루모토가 이시다 미쓰나리, 오타니 요시쓰구, 에케이 등의 밀담에 의해 씌어진 세 행정관 서명이 든 호출장을 히로시마(廣島)에서 받은 것은 7월 14일 밤이었다.

　"오사카 일로 승낙받을 일이 있으니 서둘러 오사카에 오시기 바랍니다. 에케이가 모시러 가서 상세한 말씀을 드리려 했으나 여의치 않은 형편이 되었습니다. 급히 출발해 주시기를……."

　마치 불붙은 듯 다급한 내용의 편지로 발신인은 나쓰카 마사이에, 마시타 나가모리, 마에다 겐이 세 행정관이었다. 미쓰나리와 요시쓰구의 이름은 일부러 빼었으나 그 편지가 무엇을 뜻하는지 에케이의 편지로 데루모토는 이미 잘 알고 있었다.

　데루모토는 6살 난 아들 히데나리(秀就)를 데리고 15일 이른 아침 배로 히로시마를 떠나 16일 밤 오사카에 도착했다. 데루모토가 오자 미쓰나리와 요시쓰구, 그리고 에케이가 세운 거병계획은 곧 실천에 옮겨졌다.

　맨 먼저 이에야스의 수비장수로 서쪽 성을 지키던 사노 쓰나마사가 성을 내놓으라는 위협을 받았다. 쓰나마사는 과연 이 요구를 따라야 할지 어떨지 망설였으나 드디어 측실들을 데리고 성을 나갔다. 여기서 저항하여 오차 부인, 오카쓰 부인, 오카메 부인 등의 신변에 위험이 미친다면 안 된다고 아마 그 일을 염려해서였으리라.

모리 데루모토는 이에야스를 대신해 서쪽 성에 들어가 아들 히데나리를 본성의 히데요리 측근에 있게 하고, 다음 17일에는 이에야스 공격 격문이 서쪽 성에서 토의 결정되었다. 모두 미쓰나리 등이 미리 준비한 초안이었으며 그대로 결정된 것은 두말할 나위도 없다.

"내대신의 비리(非理)에 관한 조목."

　이렇게 시작된 공격 격문에는 모두 13조목에 걸쳐 이에야스의 잘못이 열거되어 있었다.

　1. 다섯 행정관 가운데 두 사람을 독단으로 은퇴시킨 일(이시다 미쓰나리와 아사노 나가마사를 가리킴).

　1. 다섯 대로의 한 사람인 우에스기 가게카쓰를 쳐 없애기 위해 마에다 도시나가에게 서약서를 쓰게 하고 인질(어머니 호슌인)을 받아 멋대로 에도에 보낸 일.

　1. 가게카쓰에게 아무 잘못도 없는데 다이코님의 법을 어기고 행정관들의 만류도 뿌리치며 기어코 출병을 감행한 일.

　1. 녹봉에 대해, 서약서를 어기고 충성도 없는 자에게 녹봉을 늘려준 일(호소카와 다다오카에게 기쓰키(杵築) 6만 석을 준 일을 가리킴).

　1. 다이코님이 두신 후시미성 수비장수들을 내쫓고 사사로운 병력을 넣은 일.

　1. 만도코로님 거처인 서쪽 성을 함부로 거처로 삼은 일.

　그 밖에 서쪽 성에 천수각을 올린 일로부터 여러 장수들의 처자를 편파적으로 처리하여 멋대로 영지에 돌려보낸 일, 하치만 땅을 오카메 부인과 연고 있는 이와시미즈의 신관들에게 준 일 등을 자질구레하게 늘어놓고, 그러한 일은 모두 이에야스가 도요토미 가문의 천하를 도둑질하려는 음모라는 것이었다……

　13조목에 걸친 '내대신 비리에 관한 조목'은 이를테면 개전취지서라 할 만한 것으로, 그다음에 드디어 선전포고 결의를 엮은 격문이 더해졌다.

　분명히 말씀드립니다. 이번에 가게카쓰를 치러 내려간 일은 내대신의 서약서 및 다이코님의 법을 어기고 히데요리 님을 저버린 것이므로 여러 사람이 의논하여 싸움을 벌일 결의를 하기에 이르렀습니다. 내대신이 잘못한 점은 따로 붙였습니다만, 이 취지를 지당한 일로 아실 다이코님 은혜를 잊지 않으신다면 히데요리 님에게 충성해 주시기 바랍니다.

이 격문에 마사이에, 나가모리, 겐이 세 사람이 서명하고 거기에 데루모토와 우키타 히데이에가 서명한 격문이 따로 덧붙여졌다.

한 마디 올립니다. 지난해부터 내대신이 법을 어기고 서약서를 지키지 않으며 멋대로 한 행동은, 별지에 적은 대로입니다. 이처럼 행정관과 대로들이 하나하나 멸망된다면 히데요리 님을 어떻게 받들어나갈 수 있겠습니까. 그 점을 생각한 끝에 여러 사람들이 의논해 일을 벌이기로 결의했습니다. 귀하도 반드시 찬성하실 것입니다. 이 점 히데요리 님을 편들 의사가 있는지 회답해 주시기 바랍니다.

13조목에 걸친 '내대신 비리에 관한 조목'은 어떻든 히데요리를 저버리고 가게카쓰를 치러 동쪽으로 원정 떠난 것은 도요토미 가문의 은혜를 입은 여러 장수들을 차례차례로 쳐 없애려는 이에야스의 원대한 책략이라는 게 미쓰나리가 가장 고심한 대목이었다.

아마 데루모토를 일어나게 한 것도 바로 이 점이었으리라. 팔짱 끼고 이에야스의 공격을 기다리느니 서군 총대장으로 선수 쳐야 하지 않을까……하고 에케이도 물론 간곡하게 말했으며, 가게카쓰가 필사적으로 이에야스에게 맞선다면 이 싸움에서 결코 지지 않을 거라는 계산도 되었다.

격문은 '게이초 5년(1600) 7월 15일' 온나라 안에 나눠줄 준비가 끝나고, 이로써 서쪽은 명백히 임전태세로 들어갔다.

나베시마 가쓰시게, 와키사카 야스모토(脇坂安元), 마에다 시게카쓰(前田茂勝 ; 겐이의 아들) 등은 이에야스 밑에서 싸울 작정으로 오미의 아이치강(愛知川)까지 갔으나 미쓰나리의 아들 마사타카(正隆)에게 제지되어 부대를 이끌고 오사카로 돌아왔다. 이에야스를 따라 이미 동쪽으로 간 여러 장수들 가족의 귀국이 엄금된 것은 말할 필요도 없고, 나가모리의 명령으로 인질을 내놓으라는 사자가 팔방으로 뛰었다.

오쓰의 교고쿠 다카쓰구에게.

구쓰키 골짜기(朽木谷)의 구쓰키 모토쓰나(朽木元網)에게.

도도 다카토라에게.

다테 마사무네에게……

다이코의 측실 교고쿠 부인의 동생 다카쓰구는 이에야스가 동쪽으로 갈 때 일부러 접대했을 정도라 인질을 거부했다. 하지만 모토쓰나는 장남 구마와카(態若)를 보내왔고 마사무네도 장자 히데무네(秀宗)를 우키타 히데이에에게 보냈다. 도도 가문에서는 다카토라의 아우 다카키요(高淸)를 내놓으라는 요구를 받았으나 가신들이 매섭게 거부했다.

이렇듯 인질 받기를 서두르는 한편 다른 사자는 곧 후시미성으로 달려가고 있었다. 곧바로 성을 내놓으라는 것이었다……

나가모리의 사자가 맨 먼저 후시미성을 찾아간 것은 18일 아침이었다. 그때 도리이 모토타다는 이미 오사카 서쪽 성에서 쫓겨나온 사노 쓰나마사를 만나 호되게 꾸짖고 난 다음이었다.

"이처럼 세상이 시끄러운 때 대체 어찌 서쪽 성을 비우고 왔소."

모토타다가 입을 일그러뜨리며 힐문하자 쓰나마사는 잠시 고개를 푹 수그린 채 대답하지 않았다.

"귀하는 설마 서쪽 성을 내준 것은 아닐 테지."

이렇게 물었을 때 벌써 모토타다는 쓰나마사가 무엇 때문에 왔는지 확실히 알고 있었다. 측실들이며 많은 아녀자의 몸을 염려하여 성을 나와버린 게 틀림없다.

답답했다! 어째서 내대신의 명령으로 그 숙소를 지킨다며 버티어주지 않았단 말인가……이것은 결코 무의미한 고집이 아니라 두고두고 커다란 전략이 될 고집으로 바뀌어갔을 터인데.

"도리이 님, 어쨌든 아녀자들은 야마토의 안전한 곳에 무사히 데려다주고 왔습니다."

"그따위 말은 듣고 싶지도 않소."

모토타다는 그 맡긴 곳이 오토코야마 하치만(男山八幡)과 연고 있는 사람들임을 눈치채고 속으로 마음 놓고 있는 것도 사실이었다. 그러나 무사가 일단 지키라고 명령받은 이상 최후까지 지키려 버티는 게 당연한 의무가 아닌가. 그 의무와 여자들 피난은 전혀 다른 일이다. 서쪽 성을 내주지 않고 여자들만 피난시킬 방법을 어째서 생각해 보지 못한 것인가……?

"제 잘못이었음을 저도 이제 깨달았습니다. 그 사과를 하고 싶습니다."

"뭐, 성을 내주고 나서 사과로 끝내려는 건가."

"소원입니다. 귀하는 물론 농성하실 마음이시겠지요. 저도 이 성에 있게 해주십시오."

모토타다는 무뚝뚝하게 거절했다.

"안 돼—우리들은……모토타다, 그대 힘으로 후시미를 지켜달라고 대감님에게 명령받았소. 사노 님 도움을 받으라는 말은 듣지 않았소. 이렇게 되면 미카와 무사의 심정이 어떤 것인지, 미쓰나리의 오합지졸 군사들에게 명백히 낙인찍어 보여주어야 하오. 입성하다니 당치도 않소."

그곳으로 오사카에서 7인조의 한 사람인 이토 나가스에(伊藤長季)가 나가모리의 사자로 찾아왔다. 모토타다는 일단 이야기를 멈추고 지팡이를 잡고서 사자가 기다리는 방으로 갔다.

나가스에는 강압적으로 말했다.

"히데요리 님께서 이 성을 쓰시겠다고 분부하셨소. 곧 병력을 데리고 나가 이 성을 내놓으라……는 어명이오."

"거절하겠소."

모토타다의 대답이 너무도 빨랐으므로 나가스에는 그만 되물었다.

"예?"

"거절하오. 이 사람은 이에야스 님 가신이지 히데요리 님 가신이 아니오. 이에야스 님 명령 외에는 듣지 않소. 수고하셨소. 곧 돌아가 주시기를……."

사자로 온 나가스에는 모토타다의 대답이 의미하는 바를 새기려고 잠시 말끄러미 상대의 이마를 노려보고 나서 말했다.

"도리이 님, 귀하는 사자인 내가 전하는 말이 일고의 가치도 없다는 말씀이오……?"

"그렇소."

"이것이 히데요리 님 명령일지라도……."

모토타다는 웃으며 고개를 끄덕였다.

"사자님은 7살 난 히데요리 님이 그런 명령을 내리신다고 생각하오?"

"흠."

"이미 각오한 바요. 서둘러 돌아가 성을 내주지 못한다더라고 전해 주오."

"도리이 님."

"뭐요?"

"그 대답의 결과에 대한 각오가 충분히 계시겠지요."

"이상한 말씀을 하시는군. 우리들 미카와 무사의 각오는 상대에 따라 이리저리 바뀌는 물러빠진 게 아니오."

"제 개인의 의견이오만 이미 동서의 단절은 분명해졌소. 여기서 쓸데없는 농성을 하기보다 군사를 이끌고 일단 성을 나와 급히 동으로 내려가 내대신과 합류하는 게 현명하지 않겠소."

"염려는 고맙소. 그러나 우리 대감님은 서쪽의 소동을 모른 척하며 동쪽에서 한가롭게 오래 머물러 계실 분이 아니오. 서쪽에 반란이 일어난 걸 아시면 곧 군사를 돌려 이를 치시겠지요. 우리들은 그때까지 이 성에서 대감님을 기다립니다."

상대는 아직 모토타다를 설복시킬 뜻을 버리지 않았는지 말을 이었다.

"허, 서쪽 대군이 이 성을 둘러싸도—그 기개는 우러러보이지만 이 사람에게는 무모함에 가까운 일로 생각되는데……."

모토타다는 명랑한 표정으로 손을 내저었다.

"거듭 염려해 주셔서 감사하오. 비록 50만, 100만 대군에 포위되더라도 이 대답은 변함없소. 빨리 돌아가주기를."

상대도 하지 않으려는 태도에 사자는 마침내 노여움을 보이며 일어섰다.

"그럼, 언젠가 싸움터에서."

"마음껏 공격하시오. 미카와 무사의 솜씨를 보여드리지요."

첫 번째 사자가 돌아가자 모토타다는 곧 본성의 큰 접견실로 장수들을 모두 불러모았다. 모리 군이 곧바로 진격해 오리라고는 생각되지 않았으나 포위는 이미 시간문제가 되었다. 나이토 이에나가, 그의 아들 고이치로(小市郎), 마쓰다이라 이에타다, 마쓰다이라 지카마사 등 장수에 고마이 이노스케, 후카오 세이주로, 이와마 효고, 고가 사에몬(甲賀左衛門) 등이 모이자 모토타다는 가신 하마지마 무테에몬(濱島無手右衛門)을 모두들 앞으로 불러냈다. 그는 이미 모토타다로부터 몇 차례나 지시받고 첫 사자가 도착함과 동시에 그 사자의 말과 적의 동태를 이에야스에게 맨 먼저 알리기로 되어 있었다.

"드디어 하마지마에게 그 옛날 도리이 교에몬의 의기로 성을 탈출해 달라고 해야 될 때가 온 것 같은데……."

모토타다는 반쯤 쉰 목소리로 담담하게 모두를 둘러보았다. 비장감은 때로 조용한 담소 속에 한결 깊어지는 경우가 있다. 모토타다의 목소리며 표정에는 조금도 동요하는 데가 없다. 그것이 오히려 모두의 머리 위로 무어라 말할 수 없는 무시무시한 기운을 펼쳐가는 것 같았다.

"우리들이 어떤 각오로 이 성을 지킬 것인지는 앞서 여러분에게 일러두었소. 한 번 죽어 주군의 은혜에 보답한다는 따위의 손쉬운 것이 아니오. 죽더라도 죽는 게 아니다! 이러한 각오란 말이오."

이에나가가 말했다.

"그렇습니다. 이곳에 농성해 적을 얼마나 끌어들일 수 있느냐. 우리들이 많은 적을 끌어들일수록 대감님에게 향해 갈 적군이 적어지니까."

모토타다는 웃으며 고개를 끄덕이고 손으로 제지했다.

"이에나가 님 말 그대로야."

그리고 하마지마를 향해 고쳐앉아 덧붙였다.

"이 자리의 광경도 잘 전하게……."

하마지마에게 명령하는 형식으로 그대로 작전회의에 들어갈 셈인가보다.

"하마지마는 날이 저물기를 기다려 성을 나가라. 물론 밤에도 이미 감시의 눈이 올빼미처럼 번뜩이고 있으리라. 그러니 우지산까지 탈출하거든 봉화를 올려 신호하게."

"알겠습니다."

하마지마는 억센 무릎 위의 주먹을 부르르 떨면서 절했다.

"그 봉화를 보면 여러분은 곧 자기 부서에 자리하시오. 하마지마가 전하기 쉽도록 그 부서를 다시 한번 말해 두겠소. 본성은 이 모토타다, 성 정문은 이에타다 님과 지카마사 님, 서쪽 성은 이에나가 님과 아드님 고이치로 님, 마쓰노마루 성채는 세이주로와 고가 무리 일부, 나고야 성채는 효고와 고가 사에몬 님, 이시다 저택 구역은 이노스케 님……부서로 나가기 전에 이별주를 나누고 저마다 맡은 부서를 그대로 죽을 장소로 정하시오."

쉰 목소리로 조용히 말했을 때 어느새 문 앞에 와 있던 사노 쓰나마사의 목소리가 들렸다.

"소원입니다."

"오, 사노 님이 아직 계셨소."

"소원입니다. 저도 농성에 꼭 끼워주시기 바랍니다! 무사의 정으로."

모토타다는 그를 흘끔 쳐다보았으나 이번에는 꾸짖지 않았다.

"이에나가 님, 어떨까요."

"예, 저토록 말씀하시니."

"그럼, 눈감아줄까."

"감사합니다!"

여기서 쓰나마사는 이상하게 흥분하며 말을 이었다.

"허락해 주신다면 간토로 보내는 밀사에게 제가 본 적의 동향을 좀……."

모토타다는 이맛살을 찌푸리며 가로막았다.

"삼가시오. 귀하는 오사카 서쪽 성에서 죽었어야 했는데 후시미성에서 잘못 죽게 되셨소……여러분은 결코 죽어야 할 장소를 잘못 택하지 않도록."

거기까지 말하고 모토타다는 생각난 듯 다시 웃었다.

"그렇지, 하마지마, 그대는 간토로 가서 혼다 마사노부와 만나거든 저마다의 수비 위치라고 하지 말고 죽을 장소를 이렇게 정했다고 말해라. 그편이 훨씬 알기 쉽다. 하하하……."

하마지마가 은밀히 후시미성을 빠져나가자 엇갈리듯 쓰나마사의 부하 약 500명이 모토타다의 허락을 받고 성으로 들어왔으며, 이어서 이 성에 당번으로 와 있던 와카사(若狹)의 오바마(小弿) 성주 기노시타 가쓰토시(木下滕俊)가 성을 나가 교토로 향했다.

오바마 성주 8만 1500석의 가쓰토시는 히데요시의 정실 고다이인의 생질로 모리 일족인 고바야카와 가문을 이은 히데아키의 친형이었다. 이 가쓰토시는 후시미성의 당번으로 있으면서 이에야스의 성주대리 모토타다와 거의 말을 하지 않았다. 각별히 사이 나쁜 것도 아니었다. 하지만 성을 나가는 원인을 모토타다와 뜻이 맞지 않기 때문이라고 스스로 가신들에게 퍼뜨렸다.

"모토타다는 고집스럽게 농성을 주장한다. 나는 도요토미 가문 연고자로 이에

찬성할 수 없다. 그러니 내 편에서 성을 나가야 되리라."

그러나 가쓰토시는 모토타다에게 성을 내놓으라는 말은 한 마디도 하지 않았다.

미쓰나리 편의 두 번째 사자가 이번에는 모리 데루모토의 명령을 전하면서 성을 내놓으라고 위협해 왔다. 모토타다에게 역시 매섭게 거부당하고 물러가자 가쓰토시는 모토타다가 있는 큰 접견실로 찾아와 사람을 물리치도록 청했다.

사람들은 물론 그 자리에서 가쓰토시로부터 성을 내놓으라는 강경한 요구가 있을 것으로 보고 자리를 피했다. 그러나 모토타다와 둘만이 되자 가쓰토시는 자랑하는 담뱃대에 담배를 담아 천천히 피워물었다.

"모토타다 님, 피우시겠소?"

결사적인 농성이 결정된 이날의 분위기와 도무지 어울리지 않는 동작이었다.

"고맙소, 피워볼까요."

모토타다가 대답하자 가쓰토시는 천천히 담뱃대 물부리를 옷소매로 닦아 모토타다에게 내주었다.

"모토타다 님, 우리도 귀하와 함께 이곳에서 농성하고 싶다고 한다면 허락해 주시지 않겠지요."

모토타다는 웃으면서 맛 좋은 듯 연기를 뿜으며 대답했다.

"잘 보셨습니다. 소장님에게는 달리 충성할 길이 있겠지요."

가쓰토시는 종4품 우근위소장(右近衛少將)이었다.

"흠, 고다이인의 조카라 역시 믿을 수 없다는 말씀이군요."

"아니지요. 고다이인 님 혈육이므로 돌아가시게 해서는 안 된다는 겁니다."

"그럼, 모토타다 님은 지금 이 자리에 다이코 전하가 계신다면 어느 쪽을 편드실 것으로 보시오."

"말씀드릴 것도 없지요. 계셨더라면 저희 주군 편을 들 게 분명하지요."

"모토타다 님."

"예, 한 대 더 주시오."

"자, 실컷 피우시오. 그런데 어떨까, 나야 귀하의 말대로 이 성을 나가 고다이인 님 신변을 수호한다 치더라도 히데아키가 만일 농성하겠다고 오면 어떻게 하시겠소."

이 말을 듣자 모토타다의 깡마른 어깨가 꿈틀했다.

"히데아키 님은 소장님 혈육이시지요. 올해 연세가 몇이나 되시나요."

"글쎄, 내가 31살이니 아마 24살이리라 생각되는데……."

"거절하겠습니다."

모토타다는 대답하고 가쓰토시에게 공손히 담뱃대를 돌려주었다.

가쓰토시의 눈이 희미하게 반짝였다. 무언가 말하고 싶은 듯 입가의 근육을 씰룩거렸으나 곧 애매하게 웃었다.

"그렇소? 나도, 히데아키도 귀하에게 도움이 안 된다고 보셨군요."

"아닙니다. 어느 분이 농성을 청해 오더라도 거절할 작정입니다."

"허, 시마즈 요시히로 님이 오셔도 말인가요. 요시히로 님은 전부터 내대신에게서 만일의 경우 편들어달라는 부탁을 받고 있다던데."

"거절하겠습니다."

모토타다는 같은 말을 되풀이하고 웃었다. 가쓰토시도 여전히 미소를 거두지 않는다.

"과연 노련하시군, 모토타다 님은."

"아니지요. 이번 싸움의 중요함을 뼈에 새기고 있을 뿐이지요."

모토타다는 대답한 다음 무언가 생각난 것처럼 목소리를 죽였다.

"소장님은 고다이인 님을 수호하신다고 하셨지요."

"그렇소. 귀하가 아까 말한 대로 나에게는 나대로 충성하는 길이 있소. 고다이인 님과 더불어 뜬세상 밖에 사는 자가 일족 가운데 하나쯤 있어도 나쁘다고는 않으실 테지요."

"소장님은 히데아키 님이 진심으로 저희 대감님 편을 들리라 여기십니까?"

모토타다의 목소리에 저도 모르게 힘이 주어지자 가쓰토시는 황급히 시선을 돌리며 말했다.

"그야……그야 모토타다 님이 잘 알고 계실 것 아니오."

"예……예."

"히데아키 님은 미쓰나리에게……."

모토타다의 눈이 이때 푸른 불길을 내뿜을 듯 번뜩였다. 고바야카와 히데아키가 미쓰나리를 원망하는 이유는 모토타다도 잘 알고 있었다. 두 번째 조선출병 때 히데아키는 42명의 장수와 16만 3000명에 이르는 병력의 원수(元帥)였다. 직접 진두에 섰고 울산에서는 적군 속으로 돌격하여 13명을 베고 명나라 군을 물리쳤다. 그 일을 미쓰나리는 히데요시에게 참언했다.

"일군의 총대장으로 적군 깊이 쳐들어가는 것은 당치도 않은 경거망동!"

그 때문에 히데아키는 50여만 석의 영지를 몰수당하고 에치젠 15만 석으로 옮겨질 뻔했다. 히데요시의 죽음으로 영지이동이 실행되지 않고 무사했으나, 그때 히데아키를 위해 이에야스가 백방으로 변명해 주었다. 가쓰토시는 그 사정을 모토타다도 잘 알고 있을 거라고 생각했던 것이다…….

모토타다는 고개를 끄덕이며 자세를 바로했다.

"소장님, 제가 히데아키 님의 제안이 있어도 입성을 거절하는 이유는 믿느냐 안 믿느냐의 문제가 아닙니다."

"뭐, 믿지 않아서가 아니라고요!"

가쓰토시도 순간 표정이 굳어졌다. 어느 편이나 말보다 은연중의 표정과 동작에 의미를 담은 칼을 서로 겨누는 듯한 대화였다.

"예, 믿기 때문에 이런 곳에서 혹시 목숨을 잃으실까 하고……."

거기까지 말하자 가쓰토시는 말하지 말라는 듯 무릎을 탁 치고 일어났다. 아마 적중에 있으면서 활약해 달라는 모토타다의 뜻을 말투로 알아차렸기 때문임이 틀림없다.

"이로써 이별의 담배도 끝났소. 모토타다 님과는 뜻이 맞지 않으니 나는 성을 나가겠소."

"마음대로 하십시오."

모토타다는 짤막하게 쏘아붙이고 당황해 그 뒷모습에 절했다.

가쓰토시가 후시미성을 나오자 동서의 단절은 결정적이 되었다. 가쓰토시가 만일 후시미성 안에 있다면 고다이인이 오사카성으로 달려가 화의를 권할 게 아닌가 하는 소문이 일부에서 믿어지고 있었는데, 이로써 그 소문도 사라졌다.

친형 가쓰토시가 성안에 있을 때 아우 히데아키는 고다이인을 찾아가 형제가 서로 싸워야 할 것인가에 대해 의논했다고 한다……그에 대해 고다이인은 대답했다.

"만약 그렇게 된다면 내가 오사카로 가서 이 싸움을 다루지요."

그런데 가쓰토시가 성을 나왔으므로 그럴 필요가 없어졌다. 동시에 서군은 잇따라 후시미로 육박했고, 모토타다는 성 밖을 직접 시찰한 다음 방어하는 데 방해되는 언저리의 건물들을 모두 불살라버렸다. 보기에 따라 이것은 미쓰나리 편에서 도전한 싸움 같았지만, 실은 서쪽에 대한 도쿠가와의 단호한 도전이었다……

서군의 여러 장수들은 아마 이것을 도리이 모토타다의 완고한 고집 탓이라 여기지 않고 이에야스의 엄숙한 결의로 보았을 게 틀림없다. 그렇게 보고 포위군 중에서 동요하는 자가 나오는 것도 당연했다. 가쓰토시가 넌지시 암시했던 대로 시마즈 요시히로가 모토타다에게 사자를 보내 은밀히 농성을 청해 왔다.

이때도 모토타다는 한 마디로 거절했다.

"거절합니다."

그러나 요시히로는 물러서지 않았다. 그는 모토타다가 자기의 본심을 의심해 받아들이지 않는 것으로 해석한 모양이다. 그리하여 다시 니노 료안(新納旅庵)을 보내 요시히로가 이주인(伊集院) 사건 때 일로 이에야스에게 얼마나 깊은 은혜를 느끼고 있는지 설득하려고 시도했다. 그러나 모토타다는 이것도 거들떠보지 않았다.

"적의 간첩이 분명하다. 쏘아라!"

목쉰 소리로 명령하고는 덧붙였다.

"맞지 않도록 말이야."

사자마저 공격당한 요시히로는 하는 수 없이 서군에 가담했다. 히데아키도 성 안으로 사자를 보냈다. 그 또한 간곡하게 자기가 얼마나 이에야스의 덕을 입고 있는지 설득했으나 모토타다의 대답은 마찬가지였다.

"거절합니다. 우리는 미쓰나리가 그러모은 군사처럼 오합지졸이 아닙니다. 아무 도움 없이 간토의 군사만으로 충분히 이겨 보일 결심이라 어느 누구의 후원도 거절합니다."

이 한 마디가 어떤 영향을 히데아키의 마음속 깊이 남길 것인지……그것은 이에야스도 모토타다도 충분히 계산하고 있는 일이었다.

후시미성 포위군은 시시각각 그 병력이 늘어나 19일 초저녁부터 시작된 총격이 차츰 맹렬해지기 시작했다……

성안 병력 약 1800에 대해 모리, 깃카와, 나베시마, 조소카베, 고니시 등의 여러 군세에 시마즈, 고바야카와, 우키타가 참가했고 다시 오사카의 7인조를 비롯한 마시타, 나쓰카, 이시다 병력까지 달려온다면 그 총군세는 약 4만. 서쪽에 자리한 도전자 도리이 모토타다에게는 모든 게 처음부터 계산되어 있던 일. 오히려 내 죽음을 장식하는 화려한 등불행렬처럼 보여 속으로 은근히 미소를 금치 못했다.

불퇴전의 별

도리이 모토타다는 후시미성으로 대군을 맞게 되어 회심의 미소를 짓고 있었다.

"내 일은 성공했다."

그 무렵 미쓰나리 또한 자기 편을 착착 얻게 되어 마음속으로 남몰래 놀라움을 느끼고 있었다.

에케이의 책략으로 모리 데루모토를 자기 편에 끌어들여 오사카성으로 맞아들인 무렵의 미쓰나리에게는 아직 커다란 불안이 있었다. 그 첫째는 그가 아직 뒤에서 지휘할 수밖에 없었던 아이즈 출전 장수들의 인질 받아들이기가 보기 좋게 실패로 돌아갔기 때문이었다.

그가 표면에 나서서 움직였다면 이런 서투른 일은 일어나지 않았을 것이다. 그런데 그는 행정관 자리에서 은퇴해 있으므로 나가모리와 마사이에로 하여금 주로 일을 맡아보게 했다. 그 결과 미쓰나리가 가장 중요시했던 인질의 한 사람인 호소카와 다다오키의 정실 가쿄 부인이 그 속셈을 눈치채고 따끔하게 반격하여 그 계획이 보기 좋게 뒤집히고 말았다…… 그 생각을 하면 지금도 미쓰나리의 마음은 따끔따끔 아파온다.

어쨌든 '히데요리 님을 위해서'라고 믿게 하여 여러 장수들의 가족을 재빨리 오사카성 안에 납치해 두면 성 아랫거리 경비는 지금의 5분의 1에도 미치지 않는 인원으로 충분하리라는 계산이었다. 그런데 가쿄 부인의 반항으로 여인들을 포함한 각 장수들이 부재중인 저택 사이에 반미쓰나리 감정의 불길이 이상하게 번져 인질을 성안으로 들이지 못했을 뿐 아니라, 저택마다 대나무 울타리를 둘러치게 하여 숱한 감시병을 쪼개어 경계해야 하는 골치 아프기 짝이 없는 꼴이 되고 말았다…… 그렇게 되면 당연히 각 장수들의 오사카 저택과 간토 사이에 밀사의 왕래가 잦아지고 수비하는 무사의 반감도 높아진다. 바꾸어 말하면 기쿄 부인의 뜻하지 않은 반항으로 시중에 다섯 곱절의 인원을 쪼개야 했고, 게다가 간토로 통하는 모든 길목의 관문마다 엄중히 지키지 않으면 안 될 결과를 초래한 것이다.

'건방진 계집. 기쿄 부인에게 대체 누가 그따위 꾀를 가르쳤을까.'

만일 뜻대로 한편을 규합하지 못했다면, 미쓰나리는 아마 그 병력을 후시미 공격군으로 쪼갤 수 없었을 것이다. 그만큼 기쿄 부인 오타마 마님(갸락시 아 부인)의 반항은 전략과 전술의 급소를 찌르고 인정의 미묘함을 노린 일이었다.

이곳은 오사카 서쪽 성 바깥사무실이었다. 후시미성 포위 완료 소식에 한시름 놓고 큰 접견실에서 열린 작전회의에서 돌아온 미쓰나리에게 시동이 전했다.

"말씀드립니다. 분부하신 일에 대해 아타카 사쿠자에몬 님이 직접 말씀드리고 싶다고 하십니다……."

미쓰나리는 다카노 엣추(高昨野中), 오야마 호키(大山佰耆) 두 사람에게 군사를 주어 자기 대리로 후시미 공격에 참가시키고 자신은 데루모토의 보좌관으로 마시타, 나쓰카 두 행정관과 함께 오사카성 안에 남아 있었다.

"뭐, 아타카가 돌아왔다고!"

"예, 호소카와 저택의 그 뒷일에 대해 보고드리겠다면서……."

"아, 호소카와! 좋아, 곧 들여보내라."

미쓰나리의 얼굴빛이 변한 것은 역시 기억의 밑바닥에 부인의 반항이 생생하게 손톱자국을 남기고 있기 때문이리라.

연락과 정보수집 일을 더불어 하고 있는 아타카는 미쓰나리의 얼굴을 보더니 정중히 절했다.

"후시미성 포위가 끝난 일을 축하드립니다."

그리고 한무릎을 다가앉으며 자세를 바로했다.

"일은 뜻밖의 곳에서 누설되고 있었습니다."

"뭐, 뜻밖의 곳? 물론 호소카와 가문에 대한 이야기겠지."

"예, 분부하신 대로 호소카와 저택의 불탄 자리를 세밀히 살피고 살아남은 자들의 이야기도 자세히 조사했습니다."

"인질에 대한 일이 뜻밖의 곳에서 누설되었단 말인가?"

"예, 그 한 사람은 마시타 나가모리 님, 또 한 사람은……황송하오나 고다이인 님이 아닌가……생각됩니다. 어쨌든 고다이인 님 측근에서 차우콘이라는 예수교 도인 듯한 여자와 오소데 님이 함께 문안드리러 간 것이 13일 아침이었습니다."

"뭐, 오소데가 심부름 갔단 말인가?!"

"예……예, 그러나 그것은 되도록 조용히 인질을 내라고 하신 것인지도 모르겠습니다."

미쓰나리는 꾸짖듯 외쳤다.

"마찬가지야! 말해라! 자세히 말해라. 그런가, 나가모리에게서도 누설되고 있었군."

말끝이 낮은 중얼거림으로 바뀌며 혀를 찼다. 나가모리에게 애매한 기회주의 버릇이 있는 건 잘 알고 있었다. 그러므로 호소카와, 가토(加藤) 등의 부인은 상대에게 생각할 여유를 주지 않고 만약 눈치챌 것 같으면 요도 마님 이름으로 본성에 차모임이 있다고 초대하여 그대로 감금하도록 이야기되어 있었다. 그것을 누설하면 상대가 일의 중대함을 겁내어 오히려 순순히 인질이 될 거라고 나가모리는 어쩌면 달콤하게 해석해 버렸는지도 모른다.

"이제부터 더욱 중대한 시기가 된다. 우리 편에 대해선 실수도 인품도 잘 알아두어야만 한다. 그대가 조사해 온 그대로 빠짐없이 말해 보라."

"예."

아타카는 잠시 실눈을 뜨며 어디서부터 말할까 생각한 다음 신중하게 입을 열었다.

"이건 또 한 사람 살아남아 몸을 숨기려 하고 있던 마님의 측근시녀 시모조(霜女)의 이야기입니다만……."

7월 13일—

아케치 미쓰히데라는 세상에 용납되지 않는 아버지를 가져 지금은 예수교 신앙에 한 줄기 구원을 바라며 살고 있는 호소카와 다다오키 부인 오타마 마님은 그날도 아침예배를 마치자 자기 방에서 프레르 완산 신부가 보내준 성경을 펼쳐 조용히 읽고 있었다. 일찍이 노부나가에게 도라지꽃(기쿄)이라고 불렸던 재능과 미모를 지닌 이 여인도 지금은 38살이 되어 있다. 아버지 미쓰히데 사건 이래 애써 세상에서 몸을 감추고 신앙만 바라보며 살아온 탓인지 그 모습에 이상한 청순함이 감돌아 겨우 30살이 될까 말까 하게 젊어 보였다.

그런 그녀가 책상 위에 향을 피우고 거위깃 펜으로 포르투갈어를 가로로 쓰면서 이따금 고개를 갸웃거리며 문득 무언가 곰곰이 생각한다…… 해맑은 눈매가 이 세상 것이 아닌 듯했다.

"마님, 차우콘 님이 고다이인 님 심부름으로 병문안 오셨는데요……."

시녀 시모조의 전갈을 듣고 오타마 마님은 고개를 갸우뚱했다. 아픈 것은 아니다. 병문안이라는 말이 좀 수상쩍게 울렸다.

"병문안이라고 분명히 말씀하시더냐?"

"네."

"그럼, 대감님 출전에 대한 인사차 온 거겠지. 들어오게 해."

남편 다다오키는 장남 다다타카(忠隆), 차남 오키아키(興秋)와 함께 출전했으며 삼남 다다토시(忠利)는 에도에 인질로 가 있다. 그 밖에 부인이 낳은 두 딸이 있었으나 그들은 벌써 모두 출가하고 없었다.

책상 위의 책을 살며시 문갑에 넣고 부인은 손님이 오기를 기다렸다. 차우콘은 본디 같은 신앙을 가진 사람으로서 이따금 은밀히 부인을 찾아오고 있었다.

"아침부터 실례합니다."

40살이 가까운 차우콘은 여느 때와 달리 엄숙한 표정으로 시모조를 따라 들어오더니 함께 온 또 한 여인을 부인에게 인사시켰다.

"이분은 교토에서 오늘 아침 배로 오신 고다이인 님 시녀 오소데 님이라고 합니다."

부인은 오소데를 물론 처음 보았다. 차우콘은 오소데에게 그리 말을 하게 하지 않았다.

"실은 미쓰나리 님이 오사카성에 들어가셨습니다……머지않아 모리 님도 들어가실 예정이랍니다."

부인은 말없이 고개를 끄덕였다. 남편과 매우 사이 나쁜 미쓰나리가 왔다는 말을 듣기만 해도 대충 짐작되었다.

"교토에 계시면서 고다이인 님은 어떻게 그걸 알고 계신지요?"

"네, 히데아키 님이 그 일로 의논하러 오셨다더군요. 그렇지요, 오소데 님."

"네."

오소데는 간단히 고개를 끄덕였을 뿐이었다.

"아시다시피 히데아키 님의 형님이신 가쓰토시 님이 후시미성에 계십니다. 만일 싸움이라도 벌어지면 형제분이 적과 아군으로 갈라질까 염려하시어 의논하러 오신 게 아닐까요."

히데아키는 고다이인의 양자로 어릴 때부터 콧물을 닦아주며 키운 사람이었다. 히데요시는 그 히데아키를 모리 일족의 분가인 고바야카와 가문이 아닌 본가 데루모토의 양자로 삼을 생각이었다고 한다. 그런데 핏줄이 다른 자에게 본가를 잇게 하는 게 싫어 고바야카와 다카카게가 자신의 양자로 삼아버렸다.

"그래, 고다이인 님은 제게 무슨?"

"네, 그 일만 알려드려라, 그러면 사려 깊으신 마님이시니 반드시 무언가 생각이 계실 거라고."

부인은 얌전히 두 손을 짚고 감사를 표했다.

"고맙습니다."

시모조가 들은 두 사람의 대화는 그것뿐이었다. 왜냐하면 그 자리에 이윽고 수비장수 오가사와라 쇼사이(小笠原少齋)가 시모조를 부르러 사람을 보내왔기 때문이었다.

시모조는 급히 부엌으로 갔다. 그리고 거기서 쇼사이와 가와키타 이와미(河北石見) 두 사람에게서 인질을 성안으로 불러들이려는 미쓰나리의 계획을 비로소 듣게 되었다.

호소카와 가문의 오사카 저택은 다마쓰쿠리(玉造)에 있었다. 그 휑뎅그렁한 부엌에 시모조가 얼굴을 내밀었을 때 거기에는 쇼사이와 이와미 외에 총포 사범 이나토미 이가노카미(稻富伊賀守)도 있었으며 셋이서 한창 밀담을 나누던 중이었다.

쇼사이들이 시모조를 일부러 이곳에 불러낸 것은 부인 거실에 손님이 있어서만은 아니었다. 다다오키는 질투심이 강했다. 그가 없는 동안 부인에게 남성 출입하는 걸 몹시 싫어했다. 부인에게 불려갈 경우 말고는 노신들도 언제나 사양하며 시녀를 통해 일을 보는 관습이었다.

시모조가 들어가자 이나토미는 나갔다. 1000석의 녹을 받는 그는 온 일본에 이름난 총의 명수로 제자 중에 미쓰나리와 나가모리의 가신도 있었다.

"시모조 님, 실은 마시타의 가신한테서 괴상한 기별이 있었으므로 이나토미 님에게 곧 조사를 시켰소. 이나토미 님 제자 중에 이시다의 가신들도 있으니 말이오……."

쇼사이가 말을 꺼내자 시모조는 곧 되물었다.

"괴상한 일이란 간토에 출전하신 대감님 신상에……."

쇼사이는 혀를 찼다.

"그게 아니오. 마님을 인질로 성안에 들여보내도록……미쓰나리에게서 곧 요구가 있을 거라는군."

"마님을 인질로……."

"그렇지, 그대도 알다시피 대감님은 다이코님 분부가 있었을 때도 마님을 내주지 않았었소. 아케치 가문 소동 때에도 미리 손써서 일부러 이별하는 척하여 미도노(三戸野) 산속에 감금하셨을 정도였지."

"그 일은 저도 들었습니다만."

"다이고 꽃놀이 초청을 받았을 때도 마찬가지였소. 미쓰히데의 딸이므로 사양한다시며 한 발자국도 저택에서 내보내지 않으셨지. 그런 마님을 성안으로 들여보내라는 거요."

"만일 거절하신다면……."

"당연히 무력으로 데리러 오겠지. 손님이 돌아가시거든 그대가 곧 말씀드려 의견을 여쭈어주지 않겠나."

이 말을 듣자 시모조는 차우콘이 무슨 이야기를 하려고 왔는지 짐작할 수 있었다.

'큰일 났구나.'

"그럼, 마님의 각오에 달렸는데……여러분에게는 특별한 방도가 없으십니까?"

되묻고 시모조는 뉘우쳤다. 수비장수인 노신들이 뭐라고 하든 움직일 부인이 아니다. 그것은 시모조가 잘 알고 있었다. 평소에는 성모 마리아를 연상케 하는 온화한 모습이었으나 일단 주장하기 시작하면 다다오키의 설득에도 따르지 않는 부인이었다.

"저는 마귀 같은 마누라이니 마녀지요."

태연히 대꾸하며 상대하지 않는다. 그런 의미로 영주들 앞에서 다이코와 부부싸움을 한 고다이인에 버금가는 기질 센 여자였다.

솔직히 말해 시모조는 부인이 정말 행복한 아내인지 어떤지 잘 몰랐다. 다다오키가 아내를 열렬히 사랑하는 것은 잘 알고 있다. 그러나 그것은 진심에서의 결합이라기보다 아름다운 꽃에 대한 소유욕처럼 보인다. 부인은 그것에 온몸으로 항의하면서 살아가고 있는지도 몰랐다.

'그러한 부인이 이번 일에 대체 어떤 태도로 나오실까?'

시모조가 부엌에서 부인의 방으로 돌아가니 손님들은 벌써 일어서고 있었다. 이야기는 여느 때와 다름없이 신앙에 관한 게 많았고 손님도 부인도 겉으로는 평소와 아무 다른 태도가 없었다.

"그럼, 다시 또 말벗으로 찾아뵙겠습니다."

십자를 긋고 돌아가는 손님을 현관까지 배웅하고 돌아오자, 시모조는 자기 뺨이 풀칠이라도 한 듯 빳빳해지는 것을 느꼈다.

"마님, 미쓰나리 님으로부터 우리 문중에서도 성안에 인질을 들여보내라는 요구가 있을 거라고 쇼사이 님과 이와미 님이 걱정하고 계셨습니다."

부인은 시모조를 흘끗 돌아보고는 다시 책상을 향해 책을 펼쳤다.

"물론 우리 문중만이 아닙니다. 동쪽으로 가신 모든 영주님들에게서 인질을 거두려는 계획이랍니다. 어떻게 하면 좋을지 의논하고 계십니다."

부인은 다시 책을 덮고 돌아보았다.

"미쓰나리와 대감님은 본디 사이좋지 않으시니 필경 인질을 잡으러 이곳에 맨 먼저 올 테지."

"네……네."

"다른 곳이 먼저라면 남이 하는 대로 따를 수 있겠지만 맨 먼저 온다면 다른 곳의 본보기가 될 터이니 그 점 단단히 분별해 놓도록……쇼사이와 이와미에게 이르고 오너라."

"네."

말은 조용했지만 그 대답은 부인의 마음속에서 벌써 충분히 다져진 것으로 여겨졌다. 시모조는 다시 급히 쇼사이와 이와미에게 가서 그 뜻을 전했다.

그들에게도 이미 물론 생각이 있었다.

"그럼, 미쓰나리가 말해 오면 인질을 보내려 해도 우리 쪽에는 그럴 만한 사람이 없습니다……라고 대답하지. 다다타카 님도 오키아키 님도 동쪽으로 떠나시고 다다토시 님은 에도에 인질로 가 있으므로 지금 이곳에는 아무도 없다고 할 수밖에. 그래도 굳이 우겨댈 때는 단고(丹後)에 기별해 후지타카 님(다다오키의 아버지)이 오사카로 나오셔서 인질로 가실지 어떨지, 그 밖에도 여러 가지 지시를 받아야 할 터이니 그때까지 기다리라……고 대답하면 어떨까."

시모조는 두 사람 의견을 다시 부인에게 전했다. 그때도 부인은 얼마 생각하지 않았다.

"그러면 되겠지."

시원스럽게 고개를 끄덕이고 다시 책상을 향했다. 아마 부인의 생각도 노신들과 같았던 모양이다.

그러고 나서였다. 두 번 세 번……빈번하게 미쓰나리에게서 사자가 오기 시작한 것은…….

"어째서 인질이 없다고 하는가. 마님이 계시잖나."

그것이 미쓰나리 쪽의 주장으로, 차우콘을 시켜 부인에게 곧 입성하라며 뒤에서 또한 재촉했다. 그리고 드디어 무력으로라도 부인을 인질로 삼을 작정이라고 위협하기 시작했다.

부인은 그것도 모두 알고 있었던 듯 시모조가 노신들과의 사이를 몇십 번이나 오가며 부인에게 사실을 알렸을 때 십자를 긋고 조용히 잘라 말했다.

"갈 수 없어."

시모조는 부인의 대답에 그리 놀라지 않았다. 부인의 대답은 처음부터 정해져 있었던 것……이라고 노신들과의 사이를 오가는 동안 알게 되었다. 아마 너무 서두르거나 경솔했다고 나중에 남편에게 꾸지람 듣지 않도록 미쓰나리 편의 억지를 가신들에게 충분히 인식시킨 뒤 거절할 셈이었던 것이다. 그러나 갈 수 없다고 분명히 거절당한다면 미쓰나리는 대체 어떻게 나올까? 내주지 않으면 짓밟고 들어가서라도……라고 이미 말해 온 체면상 군사를 보낼 게 뻔하다.

'가신들은 그때 어떻게 할 것인가……?'

마님을 어디엔가 숨기고 싸우다 죽을 것인가, 아니면 마님과 더불어 여기서 맞설 것인가…….

시모조가 선뜻 일어서지 못하는 것을 보고 부인은 비로소 미소 지었다. 그 미소 뒤에는 체념해 버린 박복한 여인의 고독이 끝없이 아로새겨져 있었다. 시모조는 숨이 막혔다.

"그렇지, 이번에는 그대의 전갈만으로 안 될 거야. 쇼사이를 미닫이 밖까지 불러 다오."

"그럼, 마님께서는 어떻게 하실 생각이십니까."

부인은 다시 한번 미소 지으며 그 말에는 직접 대답하지 않았다.

"그렇지, 작은마님도 불러 다오. 그애에게도 말해 둬야겠다."

"그럼……그럼……두 분 모두 이 저택과 운명을 함께……?"

"시모조."

"네……넷."

"작은마님은 마에다 가문의 따님, 나는 아케치의 딸이지."

"네."

"태어난 가문이며 아버지에 따라 여자의 운명은 달라진다. 그러나 나는 그 무거운 짐을 참으려다 오히려 천주님 은혜를 입었어. 무거운 짐이 결코 불행이라고만은 할 수 없는 거야. 자, 쇼사이부터 먼저 불러 다오."

시모조는 단번에 눈시울이 젖어들었다. 부인은 아마 평소에 믿고 있던 천주님에게로 갈 결심인 것 같았다.

"자, 서둘러라."

"네."

쇼사이를 옆방으로 불러오자 부인은 다시금 남자 못지않은 말투로 미닫이 너머로 명백히 잘라 말했다.

"우리들 행동이 그대로 여러 영주들의 남은 가족들에게 본보기가 될 테니, 성 안으로는 결코 못 간다고 분명히 대답해 주오."

쇼사이 역시 각오가 된 듯 대답했다.

"알겠습니다. 그런데 방금 이나토미를 시켜 탐지해 본 바에 의하면 미쓰나리는 이 저택으로 벌써 군사를 보냈다고 합니다만······."

"그럴 테지. 그러면 이 자초지종을 대감님 부자분에게 나중에 알릴 수 있도록 급히 서한을 쓰게 하고 시모조를 여기서 피신시키도록 해요. 여자는 아직 빠져나 갈 수 있겠지."

쇼사이는 말했다.

"그 일 같으면······마님께서 자결하신 뒤라도 충분할 것 같습니다······."

시모조는 온몸을 굳히고 두 사람의 대화를 듣고 있었다. 부인의 말도 꿋꿋하고 이에 응하는 쇼사이의 대답도 엄숙했다. 듣기에 따라서는 쇼사이 또한 '자결을'이라고 말할 기회를 벼르고 있었던 듯 여겨진다.

부인은 냉랭하게 대꾸했다.

"쇼사이 님, 나는 자결하지 않아요. 자결은 신앙이 금하는 것······그대도 잘 알고 있겠지요."

쇼사이의 표정이 복잡한 움직임을 보였다.

'혹시 살아날 길이 있다고 생각하시는지?'

그러한 의심이 번갯불처럼 뇌리를 스치고 지나갔을 게 틀림없다.

부인의 입가에 다시 미소가 떠올랐다.

"그러니 그대 손으로 찔러줘야겠어요."

쇼사이는 당황했다.

"예? 그건 안됩니다! 주인마님을 죽이다니······그런 일을 하면 이······이 쇼사이의, 가신으로서의 무사도가 서지 않습니다."

시모조는 숨을 죽였다. 쇼사이의 말에도 물론 일리가 있으나, 이 경우 부인이 일소에 부칠 것 같은 느낌이 들었다. 그러나 부인은 웃는 대신 얼굴에 역력히 난처한 빛을 띠고 고개를 끄덕였다.

"내가 가장 염려한 것도 그 일이었어요."

"살펴주시기를······이 경우는 특별합니다. 도리에 벗어난 미쓰나리의 반란에 맞닥뜨려 호소카와 다다오키 님의 체면이 서느냐 안 서느냐는 막다른 고비입니다. 이번만은 주장을 거두시고 자결하시도록. 물론 제가 뒷바라지해 드리겠습니다만······."

부인이 힘없는 모습을 보인 것은 이때뿐이었다. 무릎에 놓은 손에 시선을 떨어뜨리고 온몸으로 울고 있는 것처럼 시모조에게는 보였다.

'어째서 이렇듯 슬픈 모습을 보이실까?'

자결하든 찌르게 하든 결국은 마찬가지 '죽음―'이 아닌가. 더욱이 쇼사이가 목을 베어주겠다고 했다. 부인은 다만 단도를 잡고 목젖이나 젖무덤에 겨냥만 하면 될 텐데……이윽고 부인은 곰곰이 생각하는 듯한 표정으로 쇼사이에게 시선을 돌렸다.

"신앙을 굽힐 수는 없어요. 나는 달아나겠어요."

"예? 뭐, 뭐라고 말씀하셨습니까?"

"내가 죽는 게 무서워져 달아난다……면 베지 않을 수 없겠지요. 그것이 남편에 대한 쇼사이 님의 의리, 그로써 그대의 무사도도 설 수 있을 거예요."

부인의 눈에 다시 미소가 되살아났다.

"아케치의 딸이 감히 훌륭한 죽음을……하겠다고 생각한 게 잘못이었어요. 그런 아비의 자식이므로 마지막까지 비겁하고 미련이 많았다……고 씌어져 남겨지는 한이 있어도 내 마음은 속이지 못해요. 하느님이 금하신 자결은 싫다며 달아나려 했다, 그래서 할 수 없이 베었다고 한다면 그대의 무사도도 서겠지요."

시모조는 비로소 부인이 비탄하는 까닭을 알 수 있었다. 쇼사이의 무사도와 부인의 신앙 계율이 불을 뿜으며 맞부닥치고 있었던 것이다.

쇼사이는 잠시 미닫이문 밖에서 옷을 움켜잡고 떨고 있었다. 위기는 이미 다가오고 있다. 머잖아 행정관이 보낸 군사들이 저택을 둘러싸고 가차 없이 부인을 납치하러 짓밟고 들어올 게 틀림없다. 그 적을 맞아 부인도 죽고 쇼사이도 죽어야 한다는 걸 알고 있다. 그 두 사람이 사소한 '죽는 방법' 때문에 이처럼 엄숙히 대립해야 되다니…….

숨 막힘에 견디다 못해 시모조가 살며시 자리를 일어서려고 했을 때였다. 미닫이문을 사이에 둔 부인의 거실에서 웃음소리가 흘러나왔다.

"호호……낙화도 단풍도 가지를 떠나 땅에 떨어질 때까지 잠시 동안의 풍치라던가……떨어지면 다 같은 티끌에 지나지 않는……줄 알면서도 그대를 괴롭히는 이 몸의 어리광을 용서해 주오. 나는 대감에게 고집을 세우고 죽고 싶은 거요."

"……."

"쇼사이 님은 알 거예요. 나는 평생 마음을 풀고 남편에게 매달리지 못한 여자였소. 언제나 외롭고 냉랭하게 지그시 거리를 두고 남편을 바라보며 살아야 했던 여자였었소……그러한 내가 마침내 고독을 참아내지 못하고 하느님 품에 매달려간……일을 대감께서는 어떻게 느끼셨던지 더욱 엄격히 감시하시거든요. 호호……이따금 그대는 천제(天帝)의 것이냐, 남편의 것이냐고 진심으로 묻기도 하셨지……"

시모조는 온몸이 저려 일어나지 못했다. 부인의 가슴에 숨겨져 있던 여인의 불행을 그대로 눈앞에 바라보는 느낌이었다. 사실은 하느님 품 안보다 남편 가슴에 안겨 자신을 잊고 싶었던 부인이 아니었을까……?

그러나 남편 다다오키는 그러한 부인의 소원을 눈치채기에는 너무 세상일에 얽매여 지나치게 바빴는지도 모른다. 사랑스러운 아내가 아케치의 딸이라는 것에 늘 마음 죄면서, 꾸며댄 엄숙한 무장의 표정으로 마음의 문을 결코 열지 않고 응석할 틈도 주지 않고 애정을 언제나 질투심의 감시로 바꾸고 있었던 것 같다.

"대감은 내가 어째서 신앙생활에 들어갔는지 그것조차 눈치채지 못하신 거예요. 그러므로 이제 나는 계율을 지키며 죽고 싶어요. 그러니 쇼사이 님, 아무리 타일러도 자결은 하지 않겠다고 우겨대어 할 수 없이 베었다고 해주세요. 그것이 대감에 대한 내 고집이에요."

그리고 다시 웃음소리가 새어나왔을 때 미닫이문 밖에서 쇼사이가 조용히 한 무릎 앞으로 나앉고 있었다.

"알겠습니다. 제가 너무 구애받던 것 같습니다."

"구애받다니……?"

"무사도에는 그처럼 해탈한 계율이 없습니다. 신앙으로 말미암아 자결하시지 못하는 마님, 그러므로 잘못이긴 하지만 이 쇼사이가 분부받아 찔러 죽였다……고 버티겠습니다."

"그렇게 해주시겠소, 쇼사이 님."

"예, 염려 마십시오! 유해는 결코 적에게 보이지 않겠습니다. 깨끗이 태워없애겠습니다."

그때였다. 이와미가 허둥지둥 쇼사이 곁으로 와서 장남 다다타카의 아내 마에다 마님의 모습이 저택 안에서 사라졌다고 한 것은…….

"뭐, 다다타카 님 마님이!"

어지간한 부인도 목소리가 떨렸으나 곧이어 고쳐 말했다.

"잘됐어……."

마에다 가문에서 출가해 온 작은마님 신변에는 여차할 경우 적중을 돌파할 연줄이 있는 것이다. 생각해 보면 이것도 서글픈 풍자라고 할 수 있었다. 마에다 도시나가의 누이라면 적도 섣불리 손대지 못한다. 그러나 아케치 미쓰히데의 딸은 놓아줄 수 없는가 보다. 아니, 무엇보다도 다다오키가 괴이한 질투심으로 열렬히 사랑하는 미쓰히데의 딸이라는 사실이 여기서 한결 인질을 값비싸게 만들고 있는 것이다.

"이로써 미쓰나리의 속셈을 뚜렷이 알았습니다. 이쯤 되면 그들은 마님의 목을 베어 가서라도 영주들에게 그 위엄을 보일 마음인 게 틀림없습니다. 그럼, 곧 준비하지요."

두 사람이 가버리자 부인은 시모조를 불러들였다.

"들리지, 저 인마 소리가."

"네, 드디어 둘러싸인 것 같습니다."

"부서는 이미 정해져 있어. 정문은 이나토미가 지킬 것이니 그리 쉽게 돌파되지 않겠지. 그대는 지금부터 내가 쓰는 유언장을 대감님과 다다타카 님에게 어떻게 해서라도 전하도록……몰래 단고로 떠나는 거야. 밖에서 싸움이 시작된 적당한 때 이와미 님이 살며시 알려줄 테니까."

"네……네."

"왜 그처럼 울지. 각오는 벌써 되어 있을 텐데. 이 소동을 잘 보아둬야 해."

"네……유언은 반드시……."

꿋꿋하게 대답하려 했지만 말은 소리가 되어 나오지 않았다. 주위는 어느덧 저물어 7월 16일의 방 안은 사람 얼굴조차 알아볼 수 없을 만큼 어두컴컴해졌다. 조용히 책상을 향하여 무언가 쓰기 시작한 부인을 위해 시모조는 급히 촛대에 불을 켰다.

가슴이 미어졌다. 차분한 부인의 옆얼굴이 온갖 추억을 한꺼번에 되살려주었기 때문이었다.

부인이 예수교 가르침에 귀 기울이기 시작한 것은 남편 다다오키의 친구였던 다카야마 우콘의 영향 때문이었다고 시모조는 생각한다. 혼노사 사건 뒤 우콘은 곧잘 다다오키 부처를 찾아와 예수교 교리를 설교했다. 처음에는 부부 모두 그리 마음에 두지 않았으나, 이윽고 다다오키는 이를 몹시 싫어하기 시작했고 반대로 부인은 점점 깊이 빠져들었다.

어떤 때 시모조는 조마조마한 적이 있었다. 우콘은 그린 듯한 미남자였으므로 그에 대한 질투심이 다다오키를 더욱 노골적인 예수교 배척자로 만든 듯한 느낌이 든 것이다. 그렇게 되면 부인 또한 고집스러워져 교리에 더 깊이 빠져들게 될지 모른다. 질투할 바에는 좀더 사랑해 보면 어떤가……라는 반항심이 부인의 가슴에 숨겨져 있는 것만 같았다. 그 밖에는 두 사람이 결코 의 나쁜 부부는 아니었다. 한쪽은 끊임없이 초조해 하고, 한쪽은 굳이 냉랭하게 얌전 빼고 다른 데로 눈을 돌리며 부부는 차례로 아이를 두었다.

'그 마님도 이제 몇 시간 뒤면 이 세상을 떠난다.'

"자, 됐어. 이것을 쪽진 머리칼 속에 단단히 넣고……"

부인은 시모조에게 유서를 건네며 온 신경을 귀로 집중했다. 정문이 뚫린 기척이었다.

황급히 마루를 쿵쿵 뛰어오는 발소리가 가까워지며 미닫이문 밖에서 내던지듯 소리 지른 것은 쇼사이가 아닌 이와미였다.

"아룁니다! 정문을 지키고 있던 이나토미가 배신했습니다."

"뭐, 이나토미 님이 배신을!"

"예, 행정관들 사자에게 설득되었는지, 마님께 직접 사자를 만나게 하는 게 좋다면서 정문을 통과시킨 모양. 이제 각오하시기 바랍니다."

"각오는 벌써 되어 있어요. 이나토미 같은 사람이 어째서 그런……"

"예, 이나토미는 총을 잡으면 천하의 명수, 이 기술은 호소카와 가문의 것이 아닌 천하의 것이라 선동받고 그런 심정이 된 듯합니다."

"호……천하의 이나토미라 호소카와 가문을 위해 죽을 수는 없다고 생각하셨군."

"예, 공격군을 안으로 끌어들이고는 그 길로 이 댁을 떠났습니다. 자신의 기술은 아까워하면서도 덕을 아까워하지 않는 요즘 흔해빠진 반역자입니다."

"좋아요. 내가 그대들 의견에 좌우되고 있는……꼭두각시처럼 생각했는지도 모르지요. 그런데 쇼사이 님은?"

"밖에서 사람들을 지휘하며 적을 막고 계십니다."

"그럼, 서둘러야겠군요. 시모조가 빠져나가도록 하고 나면 그대도 여기로 돌아와 내 최후를 지켜봐 주세요."

"알겠습니다. 그럼, 쇼사이 님을 곧 이리로."

공격군은 벌써 문안으로 쏟아져 들어와 큰 현관 언저리에서 가신들에게 손으로 저지되고 있는 모양이다. 고함소리 사이로 칼날 부딪히는 소리까지 똑똑히 귀에 들어왔다.

부인은 책상 앞에서 일어나 조용한 걸음으로 방 아래쪽 미닫이 문가로 가서 고쳐앉았다. 그리고 새하얀 팔뚝을 보이며 긴 머리를 두 손으로 감아올렸다. 그렇게 하지 않으면 쇼사이가 목을 베지 못할 것으로 생각한 게 틀림없으리라.

"산타 마리아! 가라시아는 기꺼이 하느님 곁으로 가겠습니다."

머리를 올리고 나자 부인은 별안간 우스워졌다. 이 기도 소리에 질투를 느끼고 초조해 하며 자기를 독점하려던 남편 다다오키의 얼굴이 눈에 떠올랐기 때문이었다.

"다다오키 님은 나를 두고 하느님과도 다투신 셈이었어."

중얼거리며 십자를 그었을 때 노녀가 하나 허둥대며 뛰어들어 느닷없이 부인의 무릎에 매달려 울음을 터뜨렸다.

"마님! 다시 생각해 주십시오. 행정관들은 오사카성이 싫으시면 우키타 님 저택이라도 좋다고 하신답니다. 우키타 님은 친척이시니……."

끝까지 듣지 않고 부인은 그 말을 가로막았다.

"그건 안 돼. 우키타의 하치로(八郎) 님은 과연 친척이긴 하나 미쓰나리와 한편이라더군. 그곳으로 가더라도 인질에는 변함없어. 나는 호소카와 다다오키의 아내니까."

다시 허둥대는 발소리가 가까워지며 미닫이문이 열리고 다음 방에 들어선 것은, 자루 달린 긴 칼을 들고 한바탕 싸우다 온 모습의 쇼사이였다.

"쇼사이 님, 수고스럽지만……."

부인은 가느다란 목을 늘어뜨렸다.

쇼사이는 칼을 내던지고 엉겁결에 문지방을 넘어와 두 손을 짚었다.

"유감스러우나 이제 최후를 맞이할 때, 이나토미가 뜻밖에도 그만 문을 열어······."

말하려는 것을 부인은 맑은 목소리로 가로막았다.

"됐어요. 이나토미에게는 그 나름의 생각이 있었겠지요. 용서해 주세요. 그보다도 다다타카의 부인은 틀림없이 저택 안에 남아 있지 않겠지요."

"예, 그분 역시 저희들 생각과 달리."

"아니, 탓하는 게 아니에요. 죽을 작정으로 남아 있는 사람을 데리고 가지 않으면 불쌍하다고 생각되어 물어본 거예요. 그럼, 조금이라도 빨리."

부인에게 재촉받고 쇼사이는 칼을 잡았다. 방 안에 이미 이와미는 없었다. 부인이 자결할 동안 무슨 일이 있어도 적의 침입을 막아야 된다고 쇼사이를 대신해 밖으로 뛰어나간 것이다.

"그럼, 용서하십시오."

큰 칼을 홱 뽑아들고 쇼사이는 섬뜩했다. 그곳은 주군 다다오키가 엄격히 출입을 금하고 있는 부인의 거실 안임을 깨달았던 것이다.

"안 되겠습니다. 비록 어떠한 때라도 주군 말씀은······그렇지······문턱 가까이로 더 나오십시오."

그 쇼사이의 말뜻은 곧 부인의 마음에 통했다. 생각해 보면 우스운 일이었다. 이제 죽으려는 사람이 남편의 질투심과 신의 계율 사이에서 죽음의 자리까지 겨우 조금 바꾸어야 하다니······그러나 생각해 보면 행복하기도 했다. 영혼은 신에게 바쳤으면서도 광기에 가깝도록 오로지 남편에게 사랑받아온 것이다······.

'신의 자녀 가라시아는 땅 위에서는 의심할 나위 없이 호소카와 다다오키의 없어서는 안 될 아내였었다······.'

"자, 여기가 좋을까요."

"옛."

쇼사이는 대답하고 칼을 높이 치켜들자 중방에 걸려 마음대로 휘두를 수 없는 안타까움으로 혀를 찼다. 공격군은 벌써 가까이 와 있다. 그렇다고 해서 부인을 다음 방까지 불러내고 만다면 거실 안에 함께 있었던 것과 똑같은 의미가 된다.

"황송하오나 거기서 가슴을 헤쳐주십시오."

"뭐, 가슴을 헤치라고."

"예, 유감스러우나 큰 칼을 휘두를 수가 없습니다. 가슴을 찌를 수밖에 없습니다."

"좋아요. 이렇게 벌리면 되나요?"

쇼사이는 눈부신 듯 눈길을 돌렸다. 그렇듯 주인이 집념하던 새하얀 부인의 가슴이 유방을 나란히 하여 애처롭게 눈앞에 빛나고 있다. 아마 남편 말고는 누구 눈에도 보이지 않았으리라. 영리하고 박복한 미인의 가슴을……

"마님! 유해는 결코 남의 눈에 띄지 않게 하겠습니다. 안심하시고 기도를."

"고맙습니다. 이로써 나는 하느님의 가르치심을 거역하지 않아도 되게 되었어요."

"용서하십시오!"

쇼사이는 경련을 일으키듯 목소리를 울리며 부인의 젖가슴 밑을 찔렀다.

"아, 마님!"

그때까지 미닫이 그늘에서 안절부절못하며 이와미를 기다리고 있던 시모조는 저도 모르게 뛰어나와 부인 몸에 매달렸다. 하지만 그때 부인의 미소 지은 단정한 얼굴에는 아무 반응도 없었다.

부인은 조용히 앞으로 쓰러졌다……이와미가 점점히 피를 묻힌 모습으로 되돌아왔다.

"쇼사이 님, 이제는 더 적을 막을 수 없습니다."

그리고 마루로 와서 말했다.

"오, 훌륭하시게도?!"

그 이와미에게 쇼사이는 빠르게 말했다.

"이와미 님, 준비한 화약을. 그리고 그대는 시모조 님을 포위망 밖으로."

"알았습니다."

그 말이 시모조의 귀에 들어왔으나 그것이 어떤 현실과 연결되는 말인지 판단할 여유가 없었다. 이와미가 한 손을 들어 뭐라고 외치자, 한쪽 어깨를 드러낸 두 무사가 달려와 부인 주위에 지렁이 자국 같은 원을 만들며 황회색 가루를 뿌렸다. 그리고 그 원의 끝을 멀리 마루에서 뜰까지 뻗어나가게 했을 때 시모조는 이와미의 품 안에 안겨 뜰과는 반대인 주방 쪽으로 화살처럼 복도를 달리고 있었다.

"위험해!"

끌어안기는 순간 시모조의 눈에 비친 것은 다음 방 입구 언저리에 부인과 마주앉듯 단정하게 정좌하고 있는 쇼사이의 모습이었다. 쇼사이는 물론 담담한 표정으로 단도를 왼쪽 옆구리에 찔러 세우려 하고 있었다. 어쩌면 벌써 찔렀는지도 모른다.

"함께 가겠습니다."

부인을 향해 그렇게 말하는 것처럼 보였으며, 그 목소리도 귀에 들려온 것 같았다.

"자, 이제 저택에 불지를 테니 그대는 그 소란한 틈을 타 뒷문으로……."

시모조가 이와미에게 떠밀린 순간 쉭하는 소리를 내며 뿌려진 화약 위를 불화살이 달렸다. 그다지 큰 폭음은 아니었으나 달리던 불이 커다란 불길로 바뀌는 순간까지 환히 보였다.

"와―"

크게 소리가 일어난 것은 내실로 들이닥쳤던 공격군 군사들이 불길에 쫓겨 물러날 때의 비명이었을 것이다.

'이로써 마님도 쇼사이 님도 그 유해가 깨끗이 타겠지…….'

정신이 아득해지려는 자신을 매질하며 시모조는 격렬한 힘으로 소용돌이치기 시작한 불길 속을 뒷문으로 달려갔다…….

이야기를 다하고 나자 아타카는 덤덤하게 말을 이었다.

"불탄 자리를 조사해 보니 나중에 이와미도 돌아와 불 속에 몸을 던진 듯 그의 것 같은 유골이 있었으며, 그 밖에도 두서넛 더…… 시모조는 그대로 놓아주었습니다."

미쓰나리는 아무 말도 하지 않았다. 이처럼 매섭게 저항했다면 이 일이 다른 가문에 영향을 주지 않을 리 없었다.

"호소카와 가문에 지지 마라!"

아마 그것은 그대로 표어가 되어 동쪽으로 내려가 있는 여러 장수의 남은 가족들을 분발시키리라. 섣불리 손대다가는 모두 자결해 버릴지도 모를 분위기를 만들고 만 것이다. 게다가 가토 기요마사의 정실부인, 구로다 나가마사 부자의 정실부인 등은 영지로 피해 달아나 인질작전이 여지없이 실패로 돌아가고 말았다.

미쓰나리는 지금도 호소카와 부인이 어디선가 싸늘하게 자기를 비웃고 있는 느낌이 들어 견딜 수 없었다.

후시미(伏見) 공격

미쓰나리가 인질전략의 불쾌한 실패를 만회할 수 있는 길은 마땅히 후시미성을 공격하는 일이었다. 최선의 방책은 결코 대항하지 못하게 하는 것이다. 공격하게 되면 아무리 작은 성이라도 상당한 희생을 각오해야 하며, 그 희생의 크기에 따라 겨우 갖춰지기 시작한 서군의 진용이 그대로 무너지는 원인이 될지도 모를 일이다.

후시미성은 다이코가 그 강대한 힘을 다 기울여 쌓게 한 비할 데 없이 견고한 성이다. 비록 농성하는 병력수는 적더라도 결사적으로 농성한다면 그리 쉽사리 함락시킬 수 없었다.

그러므로 미쓰나리는 처음에 어떤 먹이를 던져서라도 도리이 모토타다를 설복시켜 성에서 끌어내려고 획책했다. 모토타다를 속여 성에서 끌어낼 수단이 그리 흔할 리 없다. 또 하나는 아이즈와 그곳으로 간 이에야스군이 빨리 격전을 벌여주는 일이었다. 그렇게 되면 뭐니 뭐니 해도 정보활동이 적어진 모토타다는 초조해진다. 그럴 때 이렇게 말해준다.

"군사를 이끌고 성 밖으로 나오시오. 배후에서 결코 치지 않겠소. 그 길로 서둘러 동쪽으로 가서 내대신과 합류하는 게 좋을 거요."

본디 고지식하게 이에야스를 끔찍이 생각하는 모토타다이므로 아이즈로 생각이 줄달음쳐 그 온정을 잊지 않겠다며 기꺼이 동쪽으로 갈 거라고 생각했다.

그런데 아이즈의 형편은 그 뒤 조금도 진전이 없었다. 이에야스는 바로 공격하지 않았으며, 우에스기 편에서도 싸움을 거는 기척이 없다. 그렇게 되면 당연히 사기를 북돋기 위해서라도 후시미성을 포위할 수밖에 없었다.

포위되면 모토타다 무리의 전의(戰意)도 당연히 불타오른다. 따라서 포위하는 일은 어쩔 수 없더라도 싸움은 되도록 피해야 한다는 답이 나온다.

"아직 방법은 있다."

미쓰나리는 모토타다가 냉담하게 사자를 쫓아보내 자기 편이 성을 포위한 뒤에도 결코 그 희망을 버리지 않았다. 여기서 서투르게 대응하여 꾀가 넘치는 미쓰나리도 싸움에서는 상대가 안 된다는 평이 돌게 되면 그야말로 뒷일을 감당할 수 없게 된다.

미쓰나리가 성을 포위시킨 뒤에도 은근히 희망을 품던 첫째 까닭은 기노시타 가쓰토시가 후시미성에 머물러 있는 일이었다. 가쓰토시를 시켜 모토타다를 설복하려 생각한 것은 아니다. 가쓰토시가 있는 한 고다이인을 이용할 수 있다고 그 비책을 궁리하고 있었던 것이다.

공격군에는 가쓰토시의 아우 고바야카와 히데아키가 가담하고 있다. 히데아키는 친형을 칠 수는 없다고 고다이인에게 호소할 것이다. 그때 고다이인의 입을 빌려 모토타다를 성에서 끌어내려고 생각한 것이다. 말하자면 고다이인과 이에야스가 사이좋은 것을 이용해 후시미성에서의 병력 소모를 막으려는 고육지책이었다.

그런데 바로 그 가쓰토시가 19일에 성에서 나와버려 미쓰나리의 계산은 무너졌다. 성을 포위하고 나서 가쓰토시가 없으니 포위망을 푼다고 할 수도 없다. 이것이 포위군에게 공격개시를 시작하게 한 이유였다…….

드디어 싸움이 시작된 뒤 여기서 우물쭈물하면 큰일 난다. 아마 도리이 모토타다는 농성하면서 이에야스가 서쪽으로 오기를 기다릴 작정이리라. 아니, 그때까지 농성이 가능하리라 보고 고집스럽게 사자를 쫓아보낸 것……으로 미쓰나리는 판단했다. 그 판단에 큰 차질이 있음은 다시 말할 필요도 없다. 모토타다는 여기서 이에야스의 무게 있는 명령을 받들어 실천해 보임으로써 서군의 사기와 결속을 흔들어놓으려는 것이다.

미쓰나리가 두려워하는 것도 바로 서군의 진용이 어지러워지는 그 일이었다. 만일 후시미성이 떨어지기 전에 이에야스가 서쪽으로 온다는 사실이 알려지면

서군 안에서 잇따라 등 돌릴 자들이 나타날 것이다.

"후시미에는 이미 온갖 수단을 다 써두었다. 이 이상 오사카 언저리에 적의 근거지를 남겨둔다면 히데요리 님 위신이 가벼워진다. 또한 왕래하는 데도 방해되니 단숨에 무찔러 미노, 오와리로 진출해야 한다."

19일 해 질 무렵 전투를 시작하여 교대로 총격을 가했다. 성안에서도 때때로 마주 쏘아댔으나 25일까지 잠잠했다.

"함락할 수 있으면 어디 해봐."

서군은 초조해지기 시작했다. 남쪽의 큰 정문 말고는 모조리 겹겹이 둘러싸고 24일에는 우키타 히데이에가 직접 지휘에 나섰다.

동쪽은 히데이에, 동북쪽은 고바야카와 히데아키, 서북쪽은 시마즈 요시히로, 서쪽에는 모리 히데모토. 그리고 깃카와, 나베시마 가쓰시게, 조소카베 모리치카, 고니시 유키나가, 모리 히데카네, 에케이 등이 잇따라 부서를 정해 포위망을 굳혔고 그 총병력은 4만에 이르렀다.

이쯤 되면 싸움터는 평소와 전혀 다른 '싸움터 심리'의 지배 아래 놓이게 된다…….

물론 누가 누구에게 직접 원한이 있는 것도 아니고 미운 것도 아니다. 이 후시미성을 쌓는 데 얼마나 많은 인력과 막대한 비용으로 귀중한 문화의 정수(精粹)가 축적되었는지는 간단히 잊혀지고, 사람들은 오직 파괴와 살육에 미쳐 날뛰는 장난꾸러기로 변해갔다.

25일에 총공격 명령이 내리자 다이코가 고심해 이룬 황금성은 밤낮없이 산천을 뒤흔드는 함성과 불화살, 대포, 소총의 목표가 되었다.

성안 군사들 또한 탑, 망루, 성벽, 총안 뒤에서 활과 총포를 마주 쏘아대며 다가오면 물리치고 물러가면 쉬면서 조금도 꺾이지 않았다. 그때까지 대리자를 파견해 두었던 미쓰나리가 참다못해 사와산에서 돌아오는 길에 후시미로 온 것은 29일 오후였다.

미쓰나리는 도착하자 곧 말을 타고 주위를 돌아보았다. 어느 군사나 모두 심각하다. 성안 군사들은 저마다 모두 결사적이어서 당장에는 직접적인 전략 외에 지혜와 재간을 발동해 볼 여지가 전혀 없었다.

일찍이 다이코의 군사감독으로 조선에 건너갔을 때 미쓰나리는 매섭게 독려하고 다녀 반감을 샀었다.

"전하의 명령이오. 어째서 빨리 함락시키지 않는가."

지금은 그러한 질타도 할 수 없는 미쓰나리의 처지였다. 미쓰나리는 마쓰노마루 성채 해자 밖에서 말을 멈추고 생각에 잠겼다. 싸움을 오래 끌어 군량을 떨어지게 할 수도 없고, 수공(水攻)할 방법도 없다. 이대로라면 한 달쯤 농성해도 끄떡없을 것 같은 느낌이 든다…….

도리이 모토타다를 비롯한 성안 군사들은 모두 단순하고 소박하게 죽음을 각오하고 있다. 세상에서 죽음을 각오한 자만큼 다루기 어려운 것은 없다. 게다가 성안에 농성한 자들은 모두 이에야스가 길러낸 무장들로 그 처자들도 이 지방에 없다. 성은 미쓰나리 자신의 지혜도 곁들여, 성 공격에 있어 고금의 명수로 일컬어졌던 다이코가 생각을 짜내어 세운 견고한 성채였다.

'대체 어디서부터 쳐부숴야 한단 말인가……?'

어느 방면에서 공격해도 곧 반격할 수 있도록 충분한 계산을 해서 방비해 놓았기 때문에 희생을 무릅쓰고 인해전술로 한곳만 집중적으로 공격한다면 병력이 적은 농성군은 손을 들지도 모른다.

'그러나 이런 희생을 과연 누가 맡아줄 것인지……?'

오사카성 안에 모리 데루모토가 총대장으로 있으나, 그가 그만큼 큰 희생에 해당하는 보상을 해줄 힘이 있으리라고 생각하는 사람은 없으며, 히데요리는 아직 도코노마에 놓인 인형에 지나지 않는다…….

'내 군사로…….'

생각해 보지만 그 정도 병력으로는 농성군이 조금도 놀라지 않을 것이다. 미쓰나리는 30분쯤 마쓰노마루 성채의 망루를 노려보며 머리를 짰다.

'그렇다! 이런 방법을 쓴다면 성공할지 모르겠군.'

그는 곧 연락병을 불러 명했다.

"마사이에의 진중으로 가서 진지대리 반 고헤이(伴五兵衛) 수하에 고가 무리 출신인 우카이 도스케(鵜飼藤助)라는 자가 있을 테니 곧 데려오라고 일러라."

"옛, 반 고헤에 님에게 우카이 도스케를 데려오라는 말씀이시지요."

"그렇다. 만약 우카이가 없으면 다른 자라도 좋다. 성안의 고가 무리들과 친한 자가 있다면 그자라도 좋다고 해라."

"알겠습니다."

연락병이 비 오듯 내리퍼붓는 탄환 속을 뚫고 나쓰카 마사이에의 진지대리에게 갔다올 때까지 미쓰나리는 다시 지그시 후시미성의 위용을 노려보고 있었다. 이 성안에 미쓰나리 자신의 지난날 권력을 말해 주듯 이시다 저택 구역이 남아 있다. 거기서는 지금 고마이 이노스케가 농성하여 대항하고 있지만······.

"반 고헤에 님을 모셔왔습니다."

"오, 잘 왔소······."

미쓰나리는 말에서 내려 자기 대신 공격에 참가하고 있는 다카노 엣추의 진막 안으로 반 고헤에와 우카이 도스케를 불러들였다.

"나쓰카 님 진지대리는 벌써 그 일을 대충 짐작하고 있겠지?"

"예, 성안의 고가 무리에게 내통을 권하시려고요?"

반 고헤에는 연락병의 전달로 이미 미쓰나리의 속셈을 알아차린 표정이었다.

"허, 그대는 이 우카이의 권고로 안에 있는 자들이 배신할 것 같은가."

"글쎄요······?"

"그럴 거야. 어지간해서는 응하지 않겠지. 그들도 이미 죽음을 각오하고 있으니까."

"바로 그렇습니다. 아무튼······."

당황하며 무언가 말하려는 반 고헤에에게 미쓰나리는 말했다.

"나는 농성하고 있는 고가 무리들의 부모 형제 처자들을 조사해 모두 잡아들였다. 내일 이들을 해자 밖으로 끌어내어 본보기로 책형에 처하겠다. 우카이는 이 사실을 적어 화살에 매어 쏘아 알려주도록 해라."

반 고헤에보다 먼저 같은 고가 무리 출신인 우카이 도스케가 놀라 소리 질렀다.

"예? 그럼, 저 고가 무리 가족들을······."

미쓰나리는 그 우카이의 눈동자를 지그시 들여다보며 점잖게 고개를 끄덕였다.

"그렇지."

"그럼, 저 야마구치 소스케(山口宗助)와 호리 주나이(掘十內) 등의 처자들도."

"물론이지. 야마구치 소스케며 호리 주나이도 마찬가지지."

반 고헤에는 미쓰나리의 그 말투로 형편을 대강 알아차렸다. 잡아둔 게 아니라 잡아두었다고 협박해 볼 셈인 것이다. 고헤에는 미쓰나리와 흘끗 시선을 나누고 도스케를 향해 고쳐앉았다.

"같은 고향 사람들이 내통해 온다면 물론 사태가 달라진다는 말씀이다. 그대가 그 뜻을 적어 화살로 쏘아보내라. 농성하고 있는 자들은 이대로 그냥 있으면 모두 부모 형제 처자를 잃게 되는 거야."

"알겠습니다. 들을지 안 들을지 어떻든 가족들 생사에 관한 일이니 알려주는 게 고향친구에 대한 의리로 생각되니까요."

미쓰나리는 진지한 표정으로 말했다.

"그게 좋겠지. 만일 동의한다면 마쓰노마루 성채에 불 질러 공격해 들어갈 구멍을 성벽에 뚫으라고 일러라. 그렇게 한다면 내일의 처형을 중지하고 뒷날 은상을 내리겠다. 싫다면 굳이 권하지는 않겠다. 어차피 성이 떨어질 것은 뻔한 일이니……."

"그럼, 곧 그 글을 쓰겠습니다."

"그게 좋을 거야. 그대 편지만으로는 어쩌면 주저할지도 모른다. 반 고헤에, 그대가 나쓰카 님 진지대리로써 그 글에 책임지겠다고 몇 자 써넣게."

"알겠습니다."

반 고헤에는 우카이 도스케를 데리고 앞으로 튀어나온 해자 가의 나쓰카 군 활부대가 있는 곳으로 급히 달려갔다. 해는 벌써 저물어 포위군의 화톳불이 하늘을 불태우고 있다. 공격군에 비해 성안은 조용했다. 1800명으로 4만 군사에 맞서 있으니 조금이라도 힘의 낭비를 막으려는 생각일 것이다. 마쓰노마루 성채 망루에도 사람 그림자는 거의 보이지 않았다.

우카이 도스케는 화살을 멀리 잘 쏘는 젊은이를 데리고 성에 가장 가까운 곳까지 가서 마쓰노마루 성채와 성벽 사이로 편지를 쏘아보냈다.

그 언저리는 고가 무리들이 쉴 새 없이 감시병을 내보내고 있는 장소였다. 안에서는 한 시간쯤 아무 반응이 없었다. 어떻게 보면 이미 그런 글 따위는 무시할 만큼 외고집이 되어 있는지도 모른다……고 생각하고 있는데 성벽 위에 시커먼 점이 나타났다.

"활을 가지고 있다. 답장이다."

성안에서 나타난 검은 점의 동작이 필요 이상 신중한 것으로 보아 그 답장은 내통을 승낙하는 것으로 짐작되었다. 그 점에서는 그토록 엄격히 교통을 통제하고 있던 도리이 모토타다도 마침내 하나의 맹점을 끌어안고 있었던 게 된다.

답장을 단 화살이 어둠을 뚫고 나쓰카 군 망루 곁 소나무 언저리에 떨어지자 우카이 도스케는 그것을 가지고 반 고헤에 앞으로 달려갔다. 반 고헤에는 싱글벙글 웃었다.

그리고 그는 곧장 이시다 군 진막으로 미쓰나리를 다시 찾아갔다. 고가 무리의 답은 예상한 대로 내통하겠으니 가족들 목숨만은 살려달라는 것이었다.

미쓰나리는 엄숙한 표정으로 그것을 읽었다.

"이 일은 비밀로 해두고, 성안에 불길이 오르면 나쓰카 군의 공으로 삼도록 하오."

반 고헤에에게 그 뜻을 이르고 미쓰나리는 곧장 말을 몰아 여러 진막을 둘러보기 시작했다. 공격할 구멍이 열린다면 맹렬히 독려할 수 있다.

그는 맨 먼저 고바야카와 히데아키의 진막을 찾아가 교묘히 선동했다.

"히데아키 님 같은 분이 어찌 이렇듯 머뭇거리십니까? 이래서는 농성군에게 얕잡아 보이겠습니다."

히데아키는 흥분하면 앞장서 맹장의 기개를 발휘한다. 언젠가는 그런 점에서 대장 그릇이 못 된다고 히데요시를 시켜 꾸짖게 했으면서 미쓰나리는 태연히 그 말을 뒤집었다.

나베시마 가쓰시게의 진막에서도 똑같은 소리를 했다.

"여러분은 조선 싸움터에서의 용맹을 잊으셨소! 겨우 도리이 모토타다 따위를 무찌르는 데 이처럼 시일이 걸려서 어쩌겠소."

젊은 가쓰시게도 입술을 깨물며 분발했다. 시마즈 요시히로에게는 차마 젊은 사람들 대하듯 말할 수 없었다.

"싸움터에서는 귀하와 겨룰 자 없을 겁니다. 공격전은 반드시 귀하 손으로…… 젊은이들에게 본보기를 보여주기 바라오."

조소카베 모리치카와 유키나가에게는 제법 본심을 털어놓고 독려했다. 특히 유키나가는 처음부터 미쓰나리의 동지였으므로 당연한 일이었다. 게다가 유키나가와 같은 히고를 영지로 삼고 있는 가토 기요마사의 부인이 미쓰나리의 마음을 짐작하고 오사카에서 영지로 교묘히 피해가 버렸다.

"기요마사와 귀하는 조선출병 때부터 사이좋지 못했소. 게다가 기요마사는 동쪽으로 가지 않고 영지에서 귀하의 영토를 노리고 있지요. 여기서 시일을 허비하면 영지에서의 소동을 유발하게 될지도 모르오."

이 한마디 말은 유키나가로서 가장 불안한 오장육부에 찔러드는 바늘이었다. 미쓰나리는 그날 밤 안으로 모리 히데모토와 깃카와 히로이에를 세다로 진군시키도록 진언했다. 이것은 말할 나위도 없이 후시미 공격에 시간 들이지 않도록 하려는 전군에의 독려와 암시의 뜻을 지녔다.

그리하여—미쓰나리의 독려는 일단 총부리를 거둔 포위군으로 하여금 한밤중에 다시 심한 총격을 개시하게 했다. 미쓰나리의 말을 듣고 모두들 새로이 노여움을 느끼게 된 것이었다. 26일부터 29일까지 나흘 동안에 걸친 총공격으로 아직 어느 한 모퉁이도 무너뜨리지 못했으니 무리도 아니었다.

29일 한밤중……곧 30일 첫새벽부터 개시된 대공격은 해 질 녘까지 그로부터 네 차례나 차마 눈으로 볼 수 없을 만큼 심한 격전이 되풀이되었다. 성안 군사들은 그때마다 해자 안쪽을 메뚜기처럼 뛰어다니며 죽을힘을 다해 굽히지 않고 이를 물리쳤다.

격전은 그대로 밤까지 계속되었다. 그리하여 어느덧 다음 달 1일 아침이 되었을 때 마쓰노마루성 망루가 밤하늘에 불길을 뿜으며 타오르기 시작했다.

전쟁 그 자체를 이성을 포기한 인간들의 살육경쟁이라고 본다면, 어떤 협박이나 모략이나 간교한 책략도 싸워 이길 수단으로서 긍정할 수밖에 없다. 그러나 그 이전에 무엇이 옳은가 하는 높은 윤리의 경쟁이 그 밑바닥에 있을 터였다…… 그것이 도중에 자취 없이 사라지고 그 뒤 어느 편이 더욱 철저한 '악업'에 몰두할 수 있느냐는 형언할 수 없는 악의 경쟁으로 바뀐다. 이것이 전쟁의 실태이다.

성안에 있던 일부 고가 무리들은 그 협박에 졌다. 그들이 농성에 가담한 '고집'의 밑바닥에 자신들은 어떻든 자손들을 위해 보다 나은 생활을……하고 바란 매우 자연스럽고 보편적인 집착이 있었음을 알게 되어 그 앞에 굴복한 것이다. 자신의 죽음이 바로 자손의 멸망으로 직결되는 사실을 알게 되면 배신하는 수밖에 없다. 그것이 한계점에 이른 인간의 지혜이다.

그들은 공격군이 더욱 맹렬하게 총격을 가해온 30일 오후 12시에 이르러 마침내 배반하고 말았다……우선 마쓰노마루성에 불 질러 자기들의 내통을 공격군에게 알린 뒤 곧 성벽 파괴에 착수했다.

이것을 보고 나쓰카 군이 맨 먼저 진격을 개시했고, 고바야카와 군과 나베시마 군도 때를 놓치지 않고 성벽으로 육박했다. 또한 히고의 히토요시(人吉) 성주 사가라 요리후사(相良賴房)의 군사도 나베시마 군과 앞뒤로 명물인 철문 쪽으로 돌진했다.

성안의 농성군은 물론 대혼란에 빠졌다. 그렇잖아도 인원부족으로 공격군의 공세를 보아가며 우로 좌로 뛰어다니면서 응전하고 있었다.

"마쓰노마루성에 불이 붙었다!"

성안 군사들은 처음에 그것이 적의 불화살 때문인 줄 알았다. 그런데 그 옆의 성문이 50 몇 칸이나 파괴되고 거기로 공격군이 침입해 들어오는 것을 보자 비로소 사태의 급변을 알아차렸다.

"배반이다! 배반자가 나왔다."

한번 불꽃을 내뿜기 시작한 마쓰노마루성의 불길은 농성군을 비웃듯 소용돌이치며 무섭게 타올랐다. 그리고 그 마쓰노마루성에 모든 사람들의 주의와 당황이 쏠리는 동안 드디어 다이코가 자랑하던 앞문인 큰 철문도 불타기 시작했다. 나베시마 가쓰시게의 가신 나리타 주에몬(成田十右衞門)과 가와나미 사쿠에몬(川浪作右衞間)이 그곳으로 진격하여 가와나미의 손으로 철문에 불이 질러진 것이다.

철문이 불타 내려앉는 것을 눈앞에 두고 고바야카와 군, 나베시마 군, 사가라 군 사이에 치열한 선봉 다툼이 일어 고바야카와 군과 사가라 군 사이에서는 한편끼리 싸움을 벌이기도 했다.

이렇게 되면 이미 막을 길이 없다.

마쓰노마루성에 있으면서도 고가 무리의 내통을 몰랐던 후카오 세이주로(深尾淸十郎)는 생포되고, 이어서 나고야마루성에 침입한 적 때문에 본디 앞문 수비를 맡았던 마쓰다이라 지카마사는 그 위급함을 구하려고 뛰어와 창을 들고 싸우다 전사했다. 이렇게 되면 공격군의 기세는 더욱 치솟는다. 고가 무리가 안에서 뚫은 50칸 남짓한 돌파구는 날이 샐 무렵까지 후시미성의 운명을 거의 결정짓고 말았다.

나고야마루성이 함락되고, 정문을 지키던 지카마사의 부하 85명은 전사했으며,

서쪽 성에도 다이코성(太鼓城)에도 적군이 육박했다…….

날이 훤히 밝기 시작했으나 마쓰노마루성을 태운 불은 아침바람을 안고 더욱 불길을 뻗어갔다. 이미 나고야마루성도 다이코성도 붉은 연꽃 같은 불길 속에 있었다.

이쯤 되자 고바야카와 히데아키는 휴전을 명하고, 본성에서 여전히 버티는 도리이 모토타다에게 사람을 보내 화의를 제의했다.

모토타다는 웃으며 거절했다.

"사수한다고 내가 거듭거듭 말했을 텐데. 모두들 고가 무리 같은 겁쟁이로 취급받지 마라."

처음부터 이루어질 리 없던 화의는 공격군에게 잠시 휴식을 주었을 뿐, 다시 격렬한 공방전으로 몰아넣었다.

시마즈 군도 행동을 개시하여 앞문 왼편에 있는 이시다 저택 구역으로 육박했다. 날은 이미 활짝 밝아, 다이코의 호화로운 꿈이 깃들었던 이 성곽은 불타는 연기를 통하여 붉은 구릿빛 태양에 희미하게 비쳐지고 있었다.

오전 10시―

이시다 구역으로 이동해 격전 중이던 마쓰다이라 이에타다로부터 도리이 모토타다에게 전갈이 왔다.

"유감스럽지만 이시다 구역도……."

모토타다는 그 말을 가로막았다.

"이에타다 님은?"

"옛, 시마즈의 부하장수 벳쇼(別所)와 싸우시며 맹렬하게 칼을 휘둘렀습니다만 적이 떼 지어 달려들어 포위해……."

"결과를 말하라. 중간 이야기는 들을 필요 없어."

"옛, 이를 격퇴하고 훌륭히 할복!"

"그런가, 적의 손에 죽지는 않았단 말이지."

"예, 따르던 자 800명 모두 싸우다 죽었습니다."

"알았다. 그 구역은 함락되었다는 말이겠지."

"예! 그러니 귀하께서도 자결을…….."

"뭐, 자결하라고. 이에타다 님이 남긴 말인가."

"옛."

"안 돼. 서두를 것 없다. 모토타다, 아직 손발을 쓸 수 있다."

그리고 불쾌한 표정으로 꾸짖었다.

"잠시 쉬어라."

이미 서쪽 성에 있던 사노 쓰나마사의 죽음도 알려져왔다. 오사카 서쪽 성의 수비를 명령받았으면서 저항 없이 이를 내준 일을 뉘우치고 무리하게 농성에 가담했던 쓰나마사는 분투하던 중 총탄의 작렬로 목숨을 잃은 것이다. 따라서 상처 없이 남아 있는 자는 모토타다와, 차례로 다른 부서를 응원케 하며 남아 있던 병력 200명뿐……

그곳에 마쓰노마루성과 나고야마루성에서 살아남은 고가 무리 20여 명이 나타났다.

"성주대리님께 말씀드립니다."

"뭔가."

"고가 무리 가운데에서 내통자가 나온 일에 대해 무어라 사죄말씀도 드릴 수 없습니다."

"그래서 어떻다는 건가……"

"내통자는 약 40명……이들은 모두 가버렸지만 그것은 저희들이 알 바 아닌 일, 저희들은 추호도 뜻을 바꾸지 않겠습니다."

"흠."

"아무쪼록 저희들에게 끝까지 모시도록 허락해 주십시오."

그 말을 듣자 모토타다는 비로소 싱긋 웃었다.

"좋아, 사람들 중에는 별별 셈을 다하는 놈들이 있는 법이지. 좋고말고, 처음부터 나는 그대들을 포섭할 작정으로 있었다……"

모토타다는 고가 무리들이 서로 고개를 끄덕이는 것을 확인한 다음 이번에는 엄숙하게 웃음을 거두었다.

"그러나 모두들 나와 함께 이 성에서 전사할 수는 없다."

"무슨 말씀을, 역시 믿어주시지 않는 겁니까?"

"그게 아니야. 모두 함께 전사해 버린다면 배신한 자들의 잘못된 계산을 누가 세상에 알려주겠나. 그대들은 인술(忍術)의 명수들, 이 성이 함락되기 전에 저마다 탈출할 방법을 연구해라. 그리하여 배신자 40여 명의 이름을 대감님께 반드시 보고하도록. 내 눈은 틀림없다. 대감님의 승리는 확고부동하다."

"그럼, 여기서 전사해서는 안 된다는 말씀입니까?"

"안 돼! 그 배신자들을 엄격히 응징할 수 있는 산 증거인은 그대들이다. 대감께서는 반드시 그대들에게 보상해 주실 거다. 이것을 단단히 마음에 새겨두도록."

모토타다는 고가 무리를 물러가게 하고 다시금 본성에 남은 200명도 채 안 되는 군사들을 점검했다.

남은 자들도 벌써 대부분 상당한 부상을 입고 있다.

"마지막 때가 온 것 같다. 수고들 했다! 나도 지팡이를 긴 칼 대신으로 삼아 마지막 싸움을 할 테니 모두들 내 뒤를 따라다오."

공격군이 이때 다시 맹렬하게 본성의 마른 해자로부터 울타리문까지 추격해 왔다. 미쓰나리를 대신해 다카노 엣추가 지휘하는 이시다 군이었다.

"좋아, 나가 맞아 싸워라."

지팡이를 버리고 일어서자 모토타다는 사람이 달라진 것같이 민첩하고 완강한 고집쟁이가 되었다. 그는 선두에 서서 울타리문 밖으로 쳐나가 적을 서쪽 성한 모퉁이로 몰아넣었다.

"물러가라! 물러가 쉬어라!"

그리고 재빨리 후퇴해 다시 본성으로 돌아왔다. 평생을 거의 싸움터에서 보낸 그의 온몸은 본능적으로 진퇴의 순간을 잘 알고 있다. 물러나 숨을 돌리고는 곧 다시 일어나 문밖으로 나간다. 나가보면 적은 반드시 새 병력을 몰고 마른 해자를 건너와 있었다.

"마치 뒤에 눈이 박힌 것 같군."

한 사람이 말하자 모토타다는 놀리며 웃었다.

"얼빠진 소리, 전쟁에서는 온몸이 모두 눈이어야 돼."

그러나 그 진퇴를 네 차례나 거듭하는 동안 그때마다 병력이 줄어 모토타다도 체념해야만 되었다.

'이제 끝장이다……'

그도 이미 다섯 군데나 상처 입고 있다.

"세 번 이상 공격군을 물리쳤다. 이로써 우리들 면목도 얼마쯤 섰다. 이번으로 공방(攻防)도 끝날 거야."

다섯 번째 쳐나가자 다카노 엣추의 군사를 추격하면서 모토타다는 섬뜩하게 등줄기에 오한을 느꼈다. 날카롭게 연마된 감각에 어떤 반응이 번갯불처럼 가슴을 스쳤던 것이다.

'속았구나!'

그 예감이 들어맞았다. 다카노 엣추는 모토타다가 또다시 본성 안으로 되돌아갈 줄 알고 울타리문 안의 마른 해자에 500명 남짓한 병력을 매복시켜 놓고 그들을 밖으로 유인했던 것이다. 그러나 모토타다는 이미 그 함정에 걸려든 것을 후회하지 않았다. 유감없이 싸워 벌써 온몸이 피로의 한계점에 이르러 있다. 모토타다의 등 뒤에서 복병의 함성이 올랐다. 이 함성을 신호로 서쪽 성까지 일단 후퇴했던 이시다 군이 다시 도리이 군 쪽을 향했다. 극도로 지친 도리이 군은 본성 울타리문 가까이에서 협격당하고 말았다.

지기 싫어하던 늙은이는 이 세상에 마지막 대사를 내뱉었다.

"흥, 다섯 번이나 같은 싸움을 하고서야 겨우 알아차렸군. 하하하······뒷날의 이야깃거리로 삼아라. 나는 뒤안길에서 죽지는 않는다."

되돌아가려고 본성문 앞까지 이른 모토타다는 다시 뒤돌아보지 않았다. 둘러싸고 쳐죽이려는 적 속을, 긴 칼을 좌우로 휘두르며 무서움을 모르는 사람처럼 똑바로 달렸다. 땅을 비추는 햇볕은 희미하나 하늘에 한 줄기 또렷이 푸른 강이 생겨 있는 것을 안뜰에서 바라보고 본성 접견실로 돌아왔다.

"남은 인원은?"

"옛."

대답하면서 이시노 고지로(石野小次郎)는 인원수를 세었다.

"16명입니다."

"그런가, 수고했다. 다섯 번이나 달려나가 혼내주었으니 이만하면 되겠지."

모토타다는 16명이 될 때까지 계속 싸워야만 했던 자신이 우스워졌다. 쌓아올린 다다미 위에 걸터앉으니 다시는 일어서지 못할 것 같았다.

'고집스러운 이들이 많았는데······.'

문득 생각난 것은 역시 혼다 사쿠자에몬의 얼굴이며 이시카와 가즈마사의 모습이었다. 모두 다 죽고 없다. 저승에 가도 무용담으로 그들에게 지지 않을 테고 그리 쓸쓸하지도 않을 것이다. 그렇게 생각하니 그 때문에 고집부리며 살아온 자신이 못 견디게 가련한 장난꾸러기처럼 여겨졌다.

"하하……잘했어."

스스로에게 말했을 때 둑을 무너뜨린 탁류 같은 기세로 적이 본성에 쏟아져 들어오는 것을 알 수 있었다.

"허, 귀도 먹먹하군. 귀머거리 영감쟁이."

살아남은 자들이 입구 쪽 복도로 우르르 달려나갔다. 순간 반대편 입구에서 느닷없이 뛰어들어 모토타다에게 창을 들이댄 자가 있다.

"도리이 모토타다 님인 줄 아오."

모토타다는 몸을 피하며 고함쳤다.

"누군가, 그대는. 허둥대지 마라. 이름을 대고 덤벼라."

"옛, 사이카 시게토모(雜賀重朝)입니다."

"누구 부하냐. 주인 이름부터 먼저 대라."

상대는 그 질문에 기세가 꺾여 어리둥절해 했다.

"그런가, 알았다. 내가 이 성의 대장 도리이 모토타다임에 틀림없다."

말하면서 긴 칼을 지팡이 삼아 일어서려다가 또 웃음이 치밀었다. 이미 그는 일어설 수 없었던 것이다.

"맨 먼저 잘 쳐들어왔다. 과연 그대에게 이 목을 주마. 자, 베어서 이름을 떨쳐라."

그것은 결코 억지소리도, 꾸며서 하는 말도 아니었다. 패배한 줄 알 때는 조용히 상대에게 공을 세우도록 해주는 게 무장의 마음가짐이요 예의였다. 상대는 다시 한 걸음 뒤로 물러났다. 모토타다가 너무 침착하므로 기가 질린 모양이다.

모토타다는 다시 한번 질타했다.

"어째서 베지 않나. 이 목을 그대에게 준다고 한 말이 들리지 않는가."

상대가 머뭇거리는 게 답답하고 기특하기도 했던 것이다.

"맨 먼저 뛰어든 자는 분명 그대다. 빨리하지 않으면 남에게 공을 뺏길 거야."

그 말을 듣자 상대는 무슨 생각을 했는지 갑자기 모토타다의 발밑에 두 손을 짚고 꿇어 엎드렸다.

"그 말씀, 분에 넘칩니다!"

"뭐라고!"

"사이카 시게토모, 이처럼 용맹한······이처럼 결백한 대장을 만난 적이 없습니다."

"그러니 빨리 공을 세우라지 않느냐. 두려워 마라. 일어낫! 일어나서 베어라. 자, 백발의 목을 내밀어주마."

말하면서 급히 투구를 벗어던졌다.

상대는 다시 꿇어엎드리며 세차게 소리쳤다.

"황송합니다! 귀하는 이 성의 대장이십니다. 저 같은 자가 손대는 건 황송합니다. 아무쪼록 할복하시도록. 그러면 제가 삼가 머리를 얻어가겠습니다."

"허, 나더러 할복하라고······?"

"예······."

"뜻밖에 갸륵한 말을 듣는군. 그런가. 그대 눈에는 이 모토타다가 결백한 대장으로 보이는가."

"비할 데 없이 용맹무쌍하신 공격 전법하며 이제 하신 말씀이 무장의 거울인 줄 압니다."

"하하하······훌륭한 전별을 받는구나. 100만 번 염불보다 값진 말이로다."

그리고 적의 침입을 눈치채고 다가오려는 자기 편 군사를 꾸짖었다.

"됐다. 할복할 테니 아무도 들여보내지 마라."

그런 다음 선뜻 단도를 뽑아 앞자락을 펼친 배에 칼끝을 찔러세웠다.

"시게토모, 서둘러라! 방해꾼이 생긴다."

솔직히 말해 이미 팔이 무디어져 십자형으로 가를 만한 힘도 없었다.

"옛, 실례!"

시게토모라고 이름 댄 중년무사는 껑충 뛰듯하여 모토타다의 목을 쳤다. 그도 이미 노장이 얼마나 지쳐 있는지 꿰뚫어보고 있었던 것 같다. 정중히 절하고 목을 주워들더니 다시 창을 메고 토끼처럼 뜰 쪽으로 달려나갔다.

"대장님이 자결하셨다."

"성주대리님이 할복을······."

남은 자들도 이미 자신들의 저항이 끝났음을 무언중에 알아차렸다. 16명이 어느새 5, 6명으로 줄어들었다. 이들은 모토타다의 시체 주위로 우르르 달려들어

서로 의논한 것처럼 자기 목에 칼끝을 갖다댔다. 그와 동시에 공격군이 이곳으로 한꺼번에 밀어닥쳤다.

　모토타다, 향년 62살.

　이때 모토타다와 함께 죽은 도리이 가문 가신 354명……중신으로부터 시동 하인에 이르기까지 한 명의 생존자도 없이 전사하거나 자결하여 모토타다가 예기하고 계산했던 대로 공격군의 간담을 서늘케 하고 성은 함락되었다.

돌풍 전야

이에야스가 오야마(小山) 진지에 도착하자 나가이 나오카쓰는 갑자기 바빠졌다. 번잡한 진중 사무 때문만은 아니다. 이에야스의 생각을 속속들이 이해하지 못한 채 혼다 마사노부며 그의 아들 마사즈미와 함께 셋이서 측근 일을 보는 것이므로 정신적 긴장이 몹시 심했다.

"서쪽 일이 염려될 때는 언제든 귀국하셔도 좋소."

이렇듯 당당하게 도요토미 가문의 은혜를 입은 장수들에게 선포했으므로, 조상 대대로 내려오는 중신들 가운데에서 온갖 의견이 나왔다.

혼다 헤이하치 등은 공공연히 나오카쓰를 나무랐다.

"대감님이 비록 그렇게 말씀하시더라도 측근들이 가감해 전했어야 되지 않았을까?"

그러나 모든 것은 이에야스의 결단에서 나왔으므로 이렇게 대답하는 수밖에 없었다.

"그 일 같으면 대감님께서 직접……."

그런데 이에야스는 이것이야말로 모두에게 알리는 편이……좋겠다고 여겨지는 한 통의 편지만은 오히려 알리려 하지 않았다. 다른 것이 아니다. 미쓰나리에게 떠메어져 서군의 맹주가 된 모리 가문에서 보내온 밀서였다.

받을 사람은 사카키바라 고헤이타, 혼다 마사노부, 나가이 나오카쓰 세 사람이고 보낸 사람은 모리 가문의 오사카 근무 중신 마스다 모토요시(益田元祥), 구마가이 모토나오(態谷元直), 시시도 모토쓰구(宍戶元次) 세 사람 이름으로 되어 있었다.

"꼭 알아주시기 바랍니다. 이번의 에케이 님 출전에 관한 일입니다만, 오미까지 나갔으나 미쓰나리 님과 요시쓰구 님에 대한 체면상 어쩔 수 없이 오사카로 돌아온 것입니다……."

이러한 서두로 에케이가 되돌아간 일을 데루모토는 전혀 모르고 있었다고 변명했다. 만약 데루모토가 이것을 안다면 깜짝 놀랄 터이므로……이 일을 수비장수로서 보고해 두지 않으면 나중에 어떤 오해의 원인이 될지 염려되어 급히 전한다는 내용이었다.

7월 13일 날짜로 된 서신으로, 모리 가문 내부에도 이에야스 편이 있다며 회람시킨다면 사기를 돋우는 데 충분한 힘이 되련만 그것은 오히려 발표하지 않았다. 이어서 또 모리 일족인 깃카와 히로이에로부터 14일 날짜의 밀서가 왔다.

"지난 7월 5일 이즈모를 떠나 하리마의 아카시(明石)에 이르니, 앞서 출발했던 에케이가 오미에 있던 미쓰나리며 요시쓰구 등과 만나고 나서 무슨 까닭인지 오사카로 돌아가며 우리들에게도 대기하라고 했습니다. 그러던 차 두 사람의 계획을 듣고 크게 놀랐으며……."

즉 깃카와 히로이에는, 이 일이 에케이의 마음에서 나온 것으로 데루모토의 본심이 아니며 머잖아 분명해지리라 생각되므로 오해 없기 바란다는 변명편지로 수신자는 사카키바라 고헤이타로 되어 있었다.

이것으로 서군 맹주인 모리 일족 안에 내분이 있는 게 뚜렷했으나 역시 발표하지 않았다. 말하자면 불리한 건 모두 공개하고 유리한 자료는 감추었으니……이에야스의 생각이 어디에 있는지 나오카쓰는 더욱 알 수 없었다.

그 이에야스가 25일 오야마에서 동쪽으로 가느냐 서쪽으로 가느냐 하는 중대한 작전회의를 열게 되었다…….

이에야스는 작전회의에 참석할 장수들에게 회람문을 보내게 한 다음 한가로운 표정으로 나오카쓰에게 말을 건넸다.

"나오카쓰, 혼다 헤이하치와 이이 나오마사를 불러 다오"

7월 25일 아침이므로 서쪽의 후시미에서 격전이 벌어진 지 이틀째 되는 날이었다.

"아무쪼록 이번 서쪽의 소동을 가리켜 잘못 부르는 일이 없도록 잘 일러둬라. 알겠느냐. 이번의 적은 모리 군도 히데요리 님도 아니다. 미쓰나리와 요시쓰구의 반역이라고 부르도록……."

그 말을 듣고 나오카쓰는 황급히 되물었다.

"미……미……미쓰나리와 요……요……요시쓰구의 반역……입니까?"

"그렇지, 회의하는 동안 그 말을 되풀이 쓰도록. 그러면 모든 사람들 머릿속에 싸움의 참뜻이 똑똑히 배어들 테니까."

"죄송합니다만……그것은 대감님이 두 분께 직접……말씀하시는 편이 두 분에게 잘 납득……."

이에야스는 간단히 고개를 저었다.

"오늘 회의에 나는 안 나간다."

"예?"

나오카쓰는 자기 귀를 의심했다. 에도에서 일부러 오야마까지 왔는데 작전회의에 나가지 않는다니 무슨 생각을 하는 것인지…….

"나는 오늘 회의에 나가지 않는다고 했다."

"그……그건, 어, 어째서입니까. 지금으로서는 모두 대감님의 자신에 넘친 말씀을……."

"알고 있다. 나 대신 헤이하치와 나오마사를 내보낸다. 그것으로 충분해."

"그러면 너무 가볍……."

말하다가 나오카쓰는 입을 다물었다. 이에야스의 눈이 심술궂게 웃고 있는 것을 깨달았기 때문이었다.

"나오카쓰."

"옛."

"그대는 좀더 사려 깊어야겠네."

"죄송합니다."

"오늘 회의에 내가 나가서 엄숙한 얼굴로 앉아 있으면 어떻게 되겠나."

"예, 모두들 믿음직하게 여기며 안심하지 않을까 생각합니다만."

"바보 같은 소리. 모두들 겁내어 오히려 본심을 털어놓지 못할 거야."

"아! 과연……."

"깨달았느냐. 싸움이란 시작되면 사기를 돋워주어야 한다. 일단 시작되고 나서는 늘 진두에 설 만한 각오가 있어야만 하지. 시작하기 전에 알아두어야 할 건 구령이나 허풍이나 거짓꾸밈이 아니라 진실이다. 참된 아군의 역량이야."

"죄송할 따름입니다."

"실력 없는 자에게 의지하는……것보다 바보 같은 짓은 없다. 이 오산은 반드시 패배의 원인이 돼. 그러므로 오늘 나는 안 나간다. 나오마사와 헤이하치에게 모두들의 역량을 시험해 보게 하는 거야."

"과연……그래서 미쓰나리와 요시쓰구의 반역이라고 부르게 하시는군요."

"그렇지. 진실을 알아두기 위해 올 필요도 없는 오야마까지 일부러 에도에서 왔으니 말이야."

나오카쓰가 납득할 수 없는 말을 또 하고서 이에야스는 싱그레 웃었다.

"두 사람을 불러 다오. 그리고 그대도 옆에서 들어봐."

나오카쓰는 곧 헤이하치와 나오마사를 불러오게 했다. 그리고 이에야스의 말이 우스워 몇 번이나 혓바닥을 깨물 듯하며 입속으로 되뇌었다.

"미쓰나리와 요시쓰구의 반역……."

모리 가문 내부에서는 깃카와 히로이에가 은근히 내통할 뜻이 있음을 알려왔고, 히데요리를 적으로 삼아선 안 된다……는 이유도 잘 알고 있었다. 이에야스를 따라 출전해 온 도요토미 가문의 은혜를 입은 여러 영주들 중에는 이에야스의 힘만으로 히데요리의 안전을 도모할 수 있다고 여기는 사람들도 적지 않다.

그렇지만 '미쓰나리와 요시쓰구의 반역'이라니, 이 얼마나 강력하게 사람들 귀에 달라붙어 남을 말일까. 얼마쯤의 우스꽝스러움과 경멸을 품고 매우 정확하게 이번 싸움의 성질과 그에 대한 이에야스의 마음가짐을 남김없이 표현하고 있다.

이 말을 되뇌면 '내대신의 비행'이니 '히데요리 님을 위해'라는 서군의 어마어마한 말들이 오히려 우스꽝스럽게 여겨져온다. 그 중대한 선전문에 서명한 나쓰카 마사이에며 마시타 나가모리가 뒤로 침을 흘리며 이에야스에게 추파를 던지는 탓도 있었지만, 그보다도 왠지 혼자서 큰소리치며 발버둥 치고 있는 어린아이 같은 느낌이 든다.

"미쓰나리와 요시쓰구의 반역."

반대로 이렇듯 간단하게 잘라 말하면, 모리도 우키타도 두 사람에게 업혀나온 꼭두각시에 지나지 않으며 그리 걱정할 필요 없는 인물같이 여겨지는 게 기묘했다. 히데요리는 물론 어리므로 아는 바 없을 것이다. 이것은 구태여 설명할 필요 없는 누구나 알고 있는 사실이다. 그렇다면 이번 일은 역시 '미쓰나리와 요시쓰구의 반역' 그 이상의 아무것도 아니며, 그에 동조하는 사람들은 사려분별이 모자라는 부평초처럼 여겨진다. 아니, 그보다도 중요한 것은 이에야스가 그것을 뚜렷이 꿰뚫어보고 있어 생각만 고친다면 책망 따위 하지 않고 선선히 포섭하겠다는 이상한 유혹의 의미마저 말 속에 숨겨져 있다.

'대감님은 얄미우신 지혜를 갖고 계시다.'

그 이에야스가 오야마까지 온 것도 우에스기와 싸움을 벌이기 위해서가 아닌 듯싶은 말투이므로, 나오카쓰는 아직도 이에야스의 속셈을 파악할 수 없었다.

혼다 헤이하치와 이이 나오마사가 나타나자 나오카쓰는 두 사람과 함께 다시 이에야스 앞으로 나아갔다. 이에야스는 벌써 마사노부 부자와 사카키바라 고헤이타를 불러놓고 무언가 이야기하고 있는 중이었다.

이 오야마 본진은 오야마 역참 서북쪽에 있는 오야마 히데쓰나(小山秀綱)의 성터였다. 히데쓰나는 덴쇼 18년(1590) 호조 가문 멸망 때 함께 무너져 그대로 폐성이 되었다. 그 폐성을 대강 수리하여 이에야스는 오모이강(思川)을 등진 본성 터의 한곳에 들어가 있다. 그리고 그 반대편에 오늘의 작전회의를 위해 고헤이타의 손으로 4칸 사방 건물이 세워져 있었다. 그 건물에는 벌써 히데타다와 히데야스를 비롯한 여러 장수들이 잇따라 말을 달려오고 있는 중이었다.

헤이하치와 나오마사가 들어가자 이에야스는 그때까지의 이야기를 멈추고 두 사람 쪽으로 돌아앉았다.

"사나다 부자는 이누부시(犬伏)까지 왔다가 되돌아갔다지."

나오마사에게보다 헤이하치에게 묻는 투였으므로, 헤이하치는 씁쓸한 표정으로 변명하려고 했다.

"거기에는 여러 가지 까닭이 있습니다."

서쪽의 소동을 전해 듣고 황급히 돌아간 것은 지금 사나다 부자뿐이었다. 더구나 그 사나다 마사유키(眞田昌幸)의 적자 노부유키(信幸)는 헤이하치의 사위, 헤이하치로서는 마음이 괴로울 것이었다.

이에야스는 가볍게 가로막았다.

"아니, 나무라는 게 아니야. 그대에게 의리 있는 사나다 부자가 되돌아간 일은 미쓰나리가 얼마나 이해관계를 내세우며 자기 편으로 끌어들이려 끈질기게 고심하고 있느냐는 증거. 게다가 사나다 부자는 녹봉이 너무 적었으니 말야."

"어쨌든 제가 반드시……."

"구애받지 마라. 그게 진실인 거야. 알겠나, 그러므로 오늘 나는 회의장에 나가지 않을 작정이다."

이 말을 듣고 이이 나오마사도 깜짝 놀랐다.

"대감님이 참석하시지 않는 작전회의라면 전혀 무의미한데, 그건 또 무슨 생각이신지요."

이에야스는 진지한 표정으로 말했다.

"나오마사와 헤이하치가 모두의 의견을 충분히 들어두란 말이야. 알겠나, 오늘은 내가 여러 장수들에게 전할 말이 있다. 그것에 대해 의견이 나오거든 들어둘 것. 의견이 나오지 않으면 사흘 간격을 두고 다시 회의를 열 것."

"그렇지만 우에스기 군은 벌써 포진을 끝내고 있습니다. 나오에 가네쓰구는 군사 1만을 이끌고 미나미야마(南山) 어귀로부터 시모스케로 나와 다카하라(高原)에 진을 쳤으며, 혼조 시게나가(本庄繁長)와 그 아들 요시카쓰(義勝)는 8000명을 거느리고 쓰루키(鶴生)와 다카스케(鷹助)에, 야스다 요시모토(安田能元)와 시마즈 쓰네타다(島津昔忠)는 시라카와에, 이치가와 후사쓰나(市川房網), 야마우라 가게쿠니(山浦景國)는 세키야마(關山)에……그리고 가게카쓰 자신도 휘하 8000명과 예비군 6000명을 이끌고 와카마쓰(若松)성을 출발해 나가누마(長沼)로 향했다고 합니다. 그 적 앞에서 기쓰레강(木連川)으로부터 시라자와(白澤)까지 진 치고 있는 아군을 그리 자주 소집할 수는 없다고 생각하는데요."

이야기가 사나다 부자에 대한 일에서 벗어나자 헤이하치는 별안간 능변이 되었다.

"싸움이라면 주군에게 뒤지지 않는다."

평소의 그러한 의기와 자신감이 저절로 입에 오르는 것이다. 이에야스는 그 한마디 한 마디에 고개를 끄덕였다.

"사실 그렇다. 게다가 적은 눈앞에만 있는 게 아니다. 모가미 요시아키는 아무래도 가게카쓰를 편들 것 같은 움직임이 보이고, 서쪽의 소동도 차츰 불길이 커저간다. 그러므로 여기서는 특히 침착해야 돼."

화제가 싸움의 진퇴로 벗어나는 것을 경계해 나오마사가 끼어들었다.

"그런데 장수들에게 오늘 이를 말씀이란?"

"바로 그 일이야, 드디어 중요한 싸움이 될 테니까. 이렇게 일러주기 바란다. 교토, 오사카 방면의 소동은 우리가 낱낱이 알려드린 바와 같이……미쓰나리의 음모에 요시쓰구가 가담한 두 역적의 소란에 틀림없으며, 그들도 표면상으로는 히데요리 님을 위한 일이라 칭하고 있다. 더욱이 처자들이 오사카에 있어 남달리 염려와 걱정이 되실 것은 당연한 일, 일단 귀국하시는 게 어떻겠습니까, 하고……."

순간 얼어붙은 듯한 침묵이 흘렀다.

'이번에는 지금까지의 이에야스와 다르다……'

모두들 그런 느낌을 갖고 있었으나, 마침내 앞뒤로 적을 맞은 지금에 와서 새삼스럽게 이에야스의 입에서 이런 말이 나올 줄은 아무도 생각지 못했다.

불리한 줄 알면서도 서쪽의 정보를 낱낱이 장수들에게 알린 일만 해도 얼마나 큰 자신감인 것일까 하고 내심 조마조마해 하고 있었다. 그런데 이번에는 모두들 돌아가라고 한다……

'이것은 대체 본심일까……?'

본심이 아니라면 심복부하에게까지 책략을 쓰는 신뢰감 없고 엉큼한 속셈이라고 할 수밖에 없다. 모두들 굳어버린 듯 마른침을 삼키는데 이에야스는 아무 주저 없이 말을 이었다.

"거짓이더라도 히데요리 님을 위한 일……이라고 한다면 여러 장수들은 그 명령에 거역하기 어려우리라. 그리고 가족과 처자를 저버리면서까지 이에야스를 위해 애써달라는 것은 내가 생각해도 마음 괴로운 일이다…… 본디 난세의 관습으로는 오늘 한편으로 보인 자도 내일은 원수가 되는 예가 얼마든지 있다. 이건 결코 이에야스에게 다른 뜻이 있어서 말하는 게 아니다. 그러니 서둘러 이곳의 진을 거두어 오사카로 올라가 우키타 히데이에든 미쓰나리든 편들어도 이에야스는 조금도 원망하지 않겠다고."

견디다 못해 나오마사가 외쳤다.

"주군!"

어쩌면 이에야스가 늙어서 노망을 부리는 게 아닐까 하고 생각하며 가로막았는지도 모른다.

"좀 기다리게, 나오마사. 이에야스도 이번만은 실속 없는 싸움을 하고 싶지 않다. 알겠나. 좋으신 대로 철수하십시오. 그리고 가시는 데 불편이 없도록 이에야스의 영지 안에서는 숙박소와 인마에 대한 일로 지장 없게 준비해 놓았으니 거리낌 없이 이용하며 서둘러 상경하시기 바랍니다. 이에야스가 이 자리에 나와 말씀드리면 여러분께서는 작은 의리를 생각하시어 마음 괴로워하실 분도 있을 터이므로 오늘은 일부러 이 옛 성안에 틀어박혀 있다고……결코 오해 없이, 돌아가고 싶은 자는 이제라도 곧 돌아갈 수 있게 간곡히 말해야 된다."

이것은 이에야스의 책략도 자부심도 아니었다. 60년 가까운 세월, 인생의 온갖 쓰라림을 맛보아온 인간이 신불 앞에 드러내보이는 벌거숭이 모습이었다.

헤이하치가 좀 심술궂은 눈초리로 물었다.

"대감님 진심이 아니시겠지요, 그것은."

"그렇게 들리나, 그대에게는?"

"만일 그 말씀이 진심이라면……모두들 정말로 그렇게 믿고 돌아갈 경우 어떻게 하시겠습니까?"

"헤이하치, 그대는 내가 가소로운 술책만으로 오늘날까지 살아남아왔다고 생각하나."

"아니, 그렇게 생각하지는 않습니다. 하지만 스스로 돕지 않는 자는 신불도 도와줄 리 없다고."

"그 스스로 돕는 마음의 극치인 거야. 이에야스는 사람으로서 할 일을 다 했다. 아니, 지금 이야기도 그 다 해야만 할 사람의 도리라고 마음먹어서이다. 마음 없는 자를 싸우게 해서 무슨 소용 있겠는가. 가고 싶은 자는 가게 내버려둬라. 이에야스는 하늘과 더불어 새 출발 하겠다. 어제까지의 이에야스는 멸망하고 새로운 이에야스가 탄생하는 거야."

별안간 혼다 마사노부가 어깨를 떨며 울기 시작했다. 마사노부는 요즘 비로소 이에야스의 마음이 가슴에 곰곰이 스며들게 되었다. 이전의 마사노부는 그렇지 못했었다. 자신의 재치에 콧대 높은 아케치 미쓰히데며 마쓰나가 단조 같은 점이 어딘지 없지 않았다. 자기 재능을 지나치게 믿는 나머지 당연한 결과로서 반역아가 될지도 모를 일면을 지니고 있었다. 그것이 차츰 없어진 건 말할 필요도 없이 이에야스로부터의 감화였다. 어떤 종류의 불평이나 반항심은 같은 인간이면서 자기 쪽이 대접받지 못하고 있다고 생각할 때 싹튼다. 자기에게 상대보다 더 재능이 있다고 믿으면서 그 상대에게 눌린다고 생각하는 만큼 불행한 생활은 없다. 실제로 이시다 미쓰나리가 그 때문에 크게 비틀려왔다. 이것을 이면에서 보면 마음의 가난에서 비롯되는 열등감에 지나지 않는다……고 마사노부는 생각하고 있다. 그러한 열등감을 이에야스에게서는 전혀 발견할 수 없었다.

히데요시 생전에 진지하게 그를 보좌하며 살았던 것과 같은 심정으로 지금은 신불의 마음을 퍼뜨리는 이가 되려고 사람 도리를 다하고 있다. 곧 사람이 아닌 하늘을 상대하여 그 뜻하는 바대로 온 힘을 다 기울여 보리라고 자세를 바로한 데에서 이번의 발언이 나왔다고 여겨진다.

마사노부는 눈물을 닦고 겸연쩍은 듯이 입을 열었다.

"죄송합니다. 두 분이 그대로 여러 장수들에게 전해야 될 일로 생각합니다."

나오마사도 눈을 감은 채 동의했다.

"과연 어쩔 수 없는 대감님의 결심이신 건 같군요."

고헤이타는 헤이하치를 돌아보았다.

"그렇소. 여러 장수들이 모두 돌아간다면 우리끼리 싸웁시다그려."

마사노부가 다시 조심스럽게 중얼거렸다.

"아니, 그런 일은 없을 겁니다. 지금의 말씀을 듣는다면 장수들은 아마 모두 눈물을 흘리며 용기가 솟겠지요. 승부는 이제 참으로 결판났다고 하고 싶군요. 미쓰나리와 요시쓰구 같은 무리는 대감님에게 불원천리 달려오려는 사람들을 억지로 오사카에 붙들어놓았습니다. 그와 반대로 대감님은 이곳에 계신 분들에게까지 마음대로 돌아가라고 하시오. 이 두 사람이 지닌 각오의 차이도 모를 만큼 어리석은 무장이 와 있으리라고는 생각되지 않습니다."

고집쟁이 헤이하치도 겨우 알아들은 얼굴이 되었다.

"그렇군요. 그렇게 말씀하시니 납득됩니다. 그 말을 듣고도 모두 돌아가지 않게 된다면 동군과 서군은 그 질이 완전히 달라지겠지요. 서쪽은 억지로 그러모은 오합지졸, 우리는 명분도 이치도 모두 진심으로 납득하고 모인 사람들이 되오."

"그것을 대감님은 신불에게 물어보시려는 것입니다."

마사노부가 말하며 다시 흘끗 돌아보았으나 이에야스는 잠자코 있었다.

나오마사가 결정 내리듯 소리 내어 흰 부채를 접었다.

"그렇소, 이것으로 결정되었소! 오늘은 대감님 의견을 전하는 일로 회의를 끝내고, 남을 자는 남은 다음 다시 새로이 회의를 합시다. 그때는 우에스기를 먼저 치느냐, 미쓰나리를 치느냐, 하고……."

나오마사를 선두로 중신들이 나무향기도 새로운 가건물 쪽으로 가버리자, 이에야스는 팔걸이를 고쳐놓고 편하게 윗몸을 기댔다.

나오카쓰도 그들 뒤를 쫓아나가고 거실에 남은 것은 이에야스와 도리이 신타로 두 사람뿐이었다.

"신타로."

"옛."

"후시미성에서는 지금쯤 그대 아버지가 고전하고 있겠지. 내 귀에는 총소리가 들려오는구나."

말이 건네지자 신타로는 잠자코 있을 수 없는 듯 몸을 내밀었다.

"대감님! 아버님 일은 각오한 바입니다. 후시미로부터 저희들에게 자세히 주의사항까지 일러왔습니다…… 그건 그렇고 여기까지 따라온 장수들 가운데 몇 사람이 대감님 말씀대로 진지를 철수하고 서군에 가담할 것인지, 신타로는 그것이 걱정입니다."

이에야스는 눈을 감은 채 희미하게 고개를 저었다.

"그건 이에야스도 모른다. 하지만 염려 마라, 신타로. 곧 나오카쓰가 회의 분위기를 알려올 테니."

그뿐 두 사람의 대화는 다시 끊어졌다.

이곳에서 신타로가 불안하게 여기는 이상으로 중신들 뒤를 따라 회의장에 간 나오카쓰의 불안은 더욱 컸다.

'도마 위에 오른 참으로 멋진 큰 잉어!'

감탄은 되었으나, 과연 그 너그러운 이에야스의 각오가 장수들에게 이해될 것인지……하는 문제에 이르면 망설임이 생긴다. 장수들도 모두 나오카쓰 정도의 생각일 터이니, 회의가 드디어 혼란에 빠지지 않을까 걱정되었다.

아나나 다를까, 이에야스의 대리로서 나오마사가 좋으실 대로 진지 철수를……하고 말을 꺼내자 장수들 사이에 동요의 빛이 짙어졌다. 아사노 요시나가, 후쿠시마 마사노리, 그 동생 마사요리(正賴), 마사노리의 아들 마사유키(正之), 구로다 나가마사, 하치스카 도요카스(蜂須賀豊雄 ; ^{이에마사(家)}_{政의 아들}), 이케다 데루마사, 그 동생 나가요시(長吉), 호소카와 다다오키, 그 아들 다다타카와 다다토시, 이코마 가즈마사(生駒一正), 나카무라 가즈타다(中村一忠), 나카무라 가즈사카(中村一榮), 호리오 다다우지(堀尾忠氏), 가토 요시아키, 야마노우치 가즈토요……등 모두 도요토미 가문 신하이지 도쿠가와 가문 대대로 내려오는 신하가 아니므로 당연한 일이었다.

대를 이어온 도쿠가와 가문 신하들까지 뜻하지 않은 이에야스의 심경을 듣고 마른침을 삼켰다.

"히데요리 님을 위한 일……이라고 한다면 여러 장수들은 그 명령을 거역하기 어려우리라 여기오……."

이 말을 들었을 때 장수들은 깜짝 놀랐으며, 대를 이어온 신하들은 눈을 둥그렇게 떴다가 이윽고 고개를 푹 수그렸다.

그리고 이에야스가 이 자리에 나타나지 않는 이유에서부터 도중의 안전까지 보장하겠다는 대목에 이르자, 그들의 태도는 또 바뀌었다. 개중에는 눈시울을 붉히며 귀 기울이는 자도 있다.

"알아들으시겠습니까. 이 음모의 장본인은 말할 필요도 없이 미쓰나리와 요시쓰구 두 사람……이라고 알고 있습니다만 불길이 너무 커졌습니다. 여러분에게 히데요리 님에 대한 모반자……라는 열등감을 느끼게 해서는 안 된다고 염려하신 대감님 심정, 아무쪼록 순순히 받아주시기 바랍니다."

나오마사가 말을 끝내자 도도 다카토라가 맨 먼저 입을 열었다.

"잠깐 기다려주십시오!"

다카토라는 나오마사의 말을 가로막으며 동시에 와락 한무릎 몸을 내밀었다.

"내대신의 말씀을 고맙게 들었습니다만, 이에 이르러 내대신 곁을 떠나 미쓰나리 편을 들 정도라면 이곳까지 왜 왔겠소. 도도 다카토라는 털끝만치도 두마음이 없소."

그러자 장로격인 후쿠시마 마사노리가 곧 그 뒤를 받아 부채로 크게 바닥을 두드렸다.

"도도 님 말씀, 훌륭하시다고 생각하오! 이번 일은 순전히 미쓰나리의 야심에서 나온 괘씸한 반역심. 다른 사람은 몰라도 이 마사노리는 이제 와서 처자에게 마음 끌려 무사도를 벗어날 생각은 꿈에도 없는 일……내대신님이 다이코의 유언을 지키며 히데요리 님을 내세우시는 한, 우리들도 내대신님을 위해 목숨 바쳐 편들겠소.”

이 한 마디는 목소리도 컸지만 영향도 컸다. 다른 사람들도 일제히 입을 열었다.

“우리들도 마사노리 님 말씀과 같소.”

“우리들도……”

“어찌 이 마당에 이르러 두마음을……”

그 소리가 대충 가라앉기를 기다려 구로다 나가마사가 입을 열었다. 나가마사는 이날 이미 마사노리한테 들러 이에야스에게서 어떤 제안이 있더라도 여기서는 이에야스 편을 들자고 의논해 두었던 것이다.

“여러분 뜻은 잘 알았습니다. 후쿠시마 님이 말씀하시듯 우리들이 이제 와서 미쓰나리 따위 밑에 들어갈 수 있겠습니까. 우리들 무사의 고집도 있으니 내대신과 흥망을 함께할 각오입니다.”

마사노리는 이에야스가 히데요리를 저버리지 않는 한이라고 조건을 달았지만, 나가마사는 분명 도쿠가와 가문과 흥망을 함께 한다고 전진시킨 결의 형식을 취했다.

나가마사의 이 발언은 저마다 가문의 존속에 구애되는 이들에게 전혀 다른 각도에서 또 하나의 계산을 강요해 왔다. 다름 아닌 바로 현실적인 타산이었다.

‘이에야스가 이길 것이냐? 미쓰나리가 이길 것이냐?’

만일 미쓰나리가 이겨 도요토미 가문의 실권이 그의 손에 들어간다 해도, 오늘 이에야스가 한 말을 과연 들을 수 있을 것인지 어떤지……? 히데요리에게 적대하라고 말하는 대신 이에야스는 ‘한편이 되어달라고 말하기 마음 괴롭다……’고 대범하게 덧붙이고 있는 것이다.

야마노우치 가즈토요가 다시 나앉아 신중한 말투로 이에야스에 대한 충성을 맹세한 것은, 그런 계산이 사람들을 사로잡고 있을 때였다.

“이이 님, 미쓰나리 토벌 때 저는 가케가와 6만 석의 총병력을 남김없이 데려가겠습니다. 군세를 둘로 쪼개어 성에 남긴다면 그만큼 병력이 부족될 터, 성을 비운 뒤의 수비장수로는 가신 가운데 어느 분을 넣으시도록, 내대신님에게 전해주시기 바랍니다."

마사노리에게서 나가마사, 나가마사에게서 가즈토요로 결심이 진전되어 나가
자 이제까지 잠자코 좌중의 분위기를 살피던 호소카와 다다오키가 엄숙한 표정
으로 마지막 마무리를 했다.

"여러분들도 들으신 바와 같이 이제 한 사람의 이탈자도 없이 모두들 각오가
결정되었습니다. 내대신에게 잘 말씀드려 주시기를."

나오카쓰는 살며시 자리에서 일어나 이에야스의 거실로 급히 갔다. 가건물 안
도 덥지만 바깥의 햇볕은 타는 듯 따가웠다. 그 햇볕을 노려보듯 이에야스에게로
서둘러 가면서 나오카쓰는 취한 듯한 심정이었다.

'아무도 귀국하는 자가 없다⋯⋯?'

이에야스는 처음부터 이렇게 될 것을 꿰뚫어보고 있었던 듯한 느낌도 들고, 그
렇게 생각하는 자체가 자신이 미숙한 증거로도 여겨졌다. 이에야스는 역시 처음
부터 끝까지 새파란 칼날을 겨누어 승부하고 있었음이 틀림없고, 그 진지함으로
말미암아 사람들이 이에야스 앞에 무릎 꿇었다고 생각하는 게 옳으리라. 그러나
이 사실을 알았을 때 이에야스가 어떤 표정을 보일지 나오카쓰는 큰 흥미를 느
꼈다.

"아룁니다."

나오카쓰가 들어가자 팔걸이를 안듯이 하고 아직도 무언가 지그시 생각하고
있던 이에야스는 염려스러운 듯 얼굴을 들었다.

"어떻게 되었나."

"예, 진지철수를 하겠다고 말한 사람이 아무도 없었습니다. 맨 먼저 입을 여신
분은 도도 님, 이어서 후쿠시마 님, 구로다 님, 야마노우치 님 차례로 저마다 대감
님께 편들겠다는 결의를 말씀하시는 동안⋯⋯."

"분위기가 결정되었다는 건가?"

"그렇습니다. 마지막으로 호소카와 다다오키 님이 한 사람의 불찬성자도 없느
냐고 다짐하신⋯⋯그 소리를 듣고 나서 알리러."

"그런가. 그러나 아직 기뻐해선 안 돼."

이에야스는 문득 목멘 소리로 나오카쓰에게인지 자신에게인지 모르게 말하며
일어났다.

"자세한 건 가면서 듣기로 하자. 그렇게 결정되었다면 어쨌든 감사의 말을 해야되겠지."

그것은 이 보고를 예측하고 있었다기보다 이미 다음 장면의 움직임까지 선명하게 눈앞에 그리고 있는 자의 유유한 태도였다.

"그런가, 도도가 맨 먼저, 그다음이 후쿠시마였나."

"예, 후쿠시마 님은 대감님이 히데요리 님을 저버리시지 않는 한이라고 하시면서……."

"알고 있다. 그런데 가케가와의 야마노우치 가즈토요는 뭐라더냐. 서쪽으로 간다면 도토우미에 있는 그의 영지는 도카이도를 누르는 요충지야."

"예, 야마노우치 님은 만일 대감님께서 서쪽으로 가실 경우 총병력을 이끌고 가고 싶다. 그러므로 성은 일단 도쿠가와 가문에서 성주대리를 보내 싸움이 끝날 때까지 맡아달라고……."

"가즈토요가 그렇게 말하던가."

이에야스는 부채를 펴서 이마의 햇볕을 가리며 다시 좀더 목멘 소리가 되었다.

"좋아. 나는 신타로와 함께 가겠다. 그대는 먼저 가서 내가 회의에 참석하러 온다고 나오마사에게 일러두어라."

"알겠습니다!"

나오카쓰는 허리를 좀 구부정하게 하여 뛰기 시작했다.

"신타로……."

이에야스는 칼을 받쳐들고 따라오는 신타로를 슬쩍 돌아보았으나 특별히 그에게만 하는 말은 아니었다.

"모두들 수고 많군. 또 덥구나. 그렇지……."

신타로는 엄숙한 표정으로 절하고 나서 살며시 고개를 갸웃했다. 그에게도 요즘의 이에야스는 더욱 가지가 내다보이지 않는 큰 나무였다.

가건물 안의 장수들은 이에야스가 온다는 말을 듣자 약속한 듯 맞아들이는 자세가 되었다.

"여러분 말씀을 나오카쓰가 대강 말씀드렸더니 대감님께서 이리로 나오시겠다고 하셨습니다."

그때 이에야스는 벌써 나오마사 옆에 모습을 나타내고 있었다. 이곳에는 윗자리와 아랫자리의 구별도 없다. 다만 같은 널마루 위에 윗자리라 할 만한 장소를 서둘러 비웠을 뿐이었다. 이에야스는 나오마사와 나란히 앉았다.

"여러분 말씀을 모두 들었소. 참으로 고맙게 생각하오."

소박하다는 말이 그대로 어울리는 갑갑한 동작으로 몸을 굽혀 절했다.

"오늘은 나오지 않을 작정이었지만, 무엇보다도 고마움을 나타내지 않으면 안될 것 같아 나왔소. 모두들 편들어주신다면 싸움은 역시 한시도 지체할 수 없소. 그럼, 곧 여러분들과 의논하리다. 이대로 아이즈에 쳐들어간 다음 서쪽으로 떠날 것이냐, 아니면 아이즈는 버려두고 곧바로 서쪽으로 향할 것이냐. 어찌하면 좋겠소?"

나오카쓰는 문득 웃으려다가 당황하며 느슨해진 볼을 다시 긴장시켰다.

'역시 모두 계산되어 있었던 거야.'

이렇게 생각하고 그 어린아이 같은 지혜를 다시금 스스로 타일렀다. 아무리 계산해 두었더라도 상대가 반드시 넘어간다고는 할 수 없다. 그렇다면 역시 '기뻐하는 것은 아직 이르다'고 잠시 전 이에야스가 무심히 말한 한 마디를 되씹어 보아야 하는 진검(眞劍)시합의 한 대목이 틀림없으리라.

이번에는 마사노리가 맨 먼저 입을 열었다.

"이 사람의 생각을 말씀드리겠습니다. 이번 일의 시작은……우에스기는 사실 나뭇가지에 지나지 않고 이시다, 오타니, 우키타 등의 획책이 뿌리로 생각되므로, 아이즈는 버려두고 서쪽 토벌을 서두르시는 게 상책인 듯싶습니다만 어떠신지?"

이에야스는 고개를 크게 끄덕이고 다다오키에게로 시선을 옮겼다.

"저도 후쿠시마 님 의견에 찬성입니다. 여기서 서쪽으로 향하지 않는다면 본의 아니게 서군에 편드는 자들이 계속 늘어나지 않을지……."

다다오키는 이미 부인을 잃었을 뿐 아니라 단고의 영지에서 아버지 후지타카가 고전 중이라는 기별을 받고 있다.

"서쪽을 먼저 치는 게 좋다고 생각하시는 분들은 손을 들어주십시오."

나오마사가 표결에 붙였다. 직속부하 아닌 장수들이 일제히 찬성의 뜻을 나타내자 마사노리는 다시 덧붙였다.

"실은 잠시 전 가케가와의 야마노우치 님께서 서쪽 정벌이 시작되면 총병력을 이끌고 달려갈 것이며, 성은 내대신님 가신에게 맡기겠다고 하셨습니다. 그편이 서로 격려되고 마음도 놓일 거라고 제안해 왔소. 이 마사노리도 그 점에 찬성입니다. 기요스는 중요한 길목이니 충분히 활용하셔서 한시라도 빨리……."

이 발언은 단숨에 작전회의를 진전시켰다. 서쪽 정벌이 먼저라면 가는 길목의 성 확보가 온갖 것에 앞서는 절대조건의 하나였다.

이에야스는 다시 한번 몸을 굽혀 절했다.

"고맙소."

그로서는 이미 뭐라고 할 말이 없었다.

도요토미 가문의 은혜를 입은 영주들이 단지 편드는 것만으로는 안심할 수 없는 게 전쟁의 상식이었다. 그렇다 해서 이 경우 '그럼, 인질을'이라고 말한다면 좋을 대로 귀국하라고 한 게 거짓말이 된다. 그것을 알아차리고 가즈토요가 먼저 입을 열고 마사노리가 이어 성을 마음껏 써달라고 제안한 것이다. 성을 맡기는 것은 인질 따위와는 비교도 안 되는 철벽 같은 신뢰였다. 물론 승리에 대한 확신이 없다면 실행할 수 없는 일이다. 마사노리에 이어 슨푸의 나카무라 가즈사카, 하마마쓰성의 호리오 다다우치, 요시다성의 이케다 데루마사, 오카자키성의 다나카 요시마사 등이 모두 뒤따랐다.

"저희들 성도 쓰십시오."

"저희들 성은 양식준비가 넉넉합니다."

"저희들 성도 마음껏……."

이것을 교묘한 책략의 결과라고 부를 수 있을까. 일찍이 히데요시에 의해 쫓겨난 스루가, 도토우미, 미카와의 옛 영토로부터 오와리의 기요스에 이르기까지 순식간에 이에야스는 그 두 어깨에 맡길 수 있을 만한 거봉(巨峰)이라고 우러러보이고 있는 증거였다.

"그럼, 모두들 말씀하신 대로 이에야스는 먼저 서쪽으로 가겠습니다."

이로써 이날 작전회의의 큰 문제는 결정되었다. 다음은 맞서 있는 우에스기 군에게 어떤 대책을 써서 군사를 돌리느냐는 문제가 남았으나, 이 경우 그것은 도쿠가와 가문의 집안문제라고도 할 수 있었다.

이에야스는 모인 장수들에게 한 보시기의 술을 곁들여 식사를 대접한 다음 뒷일은 나오마사와 헤이하치에게 맡기고 다시 가건물을 나섰다.

뒤에는 나오카쓰, 마사노부, 신타로 세 사람이 한결같이 볼을 불그레 물들이고 따라온다. 그들은 모든 일이 계산대로 된 것 같은, 아니면 어떤 야릇한 힘의 지배가 있었던 것 같은……기묘한 기분이었다.

"마사노부……."

진막 입구에서 이에야스가 돌아보자 마사노부는 당황해 멈춰섰다.

"예?"

"우에스기를 누르려면 누구를 남기고 가는 게 좋을까."

그 말투가 너무나 의젓했으므로 마사노부는 가까이 가서 되물었다.

"누구를 남기시겠다고 하셨습니까?"

"누구를 남기고 가면 좋을지 물은 거야."

"그……그것이라면 히데야스 님을 따를 만한 분이 없을 것 같습니다만."

"그런가. 그럼, 돌아가기 전에 불러주게."

유키 히데야스는 그날 우쓰노미야성에서 와서 회의에 참석해 있었다.

"알겠습니다. 그럼, 곧."

급히 되돌아가면서 마사노부는 이에야스가 얄미워졌다. 이렇듯 대뜸 대답하는 건 마음속으로 이미 그 인선을 끝내고 있었던 증거였다.

'그런데도 느닷없이 저렇듯 심술궂게 물으시다니…….'

그런데 나오카쓰는 그것에마저 더욱 감탄하고 있다……

"물 흐르는 듯한 결단! 대감님, 이제 승리는 우리 것입니다."

거실로 들어가자 나오카쓰는 가만히 있기 괴로울 정도로 흥분되었다. 그만큼 모든 진행이 원활하게 뜻대로 되어간 것이다.

"틀림없이 신불이 도와주는 겁니다. 여간 순조롭지 않습니다."

이에야스는 쓴웃음 지으며 다시 말했다.

"기뻐하긴 아직 이르다!"

"예……?"

"이제 겨우 기요스까지……오사카로 가려면 미노도 있고, 오미도 있다. 아니, 그 앞이 싸움터이며 야마시로, 야마토, 이즈미, 가와치는 적지야."

나오카쓰는 순간 멍하니 있다가 다시 급히 머리를 긁적였다. 이에야스는 당연한 일이 당연히 열매 맺은 것처럼 담담한 표정으로 흥분한 기색이 전혀 없었다.

이윽고 마사노부와 함께 히데야스가 나타났다. 히데야스는 코가 없다. 히데요시의 양자로 유키 가문을 이은 무렵부터 유곽 거리에 드나들어 남만창(南蠻瘡) 때문에 코가 떨어졌다고 쑥덕거리는 자도 있었고, 자신의 방탕에 스스로 화내어 직접 자기 코를 베었다는 소문도 있었다.

"이렇게 하면 이제 놀고 싶은 생각도 안 날 테지."

어쨌든 아우 히데타다와는 전혀 다른 패기 넘치는 성품이었고 맹장이라고 부르기에 어울릴 만큼 성장된 모습이었다.

그 맹장도 흥분되어 있었다. 언젠가 일곱 장수들에게 쫓긴 미쓰나리가 후시미 성의 이에야스에게 구원을 청했을 때, 히데야스는 명을 받고 미쓰나리를 영지까지 일부러 호위해 데려다준 일이 있었다.

그 무렵에도 히데야스는 줄곧 말했었다.

"살려두어도 쓸모없는 놈."

그 미쓰나리 일파가 이에야스가 없는 틈에 일을 일으킨 것을 알자 이른바 서쪽 정벌을 주창했던 것이다.

"곧 서쪽으로 군사를 돌려 없애버리지 않으면 웃음거리가 될 겁니다."

히데야스는 흥분된 걸음으로 아버지 앞에 나오자 말했다.

"아버님! 마사노부에게 대충 들었습니다. 히데야스가 이곳에 남는다니 말도 안 됩니다, 미쓰나리 토벌 선봉이라면 또 몰라도. 아무쪼록 생각을 바꿔주십시오."

나오카쓰는 흠칫했다. 여기까지 원활하게 궤도를 미끄러져 온 일이 여기서 부자간의 다툼이 될 듯한 느낌이 든 것이다.

"유키 님은 우에스기를 상대하기 싫다는 건가."

"서쪽을 먼저! 미쓰나리를 짓밟는 일이 먼저……아니, 아버님의 선봉을 서지 않으면 안 된다고 말씀드리는 겁니다."

"흠, 그러면 그대가 다른 누군가를 추천해 봐."

"추천이라니요?"

"아비를 대신하고 그대를 대신하여 가게카쓰를 쳐부술 만한 총대장 말이지. 누가 좋을까."

이에야스는 숨 돌릴 새 없이 부드럽게 되묻고 진지한 표정으로 팔걸이 위로 몸을 내밀었다.

"서쪽을 칠 총대장은 이에야스다. 그러나 이에야스가 서쪽으로 향한 줄 알면 가게카쓰가 움직이기 시작한다. 가게카쓰보다도 미쓰나리와 줄이 닿아 있는 나오에 가네쓰구가 가만 있지 않겠지. 그렇게 되면 사타케 요시노리도 덩달아 움직일 터인데……그만한 상대를 꼼짝 못하게 누를 만한 자가 누구일까, 유키 님.”

오히려 물음 받고 히데야스는 당황했다. 그러고 보니 우에스기 군 방어를 위해 남는 총대장도 여느 사람으로는 안 된다. 혼다 헤이하치냐 이이 나오마사냐……아니, 한 장수로서 전군을 누를 만한 자기나 히데타다가 역시 이곳에 남아야……한다고 생각했을 때 이에야스는 벌써 말을 앞서갔다.

“내가 남을 수는 없다. 그렇다면 넋두리 같지만 그대 형인 노부야스가 생각나는구나. 노부야스가 살아 있었다면 이번 같은 때 꿋꿋하게 가게카쓰를 눌러 뒷근심이 없을 텐데.”

“…….”

“히데타다로는 미덥지 않아. 그는 나와 함께 서쪽으로 가면 이에야스 부자가 왔다며 아군의 사기가 오르겠지만, 실전 경험이 아직 얕다. 가게카쓰나 가네쓰구에게 얕보일 거야.”

“아버님!”

“서두르지 마라, 유키 님. 충분히 생각해서 결정해야 될 일이야. 가게카쓰에게 얕보이지 않을 관록 있는 인물이 언제든 맞서 싸워주겠다고 노린다면, 가게카쓰의 전의는 반으로 줄어들 거야. 가게카쓰는 본디 단순하여 자기 쪽에서 이에야스에게 도전하며 천하를 노리는 따위의 미쓰나리 같은 야심은 없지.”

“그러나…….”

“글쎄, 기다려! 야심 있는 건 가게카쓰가 아니라 나오에 가네쓰구지. 그러나 이 야심도 약아빠진 공리를 따진 수판셈 속이야. 문중에서 반대하는 자가 나와 억누르면 일을 일으키지는 않을 거야. 따라서 문제는, 남는 군대 총대장의 인물됨이 어떠냐는 데 있게 된다. 총대장이 당당하면 내가 없더라도 에도까지 쳐들어오지는 못할 거야. 그러는 동안 서쪽을 무찌르고 이에야스가 돌아오면 가게카쓰의 가문은 박살 나지. 그렇게 뚜렷이 수판에 나오므로 섣부른 짓은 하지 않을 거다.”

이에야스는 거기서 또 입을 열려는 히데야스를 가볍게 억눌렀다.

“그러니 우쓰노미야에 있으면서 가게카쓰에게 한 마디 적어보내는 게 좋을 거야. 젊지만 히데야스는 다이코와 이에야스 두 사람을 아버지로 가진 무문(武門)

의 자식이니 아버지를 대신해 언제든 상대해 주마고……그리고 적이 기누강(鬼怒川)을 건너오기 전에는 결코 이쪽에서 움직이면 안 돼. 바위처럼 버티고 매섭게 팔방을 노려본다면 적은 겐신 이래 무문을 자랑하는 자이므로 서툴게 움직여 패배하면 안 된다 싶어 십중팔구 움직이지 않을 거야…… 그러나 일단 얕보이게 되면 상황이 달라진다. 미쓰나리 쪽에서 움직이라고 선동할 게 틀림없고, 움직여도 손해 없다 싶으면 서쪽 적의 사기가 오른다. 서쪽 적이 분발하면 드디어 움직여도 손해 없겠다고 완전히 다른 수판을 놓게 되는 거야. 어떤가, 그처럼 중요한 이곳의 총대장, 대체 누구를 남기고 가면 좋다고 생각하느냐"

히데야스는 아버지를 말끄러미 노려보듯 하며 혀를 찼다. 이미 말 속에서 젊지만 히데야스는 다이코와 이에야스를 아버지로 가진 무문의 자식……이라는 등 작전에서 마음가짐에 이르기까지 지시했으면서도, 누구를 남기겠느냐니……말할 것도 없는 일이었다.

"아버님! 히데야스는 돌아가신 형님을 대신해 이곳에 남겠습니다. 이곳에 있으면서 겐신 이래의 가게카쓰 군을 훌륭하게 막아보겠습니다."

"그런가. 남아주겠나, 효자다."

이에야스의 목소리가 별안간 끊어지며 그 눈이 붉게 눈물로 부풀었다…… 입으로는 용감했다. 겐신 이래의 우에스기 군 앞에 버티어 서보라고……그러나 그것이 얼마나 위험한 큰일인지는 히데야스보다 이에야스 쪽이 더 지나치리만큼 잘 알고 있다.

사람이 할 수 있는 일은 다 했다고 여기지만 전쟁은 생물이다. 서쪽으로 가는 이에야스 자신도 생사는 이미 계산 밖에 두고 있는 것이다.

후시미성에서 도리이 모토타다와 헤어질 때도 마찬가지였다.

"눈물을 보이면 사기에 지장 있다!"

스스로 자신을 꾸짖으면서도 가슴에 넘치는 무상감은 어쩔 도리 없었다. 전쟁이라는 인간세상의 죄업을 어째서 싹둑 끊어내버릴 수 없는 것일까……그럴 지혜가 없는 한 영원히 되풀이되어 갈 인생의 슬픔을 이에야스는 새삼 음미했었다.

'이젠 모토타다와도 만나지 못하겠지.'

그리고 그 희생을 공평하게 자기 몸과 자식들에게도 부과시키지 않을 수 없는 게 이에야스의 진정이었다. 이 괴로움을 낱낱이 맛보지 않는다면 평화를 이룰 지혜를 이 지상의 것으로 만들기 어렵다.

"잘 깨달아주었다. 그대라면 할 수 있으리라."

입으로는 추켜세우면서 이에야스는 경험이 가져다주는 비탄에 눈물짓지 않을 수 없었다.

'이것으로 히데야스와도 이별일까……'

전쟁과 죽음은 같은 선 위의 것……히데야스가 살아남는다 해도 이에야스가 생명을 잃지 않으리라는 보장은 없다. 젊은 히데야스가 모르는 공포와 감회가 이에야스의 가슴을 밀물처럼 적셨다. 아니, 이에야스뿐만이 아니었다. 마사노부 또한 눈물을 뚝뚝 떨어뜨리며 히데야스의 결심을 칭찬했다.

"그렇게 하셔야만 유키 님입니다. 이번 싸움은 둘로 보이지만 뿌리는 하나…… 서쪽도 동쪽도 없는, 천하에 태평을 가져오느냐 못하느냐 하는 싸움이지요. 그 한쪽의 총대장! 장하십니다!"

"알았다. 그만해, 할아범……아버님의 신뢰를 받아 히데야스도 기뻐."

젊음은 언제나 구원이다. 히데야스는 아직 무참한 생명의 희생을 쌓아올리는 무상감은 모르는 것이다.

"마사노부."

"옛."

"준비해 두었겠지. 그 갑옷을 유키 님에게 주어라."

마사노부는 그 자리에 있던 이타사카 보쿠사이(板坂卜齋)를 재촉하여 창고에서 갑옷궤를 꺼내왔다.

"히데야스, 그대에게 주마. 이것은 아비가 젊을 때부터 입어오면서 한 번도 져 본 일 없는 경사스러운 갑옷이다. 이것을 입고 지휘하라. 알겠냐, 적이 움직이기 시작해도 허둥대며 나서지 마라. 다만 적이 기누강을 건너온다면 결코 용서하지 마라. 이 일을 부디 마음에 새겨두도록."

히데야스는 웃었다. 그로서는 어깨의 짐보다도 하사할 갑옷까지 준비해 둔 아버지가 '누구를 남길까?' 하고 시치미 떼며 묻던 일이 우습기도 하고 재미있기도 했던 것이다.

"예, 고맙게 받겠습니다."

히데야스는 갑옷을 받고 가까스로 기분이 좋아졌다. 서쪽은 오합지졸이라 정치적 흥정에 크게 영향받겠지만, 우에스기 군은 겐신 이래의 명예를 걸고 일치단결해 쳐들어올 것이다. 이쪽이 훨씬 무서운 적이라고, 마사노부는 복도로 나오자 히데야스를 설득했다.

"알고 있어. 가게카쓰 따위에게 얕보여서야 되겠나."

가게카쓰가 만일 군사를 전진시켜 기누강을 건너온다면 그때는 재빨리 밀고 나가 배후를 차단한다. 그러면 가게카쓰는 반드시 군사를 돌리리라. 만일 돌린다면 이를 단숨에 추격하겠다고 히데야스는 잘라 말했다.

우쓰노미야성 본성에 히데야스와 가모 히데유키가 들고, 아랫성에는 노련한 오가사와라 히데마사(小笠原秀政), 바깥성에는 사토미 요시야스(里見義康)를 두며 그 병력은 약 2만으로 이때 결정되었다.

히데야스가 총대장으로 결정되자, 이제 도요토미 가문의 은혜를 입은 장수들의 철수시기 문제가 남았다. 이에야스는 그것을 '28일 오전 12시'로 정했다. 그때까지 저마다 군사를 철수시키고 장수들만 다시 오야마에 모여 마지막 의논을 한 다음 그대로 서쪽으로 향하려는 것이었다.

28일에는 아침부터 심한 비가 내렸다. 그 빗속으로 사람들은 다시 오야마의 가건물에 모였다. 저마다 부대를 이미 출발시켰으므로 비를 맞고 모여든 병력은 장수들의 호위무사뿐이었다. 후쿠시마 마사노리를 비롯한 이케다 데루마사며 아사노 요시나가 등은 모두 창 한 자루 옷 상자 한둘에 보행자 10여 명으로 단출했다. 물론 의논할 것도 그리 없다. 서로 얼굴을 보며 맹세한 대로 자기 성에 돌아가 이에야스의 출진을 맞을 준비만 하면 된다.

이에야스는 물론 도카이도로 나아가고, 히데타다는 도산도(東山道)를 거쳐서 가며, 출동준비를 하고 있던 마에다 도시나가에게는 아이즈로 오지 말고 연도의 서군을 치면서 미노와 오와리로 합류하도록 명했다.

미즈노 가쓰시게는 가리야성으로 돌려보내 아버지 뒤를 잇게 하여 서 미카와로부터 동 오와리와 이세 방면을 정찰시켰고, 야규 무네요시의 아들 무네노리(宗矩)에게 밀명 내려 향리로 돌아가 이세와 이가의 여러 성주들 동향을 자세히 감시하여 만일 불온한 움직임이 있으면 유격전을 벌이게 했다.

이리하여 서쪽 정벌 준비가 거의 된 듯했으나 이에야스는 아직 오야마를 떠나려 하지 않았다. 28일에서 29일에 걸쳐 계속 내리는 빗속의 진구렁에 장수들이 흙투성이가 되어 돌아가는 것을 조용히 전송하고, 그 뒤 가게카쓰보다도 나오에 가네쓰구와 사타케 요시노리의 동향을 지그시 주시했다. 두 사람에 대해서도 이미 쓸 만한 수를 다 써두었으나 그들이 속단하여 소동이 커지느냐 어떠냐에 따라 이 싸움의 규모도 달라진다. 저마다의 내부에 이해를 따지는 자들이 있을 것이다. 하지만 그러한 세력이 저마다의 주인에게 옳고 그름을 충고할 때가 여기선 전략 이상의 전략이 된다.

이리하여 8월 4일 이른 아침이 되어서야 이에야스는 비로소 오야마를 떠나 고가(古河)에서 배에 올라 구리바시(栗橋)의 배다리를 끊게 한 다음 에도로 향했다. 수행원은 여전히 작은 배 5, 6척으로 건널 만큼 적은 인원이었다.

서풍은 겨루지 않는다

이에야스가 서쪽을 먼저 정벌하기로 정하고 유유히 에도로 갈 무렵—

오사카 서쪽 성에서는 이시다 미쓰나리가 눈앞에 펼쳐놓은 일본지도를 뚫어지게 들여다보고 있었다. 물론 완전한 지도는 아니다. 여러 가도를 중심으로 나라 이름과 영주 이름을 써넣은 대략적인 그림지도였지만 그의 마음을 무겁게 짓눌러대기에는 충분했다.

서군의 전선은 벌써 필요 이상으로 확장되고 있다. 미카와 서쪽을 이미 완전히 수중에 넣은 줄 알았으나 여러 곳에 군데군데 적을 남기고 말았다. 교토에 가까운 오미의 오쓰에서는 교고쿠 다카쓰구가 이에야스 쪽 깃발을 쳐들었고, 단고의 다나베(田邊)에서는 호소카와 다다오키의 아버지 후지타카가 완고하게 농성을 계속하고 있다. 마땅히 편들 줄 여겼던 마에다 도시나가는 차츰 달라져 그가 오른팔로 믿는 오타니 요시쓰구의 영지까지 쳐들어올 기세였고, 오와리의 기요스를 누르고 있는 후쿠시마 마사노리는 이젠 완전히 이에야스 편으로 봐야 할 형편이었다.

다만 기후의 오다 히데노부(織田秀信)를 끌어들이는 데 성공했으나, 마사노리가 이에야스를 기요스성에 들여놓고 공략을 개시한다면 결코 안심할 인물이 못되었다. 히데노부는 노부나가의 맏손자로, 언젠가 히데요시가 오다 가문 계승자로 정해 준 산보시이다. 미쓰나리는 그에게 가신 가와세 사마스케(河瀨左馬助)를 보내 설득했으며, 기량이나 인물됨으로 보아서가 아니라 이득을 미끼로 술책을 부려 낚아올린 한편이었다.

"내대신을 편들어 귀 가문에 무슨 이득이 있겠습니까. 본디 미노와 오와리 두 지역은 귀 가문의 발상지, 편들어주신다면 미쓰나리는 이 두 나라를 맹세코 귀 가문 소유로 해드리겠습니다."

이 말에 히데노부는 대뜸 마음이 솔깃했으나 노신들은 대부분 반대했다. 반대 파인 노신 다쿠미 가이마사(木造貝正)와 모모 쓰나이에(百百綱家) 등은 주인이 미쓰나리를 편들겠다는 언질을 준 사실을 알자 바로 마에다 겐이에게로 달려갔다.

겐이는 일찍이 노부나가와 함께 죽은 장남 노부타다로부터 히데노부를 평생 보좌해 줄 것을 간곡히 부탁받은 사이였다. 그즈음 겐이는 미쓰나리의 패전을 예상하고 병을 핑계로 오사카를 물러나와 교토에 은퇴해 있었다.

겐이는 얼굴빛이 달라지며 노신들에게 권했다.

"큰일 났군. 이대로 두면 오다 가문이 멸망하게 된다. 당장 서군과 손 끊고 내대신을 편들도록."

그 때문에 미쓰나리는 그들이 히데노부에게 돌아가기 전에 일부러 사와산성으로 불러내 과분한 황금과 이름난 칼을 선사하며 비위 맞춰 동맹서약서를 쓰게 한 염려스러운 한편이었다.

아니, 그보다도 더욱 불안한 것은 이미 그가 총대장으로 받든 모리 가문의 형편이었다. 거기에도 에케이의 말만으로는 안심할 수 없는 복병이 느껴진다. 그 첫째가 동족인 깃카와 히로이에였다. 히로이에에는 모리 모토나리(元就)가 다시 태어났다고 할 만큼 일족들에게 믿음 받는 지략을 지닌 장군감으로, 그는 서쪽 성의 데루모토에게 줄곧 은근히 간언하고 있었다…….

미쓰나리의 생각으로는 이에야스가 서쪽으로 나올 경우 말할 것도 없이 미노와 오와리의 평야에서 맞아 싸워야 했다. 그러기 위해서는 기요스의 후쿠시마 마사노리를 자기 편으로 꼭 끌어들일 필요가 있었는데, 마사노리는 그 일곱 장수 사건 때부터 급속히 미쓰나리를 떠나 이에야스에게로 다가가 지금 거대한 적이 되어 있다. 그러므로 기후를 굳히는 한편 동시에 그 세 방면으로 별동대를 보내 기요스와 이에야스 군을 차단하지 않으면 안 된다. 기요스와 이에야스 군 차단에 성공하여 서군 주력을 기후성으로 들여보낼 수만 있다면 유격작전은 가까스로 성공의 서광을 보게 된다…….

그러나 그 경우 파견군 총사령관이 문제였다. 우키타 히데이에는 중신의 한 사람이지만 관록이 모자란다. 고니시 유키나가는 물론 안 되고, 시마즈 요시히로는 미쓰나리가 믿을 수 없었다.

당연히 총대장 모리 데루모토를 진두에 세워야 하는데, 이 일에 데루모토는 몹시 애매한 태도를 보였다. 모리 가문의 일족과 중신들 가운데 데루모토를 견제하는 세력이 있기 때문임을 미쓰나리도 잘 알고 있다. 그래서 신임이 두터운 에케이로 하여금 어떻게든 데루모토를 움직이게 하여, 가능하면 다른 모리 일족 세력을 이 세 방면으로 파견해 모리 군이 기후와 이세 방면 양쪽에서 오와리로 진출해 조우전(遭遇戰)을 벌여 승리를 결정짓도록 작전계획을 세우고 싶었다. 그렇게 되면 가문의 존속을 위해서라도 모리는 그 양쪽에서 죽을힘을 다해 싸워야 되는 형편이 필연적으로 생기게 된다.

대기실의 사동이 얼굴을 내밀었다.

"말씀드립니다. 지금 마시타 님이 이리로 오십니다."

미쓰나리는 한시름 놓고 그림지도에서 눈을 떼었다.

"기다리고 있었다, 얼른 모시도록……"

"옛, 안내하겠습니다."

사동이 물러가자 엇갈려 나가모리가 다급하게 들어왔다.

"어떻게 되었소?"

미쓰나리가 묻자 나가모리는 고개를 저었다.

"훼방꾼이 생겼습니다."

"뭐, 훼방꾼……"

나가모리는 미쓰나리와 의논 끝에 오다 쓰네마사(織田常眞)를 끌어들이기 위해 사자를 빈번히 오가게 하고 있었다. 그는 노부나가의 둘째 아들로 예전에 노부카쓰라고 불렸으며 기후에 있는 히데노부의 삼촌뻘 되었다.

미쓰나리가 그를 끌어들이려는 것은 노부나가의 아들이라는 이유 외에 두 가지 뜻이 있었다. 하나는 기후 쪽에 대한 영향이고 또 하나는 이세 방면 영주들에 대한 선전효과였다.

미쓰나리는 사자로 하여금 히데요리의 분부라며 말하게 했다.

"급히 가신들을 소집하여 내대신을 치시기 바랍니다. 우선 준비금으로 황금

1000닢을 보내며, 싸움이 끝나면 오와리를 영지로 드리겠습니다."

오와리는 하나밖에 없다. 그것을 기후의 히데노부에게도 쓰네마사에게도 약속했으니 미쓰나리가 그들을 어느 정도로 보고 있는지 짐작된다. 쓰네마사는 기꺼이 편들겠다고 답해왔었다. 그런데 지금에 이르러 다시 무슨 일이 생긴 모양이다. 미쓰나리의 이마에 험한 힘줄이 솟아올랐다.

"훼방꾼이라니 무슨 소리요. 쓰네마사는 호인이므로 좋아서 어쩔 줄 몰라 했을 텐데!"

미쓰나리의 험악한 얼굴에 짓눌려 나가모리는 두 손으로 살며시 땀을 씻었다.

"그게 어쩌면 제 실수였는지도 모르겠소."

"그대의 실수라니? 무슨 소리요."

"귀하는 준비금으로 황금 1000닢을 주겠다고 하셨소. 그러자 미끼에 달려드는 물고기처럼 쓰네마사로부터 돈을 받으러 사자가 곧 왔기에 급한 대로 백은 1000닢을 주었지요."

"뭐, 황금이 아닌 백은 1000닢을?"

"예, 황금창고를 열지 않고는 당장 수중에."

"닥치시오!"

고함치고 미쓰나리는 곧 부끄러워졌다. 여기서 동지끼리 불쾌한 분위기를 만든다면 그야말로 단결에 금이 가리라. 하지만 황금 1000닢이라고 말해놓고 백은 1000닢을 주다니 어쩌면 이토록 무신경한 것일까. 이쪽에서 욕심을 이용해 낚으려는 상대다. 싸움에 이긴다 해도 오와리는 둘이 아니다. 하다못해 황금 1000닢이라도 선뜻 내주었으면 좋았을 것을.

'그러나 여기에 나가모리의 고지식함이 있는지도 모르지……'

황금은 본디 그들 소유가 아니고 도요토미 가문의 것이다. 그것을 함부로 써서는 안 된다는 마음이 나가모리의 가슴속에 있었는지도 모른다.

"우리는 사사로운 마음으로 움직이고 있는 게 아니오! 어디까지나 히데요리 님을 위해……."

다른 사람이라면 무섭게 꾸짖겠지만 나가모리는 그렇게 꾸짖기에는 내막을 너무나 잘 알고 있다.

"그렇소? 백은 1000닢을 주었단 말이지."

"예, 그러자 쓰네마사는 호주인 오다 히데카쓰에게 의논한 모양으로, 황금이 백은으로 바뀐다면 오와리도 무엇으로 둔갑할지 모르니……좀더 생각해 보게 해달라는 전갈을……."

미쓰나리는 한숨 쉬며 가로막았다. 뒷일은 물어봐야 군소리가 된다.

"아니, 그 백은이 헛되지는 않겠지. 쓰네마사가 편들지 않더라도 적은 되지 않을 테니까."

그리고 미쓰나리는 엄숙한 자세로 나가모리를 향해 고쳐앉았다.

"쓰네마사는 송사리요. 그런데 지금 함부로 다룰 수 없는 분이 있소."

"누구 말씀이오……?"

"모리 데루모토 님이오. 모리 님이 솔선해 출진하느냐 않느냐의 여부로 이 싸움의 승패는 결정될 거요."

"그렇습니다."

나가모리는 가슴을 젖히고 미쓰나리를 쳐다보면서 또 살며시 이마의 땀을 닦았다.

"그렇다고 우리들이 모리 님에게 담판할 수도 없고."

"그렇습니다……."

"그러니 에케이를 불러 이 말을 단단히 이르고, 형편에 따라서는 우리도 서둘러 출진해야 될 거요."

"그렇습니다……."

똑같은 말을 세 번이나 대답해 놓고 나가모리는 자신 없는 듯 되물었다.

"에케이에게 줄 어떤 비책이 없겠소?"

미쓰나리는 요시쓰구를 설복시켰던 무렵에 비해 자기 마음이 차츰 오므라드는 것 같아 두려웠다. 그즈음은 뭔가에 홀린 것처럼 열렬했다. 온 일본을 두 동강 내어 이에야스에게 충분히 맞설 수 있을 것 같은 느낌이었다. 아니, 방식에 따라 승산이 확실했고 모든 분위기가 승리를 향해 움직이고 있다고 확신되었다. 그리하여 예정대로 모리 데루모토를 끌어내고 우에스기 가문의 나오에 가네쓰구에게도 불 지를 수 있었다. 그런데 그 불은 그가 예상한 대로 무서운 불길이 되어 번져주지 않았다.

모리 데루모토는 애매한 태도였고, 우키타 히데이에는 너무 어린 듯하여 불안했다. 게다가 우에스기 군은 전혀 움직일 기척이 없고 고니시 유키나가도 차츰 영지에 대한 불안으로 마음이 쏠려가고 있다. 고니시의 영지와 잇닿은 가토 기요마사며 은퇴한 구로다 가문의 간베에가 영지에 도사리고 앉아 지그시 고니시의 영지를 노리고 있기 때문이었다.

아니, 솔직히 말해 진심으로 믿을 것은 오타니 요시쓰구와 에케이 두 사람밖에 없는 기분이 든다. 마에다 겐이는 완전히 빠져나갔고, 마땅히 이에야스를 원망해야 될 아사노 나가마사는 아들 요시나가를 종군시켜 지금 분명 적이 되었다. 눈앞의 나가모리도 마사이에도 그 행정 능력은 인정되나 무장으로는 너무 범속했다. 그들도 그것을 깨닫고 때때로 이에야스에게 추파를 던지는 듯 보인다. 싸움에 강한 시마즈, 조소카베, 고바야카와 등이 있으나 모두 일족의 운명을 걸고 싸울 마음이 있는지 없는지 의심스럽다.

생각해 보면 당연한 일이다. 이번 주모자는 어디까지나 미쓰나리 한 사람이고, 다른 이들은 그의 손바닥에서 어쩔 수 없이 춤추고 있는 데 지나지 않는다. 문제는 그 주모자인 미쓰나리가 총대장으로서 싸움을 진행시키지 못하는 데 있다……고 그도 어슴푸레 그 모순을 느끼기 시작하고 있다. 이에야스는 어디까지나 적군의 기둥이며 지휘자이고 실력자인데…….

'각별한 비책 따위 있을 리 없지 않은가…….'

나가모리의 말에 강한 반발을 느끼면서 지금의 미쓰나리는 그것조차 입에 담지 못했다. 만약 그 소리를 한다면 나가모리는 더욱 기죽을 것이다.

미쓰나리는 고개를 크게 끄덕여 보이고 그에게 에케이를 부르게 했다. 이제는 에케이를 협박해서라도 모리 일족의 운명을 걸도록 하는 수밖에 달리 방법이 없다.

데루모토는 조부 모토나리며 숙부 고바야카와 다카카게만큼 기량이 뛰어나지 못하다. 그러나 그 말고는 이에야스에 비할 만한 실력자가 서쪽에 달리 없었고, 에케이는 그를 움직일 수 있는 사람이었다.

에케이를 데리고 돌아오자 미쓰나리는 나가모리에게 자리를 비키게 했다.

"오늘은 미쓰나리가 목숨 걸고 에케이 님과 흥정할 일이 있으니……."

웃으며 말하자 에케이도 나가모리를 돌아보며 웃었다.

"대강 짐작하고 왔습니다. 각오는 하고 있지요. 자, 무슨 말씀이든지."

태연자약하게 말하는 에케이는 나가모리의 눈에 자신감에 넘치는 뛰어난 승려로 비쳤다.

나가모리가 나가자 미쓰나리는 날카로운 칼날 같은 눈초리로 슬그머니 한무릎 앞으로 나앉았다.

"이미 아실 테니 길게 말할 것 없어……"

에케이는 여전히 미소를 머금고 있다. 그는 다이코가 하시바 히데요시일 때부터 예언했다는 전설을 지닌 괴승이었다.

"천하를 얻을 자는 이분이다."

그 전설이 지금에 와서는 다이코가 도키치로일 때 산조(三條) 다리목에서 만난 초라한 방랑자 시절부터 그의 앞날을 예언한 것 같이 소문나 있다.

"천하를 잡을 인상(人相)."

히데요시보다 3살 아래이므로 그러한 일은 있을 수 없었지만……

사실 그는 한결같은 불도 승려는 아니었다. 야심을 품어, 구로다 간베에에게 가사를 입힌 것 같은 데가 있었다. 노부나가가 교토에서 아시카가 요시아키를 추방한 무렵 상경해 있던 에케이는 고향에 이런 편지를 보냈다.

"노부나가 시대는 5년, 적어도 3년은 계속될 것입니다. 내년쯤에는 공경이 될 것으로 보입니다. 그런 뒤에는 그가 높은 곳에서 굴러떨어질 것으로 보이며, 도키치로가 뒤를 잇게 될 겁니다……"

이 무렵부터 그는 천하가 누구 손에 들어가느냐 하는 데 조용히 흥미의 눈길을 보내고 있었던 모양이다. 그리하여 노부나가가 혼노사에서 죽었을 때, 모리와 히데요시를 화해시키고 한편으로 모리 가문에 비중을 두면서 히데요시에게 차츰 접근해 갔다. 지금은 새 영지로 받은 6만 석의 아키 땅 안코쿠사에 머물며 교토의 도후쿠사 주지도 겸하여, 입으로는 불법을 이야기하면서 군사와 정치에도 보살의 행동이라 칭하며 개입해 스스로 당대의 지도자로 자부하고 있었다.

에케이는 미쓰나리의 날카로운 말에 선수 칠 작정으로 부드럽게 웃었다.

"그 일은 대강 알고 있습니다. 모리 데루모토가 진두에……서야 한다는 말씀이겠지요."

미쓰나리는 그 말을 일부러 흘려들었다.

"스님은 주고쿠 지방, 다케다 일족의 종주(宗主)이시지요?"

"허, 무슨 말씀을. 나는 과연 다케다 미쓰히로(武田光廣)의 아들이지만 출가하면 불적(佛籍)에 오르는 법, 어디까지나 안코쿠사, 도후쿠사 주지입니다."

"아니, 나도 처음 알았습니다. 에케이 님은 덴분 10년(1541) 3월, 오우치(大內) 쪽 장수 스에 하루카타(陶晴賢)와 모리 모토나리에게 공격받고 가네야마성(金山城)에서 자결한 다케다 미쓰히로 님의 유복자."

"미쓰나리 님은 어째서 그런 속세 이야기를 하시오."

"아니, 그리고 보면 짐작되오. 가이 미나모토 씨의 다케다 노부미쓰(武田信光) 님이 조쿠(承久) 옛 시절에 전공이 있어 아키 지방의 수호직을 맡았었지요. 그 정통을 이어받았다면 그런 소문도 날 만하다고."

"소문이라니요……?"

"그렇소, 아키 땅은 본디 다케다 씨의 것. 더구나 데루모토 님 조부 모토나리 공은 귀하에게 있어 부친의 원수……."

에케이는 가로막았다.

"쉿! 나까지도 잊고 있는 그런 옛 원한 따윈 결코 입에 담는 게 아니오. 사람은 마음이 넓은 것 같아도 의혹의 주머니를 늘 달고 있는 법이오."

"그럼, 모르고 계시오, 요즘 소문을."

미쓰나리는 말하며 다시 쏘는 듯한 눈길이 되었다.

"귀하가 그 원수를 갚기 위해 일부러 데루모토 님의 궤멸을 도모하고 있다는 소문을……."

목소리를 낮추며 에케이의 반응을 지켜보았다. 에케이의 표정이 순간 납덩어리처럼 무겁게 굳어졌다. 너무 뜻밖이기도 하고 의심이 세차게 가슴에 일기 때문이기도 할 것이다.

'그런 소문이 있을지도 모른다.'

잠시 뒤 짓누른 목소리로 에케이는 되물었다.

"그것은 사실이오, 미쓰나리 님. 내 자신은 생각해 본 일도 없었지만, 이 몸이 다케다 미쓰히로의 유복자인 것은 틀림없소."

미쓰나리 역시 주위를 둘러보며 목소리를 떨어뜨렸다.

"그렇군요……어떤 속셈으로 일부러 하는 중상인 줄 알면서도 그 소문을 들었을 때는 놀랐소."

"대체 누가 그런 말을……?"

"그건 묻지 마오. 다만 그런 중상이 모리 가문 일부에 일고 있어서 그 때문에 데루모토 님이 진두에 서는 일을 망설이고 있소…… 아니, 확실히 그렇다는 건 아니오. 만약 그렇다면 귀하나 내 입장이 난처하다는 거요."

"흠, 그런 소문이……."

"일부에 있는 것은 분명하오! 내 귀에까지 들어올 정도니까."

미쓰나리는 태연히 중얼거리고 다시 한무릎 앞으로 나앉았다.

"소문이 얼마나 무서운지는 귀하도 잘 아실 거요."

"모를 리 있겠소. 이건 비할 데 없이 악질적인 중상이오."

"그렇소. 그래서 데루모토 님이 주저하신다면 우리의 불리함은 결정적……그리고 만일 그 때문에 우리 편이 패배한다면 에케이는 모리와 함께 죽을 작정이었다고 더 심한 소문이 날 거요."

에케이는 눈을 감았다. 어지간한 그도 이것이 미쓰나리의 '비책'인 줄은 눈치채지 못했다. 너무 뜻밖의 수를 쓰는 바람에 깨끗이 걸려들고 말았다.

미쓰나리는 그 모습을 보고 목소리를 한층 더 가라앉혔다.

"이 소문으로 말미암아 단순히 보복하려는 실없는 무리들에 의해 귀하의 생애가 망쳐질 뿐 아니라 미쓰나리 역시 함께 결탁해 자기 야심을 이루려 꾀한 불측한 자가 되오."

"옳소."

"그렇다면 이 소문을 없애버릴 수단은 단 하나, 모리 님을 나서게 하여 승리를 거두는 것……."

에케이는 여전히 눈을 뜨지 않았다. 미쓰나리가 말할 것도 없이 그런 계산은 벌써부터 하고 있었다. 그러나 패배할 경우 자기가 모리 가문을 멸망시키기 위해 함께 죽기를 도모했다는 비판을 받으리라고는 생각지도 못했다.

"흠 그런 말을 데루모토 님에게 불어넣은 자가 있었군……."

"물론 데루모토 님도 그런 말을 믿지 않겠지요. 그러나 패배한다면 진실성을 띠게 될 거요."

"……."

"어떻소, 에케이 님. 이 소문이 단번에 날아가버리도록 데루모토 님에게 결단을 촉구할 방법이 없을까요."

"……."

"데루모토 님이 기후까지 총병력을 끌고 나가시게만 하면 우리 편의 승리는 확고해지오."

에케이는 여전히 숨죽인 채 생각에 잠겨 있다……

미쓰나리도 더 이상 말을 삼갔다. 그의 말은 충분히 에케이의 마음속을 꿰뚫고 있다. 이 이상 거듭 대답을 재촉하면 미쓰나리가 불안한 나머지 궁리해낸 '함정'이라고 민감한 그가 눈치챌 우려가 있다.

미쓰나리 역시 무릎에 두 손을 얹고 생각에 잠긴 자세를 취했다.

2분, 3분…….

서로의 오장에 스며드는 듯한 침묵이 흘렀다. 복도 건너편의 행정관 대기실 언저리에서 마사타 나가모리가 신경질적으로 사동을 꾸짖고 있다.

'저 사람도 나름대로 신경이 곤두서 있구나.'

미쓰나리는 문득 웃고 싶어졌으나 다시 엄숙하게 입을 다물었다.

"미쓰나리 님, 귀하는 이 싸움에 대해 불안을 느끼는 모양이군."

미쓰나리는 흠칫했다.

'내 가슴속을 들여다본 것일까…….'

에케이는 눈을 뜨고 웃었다.

"염려할 것 없소."

여느 때와 같은, 사람을 사람으로 여기지 않는 지도자인 척하는 얼굴이었다.

"나는 얼마쯤 앞을 내다보고 있다고 자부하오."

"그러므로 이 계획을 세상에서는 미쓰나리와 에케이와 요시쓰구의 획책이라고 한다더군요."

에케이는 그 말에는 대답하지 않고 말했다.

"귀하를 편들지 않으면 소승을 베어버리겠다는 말을 듣고……그래서 결단 내린 것처럼 했으나, 단지 그것만은 아니었소."

"그 일 같으면 알고 있소."

"소승은 젊을 때부터 점치는 것을 취미로 삼아왔소. 그러니 만약 점괘에 모리 가문의 앞날이 흉으로 나왔다면 결코 편들지 않았을 거요."

"옳지."

"그런데 길(吉)이라고 나왔소. 패배는 하지 않는다고 나왔거든……모리 가문의 앞날이 길하다면 이 몸의 길흉은 물을 것도 없지요. 그래서 편들기로 했던 거요."

미쓰나리는 지그시 상대를 지켜본 채 고개를 끄덕였다.

"주의 깊은 귀하이시니 그것은 믿을 수 있으나……."

"그러니 염려말라는 것이오. 뭐니 해도 귀하는 이번 계획의 기둥이오."

에케이는 벌써 여느 때의 자신만만한 설교조로 돌아가 있었다.

"아시겠소? 데루모토 님 쪽 일은 소승이 틀림없이 맡았소. 그러니 귀하는 결코 다른 사람들에게 불안한 얼굴을 보이지 마시도록."

미쓰나리는 다시 문득 웃음이 치밀었다. 상대가 이런 태도를 취할 때는 무언가 계획의 매듭이 지어졌을 때라는 걸 알기 때문이었다.

"그 점은 충분히 주의하겠소. 그런데 데루모토 님은 틀림없겠지요?"

에케이는 부채로 가볍게 가슴을 쳤다.

"아까 들은 소문은 소승으로서도 실로 뜻밖이오. 이를 곧 지워버리게 출진을 승낙하시도록 방법을 찾겠소."

"그 방법이란……."

미쓰나리가 재빨리 추궁하자 에케이는 왼편 손바닥에 부채를 세우고 공손하게 산통대를 비비는 흉내를 내보였다. 데루모토의 미신을 이용한다는 뜻인 것 같았다.

미쓰나리는 아직 긴장된 표정을 풀지 않았다. 그 역시 에케이라는 인물의 수완을 못 믿는 것은 아니었다.

'패기만만한 뛰어난 승려!'

이렇게 생각하며 그 재능과 야심이 놀라운 인물임을 인정하고 있었다. 호코사의 쇼타이나 모쿠지키 대사에게서는 볼 수 없는 무사의 박력도 지니고 있다. 그러므로 미쓰나리 역시 여기서 한 걸음도 물러설 수 없는 그 자신의 입장을 그에게 자각시켜 두려는 것이다.

에케이는 다시 말했다.

"염려 마시오."

미쓰나리가 똑바로 쳐다본 채 여전히 추궁의 손길을 늦추지 않는다고 보았기 때문이리라.

"애당초 모리 님을 끌어낸 것은 소승이오. 이제 새삼스레 가신들이 뭐라든 사나이로서 저 내대신 비행에 관한 조목에 서명하신 입장은 변할 수 없소."

미쓰나리는 비로소 조그맣게 고개를 끄덕이며 무겁게 대꾸했다.

"모두 맡기겠소. 생각해 보면 귀하 말씀대로 이젠 모리 님도 물러설 수 없는 입장. 이미 귀하도 모리 님도 나도 다 같이 한배를 탄 몸이오…… 귀하가 그 뜻을 단단히 설득하신다면 사리를 깨닫지 못할 리 없겠지요. 쓸데없는 소문을 들려드려 죄송하오."

멋지게 말의 결말을 짓자 에케이는 다시 소리 내어 웃었다.

"납득되셨다니 고맙소. 미쓰나리 님은 그런 일에 구애받지 말고 앞으로의 작전에 마음 써주시오. 소승은 곧 데루모토 님을 뵙고 쳐야 할 못을 칠 작정이니까요."

"고맙소."

미쓰나리는 에케이를 일부러 복도까지 배웅했다.

'이로써 그럭저럭……'

숨 돌리고 방으로 돌아와 다시 펼쳐놓은 그림지도에 시선을 떨어뜨렸다.

'후시미성이 떨어진 일은 벌써 이에야스 귀에 들어갔을 것이다……'

그렇게 생각하니 그림지도에 그어진 도카이도 길목에서 잇따라 달려올라오는 말발굽 소리가 울려오는 듯하다.

미쓰나리는 다시 기후와 기요스의 두 점에 부채 끝을 갖다대어 반대쪽인 오사카 쪽으로 그었다.

기후로 통하는 미노 방면 대장은 우키타 히데이에. 물론 이것이 주력이며 미쓰나리 자신도 함께 갈 터였다.

또 한편 이세 방면 대장은 모리 히데모토……히데모토는 데루모토에게 친아들 히데나리가 태어날 때까지 후계자로 있었던 데루모토의 사촌동생이었다. 그는 모리 가문 세자로서 두 번째 조선공격 때 가장 젊은 지휘관으로 조선 땅에 건너간 경험을 가지고 있다.

이세 방면은 모리 히데모토에게 깃카와 히로이에, 에케이, 나쓰카 마사이에, 모리 가쓰나가, 야마자키 사다카쓰, 나카에 나오즈미, 마쓰우라 히사노부 등을 딸려 진군케 하여 미노 방면으로 가는 주력이 기후성에 진출할 무렵 오와리를 찌르게 할 작정이었다.

"결전장은 미노와 기요스의 중간……."

일찍이 히데요시와 이에야스가 고마키산을 끼고 자웅을 겨루던 그 언저리에서 이번에야말로 천하 갈림길의 결전을……하고 생각하니 미쓰나리의 가슴은 가볍게 설렜다. 이 싸움의 총대장은 모리 데루모토와 도쿠가와 이에야스. 그러나 역사의 주축을 쥐고 있는 것은 어디까지나 이시다 미쓰나리 자신인 것이다…….

미쓰나리는 다시 살며시 부채 끝을 기요스에 멈춘 채 눈을 감고 조용히 숨을 내쉬었다.

지은이

야마오카 소하치(山岡莊八)

그린이

기노시타 지카이(木下二介)

옮긴이

박재희(청춘사도대학교 일문학 전공) 김문운(니혼대학교 일문학 전공)
김영수(와세다대학교 일문학 전공) 문호(게이오대학교 일문학 전공)
유정(조치대학교 일문학 전공) 추영현(서울대학교 사회학 전공)
허문순(경남대학교 불교학 전공) 김인영(숙명여자대학교 미술학 전공)

도쿠가와 이에야스

대망 8

야마오카 소하치 지음/책임편집 박재희 추영현 김인영

1판 1쇄/1970. 4. 1

2판 1쇄/2005. 4. 1

2판 21쇄/2024. 1. 1

발행인 고윤주

발행처 동서문화사

창업 1956. 12. 12. 등록 16-3799

서울 중구 마른내로 144 동서빌딩 3층

☎ 546-0331~2 Fax. 545-0331

www.dongsuhbook.com

잘못된 책은 구입하신 곳에서 바꾸어드립니다.

＊

사업자등록번호 211-87-75330

ISBN 978-89-497-0311-4 04830

ISBN 978-89-497-0291-9 (세트)

葛飾北齋畫